KB202398

최 학 장편소설

고변(告變)

-1589 기축년(己丑年)

고변

告變

최학 장편소설

1589 기축년(己丑年)

새로운사람들

작가의 말

　기축옥사(己丑獄事)는 1589년(선조 22년) 전주에 사는 전 홍문관 수찬 정여립이 역모를 꾀하였다 하여 3년여에 걸쳐 그와 관련된 1,000여 명의 동인계(東人系) 인사들이 처형 혹은 유배를 당하고 기타 피해를 입은 사건이다.

　사건의 발단은 같은 해 10월 황해도관찰사 한준이 재령군수 박충간, 안악군수 이축, 신천군수 한응인 등이 연명한 고변서를 대궐에 전하면서부터였다. 고변서에 열거된 정여립의 역모 죄상은, 그가 벼슬에서 물러난 뒤 전주와 진안·금구 등지를 내왕하면서 무뢰배와 공·사 노비들을 모아 '대동계(大同契)'를 만들어 역심을 키웠으며 또 당시 민간에 유포되어 있던 도참설을 이용해 민심을 현혹하여 장차 궁성에 쳐들어갈 계획을 세우고 그 구체적인 방안까지 정해 놓았다는 것이었다.

　역모의 보고를 받은 조정에서는 선전관과 의금부도사를 황해도와 전라도에 급파하여 죄인들을 잡아오도록 하였지만 전주의 정여립은 안악에서 도망쳐 온 일당의 말을 듣고는 아들과 함께 자신의 별서가 있는 진안 죽도로 달아나다가 도중에 죽임(혹은 자살)을 당하고 만다.

　이 사건으로 정철, 성혼 등 서인세력이 정권을 장악하며, 옥사를 혹독하게 다룬 정철 등에 의해 특히 호남 혹은 경상우도의 동인 인사들이 대거 처형되거나 유배되었다. 이후 전라도가 반역향으로 불리게 되고 호남 지역의 사류 간 반목과 대립이 후대에까지 이어진 것도 이 옥사에 기인되는 바 크다. 결과적으로 이 옥사는 당쟁을 더 심화시켰을 뿐만 아니라 국력을 소모시켜 2년 후 발발하는 임진왜란에 대한 대비를 못한 것은 물론 그 피해를 가중시키는 원인(遠因)이 되고 말았다.

기축옥사의 발생 원인에 대한 학계의 통설은 크게 둘로 나뉜다. 첫째는, 약간의 조작도 있기는 하지만 정여립 스스로 전제군주 체제에서 용납되기 어려운 혁명성을 지녔기에 옥사를 발생시켰다는 것이다. 둘째는 이이, 정철 등과 친했던 송익필이 자신과 친족들을 다시 노비 신분으로 돌아가게 한 동인의 이발, 백유양 등에 대한 복수를 하는 한편 이를 계기로 동인 정권을 제거하기 위해 사건을 조작하였다는 것이다.

소설 『고변』은 이러한 기축옥사를 배경으로 하고 있지만, 필자는 소설의 이야기가 옥사의 전말을 따라가는 데 그치지 않으려고 애를 썼다. 소설의 본령이 그러하듯, 사건의 기복 자체보다는 시대 환경에서 자유롭지 못한 인간의 모습을 그리는 데 주안을 두고자 하였다. 하여 나름 조선 전기의 제도적 모순, 학문과 사상의 갈등 등에 주목하면서 당대 엘리트들의 열정과 욕망, 꿈과 좌절을 그리는 데 더 역점을 두려 하였다. 그것이 개인적 탐욕과 편견을 바탕으로 한 것이라 해도 한 시대의 삶의 조건은 물론 사고와 행위에 대한 통시적이고 보편적인 양상을 반영하는 것이라 여긴 까닭에서다.

소설의 이야기는 대부분 역사적 사실을 근거로 한다. 그만큼 허구의 여지가 적은 편이다. 우리의 근현대문학사에 수많은 역사소설이 있었지만 정치적으로 사상적으로 가장 중요했던 한 시기 즉 퇴계와 율곡, 동서 분당의 시대를 정면에서 다룬 소설이 거의 없었다는 점에서 굳이 이러한 정공의 소설기술법을 채택하였다.

'과거는 현재를 비추는 거울'이라는 말이 있다. 역사의 교훈성을 일깨워주는 말이다. 필자 또한 4백여 년 전의 과거 사실과 씨름하는 동안에도 역사의 현재성을 거푸 되새겨보곤 하였다. 그 시기 정철과 유성룡을 둘러싸고 벌어졌던 일들이 오늘 이 시대에도 흡사하게 벌어지는 현상을 목도하면서 다시금 과거가 주는 교훈은 오늘에도 여전히 유효하다고 믿을 수밖에 없게 된다. 그러나 역사소설이 역사의 서술이 아님은 분명히 의식한다. 차라리 '앎과 재미'가 소설의 덕목일진대 필자의 작업이 둘 중 어느 하나라도 붙잡는 데 기여하기를 바라마지 않았다.

소설 읽는 독자가 날로 줄고 있는 때에 또 어려움 무릅쓰고 흔쾌히 출판을 맡아준 '새로운사람들'의 이재욱 사장에게 먼저 고마운 정을 전한다.

퇴고 이전부터 남다른 관심으로 작품을 읽어봐 주었을 뿐만 아니라 함께 작품의 무대까지 찾아가면서 조언과 격려를 아끼지 아니한 이남호, 윤석달 두 교수께는 무어라고 감사를 해야 할까.

　1980년의 어느 봄날, 종로 화신백화점 옆의 한 찻집에서 처음 뵈었던 고(故) 김용덕 교수(중앙대 역사학과)를 잊지 못한다. 생면부지의 서른 살짜리 소설가를 불러내어 그동안 당신이 애써 쓴 기축옥사 관련 논문들을 건네주며 이를 바탕으로 소설을 써볼 수 없겠느냐고 했던 그분. 연구가들이 하지 못하는 일을 소설가가 할 수 있다는 부추김을 받곤 그 자리에서 약속을 드렸다. 꼭 소설로 쓰겠습니다……. 그것이 생애의 빚이 될 줄은 몰랐다.

　교수님 영전에 이 책을 놓는다.

2019. 2
연산면 관동리 우거에서 저자 씀

장편소설 『고변』 등장인물

강 찬(姜燦. 1557~1603)

　본관은 금천. 자는 덕휘(德輝), 호는 동곽(東郭). 이이, 송익필의 문
인이며 김계휘의 아우인 김은휘의 사위다. 진안현감 민인백 및 김장생
과 친했다. 1582년(선조 15) 사마시에 합격하고 이듬해 알성시에 급제
하였다. 1589년(선조 22) 사간원정언을 역임하였고 이듬해 사헌부지
평으로 정여립의 옥사(獄事)를 다스렸다. 뒤에 단천군수(端川郡守)로
좌천되었으나 1592년 임진왜란 때 두 왕자가 회령에서 왜군의 포로가
되자 의병을 모집하여 적에게 타격을 주는 한편, 행재소에 결사대를 파
견하여 회령 사태를 보고하였다. 1600년(선조 33) 병조참의에 이어 여
주목사를 역임하였다.

권응시(權應時. 1541~1587)

　본관은 안동(安東). 자는 형숙(亨叔), 호는 송학(松鶴). 1581년(선조
14) 천거로서 사산감역관에 제수되었다. 이듬해에 맡은 일에 충실한
면이 인정되어 감찰에 발탁된 후로 공조좌랑, 호조좌랑을 거쳐 군위
현감을 역임하였다. 1584년 군위현감에 재직 중 지례현감 김첨과 함
께 술을 마시고 관내의 기물을 잃었다고 장난의 보고를 하여 파직 당
하였다.

김공휘(金公輝. 1550~1615)

본관은 광산, 자는 경명(景明). 좌의정 김국광(金國光)의 현손(玄孫)이다. 아버지는 현감 김호(金鎬)이며 형은 김계휘, 김은휘다. 조카가 사계 김장생이다. 율곡 이이 문하에서 수학하였다. 1582년 청암 찰방을 지내고 세 번 금오정랑을 지냈으며, 두 번 사포별좌를 지냈다. 1591년(선조 24) 이산(尼山)현감으로 재직 중, 정철이 임금으로부터 미움을 받고 유배될 때 정철과 친분이 있었던 점이 지적되어 해당 관직에서 물러났다. 1604년(선조 37)에 임천군수가 되었다가 파주목사 등을 역임하였다.

김반(金槃, 1580~1640)

자는 사일(士逸), 호는 허주(虛舟). 아버지는 김장생이며 신독재 김집의 아우다. 인경왕후(숙종의 정비)의 아버지 김만기, 구운몽을 쓴 김만중이 다 그의 손자다. 김장생의 셋째아들로 일찍이 송익필에게 학문을 배우고 그로부터 예학을 전수받았다. 그 뒤 아버지와 형에게 배웠으며 1605년(선조38) 사마시에 합격, 관직에 나갔다. 광해군의 정치에 반대하여 사퇴하였다가 인조반정 후 빙고별제(氷庫別提)에 제수되었다. 이괄의 난이 확산되자 아버지 김장생과 함께 공주로 달려가 인조를 호종하였다. 그 뒤 대사간, 부제학 등을 두루 역임하였다. 1636년 병자호란이 일어나자 남한산성으로 왕을 호종하였다.

김수(金晬. 1547~1615)

본관은 안동. 자는 자앙(子盎), 호는 몽촌(夢村). 지례현감 김첨의 이복아우이며 이황의 문인이다. 1573년(선조 6) 알성 문과에 급제해 예문관검열을 지냈다. 1583년 번호(藩胡)가 침입해 경원부가 함락되자 이조정랑으로서 도순찰사 정언신의 종사관이 되었다. 직제학, 승지 등을 거쳐 평안도관찰사, 경상도관찰사를 역임했다. 1591년 정철의 건저문제(建儲問題)에 대해 옥당에서 탄핵하는 차자(箚子)를 올리려고 할 때, 부제학으로서 사성 우성전의 집으로 의논하러 가서 시간이 지연되어 올리지 못하는 사건이 벌어졌다. 그래서 대사간 홍여순이 우성전을 탄핵하면서 남인, 북인으로 갈리게 되자 남인이 되었다. 임진왜란이 발생했을 때 경상우감사로서 진주를 버리고 거창으로 도망을 갔다. 1596년(선조 29) 호조판서로서 전라도와 충청도에서 명군(明軍)의 군량을 충당하기 위해 군량 징수에 힘썼다. 1613년(광해군 5) 손자인 김비(金祕)가 옥사할 때 탄핵을 받고 삭직 당하였다.

김성립(金誠立. 1562년~1592년)

자는 여견(汝見) 혹은 여현(汝賢), 호는 서당(西堂). 본관은 안동이다. 김홍도(金弘道)의 손자이며 지례현감을 지낸 김첨(金瞻)의 아들이다. 허엽의 딸 허난설헌과 결혼하였다. 정효성, 백진민, 정협 등과 어울려 운종가에서 등등곡을 추며 당시의 정치상황을 풍자하기도 하였다. 1589년 증광문과에 병과로 급제하여 홍문관저작을 지냈다. 1592년 임진왜란 때 의병활동을 하였으며 왜병들이 선정릉을 훼손하려 하자 이에 맞서 싸우던 중 전사하였다. 시체를 찾지 못해 그의 의복만을 가지고서 장사지냈다. 아들이 없어 양자 진(振)을 입양하였다. 사후 이조참판이 추증되었다. 시에 명성이 높았다.

김성일(金誠一. 1538~1593년)

본관은 의성. 자는 사순(士純), 호는 학봉(鶴峰). 이황의 문인이다. 일본에 파견되었다가 돌아와 일본이 침입하지 않을 것이라고 하여 왜란 초에 파직되기도 하였다. 그러나 다시 경상도초유사로 임명되어 왜란 초기에 피폐해진 경상도 지역의 행정을 바로 세우고 민심을 안정시키는 데 기여하였다. 1568년 증광문과에 병과로 급제하여 승문원권지부정자가 되고, 이어서 검열, 대교 등을 거쳤다. 1580년 함경도순무어사가 되었으며 1584년 나주목사로 부임하였다. 1593년 경상우도순찰사를 겸해 도내 각 고을에 왜군에 대한 항전을 독려하다 병으로 죽었다. 1590년 정여립의 모반사건에 연루되어 옥사한 최영경의 신원(伸寃)을 위하여 서인의 영수 정철을 규탄하였으며, 그 후 동인이 남인과 북인으로 갈릴 때 유성룡, 김우옹 등과 입장을 같이하여 남인을 이루었다. 퇴계 이황의 수제자로 주리론을 계승하여 영남학파의 중추 구실을 하였다.

김우굉(金宇宏. 1524~1590)

본관은 의성. 자는 경부(敬夫), 호는 개암(開岩). 경북 성주 출신. 이황의 문인이다. 1542년 향시 및 1552년 진사시에도 수석으로 합격하였다. 1565년 경상도 유생을 대표해 여덟 차례에 걸쳐 중 보우(普雨)의 주살을 상소하였다. 1573년(선조 6) 부수찬이 되었다. 1579년 병조참의와 승지에 이르렀으나 이수(李銖)의 옥사로 곧 파직되었다. 1582년 충청도관찰사가 되었다가 장례원판결사, 홍문관부제학 등을 역임하였다. 이듬해 유생 박제로부터 음흉하다는 탄핵을 받아 외직으로 물러나 청송부사, 광주(光州)목사 등을 지냈다. 1589년 관직에서 물러나 고향

성주로 돌아갔다. 그해에 동생 김우옹이 정여립의 옥사에 연좌되어 안동 임지에서 회령으로 귀양 가자, 영천으로 달려가 동생을 만나 갓과 옷을 벗어주고 시 한 수를 지어 주며 이별했다.

김우옹(金宇顒. 1540~1603)

본관은 의성. 자는 숙부(肅夫), 호는 동강(東岡). 김우굉의 아우이며 남명 조식의 문인이다. 1567년 식년문과에 병과로 급제하였다. 1576년 부교리가 되고 이어서 이조좌랑, 사인 등을 지냈으며, 1579년에는 부응교가 되어 붕당의 폐단을 논하였다. 1582년 홍문관 직제학이 되고 이어서 대사성, 대사간을 거쳤으며 1584년 부제학이 된 뒤 전라도관찰사, 안동부사를 역임하였다. 기축옥사가 일어나자 정여립과 함께 조식의 문하에서 수학했다는 이유로 회령에 유배되었다가, 임진왜란으로 사면되어 의주 행재소로 가서 승문원제조로 기용되고 이어서 병조참판을 역임하였다. 이후 동지의금부사가 되어 왕을 호종하고 서울로 환도하였으며 한성부좌윤, 혜민서제조 등을 역임하였다. 1594년 대사성이 되고 이어서 대사헌, 이조참판을 거쳤다. 1597년 다시 대사성이 되었으며 이어서 예조참판을 역임하였다. 1599년 사직하고 인천에서 한거하다 이듬해 청주로 옮겨 그곳에서 세상을 떠났다.

김은휘(金殷輝. 1541~1611)

본관은 광산. 자는 경회(景晦). 형이 김계휘이며 조카가 사계 김장생이다. 여러 차례 과거에 실패하고 음보로 활인서별제, 수운판관, 호조좌랑, 공조좌랑, 형조정랑 등을 역임하였다. 외직으로는 교하현감, 임피현령 및 청도, 단양 등 여러 고을의 군수를 거쳐 광주(廣州)목사를 지냈다. 임진왜란이 일어나자 체찰사 정철의 종사관으로 종군하였다. 이듬해 관병과 의병의 연합군을 이끌고 오산의 독성산성을 지키다가 정철이 탄핵을 입고 파직되자 그도 낙향하였다. 재질이 민첩하고 지략이 뛰어났다. 만년에 수직(壽職, 나이가 많은 자에게 주는 대우직)으로 가선대부에 첨지중추부사가 되었다.

김응남(金應南. 1546~1598)

본관은 원주. 자는 중숙(重叔), 호는 두암(斗巖). 1568년 증광문과에 급제하여 홍문관의 정자를 지냈다. 1583년 동부승지로 있다가 송응개, 허봉, 박근원 등이 병조판서 이이를 탄핵하다 도리어 선조의 노여움을 사 유배당할 때 그들과 일당이라는 혐의를 받고 제주목사로 좌천되었다. 1585년 우승지에 기용되고 대사헌, 부제학, 이조참판 등을 역임했다. 1591년 성절사로 명나라를 다녀와서 한성부판윤이 되었다. 임진왜란이 일어나자 병조판서 겸 부체찰사가 되어 평안도로 피난하는 선조를 따라갔다. 1594년 우의정, 다음해 좌의정이 되어 영의정 유성룡과 함께 전쟁 뒤의 혼란한 정국을 수습했다. 1597년 정유재란 때는 안무사로서 영남에 내려갔다가 풍기에서 병이 위독해져 귀경 후 사직했다.

김장생(金長生. 1548~1631)

본관은 광산. 자는 희원(希元), 호는 사계(沙溪). 서울 출신. 아버지가 대사헌 김계휘이며 아들이 김집이다. 1560년 송익필로부터 사서를 배웠고, 20세 무렵에 이이의 문하에 들어갔다. 1578년(선조 11) 학행

으로 천거되어 창릉참봉이 되고, 1581년 아버지를 따라 명나라에 다녀
왔다. 동몽교관, 인의(引儀)를 거쳤다. 임진왜란 때 호조정랑이 되었으
며 1596년 한때 연산으로 낙향했다. 북인이 득세하는 것을 보고 1605
년 관직을 버리고 연산으로 다시 내려갔다. 그 뒤에 익산군수를 지내
고 회양, 철원부사를 역임하였다. 1613년 계축옥사 때 동생이 연좌되
었다가 무혐의로 풀려나자 관직을 버리고 연산에 은둔해 학문에만 전
념하였다. 그 뒤 인조반정으로 서인이 집권하자 75세의 나이에 장령으
로 조정에 나갔으나 병으로 다시 낙향했다. 이듬해 이괄의 난으로 왕이
공주로 파천해오자 길에 나와 어가를 맞이하였다. 난이 평정된 뒤 왕을
따라 서울로 올라갔다. 1627년 정묘호란 때 양호호소사(兩湖號召使)
로서 의병을 모아 공주로 온 세자를 호위하였다. 그해 다시 형조참판이
되었다. 그러나 한 달 만에 사직하고 고향에서 학문과 교육에 전념하였
다. 학문적으로 송익필, 이이, 성혼 등의 영향을 받았는데 예학 분야는
송익필의 영향이 컸으며, 예학을 깊이 연구해 아들 김집에게 계승시켜
조선 예학의 태두로 예학파의 한 주류를 형성하였다.

김첨(金瞻. 1542~1584)

　본관은 안동. 자는 자첨(子瞻), 호는 하당(荷塘), 남강(南岡)이다. 아
들이 김성립이며 며느리가 허난설헌이다. 송응개가 그의 처남이다.
1576년 별시 문과에 병과로 급제하고 1579년 유성룡 등과 함께 이이
가 올린 소에 대해 옳지 않다고 탄핵하였으며 1581년 이조좌랑으로서
박근원을 이조참판에 등용할 것을 주청하였다. 1582년 교리를 거쳐 경
상도재상경차관(慶尙道灾傷敬差官)으로 나갔다. 이듬해 종사관이 되

어 중국에 다녀온 뒤 이이를 탄핵하다가 지례현감으로 좌천되고 1584년 파직된 뒤 죽었다.

김홍미(金弘微. 1557~1605)

본관은 상주. 자는 창원(昌遠), 호는 성극당(省克堂). 유성룡의 문인이다. 유성룡의 형 유운룡의 딸을 부인으로 맞아들였다. 1585년 식년 문과에 을과로 급제하여 승문원부정자에 발탁되고, 예문관검열 등을 거쳐 부수찬을 역임하였다. 1589년 이조좌랑으로 있을 때 정여립의 모반사건에 연루되어 파면되었다. 임진왜란 발발 후 복직되어 경상좌도 도사가 되고 이듬해 응교, 사성 등을 역임하였다. 그 뒤 대사간, 이조참의 등을 역임하다가 1599년 청송부사를 거쳐 1604년 강릉부사로 부임하였는데, 이듬해 큰 비가 내려 백성이 많은 재난을 당하였다. 이에 약한 몸을 이끌고 수재로 죽은 자의 조문과 굶주린 자의 진휼에 힘써 직무에 충실하다가 병이 악화되어 관소에서 숨졌다.

김효원(金孝元. 1542~1590)

본관은 선산. 자는 인백(仁伯), 호는 성암(省菴). 조식, 이황의 문인이다. 1565년 알성 문과에 장원으로 급제해 병조좌랑, 정언, 지평 등을 역임했다. 1572년 이조전랑에 추천되었으나 척신 윤원형의 문객이었다는 이유로 이조참의 심의겸이 반대하는 바람에 거부당했다. 1574년 결국 이조전랑이 되었다. 1575년 심의겸의 동생 심충겸이 이조전랑으로 추천되자 전랑의 관직은 척신의 사유물이 될 수 없다는 이유로 이를 반대하고 이발을 추천했다. 이러한 일을 계기로 심의겸과의 반목이 심해지면서 사림은 동인과 서인으로 나누어지게 되었다. 두 사람의 대립이 점차 심해지자 노수신, 이이 등이 분규의 완화를 조정하고자 두 사람 모두 외직으로 내보낼 것을 건의해 심의겸은 개성부유수로, 김효원은 경흥부사로 나갔다. 결국 노수신과 이이의 조정은 실패했고 선조는 당쟁의 완화를 위한 조처로 이조전랑의 추천, 교대 제도를 폐지하기에 이르렀다. 그 뒤 당쟁이 더욱 심해지면서 안악군수로 자청해 나갔다. 이후 10여 년간 한직에 머물며 당쟁이 일어난 것에 대해 책임을 느끼고 시사에 대해서는 입을 열지 않았다. 후에 선조의 특명으로 영흥부사로 승진해 재직 중 죽었다.

남발(南撥. 1561~1646)

본관은 의령. 자는 공제(公濟), 호는 화은(華隱). 남언경의 조카이며 성혼의 문하에서 수업했다. 1602년 음보로 의금부도사가 된 뒤 호조좌랑, 감찰이 되었다. 1605년 보은현감이 되었다가 1610년(광해군 2) 별시 문과에 을과로 급제했다. 1611년 서장관으로 명나라에 다녀왔다. 1613년 정언, 헌납이 되었고 다시 헌납 겸 춘추관기주관이 되었다. 이 때 호조판서 황신이 이이첨 일당의 모함으로 탄핵을 받게 되자 그 무고함을 논하여 체직 당했다. 수년 뒤 다시 등용되어 장령을 거쳐 1615년 영천군수, 1621년 삼척부사가 되었다. 1623년 인조반정이 일어나자 광해군 때의 훈계가 모두 깎아내림을 당하여 통훈대부로 강등되고 유배의 벌을 받았으나 곧 풀려나와 종묘서령이 되었다. 이어 벼슬을 그만두고는 온양에 은거하였다.

남절(南截. 생물연대 미상)

안악군수 이축에게는 어머니의 친정 조카다. 남언경의 9촌 조카이 기도 하다. 이축이 군수로 있는 안악에 머물 때, 고을 선비들의 수상한 점을 포착, 군수에게 일러 정여립 사건의 실마리를 제공하였다. 옥사가 끝난 뒤 그 공으로 훈작을 받았다. 임진왜란 때도 활동하였는데 적을 방어하는 데 해이한 적이 없었다는 긍정적이 평이 있는가 하면 온양군 수로서 왜적이 고을에 이르기도 전에 도망하여 집으로 돌아갔다는 비 난도 있다. 1597년 비변사에서 그의 재기용을 주청하였지만 받아들여 지지 않았다.

남언경(南彦經. 1528~1594)

본관은 의령. 자는 시보(時甫), 호는 동강(東岡). 1568년(선조 2) 40 세 되던 해에 이이, 기대승, 노수신, 윤두수, 윤근수, 이산해, 최경창 등 과 더불어 제술관이 되어 명나라 사신들을 접견하면서부터 양명학에 깊이 접근할 수 있었다. 1571년(선조 4) 44세에는 청풍군수가 되고 이 어 양주목사가 되었다. 이이, 노수신 등의 추천으로 그는 과시 출신이 아니면서도 헌관(憲官)이 되어 사헌부 지평, 장령을 거쳤다. 1585년 (선조 16)에 전주부윤이 되었다가 공조참의가 되었다. 그러나 정여립 의 모반사건이 진행되는 동안 전주부윤으로 있던 시절에 정여립의 장 재(壯才)를 가상히 여겨 시 한 구절을 지어 격려해준 일이 문제가 되어 탄핵을 받고 파직되었으며, 사헌부 지평으로 있던 강찬(姜燦) 등의 구 해(救解)로 해원(解寃)은 되었으나, 이를 계기로 사림 등에서 배척되는 아픔을 겪기도 하였다.

노수신(盧守愼. 1515~1590)

본관은 광주. 자는 과회(寡悔), 호는 소재(穌齋). 1543년 식년문과에 장원급제한 이후 전적, 수찬 등을 거쳤다. 인종 즉위 초에 정언이 되어 대윤(大尹)의 편에 서서 이기(李芑)를 탄핵하여 파직시켰으나 1545년 명종이 즉위하고 소윤(小尹)이 집권하자 파직되어 1547년(명종 2) 순천으로 유배되었다. 그 후 양재역 벽서사건에 연루되어 진도로 이배되어 19년간 귀양살이를 하였다. 유배기간 동안 이황, 김인후 등과 서신으로 학문을 토론했다. 1567년 선조가 즉위하자 풀려나와 교리에 기용되고 이어서 대사간, 이조판서, 대제학 등을 지냈다. 1573년 우의정, 1578년 좌의정을 거쳐 1585년에는 영의정에 이르렀다. 1588년 영의정을 사임하고 영중추부사가 되었으나 이듬해 10월 정여립의 사건으로 기축옥사가 일어나자 과거에 여립을 천거했다는 이유로 대간의 탄핵을 받고 파직되었다.

목수흠(睦守欽. 1547~1593)

본관은 사천. 자는 요경(堯卿), 호는 하담(荷潭). 이조참판 목첨(睦詹)의 아들. 선공감가감역, 의금부도사, 장원서별좌 등을 역임하면서 공정하고 사심 없는 자세로 공무를 처리하였다. 효성이 지극하여 부모에게 바치는 약은 먼저 자신이 맛을 보고 처방대로 지었는가를 확인하였으며, 1593년 여름 아버지가 사망하자 식음을 전폐하고 애통해 하다가 수일 만에 병사하였다. 박순의 외동딸이 덕천군수 이희간(李希幹)에게 시집가서 큰 아들 강(茳)을 낳았는데 나중 강이 목수흠의 사위가 되었다.

민인백(閔仁伯. 1552~1626)

본관은 여흥. 자는 백춘(伯春), 호는 태천(苔泉). 성혼의 문인이다. 1584년 별시 문과에 장원하여 성균관전적을 지냈다. 사헌부감찰 때, 서인 정철의 일파로 지목되어 안협현감으로 좌천되었다. 이후 진안현 감으로 전임되었으며 재임 중 정여립의 역모 고변이 있자 관군을 풀어 여립를 추격하고 그 아들 정옥남을 잡아들였다. 이 공으로 예조참의에 승진되고 평난공신 2등에 봉해졌다. 장례원판결사, 충주목사 등을 지내고 임진왜란 때 황주목사로서 임진강을 지키다가 대가(大駕)를 따라 행재소에 이르렀다. 청주목사, 안변부사, 한성부좌윤 등을 역임하고, 1621년(광해군 13) 지중추부사가 되었다.

박제(朴濟. 생몰연대 미상)

1583년 유생으로서 시사(時事)를 극론하는 소를 올렸다. 여기서 그는 김효원, 김응남, 서인원, 홍진, 송응개, 허봉. 홍여순, 우성전, 김첨, 김우굉, 이산해 등을 거명하여 음흉하고 간악한 자들이라고 지목하였다. 1586년 조헌의 상소문에는 박제가 정철과 친밀했음을 말하고 있다. 기축옥사 후 재령군수를 지낸 흔적이 있다.

박충간(朴忠侃. ?~1601)

본관은 상주. 자는 숙정(叔精). 음보로 여러 청환직(淸宦職)을 역임하였다. 1584년(선조 17) 호조정랑에 올랐고 1589년 재령군수로 재직 중 한준, 이축, 한응인 등과 함께 정여립의 모역을 고변하여 그 공으로 형조참판으로 승진되고 또 평난공신 1등, 상산군(商山君)에 봉해졌다.

임진왜란 때 순검사로 국내 여러 성의 수축을 담당하여 서울로 진군하는 왜적에 대비하였으나 왜병과 싸우다 도망한 죄로 파면, 백의종군을 명받았으며 임진강 방어전투에서 또 혼자서 달아났다. 뒤에 영남·호남 지방에 파견되어 군량미의 조달을 담당하였다. 1597년 순검사, 선공감 제조를 역임하고, 1599년에는 충훈부의 쌀, 소금 등을 사적으로 이용하였다 하여 탄핵을 당하였다. 1600년 남이공 등의 파당행위의 폐해를 상소하였다가 여러 차례 탄핵을 받았다. 90세 가까이 살았다.

배삼익(裴三益. 1534~1588)

본관은 흥해. 자는 여우(汝友), 호는 임연재(臨淵齋). 안동에서 세거했으며 이황의 문인이다. 1558년(명종 13) 생원이 되고 1564년 식년 문과에 병과로 급제, 성균관의 학유, 박사를 거쳐 호조좌랑이 되었다. 그 뒤 외직인 풍기군수와 양양부사를 지내고 1583년 사헌부장령을 지냈다. 뒤에 여러 번 자리를 옮겨 사간원 정언, 사헌부 헌납 등을 역임하였다. 1585년 승정원동부승지 겸 경연참찬관이 되었다. 1587년 진사사(陳謝使)로 명나라에 다녀왔고, 다음 해 황해도에 흉년이 들자 병이 있음에도 불구하고 황해도관찰사로 구황에 힘쓰다 병이 깊어 사직하고 돌아오는 길에 죽었다. 장서가로 이름을 남겼으며 필법이 힘찼다.

백유양(白惟讓. 1530~1589)

본관은 수원. 자는 중겸(仲謙). 참교(參校). 부사 백인호(白仁豪)의 아들이며 백인걸(白仁傑)의 조카다. 정여립 사건으로 백유양, 백유함이 사이가 멀어지면서부터 백인호의 후손이 별좌공파, 백인걸의 후손이 문경공파로 갈라졌다. 1572년 친시 문과에 급제하고, 1581년 홍문관교리에 이어 강원도 어사, 사헌부 집의, 홍문관 전한을 지내고 1588년 대사성, 이조참의, 1589년 병조참지, 부제학 등을 역임하였다. 정여립의 모반사건이 일어나자 아들 백수민이 정여립의 형 정여흥의 딸을 아내로 삼았던 탓으로 연좌되어 사형을 당하자 사직하였다. 서인 정철로부터 탄핵을 받아 유배되었으며 선홍복의 초사(招辭)에 연루되어 장형(杖刑)을 받은 뒤 감옥에서 사망하였다. 이후 그의 두 아들 진민과 흥민도 국청에 끌려가 형문을 받고 죽었다.

백유함(白惟咸. 1546~1618)

본관은 수원. 자는 중열(仲悅). 아버지가 백인걸이다. 백유양과 4촌. 1570년 사마시에 합격해 진사가 되고, 1576년 식년 문과에 을과로 급제하였다. 홍문관의 정자, 부수찬을 거쳐 병조정랑이 되었다. 1583년에 이조좌랑이 되었다가 이듬해 이조정랑이 되었다. 당쟁을 중재하던 이이가 죽자 용인농장에 내려가 교학에 힘쓰기도 하였다. 정여립 모반사건이 평정되자 다시 예조정랑으로 복직되었다. 헌납이 된 후, 정여립 등과 사귄 사헌부, 사간원의 요직 인물들을 갈아치우도록 소를 올려 시행되었다. 1591년 왕세자 책봉 문제로 정철의 주장에 동조했는데, 이후 정철이 물러나자 백유함도 경성으로 유배되었다가 다시 경흥으로 옮겨졌다. 임진왜란이 일어나자 유배가 풀려 의주로 왕을 호종했으며 직제학으로 복직되었다. 1593년 함경도에서 왕자를 왜군에게 잡히게 한 황정욱을 탄핵하였다. 1597년 정유재란이 일어나자 호군으로 명나라 사신 정응태를 접반하였다. 광해군 초에 이이첨의 탄핵으로 부안에 유배되었다가 1617년에 양주로 돌아왔다.

서기(徐起. 1523~1591)

본관은 이천. 자는 대가(大可), 호는 고청(孤靑). 종의 신분을 타고났으나 어려서부터 재주가 뛰어나 7세에 한시를 지었다고 한다. 서경덕, 이중호, 이지함에게 배우고 당대의 명사들과 사귀었다. 어떤 어려움이 있어도 도학에 힘쓸 것을 굳게 결심하고 향리에 돌아왔다가 지리산 홍운동에 들어가 제자들을 가르쳤으며, 먹을 것이 없어서 돌배를 삶아 배고픔을 달래면서도 걱정하지 않았다고 한다. 뒤에는 계룡산의 고청봉 밑에 살면서 그 봉우리 이름을 호로 삼고 후학 양성에 힘썼다.

성문준(成文濬. 1559~1626)

본관은 창녕. 자는 중심(仲深), 호는 창랑(滄浪). 성혼의 아들이다. 1585년(선조 18) 사마시에 합격하여 연은전참봉을 지냈다. 아버지가 무욕(誣辱, 무고로 욕을 당함)을 당하자 벼슬을 버리고 임천(林泉)에서 14년간 은거하였다. 1623년(인조 1) 인조반정 뒤 학행으로 천거를 받아 김집(金集), 김육(金堉) 등과 함께 6품직에 제수되어 사포서사포(司圃署司圃)에 등용되었으며 이후 영동현감을 지냈다. 박학한 학자로서 글씨도 잘 썼다.

서인원(徐仁元. 1544~1604년)

본관은 달성, 자는 극부(克夫). 1573년(선조 6) 생원시에 입격하고, 문음으로 출사하였다. 젊어서부터 이발, 유성룡 등과 친하게

지냈다. 부여현감, 호조정랑, 공주목사, 춘천부사를 지냈다. 1603
년 영의정 이덕형의 천거로 호조참의에 제수되었다. 1603년 강
원도관찰사를 역임하였으며 1604년 11월, 춘천에서 사망하였다.

성옥(成玉. 생몰연대 미상)

송익필의 서자 송취대의 딸이며 허균의 첩이다. 광해군 때 허균의
역모사건에 그녀가 아버지 취대와 함께 연루되었음이 왕조실록에 나
타난다.

성호(成浩. 1545~1588)

본관은 창녕. 자는 사집(士集), 호는 성암(省庵). 20세에 남언경, 김
근공에게 학문을 배웠다. 1580년 천거에 의해 연은전참봉에 제수된
뒤 창릉참봉, 왕자사부, 사섬시주부를 거쳐 진안현감이 되었다. 1587
년 왜구가 남해로 쳐들어왔을 때 군병을 이끌고 참전했으며 병으로 진
안 관아에서 숨졌다.

성혼(成渾. 1535~1598)

본관은 창녕. 자는 호원(浩原), 호는 우계(牛溪). 1551년(명종 6)에
생원·진사의 초시에 모두 합격했으나 복시에 응하지 않고 학문에만 전
심하였다. 1554년 같은 고을의 이이와 사귀면서 평생지기가 되었다.
1568년에는 이황을 만나 이기론을 논하였다. 1568년 2월에 경기감사
윤현의 천거로 전생서참봉에 임명되고 그 이듬해에는 장원서장원, 적
성현감 등에 제수되었으나 모두 사양하고 조헌 등 학도들의 교훈에 힘

썼다. 1573년 사헌부지평에 제수되었다. 1581년 임금에게 학문과 정치 및 민정에 관해 의견을 진달했으며 왕으로부터 미곡을 하사받았다. 1583년 특지로 병조참지, 이조참의가 되었는데 이는 이이가 이조판서로 있으면서 권유했기 때문이다. 이이가 죽은 뒤 서인의 영수 가운데 중진 지도자가 되었다. 1589년 기축옥사로 서인이 집권하면서 이조판서에 복귀했다. 정여립 사건으로 최영경이 억울하게 죽자 동인의 화살이 성혼에게 집중되었다. 임진왜란이 일어나자 안협, 이천, 연천 등지를 전전하면서 피난하였다. 죽은 뒤인 1602년 기축옥사와 관련되어 삭탈관직 되었다가 1633년에 복관되었다.

송선(宋瑄, 1544~?)

본관은 여산. 자는 중회(仲懷), 호는 목옹(木翁). 김근공과 민순의 문인이다. 1576년(선조 9) 유일로 천거되어 선공감역이 되고 1582년 사옹원주부에 제수되고 과천현감과 포천현감을 지냈다. 이후 사헌부감찰을 거쳐 운봉현감이 되었다. 1589년 기축옥사가 일어나 이발, 이길 형제가 죽음을 당하자 사람들이 두려워하여 감히 돌아보는 사람이 없었다. 이에 송선이 이들을 염해 주었는데, 이 일로 파직되었다.

송응형(宋應泂. 1539~1592)

본관은 은진. 자는 공원(公遠). 송응개의 동생이며 김첨의 처남이다. 1558년(명종 18) 진사가 되고 1571년 음보로 예빈시별제가 되었다. 이듬해 별시 문과에 급제하고 1579년 사간원 정언이 되었다. 이 해 백인걸이 동서분당설에 관한 소를 올렸다. 그런데 이것이 이이의 사주를 받은 것이라 하여 이이를 탄핵하다가 오히려 김우옹의 탄핵을 받고 파직되었다. 1586년 상주목사가 되고 1592년 임진왜란 때 황주목사로 재직하다가 병으로 사직하고 귀경 중 곡산에서 죽었다.

송이창(宋爾昌. 1561~1627)

본관은 은진. 자는 복여(福汝), 호는 정좌와(靜坐窩). 군수 송응서의 아들이며 동춘당 송준길의 아버지다. 어려서 김계휘에게 배우고 다시 이이, 송익필, 서기의 문하에서 수학하였다. 김장생, 신경진, 이귀 등과 교유하였다. 김장생의 숙부 김은휘의 사위가 되었다. 1590년(선조 23) 사마시에 합격했으며 1606년에 감찰을 지냈다. 이듬해 진안현감을 거쳐 1613년(광해군 5) 신령현감 재임 중 이른바 칠서지옥(七庶之獄) 주모의 한 사람인 서양갑의 처남이라 하여 파직되었다. 그 뒤 벼슬을 단념하고 고향인 회덕에 돌아가 농사와 시주(詩酒)로 여생을 보냈다.

송익필(宋翼弼. 1534~1599)

본관은 여산. 자는 운장(雲長), 호는 구봉(龜峯). 할머니 감정(甘丁)이 안돈후의 천첩 소생이었으므로 신분이 미천하였다. 그러나 아버지 송사련이 안처겸의 역모를 조작, 고발하여 공신에 책봉되고 당상관에 올라 그의 형제들은 유복한 환경에서 교육받았다. 초시(初試)를 한 번 본 외에는 과거를 단념하고 학문에 몰두하여 명성이 높았다. 이이, 성혼과 함께 성리학의 깊은 이치를 논변하였다. 특히 예학에 밝아 김장생에게 큰 영향을 주었다. 또 정치적 감각이 뛰어나서 서인 세력의 막후 실력자가 되기도 하였다. 그러나 1586년 동인들의 충동으로 안 씨 집안에서 송사를 일으켜 송 씨 일가를 안 씨의 노비로 환속시키자 성명을 갈고 도피생활에 들어갔다. 1589년 기축옥사로 정여립, 이발 등 동인이 제거되자 그의 형제들도 신분이 회복되었다. 그 때문에 일찌감치 기축옥사의 막후 조종 인물로 지목되었다. 정철의 실각 이후 희천으로 유배되었으며 1593년 사면을 받아 풀려났다. 김장생의 도움으로 당진 마양촌에서 만년을 보내다가 죽었다.

송한필(宋翰弼. 생몰연대 미상)

송사련의 아들이며 송익필의 아우다. 곽사언의 제방소송에 연관되어 처벌을 받았으며, 송 씨 일가의 환천(還賤) 판결 이후 구월산으로 피신하여 조생원으로 신분을 감춘 뒤, 형 익필과 함께 정여립의 역모를 기획했다는 의심을 받았다. 시문에 능했던 것으로 알려진다.

송취대(宋就大. 생몰연대 미상).

송익필의 서자이며 허균의 첩 성옥의 아버지다. 조선왕조실록(광해군 10년 9월. 1618년)에는, "송취대의 딸은 또한 역적 허균의 첩이었고 취대는 허균과 친밀해서 정의와 자취가 지극히 긴밀했으니, 흉악하고 은밀하게 모의한 일을 반드시 알지 못했을 리가 없다. 취대가 호남으로 달아났다고 하니 물색하여 체포하도록 하라."는 기사가 보인다. 그해 10월 송취대와 그의 딸 성옥이 국문을 당하고, 취대가 진도로 유배되었음을 알 수 있다. 한편 그의 아들 송광유(宋匡裕)는 인조 6년(1628) 허의(許懿) 등이 역모를 꾀하였다고 고하였다가 오히려 무고죄로 처벌을 받았다.

송취실(宋就實. 생몰연대 미상)

송익필의 서자로서 송취대의 아우다.

심충겸(沈忠謙. 1545~1594)

본관은 청송. 자는 공직(公直), 호는 사양당(四養堂). 서인의 영수인 심의겸의 아우이며 명종의 비 인순왕후의 동생이다. 1572년(선조 5) 친시문과에 장원으로 급제하였다. 호조, 병조의 좌랑을 거쳐 예조좌랑이 되었다. 1575년 이조정랑에 천거되었으나 일찍이 형 심의겸에 의해 이조정랑이 되지 못한 김효원이 이조의 중요한 정랑 자리가 척신의 전유물이 될 수 없다며 반대하여 등용되지 못하였다. 이 때문에 동서 당쟁은 더욱 심해졌다. 1578년에 헌납, 1582년에 춘천부사, 1588년에 여주목사, 호조참의, 병조참지, 1590년에 대사간, 형조참의, 이듬해 형조참판을 거쳐 부제학이 되었다. 임진왜란이 일어나자 병조참판 겸 비변사제조가 되어 선조를 호종했고, 세자 호위의 명을 받아 왜적 방비에 힘썼다. 1593년에 호조와 병조의 참판으로 군량미 조달에 공헌했으며 이듬해 병조판서에 특진되었다.

안정란(安庭蘭. 생몰연대 미상)

송사련의 무고로 인해 처형된 안처겸의 손자다. 아버지는 안륜. 서자 출신으로 이문학사를 지냈다. 역관으로 여러 차례 중국에 다녀왔으며 송익필 일가의 환천 송사에 가장 적극적으로 가담하였다.

양대박(梁大樸. 1544~1592)

본관은 남원. 자는 사진(士眞), 호는 송암(松巖). 우계 성혼의 문하에서 배웠다. 1572년 제술관에 기용되었으며 이어 종부시주부에 올랐다. 임진왜란이 일어나자 아들 양경우와 가동(家僮) 50명으로 의병을 일으켰다. 1592년 6월 고경명이 담양에서 의병을 일으키자 고경명을 맹주로 추대하고 유학 유팽로와 함께 종사관으로 활약하였다. 같은 달 7일 군대를 정비하고 이튿날 전주로 가서 의병 2,000명을 모집하기도 하였다. 이때의 과로로 발병하여 진산의 진중에서 죽었다.

양자징(梁子澂. 1523~1594)

본관은 제주. 자는 중명(仲明), 호는 고암(鼓巖). 소쇄원을 만든 양산보의 아들이며 김인후의 사위다. 도의로써 교유한 인물로 정철, 조헌, 성혼 등이 있다. 감사 정종영의 추천으로 관직에 나아갔다. 선조 때 재랑에 수차례 천거되었고 고을 세 곳에서 현감을 지냈다. 1591년 기축옥사의 여파로 두 아들 양천경, 양천회가 연루되어 죽음을 당하자 석성현감에서 파직되어 낙향하였다. 슬하에 3남을 두었는데 3남 양천운은 임진왜란 때 고경명의 휘하에서 함께 창의(倡義)하였다.

양천회(梁千會. 1562~1591)

양자징의 아들. 송익필, 정철의 문인이다. 1588년 생원시에 합격했다. 기축옥사와 관련 최영경을 무고한 죄로 국문을 당하였다. 그는 양천경, 강견, 김극관 등과 함께 삼성교좌(三省交坐)로 국문을 받았다. 천회, 천경, 강견 등은 2차의 형신을 받고서 '정철의 풍지를 받아 최영경이 길삼봉이란 사실무근한 말을 지어내어 서로 수창했다.'고 승복하였다. 이로써 무고죄로 조율하여 정철을 수범으로 삼고 천경 등은 차율(次律)로 논하여 북도에 장배(杖配)하였다. 양천회 등은 모두 장독(杖毒)으로 죽었다.

우성전(禹性傳. 1542~1593)

본관은 단양. 자는 경선(景善), 호는 추연(秋淵). 이황의 문인이며 허엽의 사위다. 1564년 성균관 유생들을 이끌고 요승 보우의 주살을 청원하였다. 1568년 증광 문과에 병과로 급제하고 예문관 검열, 수찬 등을 거쳐 1576년 수원현감으로 나갔다. 동서분당 때 동인으로 분류되었다. 이후 남인의 거두로 앞장을 섰으며 동서 분당 때나 남북의 파쟁에 말려 미움도 사고 화를 당하기도 하였다. 1591년 서인인 정철의 사건에 연좌되어 북인에게 배척되고 관직을 삭탈 당하였다. 임진왜란이 일어나자 경기도에서 의병을 모집해 난민을 구제하였다. 또한 강화도에 들어가서 김천일과 합세해 전공을 세우고 강화도를 장악해 남북으로 통하게 하였다. 병선을 이끌어 적의 진격로를 차단했으며 권율을 지원하였다. 그 공으로 대사성으로 서용되었다. 그 뒤 퇴각하는 왜군을 경상우도 의령까지 쫓아갔으나 과로로 병을 얻어 경기도 부평에서 사망하였다.

유대수(兪大脩. 1546~1586)

본관은 기계. 자는 사영(思永)이다. 이황과 이중호의 문인. 송응개의 처남이며 김첨과 동서가 된다. 1564년 사마시에 진사로 합격하였고

1565년 알성시 문과 병과에 급제하였다. 1569년 승정원 주서가 되었으며 형조좌랑, 예조좌랑을 역임하였고 외직으로 나가서 경상도도사를 지냈다. 1584년 안동대도호부사에 임명되었으며 이때 중앙의 권문세가와 결탁한 토호들을 다스렸지만 형벌을 잔혹하게 적용하여 죽는 사람이 잇따른다는 사헌부의 탄핵을 받고 이듬해 파직되었다. 1586년 41세 나이에 병으로 세상을 떠났다.

유몽정(柳夢井. ?~1589)

본관은 문화이며 호는 청계(淸溪). 생원, 진사시에 합격했고 유일로 집의를 지냈다. 남원부사로 있다가 기축옥사에 걸려서 국문을 받고 경인년에 죽었다. 아들 호(澔)가 소를 올려 신원하기를 청해서 윤허를 받았다.

유성룡(柳成龍. 1542~1607)

본관은 풍산. 자는 이현(而見), 호는 서애(西厓). 의성 출생. 이황의 문인이다. 김성일, 우성전 등과 동문수학했으며 서로 친분이 두터웠다. 1564년 생원·진사가 되고 다음 해 성균관에 들어가 수학한 다음 1566년 별시 문과에 병과로 급제해 예문관 검열로 춘추관기사관을 겸직하였다. 1568년 성절사의 서장관이 되어 명나라에 다녀왔다. 그 뒤 정언, 이조좌랑, 이조정랑, 장령 등을 역임한 뒤 1578년 사간이 되었다. 1580년 부제학에 올랐으며 1582년 대사간, 도승지를 거쳐 대사헌에 승진했다. 1588년 양관대제학에 올랐으며 다음해 병조판서가 되었다. 정여립의 모반사건으로 기축옥사가 있자 여러 차례 벼슬을 사직했으나 왕이 허락하지 않자 소를 올려 스스로 탄핵하였다. 1590년 우의 정에 승진, 이듬해 우의정으로 이조판서를 겸하고 이어 좌의정에 승진 해 역시 이조판서를 겸하였다. 이 해 건저문제(建儲問題)로 서인 정철 의 처벌이 논의될 때 동인의 온건파인 남인에 속해, 같은 동인의 강경 파인 북인의 이산해와 대립하였다. 1592년 일본이 대거 침입하자 병조 판서를 겸하고 도체찰사로서 군무를 총괄하였다. 이어 영의정이 되어 왕을 호종, 평양에 이르러 나라를 그르쳤다는 반대파의 탄핵을 받고 면 직되었다. 의주에 이르러 평안도도체찰사가 되고 이듬해 명나라의 장 수 이여송과 함께 평양성을 수복, 그 뒤 충청·경상·전라 3도의 도체찰 사가 되어 파주까지 진격하였다. 이 해 다시 영의정에 올라 4도의 도체 찰사를 겸해 군사를 총지휘하였다. 1604년 호성공신 2등에 책록되고 다시 풍원부원군에 봉해졌다.

유운룡(柳雲龍. 1539~1601)

자는 응현(應見), 호는 겸암(謙菴). 유성룡의 형으로 이황의 문하에 서 수학하였다. 1572년 음사로 전함사별좌가 된 뒤 이듬해 의금부도 사로 추배되었으나 사퇴하였다. 다시 사포서별제가 된 뒤 청렴하고 철 저한 임무수행의 능력을 인정받아 내자시주부로 승진해 진보현감 등 을 지냈다. 그러나 어머니의 신병 때문에 사퇴하였다가 다시 인동현감 으로 추배되었다. 이후 광흥창주부, 한성부 판관, 사복시첨정 등을 역 임하였다. 임진왜란이 일어나자 동생인 영의정 성룡이 선조에게 그를 해직시켜 어머니를 구출하도록 읍소하였고 이 건의가 받아들여져 그 와 어머니를 비롯한 온 가족이 모두 무사하였다. 이후 풍기군수가 되어 왜적들의 위협을 받고 있는 백성들의 생업을 보호하는 데 힘썼다.

유정(惟政. 1544~1610)

본관은 풍천. 속명은 임응규(任應奎). 호가 사명당이다. 부모가 죽은 후 김천 직지사로 출가하였다. 3년 뒤 승과에 합격한 것을 계기로 많은 유학자들과 교유했는데, 특히 20세 연상인 박순 및 5세 연하인 임제와 가까이 지냈다. 1575년 묘향산 보현사로 휴정을 찾아가서 수행에 정진했다. 1586년 옥천산 상동암에서 진리를 깨닫고 오대산 영감사에 머물렀다. 정여립 모반사건에 연루되어 스승인 휴정과 함께 투옥 당했다가 탄원으로 풀려났다. 1592년 금강산 유점사에 있을 때 임진왜란이 일어나자 휴정의 격문을 받고 승병을 모아 순안으로 가서 휴정과 합류했다. 의승도대장으로 평양성 탈환작전에 참가하여 공을 세웠다. 1604년 휴정이 입적하여 묘향산으로 가던 중에 왕명을 받고 일본과 강화를 맺기 위한 사신으로 파견되었다. 1605년 포로로 잡혀갔던 조선인 3,000여 명을 데리고 귀국했다. 병이 들어 해인사에서 요양하던 중 1610년 8월에 입적했다.

윤의중(尹毅中. 1524~1590)

본관은 해남. 자는 치원(致遠), 호는 낙천(駱川). 아버지가 호남 제일 부자 윤구(尹衢)다. 윤구의 딸이 이중호의 처가 된다. 따라서 윤의중은 이발, 이길 형제의 외숙부이며 윤선도(尹善道)의 할아버지다. 1548년(명종 3) 별시문과에 병과로 급제한 뒤 1553년 부수찬이 되고 이듬해 검토관을 역임하였다. 집의, 응교, 형조참의, 동부승지 등을 거친 그는

1562년 대사성, 도승지에 이어 대사간, 이조참의, 병조참의 등을 역임하였다. 1566년 호조참판에 이어 경상도관찰사를 지냈다. 1574년 대사간, 예조참판, 대사헌을 역임한 후 1581년 형조판서에 올랐지만 재산을 많이 모았다는 흠으로 탄핵을 받았다. 1589년 정여립 옥사 때는 여립과 친하고 또 이발의 외숙이라고 하여 전라도 유생 정암수의 탄핵 상소에 의해 벼슬에서 삭출되었다가 1610년 복관되었다.

윤자신(尹自新. 1529~1601)

본관은 남원. 자는 경수. 1562년 별시문과에 급제한 후 호조참의 등 여러 관직을 역임했다. 1586년 하절사로 명(明)에 갔다가 숙소에서 실수로 불을 내어 문죄를 당했다. 정여립의 역모사건 때 전주부윤으로 정집 등을 체포했다. 임진왜란이 일어나자 선조의 피난 행차를 호종했고 종묘의 신주를 임시로 송도에 묻어 그 공로로 자헌대부가 되었다. 1596년 추관으로 이몽학의 난을 처리한 후 한성부판윤, 공조판서, 지중추부사, 호조판서 등을 역임했다.

윤탁연(尹卓然. 1538~1594)

본관은 칠원. 자는 상중(尙中), 호는 중호(重湖). 이황의 문인이다. 1565년 알성 문과에 병과로 급제, 승문원에 보임되었다. 1568년(선조 1) 전적, 정언을 역임하고 천추사 서장관이 되어 명나라에 다녀왔다. 1574년 사헌부지평, 사인 등을 역임하고, 이듬 해 외직으로 동래부사, 상주목사를 지냈다. 1580년 도승지, 예조참판을 지내고 1582년 영남 지방에 큰 흉년이 들자 경상도관찰사로 특채되었다. 경기도관찰사가 된 뒤 한성부판윤으로 승진하고 세 차례의 형조판서와 호조판서를 지냈다. 임진왜란이 일어나자 왕을 호종하였다. 그때 함경도 지방에는 이미 적이 육박했으며 함경도에 피난한 왕자 임해군과 순화군이 회령에서 적의 포로가 되자 조정은 근왕병을 모아 적을 격퇴시킬 계획을 세웠다. 윤탁연은 왕의 특명으로 함경도도순찰사가 되어 의병을 모집하고, 왜군에 대한 방어계획 등 시국 타개를 위해 노력하다가 그곳에서 객사하였다.

윤황(尹煌. 1571~1639)

본관은 파평. 자는 덕요(德耀), 호는 팔송(八松). 우계 성혼의 사위다. 1597년 알성 문과에 을과로 급제했다. 1599년 주서로 입시한 뒤 1601년에 감찰이 되었으며 곧 정언으로 옮겼다. 이후 병조·예조의 좌랑, 예조정랑을 거쳐 북청판관으로 나갔다. 정묘호란이 일어나자 주화를 반대해 이귀, 최명길 등 주화론자의 유배를 청하고, 항장(降將)은 참할 것을 주장하였다. 병자호란이 일어나자 정묘호란 때와 같이 척화를 주장하다가 집의 채유후, 부제학 전식의 탄핵을 받았다. 영동군에 유배되었다가 병으로 풀려 나와 죽었다. 아들이 윤선거이며 손자가 훗날 소론의 영수가 된 윤증(尹拯)이다.

의엄(義嚴. 생몰연대 미상)

속명 곽언수(郭彦秀). 황해도 구월산의 패엽사 주지로 있으면서 정여립의 역적 음모를 재령군수 박충간에게 제보했다. 임진왜란 중에는 서산대사 휴정의 뒤를 이어 도총섭이 되어 여주의 파사산성을 수축하는 데 공을 세웠다. 전쟁이 끝난 뒤인 1600년 성균관 유생 신경락 등이 그의 오만함과 사치스러움을 탄핵하였다.

이경전(李慶全. 1567~1644)

본관은 한산. 자는 중집(仲集), 호는 석루(石樓). 할아버지는 이지번이며 아버지는 영의정 이산해. 김첨의 사위. 1590년(선조 23) 증광문과에 병과로 급제하였다. 1596년 예조좌랑, 병조좌랑을 지내고 1608년 정인홍 등과 함께 영창대군의 옹립을 꾀하는 소북 유영경을 탄핵하다가 강계에 귀양 갔다. 광해군이 즉위하자 풀려나와 충청도, 전라도의 관찰사를 지내고 1618년 좌참찬에 올랐다. 1623년 인조반정이 일어나자 서인들에게 아첨하여 생명을 보전하고, 주청사로 명나라에 다녀왔다. 1637년에 장유, 이경석 등과 함께 삼전도 비문 작성의 명을 받았으나 병을 빙자하고 거절하였으며 1640년 형조판서를 지냈다.

이광(李洸. 1541~1607)

본관은 덕수. 자는 사무(士武), 호는 우계산인(雨溪散人). 1574년(선조 7) 별시 문과에 병과로 급제하였다. 1584년 병조정랑을 거쳐 1586년 길주목사로 나갔다가 함경도관찰사 겸 순찰사로 승진했다. 1589년 전라도관찰사가 되어 이순신을 조방장으로 썼다. 그해 겨울 정여립의 문생과 그 도당을 전부 잡아들이라는 영을 어기고, 혐의가 적은 인물을 임의로 용서해 풀어주었다가 탄핵을 받고 삭직되었다. 1591년 호조참판으로 다시 기용되었다. 임진왜란이 일어나자 전라감사로서 충청도관찰사 윤선각, 경상도관찰사 김수와 함께 관군을 이끌고 북상해 서울을 수복할 계획을 세웠다. 그 뒤 광주목사 권율을 도절제사로 삼아 웅치에서 적을 크게 무찌르고, 전주에 육박한 왜적을 그 고을 선비 이정란과 함께 격퇴시켰다. 그러나 용인 패전의 책임자로 대간의 탄핵을 받고 파직되어 백의종군한 뒤, 의금부에 감금되어 벽동군으로 유배되었다가 1594년 고향으로 돌아왔다.

이귀(李貴. 1557~1633)

본관은 연안. 자는 옥여(玉汝), 호는 묵재(默齋). 이이, 성혼의 문하에서 수학해 문명을 떨쳤으며 1582년 생원이 되었다. 이듬해 동인들이 이이와 성혼을 공박해 처지를 위태롭게 만들자 여러 선비들과 함께 논변하는 글을 올려 스승을 구원하였다. 1592년 강릉참봉으로 있던 중 왜적의 침입으로 어가가 서쪽으로 간다는 소식을 듣고, 제기를 땅에 묻고 능침에 곡읍한 후 물러나와 의병을 모집해 황정욱의 진중으로 갔다. 이후 세자를 도와 흩어진 민심을 수습하였다. 체찰사 유성룡을 도와 군졸을 모집하고 양곡을 거두어 개성으로 운반해서 서울 수복전을 크게 도왔다. 1616년(광해군 8) 숙천부사, 해주목사를 지냈다. 1622년 평산부사가 되었으나 광해군의 난정을 개탄하여, 김류, 최명길, 김자점 및 두 아들 이시백, 이시방 등과 함께 반정 의거를 준비하였다. 이듬해 3월 인조반정에 성공해 정사공신 1등에 책록되었다. 그 뒤 호위대장, 이조참판 등을 역임하였다. 1626년 김장생과 함께 인헌왕후의 상기를 만 2년으로 할 것을 주장하다가 대간의 탄핵으로 사직하였다. 정묘호란 때에는 왕을 강화도에 호종해 최명길과 함께 화의를 주장하다가 다시 탄핵을 받았다.

이산해(李山海. 1539~1609)

본관은 한산(韓山). 자는 여수(汝受), 호는 아계(鵝溪). 어려서부터 작은아버지인 이지함(李之菡)에게 학문을 배웠다. 1561년 식년 문과에 병과로 급제하고 홍문관정자가 되어 명종의 명을 받아 경복궁대액(景福宮大額)을 썼다. 1567년(선조 즉위년) 이조정랑, 사헌부집의, 부교리를 역임하였다. 1578년 대사간이 되어 서인 윤두수, 윤근수 등을 탄핵해 파직시켰다. 다음해 대사헌으로 승진하고 1580년 병조참판에 이어 형조판서로 승진하였다. 1588년 우의정에 올랐고 이 무렵 동인이 남인·북인으로 갈라지자 북인의 영수로 정권을 장악하였다. 다음해 좌의정에 이어 영의정이 되었다. 정철(鄭澈)이 건저(建儲, 세자 책봉) 문제를 일으키자 아들 이경전을 시켜 김공량(仁嬪의 오빠)에게 정철이 인빈과 신성군을 해치려 한다는 말을 전해 물의를 빚었으며, 아들로 하여금 정철을 탄핵시켜 강계로 유배시켰다. 임진왜란 때 왕을 호종해 개성에 이르렀으나 나라를 그르치고 왜적을 침입하도록 했다는 양사(兩司)의 탄핵을 받고 파면되었다. 1595년 풀려나서 영돈령부사로 복직되고 대제학을 겸하였다. 북인이 다시 분당할 때 이이첨, 정인홍, 홍여순 등과 대북파가 되어 영수로서 1599년 재차 영의정에 올랐다.

이성중(李誠中. 1539~1593)

본관은 전주. 자는 공저(公著), 호는 파곡(坡谷). 이중호, 이황의 문인이다. 1575년 동서분당이 되자 동인으로 지목되어 한산군수로 전임되었다. 1581년 의정부검상, 사인, 1583년 홍문관 응교, 전한을 거쳐 1587년 홍문관부제학에 경연 참찬관을 지냈다. 1589년 대신들의 추천으로 이조참판이 되고 이듬 해 대제학, 대사헌이 되었다. 1591년 시폐 12조와 세자 책봉을 거론하였다. 다시 상소하려다가 충청감사로 전임되고, 같은 해 8월 당쟁의 소용돌이 속에 파직되었다. 임진왜란이 일어나자 수어사가 되어 임금을 호종해 평양에 이르러 호조판서가 되고 선조의 요동 피난을 반대하였다.

이중호(李仲虎. 1512-1554)

본관은 전주. 자는 풍후(風后), 호는 이소재(履素齋). 이발의 아버지 이중호와는 동명이인이다. 천거로 여러 차례 교직(敎職)에 제수되었으나 나가지 않았으며 만년에는 6품직에 제수되었다. 그는 평소에 과거 공부를 폐하고 도학에 전력하여 구용(九容), 구사(九思) 및 경, 의로써 몸과 마음가짐의 규칙을 삼았다. 제자들에게『소학』『근사록』등을 우선으로 가르쳤고 서경덕과 예설을 강론하여 칭찬을 받기도 하였다. 또한 문장에도 뛰어나 김안국으로부터 귀신이 아니면 이러한 문장을 지을 수 없다는 평을 받았다. 특히 성리학에 조예가 깊었다.

이중호(李仲虎. 1512년~1583)

본관은 광산. 자는 사문(士文). 나주에서 태어났다. 1540년(중종 35) 식년사마시에 합격하고 1552년(명종 7) 식년문과에 급제하였다. 사간원 대사성을 거쳐 도승지, 이조참판, 전라도관찰사를 역임하였으며 1583년(선조 16) 대제학에 추증되었다. 부인 해남윤씨는 윤구의 딸로 판서 윤의중의 누이동생이다. 자녀로는 이급, 이발, 이길, 이직 4형제를 두었는데 모두 사마시에 합격하였다. 특히 차남 이발은 1573년(선조 6) 알성문과에 장원급제하였고 셋째 아들 이길은 1577년(선조 10) 별시문과에 을과 1등으로 급제하였다.

이축(李軸. 1538~1614)

본관은 전주. 자는 자임(子任), 호는 사촌(沙村). 양녕대군의 현손. 1576년(선조 9) 식년문과에 을과로 급제하여 승문원에 들어갔다. 그 뒤 호조좌랑, 예안현감, 형조와 공조의 정랑 등을 거쳤다. 1589년 안악 군수로 있을 때 한준, 박충간, 한응인과 함께 정여립의 모역을 조정에 고변한 공으로 이듬해 평난공신 1등으로 완산군에 봉해지고 공조참판 으로 승진되었다. 그 뒤 형조판서, 우참찬을 역임하고 임진왜란 때는 건의대장 심수경의 부장으로 의병을 지휘하였으며 1594년에는 진휼 사가 되어 서울의 백성을 구휼하였다.

이춘영(李春英. 1563~1606)

본관은 전주. 자는 실지(實之), 호는 체소재(體素齋). 아버지는 종실 인 의령감 이윤조(李胤祖)이며 어머니는 백인걸의 딸이다. 백유함의 조카. 성혼의 문인이다. 1590년(선조 23) 증광문과에 병과로 급제 이듬 해 검열이 제수되었으나 정철이 파직당할 때 연루되어 삼수로 귀양 갔 다. 1592년에 풀려나 다시 검열과 호조좌랑을 거쳤으며 임진왜란이 격 심하여지자 소모관으로 충청·전라도를 순행하였고 중국에 구원을 청 하는 주문(奏文)을 초하였다. 1601년 예천군수를 마지막으로 벼슬에서 물러났다.

이항복(李恒福. 1556~1618)

본관은 경주. 자는 자상(子常), 호는 백사(白沙). 1580년(선조 13) 알성 문과에 급제해 성균관 전적과 사간원 정언, 이조좌랑 등을 역임하였다. 1589년 예조정랑 때 발생한 정여립 사건에 문사낭청으로 친국에 참여해 선조의 두터운 신임을 받았다. 한편 파당을 조성하는 대사간 이발을 공박하다가 비난을 받고 세 차례나 사직하려 했으나 선조가 허락하지 않았다. 1590년 호조참의가 되었고 정여립 사건을 처리한 공로로 평난공신 3등에 녹훈되었다. 이듬해 정철 사건의 처리를 태만히 했다는 공격을 받고 파직되었으나 곧 복직되고 도승지에 발탁되었다. 임진왜란이 일어나자 왕비를 개성까지 무사히 호위하고 또 왕자를 평양으로, 선조를 의주까지 호종하였다. 그 후 이조판서를 거쳐 의정부우참찬에 승진되었다. 1598년 우의정, 1600년 영의정에 올랐다. 1617년 인목대비 폐비 주장에 맞서 싸우다가 1618년 관작이 삭탈되고 함경도 북청으로 유배되어 그곳에서 세상을 떠났다.

임제(林悌. 1549~1587)

본관은 나주. 자는 자순(子順), 호는 백호(白湖). 어려서부터 지나치게 자유분방해 스승이 없었다. 20세가 넘어서야 성운(成運)에게 배웠다. 젊어서는 얽매임을 싫어하여 기녀와 술자리를 즐기며 살았다. 1571년(선조 4) 23세에 어머니를 여의었고 이때에 잠시 동안 술을 끊고 글공부에 뜻을 두었다. 1576년(선조 9) 28세에 속리산에서 성운을 하직하고 생원, 진사에 합격했다. 이듬해에 알성시에 급제한 뒤 흥양현감, 서북도병마평사, 예조정랑을 거쳐 홍문관지제교를 지냈다. 그는 관직에 뜻을 잃은 이후에 이리저리 유람하다 고향인 나주 회진리에서 1587년 39세로 세상을 떠났다. 검(劍)과 피리를 좋아했고 술 마시고 방랑하며 여인과 친구를 사귄 짧은 삶이었다.

장운익(張雲翼. 1561~1599)

본관은 덕수. 자는 만리(萬里). 장유(張維)의 아버지다. 1582년 식년문과에 장원으로 급제하여 공조좌랑을 거쳐 고산찰방으로 좌천되었다가 예조정랑으로 돌아왔다. 장령을 거쳐, 1591년 양양부사로 재직 중 정철의 일당이라 하여 온성으로 귀양 갔다. 임진왜란이 일어나자 귀양에서 풀려나 왕을 호종하였다. 주청사가 되어 명나라에 다녀왔다. 그 뒤 도승지, 해주목사, 형조판서 등을 역임하였다. 1597년 정유재란 때 이조판서로서 명나라 제독 마귀(麻貴)를 영접하고 그와 함께 울산싸움에 참전하였다. 뒤에 형조판서가 되었다.

정개청(鄭介淸. 1529~1590)

본관은 고성. 자는 의백(義伯), 호는 곤재(困齋). 유년 시에 보성의 영주산사에 들어가 10여 년간 성리학뿐 아니라 천문, 지리, 의약 등의 잡학을 강구하였다. 그 뒤 산에서 나와, 서울에서 박순 등과 종유하며 학문을 강구한 뒤, 만년에 전라도 무안의 엄담(淹潭)에 이주해 윤암(輪巖)에 정사를 짓고 학문에 힘쓰며 후진을 양성하였다. 1583년 영의정 박순에 의해 유일로 천거되었지만 수차의 관직 제수를 극구 사양하였다. 이에 그의 관직생활은 46세에 북부참봉을 지낸 이후 55세에 나주훈도, 58세에 전생서주부 그리고 60세 되던 해 이산해의 천거로 곡성

현감을 지내는 데 그쳤다. 정여립의 모역사건 때 동모했다는 죄목으로 체포되어 평안도 위원으로 유배되었다가 다시 같은 해 6월 함경도 경원 아산보로 이배되고, 7월 그곳에서 죽었다.

정경세(鄭經世. 1563~1633)

본관은 진주. 자는 경임(景任), 호는 우복(愚伏). 유성룡의 문인이다. 1586년 알성문과 을과로 급제하여 승문원부정자에 임명되었으며 이후 검열 겸 춘추관기사관이 되었다가 곧 통사랑대교로 승진되었다. 1596년 이조좌랑, 홍문관교리에 춘추관기주관을 겸하였다. 1598년 경상감사로 나가 인심이 각박해진 것을 잘 다스렸다. 1600년 영해부사가 되었으나 그해 겨울 관직을 버리고 고향에 돌아갔다. 이후 몇 번의 소명을 받았으나 당시 당쟁의 풍랑으로 정계가 시끄러웠기에 관직을 사양하고 고향에서 학문 연구에 전념하였다. 1607년 대구부사로 나가 치적을 올렸고 1609년(광해군 1) 동지사로 명나라에 다녀왔다. 1610년 대사성이 되었고 다시 전라감사로 임명되었다. 이듬해 정인홍 일파의 탄핵으로 해직되었다. 1623년 인조반정으로 정국이 변하자 홍문관부제학이 제수되었다. 이후 대사헌, 형조판서, 이조판서, 대제학 등의 관직을 거쳤다. 그의 학문은 주자학에 본원을 두고 이황의 학통을 계승하였다.

정기명(鄭起溟. 1559~1589)

정철의 맏아들. 자는 자천(子遷), 호는 화곡(華谷). 처(妻)가 김계휘의 딸이며 김장생의 누이다. 1588년 사마시에 급제하였으며 이듬해 서른둘의 나이로 세상을 떠났다. 1587년(선조 20) 전라남도 여수시 손죽도 해상에서 왜구와의 전투 중 순절한 이대원 장군을 애도하는 한시 녹도가(鹿島歌)를 지었다.

정사위(鄭士偉. 1536~1592)

본관은 광주. 자는 홍원(弘遠), 호는 병은(病隱). 1566년 별시문과에 을과로 급제, 검열이 되고 이어 형조좌랑으로 춘추관기사관을 겸하였다. 1577년 부수찬으로 평안도경차관이 되어 전염병이 휩쓸고 있는 도내를 순방하며 구호한 뒤 1581년에 수찬, 집의가 되었다. 그 뒤 사간이 되어 이이가 삼사의 탄핵을 받자 이를 힘써 변호하였다. 1587년 강원도관찰사로 재직 중 백성의 토지를 빼앗고 또 허락 없이 서울에 들어왔다는 죄로 한때 삭직되었다. 이듬해 도승지를 거쳐 전주부윤이 되었으나 정여립 사건을 제대로 처리하지 못했다고 해서 파직 당했다. 임진왜란이 일어나자 병조참의로서 임금을 평양에 호종, 다시 세자를 따라 강계로 가던 도중 맹산에서 죽었다.

정암수(丁巖壽. 1534~1594)

본관은 창원. 자는 응룡(應龍), 호는 창랑(滄浪). 1561년(명종 16) 진사시에 합격하였다. 1589년(선조 22) 화순군 이서면 창랑리에 창랑정(滄浪亭)을 짓고 정철, 고경명 등과 시문을 지었다. 정여립의 옥사가 일어나자 김승서, 양산룡 등과 연명하여 이산해, 정언신, 유성룡 등은 나라를 병들게 하는 간인이며 역당이므로 멀리할 것을 청하는 상소를 올렸다. 진노한 선조가 소를 올린 자들을 추국하도록 명하였다. 사헌부.

사간원 그리고 태학생들의 탄원으로 목숨을 구했다. 임진왜란 때는 고경명을 따라 금산 전투에 참여하였다.

정언신(鄭彦信. 1527~1591)

본관은 동래. 자는 입부(立夫), 호는 나암(懶庵). 1566년(명종 21) 별시문과에 병과로 급제, 검열이 되고 이어 호조좌랑이 되었다. 이후 함경도병마절도사로 나가 변민을 잘 다스리고 녹둔도에 둔전을 설치하여 군량미를 풍족하게 비축하였다. 1582년 니탕개가 쳐들어오자 우참찬으로 함경도도순찰사에 임명되어 막하로 이순신, 신립, 김시민, 이억기 등 뛰어난 장수들을 거느리고 적을 격퇴하였다. 병조판서에 승진되었다. 1589년 우의정이 되어 정여립 사건에 대한 옥사를 다스리는 위관에 임명되었다. 그러나 서인 정철의 사주를 받은 대간으로부터 정여립의 9촌 친척으로 공정한 처리를 할 수 없다는 탄핵을 받아 위관을 사퇴하고 이어서 우의정도 사퇴했으며 정철이 위관을 대신하였다. 그 뒤 정여립의 일파로 모함을 받아 남해에 유배되었다가 투옥되었다. 사사(賜死)의 하교가 있었으나 감형되어 갑산에 유배, 그곳에서 죽었다.

정언지(鄭彦智. 1520~?)

자는 연부(淵夫), 호는 동곡(東谷). 정언신(鄭彦信)의 형이다. 1554년(명종 9) 인정전 정시(庭試)에서 으뜸을 차지하였고 1558년 식년문과에 병과로 급제하였다. 1561년 전적을 시작으로 형조좌랑, 지평을 거쳐 선조 때 의주목사, 대사헌, 대사간을 역임하였으며 1589년에는 이조참판에 올랐다. 정여립의 역모사건이 일어나자 역적과 친족으로 교분이 두터웠던 인사로 지목되었으며, 양사의 탄핵으로 아우 언신은 중도부처(中途付處)되고 언지는 강계로 귀양을 갔다. 그러나 임진왜란이 일어나자 왕은 1594년 그를 한성부좌윤으로 임명하여 복관시켰다.

정여립(鄭汝立. 1546~1589)

본관은 동래(東萊). 자는 인백(仁伯). 전주(全州) 출신. 1570년(선조 2) 식년문과 을과에 두 번째로 급제한 뒤 이이와 성혼의 각별한 후원과 촉망을 받아 일세의 이목을 끌었다. 1583년 예조좌랑이 되고 이듬해 수찬이 되었다. 본래 서인이었으나 수찬이 된 뒤 당시 집권세력인 동인 편에 반부(反附)하여 이이를 배반하고 박순, 성혼을 비판하였다. 이에 왕이 불쾌히 여기자 벼슬을 버리고 고향으로 돌아갔다. 그러나 동인 사이에는 여전히 인망과 영향력이 있었는데 특히 전라도 일대에 그의 명망이 높았다. 그는 진안 죽도(竹島)에 서실을 지어놓고 대동계를 조직하여 매달 사회(射會)를 여는 등 세력을 확장해갔다. 1587년 왜선들이 전라도 손죽도에 침범했을 때는 당시 전주부윤 남언경의 요청에 응하여 대동계를 동원, 출전하기도 하였다. 그 뒤 대동계의 조직은 전국적으로 확대되어 황해도 안악의 변범, 박연령, 해주의 지함두, 운봉(雲峰)의 승려 의연 등 기인(奇人), 모사(謀士)의 세력으로 확대되었다. 그러나 1589년 이들이 한강의 결빙기를 이용, 황해도와 호남에서 동시에 입경하여 대장 신립과 병조판서를 살해하고 병권을 장악하기로 했다는 고변이 황해도관찰사 한준, 안악군수 이축, 재령군수 박충간, 신천군수 한응인 등의 연명으로 급보되어 관련자들이 차례로 잡혔다. 한편 그는 금구 별장을 떠나 아들 옥남과 함께 진안으로 피신하다가 관군의 포위가 좁혀들자 자살(?)하고 말았다. 이로써 그의 역모는 사실로 굳어지고, 정철이 위관(委官)이 되어 사건을 조사·처리하면서 동인의 정예인사는 거의 제거되었으니 비명에 숙청된 인사는 이발을 비롯하여 1,000여 명에 달하였다.

정윤희(丁胤禧. 1531~1589)

본관은 나주. 자는 경석(景錫), 호는 고암(顧庵). 이황의 문인이다. 1552년(명종 7) 생원 진사 양시에 모두 수석으로 합격하고 1556년 알성문과에 장원하여 홍문관전적이 되었으며 이듬해 정언에 이어 병조좌랑, 수찬 등을 역임했다. 1566년 문과중시에 다시 장원하여 문명을 떨쳤다. 이듬해 판결사를 거쳐 수년간 수령으로 근무하였다. 그 뒤 장단부사를 거쳐 예조, 호조의 참의를 지냈으며 1586년 다시 장례원 판결사가 되어 송익필 일가의 환천을 판결하였다. 1588년 강원도관찰사로 나갔다가 이듬해 돌아와서 죽었다. 문장이 뛰어났고, 특히 사륙문에 능하여 한때 홍문관과 예문관의 서책을 많이 찬술하였다.

정엽(鄭曄. 1563~1625)

본관은 초계. 자는 시회(時晦), 호는 수몽(守夢). 이지함의 주선으로 송익필에게 수업하고 성혼, 이이의 문하에 출입하여 당시의 명류들과 교유하였다. 1583년 별시문과에 병과로 급제, 승문원을 거쳐 홍문관의 문한직을 맡았다. 1587년 감찰, 형조좌랑이 되었으며 1591년 정철이 실각할 때 황해감사에서 파직됐다. 1593년 황주판관으로 왜군을 격퇴, 그 공으로 중화부사가 되었다. 1597년 예조정랑으로 있을 때 정유재란이 일어나 명나라에 파견되었고, 귀국 후 성균관사성을 거쳐 수원부사가 되었다. 1602년 정인홍이 권력을 잡아 성혼을 배척하자, 성혼의 문인이었던 그도 종성부사로 좌천되었다. 1613년에 다시 도승지가 되었으며 1617년 폐모론이 제기되자 외직을 구해 양양부사로 나갔다가 이듬해 폐모의 조처가 단행되자 관직을 버리고 여주에 돌아와 지냈다.

정이주(鄭以周. 1530~1583)

본관은 광주. 자는 방무(邦武). 호는 성재(醒齋). 1568년(선조 1) 증광문과 급제 이후 예문관검열, 성균관전적을 거쳐 공조, 형조, 예조의 좌랑을 역임하였다. 성절사의 서장관으로 명나라에 다녀왔다. 이후 정언이 되어 활발한 언론활동을 전개하였으며, 평안도도사를 거쳐 1573년 지평이 되고 예조, 호조의 정랑을 지낸 뒤 경상도경차관으로 나갔다. 이때 민폐를 많이 끼치고 무뢰배인 서제(庶弟)를 이목으로 삼아 토색을 심히 한다는 사헌부의 탄핵을 받았으나 대사헌 심의겸이 이를 변호하여 병을 명목으로 체직되었다. 1576년 경기어사를 거쳐 헌납에 이르렀다. 1578년 다시 어사로서 양계, 하삼도를 순무하고 정주목사를 역임한 뒤 춘천으로 내려가 있다가 죽었다.

정인홍(鄭仁弘. 1536~1623)

자(字)는 덕원(德遠), 호는 내암(來庵). 열다섯 살 때 조식을 찾아가 학문을 닦았다. 스물여덟 살에는 이황을 찾아가 배움을 청하기도 했다. 1573년에 김우옹의 천거로 처음 관직에 나가 황간현감이 되었고 이후 사헌부 지평 1581년에는 장령이 되었으나 서인에게 밀려 3년 만에 낙향했다. 임진왜란이 일어나자 동문과 문하생들을 모아 성주, 고령, 합천에서 의병을 일으켜 경상우도를 방어했다. 당시 영남 3대 의병장이 모두 그의 문하생이었다. 1602년 대사헌에 제수되었으나 기축옥사를 일으켰던 서인과 이를 방관했던 남인을 배제하고자 이들과 치열히 다투다가 수개월 후 낙향했다. 1608년 영창대군과 광해군을 둘러싼 후사 문제로 북인이 대북·소북으로 대립하자 대북을 이끌었다. 이후 한성판윤, 대사헌 등에 임명되었으나 모두 사직하고 합천으로 돌아갔다. 이언적과 이황의 학문을 비판하고 이들의 문묘 종사를 저지했다. 77세 우의정, 79세 좌의정에 제수되었으나 모두 부임하지 않았다. 1623년 인조반정이 성공하고 서인이 정권을 잡자 그는 폐모론을 주도했다는 죄명으로 합천에서 서울로 압송된 지 5일 만에 처형되었다.

정종명(鄭宗溟. 1565~1626)

본관은 연일. 자는 사조(士朝), 호는 화곡(華谷). 정철의 둘째아들이다. 율곡과 우계한테서 배웠다. 1590년(선조 23) 진사시에 합격하고 1592년 7월 의주행재소에서 실시된 별시문과에 장원으로 급제하여 예조좌랑이 되었다. 인조가 즉위하기 전 20여 년에 걸쳐 아버지인 정철에 대한 선조의 혐오와 동인과 대북(大北)의 박해를 받아 벼슬살이를 할 수 없었음은 물론 생명이 위협당하는 고통을 겪었다. 1623년(인조 1) 성균관 직강으로 복직되고 이어 사도시정, 사헌부 집의, 사복시정, 의정부 사인, 홍문관 교리, 세자시강원 보덕 등을 지냈다. 1626년(인조 4)에 강릉대도호부사로 부임하였다가 그 해 임지에서 죽었다.

정철(鄭澈. 1536~1593)

본관은 연일. 자는 계함(季涵), 호는 송강(松江). 12세 되던 1547년 양재역 벽서사건에 아버지가 연루돼 경상도 영일로 유배되자 정철도 아버지를 따라 유배지 생활을 했다. 1561년 진사시 1등을 하고, 이듬해 문과 별시에 장원급제하여 벼슬길에 나아갔다. 좌랑, 현감, 도사를 지내다가 1566년 31세에 정랑, 헌납을 거쳐 지평이 됐다. 32세 때 이이와 함께 호당(湖堂, 독서당)에 들었다. 이어 수찬, 좌랑, 사간 등을 역임했다. 이 무렵 격화된 당쟁에 밀려 벼슬을 버리고 창평으로 돌아갔다. 1583년 예조판서로 승진하고 이듬해 대사헌이 됐으나 동인의 탄핵을 받아 다시 창평에서 4년간 은거생활을 했다. 정여립 사건이 일어나자 우의정에 발탁되어 서인의 영수로서 동인들 제거에 앞장섰다. 1591년 왕세자 책립문제로 실각되어 강계로 귀양을 갔다. 임진왜란이 일어나자 귀양에서 풀려나 경기·충청·전라도의 체찰사가 되었으며 다음해 사은사로 명나라에 다녀왔다. 이후 언론의 탄핵을 받아 강화 송정촌에 우거하다 58세로 죽었다.

정협(鄭協. 1561~1611)

본관은 동래. 자는 화백(和伯), 호는 한천(寒泉). 우의정 정언신의 아들이다. 이경전, 정효성, 백진민, 김성립 등과 친했다. 1585년 진사시에 장원한 뒤 1588년에 식년문과에 을과로 급제, 검열, 정자를 지냈다. 1589년 아버지가 정여립의 모역사건에 연루되어 남해로 유배되었다가 갑산으로 이배되고 그곳에서 죽은 뒤로는 미관말직으로 전전하다가 1599년 아버지가 신원(伸寃)되자 검상에 기용되었다. 이때부터 수찬, 사간, 응교 등을 역임하였다. 1605년 동지부사로 명나라에 갔다가 이듬해 돌아와 동지중추부사, 대사간 등을 지냈다. 1608년(광해군 즉위년)에 이조참판, 대사헌, 대사간, 부제학을 거쳐 이듬해 예조참판이 되었다. 문장에 능하여 임진왜란으로 소실된 역대실록을 중간할 때는 편수관으로 참여하였다.

정홍명(鄭弘溟. 1582~1650)

정철의 네 아들 중 막내다. 자는 자용(子容), 호는 기암(畸庵). 정철이 47세에 얻은 만득자(晚得子)다. 송익필, 김장생 문하에서 수학하였으며 광해군 8년(1616년) 문과에 급제, 관계에 나섰다. 검열, 지평을 거쳐 함양군수, 수원부사를 지냈다. 이후 대사헌, 대제학의 요직도 거쳤다. 아버지 정철이 강계로 귀양 가게 된 경위를 적은 「기옹소록(畸翁小錄)」을 남겼다.

정효성(鄭孝誠. 1560~1637)

본관은 진주. 자는 술초(述初), 호는 휴휴자(休休子). 김성립, 정협, 이경전, 백진민 등과 어울려 지냈다. 1589년(선조 22) 진사시에 합격하고 학업을 계속하던 중, 재행이 알려지면서 음직으로 회덕현감에 발탁되었다. 이어 함흥판관, 은진현감을 역임하고 내직으로 옮겨 호조정랑을 지냈다. 광해군 말엽 정치 기강이 문란해지면서 반대세력에 의하여 1618년 탄핵, 좌천되었다. 인조반정 후 복직되어 삭녕군수, 강화유수, 청주목사를 지냈다. 1630년(인조 8) 충청감사로서 황폐된 농촌사회를 복구하기 위하여 농민의 부담을 감축하는 등 치적을 쌓았다. 1636년 청나라 군대가 재침해 오자, 강화도를 지키고자 분투하다가 강화도가 함락되면서 순사하였다.

조경(趙儆. 1541~1609)

본관은 풍양. 자는 사척(士惕). 서인의 영수 윤근수의 처남이다. 무과에 급제하여 선전관, 제주목사를 거쳤다. 1591년 강계부사로 있을 때 그곳에 유배되어 온 정철을 우대하였다는 이유로 파직되었다. 임진왜란이 일어나자 경상우도방어사가 되어 황간, 추풍 등지에서 싸웠으나 패배하였다. 이 해 겨울 수원부사로 적에게 포위된 독산성의 권율을 응원, 이듬해 도원수 권율과 함께 행주산성에서 대첩을 거둬 가선대부에 가자되었다. 1593년 새로 편제된 훈련도감당상을 겸하고 이듬해 훈련대장이 되었다. 그 뒤 함경북도병사, 한성부판윤을 거쳐 1599년 충청병사, 회령부사를 지냈다.

조대중(曺大中. 1549~1590)

본관은 창녕. 자는 화우(和宇), 호는 정곡(鼎谷). 이황의 문인이다. 1582년 식년 문과에 병과로 급제하여 한림, 응교 등을 거쳤다. 1589년 전라도 도사로서 지방을 순시하다가 보성에 이르러 부안에서 데려온 관기와 헤어지며 석별의 눈물을 흘렸다. 이것이 잘못 전해져 때마침 죽은 정여립의 추형(追刑)을 슬퍼한 것이라 하여 정여립의 일파로 몰려 국문을 받다가 이듬해 장살(杖殺)되었다. 조대중의 상여가 남으로 돌아올 때 이순신도 그때 정읍현감으로 있었는데 글을 지어 제사를 지냈으며 성혼도 옥사를 담당한 사람에게 글을 보내 어찌 죄와 벌을 고르게 하지 못하느냐고 꾸짖었다.

조헌(趙憲. 1544~1592)

자는 여식(汝式), 호는 중봉(重峯). 경기도 김포 출생. 이이, 성혼의 문인이다. 1567년 식년문과에 병과로 급제하였다. 1568년(선조 1) 처음으로 관직에 올라 정주목, 파주목, 홍주목의 교수를 역임하였다. 1572년 궁중의 불사봉향에 반대하는 소를 올려 국왕을 진노하게 하였다. 1575년부터 호조좌랑, 사헌부감찰을 거쳤으며 3년간 공직에서 물러나 있다가 다시 공조좌랑, 전라도도사를 역임하였다. 1582년 보은현감을 자청하여 나갔는데 대간의 탄핵을 받아 파직되었다가 다시 공주목제독을 지냈다. 1587년 정여립의 흉패함을 논박하는 만언소(萬言疏)를 올렸으나 받아들여지지 않았다. 관직에서 물러난 뒤 옥천으로 돌아가 후율정사라는 서실을 짓고 제자 양성과 학문을 닦는 데 전념하였다. 1589년 시폐를 극론하다가 길주 영동역에 유배되었으나 이해 정여립의 모반 사건으로 동인이 실각하자 풀려났다. 임진왜란이 일어나자 옥천에서 의병 1,600여 명을 모아, 8월 1일 영규의 승군과 함께 청주성을 수복하였다. 이후 불과 700명의 남은 병력을 이끌고 금산으로 행진, 영규의 승군과 진을 치고 전라도로 진격하려던 왜군과 전투를 벌인 끝에 모두 전사하였다.

최립(崔岦. 1539~1612)

본관은 통천. 자는 입지(立之), 호는 간이(簡易). 1555년(명종 10) 17세의 나이로 진사가 됐고 1559년(명종 14) 식년문과에 장원으로 급제했다. 1577년 주청사의 질정관(質正官)으로 명나라에 다녀왔다. 1581년 재령군수로 있으면서 굶주린 백성들을 구제하는 일에 힘써 임금으로 부터 옷감을 받았다. 1587년 장례원 판결사, 1592년 공주목사가 되었으며 이듬해에 전주부윤을 거쳐 승문원제조를 지냈다. 1607년 강릉부사를 지내고 형조참판에 이르러 사직했다. 그리고 평양에 은거했다. 최립은 당대 일류의 문장가로 인정을 받아 중국과의 외교문서를 많이 작성했다. 그의 글과 차천로의 시, 한호의 글씨를 송도삼절(松都三絶)이라고 일컬었다.

최영경(崔永慶. 1529~1590)

본관은 화순. 자는 효원(孝元), 호는 수우당(守愚堂). 서울 출생. 조식의 문인이다. 어려서부터 학문에 재질을 보였으며 학행으로 1572년(선조 5) 경주참봉에 제수되었으나 나가지 않았다. 안민학이 자주 찾아와 정철을 칭찬하고 만나볼 것을 권했지만 단호히 거절하였다. 1575년 선대의 전장(田庄)이 있는 진주의 도동으로 은거하였다. 1576년 덕천서원을 창건하여 스승 조식을 배향하였다. 정여립 역옥사건이 일어나자 그는 유령의 인물 삼봉(三峯)으로 무고되어 옥사하였다. 당시 정적 정철과의 사이가 특히 좋지 않아 그의 사주로 죽은 것으로 의심을 받았다. 1591년 신원되어 대사헌에 추증되고, 사제(賜祭)의 특전이 베풀어졌다.

한응인(韓應寅. 1554~1614)

본관은 청주. 자는 춘경(春卿), 호는 백졸재(百拙齋). 1576년(선조 9)

사마시를 거쳐, 이듬해 알성문과에 병과로 급제해 승문원에 뽑혔다. 1589년 신천군수로 재직 중 정여립의 모반사건을 적발, 그 공으로 호조참의에 이어 도승지가 되었다. 1591년 예조판서에 승진. 진주사(陳奏使)로 다시 명나라에 갔다. 이듬해 돌아오는 길에 임진왜란이 일어났다는 소식을 듣고 개성에서 피난길에 오른 선조를 만나 제도도순찰사로 임진강 방어에 임하였다. 그러나 왜군의 유인작전에 속아 대패하였다. 의주의 행재소에서 공조판서에 임명된 뒤 요동에 건너가 원병의 급속한 출병을 요구하였다. 그 해 12월 이여송이 원군을 이끌고 압록강을 건너자 한어(漢語)에 능한 그가 맞이하였다. 1600년 이조판서, 다음해 호조판서, 병조판서 등을 거쳐 1605년 부원군에 진봉되고 1607년 우의정에 올랐다. 1608년 유교7신(遺敎七臣)의 한 사람으로 영창대군을 돌보아줄 것을 부탁받았다. 1613년(광해군 5) 대북정권이 계축옥사를 일으켜 서인들을 제거할 때 관직을 삭탈당하고 광주로 쫓겨 가서 다음해에 죽었다. 청주목사를 지낸 아들 월곡 한덕급(韓德及, 1577~1660)은 김장생의 사위다.

한준(韓準. 1542~1601)

본관은 청주. 자는 공칙(公則), 호는 남강(南崗). 1566년(명종 21) 별시문과에 병과로 급제하여 예문관에 등용되었다. 예조좌랑, 장령, 좌승지, 전라도관찰사, 호조참판 등을 지냈다. 1589년 안악군수 이축, 신천군수 한응인 등이 연명으로 정여립의 모역사건을 알리는 고변서를 조정에 비밀장계로 올렸다. 그 공으로 1590년 평난공신 2등이 되고 좌참찬에 올라 청천군(淸川君)에 봉하여졌다. 임진왜란 때는 호조판서로 순화군(順和君)을 호종, 강원도로 피난하였고, 이듬해 한성부판윤에 전임되었으며, 진하겸주문사로 명나라에 다녀와 이조판서가 되었다. 글씨를 잘 써서 사자관(寫字官)을 지냈다.

한호(韓濩. 1543~1605)

본관은 삼화. 자는 경홍(景洪), 호는 석봉(石峯)이다. 1567년(명종 22) 진사시에 합격하였다. 글씨로 출세하여 사자관(寫字官)으로 국가의 여러 문서와 명나라에 보내는 외교문서를 도맡아 썼고, 중국에 사절이 갈 때도 서사관(書寫官)으로 파견되었다. 벼슬은 흡곡현령과 가평군수를 지냈다. 그는 조선 초기부터 성행하던 조맹부의 서체를 따르지 않고 왕희지의 서법을 배웠다. 한미한 출신으로 오랫동안 사자관으로 있었기 때문에 예술적인 타고난 재질을 발휘하지 못하고 틀에 맞추려는 노력이 앞섰다. 이로부터 국가의 문서를 다루는 사자관의 특유한 서체, 즉 사자관체(寫字官體)가 창출될 만큼 그의 영향은 컸으며 또 이로부터 사자관제도가 이루어졌다.

허균(許筠. 1569~1618)

본관은 양천. 자는 단보(端甫), 호는 교산(蛟山). 아버지는 허엽, 봉(篈)과 난설헌(蘭雪軒)이 형제다. 송익필의 서자 송취대의 딸 성옥을 첩으로 들였다. 학문은 유성룡에게 배웠으며 시는 삼당시인(三唐詩人)의 하나인 이달에게 배웠다. 1594년 정시문과에 을과로 급제하고 1597년에는 문과 중시에 장원을 했다. 이듬해 황해도도사가 되었으나 서울의 기생을 끌어들여 가까이했다는 탄핵을 받고 부임한 지 여섯

달 만에 파직됐다. 1604년 수안군수로 부임했으나 불교를 믿는다는 탄핵을 받아 또다시 벼슬길에서 물러났다. 1609년 첨지중추부사가 되고 이어 형조참의가 됐다. 1610년 전시(殿試)의 시험을 주관하면서 조카와 사위를 합격시켰다는 탄핵을 받아 전라도 함열로 유배됐다. 그 뒤 몇 년간은 태인에 은거했다. 1613년 계축옥사에 평소 친교가 있던 서류 출신의 서양갑, 심우영이 처형당하자 신변의 안전을 도모하기 위하여 이이첨에게 아부해 대북(大北)에 참여했다. 1617년 좌참찬이 되어 폐모론을 주장하다가 폐모를 반대하던 영의정 기자헌과 사이가 벌어졌다. 1618년 8월 남대문에 격문을 붙인 사건이 일어났고, 허균의 심복 현응민이 붙였다는 것이 드러났다. 허균은 그의 동료들과 함께 저자거리에서 능지처참을 당하였다.

허난설헌(許蘭雪軒. 1563~1589)

조선 중기의 여류 시인으로 허엽의 딸이며 허봉의 누이이고 허균의 누나다. 본관은 양천, 본명은 초희, 자는 경번, 호는 난설헌으로 어렸을 때부터 뛰어난 시재를 보였으며 서화에도 능해 동생 허균에 의해 중국에서 난설헌집이 발간되면서 문명을 떨쳤다. 8세에 <광한전백옥루상량문>을 지어 신동이라고까지 했다. 15세에 김첨의 아들 김성립과 혼인했으나 결혼생활이 순탄하지는 못했다. 시댁과의 불화, 자녀의 죽음, 오빠 허봉의 귀양 등으로 삶의 의욕을 잃고 시를 지으며 나날을 보내다가 27세로 요절했다. 시 213수가 전하는데 도가사상의 신선 시와 삶의 고민을 드러낸 작품으로 나뉜다.

허봉(許篈. 1551~1588)

본관은 양천. 자는 미숙(美叔), 호는 하곡(荷谷). 허엽의 아들이며 난설헌의 오빠이자 균의 형이다. 1572년(선조 5) 친시문과에 병과로 급제했으며 1574년 성절사의 서장관으로 명나라를 다녀왔다. 이듬해 이조좌랑이 됐다. 1577년 교리를 거쳐 1583년 창원부사를 역임했다. 그는 김효원 등과 동인의 선봉이 되어 서인과 대립했다. 1583년 병조판서 이이의 직무상 과실을 들어 탄핵하다가 종성에 유배됐고 이듬해 풀려났으나 정치에 뜻을 버리고 방랑생활을 했다. 1588년 38세의 젊은 나이로 금강산 인근의 김화현 생창역에서 죽었다.

홍봉상(洪鳳祥. 1556~1592)

본관은 풍산. 자는 문서(文瑞). 전 군위현감 권응시의 사위다. 1579년(선조 12) 사마시에 합격하고 1585년 식년문과에 병과로 급제하였다. 광흥창봉사를 거쳐 승정원주서가 되었다. 임진왜란이 일어나자 피신하는 선조를 호종하였으며, 도원수 김명원의 부름을 받아 그의 종사관이 되었다. 얼마 뒤 한양이 함락된 뒤 임진강까지 물러나 지키던 중 왜적이 남쪽 언덕에 복병한 채 조선 군사를 유인하였다. 김명원이 적의 계교에 말려 진격하다가 곤경에 처하게 되었는데 이때 죽음으로 나라의 은혜에 보답한다는 마음으로 적과 싸우다가 순국하였다.

홍여순(洪汝諄. 1547~1605)

본관은 남양, 자는 사신(士信). 1568년 증광문과에서 을과로 급제하고 황해도도사를 지냈으며 1575년 성절사 질정관에 임명되어 명나라에 파견되었다. 1583년 창평현령이 되었고 1589년 왕명의 경중을 제 멋대로 정하거나 남을 모함한다고 해서 사헌부로부터 탄핵되었다. 임진왜란이 터졌을 때 한성판윤이었는데 임금이 피신할 때 백성들이 그의 집부터 가장 먼저 불태웠다. 임금을 호종할 때도 평양에서 백성들에게 맞아 뼈가 부러지기도 했다. 1595년 함경도관찰사가 되었지만 사헌부의 탄핵을 받아 교체되었다. 1598년 형조판서를 지냈다. 임진왜란이 끝나자 남이공, 김신국 등과 함께 유성룡을 몰아내 정권을 잡았다. 1599년 사헌부 대사헌을 지내다가 간악한 성품을 가졌다고 해서 수많은 탄핵을 당했으며 대사헌에 임명된 일로 남이공과 대립해 북인에서 갈라져 대북파를 형성했다. 1608년 진도에 유배되었다가 그곳에서 사망했다.

홍적(洪迪. 1549~1591)

본관은 남양. 자는 태고(太古), 호는 양재(養齋). 아버지는 홍인우, 아우가 홍진이고, 남언경이 고모부다. 이황의 문인. 1572년(선조 5) 진사로서 별시문과에 급제하여 사관이 되었다. 1574년 정자로 홍문관에 들어가 10년 동안 봉직하였다. 1577년 부수찬에 오르고 예조, 병조의 좌랑을 거친 뒤 지제교를 겸하였다. 1580년 예조정랑이 되고 이듬해 병조정랑으로 옮겼다가 곧 경기암행어사가 되어 민정을 살폈다. 그 뒤 교리, 수찬을 지내고 1583년 정언이 되었다. 이 해 양사(兩司)에서 이이를 탄핵하자 이것을 반박하다가 장연현감으로 좌천되었다. 1588년 병조정랑이 되었으며 이듬해 교리, 검상을 지낸 뒤 사임되었다가 그 해 겨울에 집의가 되었다.

홍진(洪進. 1541~1616)

본관은 남양. 자는 희고(希古). 호는 인재(訒齋). 아버지는 홍인우이
며 홍적의 형이다. 1570년(선조 3) 식년문과에 급제한 뒤 정자가 되고
검열을 역임하였다. 1574년 부수찬, 정언을 거쳐 1576년 헌납이 되었
다. 하지만 너무 빠르게 승진했다고 인혐(引嫌, 책임을 지고 스스로 사
퇴함)하였다. 그 뒤 1583년 용담현령으로 부임하였다. 1589년 응교 재
직 중 전염병이 만연하자 충청도에 파견되어 치제하였다. 임진왜란이
일어나자 호군으로 어가를 호종하였다. 이듬해 9월 한성판윤에 임명되
었다. 이후 이조판서, 예조판서, 우참찬 등을 역임하였다. 1604년 판의
금부사가 되었다. 1609년(광해군 1) 북인이 집권하자 사퇴하였다.

휴정(休靜. 1520~1604년)

완산최씨. 이름은 여신(汝信), 호는 청허(淸虛). 별호가 서산대사이
며 휴정은 법명이다. 과거를 보았으나 뜻대로 되지 않아 지리산의 여러
사찰에 기거하던 중 영관대사의 설법을 듣고 불법을 연구했으며 깨달
은 바 있어 출가하였다. 1549년(명종 4) 승과에 급제하였고 선교양종
판사(禪敎兩宗判事)가 되었다. 이후 금강산, 두류산, 태백산, 오대산,
묘향산 등을 행각하였다. 정여립 역모사건 때 승려 무업(無業)의 무고
로 유정(惟政)과 함께 투옥되었다. 그러나 그의 공초가 명백하여 무죄
방면되었다. 임진왜란이 일어나자 선조가 묘향산으로 사신을 보내어
나라의 위급함을 알리고 휴정을 불렀다. 이에 휴정이 전국에 격문을 돌
려서 각처의 승려들이 구국에 앞장서도록 하였다. 선조가 서울로 환도
할 때 700여 명의 승군을 거느리고 개성으로 나아가 어가를 호위하여

맞이하였다. 85세에 입적하였다.

*차례

1. 삭풍(朔風)

율곡이 죽었다!

유성룡은 읽은 서찰을 처음 그대로 접어 천천히 봉투에 넣었다. 창호지 문에 와 닿는 강바람이 한층 드세진 듯싶었다.

"물러가서 좀 쉬도록 해라. 요기도 하고…….."

문지방 앞에 꿇어 앉아 있는 하복 팽수(彭秀)에게 말했다. 어릴 때부터 팽이를 잘 돌렸다고 해서 그런 이름을 가졌다. 젊고 건장한 육신이라고 하지만 한양에서부터 예까지 사나흘 쉼 없이 잰걸음을 옮겼을 그의 노고를 짐작 못할 바 아니었다.

"그리고 낙산 이 서방을 찾아서 나한테 오도록 전하고…….."

문을 닫고 나가는 팽수를 바라보는데 문득 예리한 통증 한 줄기가 앞이마 쪽으로 흘렀다. 간밤 늦도록 마신 술 때문만은 아닌 듯싶었다. 안타까운 일, 어찌 천수가 그렇게 짧단 말인가. 한숨처럼 내뱉었다. 자신과 여섯 살 차임은 진즉에 알고 있었으니, 쉰 나이를 코앞에 두고 숨을 거둔 셈이다. 사람 목숨이 바람 앞의 호롱불이라더니, 율곡의 부고를 받고 보니 새삼 헛말이 아닌 성싶었다. 평소에도 몇 차례 신병을 이유로 향리로 내려가곤 했지만 그 병이 끝내 목숨까지 앗아가리라곤 누구도 생각지를 못했다.

유성룡은 아랫도리를 덮었던 홑이불을 걷어내고 몸을 일으켰다. 이번에는 뭔가가 뒷목을 잡아당기는 것 같은 느낌을 잠깐 가졌다. 과음

탓이야……. 걸어두었던 두루마기를 걸치며 또 혼잣말을 했다. 갓을 쓰고 갓끈을 맸다. 방 가운데서 북향을 가늠하고 섰다. 이 공, 편히 가시오. 나랏일도 사람살이도 다 놓으시고 훌훌히 가시면 됩니다. ……눈을 감으며 짧게 합장을 했다. 연경(燕京)에 다녀온 일이며, 안동에서 퇴계 선생을 만났던 과거사를 자랑스럽게 얘기하던 그의 모습이 떠올랐다. 말은 조금 빠른 편이었고 음성은 맑았다. 길에서 마주칠 때면 더러 장난스럽게 어깨를 툭툭 치기도 했다.

기침을 하고 방문을 열던 사위 이문영(李文英)이 의관을 차린 채 방 안에 우뚝 서 있는 유성룡을 보곤 눈을 커다랗게 떴다. 그의 등 뒤에 정경세(鄭經世), 김홍미(金弘美) 두 젊은 제자 진사가 서 있었다. 둘 다 상주(尚州) 사람으로 유성룡이 상주목사로 있을 때 무르팍 앞에서 글을 배웠던 학동들이었다. 김홍미는 그 뒤 유운룡의 사위가 되었으니 성룡에게는 조카사위이기도 했다.

"출타를 하십니까?"

김홍미가 물었다. 그들도 서울 집에서 팽수가 뛰어온 사실이 궁금했던 모양이다. 유성룡이 손짓을 해 사위를 가까이 불렀다. 지난해 가을 혼례를 올렸지만 아직 소년티를 벗지 못했다.

"자네가 또 거들어줘야겠네. 윗집 아랫집으로 다 기별을 해서 지금부터는 술상을 차리지 말라고 하게. 그리고 원근에서 오신 손들은 준비되는 대로 떠나시게 하고……잔치는 어제로 끝일세. 참, 그전에 여러 사랑채에서 묵은 손님들 중 이분들은 따로 큰사랑으로 와주십사 전갈을 해주고……."

청송부사 김우굉(金宇宏), 선산부사 유덕수(柳德粹), 대구부사 권문해(權文海), 의성현령 정희현(鄭希玄), 풍기군수 김대명(金大鳴), 지례현감 김첨(金瞻), 군위현감 권응시(權應時)……생각나는 대로 손님들의 이름을 나열했다.

갑작스러운 분부에 세 젊은이가 놀람과 의구의 빛을 숨기지 않았다.

"분부 따르겠습니다마는 어인 연유인지 여쭤 봐도 괜찮을는지요?"

조심스럽게 이문영이 물었다. 그도 그럴 것이 어제부터 시작된 큰부인, 유성룡 모친의 칠순 하례 잔치는 오늘내일까지 이어지기로 돼 있었다. 그런데 난데없이 하루 만에 끝이라니! 영문을 알 수 없었다.

"자네들도 이따 큰사랑으로 오게."

성룡이 두 제자에게 말하고 방을 나섰다. 제자와 사위가 얼른 뒷걸음으로 물러났다.

그 길로 형 유운룡(柳雲龍)을 찾았다.

"누가 뭐라고 하건 그가 큰 인물임은 분명하다. 허물없는 이가 어디 있겠냐마는 죽음을 맞이한 마당에서 보면 율곡의 허물쯤이야 입에 올릴 것도 못 된다."

놀라고 안타까워하긴 유운룡도 마찬가지였다. 음주가무를 폐하고 손님들을 내치기로 했다는 동생의 얘기를 듣고는 거푸 고개를 끄덕였다. 형제는 함께 안채로 가서 어머니 김 씨에게도 이 사실을 알렸다.

"당연히 그래야지, 헛되이 나이만 먹은 아낙의 잔치를 이틀사흘 끌 일 없다."

어머니도 금세 자세를 고쳐 앉으며 죽은 이를 추념했다.

올해 일흔. 십 년 전 남편을 여읜 이후부터 병치레가 잦기는 했지만 고희를 맞는 때까지 손수 거동을 하며 곁에 계시는 것만도 자식들에게는 천행인 듯싶었다.

큰사랑에는 어느새 네댓 손들이 먼저 와서 자리를 잡았다, 모두 어제그제부터 와서 큰 부인에게 하례를 올리고 밤늦게까지 주인 형제와 술을 마시며 얘기를 나눴던 이들이었다.

풍산(豊山) 물돌이촌[水回村. 하회마을] 유 씨네 큰 잔치인지라 어제까지만 해도 추위를 무릅쓰고 백 리 안쪽의 고을 수령은 물론 갓끈을 맨다는 유생들은 죄 찾아와서 온 종일 동네가 북적였다. 대궐에서도 하례품을 내려 보냈으니 머나먼 도성 안에 있다고 해서 모른 채 할 수 있는 벼슬아치도 드물었다. 동서(東西)의 당색(黨色)을 따질 일도 아니었다. 사나흘 전부터 말발굽소리며 봇짐 진 종자들의 행렬이 골목에 이어졌던 것도 그 때문이었다.

그 새 소문이 퍼진 것일까. 사랑에 앉은 이들 모두 어두운 낯빛을 하고 있었다.

유성룡이 형 운룡과 함께 병풍을 등지고 나란히 앉았다. 정경세와 김홍미는 둘러앉은 어른들 뒤쪽에 배석했다.

연배로 보면 청송부사 김우굉이 좌장이었다. 그가 올해 예순하나요, 다음의 유덕수가 환갑 나이였다. 좌중을 둘러본 뒤 우굉이 먼저 입을 열었다.

"아까운 사람이 그 나이에 세상 버린 것은 안타깝지만 살아 있는 이들은 그들대로 세상의 공사를 걱정해야 마땅하다고 생각하오. 각자 길 떠나기 전에 주인 형제분이 이런 자리를 만든 것도 그 때문이겠지요."

"율곡이 떠났으니 정철이며 성혼(成渾)이 외로워서 어떡하나, 쯧쯧."

의성현령 정희현이 비아냥조로 한 마디 했지만 따라 웃는 이가 없었다.

"이런 자리에 자첨(子瞻. 김첨의 자)이 빠지면 안 되지."

뒤늦게 들어오는 김첨과 권응시를 보고 풍기의 김대명이 말했다. 두 사람은 여태 율곡의 소식을 듣지 못한 것 같았다. 김대명이 전하는 말을 듣고 둘이 크게 놀라며 신음을 뱉었다.

유운룡이 손들에게 단술을 권하며 말했다. 그도 작년부터 진보(眞寶)현감으로 나가 있었다. 어제 먼저 다녀간 권호문(權好文)이 운룡의 출사를 두고 시 한 수를 읊었다.

'그대마저 먼지 세상으로 가버리니 사림이 텅 비었네(君亦走紅塵 林下無可人)…….'

"상감께서 삼일 소선(素膳. 고기나 생선이 들지 않은 반찬)에 드셨고 성균관 유생들 또한 그리하기로 뜻을 모았다고 하는군요. 궁벽한 데 있다 해도 선비라면 의당 이 정도 예는 갖추어야하겠지요. 그리고 때를 봐서 논의를 일으켜야 할 것이 있는데……."

잠시 말을 끊은 유운룡이 옆자리의 동생을 돌아보았고, 지그시 눈을 감고 있던 성룡이 고개를 끄덕였다.

"무엇보다 앞서 할 일은 이 혹독한 날에도 여전히 극변(極邊)에 안치돼 있는 이들을 한시 바삐 조정에 불러올리는 일일 것입니다. 특히 율곡으로 인해 죄를 입은 이들이 더욱 그러하지요. 이제 율곡도 없는 터에 그 고생을 계속하랄 수도 없고……임금께서도 예전 노여움은 아니겠지요."

"당연히 그래야지."

"죽기 전에 율곡 스스로 그들을 풀어주자고 애썼더라면 얼마나 좋았을까."

김우굉이 선뜻 동조를 했고 선산의 유덕수가 아쉬움을 드러냈다. 유운룡이 굳이 이름을 밝히지 않았지만 그들이 누구를 지칭하는지는 좌중이 다 요량하고 있었다. 누구보다 강경하게 이이를 탄핵하다가 대사간에서 쫓겨난 송응개(宋應漑), 홍문관 전한(典翰)으로서 끈질기게 율곡을 공격하다가 창원부사로 좌천되고 이어 갑산으로 귀양 간 허봉(許篈), 이들을 지지하다가 강계에 유리안치 된 전 도승지 박원근(朴元根)이 그들이었다. 장흥부사로 쫓겨 갔던 송응개도 결국 함경도 회령에 유배되었는데 모두 지난 해(癸未年. 1583년) 여름에 있었던 일이었다.

　흔히 '계미삼찬(癸未三竄)'이라고 부르는 이들은 서인들이 볼 적에는 살쾡이 같은 존재들이었지만 동인에게는 이보다 의기 넘치는 인사가 없었다. 좌중은 모두 퇴계의 문인으로서 동인에 속해 있었다. 이들에게는 세 사람을 유형지에서 벗어나게 하는 일보다 급한 것이 없었으며 율곡의 타계는 그 기회가 왔음을 일러 주는 것이었다.

　"사돈과 처남을 구하는 일인데 자네가 앞장서서 붓대를 휘둘러야 누가 하겠나?"

　"아무렴, 내가 함세."

　좌중이 잠시 설왕설래하는 사이 권응시가 김첨에게 농을 했고, 김첨이 주저하지 않고 소매를 걷는 시늉을 했다. 송응개가 김첨의 처남이고 허봉은 김첨의 오랜 벗인 동시에 사돈이었다. 그 때문만은 아니었다. 김첨 또한 그들과 함께 율곡을 논핵(論劾)하다가 이조좌랑에서 산골 현감으로 쫓겨난 처지였다. 뜻하지 아니하게 율곡이 바삐 세상을 하직한 탓에 맞서 싸울 상대를 잃은 것이 안타까울 따름이었다. 간밤 술자리에서도 울분을 참지 못하던 김첨을 생각하곤 권응시가 얼른 그의 손을 잡아 눌렀다.

"그런 말 말게. 율곡이 떠났다 해도 상감의 속정을 누가 알겠는가. 간관(諫官)으로 돌아가기 전엔 입 꾹 다물고 지레 고을이나 잘 다스리게."

유운룡이 다시금 화제를 이끌었다.

"당장 여기서 무엇을 어떻게 하자고 할 것도 아니고 또 그렇게 해서 될 일도 아니지요. 의정부나 삼사(三司)에서 먼저 논의가 생기고 거기서 주상께 진달이 있도록 해야 할 것이외다. 여기 계시는 분들이 뜻을 함께 해서 좋은 방도를 찾아봐야 할 것입니다."

"그러기 위해서라도 하루 속히 이현(而見. 유성룡의 자)이 입궐을 해야지요."

정희현의 말에 여러 사람이 고개를 끄덕였다. 유성룡의 얘기를 직접 듣고 싶다는 눈치이기도 했다.

"소재(蘇齋. 노수신의 호) 어른이 정정하시니 믿어 보겠습니다."

우의정 노수신을 졸라보겠다는 뜻 같기도 했다. 성룡의 짧은 응대에 여기저기서 웃음소리가 나왔다.

"이번 기회에 송익필(宋翼弼) 그 자를 운신하지 못하도록 해야 해."

김우굉의 말이었는데 노여움이 묻어 있는 음색이었다.

"맞는 말씀입니다."

김첨이 동조했다.

"율곡과 정철, 성혼 뒤에 그 자가 있다는 사실을 모르는 이 없지요. 그의 음험한 간계에 임금의 눈귀가 멀고 올곧은 선비들이 내쫓겼으니 그 자를 놔두고선 아무 공사도 할 수 없습니다. 대간들을 규탄하자고 성균관 유생들의 여론을 모은 유공진(柳拱辰)의 계책이 어디서 나왔으며, 박순(朴淳)과 율곡을 옹호하고 대간들을 내치게 한 왕자사부(王子師傅) 하락(河洛)이며 신급(申礏)의 상소가 어떻게 나왔을까요? 모두 송익필의 붓과 혀끝에서 비롯된 것임을 세상이 다 알지 않습니까?"

"신급의 소(疏)가 하락이 올린 것과 대동소이한 것만 봐도 누군가 뒤에서 농간을 부린 것이 뻔합니다. 승정원에서도 이를 지적하지 않았습니까. 성균관의 것도 송익필이 대필했다는 소문이 낭설은 아닐 것입니다. 거기에 이름을 올린 5백에 가까운 유생들 가운데 주동자는 죄다 율곡과 성혼의 제자이고 그들을 부추긴 자가 바로 정철임은 세상천지가 알고 있지요."

권응시가 김첨을 거들었다. 특히 신급의 상소에는 김첨의 이름까지 언급돼 있음을 응시도 알고 있었다. 이이와 성혼을 어질다고 한껏 치켜 세운 반면 박근원, 김응남(金應南), 우성전(禹性傳), 김첨 등을 조정에서 마음대로 권세부리는 자라고 비난했다. 이에 대한 임금의 비답(批答)이 또 희한했다.

"그대의 아우 신립(申砬)이 옛날 명장의 기풍이 있는데, 그대가 또 이렇듯 기특한 절개가 있으니 한 집안에서 충과 의가 함께 났도다." 했다던가.

의논이 빗나감을 유운룡이 걱정했다.

"여기서 다시 지난 일을 들출 것은 없을 거외다. 아무튼 율곡이 떠난 마당에 서인들이 한층 곤고함을 가질 수밖에 없겠지요. 하여 국면 전환을 위해서 무슨 일이든 꾸미려 할 텐데 경부(敬夫. 김우굉의 자) 어른의 말씀처럼 송강이 할 수 있겠습니까, 호원(浩原. 성혼의 자)이 하겠습니까. 송익필뿐이겠지요. 사전에 그 자의 작폐를 막아야 한다는 데는 저도 찬동을 합니다."

어떤 방법이 있을까요? 좌중이 김우굉을 바라봤고 우굉이 기다렸다는 듯이 빠른 언사로 답했다.

"어려울 것도 없어. 신사년(1581년)에 처리하려다가 유야무야 덮어버린 곽(郭)가네 제방 송사(訟事)를 끄집어내서 제대로 살피기만 하면 송가 형제들은 살아도 산목숨이 아닐 걸세. 당시 내가 형조에 있으면서 직접 그 일을 다뤘으니 누구보다 잘 알지. 누가 봐도 명명백백 곽가가 잘못한 일인데 어찌 해서 그렇게 흐지부지 넘어 갔겠는가? 곽가 뒤에서 송익필, 한필 형제가 머리를 짜내고 권세 지닌 이들이 그들을 도왔기에 가능한 일이 아니었겠나. 송장이 채 식지도 않은 이를 나무라서 안 됐지만 율곡이 덮어주고 송강이 힘쓰지 않았으면 어찌 그런 일이 있었겠는가."

"곽사원(郭士源)의 언송(堰訟)을 말씀하시는 것이지요?"

유성룡도 기억하는 일이었다. 햇수로 3년이 됐다. 경기도 교하(交河)에 사는 외거(外居) 노비 거인(居仁)이란 자가 인근에 사는 양반 곽사원을 관아에 고발한 것이 사건의 발단이었다. 곽사원이 제 논 옆에 방죽을 쌓으면서 거인이 경작하던 한 마지기 논을 못 쓰게 만들었으니 이를 보상해 달라는 소송이었다. 사건의 형적만 보면 교하현감 선에서도 간단히 쟁송을 처리할 수 있었지만, 중간에 세력가를 낀 엉뚱한 자들이 끼어듦으로써 사건은 종잡을 수 없을 만큼 커져 버렸다. 돈 한 푼 쓰기 싫었던 곽사원이 윤두수(尹斗壽), 윤근수(尹根壽) 형제와 교분이 있다고 큰소리치는 구종이란 자를 대리인으로 내세워 거인의 주인인 황유경(黃有慶)을 물고 들어갔다. 황유경이 제 노비 관리를 잘 못해서 이런 일이 벌어졌다며 송사를 형조로 올려버렸던 것이다.

당시 형조참의로 있던 김우굉이 사건의 자초지종을 살피곤 거인의 손을 들어주려고 했는데 뜻밖에 서인 관원들이 입을 맞춰 반대를 했다. 공정성에 문제가 있다는 것이었다.

결론을 내지 못한 형조에서는 하는 수 없이 황유경도 잘못이 없지 않다는 의견을 붙여 대궐로 보냈으며 왕은 이를 한성부로 이첩했다. 한성좌윤 정언지(鄭彦智)가 곽사원이 제출한 문서에 거짓이 있음을 발견하곤 곽을 죄 주어야 한다고 판윤에게 보고했지만 판윤은 되레 거인을 벌해야 한다고 말했다.

뒤늦게 안 사실이지만 한성판윤에게 그런 의견을 제시한 이가 바로 이조판서 이율곡이었다. 곽사원이 쥔 연줄들을 따져보면 율곡이 그런 뜻을 드러낸 것도 놀라운 일이 될 수 없었다. 곽사원의 아들 곽건(郭建)이 곧 송한필의 사위가 되며 한필은 송익필의 아우다. 송익필이야말로 율곡의 둘도 없는 지기가 아닌가 말이다. 송사의 배후에 송익필이 있다는 이야기가 공공연히 나돈 것도 그 때문이었다.

겉으로는 단지 한 시골 양반과 그 이웃 종 사이의 쟁송이지만 그 뒷전에는 당대의 명망가들이 포진하고 있었고 동서의 세력 싸움이 있었다. 율곡과 윤두수 형제, 송익필 형제가 서인이고 김우굉, 정언지가 동인이었다.

한성부에서도 종내 결론을 내지 못한 송사는 결국 형조로 되돌아갔으며, 형조에서도 더 이상 논의를 못 하고 문서들을 서궤에 묵혀둘 수밖에 없었다.

율곡이 떠났으니 이제 이 묵힌 서류들을 끄집어내어 송익필을 옭아

매면 된다는 것이 김우굉의 생각이었다. 때마침 두 달 전 그의 아우 김우옹(金宇顒)이 이조참판이 되었으니 조정의 의논을 끌어내는 것도 크게 어렵지는 않을 듯싶었다.

"하면⋯⋯어른께서 동강(東岡. 김우옹의 호)을 통해 분위기를 살펴본 뒤 공론으로 옮기도록 하지요. 나머지 자세한 것은 추후에 다시 의논토록 하고요."

유운룡이 논의를 마무리하겠다는 투로 말했으며 이어 유성룡이 제 의견을 보탰다.

"먼저 송익필을 어떻게 한다기보다 마무리 못 한 송사를 처리해서 한 사람이라도 억울한 일이 없도록 하는 것이 도리일 것 같습니다. 조정에서는 그렇다 치고 곽가의 일은 여기 안동에서보다 호남에서 먼저 발의가 되면 좋겠습니다. 여기 중정(仲精. 유덕수의 자)께서 경함(景涵. 이발의 자)의 의향을 알아볼 수 있을는지요?"

"그 좋은 생각이외다. 내가 알아볼 수 있지요."

유덕수가 쉬 동조를 했다. 그는 전주가 본향이면서도 일찌감치 퇴계의 문인에 속했다. 고봉(高峰) 기대승(奇大升)의 영향이었다. 아버지의 상(喪)을 당해 고향 나주에 가 있는 이발(李潑)이 누구를 시켜서라도 이 송사를 재론케 한다면 그야말로 금상첨화였다. 곽사원 때문에 곤욕을 치른 황유경이 이발의 친척이니 이발도 남의 일인 양 할 턱이 없었다. 게다가 조정에서 일을 맡을 김우옹은 누구보다 이발과 가까웠다. 두 사람은 같은 시기 남명(南冥) 조식(曺植) 밑에서 학업을 닦았다. 김우옹이 퇴계를 찾았던 것은 훨씬 뒷날의 일이었기에 이 자리에 모인 퇴계 문도들과는 조금 거리가 있는 것이 사실이었다.

어느 정도 얘기가 정리됐다고 여긴 듯 김우굉이 먼저 자리에서 일어날 때였다.

"박제(朴濟) 그 자는 언제 손을 보죠?"

의성의 정희현이 또 나섰다. 그는 관기(官妓)와 살림을 차렸다고 해서 몇 차례 대간들의 입에도 오르내렸다.

"에끼, 여기서 그 자의 이름이 왜 나와!"

김우굉이 휘휘 손을 내젓곤 서둘러 방을 나가는 바람에 나름 생색을 내려했던 정 현감만 머쓱해지고 말았다. 따지고 보면, 대사간으로 있던 김우굉이 청송으로 쫓겨난 일이며 김첨이 지례로 좌천된 것도 박제 그 자의 상소에 기인하는바 컸다.

신급과 하락의 상소가 있던 무렵, 유생 박제도 소를 올렸는데 그 내용이 조정의 동인 인사들을 무차별로 싸잡아 헐뜯는 것이어서 참람하기 짝이 없었다. 그는 송응개, 허봉, 박근원 세 사람을 화(禍)를 초래한 매와 사냥개로 비유했을 뿐만 아니라 김효원(金孝元), 김응남, 김첨 등이 그들을 사주했다고 적시했다. 나아가 김우굉을 음험하고 흉사(凶邪)하다고 했는가 하면 그 아우 김우옹은 형 때문에 길을 잘못 들었다고 하면서 모두를 귀양 보내거나 외직으로 돌려야 한다고 주장했다.

"여보게 의성, 그만하고 우리도 가세. 중정(유덕수) 어른도 함께 가실 거지요?"

김첨도 자리를 털고 일어났다. 유운룡과 할 말이 있다면서 유덕수는 혼자 출발을 미뤘다.

벌써부터 대문 밖 공터는 각각 주인을 모시고 갈 종자들과 말들로 북적였다. 주인 형제와 하직인사를 나눈 김첨과 권응시는 먼저 저들의 하복들을 거느리고 강가로 행보를 옮겼다. 가는 방향이 같다고 대구의 권문해가 동행을 했다. 배웅을 한다면서 정경세, 김홍미가 뒤를 따랐다.

청송, 풍기, 의성으로 가는 사람들은 마을에서 곧장 풍산으로 나가 안동으로 가면 되지만 선산, 대구, 지례는 마을에서 강을 건너 풍양으로 가는 것이 지름길이었다. 권응시의 군위는 안동으로 가건 풍양으로 가건 거리는 비슷하지만 풍양을 지나 다인에서 들어가는 것이 훨씬 길이 평탄했다. 김첨의 지례와 권문해의 대구가 가장 멀었다. 선산에 가서 하룻밤을 묵을 수밖에 없었다.

작년 계미년(1583년) 정월, 두만강 인근에 할거하던 야인들이 관부(官府)를 습격했다. 이들 대부분은 세종이 4군6진을 설치할 때부터 이 지역에 살아오던 여진족이었다. 최초의 전투는 경원진에 속한 아산보에서 벌어졌다. 아산 만호(萬戶)가 보낸 정탐병이 이들에게 사로잡히고 뒤이어 아산보가 공격을 받자 경원부사 김수(金晬)와 판관이 원병을 이끌고 달려갔지만 오히려 매복에 걸려 병졸과 군마를 잃고 패퇴하였다. 부사 김수는 김첨의 이복동생이다.

소식을 접한 북병사 이제신(李濟臣)이 북도 전역에 비상을 걸었지만 종성과 회령의 번호(蕃胡)들이 난에 가담하면서 사태는 더욱 커졌다. 니탕개가 난의 우두머리였다.

1월 28일, 1만여 야인들이 일제히 경원진을 공격하여 성 대부분을 점령했지만 온령부사 신립이 이끄는 원군이 달려오자 후방으로 달아났다. 2월 9일, 전력을 정비한 여진족이 재차 훈융진을 공격해왔다.

북병사 이제신으로부터 다급하게 전해진 장계를 접한 왕이 5도에 군사 징발령을 내렸으며 경기감사 정언신(鄭彦信)을 우참찬 겸 도순찰사를 삼아 함경도로 내려 보냈다.

병으로 누워 있던 병조판서 이이가 북변의 난 소식을 듣곤 서둘러 조정에 나왔다. 그는 군사를 충원하는 방책부터 진언했다.

"비도(匪徒)의 난리는 방비가 없는 데서 일어나고, 승패와 안위는 숨 한 번 쉬는 사이에 결정됩니다. 국방을 강화하려면 우선 군적을 과감하게 개혁해야 합니다. 서얼(庶孼)과 천인들 중에서 무예가 뛰어난 자를 모아 국경을 지키게 하고, 자원하여 6진에 나가 3년을 근무하는 서얼에게는 과거에 응시할 자격을 주며, 천인은 신분의 족쇄를 풀고 양민으로 삼아 나라를 위해 일할 수 있도록 해야 합니다."

이어 그는 시급한 안건에 대해 말하고 싶다면서 임금의 독대(獨對)를 요청하였는데 이것이 동인을 크게 자극하였다. 독대야말로 가장 특별하고 예민한 정치행위였기 때문이다. 이이가 왕의 총애를 믿고 권력을 남용한다며 동인 대간들이 비난하고 나섰다.

3월에 들면서 야인들의 공세가 뜸해졌다.

4월 초하루, 임금이 함경감사로 있던 정철을 예조판서로 불러들이자 간관(諫官)들이 들고 일어났다. 사헌부가 "정철이 술을 즐기고 예의를 잃어, 이전에 승지로 있을 때도 의논이 많았는데 반년도 못 되어 품계를 뛰어 예조판서에 올리면 여론이 좋지 않을 것입니다."라고 하였지만 임금이 듣지 않았다.

서인도 동인에 대한 공세를 늦추지 않았는데 왕실의 이요(李瑤)가 앞장을 섰다.

"근래 조정이 편안치 못한 것은 동서로 당파가 나누어지고 정사마저 여러 곳에서 나오기 때문입니다. 유성룡, 김효원, 이발, 김응남이 동인의 괴수로서 마음대로 하는 형적이 많습니다. 이들을 다스려 주십시오."

나아가 그는 이렇듯 당파가 생기고 신하들이 방자한 소행을 서슴지 않게 된 것이, 이조의 전랑(銓郎)이 후임 전랑을 추천하게 돼 있는 잘못된 제도 때문이라고 주장했다. 관리의 임용 심사, 추천권을 가진 전랑이 자기네 사람을 후임으로 끌어들이게 되면 주고받은 자들끼리 저절로 무리가 이루어져 임금마저 업신여기게 된다고 했다.

이에 양사(사간원과 사헌부)에서는 이요가 근거 없는 말로 사류(士類)를 일망타진하려 한다고 논박하며 그를 파직할 것을 청하였지만 임금이 허락하지 않았다.

5월에 들자 한동안 잠잠했던 여진족이 다시 준동했다. 5일, 니탕개가 이끄는 야인 1만군이 종성진을 공격했으며 조선군이 이에 맞섰지만 전력이 크게 열세였다. 숱한 군사가 피살되고 병사(兵使)가 적에게 붙잡혔다.

6진 가운데서도 종성은 최북단의 진영으로서 종성이 함락되면 곧바로 두만강 하류까지 뚫릴 수 있었다. 조선군은 화포를 쏘아대며 구원군이 올 때까지 성을 지켰다. 천행이랄까. 그 사이 반대세력이 니탕개의 본거지를 불태우는 바람에 적군은 스스로 종성에서 물러났다. 5월 13일, 전열을 재정비한 니탕개가 다시 종성을 공격하였고, 19일에는 3만여 병력이 동관진을 집중 공격했지만 이 또한 내부의 배반으로 실패로 돌아갔다.

북변에서 전황이 전해지는 사이, 병조판서 이이는 전장에 보낼 병사와 군량을 모집하는 방안을 마련하고 이를 실행에 옮겼다. 필요한 병력은 공사천, 잡류 등 비천한 백성으로 충당하고 군량은 4품 이상 고위 관료와 종친들이 출연하여 충당한다는 내용이었다.

이렇게 군량과 병력은 확보하였지만 이를 전장으로 이동시키고 수송하는 문제가 남았다. 병조에는 사수(射手)들에게 줄 전마(戰馬)도, 식량을 옮길 우마(牛馬)도 없었다. 이이는 늙거나 몸이 부실한 정병들을 대상으로 하여 말을 제공하면 전역(戰役)을 면해주는 방책을 펴기로 하고 우선 징병 대상자들을 상대로 전마를 헌납할 자들을 물색했다. 그 결과 뜻밖에 많은 군마를 확보할 수 있었으며 이이는 즉시 이를 출정 병사들에게 배정하였다.

강에서 불어오는 차가운 바람이 옷섶을 파고들었다. 매운바람에 맞서지 않으려면 말 등에 얹혀 가기보다 차라리 걷는 것이 나았다. 강이 꽁꽁 얼어붙어 있어서 나룻배 신세를 지지 않는 것만도 다행이었다. 배를 타고 낙동강을 흘러가면 대구건 지례건 하루 행로를 줄일 수 있었지만 겨울에는 그것이 가능하지 않았다. 행렬을 지은 사람들이 왼편으로 깎아지른 부용대 절벽을 바라보며 빙판을 걸었다. 잔설이 얼음에 붙어 있어서 바닥은 크게 미끄럽지 않았다. 앞서 걷던 김첨이 권응시를 돌아보며 한 마디 했다.

"어이 송학(松鶴. 권응시), 아까 의성이 박제 그놈 얘기는 잘 꺼냈네. 겉으론 그랬지만 경부(김우굉) 어른도 속으로 단단히 벼르고 있을 걸세."

"당장 주리를 틀어야지."

응시가 기분 좋게 맞장구쳤다.

"초상집 개만도 못한 위인이 아직도 유생이랍시고 여기저기를 들쑤시고 다니니······쯧쯧."

"자첨(김첨) 자네는 물론 수원의 경선(景善. 수원부사 우성전)이라도 진즉에 그 자한테 잘 해주었으면 이런 일은 없었을 것 아닌가."

"에끼, 이 사람!"

중간에 있던 권문해가 껄껄 소리 내어 웃었고 김첨이 짐짓 역정을 냈다. 여러 해 전, 퇴계 선생이 한양에 올라와 우성전의 집에 며칠 묵을 때였다. 어디서 소식을 들었는지 박제가 찾아와 선생을 뵙고 싶다며 명함을 들이밀었다. 보나마나 선생의 추천을 받아 산간 고을 현감 자리라도 하나 얻어 보겠다는 수작이었다. 우성전이 뭐라 말하지 않았는데 선생이 먼저 '이 자가 또 왔구먼.' 하며 역정을 내곤 만나주지 않았다. 이전에도 두 차례 안동까지 찾아온 전적이 있었기 때문이었다.

이때부터 박제가 앙심을 품은 모양이었다. 갑자기 서인에 달라붙어서 동인에 대한 험담을 늘어놓기 시작했다. 한때는 세상의 미덕을 다 갖춘 인물이라며 유성룡, 김우굉을 치켜 올리는 소를 지었던 이가 갑자기 바뀐 것이었다.

"그 자가 미숙(美叔. 허봉)을 찾아왔더란 얘기는 내가 안 했나?"

김첨이 쿡쿡 웃었다.

"미숙한테?"

"한동안은 김취려와 잘 지냈던 모양이야. 그런데 뭔가 틀어졌던 모양이지. 그리곤 난데없이 미숙을 찾아와선 그대가 취려와 절교하지 않으면 내가 자네와 절교하겠다고 했다나. 허허."

"그래서?"

"미숙이 한 마디 했대. '내가 너와 사귄 적이 없는데 절교를 하고 말게 뭐 있냐?'고."

"허허허"

보폭을 맞추어 걷던 세 사람이 동시에 웃음을 터뜨렸다. 웃음 끝에 권응시가 '그 자가 초당(草堂. 허엽) 집 사람들은 다 건드리고 다니는구 면.' 했는데 듣고 보니 그럴싸했다. 미숙 허봉이 허엽의 아들이요, 우성 전이 초당의 사위였다. 또 김첨 자신은 초당의 딸 초희(礎姬. 허난설헌) 를 며느리로 두고 있었다.

한 순간 김첨이 한양 집에 있을 며느리 초희의 핏기 없는 얼굴을 떠 올렸지만 이내 떨쳤다.

여전히 국경의 경보가 발령돼 있던 6월 하순, 임금이 군사의 일을 의 논하기 위해 병조의 당상관 이상의 입궐을 명했다. 연락을 받은 이이가 근정문 밖 내병조(內兵曹)에 이르렀을 때 갑자기 어지럼증으로 비틀거 렸다. 곁에 있던 서리가 얼른 그를 부축했으며 이이는 잠시 쉴 요량으 로 승정원으로 가는 대신 내병조의 내실에 몸을 뉘었다. 소식을 들은 임금이 내의(內醫)를 보내 병을 돌보고 이어 물러가서 조리할 것을 명 하였다.

이이의 이러한 거동도 곧바로 언관(言官)들의 지탄꺼리가 됐다. 그 들은 이이가 임금을 업신여기지 않고는 이렇듯 방자한 행동을 할 수 없 다며 그의 죄목들을 열거했다.

임금의 명을 받아 입궐을 하고서도 병을 핑계로 전교를 받들지 않은 죄뿐만 아니었다. 이전에는 오만하게도 시폐(時弊)에 대한 진언을 한 다는 명목으로 독대를 청했을 뿐만 아니라 임금의 윤허도 없이 전마를 바친 장정들의 군역을 면해 주는 전횡을 부렸다고 하였다. 또한 서얼에게 과거 응시의 기회를 주자고 한 것은 이이 자신이 적자(嫡子)가 없이 서자만 두고 있기 때문이며, 친구인 서얼 송익필에게 벼슬길을 터주려는 속셈에서 비롯된 것이라고 주장했다. 그들은 이이를 심의겸(沈義謙)의 당에 몸담고서 사류들을 내치려 한 '오국소인(誤國小人, 나라를 그르친 소인)'이라고 지칭하면서 궐에서 내칠 것을 강하게 요구했다.

언관 중에서도 이이의 탄핵에 앞장선 이는 대사간 송응개와 홍문관 전한(典翰) 허봉이었다. 도승지 박근원이 그들을 지원했다. 헌납(獻納) 유영경(柳永慶), 집의(執義) 홍여순(洪汝諄), 부제학 권덕여(權德輿) 등도 이들과 뜻을 같이 했다.

연일 간관들의 주청이 드세지는 가운데 왕이 직접 이이를 감싸고 나섰다.

"일찍이 재상으로서 소명을 받고 오지 않은 자 많았지만 그들을 두고 임금에게 거만하다고 논란한 것은 듣지 못했다. 말을 헌납시키면서 나에게 묻지 않은 것도 허다한 사무 중에 미처 하지 못한 것에 불과한 것이다. 권덕여와 홍진(洪進) 같은 이는 항상 이이의 충직함을 칭찬하더니 이제 와서 이이를 소인이라고 지목하니 소인을 기리고 칭찬하던 이전 일은 어찌 되는가? 서얼과 허통하는 일에 대해서는 김첨이 전에 경연에서 말하였다. 만일 이이가 법을 어지럽혔다고 해서 죄를 준다면 김첨이 모주(謀主)가 되고 이이가 추종이 되는 것이다. 따라서 어찌 김첨의 죄로 이이를 논박하는가?"

이이가 임금의 은혜에 감사하면서 아뢰었다.

"신이 먼저 그 몸가짐에 실수를 하였으니 어찌 임금을 섬기겠습니까. 신이 이런 심한 죄를 짓고도 계속 병권(兵權)을 맡아 장령을 호령한다면 사방에서 듣고 반드시 '권세를 마음대로 하고 임금을 업신여기는 것이 큰 허물이 아니구나.' 할 것입니다. 청컨대 신의 죄를 들어서 좌우와 여러 관원에게 물으시어 죄의 경중을 헤아리신 뒤 용서해 줄만 하다고 한다면 신이 비록 미안하오나 감히 억지로 반열에 서서 일을 보겠습니다마는, 만일 신에게 죄가 있다면 멀리 내쫓고 베이는 형벌을 내릴지라도 신은 실로 달게 받겠습니다."

이이는 곧장 고향으로 내려갔지만 그의 이 발언은 되레 불길에 기름을 붓는 꼴이 됐다. 특히 '관원들의 의견을 물어 처리해 달라.'는 구절이 문제였다. 간관의 탄핵을 받았으면 엎드려 죄를 빌어도 시원찮을 터인데 되레 '승부를 결단하려는 자와 같이' 대간들을 협박하고 나선다고 보았던 것이다.

언관들의 공론이 드센 데다 이이마저 이미 낙향한 터라 임금도 더 이상 고집을 부릴 수 없었다. 병조판서를 심수경(沈守慶)에게 맡겼다가 곧 영의정 박순(朴淳)이 겸하게 하였다.

이 무렵, 이이와 남다른 친분을 가진 호군 성혼이 사직 상소를 하면서 이이를 변호했다.

"이이는 모르는 것이 없으나 차분하지는 못합니다. 포부는 원대하지만 치밀하지 못해 걱정해주는 사람보다 미워하는 사람이 많습니다. 이이가 정말 소인이라면 그는 자기를 공격하는 사람에게 분명 반격을 했을 것입니다. 그러나 그는 남을 탓하기보다 자신의 부족을 반성하는 사람입니다. 조그만 과실을 준엄한 법망으로 옭아매는 것은 아름다운 일이 아닙니다. 승부를 과격하게 겨루면 나라가 위태롭습니다. 저는 이이의 친구지만 부당한 것까지 그와 부화뇌동하지는 않습니다."

이에 임금이 삼정승을 불러 "이이는 과연 소인인가?" 하고 물었다. 영상(領相) 박순은 "몸을 잊고 나라 일에 정성을 바친 신하"라고 답한 반면, 좌상(左相) 김귀영(金貴榮)은 "소인으로 지목하는 것도 불가하고 또한 군자라고 칭찬할 수도 없다."고 대답했다. 김귀영의 어정쩡한 답변이 왕이 노하게 했다.

"나라의 안위는 대신에게 달려 있는데 좌상 김귀영은 갑이 옳고 을이 그르다고 말하기를 꺼려서 감히 아첨하여 구차히 용납하는 태도를 취하니 어찌 백성들이 우러러 보는 정승의 자리에 있을 수 있는가"

승지 박근원이 김귀영을 변호했다.

"김귀영의 말이 명쾌하지는 못해도 그 본의는 알 수 있습니다. 근자에 전하의 위엄이 한창 무서워 사류가 외롭고 위태로워서 아침저녁을 보전하지 못하는데, 귀영이 어찌 사류에게 붙어 아첨하여 구차히 용납되려 했겠습니까? 대신에 대한 엄한 꾸지람이 이에까지 이른다면 나라 일이 틀려지고 말 것입니다. 성혼의 상소야말로 대간들의 주장을 '꾸며 댔다.'거나 '교묘하게 중상한다.' 하였으니 참혹하기 짝이 없습니다."

대사간 송응개가 다시 장문의 소를 올려 혹독하게 이이를 비난했다.

"이이는 본시 장삼 입고 머리 깎은 중이었습니다. 속세로 돌아와 진사로 뽑혔을 때 문묘(文廟)에 참배조차 할 수 없었는데 심통원(沈通源. 심의겸이 아우)의 도움으로 겨우 참배를 할 수 있었습니다. 심의겸의 천거와 선발을 받아 관직에 들었으니 그의 심복이 되고 사생을 같이 할 수밖에 없었습니다. 이이가 비록 산야의 선비로 자처하지만 실은 심의겸과 박순의 모주가 되어서 함께 행동한 것입니다. 향리에 있을 때도 염치로 몸을 닦지 못해 여러 고을에서 뇌물이 그의 집으로 몰려들었고,

이(利)를 구하고 제물 다투기를 힘껏 하여 바다의 이익과 관선(官船)의 세금을 모두 차지하였습니다. ……이조판서로 있은 지 일 년에 벼슬길을 탁란(濁亂)하게 하였으니 참으로 매국의 간신입니다. 성혼은 박순 등이 천거하였는데 심의겸과 대대로 친교가 두터웠습니다. 이이와의 정은 골육보다 더합니다. 따라서 이이가 논하는 것이면 그는 흑백을 가리지 않고 모두 옳다고 하였습니다. 도대체 성혼이 어떤 인간이기에 선비라고 자처하면서 어찌 감히 당파를 짓고 삼사를 절딴 내려 합니까? 전번 이요가 전하께 면대하여 말한 것이 알려지자 모두들 이이 등이 사주한 것이라고 하였습니다. 대저 이 무리들은 다만 편당을 위해 죽을 마음만 가졌을 뿐 전하가 계심을 알지 못합니다."

이이를 능욕한다고 여긴 임금이 특명으로 송응개를 장흥부사로, 허봉을 창원부사로 내보냈다. 이에 양사와 옥당(玉堂. 홍문관)이 연일 논계(論啓)하여, 간원의 말로 간원을 벌줄 수 없다고 하였지만 임금이 듣지 않았다.

대사성 김우옹이 소를 올려 양쪽의 옳음과 그름을 밝히고자 하였다.

"이이는 유학(儒學)의 박식으로서 밝은 때를 만나, 전하께서 마음을 기울여 의지하고 맡기시니 고기가 물을 얻은 듯 말이 받아들여지고 계책이 행해지게 되었습니다. 그러나 아깝게도 그의 뜻은 큰데 재주는 치밀하지 못하고, 도량은 옅고 의사가 편벽되어서 좋아하는 사람에게만 치우쳐 한 나라의 공론을 합하여 천하의 일을 성취하지 못하였으며, 자신의 의견만을 내세워 온 나라의 인심을 거슬렀습니다. 비로소 사류의 마음이 이이에게서 실망한 것이니 한 사람의 사사로운 의논이 아니었습니다. 그러나 이이의 본심이야 조정을 안정시켜 시국을 구제하려는 것뿐 어찌 다른 것이 있겠습니까. 오늘날 이이와 사류가 서로 화합하지 못하였으므로 공연한 말썽이 생기고 어지러운 이론이 나오게 된 것입니다. 전일 이요가 전하를 뵙고 아뢴 말에 문득 유성룡 등 네 명을 가리켜 나랏일을 제멋대로 한다고 하였습니다. 유성룡 등은 모두 깨끗하고 맑은 명망으로 사림에게 실로 중히 여겨지는 보배로운 신하입니다. 이요의 말이 한 번 나오니 사류가 편치 못하여 이이를 더욱 의심하게 된 것입니다. 이에 송응개 등의 계사(啓辭)가 갈수록 괴상해진 것도 그 때문이라고 할 것입니다. 신이 전하께 바라옵기는, 이이에 대해서는 그의 본심을 양해하시어 그 성기고 잘못된 병통을 살펴주시고 삼사에 대해서는 그 부박경조한 것을 억제해 주시는 것입니다."

부용대 기슭의 짓다만 옥연정(玉淵亭)을 끼고 돌았다. 이태 전부터 유성룡이 이곳에다 정사(精舍) 하나를 짓고 있었다. 훗날 벼슬에서 물러나면 한가하게 책이나 읽겠다는 뜻에서였는데 비용 장만이 마땅치 않아서 공사의 진척이 지지부진이었다. 벽들은 없는데 지붕만 얹혀 있는 집채의 모습이 찬바람 속에서 더욱 썰렁해 보였다.

그쯤에서 김홍미와 정경채가 하직 인사를 올리고 마을로 돌아갔다.

갈전 마을을 지날 때는 길이 좁아서 말을 탄 사또들이며 종자들이 일렬로 줄을 지어 걸을 수밖에 없었다.

앞서 가는 권응시의 흔들리는 뒷모습을 바라보며 김첨은 다시금 허봉을 생각했다. 북변(北邊) 산골의 추위는 얼마나 혹독하겠는가. 걸어서 한 달도 더 걸리는 갑산 땅은 김첨도 가본 적이 있었다. 청주목사를 지내던 아버지 김홍도(金弘道)가 귀양살이를 했던 곳이 바로 갑산이었다. 김홍도는 지난 시기, 당대의 권세가 윤원형이 관비(官婢) 출신의 정난정을 정실(正室)로 들이는 일을 비난한 일로 미움을 받아 갑산에 유배되었다가 거기서 세상을 떠났다. 아버지의 시신을 옮기기 위해 눈물을 흘리며 찾아간 곳이 갑산이었다. 허봉이 첫 유배지 종성에서 갑산으로 이배(移配)된 것도 두 집안의 연분 때문인 것만 같았다. 허봉의 아버지 허엽이 진즉에 김홍도의 당(黨)으로 몰려 백천군수로 쫓겨 갔던 이력이 있었기 때문이다.

작은 눈에 눈꼬리가 치켜 올라갔지만 사나워 보이지 않고, 두텁고 검붉은 입술을 지녔지만 탐욕스러워 보이지 않는 허봉, 그를 마지막으로 본 것이 지난해 9월이었다. 창원부사로 내려갔던 그가 관아에 좌기(坐起, 업무수행)하기도 전에 뒤따라온 금부도사에게 이끌려 함경도로 유배된다는 소식을 듣곤 새벽같이 지례를 떠나 성주(星州)로 달려갔던 일이 엊그제만 같았다. 관아 근처의 경신 주막거리에서 그를 기다렸는데 낮이 기울 무렵에야 의금부 관원에게 압송당해 오는 그를 만날 수 있었다.

마음 같아서는 몇날 며칠 그를 붙잡아 두고 싶었지만 국법이 중한 터라 그럴 수도 없었다. 주막 평상에 엉덩이를 걸친 채 막걸리 잔을 주고받은 것이 고작이었다. 서른셋 젊은 나이, 쉬 노여움을 드러낼 법도 한데 그는 되레 금강산 유람이라도 나선 듯 태평한 낯빛이었다. 김첨보다 아홉 살이나 어렸지만 도의로써 허교(許交)한 지가 서로 오래됐다. 그와 유성룡의 관계도 마찬가지였다. 서로가 나랏일에 대해서는 일언반구 하지 않았다. 김첨이 먼저 먼 길 가는 동안이며 적소(謫所)에서 몸을 잘 챙기란 당부를 했고 허봉은 제 일신보다 누이 걱정을 더했다.

"그래도 자첨(김첨) 자네가 큰 힘이 돼 주었는데 이제 자네마저 먼 산간에 와 있으니 그 아이의 상심이 어떻겠는가. 아무쪼록 기회가 닿을 때마다 전처럼 잘 다독거려 주기를 바라네."

"암, 그러고 말고. 염려 말고 다녀오게."

작별 인사를 나누는 때도 그는 제 누이에 대한 부탁을 잊지 않았다. 김첨이 힘주어 고개를 끄덕였지만 가슴에 치미는 막막한 심정은 어쩔 수 없었다. 스물 셋, 아직도 꽃다운 나이의 며늘아기인데 열여섯 나이에 제 집으로 시집을 온 이래 남들 겪지 못할 불행을 다 겪었다. 재작년, 딸아이를 허망하게 황천으로 떠나보내며 애간장을 녹였는데 지난해에는 남았던 아들 희윤(喜胤)마저 잃었다. 손녀 손자를 해 걸러 차례로 떠나보내며 김첨 자신이 사지가 뜯겨 나가는 심정이었는데 그 친어미야 오죽하랴! 게다가 서로 붙안고 다독거려도 시원찮을 서방 성립(金誠立)은 제 가슴이 무너진다고 불쌍한 아낙을 돌볼 생각은 않고 술만 퍼마시고 다녔다. 시어머니는 시어머니대로 어린 것들을 잃은 것이 며느리 탓인 양 여겨 험한 말을 서슴지 않았다. 거푸 생각해도 김첨은 죽은 사돈 허엽에게 면구하고 허봉한테 미안했다. 손자가 죽었을 때, 아이의 무덤에 돌 하나라도 얹자며 돌에 새길 글을 직접 적어주던 허봉이었다.

<피어보지도 못하고 진 희윤아. 네 아버지 성립은 나의 매부요, 네 할아버지 첨은 나의 벗이란다. 눈물을 흘리면서 쓰는 나의 비문, 맑고 맑은 얼굴에 반짝이던 그 눈망울……만고의 슬픔을 내 통곡에 부친단다.>

화담 서경덕한테서 공부를 하고 그 영향을 받아서인지 몰라도 허엽은 재질이 있다면서 일찌감치 딸아이에게 직접 글을 가르쳤으며, 시를

짓고 그림을 그리게 했다. 문자를 깨친 뒤에는 딸애를 막내아들 허균과 함께 유성룡에게 보내어 학문을 익히게 했다.

누나와 동생이 다 학문보다는 시문(詩文)에 더 자질이 있음을 본 유성룡이 허봉과 의논을 해서 둘을 손곡(蓀谷) 이달(李達)에게 보냈다. 허봉과도 절친한 이달은 서출이면서도 송당(宋唐)의 시에 능해 삼당시인(三唐詩人)의 한 사람으로 꼽혔다.

며늘아기가 처녀 적에 지었다는 시편들은 김첨도 읽어 본 적이 있었다. 한 줄 한 글자에 넘치는 재기에 놀라움을 가지면서도 김첨 스스로 한숨을 쉬었던 기억이 생생했다. 아녀자가 시를 쓰고 서화가 뛰어나서 뭣 한단 말인가. 재예(才藝)가 빼어나면 부덕(婦德)을 겸하기 어려운 법, 그 재주와 자질이 되레 당자와 그 주위를 불행케 할 수 있다는 예감을 가졌는데 예감은 곧 현실이 되었다.

며느리 초희는 이전에도 남편에게 살갑게 굴지 못했지만 두 아이를 잃고 나서는 영판 사람마저 달라진 듯싶었다. 집안일 하나 않고 종일 제 방에 박혀 울기 일쑤요, 여차하면 화를 내서 아랫사람을 혹독하게 벌주었고 어른을 마주해도 낯빛을 부드럽게 할 줄 몰랐다. 맏며느리가 그러고 보니 집안 분위기는 늘 어둡고 냉랭하기만 했다. 아들 성립이 아예 강가로 공부방을 옮겨 벗들과 어울려 지내는 것도 이해 못 할 바 아니었다. 그런 얘기까지 허봉한테 전할 수는 없었다. 박복함이 모두 제 탓이라고 여길 수밖에 없었다.

"잘 가게. 어쩌면 바로 돌아오라는 주상의 명이 있을 테니 걱정 마시고……."

두터운 허봉의 손을 잡고 하직 인사를 나눌 때만 해도 귀양살이가 한두 달을 가지 못할 거라는 믿음이 있었다. 동인의 압력에 못 이겨, 머잖아 율곡이 탑전에 나아가 저를 탄핵하다 쫓겨난 신하들을 불러들이자는 청을 올렸지만 그것이 율곡의 진심에서 나온 주청이라고 믿는 이는 없었다. 아니나 다를까. 임금이 간단히 그 청을 뿌리쳤고 율곡은 율곡대로 제 할 일 다했다는 듯이 입을 다물었다. 남은 것은 동인 스스로 그들의 인신을 푸는 길밖에 없었다.

　그날 김첨은 산모롱이를 돌아 사라지는 허봉의 뒷모습을 지켜보다 돌아와 혼자서 거푸 술잔을 비웠다.

　작년 여름, 여러 차례 관부를 공격하고서도 실패를 거듭한 니탕개는 타협안을 제시하는가 하면 심지어 항복하겠다는 뜻마저 보였지만 조정은 이를 받아들이지 않았다. 결국 그는 7월 중순 2만여 병력으로 방원보를 공격하였고 이마저 여의치 않자 종적을 감추었다.

　8월에 들자 이이 박순 성혼 등을 옹호하는 왕자사부 하락의 상소가 있었으며 뒤이어 태학생 유공진 등 462명의 성균관 유생들이 연명으로 상소하여 이이가 무함(誣陷) 입은 바를 변명하였다. 그러자 태학생 이정우(李廷友) 등이 상소하여 전일의 상소는 유공진 등이 유생들을 협박하여 만든 것이며 그 주동자들이 다 이이, 성혼의 제자 혹은 친척 당파이기 때문에 공론이 될 수 없다고 주장하였다.

　성균관 유생들마저 동서로 갈리는 바람에 명륜당도 싸움터로 변하고 말았다. 이이, 성혼의 어질고 바름을 칭찬하는 반면 박근원, 김첨 등을 제멋대로 권세를 휘두르는 간신이라고 말한 유학(幼學) 신급의 상소가 나온 것도 이때쯤이었다. 송응개가 이이를 헐뜯은 이유가 그의 사사로운 감정 때문이라고 한 황해도 유생 이대춘(李帶春)의 상소도 마찬가지였다.

"일찍이 이이가 '송응개의 위인이 대대로 악을 행하였으며 또 민가를 헐고 그 아버지를 장사지냈다.'고 하였는데, 송응개가 이 일로 이이에게 앙심을 품었습니다."

이대춘의 상소를 접한 임금은 "너의 충과 의가 분발하니, 아직 죽지 않은 간신도 이미 뼈가 차가워졌다."고 칭찬하였다. 임금은 이들의 주장을 일부 받아들여 홍여순을 창평현령에, 홍진을 용담현감에, 김첨을 지례현감에 좌천시켰다.

8월 28일, 정2품 이상 대신들을 창덕궁 선정전으로 불러들인 임금이 박근원, 송응개, 허봉 셋을 간특한 자들이라 칭하고 멀리 내쫓을 뜻을 보였다. 좌우의 신하들이 입을 모아 비록 지나친 말은 있었으나 언론으로 죄를 주어서는 안 된다고 힘써 구하려 하였지만 예조판서 정철이 나서서 죄를 밝혀 시비를 정해야 마땅하다며 극구 막았다.

결국 임금의 전교가 떨어졌다.

"간사한 사람이 벼슬자리에 있어서 조정이 편안하지 못하고, 법관이 형벌을 빠뜨려서 국시가 정해지지 못하였다. 이에 멀리 내쫓는 법을 집행하여 길이 후세의 본보기를 삼으려 한다."

송응개는 회령, 박근원은 강계, 허봉은 갑산으로 귀양 보낸다는 어명이었다. 이이가 파주로 내려간 지 두 달만의 일이었다.

이이가 한양으로 돌아오기 직전인 계미년 9월, 송익필의 아우 송한필이 '가평 학생'이라 칭하고 소를 올렸다. 소에서 그는 이이, 성혼, 정철, 이산해(李山海), 정여립(鄭汝立)을 크게 쓰기를 청하는 한편 군자와 소인에 대한 언급과 함께 보양(保養)하는 방법까지 자세히 적었는데 매우 외설적이었다.

심지어 남자는 며칠 만에 한 번씩 배설하여야 하며 여자는 월경 후 며칠 내에 교합하면 아들을 낳고 또 며칠 만에 하면 딸을 낳는다고도 하였다. 적통의 대군을 얻지 못한 임금에 대한 나름의 충정에서 그런 것이라고 해도 보고 듣는 이는 쓴웃음을 지을 수밖에 없었다.

서울로 돌아온 이이가 임금을 인견한 자리에서 말했다.

"박근원, 송응개는 전혀 사심(邪心)이 없다고 할 수 없으나 허봉은 경망하고 일을 좋아할 뿐인데 재주가 아까우며 간사한 사람은 아닙니다. 지금의 서(西)를 옳다고 하는 자가 다 군자가 아니며, 동(東)을 옳다고 하는 자가 반드시 소인이 아니오니 분별하여 쓰기가 어렵습니다."

덧붙여 그는 "오늘날 인재가 아주 적습니다. 문사 중에 쓸 만한 이로는 정여립이 박학하고 재주가 있으나 남을 능가하려는 병통이 있습니다." 하였다.

임금이 이이를 이조판서, 성혼을 이조참판, 김우옹을 이조참의로 임명하였다. 며칠 후 이이가 자신이 병조판서 때 데리고 있던 백유함(白惟咸)을 좌랑으로 불러들여 이조를 서인 차지가 되게 하였을 뿐만 아니라 귀양 간 세 사람을 풀어줄 의사가 조금도 없으니 조야(朝野)에서 크게 실망하였다.

이이가 세상을 떠나기 한 달 전, 동인을 규탄하는 해주 유생 박추(朴樞)의 소가 승정원에 들어왔다.

"김성일(金誠一)이 이조의 권세에 참여하여 동서의 의논을 격동시킨 것이 허봉보다 배나 심합니다. 유몽학(柳夢鶴), 서인원(徐仁元) 등은 스스로 재주가 졸렬함을 알고 과거에 힘쓰지 않고 사잇길로 붙어서 세상을 속이고 명예를 낚았으며, 김첨의 무리는 이들을 따라다니며 받들기를 부형(父兄)처럼 하였습니다. 우성전이란 자는 처음으로 이이를 배척하는 의논을 내놓은 자인데 그의 집 문전에는 밤낮을 계속하여 거마(車馬)가 가득하였습니다."

임금이 김첨, 우성전 등을 더 죄주려 하였지만 이해수, 홍성민이 이를 말렸다. 얼마 뒤, 정여립에게 예조좌랑을 제수하는 교지가 내렸지만 그는 서울로 오지 않았다.

2. 소라고둥 소리

극심한 가뭄은 낙동강 너머 경상좌도(左道)라고 해서 다를 게 없었다. 칠곡을 지나 군위로 오는 내내 벼가 제대로 자라고 있는 논을 거의 보지 못했다. 한창 물을 채우고 있어야 할 논들이 쩍쩍 갈라진 바닥을 드러낸 채 폭염 속에 흙먼지만 날리고 있을 뿐이었다. 밭농사도 이미 끝장이 나 있었다. 가뭄을 잘 견딘다는 콩 포기들마저 알맹이를 달지 못한 채 누렇게 타 죽어가고 있었던 것이다.

5월부터인가. 무심한 하늘은 비 한 방울 내려주지 않았다. 고을 수령들마다 기우제를 지낸다, 우물을 판다, 난리를 쳐보았지만 모내기 끝낸 논에다 물을 갖다 댈 방도를 찾지 못했다. 간신히 보릿고개를 넘겼지만 쌀 한 톨 건지지 못할 가을철이 벌써부터 큰 걱정이 아닐 수 없었다.

해 지기 전에 군위(軍威) 관아에 당도한 김첨은 따라온 아전과 마부를 행랑채에서 쉬게 하고 자신은 객사 우물가에서 등목부터 했다. 무더위 속의 하루 행로였던지라 온 몸이 땀에 절어 있었다. 옷을 갈아입은 뒤 사방 들창을 걷어 올린 높은 방에 앉고 보니 비로소 좀 전의 고단기도 사라지는 듯싶었다.

담장 너머로 눈길을 주다가 새삼 방안을 둘러보았다. 지난 정월, 물돌이촌 유성룡 집 잔치를 보러 가던 길에 하룻밤 묵은 그 방이 분명한데 여기저기 놓인 기물들이 낯설었다. 벽에는 못 보던 족자가 걸려 있는가 하면 구석에 놓인 5층 서탁도 전에 없던 것이었다. 서탁의 층층에

엋힌 서책들이며 문방구들도 눈에 익지 않았다.

먼저 눈길을 끄는 것이 맨 아래 칸에 놓인 소라고둥이었다. 나각(螺角)이라는 것. 벌어진 입이 한 뼘 이상으로 큰 데다 길이 또한 반팔 정도로 긴, 보기 드문 물건이었다. 붉고 흰 주둥이 안쪽은 말할 것 없고 거죽의 빛깔도 썩 선명한 것이 분명 중국에서 건너왔을 법했다.

김첨은 주저 않고 두 손으로 소라고둥을 들어올렸다. 생각보다 가벼운 것이 어느 땐가 전장의 장수가 직접 손에 쥐었던 물건 같았다. 구멍이 뚫린 꽁지 쪽에 입을 대고 후, 바람을 넣어 보았다. 금세 주둥이에서 깊고 은은한 소리가 맴돌았다. 이번에는 반쯤 주먹 쥔 한 손을 꼭지에 붙인 뒤 거기다 우우우, 소리를 불어 넣었는데 웅웅, 이내 소리가 방안을 울렸다.

내친 김에 '여봐라, 이리 오시게.' 명을 놓았고 금세 소리는 담장을 타넘어 갔다. 객사 사령 하나가 냅다 뛰어와 분부를 달라고 허리를 굽히는 걸 보고 김첨 스스로 놀랐다. 기이한 물건이로고! 예부터 군호(軍號)를 주고받을 때 쓰던 것임을 알면서도 제 눈으로 보기 처음이었기에 김첨은 혼자 탄성을 놓았다.

주안상부터 먼저 들여 주었던 권응시가 서둘러 퇴청을 하곤 빈객을 맞이하러 왔다. 반년만의 재회였다.

"전장에 굴러다니던 기이한 물건이 어찌 송학(松鶴)이 머무는 그윽한 곳까지 왔는가?"

한 순배 술잔을 주고받은 뒤, 김첨이 소라고둥에 대한 제 궁금증을 드러냈다. 송학은 권응시의 호(號)였다.

"왜? 탐이 나는가?"

응시가 입 꼬리를 올리며 가늘게 웃었다.

"본시 물건이란 제 있을 곳에 있어야 하는 법인데……."

김첨이 제 욕심을 숨기지 않았다.

"떠날 때 내가 갖고 감세"

"헛소리."

공무로 감영이 있는 안동에 가는 길이었다. 경상감사를 겸하는 안동 부사가 가뭄의 피해에 대한 보고를 직접 받겠다면서 각 고을 수령들을 차례로 불러들였던 것이다. 지례에서 안동까지는 사흘 행로. 밤에 묵을 곳으로 역원(驛院)의 객관도 있었지만 그는 굳이 군위 객사를 택했다. 이 기회에 또 벗을 만나 회포를 푸는 것도 기쁜 일이 아닐 수 없었다. 애당초 잠까지 잘 요량은 아니었다. 군위에서 안동까지는 하룻밤 거리. 또다시 뙤약볕 속을 걸을 수는 없었다. 술 한 잔 걸치고 선선한 밤 길을 걷다보면 아침녘에는 안동 경계에 닿을 수 있을 것 같았다.

응시와 마주 앉으니 자연 시사(時事)를 화제로 삼을 수밖에 없었다.

"과시 서애(유성룡)가 인물은 인물일세."

김첨이 먼저 운을 뗐고 금방 말뜻을 알아챈 응시가 고개를 끄덕였다.

"진즉에 퇴계 선생께서 말씀하시지 않았던가. 서애가 못 하면 학봉 (김성일)이 할 거고, 학봉이 못 하면 서애가 할 거라고……."

"그래도 난 서애가 그렇듯 빠르고 촘촘하게 일을 마무리할 줄은 몰 랐어. 그동안 나도 서애를 제대로 몰랐던 셈이야, 허."

"그런데 서애는 겉에 드러나지도 않았어. 남들은 다 청송의 경부(김 우굉) 어른이 주동이고 이발이 뒤에 있었다고 여기겠지."

"그래서 더 대단하다는 거지. 자네도 나도 좀 배워야 해."

물돌이촌에서 퇴계의 문도들끼리 의논했던 바로 그 일이었다. 교하 곽사원의 제방 소송 건을 다시 끄집어내 송익필, 한필 형제를 치죄하자고 했던 일. 그리하여 죽은 이이는 물론 정철, 윤두수, 윤근수 등등 서인 명사들의 잘못을 한몫 들춰내어 운신의 폭을 좁히려 했던 일인데 그 사이 뜻한 바대로 서애가 말끔하게 해결했다.

복상(服喪)을 한다고 전라도 나주에 내려가 있던 이발이 먼저 사람을 시켜 황유경의 종 거인(居仁)을 찾아냈다. 황유경의 장인인 승지 박숭원(朴承元)이 이발의 먼 친척인 탓에 황유경을 움직이는 일은 어렵지 않았다. 거인은 곧 사헌부에다 탄원서를 냈다. 3년이 지나도 언송(偃松)이 마무리 되지 않고 있는데 이는 곽사원을 돕는 권신들 때문이라며 그동안의 일을 낱낱이 적었다. 이 탄원서도 이발 쪽에서 써준 것이었다. 사간원 사간(司諫) 이유인(李裕仁)이 경연에서 이를 왕에게 고했으며, 부제학 김우옹이 정원에서 다시 거론했다.

예전에 이미 판결이 난 것으로 알고 있던 임금이 뒤늦게 사정을 알고는 노여움을 금치 않았다. 하명하기를, 당시 송사를 맡았던 관원들에게 일이 지체된 내력을 알아본 뒤 하루 속히 잘잘못을 가릴 것이며 그 사이 처리를 막고 훼방한 자들을 찾아 벌주라고 하였다. 이에 당시 한성좌윤과 형조참의로 있으면서 송사를 심사했던 정언지, 김우굉이 직접 겪고 행했던 바를 아뢰었으며 이들을 통해 이이, 정철, 윤근수 등이 곽사원을 감싸고 돈 정황이 드러났다.

그 사이 공조참판에 오른 정언지의 보고가 사태를 급하게 몰고 갔다.

"임오년(1582년) 봄에 신이 한성좌윤으로 있을 적에 거인이 '곽사원의 위조문서가 이미 탄로되었는데도 형조에서 덮어둔다.'고 위에 아린 후, 한성부로 내려 보내신 사건을 형조로 돌려보냈습니다. 신의 생질 안민학(安敏學)이 와서 형조로 옮기지 말라고 간청하는 것을 듣지 않았는데, 곽사원은 이렇게 형조로 보낸 것이 신의 혼자 주장 때문이라 하여 원망이 뼈에 사무쳤으며, 조정 관원들 중에는 혹 사원의 말만 듣고서 신이 고집을 부린 탓이라고 말을 합니다. 대개 곽사원은 간사하고 교활한 모리배요, 실로 그 아들 건(健)의 장인 송한필과 이익을 같이 하는 자입니다. 한필의 형제가 사류라는 이름으로 원래 진신(搢臣) 명류들과 친밀하게 사귀어 노니 사대부로서도 그의 간사한 술책에 빠진 이가 많습니다. 사원이 이를 빙자하여 세력을 삼고, 송사를 주관하는 관원을 두려움에 떨게 하며 시비를 혼란시켜서 이렇게 지연되게 한 것입니다."

그의 말에는 당시의 이조판서 이이가 송익필, 한필 형제와의 친분 때문에 극력으로 곽사원을 돌보아 준 탓에 송사를 맡은 관원들이 감히 일을 처결하지 못하였다는 뜻이 다분히 담겨 있었다.

"지금 아뢴 사연을 보니 내 그 곡절을 알겠다. 송한필이라면 서자손(庶子孫) 송사련(宋祀連)의 자식 아닌가? 그 자가 아직도 이런 작란을 하고 있단 말인가?"

임금이 답하며 물었는데 임금도 송 씨 집안의 내력은 대충 알고 있는 듯했다. 정철이 자신의 이름이 이이와 함께 거론되자 사직서를 올리며 변명했다.

"대간들이 말하는 소위 조정 관원들을 끌어당겨 세력을 삼았다는 말은 곽건을 가리킨 것이 아니고 그 장인인 송한필을 두고 한 것입니다. 송한필은 항상 숱한 명사들과 사귀는데, 신과도 먼 친족이 되어 서로 압니다. 전일에는 정언지 또한 '평소 진신명류(搢紳名流)들과 사귀어 결탁하고 이것을 빙자하여 세력을 삼아서 송사를 주관하는 관원에게 겁을 주었다.'고 하였습니다. 이유인 등이 정언지의 의논을 그대로 받아서 송한필을 미워하는 마음을 곽건에게 옮겼으며, 아울러 진신들이 간사한 무리를 도와서 세력이 되었다고 의심하였습니다. 무릇 사대부 중에 송한필을 아는 이가 많은데 이들 모두가 비리를 저지르면서 서로들 간여하였겠습니까."

보름 전인 7월 초, 임금의 전교가 떨어졌다.

"서얼 송한필이 명사들과 결탁하여 간사한 토끼처럼 제 몸을 보존할 꾀를 쓰는 가운데 사위 곽건과 함께 곽사원의 모주가 되어 무리하게 송사를 벌이고 간특한 계교와 비밀한 수단을 계획하여 곽사원에게 지도하지 않은 것이 없었다. 이로써 벼슬아치들을 모함하고 송관(訟官)을 협박하니 음흉하고 교활한 것이 지극히 해괴하다. 이 자를 형장(刑杖)으로 심문하여 죄를 결정하라."

마침내 송한필이 곽사언, 곽건과 함께 의금부에 끌려와 문초를 당하는 지경에 이르자 서인들은 형벌이 공평치 못하다면서 일을 만든 거인은 물론 제 집 종을 제대로 관리하지 못한 황유경도 같은 형벌로 다스려야 한다고 주장했다. 결국 임금은 양쪽의 주장을 다 받아들여 곽사원, 곽건 부자와 함께 거인, 황유경 네 사람에게 북녘 변방에 가서 노역을 하는 도형(徒刑)을 내렸다.

"간원(諫院, 사간원)을 움직인 이가 자네란 말이 있던데?"

권응시가 물었다.

"촌에 있는 내가 할 일이 뭔가. 직접 나서도 될 일을 서애가 나한테

떠맡긴 것뿐이라네."

　김첨도 숨길 것이 없었다. 사간원의 이유인을 움직여 달라는 유성룡의 청이 있었던 것이 4월 초였다. 황유경의 종 거인의 탄원서가 곧 궐에 들어갈 것이란 말을 듣곤 일이 어느 정도 진척됐는가 짐작할 수 있었다. 유성룡을 도울 수 있으면 무슨 일이든 마다할 것이 없었다. 자신과 이유인의 관계는 성룡이 잘 알고 있었다. 이조좌랑으로 있던 때, 박근원을 이조참판에 등용하고 이유인의 관직을 올려줄 것을 주청했던 이가 김첨이었다. 옛 정분 때문이든 어쨌든 이유인이 군소리 없이 제 부탁을 들어준 것만도 고마운 일이었다.

　"그나저나 이발이 그렇게 단번에 발 벗고 나선 것은 뜻밖일세. 송강에 대한 반감 때문만은 아니겠지? 서애와도 그렇게 긴밀한 편은 아니지 않는가."

　여전히 응시는 궁금한 것이 많았다.

　"정말 모르겠는가? 서애가 또 누굴 움직였을까?"

　"글쎄……."

　"선산의 중정(유덕수)이 발 벗고 나섰지. 그리고 안동에서도 마찬가지고."

　"유덕수와 유대수(俞大修)?"

　"당연하지, 서애가 어떤 인물인가, 허허. 겸암(유운룡)이 선산부사를 움직였다면 유대수는 서애가 직접 맡았지. 나 같은 이는 되레 아무 소용도 없었다네."

　"허어."

　미처 생각을 못 했다는 듯 응시가 탄성을 놓았다. 선산부사 유덕수는 연배가 훨씬 높은 만큼 성룡보다는 유운룡과 더 가까웠다. 예천군 수로 있을 적에 정산서원(鼎山書院)의 기초를 다졌는데 그때 유운룡이 큰 도움을 주었다. 이발이 그를 많이 따랐다. 안동부사 유대수는 이중 호(李仲虎)의 제자지만 퇴계와 남명(조식, 曺植)의 문하에도 내왕했다. 그 인연으로 이발과도 교분이 있었다. 유대수는 김첨의 손아래 동서 다. 전대(前代)에 판서를 지낸 송기수(宋麒壽)의 여섯 딸 중 다섯째가 김첨의 처였으며 막내 여섯째가 유대수와 혼인했다. 송기수의 세 아들 중 맏이가 바로 계미3찬의 한 사람인 송응개이며, 그 아우가 응형(宋應 泂), 응순(宋應洵)이었다. 송기수는 생전에 퇴계와도 각별했다. 유대수 는 올해 서른아홉으로 김첨보다 네 살 아래지만 품계가 종2품으로 종6 품 현감인 김첨보다 월등 높았다. 과거 급제가 그만큼 빨랐던 것도 아 닌데 이렇듯 빠른 승품(陞品)이 가능했던 것도 그의 남다른 명민함과 처세 덕분이었다.

두 사람은 깨달음 하나를 공유한 듯이 술잔을 부딪쳤다. 김첨은 문 득 이 자리에 유성룡이 있었으면 참 좋겠다는 생각을 했다. 동갑내기 벗에 대한 그리움이기도 했다. 20대 초반 도산(陶山)에서 처음 그를 만 나 반년 동안 같은 방을 쓰며 함께 책을 읽고 세상 얘기를 나눴다. 그 무렵 우성전, 김성일 같은 이도 만났지만 온전히 속정을 주고받은 이는 서애뿐이었다. 뛰어난 재주와 맑은 성품으로 퇴계 선생의 기대를 한 몸 에 받았던 그는 김첨보다 한 해 먼저 별시 문과에 급제를 했다. 성룡은 조정에서도 금세 두각을 나타내 승승장구했지만 강퍅한 성격의 김첨 은 그러질 못했다.

기묘년(1579년) 7월이었다. 서인을 편드는 백인걸의 상소문을 이이가 지었다는 사실이 알려지면서 이이 또한 동인의 공격 대상이 되었다. 이때도 사간원 정언이던 송응개가 맨 앞장을 섰는데, 같은 동인인 홍문관 부제학 이산해며 응교(應敎) 이발 등은 우물쭈물 분명한 태도를 보이지 않았다. 참을 수 없었던 김첨이 스스로 이이를 탄핵하는 소를 작성하고 유성룡을 찾아가 의향을 물었다. 혹여 서애가 자기는 빠지고 싶다고 해도 섭섭해 하지 않으리라 여겼는데 그런 요량조차 필요가 없었다. 기다리기라도 했다는 듯 그는 친구의 의기를 칭찬하면서 벌을 받더라도 함께 받겠다는 뜻을 선명히 했다.

이이의 탄핵 문제로 온 조정이 시끄러운 때, 병환의 어머니를 모셔야 한다는 구실로 벼슬을 버리고 풍산에 내려와 있는 유성룡이지만 시세의 변전에 대해서는 여전히 누구보다 예민하게 반응하고 있다는 사실은 이번 일을 통해서 김첨이 다시 확인하는 것이었다.

"정여립을 아는가?"

숟가락으로 복숭아화채를 뜨던 권응시가 물었다. 그의 얼굴도 어느새 홍조를 띠고 있었다. 취기를 느끼긴 김첨도 마찬가지였다.

"수찬(修撰)에 제수되고도 응하지 않았다는 얘기는 들었네. 올 봄의 일이지? 만난 적이 없어. 헌데 그 자는 왜?"

"아닐세, 이발 얘기를 하다 보니 갑자기 그 자의 이름이 떠오르지 뭔가. 격한 성미가 예사롭지 않다고 하더군."

"본향이 아래 위쪽이다 보니 이발과도 교분이 남다르겠지. 또한 율곡이며 성혼을 깊이 따랐다는 얘기는 들었네. 생전에 율곡이 그 자를 꽤 챙긴 건 사실이 아닌가?"

"내 걱정은 다른 게 아닐세."

"걱정이라니?"

"아까 자네는 서애로 인해 일이 말끔히 처리됐다고 했지만 그게 그렇게 끝날 일인가 해서 하는 말이네. 송한필이 치죄되면서 저쪽 사람들이 얼마간 몸은 사리겠지만 그 다음에는 무슨 일이 있겠는가?"

"조야가 동서로 나뉘면서부터 으레 있는 일 아니던가. 시비를 다투고, 싸우고 내쫓고……겉으로는 아닌 척하면서 임금까지 이를 좋아하고 오히려 조장하는데 하루 이틀 사이에 그칠 일이 아니지. 결국 승패의 다툼밖에 뭐가 있을까?"

"말은 맞네만 이런 일이 쌓이다 보면 다음엔 또 무슨 일이 생길까, 그 걱정을 하는 것이라네. 사람들의 목숨까지 앗기는 참화가 또 생길지 모른다는 생각은 해보지 않았는가?"

"그런 일은 없어야지……."

"그러게. 허지만 나는 송익필이 늘 마음에 걸려. 계룡산에 있다는 고청(孤靑) 서기(徐起)가 진즉에 말했다지. 살아있는 제갈량을 보고 싶거든 송익필을 찾아보라고. 토정(土亭) 이지함(李之菡)이며 서기 같은 이들이 남다른 혜안을 가졌다고 여기지는 않아. 화담의 제자들이 대개 그렇지 않던가. 허지만 익필에 대한 고청의 말은 왠지 나도 잊히지 않아. 보게나, 자첨. 이 일을 겪고도 그 자가 순순히 숨어 지내기만 할까? 아니면 또 다른 무슨 일을 꾸미지 않을까? 나는 그게 걱정이란 말일세."

목이 마르다는 듯 권응시가 제 잔에 술을 부었다. 김첨도 벗의 걱정이 기우에 지나지 않는다고 할 수만은 없었다. 동서 분당 이래, 동서가 다툴 때마다 서인의 배후에 송익필의 그림자가 어른거린 것이 사실이었다. 그만큼 그는 사태의 내막을 잘 헤아렸을 뿐만 아니라 어떻게 일을 끌고 가는 것이 제 편에 이로운가도 잘 셈할 줄 알았다. 게다가 그는 탁월한 문장과 언변을 갖고 있었다. 논리정연하면서 막힘없는 그의 글은 읽는 이의 폐부를 찌르기에 족했다.

"송익필이 무슨 생각을 가지고 있는지 알려면 정철이 무슨 말을 하고 다니는지 보면 된다는 말이 있지 않던가."

그렇다. 이이가 세상을 떠난 마당에 서인을 이끌 인사라곤 박순, 정철, 성혼 정도였다. 허나 박순은 이미 고령에다 지모가 없고 성혼은 투혼이 없다. 정철뿐이다. 그도 언사와 문장이 다 좋다. 두려움을 모르는 데다 나름의 지략도 있었다. 그런 정철의 뒤에 송익필이 그림자처럼 붙어 있으니 그것이 서인의 동력이 되었다. 그 송익필은 김첨도 직접 만난 일이 있었다. 작년 여름, 종사관(從事官)으로 사신을 따라 중국을 다녀온 직후였다. 어느 대감댁 잔치 자리에서였다. 취기를 느끼곤 자리를 털고 일어나는 때, 누군가 다가와 공손히 인사를 했는데 그가 송익필이었다.

"연경에 다녀오셨다는 얘기 들었습니다. 고생이 많으셨지요?"

"아, 예……"

수인사만 하고 떨어졌지만 한 순간 가졌던 인상이 강렬했다. 크지도 작지도 않은 키에 다부진 몸매, 둥근 얼굴에 훤하게 벗어진 이마……그보다는 눈빛 때문이었다. 부드러움을 깔고 있었지만 강하고 예리한 것이 한눈에 상대를 제압하듯 했다.

'그대가 바로 구봉(龜峰. 송익필)이구먼, 구봉…….'

대문을 나설 때까지 혼잣말을 씹었던 기억도 있었다. 그가 먼저 찾아와 인사를 한 연유는 헤아릴 수 없었다. 송응개, 허봉 등과 더불어 김첨 자신이 맹렬히 율곡을 탄핵하던 무렵임을 상기하면 그 까닭을 모를 바도 아니었다. '그대가 김첨인가? 기억하리다….' 위협의 뜻이 있었던 것은 아닐까? 산골 현감으로 쫓겨 갔다는 소식을 듣고 그가 지었을 미소를 상상해 보았다.

"나는……."

권응시가 어깨를 낮추며 김첨을 바라보았다.

"뭔가?"

뒷말을 쉬 뱉지 않는 벗을 보며 김첨도 같은 시늉을 했다.

"세상이 어찌 변해도 상관없다네."

"그래서?"

"자네가 제 명을 못 살고 죽는 꼴만 안 보면 된다네."

"내가 그렇게 보이는가?"

"서애며 동강(김우옹) 이런 이들 걱정은 나 추호도 않네. 그 친구들은 큰일도 하지만 보신에 있어서도 누구보다 능하다는 걸 알기 때문일세. 허나 자네는 아닐세, 그놈의 성격……영남과 호남에서 죽을 자 하나씩만 고르라면 누굴 꼽겠나? 칼자루를 서인이 쥐었다면 말일세. 자네와 이발 밖에 더 있겠어?"

"허어, 내 송장 치울 일을 걱정하시는가?"

"하다마다, 지례로 쫓겨 온 것만도 얼마나 고마운 일인가. 솔직한 마음 같아서는 자네가 한 평생 산골 원님만 하다 죽길 바란다네."

"큰일이군, 이런 친구를 끼고서 어느 세월에 당상관에 오르며 죽기 전에 대감 소리 한 번 들어볼 수 있겠는가."

휘영청 달이 떴다. 뽀얀 달빛이 열린 창호를 흠뻑 적셨다. 그 사이 두 차례나 마부 녀석이 방안 거동을 살피곤 돌아갔다. '언제쯤 일어나실 것 같더냐?' 행랑채에 앉은 호방(戶房) 놈이 시켰음이 분명했다.

그렇잖아도 이쯤에서 술잔을 놓아야 할 것 같았다. 더 취했다간 밤길 가기가 어려울 것 같았다. 김첨이 아쉬움을 떨치고 몸을 일으켰으며 응시도 굳이 말리지는 않았다.

방문 쪽으로 걸어가던 김첨이 걸음을 멈췄다. 서탁으로 다가갔다.

"이건 내가 가져감세."

주인의 대꾸도 듣지 않고 소라고둥을 집어 들었다. 재빠른 동작이었다.

"어림없는 수작."

응시가 얼른 뺏으려 했지만 김첨이 그를 내쳤다.

"이 사람 보게, 어디서 남의 물건을 함부로 들고 나가."

"물건도 저마다 임자가 있다고 하지 않았던가."

"누가 임잔데?"

"내가 임자지"

허리를 잡으려는 걸 보고 김첨이 그의 어깨를 밀어버렸다. 그 바람에 응시가 방바닥에 엉덩방아를 찧었다.

마루 끝에 선 김첨이 큰 소리로 지례의 사령을 불렀다.

"이건 여기 사또께서 나한테 주신 귀한 선물이다. 잘 지녔다가 지례에 돌아가거든 내아(內衙)에 잘 모셔 두도록 해라."

"이런 날도둑 같으니라고!"

응시가 발을 굴렸다.

마부가 말을 끌고 오는 것을 보고 김첨이 손을 흔들어 작별 인사를 했다.

"송학, 고마우이. 융숭한 대접 받고 간다네, 선물도 고맙고…… . 수일 후 돌아가는 길에 또 들를지 모르니 그때도 문전박대는 마시게."

뽀얗게 달빛이 내려앉은 밭둑길을 걸었다.

맨 앞에 봇짐 진 사령 둘이 섰고 그 뒤에 말고삐 쥔 마부가 잽싼 걸음을 했다. 호방과 관노(官奴) 둘이 말꽁무니를 쫓아왔다.

건시(乾時. 오후 8시 반에서 9시 반 사이)는 됐을 법한 시각, 바람까지 살랑살랑 불어서 길 가기가 훨씬 수월했다. 술과 달빛에 취하고 보니 또 어느새 보고 싶은 이가 권응시였다. 그는 서애며 추연(秋淵. 우성전)처럼 서당에서 만난 글동무가 아니었다. 궐(闕)에서 만나 사귄 지 10년인데 죽마고우이듯 정이 가는 벗이었다. 산촌에서 나고 자라서 그런지 심성이 그렇게 고울 수 없었다. 그의 윗대 어른들만 해도 대대로 도성 안에서 살았는데 할아버지 권세호(權世豪)가 김산(金山. 현 김천시) 산골로 이거했다는 이야기를 들었다. 세조 임금이 조카의 왕좌를 찬탈하는 꼴을 보곤 산야에 묻혀 살기로 결심했다던가.

김산군 조마의 장바우(하장) 마을이 그의 은거지가 됐다. 조부의 영향 탓인지 여기서 태어나고 자란 응시는 애초부터 과거시험은 마음에 둔 바 없었다. 하지만 그의 공부와 효행이 절로 세상에 알려지면서 유림의 천거로 벼슬길에 나서게 되었다. 김첨이 이조좌랑으로 있던 신사년(1581)에 사산감역관이 되었으며 깔끔한 일 처리 솜씨가 인정을 받아 이듬해 사헌부 감찰에 발탁되었다.

군위현감으로 오기 전에는 공조좌랑, 호조좌랑을 거쳤다. 물론 그의 승진과 요직 이동에 김첨이 보탬을 주긴 했지만 그의 타고난 성실함과 어진 성품이 없었다면 가능한 일이 아니었다. 별난 연분이었다. 외직으로 김첨이 처음 맡은 고을이 그의 본향과 지척이었다. 지례에서 감천 물길 따라 사십 리를 못 간 곳에 장바우 마을이 있었던 것. 그리고 김첨이 지례로 온 지 한 달이 못 돼 권응시 또한 김첨의 무리로 지목되어 군위현감으로 쫓겨났다. 권응시가 고향 본가를 찾을 때면 둘이서 지례 혹은 장바우에서 술잔을 기울이는 즐거움을 갖게 된 것도 그 덕이었다.

말 등에서 몸을 흔들던 김첨이 혼잣소리로 시를 읊었다.

거년상애녀(去年喪愛女)하고/ 금년상애자(今年喪愛子)하였네.
애애광릉토(哀哀廣陵土)여!/ 쌍분상대기(雙墳相對起)한데
소소백양풍(蕭蕭白楊風)하고/ 귀화명송추(鬼火明松楸)로다.
지전초여혼(紙錢招汝魂)하며/ 현주존여구(玄酒存汝丘)하도다.

지난 해 귀여운 딸아이 여의고/ 올해엔 아끼던 아들마저 떠나보냈네/ 서럽고 서러운 광주 땅이여/ 두 무덤 나란히 마주보고 서있는데/ 백양나무 가지에 쓸쓸히 바람이 불고/ 숲속 도깨비불 희미하게 번쩍인다./ 종이 돈 살라 너희 넋을 부르며/ 네 무덤에 술잔을 붓는다.

생각 없이 흥얼거렸는데 뒤늦게 며느리 난설헌이 지은 것임을 알았다. 갑자기 목이 메고 가슴이 먹먹해졌다. 하마나 귀여운 손자손녀가 아장아장 걸어 나올 것도 같았다. 해를 연이어 손녀 손자를 경기도 광주 선산 기슭에 묻었다. 창자가 난도질당하는 양 애절하게 울어대던 며

느리의 울음소리는 아직도 귓전에 쟁쟁 남아 있었다.

불현듯 떠올린 애상(哀想) 때문이었을까. 의성 고을을 지날 무렵 문득 아랫배가 뒤틀리는 통증을 느꼈다. 도저히 행로를 이어 갈 수 없었다. 읍 거리로 방향을 고친 뒤, 사령을 시켜 뉘 집이든 가까운 집의 문을 두드리게 했다. 깊은 밤인데도 불구하고 다행히 방 한 칸을 내주는 촌부가 있었다. 변을 본 뒤 반 시진(한 시간 정도)쯤 쉬고 나니 뱃속이 개운해졌다. 밤길을 계속 걷기로 했다.

미천(眉川)을 건너 한티 고갯마루에 올라서니 희붐하게 동이 트였다. 산 아래 들판을 가로지르며 누운 낙동강 줄기는 물론 강 너머의 영호루(映湖樓) 누각 지붕까지 조개껍데기처럼 작게 내려다보였다. 누각 맞은편 나루터에서 배를 타고 강을 건너면 쉬 안동성 남문에 이를 수 있었다. 성 안팎의 인가들은 아직 옅은 새벽안개를 덮어쓴 채 깊은 잠에 빠져 있었다.

막 산길을 내려가려던 참이었다. 난데없이 낯선 장졸(將卒) 다섯이 길을 막아섰다. 저마다 창대를 꼬나 쥔 채 인상을 잔뜩 찌푸리고 있는 품이 예사롭지 않았다.

"어디서 오시는 뉘시오?"

마흔은 됨직한 털북숭이 사내가 앞으로 나서며 물었다.

"지례 사또님 행차이신데 이 뭔 짓들이신가?"

호방이 나서서 이편의 신분을 밝혔는데도 그들은 삼엄한 기색을 고치지 않았다.

"군위 관아를 거치셨는지요?"

"그래서?"

김첨이 직접 응대를 했다.

"상대가 누구든 속히 압송해 오라는 저희 영감님의 명이 있었습니다."

알고 보니 안동부에서 나온 자들이었다.

"모셔 오라는 것도 아니고 압송이라 하시더냐?"

해괴한 일이 아닐 수 없었다. 이 꼭두새벽에 지례 현감의 행차가 있음을 어찌 알고 도호부사(都護府使)가 미리 군졸을 내보냈으며 그것도 환영은커녕 죄인 잡아오듯이 하라고 한 까닭이 무엇인가?

영문을 알지 못한다는 그들과 오래 다툴 일은 아니었다. 안동 장졸들의 앞뒤 호위를 받아 산길을 내려가고 강을 건넜다.

자세한 사정은 안동부사 유대수를 만나고서야 비로소 알았다. 무슨 소동 때문인지 이른 시각부터 관복을 차려입고 동헌 마루에 정좌해 있던 그가 잡혀오는 죄수가 김첨임을 알고는 크게 당황해 했다.

"아니, 아니, 김 서방 아니십니까!?"

구르다시피 마루에서 내려온 그가 김첨의 두 손을 움켜잡으며 어쩔 줄을 몰라 했다. 아래위 동서지간인 두 사람에게는 영감이고 사또고 아무 상관이 없었다.

"유 서방이 무슨 억하심정으로 날 잡아오라 하셨는가?"

김첨이 짓궂게 한 마디 했지만, 속내 반가움은 어쩔 수 없었다.

전혀 취한 기색이 아니었는데, 권응시가 이런 무모한 장난을 할 줄은 상상조차 하지 못했다. 소라고둥 안에 황금덩이라도 숨겨놓았단 말인가?

축시(丑時. 오전 1시 반부터 2시 반까지) 무렵, 군위현감이 띄운 다급한 첩정(牒呈)이 안동에 올라왔다고 했다. 첩정에 적기를, <오늘 술

시(戌時) 무렵, 날랜 도적 하나가 본 관아에 침입하여 삽시에 관가의 귀한 기물을 모조리 거두어 달아났습니다. 도적의 얼굴은 얽고 수염이 없으며 몸은 중(中)이요, 나이가 40은 될 듯합니다. 이곳 관가의 힘이 약하여 능히 잡지 못하니 그곳에 이르는 대로 잡아주십시오.>

"송학 그 사람이 제 정신인가. 이 일을 어째!"

김첨한테서 일의 자초지종을 듣고 난 유대수의 얼굴이 사색이 됐다. 함께 크게 웃어넘길 줄 알았는데 그렇지 못한 유대수의 모습을 보고 김첨이 당황했다. 아뿔싸, 싶었다. 아니나 다를까. 융통성 없는 유대수는 권응시가 장난으로 보낸 통문을 그대로 믿고는 이미 관할 모든 고을에 도적을 수배하라는 긴급 명령을 내린 뒤였다. 그뿐이 아니었다. 무슨 역모사건이라도 있는 듯이 경기·충청감사에게까지 관자(關子. 공문서)를 보내는 호들갑을 떨고 말았다.

사태가 이렇게 된 이상, 며칠 사이에 이 일이 조정은 물론 임금의 귀에까지 전해질 것이 뻔했다. 그렇게 되면 좋은 먹잇감을 얻은 듯이 서인들이 벌떼처럼 일어날 것이요, 지방 관원의 기강이 무너졌네, 어쩌네 하다가 몇몇이 고신(告身. 임명장)을 빼앗기고 형벌까지 받을지도 모를 일이었다.

아침 밥상을 받아놓고도 유대수는 차마 숟가락을 들지 못했다. 그도 당장 제 일신의 안위를 걱정해야 할 처지이니 그럴 수밖에 없었다. 관운(官運)이 좋아 지금까지 승승장구하여 오늘의 방백(감사) 자리에 올랐는데 단 한 번의 성급한 일 처리로 그 모든 걸 잃을지도 모를 위기에 처한 것이다.

김첨은 태연히 국에 밥을 만 뒤, 아침 해장술까지 청했다.

"유 서방, 내일 일은 내일 걱정하고 오랜만에 이렇게 만났으니 술이나 한 잔 하시게. 그리고 조정의 징치(懲治)가 있다 해도 애초에 미운털 박힌 이 몸이 당하고, 사단을 일으킨 송학이 당하지 그쪽은 아무 일 없을 것일세."

"정말 그럴까요?"

김첨의 위로에 금세 유대수의 낯빛이 달라졌다.

쓰린 속이었지만 한 잔 술이 들어가니 그나마 훈훈한 기운이 들었다. 아무리 생각해도 권응시의 속셈을 요량할 수 없었다. 사태가 어떤 지경이 이를 것인지 짐작을 못 했단 말인가. 나름 자기가 달려 보낸 심부름꾼이 앞선 행차를 만나서 첩정을 빼앗긴다면 그것으로 한 바탕 웃을 수 있다고 여긴 걸까. 그렇다면 갑작스런 복통으로 의성에서 잠시 행로를 바꾼 것이 턱없이 공교로운 일이 되고 만다. 김첨은 제 자신보다 권응시에게 닥칠 파국에 대한 걱정으로 마음이 어지러웠다.

"바로 이것이 내가 훔친 군위 관아의 보물이라네, 허허."

사령이 가져온 소라고둥을 유대수에게 보여주었다. 그리곤 어제처럼 주둥이에 주먹을 대고 힘껏 바람을 불어넣었다. 우웅웅- 굵고 은은한 고둥소리가 방안을 울리다가 이내 담을 타넘어 퍼져 나갔다.

3. 아득하여라, 동호(東湖)의 석별

뉘엿뉘엿 해가 질 무렵이었다.

논에 나갔던 노복 윤득이 엎어질 듯 마당 안으로 뛰어 들어오며, 웬 대감 행차가 윗마을을 지나 지금 이쪽으로 오고 있다고 아뢰었다.

"녀석아, 원님 행차인지 대감 행차인지 네가 어찌 알고? 걸인들 네 댓이 동냥하러 오는 건 아니더냐?"

마당가 화단에 물을 주고 있던 권응시도 내심 기이한 느낌을 가지지 않을 수 없었다. 마부를 앞세우고 여럿 종자까지 딸린 갓쟁이가 윗마을을 지났다면 제 집 손님일 수밖에 없었다. 윗마을 아랫마을을 통 털어 사모관대를 걸쳐 본 이는 자신밖에 없었다. 누군지 알 수는 없지만 손을 맞을 채비는 하지 않을 수 없었다.

곁에 있던 사위 홍봉상(洪鳳祥)에게 아랫사람들을 단속하라 이르곤 안채에 들어가 의관을 고쳤다.

아니나 다를까, 잠깐 문 밖 골목이 시끌벅적하더니 이내 행차가 집 안으로 들이닥쳤다. 마부의 부축을 받으며 말 등에서 내려서는 갓쟁이를 보고 권응시가 깜짝 놀랐다. 서애 유성룡이었다. 꿈에서도 상상치 못한 일이었다. 한양 대궐에 있어야 할 예조판서가 제 집 대문에서 말을 내리다니!

예를 차릴 겨를이 없었다. 뛰어가 그의 손을 꽉 잡았다.

"이 사람, 서애 아니신가. 세상에 이런 일이……! 여기가 한양에서 백 리 길인가, 천 리 길인가. 이 산골 누지를 예판 대감이 찾아오다니!"

"오랜만일세, 송학(권응시). 내가 못 올 데를 온 것은 아니겠지? 참, 자네 엉덩이는 좀 어떤가?"

만면에 웃음을 띤 유성룡의 첫 응수부터 짓궂었다.

"에이 이 사람, 안부를 물을 게 없어서 엉덩이 안부인가. 허허, 어서 안으로 드세."

"아닐세, 난생 처음 자네 집에 왔는데 안팎 형국부터 살펴봐야 않겠나. 정승이 날 명당인지, 아니면 곤장 맞고 엎드려 있어야 할 국면인지……."

"에끼, 이 사람."

두 사람이 다시 너털웃음을 놓았다. 유성룡은 정말 풍수라도 살피려는지 뒷짐을 진 채 이쪽저쪽을 눈여겨보면서 천천히 마당을 거닐었다.

"충주 홍 진사가 이 산골엔 어인 일인가?"

홍봉상을 보고도 성룡이 크게 반겼다. 김산(金山. 현 김천 지역)의 권 씨 집과 충주의 홍 씨 집안의 혼인을 거들어 준 중매쟁이가 바로 유성룡이었다. 때마침 봉상은 인사차 처가에 와 있던 참이었다. 일찌감치 사마시(司馬試)에 입격(入格)한 그는 문과(文科) 준비에 여념이 없었다. 그새 마을 사람들이 죄 구경을 온 것 같았다. 아이 어른 할 것 없이 대문 밖에 모여 안쪽을 기웃거렸다.

권응시가 유성룡의 곁에 서며 훈수를 놓았다.

"보시게, 산천 형국이라면 내 집 같은 데도 드물지. 윗대 어른께서 근처 수 백리의 터를 다 살펴보시곤 결국 여기다 정하셨다니까. 저 뒷산을 배산(盃山)이라고 한다네. 술잔을 엎어놓은 산 아래에 사니까 술

하나는 원 없이 마실 수 있지, 허허. 저 뒤쪽에는 덕대산(德大山)이 있다네, 직지사(直指寺)를 품은 황악산(黃嶽山) 줄기가 동남쪽으로 뻗어오면서 잠깐 솟구친 것이라네. 그리고 저쪽 장수바위에서 마당골로 이어지는 줄기가 좌청룡이 되고 이편 새암골과 배암골이 우백호인 셈이고…….”

“저 앞이 안산(案山)이 되고?”

“그런 셈이지, 여기 사람들은 불두산(佛頭山)이라고 한다네. 들어오면서 봤는지 모르겠어. 저기 마을 초입의 산자락엔 삼층으로 된 긴 바위가 있다네. 옛날 어떤 장군이 손으로 주섬주섬 쌓았다고 하지. 그걸 여기 사람들은 장바우(바위)라고 한다네. 그 바위를 경계로 해서 윗마을을 윗장바우(상장)라고 하고 여기를 아랫장바우(하장)라고 하지.”

“좋구먼……무엇보다 우백호가 좋아. 갈마음수(渴馬飮水)의 형국이라고 하던가? 아무튼 재물도 잔뜩 쌓이고……헌대 나 보기에 뒷산이 술잔처럼 보이지가 않아.”

“그럼?”

“궁둥이 같다는 생각…….”

“이 사람, 또!”

유성룡이 개구쟁이처럼 웃었고 응시가 짐짓 화난 척을 했다. 첫 대면에서부터 유성룡이 농 삼아 엉덩이 얘기를 꺼낸 곡절이 있었다. 작년 여름 안동으로 가는 김첨을 맞아 군위 객사에서 함께 술을 마신 뒤 부린 철없는 장난이 화근이었다. 소라고둥을 집어가는 김첨을 두고 관아 기물을 도둑맞았다고 첩정을 띄운 것이 문제였다. 안동부사 유대수가 영내 수령들에게 도둑을 잡으란 명을 내린 것은 그렇다 치고 경기,

충청감사에게까지 관자(關子)를 보낼 줄은 몰랐다. 경기감사는 한 걸음 더 나아가 대궐에다 "열읍(列邑)이 진동하여 계엄(戒嚴)하는 데까지 이르렀다."는 장계를 올리고 말았다. 이에 양사(兩司)가 들고 일어나서 "죄가 군율을 범한 지경"이라면서 해당자들을 잡아 국문(鞠問)하기를 청하였으며 특히 대사헌 정철의 주장이 강했다. 퇴계의 문인인 집의(執義) 이양중(李養中)이 극구 말렸지만 소용이 없었다.

김첨과 함께 의금부로 끌려간 권응시는 나흘 동안 문초를 당했다. 취중의 장난이었다고 해도 소용이 없었다. 결국 응시는 수령으로서의 본분을 잊고 군율을 어지럽혔다는 죄목으로 관직 삭탈과 더불어 30대의 장형(杖刑)에 처해졌다. 직접 일을 도모하지 않은 김첨은 현감 자리에서 쫓겨나는 것으로 그쳤다.

젊은 장정조차 견디기 힘들다는 곤장 서른 대를 다 맞았다. 그 사이한 차례 혼절을 하기도 했지만 가까스로 의식을 수습했다. 스무 대를 넘길 때는 아예 통증조차 느끼지 못했다. 볼기 살이 다 헤진 뒤에야 형틀에서 풀려났다.

한양 아들집으로 옮겨진 뒤에는 온몸에 번지는 장독(杖毒)과 싸워야 했다. 전신을 화덕처럼 뜨겁게 하는 고열에 까무러치기도 여러 번이었다. 돌아눕기 어려워서 엎드린 채 잠깐씩 눈을 붙여야 했다.

다들 목숨 줄을 놓는다고 했는데 석 달 만에 상처가 아물었으니 천행이 아닐 수 없었다.

그 사이 김첨이 세상을 떠났다는 비보를 병석에서 접했다. 작년 9월 초나흘 날이었다. 흠뻑 술에 취해 돌아와 잠을 자다가 그대로 숨을 놓았다고 했지만, 응시는 벗의 죽음이 자기 때문이라는 죄책감은 떨치지 못했다. 비록 저처럼 모진 매를 맞지는 않았지만 도둑놈 소리까지 들으며 의금부 관원들에게 온갖 수모를 당했다는 뒷얘기를 들었다. 그 성미에 그런 치욕을 겪었으니 화병이 도지지 않을 수 없을 법했다. 마흔 셋 짧은 일기였다. 당장 달려가 관을 붙잡고 호곡하여도 성치 않으련만 자신은 거동조차 할 수 없었다. 방바닥에 엎어진 채 하염없이 눈물을 쏟을 수밖에 없었다.

해가 바뀌고 날이 풀리면서 볼기의 상처도 지워졌다. 혼자 마당을 거닐 수도 있었다. 더 이상 아들 내외에게 폐를 끼치고 싶지 않았다. 아내의 손을 붙잡고 광주 땅 김첨의 무덤부터 찾았다. 벗이 누운 자리에 술을 붓고는 곧장 장암마을로 내려왔다.

"뒤늦게 자첨(김첨)도 눈치 챘을 것이네. 너무 자책하지 말게. 자네가 그 하찮은 조개껍데기 하나 때문에 그런 첩정을 띄울 위인이던가. 유대수를 믿었다고? 그럴 리가……. 그 사람이 어찌 할지 뻔히 알면서 그 장난을 쳤던 게지. 소문만 듣고도 짐작이 가더구먼. 나는 나대로 송학답다고 고개를 끄덕였다네."

술상을 가운데 놓고 마주 앉은 유성룡이 빙긋이 웃음을 지었다.

"짐작이라니? 실수로 한 취중 희롱을 두고……."

"내 입으로 말을 해?"

그의 얼굴에 예의 장난기가 서렸다.

"꿍꿍이속이 있었다는 얘기 같은데 말씀해 보시게."

"눈에 가시 같던 허봉, 송응개, 박근원을 천 리 밖으로 귀양 보냈다고 해서 서인들이 손 털고 가만있을 것 같은가? 더욱이 제방 송사 하나로 송익필 형제가 그렇게 당하고 죽은 율곡마저 욕을 덮어썼는데. 암,

그럴 리가 없지. 앙갚음을 위해서도 그 다음을 노려야 하는데 그게 누굴까? 김첨, 우성전, 권덕여 이런 이들 아닐까? 율곡의 허물을 들춰내고 그를 나무라는 데는 오히려 이들이 더 심했다고 볼 수 있으니 말일세. 허나 권덕여는 이미 나이가 많아서 서울로 돌아올 기회가 없을 테고, 우성전은 보신을 잘해서 겉으로 드러나는 허물이 적고, 그럼 남은 이가 누군가? 자첨(김첨)뿐이지. 따르는 이가 많은데 급하고 겁조차 없으니 무슨 일을 저지를까 두려울 수밖에, 무슨 수를 쓰든 자첨을 손볼 참이었는데 송학 자네가 그 건수를 만들어 줬어. 속으로 쾌재를 불렀을 거야. 그게 바로 자네의 우의에서 나온 일인 줄도 모르고 말일세."

"우의라니?"

"송학 자네도 이미 저들이 자첨을 그냥 놔두지 않을 것을 알고 있었지 뭔가. 천생의 동무가 제 명을 못 살고 떠나면 어떡하나, 귀양살이라도 가면 어떡하나, 속으로 얼마나 노심초사했겠어. 지금처럼 산골 원님으로만 있으면 딱 좋겠는데 그게 바라는 대로 될까? 머잖아 또 궐에 들어가서 목소리를 높일 것을 뻔히 알고 있었지. 그래서 자네가 작심을 했다네. 그놈의 조개껍데기가 좋은 빌미가 됐지. 이 기회에 아예 너랑 나랑 관복을 벗어버리자, 정적(政敵)들에게 구실도 주지 말고 저들의 관심 밖으로 벗어나버리자, 얼마나 멋진 생각인가, 허허. 취해서 밤길 가는 친구를 도둑으로 몰았으니 말일세. 이 또한 살신성인이지 뭔가."

"쯧쯧, 친구 벼슬 하나 떼려고 내가 사서 그 고생을 했단 말인가? 하마터면 목숨까지 잃을 뻔했는데?"

"물론 자네도 셈을 잘못한 부분은 있었어. 당초 볼기 살이 뭉개질 정도로 얻어맞을 생각은 하질 않았지. 경기감사의 장계만 없으면 결코 그런 일은 없었어. 자네 생각으로는 유대수의 첩정만 올라갈 줄 알았지. 유대수로서도 그걸 위에 아뢰지 않을 도리는 없고……그랬으면 두 현감의 파직으로 일은 끝이 났지. 유대수가 얼마나 겁이 많은지 몰랐던 게 자네 불찰이었어."

"듣고 보니 그럴싸하기도 해. 자네한테도 고맙다고 할 수밖에. 시골 사또가 술 마시고 주책없이 한 장난을 그렇게 고상하게 새겨 주니 말일세. 친구의 명줄을 보존키 위해 분골쇄신한 송학이라! 어여쁘고 갸륵하구먼."

응시가 술잔을 쳐들며 웃었지만 한편의 뜨끔한 심사는 지울 수 없었다. 왜 사람들이 유성룡을 두고 상대의 심중을 꿰뚫은 눈을 가졌다고 말하는지 알 법도 했다. 의금부에서 대면한 김첨에게도 차마 발설치 못했는데 제삼자인 유성룡이 이쪽의 속정을 죄다 헤아리고 있었기 때문이다. 안타까운 것은, 사람의 도리로써 하늘의 이치를 헤아리기 어렵다는 점이었다. 좋은 벗과 오래 풍월이나 읊자는 마음뿐이었는데 하늘은 하늘대로 무슨 요량에서인지 그렇게 재빨리 벗의 목숨을 거두어 가버렸으니 말이다.

화제를 돌리기로 했다.

유성룡이 굳이 왜 이 먼 데를 찾아왔는가, 그것이 궁금했다. 사직소를 올리고 고향을 다니러 왔던 길에 병문안도 하지 못한 친구가 생각나서 일 없이 찾아왔다는 그의 말은 인사로 하는 것일 수 있었다. 안동에서 이곳까지만 해도 꼬박 이틀을 걸어야 하는 먼 길이었다. 어머니의 병환을 이유로 관직을 던지고 고향에 내려와 있던 유성룡은 올 2월 예조판서에 제수되어 다시 한양으로 올라갔다. 지난 5월 의주(義州)목사

서익(徐益)의 상소에 거명됨에 따라 그가 또 피혐(避嫌)을 하였지만 임금이 허락지 않았다는 소식은 권응시도 인편으로 전해들은 바 있었다.

뒷산에서 간헐적으로 소쩍새가 울었다.

"서익이 나를 두고 거간(巨奸)이라고 했다는 말도 들었겠군?"

잔을 비운 유성룡이 씁쓸히 웃었다.

"정여립이 한 말을 서익이 옮겼다고 하던데?"

"그 말이 그 말 아니던가. 거간이 뭔가? 우두머리 간신배라고 해야 하나, 으뜸으로 간사한 자라고 해야 할까, 아무튼 꼬랑지가 아니라니 훨씬 듣기가 좋지 뭔가……."

"그렇구먼, 이전엔 율곡이 거간 소리를 듣더니만 이젠 자네가 거간일세, 큰 그릇이 아니면 그런 소리도 듣지 못하니 좋게 새기게."

"아무렴."

어느새 유성룡의 얼굴이 불콰하게 변해 있었다. 원래 주량이 많지 않은 편이지만 이날따라 술이 당기는 모양이었다.

서인은 물론 임금에게까지 몹쓸 말을 듣고 쫓겨났던 허봉, 송응개, 박근원 세 사람도 근 이태 만에 귀양살이에서 풀려났다. 한 달 전의 일이었다. 겉으로는 영의정 노수신의 힘이 컸던 것으로 알려져 있었지만 애써 노수신을 움직인 이도 결국 유성룡이란 사실은 대개들 짐작하고 있었다. 노수신이 이들을 구명키 위해 임금에게 했던 말, "하늘의 뇌정(雷霆)도 하루를 가는 노여움이 없다."는 것도 평소 유성룡이 잘 쓰던 말이었다. 화난 하늘마저 하루 종일 천둥 벼락을 치는 법이 없으니 임금의 노여움도 이제 거둘 만하다는 뜻이었다.

노수신의 청을 듣고 임금이 영상(領相)과 대사헌 구봉령(具鳳齡)에게 물었다.

"허봉 등 세 사람이 이이를 가리켜 거간이라 하였는데 이이가 과연 간특한가? 바른 대로 말하라."

질문의 의도를 보면 임금도 이미 이이에 대한 예전의 신망을 거둔 것이 분명했다. 임금의 기색을 살핀 구봉령이 먼저 답하기를 "이이가 비록 간인(奸人)은 아니지만, 진실로 경솔한 사람입니다. 스스로 자기 의견만을 옳다 하고 다른 사람의 말은 듣지 않았으니 국사를 맡긴다면 본심은 그렇지 않다 해도 끝내는 그르치는 데 이르렀을 것입니다. 다만 문장에는 능합니다." 하였다. 우의정 정지연도 좋은 말을 하지 않았다.

"성품이 소탈하고 거친 데다 편견과 아집이 이미 드러났으며 게다가 변경하기를 좋아하여 혼자에게 맡겨둔다면 일을 그르칠 염려가 없지 않기에 식자들 사이에서는 그 점을 걱정하였습니다."

남들이 자기에게 아첨하는 것을 좋아했다는 노수신의 답변도 크게 다르지는 않았다.

죽기 전 이이가 마지막으로 만난 인사가 서익이었다. 의주목사로 간다고 인사를 온 그에게 이이는 국경 방비의 중요성을 새로 일깨워 주었다고 했다.

그 서익이 의주에서 소(疏)를 올려 말했다.

"신이 삼가 들으니 정여립이 경연에서 이미 세상을 떠난 이이를 공격하고, 드디어 박순, 정철까지 공격하여 그들이 직책에 편안히 있지 못하고 물러가게 되었다고 하는데, 다른 사람이라면 몰라도 정여립만은 그럴 수 없습니다. 그는 본래 이이의 문하생입니다. 삼찬(三竄. 계미년에 이이를 탄핵하다가 귀양 간 세 사람)이 내쫓기고 이이가 부름을 받아 들어왔을 때, 정여립은 전주의 서사(書舍)에 있었습니다. 그때 어떤 선비가 찾아와 함께 이이의 사람됨에 대해 논하였는데, 이때 정여립이 뜰에 있는 감을 가리키며 '공자는 푹 익은 감이고, 율곡은 반쯤 익은 감이다. 반쯤 익은 것은 다 익게 되지 않겠는가. 율곡은 참으로 성인이다.' 하였습니다. 그때 찾아갔던 선비가 바로 이정란(李廷鸞)이었습니다. 신이 부름을 받고 도성에 들어왔을 때 이이는 이미 병석에 누워 있었습니다. 친분이 있는 이가 정여립이 이이에게 보낸 편지를 보여주었는데, 그 편지에 '삼찬이 비록 내쫓겼지만 아직 큰 간인(奸人)이 남아 있으니 뒷날의 환란이 지금보다 더 심각하여 구제할 수 없을 것이다.' 하였습니다. 그 간인은 유성룡을 지목한 것이었습니다. 전에도 같은 정여립이고 지금도 같은 여립인데 어떻게 오늘에 와서 이이를 매도하면서 부끄러운 줄을 모를 수 있습니까. 사우(師友)간의 정의가 살아 있을 때와 죽었을 때가 서로 다르면서 '나는 글을 읽은 군자다.' 한다면 어느 누가 그를 믿겠습니까."

이 난데없는 소가 또 한 번 조정을 발칵 뒤집어 놓았으며 이미 전주에 낙향해 있는 정여립이 시비의 중심에 떠올랐다.

임금이 정원에 전교했다.

"이 소를 보니 궤괴(詭怪)하며 황홀하여 측량할 수 없다. 대개 내가 이른바 어진이라고 한 것은 이이와 성혼이다. 때문에 이 사람들을 공격하는 자는 반드시 사(邪)라고 하는 것이다. 다만 유성룡도 역시 한 군자로서 나는 그를 오늘날의 대현(大賢)이라 하여도 좋다고 생각한다. 그 인품을 보고 말을 해보면 마음으로 절로 감복하게 된다. 학식과 기상이 이러한데 어찌 거간이 될 이치가 있는가. 어느 담대한 물건이 감히 이런 말을 하는가. 나도 여러 차례 정여립을 접견해 보았는데 이 자는 기(氣)를 부리는 자 같다. 비록 그렇다 해도 여립 또한 사체(四體)를 갖춘 자인데 어찌 예판(禮判)을 거간이라고 지목할 리 있는가. 그럴 리가 없을 것이다. 그러나 여립이 이이에게 통한 글이 있다고 하였으니 서익의 말이 근거가 없는 것도 아닌 것 같다. 무릇 인심이 시끄러우니 매우 아름다운 일이 아니다."

이에 승정원에서 회계(回啓)하기를, "서익의 마음을 측량할 수 없습니다. 정여립이 이이에게 통한 글이라는 것이 빈 말인지 아닌지를 알 수 없습니다. 설혹 있다 하더라도 직접 여립한테서 듣지 않았으면 어찌 그 '거간'이란 말이 유성룡을 지목한 것인지 알 수 있겠습니까." 하였으며, 사간원과 사헌부에서는 서익을 파직할 것을 청하였지만 왕이 허락하지 않았다. 뒤이어 홍문관에서도 차자(箚子)를 올려 서익의 그름을 논하니 비로소 임금도 그의 파직을 허락하였다.

이 무렵 임금이 특히 관심 가진 것은, 정여립이 유성룡을 거간으로 지목한 것이 여립이 이이를 배척하기 이전의 일인지 혹은 그 이후의 일인지에 관해서였다.

4월, 홍문관 수찬에 제수되어 궐에 들어온 정여립은 이이와 성혼을 존숭하던 이전의 태도를 버리고 노골적으로 동인의 당색을 드러냄으로써 임금을 의아하게 만들었다. 하루는 그가 경연을 마치고 시사를 논하는 자리에서 '박순이 간사한 무리의 괴수이며 이이는 나라를 그르친 소인배[誤國小人]'라고 하여 주위를 놀라게 하였다.

"이이가 살아 있을 때만 해도 그대가 사우(師友) 이상으로 받들었다고 하던데 지금에 와서 어찌 그런 말을 할 수 있느냐?"

임금이 힐문하자 그는 눈 하나 깜짝 하지 않고 대답했다.

"그때까지만 해도 이이의 속내를 제대로 알지 못했을 뿐입니다. 뒤늦게 모든 걸 알고 죽기 전에 그와 절교했습니다."

임금은 계미년 10월 이조판서에 제수되어 사은(謝恩)을 위해 궐에 들어왔던 이이가 정여립을 추천하던 일을 기억하고 있었다.

"지금 문사 중에서 쓸 만한 인물을 얻기가 어렵습니다. 정여립은 많이 배웠고 재주가 있습니다. 남을 업신여기는 병통이 있기는 하지만 전혀 흠이 없는 사람이 어디 있겠습니까."

그 정여립이 몇 달 사이에 자신을 추켜세우던 이이를 나라를 그르친 소인배라고 하니 임금으로서도 어이가 없었다.

서익이 파직된 며칠 후, 이이의 조카 이경진(李景震)의 상소가 있었다.

"신이, 정여립이 신의 숙부 이이를 경연 중에 훼방 배척하였다는 말을 듣고서 놀라고 괴이하여 혼잣말로 '다른 사람이 그런 말을 하는 것은 괴이할 것이 없지만 여립은 그럴 리 없을 것'이라고 하였습니다. 신이 집안의 편지를 뒤져서 여립이 숙부에게 보낸 글을 얻었는데, 거기에는 '종자(從者. 여립)가 뭇 소인에게 노여움을 받고 낭패하여 대궐에서 나온 후로 누워도 자리를 편안히 하지 못하고 먹어도 맛을 알지 못합니다. 하여 간사한 자들의 나라를 그르치는 죄상을 극력으로 말리려고도 생각하여 보았습니다. 그러다가 다시 생각하니 방금 군부(君父. 임금)에게 버림을 받은 터에 의리상 뻔뻔한 얼굴로 말할 수도 없는데, 성장(成丈, 성혼)이 이미 상소하여 변명하였다 하니 여립은 한이 없게 되었습니다. 이어 들으니, 성장 또한 참소와 훼방을 만나서 말하기를 선비를 무찔러 죽이는 화가 조석에 박두하였다 하므로 여립이 또 충분(忠

憤)한 마음이 격동하여 항론(抗論)하는 글을 올리려 하였는데, 다시 들으니 임금의 마음이 고쳐 깨달으셔서 해가 중천에 있는 것 같아 도깨비의 무리가 자연 물러가 숨을 것이므로 은인(隱忍)하면서 중지하였습니다. 지금 형편을 보니, 두 간사한 사람은 쫓겨났지만 거간(巨奸)이 아직도 조정의 의논을 장악하고 있으니 후일의 화가 오늘보다 심할 것입니다.' 하였는데 이것이 계미년 9월의 서신입니다. 신의 숙부가 조정에 돌아온 후에 또 한 서신이 있었는데 여기에는 '우리 임금이 여러 의논을 물리치고 존형(尊兄, 이이)을 도로 이조판서로 삼아 일을 맡겼으니 이는 참으로 한당(漢唐) 이래 있지 않던 거룩한 일입니다. 무릇 누가 감격하지 않겠습니까. 여립의 기쁨은 더욱 큽니다.' 하였습니다. 이 편지가 있은 지 한 달 후 이이가 죽었으니 그 짧은 기간에 어찌 절교의 서신이 있었겠습니까."

마당에서 홍봉상이 하복을 데리고 모깃불을 지피는 모습이 내다보였다. 청솔가지가 불길에 타면서 내는 매캐한 연기가 방안까지 스며들었다.

"그 다음 소식은 듣지 못했네만 여립도 낭패를 당했겠군?"

권응시가 자세를 고쳐 앉으며 물었다. 유성룡은 여전히 흐트러짐이 없었다.

"그뿐 아니었다네. 이귀(李貴)가 율곡의 책상에서 율곡이 죽기 3일 전 여립이 보낸 편지도 찾았다네. 여전히 동인을 극력 비난하는 내용이었지. 풀을 제거하면서 뿌리를 뽑지 않으면 반드시 후환이 있을 거라고 했다지."

"이귀?"

"모르는가? 계미년에 한창 율곡 문제로 시끄러울 때 유생들을 모아 스승을 구하는 상소를 했던 이 아닌가. 율곡 문하에 괜찮은 이들이 꽤 많지만 내가 보기엔 그 중 이귀가 으뜸인 것 같아. 공부가 어떤지는 모르지만 우선 기백이 있어. 그러면서도 치밀하고……이경진의 상소도 실은 이귀의 손에서 나왔고 그 뒤에는 역시 송익필이 있다는 말이 있지만 모르겠어. 아무튼 이귀의 상소로 주상께서도 여립에 대한 생각이 크게 달라지신 것 같아. '여립이 오늘의 형서(邢恕)다.'라고 한 말도 그래서 나온 게 아니겠는가."

형서는 송대(宋代) 사람으로 정호(程顥)의 문하에서 이름을 얻었지만 뒷날 자신의 잇속으로 스승을 배역(背逆)한 자였다.

"그래서 여립은?"

"상감이 그렇게 나무라시는데 버틸 재간이 있는가? 곧장 인사를 올리곤 떠났다네. 내침을 당하려고 일부러 그러진 않았을 테고, 나름 자신을 강하게 드러낸다고 한 것인데 정황을 제대로 읽지 못한 것 같아."

"허어, 사람도……."

권응시가 탄성을 냈다. 이전에 이이를 공자에 비견하여 성인으로 일컫던 정여립이 어인 연고로 그를 '나라를 그르친 소인'으로 폄하고 배척할 수 있단 말인가. 그것도 임금의 면전에서 말이다. 소문을 들었을 때부터 도무지 납득이 되지 않는 것이 이 대목이었다. 한때 정여립을 이조(吏曹)에 끌어들이려는 의논이 조정에 있었는데 이때 이이가 이를 막았으며 여립이 이를 섭섭하게 여겨 그에게 등을 돌렸다는 말도 있었지만 이 또한 크게 수긍이 되지는 않았다. 지난겨울, 임금이 나라의 큰일을 맡을 인재를 추천하라고 의정부에 하교하였을 때, 영의정 박순은 이산보(李山甫), 신응시(辛應時), 서익을 추천했으며 좌의정 노수신은 이발, 김우옹, 한준(韓準), 백유양(白惟讓), 김수, 정여립 등을 추천했다. 박순이 추천한 인사들은 하나 같이 서인이었으며 노수신은 동인 중심이었다. 이때 정여립이 노수신의 천에 들었다는 것은 여립이 이미 당을 바꾸고 있음을 동인 상층부에서 알고 있었다고 볼 수밖에 없었다.

응시로서도 짐작 가는 바가 있었다.

"이발인가? 안동에 있던 자네가 전주까지 손을 썼을 리는 없고. 또 정여립이 어떤 위인인지 모르지만 자네가 들쑤신다고 해서 그 자가 그렇게 쉬 율곡을 버릴 턱도 없고……."

"또 내가……?"

무슨 생각을 하는지 유성룡은 술상을 내려다보며 손가락 끝으로 톡톡 상 모서리를 두드렸다. 언짢은 기색은 아니었다. 그리곤 문득 생각이 정리됐다는 듯 고개를 들었다.

"어떤가, 송학. 선선한 바람이 불거든 산천유람 삼아 전주나 한 번 다녀오시지?"

순간 권응시가 직감했다. 이것이 유성룡이 이곳까지 찾아온 용건임을. 저도 모르게 긴장이 됐다.

"전주?"

"그렇다네. 여기서 무주, 진안을 거쳐 가면 사나흘 안에 닿을 수 있지 않은가. 가는 김에 방숙(方叔, 심의겸)도 한 번 찾아보고……물론 전에도 본 적은 있지?"

"한두 번 스치긴 했지. 그 고귀한 이가 나 같은 이를 알은 체나 할까?"

동인의 우두머리로 지목되는 유성룡이 서인의 영수인 심의겸을 만나보라는 것이 퍽 의아했다. 조정 신료는 물론 시골 유생들까지 동과 서로 나뉘어 끊임없이 분쟁을 일으키게 한 한 당사자가 심의겸임은 삼척동자도 알고 있었다. 그가 내직에 있는 한 당쟁이 더 심할 수밖에 없다고 본 노수신, 이이 등이 왕을 설득하여 김효원과 함께 외직으로 돌린 것이 벌써 여러 해 됐다. 개성유수, 함경감사를 거쳐 지금은 전주부윤으로 있었다.

"당이 다르긴 하지만 방숙이 소인배가 아님은 다들 알지 않는가. 찾아가면 분명 반겨줄 걸세. 그리고 기회가 닿거든 정여립도 직접 만나서 얘기를 해보고……."

유성룡이 자답하듯 혼자 고개를 끄덕였다. 권응시는 더 이상 속 궁금증을 누르고 있을 수 없었다.

"무슨 일인가? 영문은 말해 주겠지. 옛정을 내세워 못난이를 찾아준 것은 더 없이 고맙지만 국사에 바쁜 자네가 어찌 이런 한가한 걸음을 할 수 있겠는가? 그럴 일도 없겠지만, 나 같은 이도 소용에 닿는다면 한양이든 안동이든 거기서 보자고 하면 될 일을 가지고……."

"아닐세, 말로만 듣던 자네 마을에 와서 이렇게 마주 하고 있으니 얼마나 좋은가. 이렇듯 자네랑 수작을 하고 있자니 저 바깥의 다툼과 시비도 다 한 줌 소요에 지나지 않는다네. 그건 그렇고……나도 까닭을 알 수 없는 것이 정여립이 왜 율곡을 훼방 배척했느냐 하는 점일세. 먼저 떠오르는 사람은 역시 동암(이발)밖에 없어. 윗대부터 가졌던 두 집안의 관계며 살고 있는 땅의 가까움을 생각하면 두 사람이 호형호제 하는 사이라는 말도 과장은 아닐 걸세. 다른 점이 있다면 동암은 일찌감치 남달리 번창한 문벌을 배경으로 해서 남명(조식, 曺植)의 문도들과 무리를 지을 수 있었는데 반해서 여립은 그렇지 못하다는 게지. 그가 율곡을 따를 수밖에 없었던 것도 그 때문이었을 거야. 그렇게 하지 않고서야 이름자 하나를 내걸 데가 없었을 테니……그런데 율곡이 세상 떠나고 나니 문득 기댈 데가 없고, 그 틈을 동암이 파고들었다고 봐야지. 동암이 당초에 율곡과는 사이가 좋았으니 율곡이 있는 동안에는 여립을 적극 제 사람으로 끌지 못했다고 봐야지……."

"그러고 보면 동암의 힘이 만만치 않아. 연초에 여립이 수찬에 제수된 것도 동암의 덕이라 하지 않던가. 이래저래 정여립이 율곡을 배척한 이유도 알 법한데 뭐가 문제인가?"

"사실을 말함세. 애당초 나는 여립에 대해서 별 관심이 없었네. 그 자가 나를 두고 거간이네 뭐네 했다고 해도 마찬가지일세. 저쪽에서 나를 지목한 게 어디 한두 번 일이던가. 그리고 그 말이 그 자의 본심에서 나온 것일까? 아니겠지. 물론 율곡이며 성혼이 그런 말을 했을 리도 없고……당연히 송익필이겠지. 송가가 한 말을 두 사람 중 누군가 혹은 정철이 전했겠지. 그들이 다 송가와 친하지 않았던가. 을해년(1575년)에 동이다 서다 해서 조정이 둘로 나뉜 이래 글 읽는다는 이들이 해온 짓거리를 생각해 보게. 매번 대의며 국사를 앞세우지만 실은 상대의 약점을 찾아 공격하고 꺼꾸러뜨리는 것밖에 뭐가 있는가. 상대를 죽여야 내가 산다는 전장의 논리가 우리 조정을 지배하고 있지 않은가. 칼과 창만 들지 않았다 뿐 어쩌면 말과 글로 하는 이 싸움이 그보다 더 치열하고 참혹할 수가 있어. 조정 신료들은 말할 것 없고 재야의 유생들까지 동서로 나뉜 뒤부터는 이 싸움이 끝장이 없게 돼 버렸어. 누구든 사람 자체를 보지 않고 당색만 보면서 내 편 네 편 나누고 옳고 그름을 단정해 버려. 우리가 율곡을 그렇게 나무라지만 율곡인들 왜 이 사태를 모르고 이를 걱정하지 않았겠는가. 심의겸, 김효원 두 사람을 외방으로 보내면서까지 당색을 가리지 말자고 주창한 이도 율곡 아니던가. 헌데 율곡도 사람인지라 가까이 지내던 이, 저를 따르던 이를 더 챙기다 보니까 되레 서당(西黨)의 우두머리가 돼 버리지 않았던가. 아마 저쪽에서 볼 때는 나도 마찬가지일 걸세. 내가 왜 거간인가? 우리 모두 나이도 비슷하고 그릇도 다 그 모양인데……. 다른 점이 있다면 내가 다른 이들보다 좀 더 빨리 사로(仕路)에 들어섰고 그래서 품계가 약간 앞선다는 것뿐이지. 이발은 어떤가, 나와 다르지? 같은 동인이라고 하지만 닮은 점보다는 다른 점이 더 많지 않은가. 우리가 영남이라면 저쪽은 호남이고 우리가 퇴계라면 저기는 대개 남명이고……남명이 강조했다는 '경의지학(敬義之學)'이 뭔가? '경'을 바탕으로 '의'를 내세운다는 것 아닌가. 퇴계도 '경'을 가운데 두지만 그 지향이 달라. 부단한 공부와 궁리로 세상의 이치, 근본원리를 찾고자 함이 아니던가. 그러나 '의'는 그게 아니야. 지금 당장 이 세상의 잘못을 고치고 바꾸자는 것이야. 이발, 백유양, 정인홍 등이 왜 저렇게 서둘까? 나는 그 때문이라고 여겨. 아무리 옳은 일이라고 해도 만사에는 때가 있는 법이잖아. 정암(靜菴, 조광조)을 보지 못했는가? 그렇게 허무하게 당하는 것을 보고서도 배우고 깨친 것이 없단 말인가?"

"자네가 걱정하는 것이 다름 아닌 이발이군? 허나 이발은 정암과 다르지……기개가 있고 포부도 있지만 그만한 권세가 없지 않은가?"

"그래서 더 위험하다는 뜻일세. 뜻과 욕심은 큰데 그럴 만한 힘이 없어. 그러면 먼저 뭐부터 하고 싶을까? 상대를 없애면서 제 사람을 늘리는 수밖에 더 있겠어? 서인들을 깡그리 없애겠다는 생각도 그래서 가지게 되는 게야. 또 말로는 정암을 따른다고 하지, 그래. 조광조가 내세웠던 지치(至治)와 왕도의 중심에 뭐가 있는가? 임금부터 도학(道學)을 갖춰야 하는 것 아닌가, 그 다음에 제도와 풍습을 바꾸는 것 아니던가? 헌데 금상(今上)이 이를 허여하실까? 당신께서 하도 높고 영민하시어 신료들 쯤이야 발치의 벌레만도 여기지 않는 분이신데……그럼에도 동암은 서인만 무찌르면 만사가 통할 줄 알고 있어. 안타까워.”

“이발의 욕심이 화를 부른다는 뜻인가?”

“그럴 수 있지.”

“기묘년 같은?”

“관두세. 동암도 이젠 나와 의논할 생각을 하지 않네. 정여립을 끌어들일 때도 내가 반대를 했지만 그가 듣질 않았어. 그런데도 송익필은 내가 동암과 뜻을 같이 한다고 보지. 그렇지 않고서야 서익의 그런 상소가 있었겠는가. 나를 먼저 친 뒤에 동암을 잡겠다는 것이 송가의 셈법이었을 게야. 결과는 여립이 궐에서 쫓겨나고 서익이 파직 당하는 거였는데 누가 이긴 것일까?”

“이기고 진 자가 있는가?”

“이발, 송익필 두 사람이 이겼어.”

“무슨 말인가?”

“아마 이발은 여립을 궐에 들일 때부터 알았을 게야. 정여립이 동인의 행색을 하려면 먼저 율곡과의 관계부터 끊어야 한다는 점을 이발이 왜 모르겠나? 그리고 여립이 율곡을 배척하면 서인들이 어떻게 나설지도 헤아렸겠지. 정여립이 율곡을 따른 사실은 세상이 다 알지 않는가. 여립을 빌려서 죽은 율곡을 또 욕해 봐야 얻을 것이 뭐 있는가? 대신 나를 '거간'으로 지목하여 임금과 조정을 환기시킨 것만도 얼마나 큰 이득인가. 송익필 쪽에서도 마찬가지. 정여립 하나 내치는 것으로 무슨 성이 차겠는가. 눈에 가시 같은 유성룡을 안동으로 내려 보낸 것만으로도 쾌재를 불렀을 거야."

"자네, 정말 입궐을 않을 요량인가?"

"아무렴, 다 버리고 왔는데 무슨 미련이 있을까."

"허!"

임금이 허락지 않아도 사직의 뜻은 굽히지 않는다는 성룡의 말이었다. 그 또한 성룡다운 처세일 수 있다는 생각에 응시도 더 이상 그 일을 입에 올리지 않았다.

"헌데 궁금한 게 있네. 자네가 거간으로 지목되는 것이 왜 이발한테 이로운가? 그리고 서인의 반발은 짐작했겠지만 이발이 어찌 율곡의 책방에서 여립의 편지가 나올 것을 짐작했으며 거기에 자네를 지목하는 문자가 있음을 알았을까?"

"이보게 송학, 그래서 자네는 권모술수가 난무하는 정치판에 어울리지 않는 게야. 허허. 소나무 가지에서 맑은 바람이나 쐬는 학이 어찌 진흙탕 속을 알겠는가. 오해는 말게. 이발이 우리와 같은 동인이지만 이제 똑같은 동인이라고 할 수가 없다네. 뭐라고 할까? 남명당(南冥黨)이라고 해야 하나, 호남당이라고 할까…… 이발, 이길 형제는 말할 것 없고 정여립과도 친척이 되는 정언신, 정언지 형제, 그리고 백유양, 정개청 등등……게다가 경상우도(慶尙右道)의 남명 문인들, 즉 정인홍,

김우옹, 최영경(崔永慶) 등을 보태보게. 하나의 그림이 그려지지 않는가. 이들의 연결 고리가 남명이고 호남이며 그 중심에 동암 이발이 있다는 게지. 수(數)로 보나 뭐로 보나 퇴계 쪽보다 크면 컸지 작지가 않아. 율곡이 있을 때만 해도 힘의 기울기가 있으니까 영남과 손을 잡았지만 율곡이 없는 지금에 와서는 오히려 거추장스러울지도 몰라. 여립의 편지? 허어, 동암이 묻기 전에 여립이 먼저 토설했을 것이네, 아마. 나를 거간이라고 했다는 얘기까지. 그래야 동암이 뒤를 단속해 줄 것 아니겠는가……."

"어렵구먼……."

"따져보면 어려울 것도 없다네. 성혼이 이미 파주 초야에 몸을 숨겼고 정철마저 창평으로 내려가 버렸으니 이발이 바라보건대 서쪽 들판이 텅 빈 듯이 보일 것이네. 논바닥에 나락은 없고 검불들만 보인다고 해서 여기다 불을 지피면 어떻게 될까? 논이 없어지길 해? 주인이 바뀌길 해?"

"무슨 말인가?"

"기우라면 좋겠네. 허나 두고 보시게. 머잖아 또 한바탕 회오리바람이 불 테니……."

"이발이 무슨 일을 꾸민단 말인가?"

"송가의 씨를 말리려고 작정을 했나 봐."

"송익필 형제를? 그렇잖아도 지난 해 송사로 이를 갈고 있을 텐데?"

"그러게……."

유성룡이 미간을 접었다. 그의 낯빛이 훨씬 어두워졌다. 권응시도 함께 불안한 마음을 가질 수밖에 없었다.

"작년, 동생 한필이 그렇게 두들겨 맞았고 질녀며 조카사위가 북변으로 쫓겨 가서 모진 고초를 겪고 있는데……그런 송익필을 또 잡아서 어쩔 셈인지……서인들이 가만히 당하고 있기나 할까? 허어……."

마당의 모깃불이 자지러들고 있었다. 밤이 꽤 깊어진 듯했다.

"그래서 나보고 전주를 다녀오라는 건가? 심의겸이며 정여립 같은 이들을 만나보고 아울러 이발에 대한 얘기도 들어보라는 것 아니겠는가?"

짐작한 바를 내색했는데 유성룡이 순순히 고개를 끄덕였다.

"급할 건 없다네. 유람길 나선 셈치고 쉬엄쉬엄 둘러보면 된다네."

홍봉상이 들어와서 술상을 치우고 이부자리를 봐 주었다. 함께 잠자리에 들기 전, 유성룡이 지나가는 투로 한 마디 던졌다.

"자네도 이제 다시 고을 원님으로 돌아가야 하지 않겠는가?"

나름 복안이 있다는 말 같기도 했다. 응시가 고개를 저었다.

"별 소리……관복이야 그만큼 입어 봤으면 됐네. 나한테는 지금의 이 한가함이 좋을 뿐이라네. 혹여 어디서 그런 말이 나오거든 자네가 말려 주게."

손을 까불어 등잔불을 껐는데, 어둠 속에서 낮게 웃는 유성룡의 웃음소리를 들었다. 어느새 7년 세월이 지난 듯싶었다. 한강 가에서 정다운 벗들이 함께 했던 그 밤에도 성룡은 어둠 속에서 이런 웃음을 웃었던 것 같았다.

무인년(1578년) 8월이었다. 사간원 사간이 된 지 두 달밖에 안 된 유성룡이 고향의 어머니를 뵈러 간다며 휴가를 얻었다. 먼 길 떠나는 그를 전송하기 위해 벗들이 동호(東湖. 현 뚝섬 근처의 한강)의 몽뢰정(夢

賽亭)에 모였다.

사인(舍人) 이발과 그의 동생 한림 이길(李洁), 좌랑 이순인(李純仁). 정랑 홍가신(洪可臣), 목사 유대수, 한림 김첨, 참봉 허상(許鏛), 감역(監役) 박의(朴宜), 참봉 이덕홍(李德弘) 등의 면면들이었으며 물론 권응시도 있었다. 서른다섯에서 마흔 사이, 다들 나이도 비슷했다.

더운 여름날이었지만 강바람이 불어오는 정자는 시원하기 짝이 없었다. 샛강 너머로 압구정(狎鷗亭)이 빤히 건너다보이고 드넓은 모래밭과 살구나무가 우거진 숲에 어부들의 초가가 엎드려 있는 저자도(楮子島. 1972년 압구정동 아파트를 건립 때 모래를 채취하며 사라졌다.)의 풍경은 그림처럼 아름답기만 했다.

벗들은 정자에서 하룻밤을 묵으면서 내일이면 이곳에서 배를 타고 떠날 유성룡과 정회를 나누었다. 취중에 다들 송별시 한 수씩 지어 그에게 전했으며, 성룡도 석별의 시 한 수를 남겼다. 그때만 해도 한 치의 틈도 없어 보이던 유성룡과 이발의 사이였는데 그 새 두 사람도 많이 달라진 것 같아 권응시는 가슴이 답답했다.

8월에 들자, 양사(兩司)에서 청양군(靑陽君) 심의겸을 죄 주자는 논계가 있었다. 전날 붕당을 만들어 사림에 화를 끼쳤고, 아비의 상중(喪中)에 있을 때 기복(起復)을 도모하였으며, 아우의 아내를 독살하였다는 등의 죄목이었다. 심의겸은 명종의 비(妃) 인순왕후의 친동생. 그의 넷째 아우 지겸이 치광(痴狂)의 병을 지니고 있어서 이 씨에게 장가를 들어 아들을 낳고도 아내를 멀리했다. 이 씨의 친정 어미는 딸아이를 안쓰럽게 여겨 자주 창비(倡婢)를 보내 그녀를 돌보곤 하였다. 이런 가운데 이 씨가 어떤 무뢰배와 간통을 하였다는 추잡한 소문이 조정에 퍼졌다. 심 씨 집에서 은밀히 인순대비에게 이를 알렸으며 뒤이어 궁에서 나온 내시와 나인들이 그녀에게 독약을 먹였다.

인순왕후의 덕택으로 옥좌에 오른 임금으로서는 왕후의 동생을 죄주는 일이 쉽지만은 않았다. 양사에서는 박순, 정철, 이이, 김계휘, 윤두수, 윤근수 등이 심의겸과 사생의 교분을 맺고 나라 권세를 농락하였다고 하였으며 대사간 이발은 홍성민, 구봉령 또한 여기에 속한다고 주장하였다. 마침내 임금의 전교가 있었다.

"심의겸은 사류라 일컫는 박순, 정철, 김계휘, 윤두수, 윤근수, 신응시, 이해수 등 여러 사람들과 서로 생사를 함께 하는 교분을 맺어 안팎으로 서로 의지하고 성세(聲勢)를 서로 도와 기세를 부리며 저들의 속셈을 멋대로 행하였다. 홍성민, 구봉령 등은 애당초 모두 의겸의 친구로서 그를 인하여 출세하였고 이이, 성혼과 같은 위인 역시 혹은 친척의 정분이나 교유의 친밀함으로 그들의 농락을 당하면서도 부끄러워하지 않았다. 그가 외직에 보임된 뒤에도 경계하기는커녕 감히 서울에 들어와 친한 자들을 찾아다니며 어두운 밤에 서로 만나 시사(時事)를 논하면서 다시 변란을 일으킬 계획을 하는 등 못 하는 짓이 없었다. 그 죄악을 논한다면 엄중한 법으로 다스려야 되겠지만 오늘은 단지 그 관직을 파면하는 것으로 경계를 삼는다."

심의겸이 이렇게 전주부윤에서 쫓겨났다.

비록 지금은 외직에 있지만 동서 분당의 단초를 만들었고 이후 서인의 구심점이 되기도 했던 심의겸이 탄핵되어 관직에서 물러났다는 것은 이이의 죽음, 곽사원 송사에 따른 송한필의 치죄 등으로 급격히 세가 기울어 가는 서인에 대한 동인의 타격이 또 한 번 성공을 거두었음을 의미했다. 물론 이 공세를 주도한 이도 대사간 이발이었다. 삼사(三司)에 포진해 있는 대부분의 언관들이 그의 영향 안에 들어 있었으며 그들이 이발의 의중에 따라 집요하게 심의겸의 허물을 들춰내고 말을 맞춰 그를 논핵했기 때문이었다.

권응시가 보기에도 이발이 서인들의 씨를 말리려 든다는 유성룡의 말이 지나친 것이 아닌 성싶었다. 동인 중에서도 유성룡을 비롯한 안동, 상주의 영남파와 이발이 중심된 호남 및 경상우도(右道)의 인사들 사이에 금이 생기기 시작한 것은 지난 신사년(1581년) 무렵부터였다.

퇴계의 문인 추연 우성전은 당시 동인들의 지지를 받는 새로운 지도자로서 유성룡과 친밀하였다. 그는 학문적 소양이 폭넓었고 지략이 남달랐으며 경세에 대한 관점이 뚜렷하였다. 이런 우성전에게도 한 가지 흠이 있었으니 그것은 여러 명의 첩을 둔 가운데 기생 하나를 별나게 좋아한 것이었다. 신사년 그해, 우성전이 모친상을 당하였을 때도 이 기생은 상례에 어긋나게 머리를 풀고 성전의 집을 출입하였다.

이를 보고 해괴하게 여긴 이가 이발이었다. 이발은 이 사실을 사헌부 장령 정인홍에게 말하였으며, 평소 자신의 깨끗한 처신을 자랑삼아 온 정인홍이 이를 두고 볼 수 없다면서 앞장서서 우성전을 공격했다. 정인홍의 우성전 탄핵에 대해서도 유성룡 등 퇴계 문인들은 단순하게 보지 않았다. 여기엔 분명 율곡 이이의 입김이 있다고 의심하였던 것이다. 당시만 해도 이발이 율곡과 사이가 좋았던 데다 정인홍의 탄핵에 대한 율곡의 옹호도 그런 의심을 사기에 족했다. 율곡이 정인홍에 대해서 말했다.

"시골 출신의 외로운 처지에서도 충성을 다하여 봉공을 하였으니 그 논박이 지나치다 하더라고 그것이 공론이니 어찌 그르다고 할 수 있겠는가."

이 탄핵으로 우성전은 치명상을 입고 영남 동인에서도 후방으로 물러날 수밖에 없었으며 대신 유성룡이 전면에 부각되었다. 이후 이발, 정인홍에 대한 이들의 의구심은 점차 더해 갈 수밖에 없었다.

동인이다 서인이다 하여 붕당의 모습이 드러난 것은 을해년(1575년. 선조 8년)에 이조의 전랑(銓郞) 자리를 두고 심의겸과 김효원의 반목이 시작되면서부터였다.

이조전랑 직(職)은 정5품, 정6품으로 비록 품계가 낮으나 문무관의 인사권과 함께 임금에게 간언(諫言)을 할 수 있는 사헌부, 사간원, 홍문관의 청요직(淸要職) 인사에 대한 추천권을 쥔 요직이었다. 또 이 자리는 임금이 임명하는 것이 아니고 전임자가 후임자를 추천한 뒤 공의(公議)에 부쳐서 선출하게 돼 있었다.

갑술년(1574년)에 퇴계의 문인 김효원이 이조전랑에 추천되자 심의겸이 반대하고 나섰다. 그는 김효원이 젊은 시절 세도가 윤원형의 집에 식객으로 있었다는 점을 반대 이유로 들었다. 심의겸의 반대에도 불구하고 김효원이 이조전랑이 될 수 있었던 것은 사림(士林)의 적극적인 지지 때문이었다. 이후 심의겸의 동생 심충겸(沈忠謙)이 전랑의 물망에 올랐으며 이때는 김효원이 적극 반대했다. 외척이 등용되어서는 안 된다는 이유에서였다. 후임은 이발로 결정됐다.

이렇게 앙숙이 된 두 사람의 관계는 여기서 그치지 않고 두 사람을 둘러싼 신·구 관료들의 집단 대립으로 발전돼 나갔다. 이 시기, 김효원과 가까운 허엽이 우의정 박순을 탄핵하여 사직케 하는 일이 터졌으며 이 사건을 계기로 조정은 완전히 둘로 갈라졌다. 김효원을 비롯한 신진 사류들이 허엽을 지지했고 심의겸 주위의 기성 관료들은 허엽의 처사가 지나치다고 비난하였다. 이로부터 김효원을 둘러싼 인사들을 '동인'이라 하고 심의겸의 주위를 '서인'이라 불렀는데 이는 김효원의 집이 도성 동쪽의 건천동(乾川洞)에 있고, 심의겸의 집이 서쪽인 정릉방(貞陵坊. 현 서울 정동)에 있었기 때문이다.

동인의 주류는 대개 퇴계 이황 및 남명 조식의 문인들로 이루어졌다. 유성룡, 허엽, 우성전, 김성일, 남이공(南以恭), 이산해, 이발, 이덕형, 정인홍, 김우옹 등이 그들이며 서인은 박순, 이이, 성혼, 정철, 송익필, 조헌, 이귀, 김계휘, 윤두수, 윤근수, 이산보 등이 주축이 되었다.

예감이라도 했던 것일까. 임신년(1572년) 7월, 영중추부사 이준경(李浚慶)이 죽음에 임박해서 왕에게 차자를 올렸다.

"붕당의 사사로움을 깨뜨려야 합니다. 지금 세상 사람들은 잘못이 없고 일에 허물이 없는 이라도 자기네와 한 마디 말이라도 합하지 아니하면 배척해 용납하지 않습니다. 자기들은 행실을 닦지 않고 글 읽기에 힘쓰지 않으면서 거리낌 없이 큰소리치고 당파를 지으면서 그것이 높은 것이라고 헛된 기풍을 키우고 있습니다. 따라서 이들이 군자면 함께 두어 의심하지 마시고, 소인이거든 버려 두어 저희끼리 흘러가게 하심이 좋을 것입니다. 이제야말로 전하께서 공평하게 듣고 공평하게 보시어 힘써 이 폐단을 없애야 할 때입니다. 그렇지 않으면 나라를 구하기 어려울 것입니다."

그러자 심의겸이 앞서서 이준경이 근거 없는 말로 임금을 현혹시킨다고 비난하였으며, 이이 역시 그가 시기와 질투, 음해의 표본이라며 강력히 반박하였다.

"조정이 맑고 밝은데 어찌 붕당이 있겠습니까. 사람이 장차 죽을 때는 그 말이 착하다고 했는데 이준경은 그 말이 악합니다."고 하는가 하면 더 심한 말도 하였다. "이준경이 머리를 감추고 형상을 숨긴 채 귀역(鬼魊. 귀신과 불여우)처럼 지껄였습니다."

그러자 이이를 지지하는 삼사(三司)에서도 일제히 소를 올려 이준경의 관작을 삭탈하여야 한다고 주장했다. 이에 유성룡이 나서서, 대신이 죽음에 임해 임금에게 올린 말이 부당한 것이 있으면 물리치는 것이 옳지만 죄를 주기까지 한다면 너무 심한 것이 아닌가, 하고 반대를 하여 그 지경에는 이르지 않았다. 뒷날 이이도 자신의 경솔함을 뉘우쳤다.

4. 심외무리(心外無理) 심외무사(心外無事)

"미리 사람을 보내 기별해야 하지 않을까요?"

사령 하나가 말 머리 앞에서 허리를 조아리며 물었다.

"그럴 것까지 없다. 있으면 있고, 없으면 없고⋯⋯그만이다."

남언경(南彦經)이 고개를 저었다.

골짝 안으로 돌아들면서부터 길도 턱없이 좁아져 일행은 한 줄로 늘어서서 나아갈 수밖에 없었다. 오른편이 제비산(帝妃山), 왼편이 구성산(九城山)이라고 했던가. 귀신사(歸信寺)는 맞은편 고개 너머에 있다는 얘기도 들었다.

산허리마다 단풍 빛이 짙었다. 개울 건너 산기슭에 숨은 듯 엎드린 초가 네댓 채가 보였다. 누군가 동곡(銅谷)마을이라고 일러줬다.

사내 하나가 산언덕에서 구르다시피 뛰어 내려오는 모습이 보였다. 고개를 들어 주위를 살펴보았지만 초막 하나 눈에 들어오는 것이 없었다. 이 어디쯤에 낙향한 정 수찬이 별서(別墅)를 짓고 산다는 얘기를 들었는데⋯⋯사내가 앞선 사령에게 뉘 행차인가 묻는 듯싶었다. 이어 그가 황급히 말 앞에 엎드리며 머리를 조아렸다. 전 홍문관 수찬 정여립의 하복이었다.

"혹시 정 수찬께서 예 와 계시는가?"

"예, 때마침 이곳에 계십니다. 소인이 얼른 뛰어가서 아뢰겠습니다."

"그럴 일 없다. 앞서서 길이나 알려다오."

다행이었다. 빈 걸음을 해도 무방하다고 작정은 했지만, 기왕에 걸음을 했으니 그를 만날 수 있으면 더욱 좋은 일이었다.

금산사를 다녀 나오는 길이었다. 전주에 부임한 지 한 달이 채 안 되었지만 금산사 선방에 있다는 부암(浮菴) 스님만큼은 일찌감치 찾아봐야 했다. 벌써 마흔 해 가까이 됐다. 송도 화담(花潭)에서 이태를 함께 공부했는데 어느 날 갑자기 머리를 깎고 중이 돼 버렸다. 10여 년 전 양주목사로 있을 적에 화암사(華巖寺)를 거쳐 가는 그를 잠깐 본 것이 마지막 만남이었다. 예전과 다름없이 천진하기만 한 옛 벗을 만나 세상 이야기를 나누다 보니 시간 가는 줄 몰랐다.

전주로 돌아가는 빠른 길을 잡으려면 절을 나와서 용와촌에서 길을 꺾어 귀신사로 넘어가면 되지만 굳이 산모롱이 하나를 더 돌기로 마음먹었다. 소문으로만 들었던 정여립이란 인물을 직접 만나보고 싶었다. 그렇게 율곡을 따르다가 제 입으로 율곡과 절교했다는 이, 경연에서 임금에게 야단을 맞고도 한 치 동요도 없이 용안을 빤히 쳐다보다가 물러났다는 자, 세상 잘 나가는 이발 형제와 호형호제하며 지낸다는 그에 대한 궁금증이 없을 수 없었다.

가던 길을 버리고 오른편 비탈로 들었다. 산길이 가팔라 말 등에서 몸을 내렸다. 우거진 숲을 통과하자 뜻밖에 너른 평지가 나타났다. 두 칸짜리 기와 채 하나가 산비탈 아래 오도카니 앉아 있었는데 그것이 여립의 거처인 듯싶었다. 무슨 날이라도 한 것인가. 웬 장정 예닐곱이 마당을 서성이다가 다가오는 일행을 보곤 일제히 허리를 숙였다.

주인도 뒤늦게 소식을 들은 모양이었다.

급하게 방문이 열리며 갓 쓴 이가 마루로 나왔다. 댓돌의 신발을 찾아 꿰는 품새도 여간 다급하지 않았다.

"영감께오서 어인 일로 기별도 없이 이 누지를 찾아 주셨습니까? 소생 혼겁하여 몸 둘 바를 모르겠습니다."

예사 사람보다 머리통 하나를 더 얹은 듯이 키가 컸다. 검은 듯 푸른 빛이 도는 안색도 예사롭지 않았다. 쌍꺼풀 진 눈, 쏘아보듯 눈빛이 날카로운데 주먹코 덕분에 사나운 기색은 덜했다. 마흔은 갓 넘겼을까? 살아 있다면 올해 율곡의 나이 쉰. 두 사람을 두고 사제관계인가 아니면 선후배인가 말이 많았지만 지금 생각해 보면 그런 시비도 부질없을 듯싶었다.

수인사를 나눈 뒤 남언경이 먼저 마루 끝에 엉덩이를 걸쳤다. 물 한 대접을 얻어 마시고 나니 뱃속이 시원한 느낌이었다. 집을 지은 지 얼마 되지 않은 듯 마루에서 송진 냄새가 물씬 풍겼다.

"저 산을 구성산이라고 한다지요, 글자가 어떻게 되는가요?"

남언경이 맞은편의 산봉을 쳐다보며 물었다.

"여기 사람들도 제각각 새기는 뜻이 다릅니다. 어떤 이는 산꼭대기에 옛 성이 아홉 있어서 그렇다 하고 또 어떤 이는 아홉 성인이 난다고 해서 그렇다고도 하고……동네 뒷산에다 이름 하나는 거창하게 붙여 놓았지요."

정여립이 쑥스러운 표정을 지었다.

"허어, 같은 값이면 아홉 성인이 낫겠네요. 이쪽 뒷산은 제비산이라고 한다지요? 처음엔 나도 날아다니는 제비인가 했더니 알고 보니 황제의 비(妃)로 쓴다면서요? 거창하기론 이편이 훨씬 더 그렇군요."

"황제도 없는 산야에 이름만 그렇게 붙여 놓으면 뭐 하겠습니까. 속

빈 강정이나 다를 바 없지요."

그 사이 장정 둘이 차례로 여립에게 와서 귀엣말을 하곤 돌아갔다. 30대 중반인데 하나같이 건장한 체구들이었다. 주안상이라도 봐야 하지 않겠느냐고 주인의 의향을 살피는 것 같았다.

"어떡하지요? 사내들만 있는 산촌에서 변변히 대접할 것도 없고……뒤뜰 그늘에 묻어둔 탁주 항아리는 있습니다만 존장께서 오래전에 술을 끊으셨다는 얘기를 들었기에……."

진실로 난감하다는 듯 그가 두 손을 비볐다.

"별 말씀을, 정 공 얼굴만 보고 떠날 참이었습니다. 그리고 기왕 이렇게 왔고 정 공도 만났으니 안 하던 술이라도 한 잔 마셔 볼 터이니 다른 건 개의치 마세요."

방 안으로 자리를 옮겨 앉았다. 나름 소문 귀가 밝은 듯 여립이 보양에 관한 얘기부터 꺼냈다.

"저 또한 근래 잠을 잘 못 자기 일쑤요, 먹고 싶은 음식이 없고 나른하기만 한데 큰 병은 아닌지 모르겠습니다. 유편지술(兪扁之術, 명의 유부와 편작의 의술)을 익혔다고 소문이 자자한 존장께서 소생을 위해 처방 하나를 주실 수 없으신지요?"

농인 듯 진담인 듯 수작을 붙여오는 그가 밉상만은 아니었다.

술상이랍시고 개다리소반 하나가 들어왔는데 부엌에도 사내들만 있는 양 거기에 얹힌 것이 말 그대로 산중 소찬이었다. 호리병 하나에 딸려 나온 안주란 것이 쉰 김치와 한 종지 졸임 콩뿐이었기 때문이다. 텁텁한 탁주 한 잔을 조심스럽게 마셔 보았다. 뜻밖에 뒷맛이 깔끔했다. 얼마 만에 마셔 보는 술인지! 날로 피가 탁해지고 심지어 덩어리까지 생기는 혈병(血病)이라는 의생의 말을 듣고부터는 그 좋아하던 술도 멀리하고 살았다. 살아생전 퇴계 선생도 소문을 듣고는 자상한 글월을 보내주며 이 혈병이란 것도 마음과 기질에서 비롯된 것이라고 했다.

<대체로 전날 학문을 하는 데 있어서 이치를 궁구하는 것이 너무 깊고 현묘한 데에 치우치며, 힘써 행함에는 자신을 믿고 지나치고 급박하게 하여 병의 뿌리가 이미 생겼는데 거기다가 다시 화난의 근심이 덮쳐서 병을 깊고 중하게 만들었으니 어찌 염려되지 않겠습니까? 그것을 치료하는 방법은 먼저 세상의 궁(窮)한 것과 통(通)한 것, 잘한 것과 잘못한 것, 이(利)와 해(害) 등을 일절 생각하지 않아 마음에 누를 끼치지 않는 것입니다. 이런 마음이 갖추어졌다면 병환은 이미 5분 내지 7분까지 나은 것입니다. 일상생활에서 술을 적게 하고 기호와 욕망을 절제해서 마음을 비우고 한가롭고 유쾌하게 지낼 것이며 책이나 화초를 즐긴다든지 시내의 물고기나 산속의 새를 보는 흥취를 갖는다면 좋을 것입니다. 그리하여 심기를 늘 화순한 경지에 있게 할 것이며, 분노와 원망을 일으키는 일이 없게 하는 것이 가장 요긴한 치료법입니다…>

"공의 본가는 본시 남문 밖이라고 들었는데 어인 연고로 이 금구 땅에다 이런 별서를 차렸는지요?"

한 모금 술을 들이켠 김에 남언경이 궁금한 바를 털어놓았다. 빙그레 웃음부터 짓던 여립이 고개를 주억거렸다.

"소생의 본가는 지금도 월암(月巖)이란 곳에 있습니다. 남문 밖에서도 한참을 더 내려가지요. 전주성 남쪽에 발산과 남고산이 마주보고 있고 그 사이에 좁은 목이 있습지요. 남천 물이 거기를 통해 전주로 들어

올 뿐만 아니라 구례, 남원, 산청 등지에서 전주에 오고 한양으로 가는 사람은 다 그곳을 통한답니다. 월암과 이곳이 거리가 있긴 하지만 여기가 제겐 낯선 땅은 아닙니다. 제 처가가 저 들판 끄트머리에 있으니까요. 절에서 나오시다가 보셨겠군요. 그 너른 들을 원평이라고 부른답니다. 그리고 저쪽 구성산 아래에 선영(先塋)이 있는 데다 아우 하나가 거기 살고 있고요. 아무래도 뜻 맞는 이들과 어울려 사냥을 하고 천렵이라도 하고 놀려면 앞뒤 꽉 막힌 데보다야 이런 넓은 데가 낫겠지요. ……저는 영감께서 집구석에 부녀자며 어린아이 형적은 없고 웬 사내들만 득시글거리느냐고 물어보실 줄 알았습니다. 허허. 오해는 마십시오. 작당을 해서 지나가는 나그네의 봇짐을 뺏곤 하지는 않으니까요. 마침 오늘이 곗날이라서 그렇습니다. 오늘이 보름이 맞지요? 해질 때가 되면 더 많은 이들이 찾아올 것입니다."

"계를 하신다구?"

남언경도 귀가 솔깃해지는 말이었다. 홍문관 수찬을 지낸 이가 향리에서 사람들을 모아 계를 꾸린다는 자체가 놀랍기만 했다. 글 하는 선비들끼리 하는 계모임은 어디서건 흔히 볼 수 있었다.

"예, 그 흔한 대동계(大同契)라고 보시면 됩니다. 소생 올 봄에 낙향한 뒤로 심심파적으로 시작한 일인데 그새 예닐곱 마을에서 1백이 넘는 가호(家戶)가 가담을 해주었지요. 집집이 곡식을 내어 비용을 마련하는 등 운용하는 방식도 다른 데와 별반 차이가 없습니다. 예나 지금이나 촌마을 사람들을 가장 힘들게 하는 것이 군역(軍役)에 따른 방군수포(放軍收布)인데 이 무거운 짐을 서로 나누는 것도 대동계 일의 하나라고 보시면 됩니다."

"장졸들이 정해진 기간 진포(鎭浦)에 가서 입번(立番)을 하는 대신 베[布]를 내는 것을 말하는 건가요?"

"그렇습니다. 월령(月令)에 따라 베 3포, 쌀 아홉 말이 보통이지요. 헌대 마을마다 이를 감당하지 못해서 고초를 겪다가 야반도주를 하는 집이 있는가 하면, 실제 마을의 호수(戶數)는 서른인데 장부에는 서른 세넷으로 기재된 경우도 많답니다. 이 빈 숫자의 몫까지 마을 사람들이 똑같이 책임져야 하니 얼마나 힘이 들겠습니까. 그래서 우리 계에서는 이런 유망호(流亡戶)의 부담을 덜기 위해 미리 마련한 금전으로 고리대를 하거나 땅을 마련하고, 소작을 줘서 수익을 만들기도 한답니다."

"호, 그렇군요."

"다른 데서도 많이 이렇게 하지요. 계원 당사자는 물론 부모, 처가 죽었을 때는 벼 한 석과 금전 5전을 부조한다는 것도 있습니다. 모두 여기저기의 향약을 보고 만든 것입니다. 덕업상권, 예속상교, 과실상규, 환난상휼의 4대 강령이 다 들어 있습니다. 따라서 불효한 자, 노인을 욕보인 자, 패악무도한 자, 풍기를 문란한 자가 있으면 이를 잡아 매를 때리기도 하고요."

"좋은 일입니다."

남언경이 찬사를 보내자 여립이 한껏 고무되었다.

"물론 여기 금구, 김제에도 '우향(友鄕)' 같은 것이 더러 있긴 합니다. 맹자의 구절이던가요? '한 고장의 선한 선비라야 그를 벗할 수 있다.'고요. 글 하는 선비들끼리 모여서 도의로써 인격을 닦고 함께 자연의 즐거움을 누린다는 유식자들의 계(契) 말입니다. 허나 대동계는 이런 갓쟁이 글쟁이들의 모임과는 유(類)가 다르지요. 말 그대로 마을의 동민, 촌민이면 누구나 함께 할 수 있습니다. 양반 상민이 차별 없을 뿐만 아니라 천인들마저 계원이 될 수 있습니다."

"천인들도? 정 공이 그렇게 하신다고요?"

"꼭 제가 주도했다고 하긴 그렇고……여기 말고도 더러 이렇게 하는 데가 있지요. 제가 더 관심 가지는 것은, 서로 돕고 규제하는 일로 그치지 않고 많은 이의 삶을 좀 더 유익하게 하는 다른 방법들을 찾아보자는 것이었습니다. 들으셨는지 모르지만, 그래서 여기서는 특히 젊은 장정들을 상대로 말 타기며 활쏘기 같은 기예를 익히는 것을 중하게 여깁니다. 문자를 모르거나 셈을 모르는 이들에게 글자며 셈법을 가르치는 것도 그 일의 하나고요. 주례(周禮)에서 말하는 육예(六藝)를 다 할 수는 없지만 당장에 가능한 것들은 하나씩 해보자고 합니다."

"좋은 일을 하십니다, 그려."

들다보니 점차 마주 앉은 사내가 범상치만은 않아 보였다. 그로 인해 조정이 시끄러울 때만 하더라도 기가 드센 자다, 혹은 오만하고 경솔하다는 선입견이 없지 않았는데 오늘 대하는 여립한테는 그런 기색을 쉬 볼 수 없었다. '남을 능가하려는 병통이 있다.'고 한 율곡의 평가도 어쩌면 그의 남다른 생각과 행동거지에서 받은 인상 때문이었는지도 모른다는 생각이 들었다.

말이 그렇지 동계(洞契)에 천인을 참여시키고 계원들에게 육예를 습득케 한다는 것은 쉽게 흉내 낼 수 있는 것이 아니었다. 양명학(陽明學)을 세운 왕수인(王守仁)이 만년의 저술 『대학문(大學問)』에서 간절히 주장한 '천하를 보되 한 집처럼 하고, 중국을 보기를 한 사람과 같이 한다.'는 대동주의를 정여립이 몸소 실행하는 것처럼 보이기도 했던 것이다. 왕수인은 천지만물이 일체(一體)이며 그것이 곧 만물일체의 인(仁)이라고 했다. 또 모든 사람은 옳고 그름을 구분하는 양지(良知)를 지녔다고 말했다.

이러한 인체(仁體)로써 천하를 교화하고 사욕을 극복하여 본래의 마음을 회복함으로써 대동의 세상을 펼칠 수 있다고 설파하였다.

느낌처럼, 정여립이 왕수인을 접한 바 있는지 만약 그렇다면 어느 정도 그의 세계를 이해하는지 그 점이 궁금했지만 남언경은 속으로 담아 두었다. 괜한 얘기로 주인의 시간을 뺏을 수 없다는 생각이었다. 더욱이 오늘은 계회(契會)가 있다고 하지 않았던가. 일어날 기미를 보이자 여립이 앞질러 손을 내저으며 만류했다.

"소생 진즉부터 존장께 여쭤볼 것이 한둘 아니었습니다. 행차가 바쁘시더라도 몇 말씀 가르침을 주시길 바랍니다."

치레의 인사만은 아닌 듯싶어 남언경이 다시 자리를 고쳐 앉았다.

"내가 아는 게 뭐 있다고……."

새로 술잔을 들어 입술을 적시는 때에 여립이 말했다.

"존장께서는 일찍이 화담 문하에서 수학을 하셨고 뒤에는 퇴계를 찾아가 더 깊이 공부를 하셨다는 것을 알고 있습니다. 그리고 남들이 꺼리는 양명학을 받아들여서 새 학설을 펴고 계심도 잘 알고 있습니다. 마음 같아서는 밤을 새워 말씀을 듣고 싶습니다마는 존장께는 바쁜 공무가 있고 소생은 소생대로 처지가 고약하여 그럴 수 없음이 안타까울 따름입니다."

"오늘 이렇게 얼굴을 익혔으니 앞으로 또 기회가 있겠지요."

"네, 소생이 관부(官府)에 들어가 뵙는 일은 존장께도 어지러운 일이 될 터, 여기건 진안(鎭安)이건 좀 더 자리가 잡히면 새로 청해 모실 테니 부디 외면치 마시기 바랍니다."

"진안?"

"그렇지요. 여기서 백 리 거리가 채 되지 않습니다. 진안 관부에서 멀지 않은 곳에 물과 산이 잘 어우러지는 데가 있어서 소생이 책실(冊室) 하나를 따로 꾸미고 있습니다. 강줄기 둘이 산 하나를 에워싸고 돌아서 산을 섬처럼 만들어 놓았기에 사람들은 거기를 죽도(竹島)라고 부르기도 하지요. 언젠가 한 번 왕림해 주시면 그런 광영이 없을 듯싶습니다."

"정 공께서 어느새 전라도의 좋은 땅은 다 차지하셨군요, 허허."

"별 말씀을, 언감생심 화담에야 비하겠습니까."

화담 선생에 대해 관심이 많다는 그의 말도 허언은 아닌 듯했다.

화담 서경덕의 본댁은 송도 화정골에 있었다. 사랑채 지붕에 기와가 얹혀 있긴 했지만 하도 낡고 좁은 집이라 손이 다섯만 되어도 앉을 자리가 없어서 마루로 밀려나야 했다. 그에 비하면 비록 초옥에 지나지 않는다 해도 바위산이 뒷벽을 치고 골물이 담장을 이루는 선생의 화담서실은 궁궐 후원이나 다를 바 없었다. 선생의 본댁에서 화담이 있는 용흥 꽃골[花谷]까지가 십 리 남짓. 산기슭을 돌아 흘러내리는 냇물을 거슬러 산길을 올라가야 했다. 성거산(聖居山)에서 흘러내린 골물이 영통사(靈通寺)를 감싸 돌면서 갈래를 이루는데 이 물줄기가 머잖아 다시 합쳐지는 분지가 곧 화담이었다. 층층의 바위가 물가에 서 있고 굽이쳐 흐르는 물이 곳곳에 소(沼)와 담(潭)을 이루며, 무성한 솔숲이 골 하나를 사이에 두고 바위벽을 마주하는 곳이었다. 일찍이 이곳을 사랑하여 자신의 아호까지 화담으로 했던 서경덕은 성균관을 자퇴하고 낙향한 이듬해 그곳 솔숲에다 두 칸짜리 초옥을 짓고 자신의 독서당으로 삼았다. 그의 나이 마흔 다섯 때였다.

남언경이 처음 화담을 찾은 때는 무더운 여름철이었다. 산길을 올라가는 사이 온몸이 땀으로 젖었다. 선생은 방문을 활짝 열어젖힌 채 가운데 마루에 쪼그려 앉아 무슨 책인가를 골똘히 들여다보고 있었다. 손가락으로 살짝 건드리기만 해도 넘어질 듯 위태로운 자세였다. 속적삼 속바지 차림이었다. 마당을 가로지르면서부터 일부러 기척을 높였건만 선생은 고개를 돌려 보는 법이 없었다. 선생님, 마루 끝에 다가가 불렀을 때야 비로소 고개를 들었다. 햇살에 눈이 부신 듯 깊게 미간을 접었다. 한양에서 온 누구입니다, 하고 인사를 하려니 선생은 손가락 하나를 펴서 마루 끝에 놓인 바가지를 가리켰다. 저기 샘에 가서 물 한 바가지 떠오라는 시늉 같았다. 한껏 물을 들이켜고 바가지를 놓는 선생을 보고서야 큰절을 올렸다. 요즘 읽고 있는 책이 뭔가? 선생이 물었다. 뉘 집 자식인가, 무슨 일로 왔는가? 이런 말은 아예 없었다.『전습록(傳習錄)』을 읽고 있습니다. 주저하지 않고 대답했는데 그제야 선생이 두 눈을 크게 떴다. 노여운 빛은 없었다.

그 책에 있는 말인지 모르겠으나 왕수인(왕양명)이 그랬다지? 선생이 물었다. 양지(良知)라고 하던가? 즉 옳고 그름을 가릴 줄 아는 마음이 바로 천리(天理)라고 한다던데 자네는 어떤가? 예, 왕양명이 지행합일을 말하면서 그런 줄로 알고 있습니다. 지와 행이 모두 마음을 주체로 하기 때문에 지는 곧 심지(心知)요, 행도 곧 심행(心行)이라고요. 앎과 행함이 모두 마음에 의해 통일되는데 그 주체를 양지라고 함에 저로서도 감복되는 바가 적지 않았습니다. 주자의 주장과 크게 다른 것이기에 선생의 심기가 편치 않을 수 있다고 여기면서도 남언경은 제 생각하는 바를 솔직히 드러냈다.

선생이 가볍게 고개를 끄덕였다.

"왕수인은 마음이 곧 리(理)라고 하지 않던가. 그래서 마음을 떠난 리가 없고(心外無理) 마음 밖에 사가 없다.(心外無事)고 할 수밖에. 주자는 태극이 만물의 각각에 들어 있으면서 본성을 이룬다고 하였는데 말이야. 그래, 리가 곧 마음이라고 한다면 사물들 또한 마음 밖에 따로 있을 수가 없지. 이렇듯 오로지 마음뿐이라고 한다면 왕수인의 이것과 불가에서 말하는 일체유심은 어떤 차이가 있는가?"

남언경은 이미 더위쯤은 까맣게 잊고 있었다. 오히려 등짝에서 식은 땀이 흐르는 느낌이었다. 조선 천지에 이름 높은 큰 학자 화담 선생이 수백 리 밖에서 길을 물어 찾아온 열일곱 살 학동을 앞에 앉혀 놓고 곧장 이런 어려운 질문부터 던지다니! 호랑이한테 물려가도 정신만은 놓지 않아야 한다는 심정으로 또박또박 대답을 했다.

"아마도 왕양명의 사상마련(事上磨練)이 나온 것도 그 점을 경계해서가 아닐까 여깁니다. '우리 선비는 마음을 기를 때도 사물에서 떠나는 법이 없다. 이와 반대로 불가에서는 허적(虛寂)에 빠져서 세속과의 교섭이 없게 되었다. 이것이 불가의 가르침으로 천하를 다스릴 수 없는 이치다.'라고 하였습니다."

주자는 나무 한 그루, 풀 한 포기가 모두 리(理)를 갖추고 있다고 했다. 따라서 격물궁리(格物窮理)란 내 마음의 리를 끝까지 파들어 가는 가운데 만물의 이치를 밝히는 것이라고 하였다. 청년 시절의 왕수인은 주자의 이런 주장에 의문을 품었다. 왕수인이 말했다.

"사람들은 모두 '격물'이라는 주자의 설을 절대라고 여기면서도 그 설을 실천해 보려고 하지 않는다. 그러나 나는 젊은 시절에 그 설을 실행에 옮겨본 적이 있다. 친구 전군(錢君)과 함께였다. 성현이 되려면 천하의 사물과 그 이치를 알아야 하는데 어떻게 하면 그것을 알 수 있을까 논의하다가 우선 정원에 있는 대나무에 대해 알아보기로 했다. 먼저 전군이 아침부터 밤까지 대나무의 도리를 캐려고 노력했는데 사흘 만에 신경쇠약에 걸리고 말았다. 처음에 나는 그가 정신의 힘이 부족해서 그렇게 되었다고 믿었다. 그래서 나도 아침부터 밤까지 대나무의 도리를 밝혀내기 위해 힘을 쏟았지만 결국 칠일 만에 신경쇠약에 걸리고 말았다. 마침내 우리 둘은 도저히 성현이 될 수 없고 또 우리에게는 그럴 힘도 없는 것 같다고 탄식하였다."

대나무 이야기는 화담 선생이 꺼냈다. 양명학에는 관심도 두지 않을 법한 선생이 이런 세세한 대목까지 꿰고 있다는 것이 놀랍기만 했다. 다시 선생이 말했다.

"혹시 왕수인이 제자 서애(徐愛)와 주고받은 문답을 기억하는가? 서애가 물었지. '가장 가치 있는 것을 오로지 마음에서만 구한다면 천하 사물의 도리를 궁극으로 아는 것이 불가능하지 않을까요?' 하고……."

이에 남언경이 왕수인의 대답을 옮겼다.

"마음이야말로 이치다. 천하에 마음이 아닌 도리가 어디 있을까? 부모와 군주를 섬긴다고 해서 부모와 군주에게서 효와 충의 이치를 구할 수는 없다. 친구를 사귀고 백성을 다스린다고 해서 그 상대에게서 신(信)과 인(仁)의 이치를 찾아서는 안 된다. 효, 충, 신(信), 인(仁)은 모두 내 마음속에 있다. 마음이 그대로 이치다. 이 마음이 사욕으로 흐려지지 않았다면 그것이 천리이니 바깥에서 무엇을 가지고 올 것이 있겠는가. 이 천리를 따르는 순수한 마음으로 부모와 군주를 섬기면 그것이 효고 충이며, 친구를 사귀고 백성을 다스리면 그것이 신이며 인인 것이다. 오로지 내 마음의 욕망을 버리고 천리를 추구하는 것, 그밖에는 다른 것이 없다."

그제야 선생의 입가에 엷게 웃음이 번졌다. 건넌방에 봇짐을 두고 등목부터 하고 오라는 분부도 그 다음에 있었다.

큰 눈을 껌벅이며 관심 깊게 듣고 있던 정여립이 거들었다.

"하루는 밖에서 돌아온 왕간(王艮)에게 왕수인이 물었다지요. '거리에서 무엇을 보았는가?' 그러자 왕간이 '온 거리의 사람들이 모두 다 성인이었습니다.'라고 대답을 하였고요. 왕수인이 말하기를 '자네가 그렇게 보았으면 거리의 사람들도 다 자네를 성인으로 보았을 것이네.' 했다는 그 대목이 실로 저한테는 느끼는 바가 컸습니다."

"그렇지요. 남녀노소는 물론 귀천의 구별 없이 만인을 평등하게 여기는 '만가성인(萬家聖仁)'의 발상이 놀라울 따름이지요. 왕수인이 만물일체의 인(仁)을 주장한 정호(程顥)의 논설을 이어받기는 했지만 이를 확대하여 만민평등의 대중학문으로 발전시킨 공적만큼은 누구도 부인하지 못할 것입니다."

"주자의 말 한 마디 한 마디를 신언(神言)처럼 받드는 퇴계며 율곡의 문도들은 감히 상상도 못할 일이 아니겠습니까. 스스로 좁은 세상에 갇혀 있으면서도 되레 양명학 같은 것을 사학(邪學)으로 치부하고 아예 근접하지 못하게 하니 안타까울 수밖에요. 그 점에 있어서도 화담이며 남명 같은 분이 그나마 품이 넓다고 여겨지는데요?"

"예서 그분들 이야기는 하지 맙시다."

남언경으로서도 굳이 처음 만나는 이와 전후배(前後輩)의 도학을 갖고 시비곡절을 논할 마음은 아니었다. 눈치를 살핀 여립이 화제를 돌렸다.

"연차가 있으니 존장께서 박순, 허엽 이런 분들과는 함께 화담에 계시지 못하셨겠습니다?"

"어림없어요. 내가 찾아뵌 이듬해 선생께서 별세하셨지요. 박복한 탓에 선생의 학덕을 제대로 입어보지도 못했어요. 그에 비해 그분들은 선생의 학문이 달아오를 대로 오르고 또 일신이 가장 평안하실 적에 모셨기에 더없이 복된 시절을 가졌지요. 초당(허엽)이 나보다 아홉 살 위고 사암(박순)이 다섯 위인데 두 분이 함께 공부한 적은 있었다고 들었습니다. 그렇다 해도 사암이 화담에 머문 것은 그리 오래 되지 않습니다. 내가 있을 적에는 고청 서기(徐起)가 자주 들르곤 했지요."

"토정 이지함(李之菡)처럼 주역에 밝은 분이라고 들었습니다. 아직 살아 계시지요?"

"아무렴요. 사암과 동갑이에요. 계룡산에서 후학을 가르치고 있다는 얘기만 들었습니다. 천한 신분임에도 불구하고 스스로 정진하여 그 경지에 올랐으니 대단하지요."

"기이하다면 기이하고 흥미롭다면 흥미로운 일인데……허엽과 박순 두 분, 같은 화담의 문인이면서 한 사람은 동인의 영수가 되고 다른 한 사람은 서인의 우두머리가 되어 서로 다투고 싸웠으니 말입니다. 퇴계며 남명한테서는 도저히 상상도 할 수 없는 일 아닙니까?"

"그것도 화담 문중의 가풍이라고 할까요. 일찌감치 삼라만상과 그

운행을 오로지 기(氣) 하나로 설명하려 했던 분이 화담 선생 아닙니까. 기가 뭐지요? 모이고 흩어지는 것 아닙니까. 화담도 그 말씀은 않으셨지만 이합집산의 바탕엔 뭐가 있을까요? 아마 욕구 같은 게 있을 것입니다. 나도 그렇게 본답니다. 허엽이 퇴계한테로 가서 동인이 되고, 박순이 율곡한테 가서 서인이 되고 그뿐인가요? 이발의 스승인 김근공(金謹恭), 민순(閔純)도 다 화담의 갈래가 아닙디까. 남명(조식, 曺植) 사람이라는 정개청도 그렇고요. 이러고 보면 화담의 인사들이 결국 퇴계, 남명, 율곡으로 나뉘어졌다고 볼 수 있답니다. 이게 바로 화담의 기론(氣論)에 따른 현상이라고나 할까요. 욕구에 따라 자유롭게 흩어지고 모이고⋯⋯허허. 그나저나 사람들이 나 남언경은 어디에 속한다고 그럽디까? 율곡, 정철과 친하다고 서인이라고 하던가요, 아니면 퇴계와 그렇고 유성룡과도 긴밀하니 동인이라고 하던가요?”

“다들 서쪽이 더 가깝다고 하지요, 허허.”

“허, 눈들이 없어. 동서남북이 다 내 집인데 꼭 그렇게 한쪽에 밀어 붙이려 한다 말이야.”

마침내 자리를 털고 일어났다. 여립도 더 이상 붙잡지는 않았다. 마당으로 나오는 그 사이 장정들이 스물에 가까울 정도로 늘어나 있었다. 못 보던 아낙들도 세넷 보였다. 나무그늘에 튼실하게 생긴 말 세 마리가 묶여 있는 모습도 놀라웠다. 여기저기 삼삼오오 모여 웅성거리고 있던 사내들이 남언경을 향해 일제히 허리를 숙여 예를 표하면서도 난데없는 전주부윤의 행차에 다들 당황해 하는 기색은 역력했다.

정여립이 산 아래까지 따라 내려와서 전송을 해주었다.

“오늘 당혹한 가운데 예를 차리지 못해 송구스럽습니다. 다음번에 꼭 뵙도록 하겠습니다. 안녕히 살펴 가십시오."

그가 말에 오르는 남언경을 향해 크게 허리를 숙였다. 남언경이 손을 흔들어 답례했다.

귀신사로 가는 산길을 접어들다가 남언경은 문득 그저께 받은 유성룡의 서찰을 떠올렸다. 군위현감을 지낸 권응시가 전주로 찾아올 것이라고 했던가. 다리를 놓아 그와 정여립이 만날 수 있도록 해주면 좋겠다는 부탁도 있었다. 서애가 정여립에게 무슨 용무가 있단 말인가? 남언경으로서도 유성룡의 속정을 헤아리기 어려웠다.

앞서 걷는 사령들 등 뒤로 후득후득 색 바랜 나뭇잎들이 떨어졌다.

5. 원한(怨恨)

날씨가 제법 쌀쌀한데도 송익필은 사랑의 방문들을 활짝 열어놓은 채 들판 쪽을 향해 꼿꼿이 앉아 있었다.

김장생(金長生)이 하복에게 말고삐를 넘겨주곤 마루에 올랐다. 문지방 밖에서 읍을 하고 방안에 들어가 꿇어앉는 동안에도 익필은 고개 한 번 돌리는 법이 없었다.

"형조에서 김의곤(金義坤))을 만나고 오늘 길입니다. 그가 하는 말이……."

"누구라던가? 뒤에 있는 자가."

중간에 말을 자르고 묻는 카랑카랑한 목소리에는 여전히 노여움이 묻어 있었다. 김장생은 저도 모르게 제 무릎을 감싸 쥐었다.

"안정란(安庭蘭)입니다."

"안정란? 역관?"

그렇게 봐서 그런가. 익필의 짙은 눈썹이 파르르 떨리는 듯했다.

"예, 소장(訴狀)에 적힌 이름은 윤 씨지만 실제로 이를 작성하고 가져온 이가 이문학관(吏文學官) 안정란이었다고 합니다."

"안정란이라……."

골똘히 뭔가 생각하는 듯 익필이 지그시 눈을 감았다.

"안율(安瑮)의 자식이지요. 안로(安璐)의 조카……."

"나도 알아. 몇 째인가? 안율의 자식이 한둘이 아니지 않던가."

"다섯째라고 들었습니다."

"소실한테 나고서도 안율이 자식 복이 많지. 그래, 맏이한테도 아들이 셋이나 있을 텐데 그들을 다 놔두고 어째 제가 나섰대? 다섯째라면 제 형들도 많은데……."

맏이라면 안로를 가리킴은 김장생도 알 수 있었다. 안로한테도 적자가 하나, 서자가 둘 있음을 알고 있었다. 안율은 로의 동생이었다. 김장생이 조심스럽게 입을 뗐다.

"물론 안로의 집과도 상의가 있었겠지요. 그보다는 학봉(김성일)이 먼저 움직이지 않았을까요? 누구보다 서애(유성룡)와 가까운 이가 학봉이잖습니까."

"전라도 나주에 있는 이가?"

그럴 리 없다는 듯 익필이 가볍게 고개를 저었다. 김장생이 좀 더 무릎을 당겨 앉았다.

"선생님, 정축년(1577년)에 종계변무(宗系辨誣)를 위해 중국에 사은사(謝恩使)를 보냈던 일을 기억하시지요?"

"그게 어디 한두 번 있었던 일인가."

조선이 세워진 지 2백 년 동안 대국 명나라의 대표적인 기록물인 『태조실록』과 『대명회전(大明會典)』에는 엉뚱하게도 태조 이성계가 고려의 권신 이인임(李仁任)의 후손으로 적혀 있었다. 이를 고치기 위해 태종 때부터 여러 차례 주청사(奏請使)를 보냈는데, 재작년(갑신년. 1584년)에야 겨우 사신 황정욱(黃廷彧)이 중찬된 『대명회전』의 수정된 등본을 가지고 돌아올 수 있었다.

"정축년의 일입니다."

장생은 얘기의 본체가 흐려질까 걱정했다.

"당시 정사(正使)가 윤두수였고, 김성일이 서장관이었습니다. 안정 란이 그때 역관으로 따라 갔었지요."

"호, 그랬던가?"

비로소 송익필도 놀랍다는 빛을 띠었다.

"예, 학봉이 각별히 안정란을 챙긴다는 말은 그때부터 나왔던 걸로 알고 있습니다. 그래서 이번 일도……."

"이번에도 이발이야."

더 확신을 한다는 듯 익필이 단호히 말했다.

"학봉이 거들었다면 다리를 놓는 정도였겠지. 나주목사가 그렇게 할 일이 없던가. 나주가 어디고 남평(南平)이 어딘가. 거기가 거기지 다른 데가 아니지 않는가. 이발, 이 자가 날 죽이지 못해서 안달이 났구먼."

듣고 보니 선생의 말이 그럴 법했다. 김성일이 나주목사로 간 지 벌 써 한 해가 넘었다. 나주와 달라붙어 있는 남평이 바로 이발의 세거지 (世居地)다. 같은 동인인 이발과 김성일이 지역까지 함께 하는 처지니 무슨 의논인들 못하랴 싶었다.

송익필의 가속(家屬)들이 모두 본시 제 집의 종들이니 주인에게 다 시 돌려 달라는 환천(還賤)에 관한 안 씨네 소장이 안로의 둘째부인 파 평윤씨의 이름으로 형조에 들어간 것이 지난 3월 초의 일이었다. 형조 에서는 문서의 대강을 살펴보고 이를 장례원(掌隸院)으로 넘겼다.

송익필로서는 마른하늘에서 떨어지는 벼락을 맞는 심정이었다. 형 제들을 불러 모아 대책을 강구해 보았지만 장례원, 한성부, 사헌부에서 돌아가는 논의들을 지켜보는 수밖에 당장은 방법이 없었다. 한 달이 채 안 되는 사이, 들려오는 소문들이 심상치 않았다. 다른 때 같으면 두 달석 달을 쉬 늑장부릴 심의가 곧바로 열리는가 하면 거기서 개진되는 의논들 대개가 안 씨네 편이라는 것이었다. 삼사와 다를 바 없이 장례원도 어느새 동인들 손에 있으니 그럴 법도 했다. 서둘러 맞대응을 하지 않을 수 없었다. 김장생, 정엽(鄭曄) 등 문도들부터 불러들였다. 관련기관의 돌아가는 상황을 제대로 파악하고 맞대응을 위한 소장의 초안을 작성하는 것이 김장생의 몫이었다.

"곤(坤)의 이름으로 한다."

김장생이 소장 얘기를 꺼내자 송익필이 대꾸했다. 미리 생각을 해둔 듯했다. 송곤은 익필의 조카, 형 부필(富弼)의 맏이였다.

"두 가지를 염두에 두고 있습니다."

"그래."

장생의 말에 익필이 내용을 들어보지도 않고 고개를 끄덕였다.

"첫째는 윗대 감정(甘丁) 어른이 천인을 벗어난 양인(良人)임을 분명히 밝히는 것이고, 둘째는 두 대에 걸쳐 양역(良役)을 마쳤으면 절로 면천(免賤)이 된다는 국법을 강조하는 것입니다."

"그래야 되겠지. 헌대 저쪽에서 그 문서를 내놓을 까닭이 있겠는가?"

감정이 살아있을 적에 이미 안 씨 집에서 그녀를 종의 신분에서 풀려나게 했으며 이 사실을 문서로 남겼다는 소문은 파다하게 나 있었지만 이를 직접 눈으로 확인한 이는 여태 없었다. 그리고 이 문서를 안 씨 중 누가 가지고 있는지도 몰랐다.

"제가 안정란을 직접 만나 보려고 합니다."

스승을 위한 일이라면 이보다 더 궂고 힘든 일이라도 할 수 있다는 것이 김장생의 속마음이었다.

"고마우이."

비로소 익필도 제자에 대해 고마운 정을 표했다.

점심 요기를 하고 길을 떠나라 했지만 장생은 굳이 마다하고 사랑채에서 물러났다.

해지기 전에 도성으로 되돌아가려면 걸음을 서둘러야 했다.

새로 말고삐를 움켜쥐었다. 그 새 강바람이 더 차가워진 듯했다. 한강과 임진강이 합류하는 땅, 그래서 파주 교하(交河) 고을이다. 이 강은 서쪽으로 좀 더 흘러 송도 쪽에서 흘러드는 예성강을 끌어안은 뒤 바다로 든다. 강들을 바라보며 들판에 엎드린 높지 않은 산 하나, 송익필의 거처를 품은 심악산(深岳山. 현 심학산)이다. 그 형국이 영구입수(靈龜入水)의 모양이라고 했던가. 산 정상에는 거북의 등껍질을 닮은 바위도 있었다. 영험한 거북이 물로 들고 있으니 이 또한 길지가 아닐 수 없었다. 선생이 자호(自號)를 구봉(龜峰)이라고 한 까닭도 여기에 있었다. 생애 최대의 위기에 봉착한 스승 송익필을 생각하면 김장생은 절로 가슴이 미어지는 심정이었다. 이럴 때 예전처럼 이웃에 자상한 율곡, 우계(성혼) 선생이 있고 또 무시로 찾아와 웃음을 터뜨리는 송강(정철) 선생이 있다면 얼마나 든든하겠냐마는 어느새 율곡 선생은 세상을 하직하였고 우계, 송강 두 선생마저 각각 고향에 은거해 있으니 아연 심악산 둘레가 적막강산인 듯 여겨지지 않을 수 없었다. 하마나 땅기운이라도 입어 선생이 이 위기를 떨쳐날 수만 있다면 더 없는 다행이란 것이 김장생의 속정이었다. 그럴수록 육십 년 전의 구원(舊怨)을 들고 나선 안 씨의 소행이 야속하기 짝이 없었다.

송익필 집안의 기복(起伏)과 이에 대한 안 씨 집안의 혈원(血怨)의 관계를 헤아리기 위해서는 송익필에서 4대를 거슬러 올라가야 했다. 익필의 할머니인 감정(甘丁)이 안 씨 집에서 태어났지만 그녀는 첩의 소생이었으며 모든 비극의 싹이 여기서 텄기 때문이다.

군수를 지낸 안돈후(安敦厚)는 늙어서 부인을 사별했다. 적적한 노후를 지내던 그는 전부터 형의 집을 내왕하면서 봐왔던 그 집의 여종 중금(重今)을 첩으로 들이기를 바랐다. 감사(監司)를 지낸 안관후(安寬厚)는 아우의 속마음을 헤아리고 순순히 그 아이를 내주었는데 중금에겐 이미 남편이 있었다. 그러나 종은 주인의 물건과 다를 바 없으니 주인이 지아비를 버리고 새 주인을 섬기라 하면 그 명을 좇아야 했다.

첩으로 들인 지 얼마 되잖아 중금이 아이를 가졌다. 사람들은 중금이 전부(前夫)의 씨를 가져 왔다고 수군거렸지만 안 씨 집에서 엄히 단속하였으므로 소문은 널리 퍼지지 않았다.

중금이 딸아이를 낳았고 이 아이가 감정(甘丁)이었다. 실제야 어떻든 감정은 안 씨의 서녀였다. 그러나 감정의 생애는 순탄치 못했다. 성격이 교활하고 잔인하다 하여 아비의 미움을 입고 열네 살 어린 나이에 배천[白川] 외가로 쫓겨났던 것이다. 그 후 그녀는 갑사(甲士) 송린(宋璘)에게 시집을 갔다. 송린은 처가인 안 씨의 후광으로 뒷날 종5품 관상감봉사(觀象監奉事)에까지 올랐다. 송린과 감정에게서 난 이가 송익필의 아버지 송사련(宋祀連)이다.

송사련은 음양과(陰陽科)에 급제하여 천문학관(天文學官), 판관을 거쳐 관상감 제조(提調)에까지 올랐다. 아래로 5남 1녀를 두면서 80의 천수를 누리고 영화로운 생애를 마감했다. 인필, 부필, 익필, 한필이 그의 아들이요 딸은 종실 한원수(漢原守)에게 시집갔다.

볕드는 곳이 있으면 그늘진 데가 있는 법. 부귀를 아울러 누린 송사련의 일생에는 안 씨 집의 피맺힌 원한이 같이 하고 있었다.

안당(安塘)은 종 중금을 첩으로 들인 안돈후의 아들이다. 대사간, 대사헌을 거쳐 좌의정에 이른 그는 살아생전 맑고 검소하며 강직하기로 소문이 났다. 조광조를 등용함에 크게 힘쓰는 등 사림을 장려하는 데 앞장을 섰지만 이런 이유로 기묘사화 때 파직을 당하고 귀양을 갔다.

안처겸(安處謙)이 당(塘)의 맏아들이다. 강직한 청년으로 이름이 났던 그는 어머니의 상(喪)을 입고 처가에 머물고 있었다. 친우 이정숙(李正淑)이며 권전(權磌) 등이 그의 곁에 있었으며 이 자리에는 촌수로 고종4촌이 되는 송사련도 함께 있었다. 친우들과 흉금을 털어놓고 이야기를 나누던 처겸이 평소에 가슴에 담고 있던 말까지 내뱉고 말았다.

남곤(南袞), 심정(沈貞)과 같은 간신배들을 제거하면 나라를 바로 하고 사림을 보존할 수 있다는 얘기들이었다. 직접 무슨 일을 벌이자는 뜻에서가 아니라 친구들끼리 주고받는 일상의 대화에 지나지 않는 것이었지만 얘기를 듣고 있던 송사련은 마음이 달라졌다. 어쩌면 큰 상을 받을 수 있을지도 모른다는 생각이 들었던 것이다. 관아로 달려간 그는 안처겸이 대신들을 해칠 음모를 꾸미고 있다고 고했다. 증거라고 해서 문상객들의 이름이 적힌 조객록이며 상여를 메고 산역을 할 인부들의 명단을 적은 역군부(役軍簿)까지 올렸다.

고변(告變)은 대신들을 모해한다는 것으로 되어 있었지만 남곤 등은 이를 역모라고 키웠다. 이로 말미암아 처겸이 죽임을 당한 건 물론이고 안 씨 집안 자체가 멸문(滅門)의 화를 당했다.

송사련은 이에 대한 공으로 당상관에 오르고 죽을 때까지 나라의 녹을 받는 특전을 입었으며 나아가서 저로 인해 죄를 입은 이들이 갖고 있던 모든 논밭과 가옥, 노비를 제 것으로 차지할 수 있었다.

그의 무고에 의해 매를 맞고 죽거나 귀양살이를 한 명사가 수십 인이요, 단지 조객록이나 역군부에 이름을 올렸던 탓에 무고한 화를 입은 인사가 수백에 달했다.

인과응보인가. 송익필, 한필 형제의 앞길에는 이미 그 아비의 죄과(罪過)로 말미암아 어두운 구름이 일고 있었다. 중종 28년(1533년)에는 수찬 구수담(具壽聃)의 주청에 의해 송사련의 무고로 유배를 떠났던 자와 양인(良人)으로서 천인이 돼 있던 이들 모두가 풀려났으며, 명종 21년(1566년)에는 안당이 손자 윤(玧)의 상소에 의해 직첩(職牒)을 돌려받았다. 그리고 마침내 금상(今上)의 즉위 8년이 되던 을해년(1575년)에는 안당에게도 시호가 내려짐으로 해서 송사련에게는 반좌지율(反坐之律)이 적용되어 죽은 뒤에도 벌을 받아야 할 형편이 되었다.

우선 송익필 형제는 과거시험을 볼 수 없었다. 이미 사관(史官) 이해수(李海壽)가 나서서 이들의 과거 응시를 막아버렸기 때문이다. 아비 송사련이 죄인이고 송익필이 첩의 손자라는 이유에서였다. 출세의 길이 막힌 송익필로서는 현실 정치의 전면에 나서는 대신 막후의 인물로 물러날 수밖에 없었다.

김장생은 벽제관에서 국수 한 그릇으로 때늦은 요기를 했다. 허기를 달래고도 쉬 말 등에 몸을 싣지 못했다. 심악산에서 예까지가 육십 리

길. 쉼 없이 말안장에 흔들려서 온 탓에 엉덩이가 쑤시고 허벅지 근육이 땅겼다. 길가 풀밭에 자리를 깔고 잠시 숨을 돌리기로 했다. 눈앞의 공릉천 냇물만 건너면 곧 새원[新院]마을이었다. 매봉산 아래에 옹기종기 모여 앉은 집들은 이편에서도 빤히 건너다 보였다. 마음 같아서는 당장에라도 그곳으로 달려가고 싶지만 그럴 처지가 못 됐다.

여느 때 마냥 송강 선생이 마을에 계시다면 만사 제치고 찾아뵐 일이지만 선생은 이미 전라도 창평으로 떠난 지 오래다. 지금쯤 새원 시골집은 선생의 맏이 기명(鄭起溟)이 혼자 지키고 있을 것이 뻔했다. 정기명은 김장생의 매제(妹弟)다.

위가 좋지 않아 음식을 제대로 먹지 못하는 병약한 기명의 모습이며 그의 병수발을 들고 있을 제 누이의 얼굴이 떠올랐지만 장생은 이내 고개를 저었다. 그들을 만날 기회는 다음에도 있었다.

"천하를 쥔 군왕이라고 해서 백성보다 마음이 편할까?"

다섯 해 전 이른 봄날이었다. 함께 월산대군의 묘소 앞을 걷던 중에 송강이 혼잣말처럼 말했다. 사신의 일원으로 중국에 가는 아버지 김계휘를 좇아가기 직전의 일이었으므로 기억이 분명했다. 장생이 돈령참봉(敦寧參奉)으로 있던 때였다.

"그럴 리 없지. 어찌 보면 훨씬 불안할지도 몰라. 누군가 나한테 위해를 끼치지 않을까, 대신들이 나를 속이지나 않을까, 이런 걱정으로 하루하루를 지낼지도 몰라. 그래서 군왕의 병통이 생기는 게야. 누구도 믿지 못하는데 겁은 겁대로 많고……그리고 그 두려움을 숨기려고 위엄만 세우다 보니 절로 모질고 잔인하게 되고……이런 군왕을 두고 성군을 만들겠다고 왕업(王業)과 왕도를 가르치는 신하는 얼마나 어렵고 위태로운가. 그래서 숙헌(이이)이 더 대단하다는 게야."

대군의 묘소는 송강의 고양 집에서 지척의 거리에 있었다. 왕세자로서 스물의 나이에 죽은 추존 덕종의 맏아들이 월산대군이었다. 성종의 형. 그날 송강은 친구 이이의 그릇됨을 치켜세우기 위해 굳이 그런 이야기를 꺼냈을 테지만, 장소가 장소였던 만큼 듣는 김장생으로서는 권신들의 음모에 의해 왕좌를 앗기고 만 월산대군의 처지를 더 동정하는 것처럼 들렸다. 스승의 벗인 또 한 분의 스승, 김장생과 송강의 관계가 그러했다. 돌이켜보면, 스승 이이의 명을 받고 고양 새원마을을 찾아와 여묘(廬墓)살이를 하고 있던 송강 앞에서 제자의 예로 절을 올렸던 것도 어느새 십여 년 전의 일이 됐다.

"딱하이. 예까지 찾아주었는데 보다시피 내 처지가 이래서 박주(薄酒) 한 잔 권하지 못함을 용서하시게."

호한(好漢)이라는 소문에 걸맞게 송강은 두세 번 안면밖에 없는 젊은이에게 술잔을 건네지 못함을 안타까워했다. 당시 송강의 나이 마흔이 채 되지 않았지만 이미 수찬, 좌랑, 교리, 전라도 암행어사 등의 요직을 거치고 있었다. 나한테는 배울 것이 없다네, 송강이 앞서 잘라 말했지만 김장생은 율곡이 저를 이곳까지 보낸 이유를 알만 했다.

예학(禮學)은 구봉한테서 배우고 리기(理氣)는 나와 우계한테서 깨치면 된다. 그리고 세간의 사람살이와 정치는 송강한테 익혀라······ 그 후 인왕산 기슭 서촌에 있는 송강의 한양 집은 물론 고양 집까지도 자주 찾아다니며 훈도를 청했는데 송강이 서책을 펴놓고 제자를 맞는 경우는 거의 없었다. 되레 술에 취한 채 기녀를 끼고 있는 경우가 더 많았지만 김장생은 이를 통해 풍류의 본체와 그 금도를 아울러 생각할 수 있게 된 것도 사실이었다. 멀고 먼 전라도 땅에 머물고 있다고 해도 송강 또한 안당의 후손들이 송익필을 상대로 환천의 소송을 걸었다는 사실은 이미 알고 있을 터, 분명 도움의 손길을 내밀 그가 여태껏 아무런 기별이 없다는 점이 궁금할 따름이었다.

남녘 삼각산 바위 봉우리들이 천공에 솟아 있는 모습이 보였다. 말고삐를 잡은 채, 김장생은 이전에 자신이 만난 스승들의 모습을 차례차례 떠올렸다.

열세 살의 어린 나이에 아버지의 손에 이끌려 처음 도성 안 삼청동의 송익필 집을 찾은 일도 어느새 서른 해 가까이 돼 가지만 기억은 어제처럼 생생하기만 했다. 그때 선생의 나이 스물다섯. 약관이라 해도 괜찮을 정도로 젊기만 했는데 맑은 낯빛에 눈빛이 지극히 예리했다. 단정한 풍채에 엄정한 기운이 풍겼다. 도학에 있어서는 이이와 어깨를 겨룰 만한 분이라고 한 아버지의 말이 지나치지 않음은 알았다. 그날부터 사서(四書), 육경(六經), 근사록(近思錄)을 읽기 시작하였다. 선생은 매우 영민하고 비범하여 어떤 글이든 막힘이 없었다. 김장생이 뜻도 제대로 새기지 못한 채 그냥 따라 읽기만 하는데도 선생은 어린 학동이 자기와 같은 줄만 알고 읽고 지나가기만 할 뿐 설명을 해주는 법이 없었다. 장생으로서는 정신이 아득하기만 할 뿐 무엇을 배웠는지조차 알 수 없었다. 하는 수 없이, 물러난 뒤에도 보고 또 보면서 생각하기를 밤낮으로 계속하였더니 차츰 깨닫는 바가 있었다.

그러나 더러 천 번 백 번을 읽어도 통하지 않는 데가 있었으니 이럴 때 선생에게 물으면 비로소 흔쾌히 도와주곤 하였다. 그러나 삼청동과 파주를 오가며 했던 학업은 일 년이 못 돼 그만둬야 했다. 경상도 지례현감으로 부임하는 할아버지 호(鎬)를 따라 가야 했기 때문이다. 누구보다 손자를 아꼈던 할아버지와 함께 했던 산골생활도 한 해를 넘기지 않았다. 현감 일 년 만에 할아버지가 세상을 떠났던 것. 그 할아버지를 충청도 연산(連山) 선영에 묻고 아버지와 함께 3년 동안 시묘를 했다.

열일곱 나이에 다시 한양으로 돌아와 옛 스승을 찾았는데 송익필이 크게 반가워하며 또 품을 벌려 주었다. 그 후 이태 동안 교하 심악산 아래서 가진 공부는 용맹정진 그 자체였다. 문하생은 많은데 식량이 넉넉지 않아서 소금 하나로 밥을 먹는 때가 없지 않았으나 나날의 성취로 인해 그런 것은 조금의 불만거리가 되지 못했다.

그 무렵 율곡 이이가 드물지 않게 송익필을 찾아왔으며 그때마다 굳이 장생을 불러 공부의 진척을 살피곤 하였다. 태극이며 사단칠정, 인심도심 등에 대해 물으면 장생은 자신이 깨치고 생각한 바를 거리낌 없이 말씀드렸다. 그럴 때마다 율곡은 지그시 눈을 감은 채 가볍게 고개를 끄덕일 뿐 별다른 얘기가 없었다.

스무 살 되던 해, 송익필은 아예 김장생을 이이의 문하로 보냈다. 다른 스승한테서 부족한 바를 더 채우라는 뜻이었다. 이때가 바로 선왕 명종이 승하하고 금상이 즉위하던 해였다. 임금이 바뀌었는데도 명종대의 외척인 심통원은 대왕대비의 친족임을 빌미로 재상 직을 쥐고 횡포를 일삼았다. 이에 이조좌랑으로 있던 이이가 소를 올려 심통원을 탄핵, 그를 축출하였다. 공무에 여념이 없으면서도 이이는 찾아오는 제자의 학업만큼은 세밀하게 챙겨주었다.

장생은 이틀에 한 번 꼴로 대사동(大寺洞) 이이의 집을 찾아가 성리학에 대한 공부를 더해 나갔다. 공부의 대체는 리기에 관한 것이었지만 돌아가는 시국에 관한 논의도 적지 않았다.

그러나 이 귀한 수학의 시간도 오래 지속되지는 못했다. 스승 이이가 춘추사(春秋使)를 따라 중국으로 떠나야 했기 때문이다. 짧은 기간의 인연이었음에도 불구하고 김장생에 대한 이이의 각별한 사랑은 그가 송익필에게 보낸 서신에도 여실히 나타나 있었다.

"김장생이 내 집에 와서 스무 날 남짓 머물면서 조용히 학문을 강론하고 있었는데, 그의 부친이 불러 돌아가게 되었으니 이때로부터 서로 함께 발전하는 즐거움이 없게 되었습니다."

세 번째 스승 성혼한테서 배움을 입은 것은 서른두 살 때였다. 물론 이전에도 서책을 손에서 놓은 적은 없었다. 그 덕에 무인년(1578년)에는 학행으로 추천되어 창릉참봉의 직을 받기도 하였다. 성혼의 문하에 가게 된 것도 송익필의 권유에서였다.

성혼은 조광조의 제자인 백인걸(白仁傑)의 문인임에도 불구하고 퇴계 이황의 리기호발론(理氣互發論)의 가능성을 인정함으로 해서 이이와도 여러 차례 논쟁을 하였음을 알고 있었다. 스승의 당부가 있었지만, 당초 성혼의 문하로 가는 일은 내심 크게 내키지 않았다. 율곡에게 갈 때와는 딴판이었다. 율곡에게 갈 때는 진실로 마음으로 기뻐하였으며 그 후도 오로지 복종하여 항상 더할 바가 없다고 여겼지만 성혼에게는 도저히 그런 마음이 들지 않았다. 내심 성혼이 율곡에 미치지 못한다는 생각이 있어서 그런지도 몰랐다.

그러나 성혼의 집에 왕래하면서 그의 풍채를 직접 접하고 사람 대하는 도리를 살펴보고 그 논의를 들은 후에는 마음이 완전히 바뀌었다. 율곡과 송익필이 도의로써 그와 사귄 이유를 알만 했다. 무엇보다 배울

점은 다른 사람의 의견을 존중하고 거기서 좋은 점을 찾으려고 하는 너그러운 태도였다. 일찍이 율곡이 서경덕과 이황을 비교하여 말했다.

"화담한테는 더러 새로운 것이 있지만 치밀함이 부족하다. 그러나 퇴계는 치밀하지만 새로움이 없다."

나아가 율곡은 퇴계를 가리켜 '모방하는 태도가 많은 사람'이라고 하는가 하면 '환하게 관통한 지경에는 오히려 이르지 못하였으므로, 본 것이 밝지 못하고 말에 혹 틀림이 있는 사람'이라고 혹독하게 평가하기를 서슴지 않았다. 결국 이 말이 퇴계의 문인들에게 알려져 그들이 율곡을 원수처럼 여기는 지경에 이르기도 했다. 그러나 성혼은 화담과 퇴계의 좋은 점을 내세울 뿐 부족한 바를 말하지 않았다.

성혼의 문하에 내왕한 것도 두 해가 채 되지 못했다. 사신의 일원이 된 아버지 김계휘를 좇아 연경으로 떠날 일이 생겼기 때문이다. 중국을 다녀온 그 해, 아버지가 갑자기 세상을 떠났다. 장생은 다시 연산에 내려가 3년간 시묘를 했다. 한양으로 돌아왔을 때는 어느새 자신도 불혹의 나이에 가까워져 있었다. 물론 그 사이에 게으름을 피운 적이 없었지만 도에 이르는 길은 여전히 멀기만 했다. 부족한 바를 채우겠다고 다시금 옛 스승 구봉 송익필 앞에 무릎을 꿇었는데, 그새 세상 풍파를 다 덮어쓴 스승은 당신 앞에 떨어지는 불덩이를 피하느라고 정신이 없었다. 도는 나중에 구하더라도 우선 스승부터 구해야 할 판이었다.

연신내에서 자하문 쪽으로 말머리를 돌렸다. 땅거미가 지고 있었지만 성문이 닫히기 전에 성안에 들 수 있을 것 같았다.

안정란을 만났다.

남산골 언덕바지에 있는 그의 집에서였다. 나뭇가지 사이로 멀찍이 숭례문이 내려다보였다. 역관의 집답게 실내 곳곳에 놓인 기물들이 다 압록강을 넘어온 것인 듯했다. 그런 가운데 석봉 한호(韓濩)의 휘호가 든 족자 하나가 벽에 걸려 있으니 그게 오히려 기이해 보였다.

"우화차(雨花茶)라고 합니다. 김 공도 연경에 다녀오신 적이 있으니 아실 것입니다. 금릉(金陵, 현 남경) 지역에서 나는 것이라 아무래도 연경에서는 구경하기가 어렵지요."

기대하지 않았지만 차 대접이라도 해주니 고마운 일이었다. 작달만한 체구에 서글서글한 인상을 지니고 있어서 누구든 친하게 다가갈 수 있을 것 같았다. 그가 찻잔에 손수 뜨거운 물을 붓고 손을 저어 김을 날린 뒤, 한 줌 차를 집어 그 위에 띄웠다.

"제대로 우화차를 마시려면 유리잔을 써야 하지만 제 집에 그런 물건이 없으니 그냥 하던 식으로 하겠습니다. 가만 보시면 이렇게 뾰족하게 말린 찻잎들이 화살처럼 하나씩 아래로 내리꽂힐 것입니다. 그리곤 어느 순간 다시 하나씩 수면으로 떠오르지요. 환하게 펴지는 그 푸른 찻잎을 보는 것만으로도 사람의 마음이 즐거워지지요."

보아하니 그의 말처럼, 피라미 떼처럼 수면에 모였던 찻잎들이 차례차례 찻잔 바닥으로 떨어지고 있었다.

"어제 간이(簡易, 최립) 최 공을 만났다오."

녹차로 입술을 적신 뒤, 장생이 입을 뗐다.

"그러셨군요. 저도 뵌 지가 하 오래 돼서……."

응당 그랬을 법하다는 투였다.

"신사년(1581년)에 주청사가 연경을 갈 적에 내 선친이 사신을 따라

가셨지요. 내가 선친을 모셨는데, 그때 최 공은 질정관(質正官)이셨고요."

여느 때 같으면 역관인 그에게 하겟말을 써도 무방하련만 지금은 처지가 그렇지 못했다.

"그러셨지요."

찻잎을 빨리 가라앉게 하려는 듯 안정란이 잔을 들고 후후, 입김을 불었다. 최립(崔岦)을 언급했는데도 그가 별 반응을 보이지 않음에 김장생은 저도 모르게 조바심을 가졌다. 물에 빠진 이가 지푸라기라도 붙잡는 심장이랄까. 안정란을 누그러뜨리려면 누군가 그와 친분이 있는 이가 거들어주면 좋을 성싶었다. 그래서 찾은 이가 최립이었다. 시문(詩文)으로 이름이 높은 그는 이미 정축년(1577년)에도 안정란을 데리고 명나라에 다녀온 적이 있었다. 그뿐이 아니다. 중국의 한 객사에서 안정란한테 집안 이야기를 듣고 그 감회를 시로 읊은 연분마저 있었다.

'가슴이 아파오네, 기묘년 그 해의 일'이란 구절로 시작하여 '집안 대대로 전해 오는 일들을 분명히 기억하고, 이야기를 끝낼 즈음엔 달도 침상 가에 떨어지네.'로 끝맺는 그 시는 기묘년에 있었던 사화(士禍)의 아픔을 되새기는 내용이었다. 짐작컨대, 안정란은 조광조의 일당으로 몰려 귀양살이를 한 제 증조부 안당의 이야기를 그에게 들려주었던 것 같았다. 시에는 기묘년의 상황만 나타나 있지만 이후 안당과 안처겸, 그리고 그 후손들이 송사련의 무고로 인해 겪은 고초 등도 그에게 말했을 것임은 얼마든지 추측할 수 있었다.

그 때문이었을까. 최립은 반가이 김장생을 맞고서도 안 씨의 송사에는 끼고 싶지 않다며 손을 내저었다. 최립의 처지를 십분 이해하면서도 장생은 섭섭한 마음을 떨치지 못했다. 신사년 사행(使行) 때 아버지 김계휘가 그에게 베푼 후의를 생각해서 때문만은 아니었다. 율곡과 각별했던 옛 정분을 생각하더라도 율곡의 둘도 없는 벗인 송익필을 위해 스스로 소매를 걷고 나설 줄 알았던 것이다.

율곡보다 세 살 아래지만 그는 자타가 말하듯 율곡의 벗이요 그의 문인이었다. 안정란과 함께 했던 정축년 사행(使行) 이후, 최립은 다시 황해도의 재령군수로 돌아갔는데 이 무렵 율곡이 인근의 해주 고산(高山)에 은거해 있었다. 이 시기 최립이 하루가 멀다 하고 고산으로 찾아와 학문을 논하고 시문을 주고받았다는 이야기는 생전의 율곡한테서도 들은 바 있었다.

최립을 찾아가기 전 김장생은 또 한 사람을 떠올렸으니 그가 석봉 한호였다. 글씨로 이름을 얻은 그는 나라와 나라 사이에 주고받는 문서의 글을 쓰는 사서관(寫書官)으로서 벌써 여러 차례 중국에 다녀온 경험이 있으며 그런 연유로 역관 안정란과 교분이 두터웠다. 그가 내의원의 어의(御醫) 허준(許浚)과 더불어 최립과 가장 친밀하다는 사실은 알 만한 이들이 아는 일인데 이 또한 중국 사행이 계기가 되었음은 물론이다. 특히 그는 김장생이 아버지를 따라갔던 신사년과 율곡이 갔던 임오년(1582) 이태를 거푸 중국에 다녀왔으며 신사년에는 최립이, 임오년에는 안정란이 역시 일행 중에 있었다.

이미 한석봉의 이름은 중국에도 많이 알려진 터라 신사년 당시에도 연경 객관에는 그의 글씨를 얻고자 하는 중국의 유식자들이 적잖이 찾아들었다. 석봉이 그들과 필담을 나누는 자리에는 장생도 동석한 경험이 있었다. 술이 한 잔 들어가면 그는 거침없이 붓을 쥐었는데 취중의 운필(運筆)이라 그런지 나라 문서와는 달리 글씨가 호쾌하고도 강건하기 짝이 없었다. 일찍이 명(明)의 문인 왕세정(王世貞)이 그의 글씨를 보고 "성난 사자가 바위를 갉아내고, 목마른 천리마가 냇물로 달리는 것 같다."고 했다는 말도 허언이 아닌 듯싶었다. 항시 수줍은 듯 웃음이 많고 남을 따뜻이 챙길 줄 알던 그에게 부탁을 하면 무슨 도움이든 줄 것 같았는데 아쉽게도 도성 안에서 그의 행방을 아는 이가 없었다.

"얼마 전 초포(焦浦, 안로) 어른이 정리해 놓은 『상제요록(喪祭要錄)』을 읽었습니다."

장생은 본 이야기를 꺼내기로 마음을 먹었다. 속사정이야 어떻든 형조에 접수된 소장의 명의는 안로의 둘째부인 윤 씨였다. 윤 씨의 마음을 돌려달라고 부탁할 참이었다.

"김 공께서 특히 예학을 깊이 공부하신다는 얘기는 저도 진즉에 들었습니다."

안정란의 대꾸였다. 좁은 세상이다 보니 별 소문도 다 퍼진다는 생각이 들었다. 사실 안로가 쓴 『상제요록』은 제목 그대로 상례(喪禮)와 제례(祭禮)에 관한 것인데 볼 만한 점이 꽤 있었다. 특히 주자의 『가례(家禮)』에서도 설명이 부족했던, 장의(葬儀) 뒤의 반백(返魄)과 대상(大祥) 후의 반혼(返魂)에 대해 나름 상세하게 설명을 해놓은 점이 그랬다.

안로는 재작년 가을에 세상을 떴다. 윤 씨가 죽은 남편을 대신해 송사를 일으킨 셈이다. 안정란에게 윤 씨는 큰어머니가 된다.

"짐작했겠지만 내가 이렇게 찾아온 것은 장례원으로 들어간 그 일 때문입니다. 근래 구봉 송 선생께서도 심신이 쇠약하시어 거동이 편치 못하십니다. 송 선생 대신에 내가 이렇게 안생(安生)을 본다고 생각하셔도 좋습니다. 아무리 돌이켜 봐도 신사년(중종16년. 1521년)의 그 일처럼 불행한 일이 어디 있겠습니까. 세상 사람들이 다 알다시피 그로 인해 누대(累代)에 걸쳐 겪은 안생 집안의 고초야 더 말할 것이 있겠습니까. 허지만 다시 생각해보면, 그것은 작년 재작년의 일도 아니고 60년 전의 일입니다. 물론 그 상흔이 아직도 남아 있다고 하시겠지만, 어느새 두 집안 모두 4대를 거친 일입니다. 저쪽에서도 대를 이어 잘못을 뉘우치고 있으니 이제는 그 묵은 노여움을 거두어 주면 어떨까 해서 이렇게 찾아 왔습니다."

말을 하고 있는 도중 안정란이 찻물을 바꿨는데 언뜻 입가에 옅은 웃음이 번지는 것을 장생이 보았다. 잔을 당기며 그가 말했다.

"이렇게 말하면 예가 아닌지도 모르겠습니다. 충신 집안에 충신 나고 효자 집안에 효자 난다는 말이 있지요. 세간에는 구봉(송익필)이 큰 인물이라는 말이 있더니 문득 그 스승에 그 제자라는 말이 생각나는군요. 김 공께서 그 어려운 얘기를 하시려고 이 누추한 곳을 오셨으니 말입니다. 헌대 저도 할 말은 해야 하겠군요. 저쪽에서 대를 이어 뉘우친다고요? 누가요? 그 악행으로 당상관까지 올라 팔십 넘게 살다 죽은 송사련이 그랬어요? 아비가 옛 주인을 죽이고 빼앗은 전답과 종들을 물려받아 호의호식하는 구봉 형제들이 그랬나요?"

듣기가 거북했지만 김장생은 질끈 입술을 깨물었다.

"구봉 선생이 가지신 회한을 모르셔서 그렇습니다. 옳고 그름을 떠나서 어찌 할 수 없는 것이 아비 자식의 천륜 아니겠습니까."

"김 공, 제 집안 얘기는 하지 않겠습니다. 자수 김필(金珌)이란 이름을 들어보셨는지요? 기묘년 별시에 장원급제한 분이지요. 송사련의 문서에 적힌 '김가 아들(金子)' 두 글자 때문에 옥에 갇히고 모진 매를 맞았지요. 단지 김 씨 성을 가진 죄뿐이었어요. 결국 증거가 없어 풀려나긴 했지만 이 일로 실성을 하고 말았답니다. 사람만 보면 발작하여 미치광이 소리를 질렀지요. 김귀천(金貴千)이라는 이웃의 종이 있었습니다. 그때 상여꾼으로 이름을 올렸는데 이것이 송사련의 문서로 변조됐지요. 그래서 온 식구들이 죽도록 매를 맞곤 갑산으로 귀양을 갔습니다. 더러 허가를 받아 서울에 오는 때면 꼭 저희 집에 와서 종일을 울었다고 합니다. 더 말씀 안 드려도 아시겠지요? 이들이 무슨 죄를 지었다고 이런 고통과 수모를 겪었단 말씀입니까. 양반 상민 천민 가릴 것이 없었습니다. 사악한 한 사람이 제 욕심을 위해 이렇듯 무고한 이들을 얽어 넣었는데 그래 이제 세월이 지났으니 다 덮고 가자, 이렇게 말씀하셔도 괜찮다는 것인가요?"

"안생……내 말은 원한을 꼭 원한으로 갚아서는 안 된다는 뜻입니다."

"김 공, 결국 제 집안 얘기도 해야 되겠군요. 제 할아버지(안처겸)는 곤장 150대를 맞고 절명하셨어요. 그러고도 부족해 죽은 이의 목을 자르는 육시(戮屍)를 저질렀습니다. 증조할아버지, 작은할아버지는 또 어떻게 죽었습니까. 김 공, 저는 태어날 때부터 종놈의 아들이었습니다. 아버지 어머니, 삼촌, 숙모가 어느 날 갑자기 종이 돼 버렸는데 그 새끼들이 어찌 종놈이 아니겠습니까. 제 아비 어미는 그 종살이를 장장 12년이나 했습니다. 천역에서 풀려난 뒤에는 동냥질을 해가며 간신히 저희 형제들을 키웠습니다. 그런데 이제 지난 일이니까 다 잊고 가자고요? 원한을 원한으로 풀면 안 된다고요? 오셨으니까 분명 말씀드립니다. 하늘에 해가 하나 있고 달이 하나 있는 동안에는 결코 그렇게 하지 않을 것입니다."

정승의 반열에 올랐던 안당에게는 아들이 셋 있었다. 처겸(處謙), 처함(處諴), 처근(處謹)이 그들이었다. 처겸은 정실한테서 딸 둘만 얻었고 소실의 몸에서 아들 셋을 보았는데 안로(安璐), 안율(安瑮), 안근(安瑾)이다. 안로는 응달(應達)을 비롯하여 네 아들을 슬하에 두었으며, 안율은 다섯 아들을 생산하였고 정란이 그 막내였다.

명종 21년 할아버지 안당의 직첩을 돌려달라고 상소를 했던 안윤(安玧)은 안처함의 아들이었다.

송사련의 무옥(誣獄)이 있던 신사년(1521년) 10월이었다.

둘째 안치함이 송사련으로부터 형 안처겸이 친지들과 더불어 권신들을 내몰고 말겠다는 말을 했다는 얘기를 듣고는 즉각 아버지 안당에게 고했다. 안당이 깜짝 놀라서 사실을 임금께 아뢰려고 했으나 알고 보니 그 말이 단지 말에 지나지 않고 또 자칫했다가는 사림에 화를 미칠까 두려워서 그만두었다. 대신 처겸이 딴 생각을 갖지 못하도록 용인에 있는 농장으로 데리고 갔다. 이때 모친상을 당하여 막 상복을 벗었던 처겸은 며칠 만에 농막을 벗어나 제 처가로 가버렸다. 장인 옥당수(玉堂守)의 집이 제생원동(濟生院洞)에 있었고 같은 동네에는 처겸과 친한 종실 이정숙과 권전이 살고 있었다. 벗들과 어울린 처겸은 다시금 남곤, 심정 같은 간관(奸官)들을 그냥 두고는 사림을 보호하기 어렵다는 말을 했다. 때마침 자리를 같이 했던 송사련도 농지거리를 하는 둥 참견을 마다하지 않는데 뒤늦게 도리어 이들을 해칠 마음을 품고는 관에 가서 고변을 하고 말았다.

안처겸은 체포령이 내린 지 사흘 만에 붙잡혔다. 혹독한 고문을 이기지 못해 대신들을 모해하려 했다고 자백하여 옥사가 거의 이루어졌음에도 남곤과 심정 등은 어떻게 해서든 더 큰 죄를 씌우려고 애를 썼다. 종실 이정숙은 도망 다닌 지 나흘 만에 자수했다. 그는 세종의 후궁 신빈 김 씨 소생인 영해군 이당(李瑭)의 손자였다. 주리고 목마르던 때에 옥리가 주는 술을 받아 마시곤 혼미한 상태가 되었으며 뒤이은 엄한 문초에서 정신을 잃고 말을 하지 못하였다. 이에 곤장을 잡은 이가 유도하여 입을 열게 하니 황당한 진술이 그의 입에서 쏟아졌다. 안처겸 등이 자기를 왕으로 세우려 했다는 등 없는 말까지 지어냈던 것이다.

안처겸 안처근과 달리 그 아비 안당은 목을 졸라 죽였다. 추관 정광필(鄭光弼) 등이 "안당이 대의로써 결단하여 그 아들의 음모를 고발하지 못한 것은 실로 죄가 있습니다. 그러나 그 아들을 데리고 시골로 갔던 점으로 보아 그 마음을 알 수 있습니다. 또 일찍이 대신을 지냈으니 참작해서 형을 감하는 것이 마땅합니다." 하였으나, 노한 임금이 이를 받아들이지 않았다.

안처함도 형 안처겸과 함께 옥에 갇혔다. 추관이, "안처함은 그 형의 음모를 힘껏 말리다가 구타를 당하기에 이르렀고 또 부친에게 권하여 지방으로 데려가게 하였으니 형(刑)을 가하여 심문해서는 안 된다." 하고 연좌율만을 적용하여 경상도 청도(淸道)의 관노비로 삼았다. 그 뒤 안처겸과 관련되었던 김직문, 순이 등이 도망을 다니다가 처함을 찾아와 도움을 청하자 그들을 잡아서 관에 고발하였다. 이 일로 그는 자유로운 몸이 되었다.

권전은 곤장 170대를 맞고 죽었으며 며칠 후 시체를 다시 벌하였다.

결국 김장생은 손에 쥔 것 하나 없이 남산골을 물러나올 수밖에 없었다. 각오를 한 바였지만 가슴은 답답하고 디디는 걸음은 무겁기만 했다. 누란(累卵)의 위기에 처한 스승이 딱한 한편 안 씨의 피맺힌 원한도 이해 못 할 바 아니었다.

하지만 어쨌든 자신은 스승의 편에서 스승을 살릴 수 있는 모든 방법을 강구해 봐야 했다. 안 씨 집 종살이를 하는 스승과 그 일가의 모습은 상상조차 할 수 없었다. 송익필의 외증조 감정을 면천(免賤)했다는 안 씨네 문서만 확보할 수 있다면 송사를 버틸 수 있지만 안정란에게는 문서의 '문'자조차 꺼내지 못했다. 이왕에 소를 제기한 그들이 저들에게 불리한 문서를 보여줄 리 없으며 그런 것이 있다고 할 턱도 없었다.

골목을 빠져나와 짚신가게를 돌 무렵이었다. 저와 달리 큰길에서 골목으로 드는 웬 갓쟁이 하나와 스쳤다. 장대 같은 큰 키에 버쩍 마른 몸피……불식간이라 얼굴을 제대로 못 봤지만, 장생은 저도 모르게 걸음을 멈췄다. 성큼성큼 뒤도 보지 않고 걸어가는 사내의 뒷모습이 왠지 낯설지 않았다. 누구더라……? 허봉! 뒤늦게 이름 하나를 떠올리곤 흠칫 놀랐다. 그가 이곳엔 웬일……? 소문과 같다면 그는 지금쯤 금강산에 있어야 마땅했다. 갑산 유배에서 석방되긴 했지만 그는 아직 나라의 허가를 받지 않고는 도성 안에 들어올 수 없는 처지였다.

두세 번 마주치기만 했을 뿐 여태 정식으로 인사 한 번 나눈 적이 없으니 자신이 잘 못 봤다고 할 수도 있었다. 한석봉……갑자기 장생은 머릿속이 복잡해졌다. 그가 실로 허봉이라면, 안정란과 허봉을 연결하는 데는 석봉 한호밖에 없었다. 석봉이 허엽, 허봉과 대를 이어 친밀하다는 사실은 모르는 이가 드물었다. 하물며 근자에는 허엽의 막내아들 허균과도 서른의 나이차를 넘어 가까이 지낸다는 말이 돌았다.

　북창(北倉) 언덕길을 내려올 때도 김장생은 불길한 느낌을 떨치지 못했다. 율곡 이이를 탄핵하는데 주동이었던 허봉이 송익필의 송사에 때맞춰 안정란을 만난다는 사실 때문이었다.

　갓끈을 고쳐 맸다.

6. 내륙의 섬, 죽도(竹島)

소양천을 거스르며 화심, 새말[新村]을 지나 만덕산 산길로 접어들었을 때는 벌써 오정이 지난 시각이었다. 무성한 숲 사이로 굽이굽이 이어지는 고갯길, 크게 가파르지는 않으나 곰티[熊峙]로 오르는 산길은 높고도 길었다.

그러나 눈부신 신록이 있고 골물이 소리 내어 흐르고 꽃과 새들이 행인을 반겨주어 지루한 줄을 몰랐다. 길이 좁은 탓에 행렬은 상하로 길게 늘어졌다. 말 탄 이가 셋이요, 나머지는 모두 보행이었다. 전주부 아전과 관졸들이 앞에서 길을 인도했으며 등짐 진 종자들이 꽁무니에서 줄을 이었다. 고갯길을 오르는 데만도 반 시진(한 시간)이 더 걸렸다. 이윽고 고갯마루에 올라섰지만 사방 어느 곳으로도 트인 전망을 가질 수 없었다. 주위는 여전히 첩첩의 산이었다. 한 뼘 가량 트인 북쪽 하늘 아래 솟은 산이 주줄산(珠崒山. 현 운장산)인 듯싶었다. 새말의 논밭과 초가들이 아득히 산 아래 내려다보였다.

고갯마루에서 쉬면서 점심 요기를 하기로 했다. 하복들이 솥을 걸고 불을 지폈으며 급노(汲奴)들은 그들대로 상을 차린다고 분주히 움직였다.

"출출하니 우선 탁주부터 한 잔들 하시지요."

그늘에 좌정한 남언경이 술잔을 건넸다. 주먹밥에다 각종 나물과 전, 고기 산적까지 있어서 먹을거리는 풍성했다. 단옷날답게 날씨는 화창하고 온화했다. 때맞춰 바람이 불어주고 눈길 닿는 데마다 풀꽃이 하늘거리니 나들이하기 이보다 좋은 때가 없을 성싶었다.

"자첨(김첨)의 얘기는 나도 들었다오. 참 아까운 사람인데……그렇게 급작이 떠날 줄 누가 알았겠소. 인명이 재천이라지만 그렇게 짧을 줄이야……."

"그러게 말입니다."

술 한 잔 마셨다고 남언경과 유덕수가 김첨을 추억하니 권응시도 새삼 가슴이 써늘해졌다. 군위에서 가졌던 술 장난으로 인해 권응시, 김첨 두 사람이 곤욕을 치른 일은 그들도 잘 알고 있었다. 나흘 전, 전주에서 명함을 들이밀고 잠깐 만났을 때도 남언경이 가장 먼저 엉덩이의 장독(杖毒)은 제대로 치료를 했느냐고 물어서 응시는 민망함을 금치 못했다. 다른 손들도 많아서 첫 대면은 수인사 정도에서 끝났다. 언제쯤 따로 기별을 줄 것인가, 성 안 유덕수의 집에서 묵으며 소식을 기다리고 있었는데 어제 저녁 갑자기 사람을 보내어 내일 먼 길을 갈 테니 행차를 준비하라고 했다.

따지고 보니 오늘부터 사흘간이 단오 휴가 기간이었다. 부윤(府尹) 영감도 설날, 대보름날 다음에 오는 긴 휴가를 손꼽아 기다렸음을 알 수 있었다. 남언경이 따로 마련해 준 말 등에 몸을 싣기 전까지만 해도 어디로 가는 행차인지 알지 못했다.

"날씨도 삽상하니 진안 마이산 유람이나 갑시다."

이른 아침에 성문을 나서면서 그가 말해서 그런 줄로만 여겼다.

"아까워, 성미가 좀 급해서 그렇지 한없이 천진한 사람이 아니던가. 율곡이 생전에 나한테도 말했다오."

남언경은 여전히 김첨을 생각하고 있었다.

"사사건건 자신을 욕하는 사람인데도 율곡이 그랬지. 김자첨(김첨)이 풍류를 삼가고 진득이 책상머리에 앉아 있을 줄 알면 능히 퇴계의 학통도 이을 자질을 가졌다고……."

"자(字)를 소동파와 같이 하는 이가 어찌 풍류를 삼갈 수 있겠소, 허허."

옆자리의 유덕수가 훈수를 했다. 신병이 있다는 이유로 남언경은 딱 한 잔의 술로 그쳤다. 안주로 경단 하나를 입에 넣고 우물거렸을 뿐 주먹밥에는 손도 대지 않았다. 아랫사람들이 음식을 먹을 수 있도록 응시와 유덕수도 이내 수저를 놓았다. 사위 홍봉상이 상을 치우는 모습을 보며 권응시가 말했다.

"일찍이 남공께서 말씀하셨지요. 사람은 물론 나무와 풀, 꽃과 벌레, 돌덩이까지 모두가 기(氣)의 덩어리라고요. 하여 죽고 사는 것, 부서지고 사라지는 것 또한 기가 모이고 흩어지고, 기가 움직이고 고요한 것이 지나지 않는다고요. 그 기가 영원히 사라지는 법은 없다고 하셨으니 죽은 자첨인들 어디 세상 아닌 데로 갔겠습니까. 저기 흙 속에도 있을 테고 저 나무 등걸에도 있겠지요. 그리곤 또 어느 땐가 새로운 뭔가로 뭉쳐져 소리를 내든가 향기를 뿜든가 그럴 테지요."

"허허, 내가 아니고 우리 화담 선생이 자주 하시던 말씀인데……."

남언경이 껄껄 소리 내어 웃었다. 김첨이 퇴계의 문인인데 그의 죽음을 두고, 기는 유한하고 리(理)는 무한하다는 퇴계의 주장을 마다하고 굳이 기가 무한하다는 화담의 생각을 빌려오는 것이 재미있다는 것 같았다.

"그러고 보니 여기 서애(유성룡)가 있다면 무슨 말을 할까 궁금하군."

서애는 퇴계가 가장 아끼던 제자이니 그가 있다면 퇴계 식의 또 다른 재미난 얘기를 할 것이라고 생각하는 것 같았다. 권응시가 찾아갈 터이니 잘 살펴 달라는 유성룡의 첫 편지가 전주로 간 것이 지난 해 8월이었다. 권응시 또한 9월엔 행로를 잡을 수 있겠다고 여겼으나 날씨가 선선해지는 때 뜻하지 않게 기침병에 걸리고 말았다.

날짜를 미루다 보니 어느새 엄동설한이 다가들었다. 그 사이 전주부윤도 심의겸에서 남언경으로 바뀌었기에 유성룡은 남언경에게 따로 또 서찰을 띄워야 했다.

"권공도 안동 예안(禮安)에는 가 봤지요?"

고갯길을 내려가며 남언경이 물었다. 곰티 이편은 진안 땅이었다. 한결 길이 평탄하고 폭도 넓었다. 두 사람이 말머리를 나란히 할 수 있었다. 소우물골[牛井]과 장승마을을 지나면 진안의 들판으로 들어설 수 있었다.

대답을 기다리지 않고 그가 말을 이었다.

"벌써 스무 해 가까이 세월이 흘렀군요. 그때가 바로 퇴계 선생이 건지산 남쪽 기슭 동암에다 양진암(養眞庵)이라는 서실을 짓고 학생들을 가르치던 때였지요. 화담 선생이 세상 버리신 지 이태 뒤였으니……하다 만 공부를 어쩌지 못해 여기저기 방황하다가 예안까지 갔다오. 양진암에서 두 달을 먹고 자면서 가르침을 받았지요. 그때 퇴계 선생도 아직 쉰 연세가 되지 않았지, 아마……."

"그 무렵이면 서애며 저 같은 이들은 아직 코를 흘리고 있을 때지요."

"허, 그런가요? 허기야 내가 다시 계상서당(溪上書堂)에 갔을 적에 처음 서애를 봤는데 한참 어렸지."

"계상서당 전에 한서암(寒棲庵)이라고 있었지요?"

"그래요. 양진암이 하도 좁다 보니까……세 칸으로 넓혔지만 그것도 이내 턱 없이 좁은 집이 돼 버렸지. 그래서 토계 옆에 계상서당을 열었는데 거기도 십 년이 못 돼 비좁아졌고. 결국 산 너머에다 도산서당을 지었고 선생은 그때를 가장 즐거워하셨지요. 쉰일곱에 땅을 구입하고 이듬해부터 터를 닦고 집을 짓기 시작해서 햇수로 삼년 만에 서당을 열었으니 그 기꺼움이 어떠했겠습니까."

"율곡이 퇴계를 찾아뵈었던 것도 계상서당 시절이었지요?"

"그랬단 얘기는 나도 훗날 들었어요."

"양진암 시절에는 어떤 분들이 계셨나요?"

"그때만 해도 연소배라곤 나 같은 이뿐이었고……보자, 이웃 진보(眞寶)에서 교수를 하던 정이청(鄭以淸)이 자주 들락거렸고 또 성주목사를 하던 노경린(盧慶麟)도 내왕이 있고 그랬지요."

"율곡의 처부(妻父)되는?"

"맞아요. 성주에 있으면서 예속(禮俗)을 크게 키웠는데 퇴계 선생이 많이 거들었지요. 문천서원도 그렇게 만들어졌고……재미난 얘기 하나 할까요? 정이청 그 분 얘깁니다. 퇴계보다 오히려 세 살이나 많았지만 늘 스승의 예로써 퇴계를 대하였지요. 얼마나 음주를 좋아하셨냐 하면 하루 세 끼 밥은 못 먹어도 술은 꼭 해야 했어요. 양진암에 와서도 마찬가지였지. 퇴계도 그이의 술버릇만큼은 어쩌질 못했다오. 하루는 두 분이 청량산에 소풍을 갔는데 절간 중들이 자기와 대작을 해주지 않는다고 난리를 쳤다지 뭡니까. 퇴계가 진땀을 흘리면서 간신히 데려왔다지요, 허허. 그 좋아하는 술은 세상 떠나는 날까지 옆에 있었다고 합디다. 눈을 감기 며칠 전까지도 미음 한 숟갈 넘기지 못하면서 술은 곧

잘 넘겼다고……그러고도 여든 둘까지 살았으니 주선(酒仙)이 따로 없지요."

장승 마을의 초가들이 멀찍이 보일 무렵이었다. 길가 정자나무 아래에 한 떼의 사람들의 북적이고 있는 모습이 보였다. 벙거지, 초립 등을 쓴 행색으로 봐서 관속들 같았다. 그들도 이편을 봤음인가. 단령을 입은, 아전 차림의 사내 둘이 달음박질을 쳐 다가왔다.

"부윤 영감님 행차시지요? 오래 기다렸습니다."

선도한테서 행차를 확인한 그들이 남언경의 말 앞에 넙죽 엎드리며 큰절을 했다. 진안 관아에서 나온 이방과 호방이었다. 저희 사또가 앞에서 기다린다고 했으니 진안 현감이 직접 예까지 나온 듯싶었다.

"예끼, 내가 그렇게 신신당부했건만……."

남언경이 잔뜩 미간을 접었다. 소리 소문 없이 다녀올 요량으로 인근 고을 어디에도 알리지 말라고 아랫사람들 입단속을 시켰건만 어찌 진안 현감이 알고 예까지 왔느냐는 짜증이었다.

정자나무 아래서 그 당사자를 만났다. 도포 위에 푸른색 전복을 껴입고 실띠를 두른 마흔 초반의 남자가 현감이었다. 상아색 낯빛에 눈이 깊게 패여 있어서 병약해 보이는 인상. 5척이 겨우 넘을 듯싶은 단신. 사집(土集) 성호(成浩)였다. 권응시도 잘 아는 이여서 놀라움을 금치 못했다. 눈을 마주칠 겨를이 없었다.

"원로에 얼마나 고생이 많으셨습니까. 어서 그늘로 드시지요."

좌우를 뿌리치고 그가 직접 말에서 내리는 남언경을 부축했다.

"어찌 아셨는가? 내가 자네 고을을 지나간다는 사실을 말일세."

"모르셨습니까? 그 사이 소생이 전주 관아에도 사람을 심어놓은 걸 말입니다.”

“예끼, 전라도 땅에 온 지 며칠 됐다구.”

짜증을 내던 좀 전과 달리 남언경의 안면에는 웃음이 가득했다. 오래 그리던 이를 만난 반가움 같은 기색을 애써 지우려 하지도 않았다. 둘이 주고받는 말도 품계의 높고 낮음 혹은 연장자와 연소자가 하는 것이 아니었다. 성호가 스물 이전에 남언경한테 수학했음을 알고 있는 권응시도 부러운 눈으로 바라보지 않을 수 없었다.

성호는 권응시와도 남다른 인연이 있었다. 무인년(1578년), 임금이 6품에 서용(敍用)할 인재를 찾을 때, 응시가 그와 함께 이조의 추천을 받았던 것이다. 김장생도 그때 함께 이름을 올렸다. 왕자사부(王子師傅)에서 사섬시주부(司贍寺主簿)로 옮겼다는 소식만 듣고 있던 응시로서는 그를 이 외진 진안 고을에서 상면할 줄은 전혀 상상치 못했다.

뒤늦게 응시를 본 성호도 크게 놀라기는 마찬가지였다. 둘이서 손을 맞잡고 반가움을 나눴다. 알고 보니 진안에 온 지 한 달이 채 되지 않은 신관사또였다. 남언경뿐 아니라 유덕수까지 사정을 다 알고 있었으면서 미리 말해 주지 않았음도 알았다.

그늘에 마련된 평상에 여럿이 좌정했다. 현감 성호가 손수 차를 따라 권했다.

“시원할 것입니다. 드셔보시고 무슨 차인지 말씀을 주시지요.”

“알아맞히면 뭘 줄라는가?”

두 사람의 대화에는 여전히 장난기가 묻어 있었다. 한 모금 차를 마신 남언경이 고개를 갸우뚱했다. 응시도 맛을 봤다. 깊은 우물에서 꺼낸 듯 시원한데 옅은 향에 고소한 풍미가 곁들여 있었다.

"감잎은 아닌 듯싶고……."

"작두콩입니다. 말려두었던 껍질과 알맹이를 볶아서 더운 물에 우려낸 것이지요."

"호! 토사곽란, 축농증에 좋다고 했지."

"저도 상시로 마시고 있습니다."

"그래야지, 몸이 부실하면 만사가 귀찮은 법, 좋다는 건 다 챙겨 먹게."

제자에 대한 남언경의 사랑과 자랑이 각별했다. 바깥널재[外板峙]를 넘을 무렵, 유덕수와 말머리를 나란히 하고 가던 남언경이 말했다.

"내가 지평(砥平. 현 양평)에 있을 때랍니다. 하루는 저 사람이 희로애락의 미발(未發)에 관한 설을 지어서는 내게 물으러 왔는데, 뭐랄까요, 그 의사가 명백할 뿐만 아니라 광대한 근원을 들여다 본 것 같아서…… 아무튼 나도 꽤나 놀라고 기뻤지요. 허어, 뒤에 들리지는 않겠지요?"

"그랬군요. 불가의 서적까지 두루 섭렵했다는 얘기는 저도 들었습니다."

유덕수의 말소리도 들렸다. 그도 선산부사를 끝으로 벼슬을 내려놓고 고향인 전주에서 한가하게 지내고 있었다.

산모롱이를 돌자 홀연 동남 방향에 기이한 바위봉우리 둘이 나타났다. 마이산이었다. 돌올한 그것들이 말의 두 귀를 빼닮았는데 높이와 크기가 좀 더 높고 컸더라면 천하의 기관(奇觀)이 됐을 법했다. 정작 마이산 유람을 한다고 했던 남언경은 눈앞의 산을 보고서도 아무런 언급이 없었다. 여전히 성호에 대한 정담뿐이었다.

"천품이 청고한 탓에 성색(聲色)과 취미(臭味)는 말할 것 없고 세리(勢利)와 분화(芬華)에 이끌리지 않아 모두 담박하다고 할까요. 서적을 봄에도 경전에서부터 선유(先儒)의 여러 책까지 꿰지 아니한 것이 없고 말씀하셨듯이 석씨(釋氏)와 도가의 구석지고 깊은 데까지도 환히 헤아린다면 지나친 말이 될까요. 아쉬운 게 있다면 본시 기질이 맑고 연약해서 병치레가 잦고 한 번 병석에 들면 쉬 떨쳐 일어나질 못하는 것일 겁니다. 항시 내가 안쓰러워하는 부분이지요."

지평에서의 수학 이후에도 5년 넘게 병을 앓았다고 남언경이 기억했다. 주위에서는 다들 재기가 어렵다고 말을 하였지만 성호 스스로 그걸 이겨냈다고 했다. 학력(學力)으로 병을 치유했다는 말도 그렇게 나왔다고 했다.

"진안에 온다기에 내가 가장 기뻐했지요. 한적한 고을에서 청산유수나 즐기다 보면 몸과 마음이 날로 화창해질 테니 이보다 좋은 일이 있겠습니까."

제자에 대한 그의 정이 하도 곡진해서 응시는 저도 모르게 뒤편의 성호를 돌아보곤 했다. 전주에서 진안까지가 백 리 남짓. 해가 길어진 탓에 석양 무렵엔 관부에 닿을 수 있었다.

객사에는 벌써 길 안내를 위해 정여립이 보낸 갓쟁이 하나가 기다리고 있음을 보고서야 권응시는 이번 유람에 여립의 서실이 있다는 죽도(竹島) 방문이 포함돼 있음을 알았다. 이렇게 빠른 시일 안에 남언경이 정여립과의 만남을 주선해 준 사실이 고맙고 당황스러웠다. 길마중을 나온 갓쟁이는 자신을 정여립의 처족(妻族)되는 송간(宋侃)이라고 소개했다. 본집이 전라도 태인에 있는데 서실을 고치는 여립을 돕기 위해 며칠간 죽도에 와 있다고 했다. 무과에 응시한 바 있다는 그의 말처럼 딱 벌어진 어깨에 다부진 몸을 지닌 사내였다. 그의 곁을 지키는 장정은 여립의 사노(私奴)였다.

객사에서 하룻밤을 묵고 다음날 또 행로에 나섰다. 현감 성호가 동행을 하겠다고 했지만 남언경이 허락하지 않았다.

"산골 개울가에서 대나무나 쪼개고 있을 정 수찬이 뭐 대단하다고 전주부윤에다 부사, 현감들이 떼를 지어 찾아간다 말인가?"

관부에서 죽도까지는 40리가 채 되지 않았다. 주평삼거리를 지나 얼마 못 가서 제법 큰 물줄기를 만났다. 금강 상류라고 했다. 송간이 미리 나룻배를 준비해 놓았기에 어려움 없이 강을 건넜다. 강을 건넌 뒤에는 오 리쯤 강줄기를 거슬러 올랐다. 더 이상 인가도 보이지 않았다. 가뭄 탓이라고 했지만 강폭도 크게 줄어들었고 수량도 많지 않았다. 협곡에 들어서는 모래톱이 있는 맞은편으로 강을 건넜으며 산모롱이를 돌아서는 또 물을 건너 반대편으로 넘어갔다. 물 깊이가 무릎을 넘지 않았기에 다들 배가 없어도 수월하게 강을 넘나들 수 있었다.

"여기부터가 죽도입니다."

송간이 삿갓 모양이 왼편 산을 가리켰다. 강에서는 그 형상이 제대로 보이지 않지만 높은 데서 보면 호로병 모양을 한 이 산을 두 개의 물줄기가 둘러싼다고 했다. 산 하나가 섬과 흡사한 꼴을 하고 있어서 죽도라는 호칭이 생겼다는 얘기였다.

"한 줄기는 무주 안성에서 흘러오는 양천인데 저 등성이 너머에서 이 산을 휘감고 돌지요. 다른 하나는 장수 뜬봉샘에서 흘러오는 금강의 최상류 줄기랍니다. 두 물줄기가 저 산 끄트머리에서 만나서 이쪽으로 흘러오는 것입니다."

여립의 서실은 두 물줄기가 합해지는 두물머리에 있다고 했다.

"별유천지로군!"

죽도에 들면서부터 굳이 말에서 내린 남언경이 물가의 길도 마다하고 도포자락을 걷어 올린 채 첨벙첨벙 물속을 걸었다. 색색의 바닥 돌은 물론 떼 지어 다니는 송사리까지 훤히 들여다보였다. 어린애처럼 즐거워하는 남언경을 보며 권응시 또한 버선을 벗었다.

강을 거슬러 오르자 산자락의 평평한 풀밭이 나타났다. 그곳이 두 물줄기가 만나는 곳이었다. 여립의 서실은 합수머리 건너편의 큰 산 기슭에 자리 잡고 있었다. 큰물이 져도 끄떡없을 만큼 지대가 높았으며 꽤 너른 공터도 있었다. 산비탈 아래엔 방 한 칸 마루 한 칸의 기와집 한 채가 반듯하게 서 있고 그 옆에는 흙벽에 볏짚으로 지붕을 덮은 초가도 한 채가 있었다.

사람들이 물가에 나와 손을 흔들었다. 생각보다 인원이 많았다. 갓 쓴 이가 둘, 가사를 걸친 승려가 있었으며 그밖에 하복으로 보이는 장정이 네다섯 됐다.

남언경으로부터 권응시를 소개받고 정여립이 크게 놀라워했다.

"김산(金山)에 낙향하셨다는 얘기를 들었는데 어인 일로 이 산골까지 오셨는지요?"

어찌나 힘을 주어 손을 잡았던지 통증을 느낄 정도였다. 듣던 바처럼 기골이 범상치 않았다. 또 한 사람, 성명을 듣고는 응시가 깜짝 놀랐다. 송헌 박제(朴濟). 그동안 이름만 들었던 이를 이 산중에서 만날 줄은 전혀 상상치 못했다. 참봉 자리라도 하나 얻겠다고 생전의 퇴계를 쫓아다니다가 눈 밖에 났다는 인물, 그 뒤 홀연 당색을 바꾸어 율곡의 문전을 기웃거리면서 동인들을 신랄하게 비난하는 소를 올려 풍파를 일으켰던 그 당자였다.

박제가 여립의 진외종숙(陳外從淑)이 됨을 여기서 처음 알았다. 여립의 할머니 동생의 아들. 남원이 본향이라고 했다. 퇴계를 버리고 율곡을 좇는다고 말하고 다니던 이가 먼 촌수를 빌미로 이른바 율곡을 버렸다는 정여립과 함께 있는 연유를 알 수 없었다.

"이런 데서 권공을 뵙다니 반갑기 그지없습니다."

넉살도 좋았다. 헌칠한 용모에 음성마저 우렁차서 누가 봐도 호한(好漢)이라 할만 했다.

주인의 권에 따라 서실 마루에 올랐다. 앞산 바위벽 위에도 녹음이 울창한데 그 짙은 빛깔이 온통 강으로 쏟아져 수림과 수면의 경계가 없어졌다. 골에서 불어오는 청량한 바람이 심신을 상쾌하게 만들었다.

승복을 입은 이가 말석에 앉았다. 주줄산(현 운장산) 심원사(深院寺)에서 온 지영(志英)이라는 중이었다.

"주줄산이라……산 이름은 들어봤네."

남언경이 관심을 보였다.

"이 강을 따라 내려가면 용담(龍潭) 고을이 나옵니다. 거기서 좀 더 내려가면 금산(錦山) 땅이지요. 용담의 기둥이 되고 금산의 병풍이 되는 큰 산이 바로 주줄산입니다. 높고 크기에 있어서 오백 리 안에 이만한 산이 없을 것입니다. 북녘 줄기에는 형상도 또렷한 아홉 봉우리가 있어서 사람들은 따로 그 산을 구봉산(九峰山)이라고도 한답니다."

"듣기만 해도 좋군. 허나 내 평생에 그런 곳까지 다 둘러보지는 못할 테고……."

"이 뒷산에만 올라도 빤히 건너다보입니다. 마이산도 그렇고요."

작정하면 지금이라도 산에 오를 수 있다는 듯이 여립이 거들었다.

"오다보니까 꽤 듬직해 보이던데 이 산 이름은 뭐라고 합니까?"

유덕수가 물었다. 사는 데가 같다 보니 덕수는 이전부터 여립과 교분이 있었다.

"옛 서적에도 적혀 있으니 천방산(天方山)이 맞을 것입니다. 허나 아직도 많은 이들이 천반산(天盤山)이라고 부르지요. 정상 부근에 널찍한 평지가 있는데 그것이 큰 소반을 닮아서 그런다고 하던가요."

"천방산보다는 천반산이 낫구면. 하도(河圖)에 그려지는 천반(天盤), 지반(地盤)에서 나온 이름이 아닐까요?"

박제가 참견했다.

"부윤 영감께서는 점괘도 잘 보신다고 소문이 나 있던데 이왕 천반 지반도 나왔으니 오늘의 길흉이라도 한 번 보심이 어떨지요? 오월의 월건(月建)이 오(午)요, 절기가 망종, 하지니까 하늘의 해가 미(未) 방향에 있겠지요. 그럼 월장(月將)도 미(未)가 될 터이고……."

"좋은 데 앉아서 난데없이 길흉 점괘라니……."

남언경이 불쾌한 빛을 보이자 그가 금세 머쓱해 물러났다.

"저도 이곳에 들 때부터 천반이 좋겠다는 생각은 했습니다만 하도는 생각지 못하고 중국 무당계(武唐系) 도인들이 한다는 천반 양생법이나 떠올렸지 뭡니까."

조금 어색해진 분위기를 바꾸려는 듯 여립이 말했다.

"재미있군요. 그 말씀을 해보시지요."

남언경이 부추겼다.

"그것도 결국은 인도의 유가(瑜伽)에서 영향 받았다고 하는데 무엇보다도 중국이건 인도건 사람들이 생각하는 모양새가 엇비슷하다는 점이 흥미롭더군요."

"유가에도 네 가지 단계가 있다고 했던가요?"

"예, 첫 단계가 의롭고 정결한 시대라고 했으니까 요순시대가 아마 여기에 맞을 듯싶습니다. 반면 지금 우리가 사는 시대가 마지막 유가로서 말법기(末法期)에 다름 아니라고 하지요. 더 놀라운 것은 천 년 전 인도 사람들이 벌써 우리 시대의 부패와 타락을 훤히 보고 있었다는 것일 겁니다."

"어떻게 보았는데?"

"재산이 관직을 부여하고, 부(富)가 유일한 미덕이 되며, 육체의 교합이 부부가 같이 사는 단 하나의 이유라지 뭡니까. 덧붙여서 어리석음이 성공의 원천이 되며, 남녀의 교접이 향락의 유일한 수단이 되는 단계라고 하거든요."

"허어!"

"천 년 전 인도도 지금과 다르지 않았던 모양입니다, 그려."

남언경이 탄식을 놓았고 박제가 한 마디 붙였다.

마루 가운데 술상이 놓였다. 준비를 단단히 한 듯 차려진 음식이 풍성하고 다 맛깔스러워 보였다. 한 순배 술잔을 주고받은 뒤, 남언경이 지영을 보며 수계(受戒)는 어디서 하였느냐고 물었다. 세속의 나이 서른다섯이라고 지영이 밝힌 뒤였다.

"휴정(休靜) 선사께서 계를 주셨습니다. 지리산 능인암에 계실 때였지요. 열다섯 해 전이었습니다."

"호라! 서산대사께서……하면 근래 어디 계시는지도 알고?"

남언경이 반색을 하며 자리를 당겼다.

"운학(雲鶴)처럼 떠다니시니 소승 또한 선사님의 정처를 알지 못합니다. 전하는 말에는 작년 묘향산 보현사에 좌정하셨다고도 하고……."

"그럴 테지, 암. 내가 뵌 지도 어느새 칠팔 년이 된 걸. 금강산 안양암에 계실 때였는데……."

"그러셨군요."

놀랍다는 듯 지영이 새삼 허리를 숙였고, 옆에 있던 여립이 궁금증을 드러냈다.

"영감님과 연세가 비슷하지 않던가요?"

"그렇지 않아요. 대사가 경진생(1520년)이니 올해가 몇인가? 예순일곱……나보다 여섯이 위라오."

"석씨(釋氏)를 따르는 자들은 시에서도 공(空)이요, 오(悟)밖에 없더군요, 휴정이 읊었다는 <삼몽사(三夢詞)>도 찾아 읽어봤는데 원, 무슨 소린지……. '주인은 손에게 꿈 얘기를 하고, 손은 주인에게 제 꿈을 말하네. 지금 꿈을 이야기하는 두 사람, 그 모두 꿈속의 사람일세.' (主人夢說客 客夢說主人, 今說二夢客 亦是夢中人)"

박제가 또 눈치 없이 거들며 휴정이 지었다는 시 한 편을 읊었다.

"그대는 노장(老莊)의 무위(無爲)가 도에서 벗어났다고 해놓고, 어째 자신의 해법은 선(禪)의 공(空)에 떨어지시는가?"

노장의 무위도, 불가의 돈오(頓悟)도 극히 경계한 퇴계가 남언경에게 보낸 서신에 있는 말이었다. 이 서찰과 함께, 노장과 불가에서도 배우고 깨칠 것이 있다고 반박한 남언경의 답신까지 한때 식자들 사이에 화제가 된 적이 있는데 박제는 그를 본 적이 없는 듯했다.

"보세요, 박공. 그 시가 얼마나 좋습니까. 우리가 오늘 이렇게 만나 좋은 경치를 보면서 술 한 잔 하는 것, 이 일이 실제로 있는 것일까요? 아니면 이 또한 허상에 지나지 않는 건 아닐까요? 또 우리가 어젯밤 잠을 자면서 오늘 이것과 똑같은 것을 꿈꿨다고 해봐요. 그건 뭐지요? 5년 후, 10년 후가 됐다 치고 오늘 이 일을 떠올려 봐요. 어젯밤 꿈과 오늘의 이 일이 무슨 차이가 있을까요? 어느 것이 실상이 되고 어느 것이 허상이 되며 그 구분의 기준은 뭘까요? 먼 시간, 큰 세상에서 보면 꿈이든 현실이든 그게 그거란 뜻은 아닐까요? 중요한 것이 하나 있지요. 꿈이든 현실이든 그것을 인지하고 그 본체를 헤아려 보고자 하는 '나'가 있다는 사실 말입니다. '나'가 없다면 꿈도 없고 이 자리도 없고 그런 시도 없겠지요."

작심을 한 듯 남언경이 말했고 여립과 유덕수가 고개를 끄덕였다.

"우리 유가(儒家)에서 노장이며 석씨를 경계하는 것은 자칫 허망에 빠져 격물(格物)과 치지(致知)에 나아감이 엄정하고 치밀하지 못할까 해서지요. 허나 세상 이치나 사람의 도리에 관해서는 저쪽에서도 똑같이 궁리하고 따지게 마련입니다. 때문에 무조건 저들을 멀리하기보다는 버릴 건 버리되 좋은 것은 얼마든지 받아들일 수 있다고 보는 겁니다. 박공이 공(空)을 말씀하셨는데 나는 이 또한 태허쯤으로 봐도 탈이 없다고 생각합니다."

"태허는 태허고 공은 공인데 어찌 그 둘을 같다 하시는지?"

박제도 쉬 물러날 기색이 아니었다.

언제부터인가 박제를 두고 식자들 사이에 도는 우스갯말이 있었다.

'산토월(山吐月) 박제'란 것이었다. 율곡을 열심히 쫓아다니던 시절, 어느 자리에선가 그가 율곡을 치켜세운답시고 율곡이 여덟 살 때 지었다는 <화석정(花石亭)> 시를 언급하는 가운데 '산토고륜월 강함만리풍(山吐孤輪月 江含萬里風, 산은 말간 달을 토해내고, 강은 만 리의 바람을 품었다.)'의 구절을 예 들어, 율곡이 어린 시절에 이미 이백과 두보의 시재를 지녔다고 칭찬했다는 것이었다. 특히 '山吐月'과 같은 표현이 어떻게 어린 아이한테서 나올 수 있느냐며 찬사를 아끼지 않아 주위를 아연케 만들었다는 소문이었다.

웬만큼 당송(唐宋)의 시를 읽은 이라면 이것이 두보의 시 <달(月)>에 나옴을 모를 턱이 없었다. '사경산토월 잔야수명루(四更山吐月 , 殘夜水明楼. 미명의 때 산이 달을 토해 내니, 새벽빛 물에 비쳐 누각을 밝히네.)'라는 이 구절은 소동파에 의해서도 이미 '고금의 절창'이라는 칭송을 받은 바 있었다.

화제를 고쳐야 할 듯싶었다. 권응시가 여립에게 물었다.

"오다 보니까 강을 건넌 뒤부터 인가 하나가 눈에 들어오지 않더군요. 다시 환로(宦路)에도 나가셔야 할 정공이 굳이 이 절해고도 같은 곳에 서실을 낸 까닭이 무엇인지요? 듣자하니 전주 인근에도 별장이 있다고 하던데. 혹여, 눈으로는 나쁜 색을 보지 않고, 귀로는 나쁜 소리를 듣지 않는다고 한 백이(伯夷)를 따르고자 함이신지?"

"백이가 그랬지요. 북해 근처에 살면서 천하가 맑아지기만을 기다렸다고."

또 박제가 훈수를 놓았다. 대답을 하기 전, 여립이 고개부터 저었다.

"권공의 말씀을 듣고 보니 갑자기 백이의 또 다른 말이 떠오르는군요. '섬길 만한 임금이 아니면 모시지를 않고, 부릴 만한 백성이 아니면 부리지를 않는다.'는. 그러다가 고사리만 먹고 죽으면 어떡합니까? 아닙니다. 저란 인사는 그 시늉도 내질 못합니다. 굳이 맹자의 그 대목을 빌려서 비유하자면 저는 오히려 이윤(伊尹) 쪽입니다. 그가 말했지요. '누구를 섬긴들 임금이 아니며, 누구를 부린들 백성이 아니겠는가?'라고요. 그래서 그는 세상이 잘 다스려질 때도 나아가고 세상이 혼란할 때도 나아갔지요. '하늘이 백성을 낳아 기름에 있어 선지자로 하여금 아직 알지 못한 사람을 깨우치게 하고, 선각자로 하여금 아직 깨닫지 못한 사람을 깨우치게 한다.'고도 했던가요? 짧은 기간이지만 제가 입조(入朝)했을 때도 그런 마음이었습니다. 천하의 누구라도 요순의 은혜를 받지 못한 사람이 있으면 내가 그를 도랑 속에 빠뜨린 것처럼 여겼다고 한 이윤을 떠올렸지요. 감량이 못 되면서도 저 또한 천하의 무거운 짐을 짊어지려고 했다면 믿으시겠습니까?"

"그 이윤이 다섯 번 탕(湯) 임금에게 나아갔고, 다섯 번 걸(桀)에게 갔으니 우리 정 수찬도 아직 남은 기회는 많으리다, 그려."

백이는 상(商)나라 말기의 충신이며, 은(殷)나라의 탕왕에게 불려가서 재상이 된 이윤은 하(夏)의 걸왕을 토벌하는 데 큰 공을 세운 인물이었다.

박제의 말에는 대꾸를 않고 여립이 제 얘기를 이었다.

"말 그대로 여기는 섬과 다를 바 없습니다. 사방이 강과 산으로 막혀 있어서 누구든 쉬 근접치 못하지요. 한가하니 산수를 벗하고 책이나 읽겠다고 이 터를 마련한 것이 아닙니다. 인근 고을의 힘 있는 장정들을 모아 활을 쏘고 말을 달리게 하겠다고 이 집을 장만한 것뿐이지요. 바위를 타 넘고, 나무를 기어오르고, 물길을 헤쳐 나가는 조련을 하기에 이보다 마땅한 장소도 드물 것입니다."

"군사를 조련한다고요?"

이미 얘기를 들었음직한 박제가 더 놀라워했다.

"군사라니요? 제가 역적모의라도 하던가요? 부윤 영감께는 전에도 말씀을 드렸지요. 계원들입니다. 그 흔한 대동계의 하나지요. 다른 점이 있다면 집집이 추렴해서 음식이나 만들어 먹고 술이나 마시며 노는 그런 계는 한사코 마다하는 것입니다. 많이 가진 자는 덜 가진 자와 나누고, 배운 이는 못 배운 이를 깨치게 해서 못 먹고 못 살고 배운 게 없더라도 너나없이 자랑을 가지고 살자는 것이 여기 계의 목적일 따름입니다. 자랑을 가지려면 어떻게 해야 할까요? 머리에 든 것이 없고 주머니가 비어 있더라도 육신이 튼튼해야 되겠지요. 머릿속은 천천히 채워도 되지만 뱃속은 하루라도 비울 수가 없지요. 놀려두기만 하면 우리 육신도 병만 생기지 뭐가 되겠습니까. 그래서 사람들이 여기 와서 뜀박질로 산을 오르고 바위와 수목을 타넘고 자맥질을 해서 강을 오가는 것입니다. 촌구석의 장정들이지만 이렇듯 심신을 단련시켜 놓으면 어느 때 나라를 위해서도 요긴하게 쓰일 데가 있을 것입니다."

"장정은 대략 몇이나 됩니까?"

응시가 물었다.

"장부에 적힌 이름은 4, 5백이 됩니다만 때 맞춰 오는 이는 2백 남짓에 지나지 않습니다."

"적은 숫자가 아니지요. 관에서도 엄두를 내지 못할 일을 정 수찬이 하시니 놀랍습니다. 다른 데서도 이를 본받아 하다 보면 절로 풍속이 바뀔 수도 있겠습니다."

남언경이 칭찬했고, 권응시가 다시 물었다.

"듣자하니 대동계에서는 양반과 상민을 구별치 않고 귀하고 천한 이들을 차별하지 않는다던데 그도 사실인가요?"

뭔가에 골몰하던 여립이 고개를 끄덕였다.

"참 어려운 일이지요. 마을에서는 상전과 종으로 있던 이가 이곳에 와서는 같은 계원이라니 말입니다. 온전히 구분과 차별이 없지는 않지만, 저는 될 수 있으면 그것을 없애려고 강론하고 설득도 하고 그럽니다. 생각을 해봐야지요. 백정과 광대라고 해서 사단칠정이 없습니까? 인심과 도심(道心)이 없습니까? 양반의 사단과 백정의 사단이 다를까요? 하루 끼니를 거르면 주인이 배고프듯이 종도 똑같이 배가 고프겠지요. 마찬가지로 비록 종의 신분이라고 해도 도학을 배우고 심신을 수련하면 도심을 가질 수 있는 것 아니겠습니까? 우리가 진실로 대동세상을 꿈꾼다면 이런 차별부터 없어야 한다고 제가 얘길 하곤 그럽니다. 요즘은 많이들 제 말을 따라주곤 해서 좋습니다."

"사람 사는 세상에 귀천이 따로 없다니요? 엄연히 군신과 장유(長幼)가 다르듯이 반상(班常)과 귀천이 다른 법인데 구분이 없다니요? 그러면 국법이 왜 있고 삼강오륜이 왜 있나요? 석씨가 그런 말을 했나요, 아니요 왕양명이 그랬나요?"

박제가 발끈해서 언성을 높였다.

"좀 더 들어보시게, 공자도 빈부귀천을 묻지 않고 육포 한 죽만 가저오면 누구든 제자로 받아들였다고 하질 않던가. 그런 말씀이 아닐 걸세."

남언경이 역정을 내자 그가 수그러들었다.

"예, 태어나면서부터 정해진 신분을 없애자는 말이 아닙니다. 공자도 사람의 생사와 빈부귀천, 그리고 성공과 실패는 모두 천명에 따라 결정된다고 하질 않았습니까. 제가 말씀드리는 것은 단지 계에 관한 것입니다. 명색이 대동계 아닙니까. 서로 믿고 화합하는 가운데 저마다의 직분을 다하기 위해서는 바깥에서와 같은 그런 구분과 차별이 있어서는 안 된다는 뜻에서입니다. 상것이라고 해서 산꼭대기까지 뛰어가고 양반 자제라고 해서 산기슭만 산보해서는 안 된다는 뜻이지요. 활은 활이요, 화살은 화살인데 양반의 것과 천인의 것이 달라서 무슨 활쏘기가 되겠습니까?"

박제의 반응 탓이었을까. 어조가 높던 좀 전과 달리 여립의 뒷얘기는 상당히 조심스러웠다. 남언경이 말을 보탰다.

"박공이 아까 왕양명을 말했지요? 그 양반이 세상 떠난 지 육십 년은 됐나요? 우리나라에서는 대접도 못 받는 사이에 중국에서는 그 학문이 크게 번성을 했다오. 뛰어난 후학들도 많이 나왔고. 그러다 보니 학문도 서너 갈래로 나뉘어졌는데 그 중에는 정말 사람의 신분을 정하는 제도 자체를 없애야 한다고 주장하는 학파도 생겼다오. 특히 태주파(泰州派)가 그런다고 들었는데……거기 비하면 정 수찬의 말씀은 얌전하기 짝이 없는데, 안 그런가요?"

남언경의 말을 새겨들으며 권응시는 다시 술 한 모금을 넘겼다. <예운(禮運)>편의 한 대목이 떠오른 것도 그 무렵이었다.

공자가 쉰한 살에 노나라의 한 작은 고을을 맡았을 때였다. 어느 날, 종묘의 제사에 참례한 뒤 종루에 올라가서 제자 자유(子游)에게 예치

(禮治)의 도를 말하였다.

"나라에 도가 행해지면 현명한 사람과 능력 있는 사람이 지도자가 되고, 신의가 존중되며 화합하는 사회가 이루어지는데 사람들은 자신의 부모만을 부모라 여기지 않고 남의 부모 또한 내 부모로 여기며, 남의 자식들도 내 자식처럼 위하며, 노인들은 여생을 편안하게 보낼 수 있게 된다. 젊은이들은 다들 자기의 적성과 능력에 맞는 일자리를 갖게 되고, 어린아이들도 밝게 자라나며, 홀아비나 홀어미, 장애 있는 사람들이 다 편안하게 살아갈 수 있게 된다. 총각 처녀들도 분수에 맞는 배필을 맞아 행복한 가정을 꾸민다. 재물과 물건이 헛되이 쓰이지 않도록 사람들은 그것을 감추지 않으며, 사람들은 자신의 노력으로 얻은 것 외에는 욕심을 부리지 않는다. 세상의 재물들이 자기 개인을 위한 것이라고 생각지 않기 때문에 권모술수나 남을 업신여기는 일이 없게 되고, 도둑이나 불량배처럼 사회를 어지럽히는 사람도 생기지 않는다. 모두 서로를 믿고 집집마다 문을 활짝 열고 사는 세상을 일컬어 대동세상이라고 한다."

밤바람이나 쐬겠다고 남언경이 일어나는 바람에 다른 이들도 따라 일어섰다. 뜰로 나서니 골물소리가 한층 또렷하게 들렸다. 휘영청 달이라도 뜨면 또 한 선경을 마주할 수 있을 텐데 그렇지 못함이 아쉬웠다. 산중 어둠을 조금이라도 지우려고 군데군데 나뭇가지에 등을 걸어놓은 주인의 배려가 어여쁘게 느껴졌다.

"지금은 가뭄 때라 그렇다 치고 강물이 불면 여긴 어떻게 출입을 하는가요? 온전히 길이 끊어지지는 않을 테고……."

남언경이 여립을 돌아보며 물었다.

"그럼요. 아까 오신 길은 지름길인 셈이지요. 나룻배를 내리신 데서 고개 하나를 넘으면 양천 위쪽이 되는데 거기서 산을 돌아오면 여기에 이를 수 있습니다. 급하면 진안에서 산 너머의 가막골로 와서 산을 타넘기도 하지요. 참, 퇴휴재 송 판서라고 들어보셨는지요?"

"금시초문인 걸."

"여기서는 안 보입니다만 산 중턱에 바위 굴 두 개가 나란히 있는데 여기 사람들이 송판서 굴이라고 하지요. 세종 때 예판을 지냈는데 단종이 폐위되자 처가가 있는 여기 장수에 내려왔다고 합니다. 도를 닦는다고 저 굴에서 기거를 했다고 전하지요."

"굴속에 들어가면 도가 돌멩이처럼 놓여 있던가? 왜들 도 닦는다고 굴속에 들어갈 생각을 하지⋯⋯허허."

"고요한 데 좌정하여 잡념을 끊고⋯⋯."

"까짓 잡념 하나를 다스리지 못하면서 어떻게 도를 얻을 수 있을까."

박제의 말에 남언경이 응수했다.

"단종 폐위 때 그랬다면 그도 수양대군이 마음에 들지 않았던 모양이군. 성삼문, 박팽년처럼 목숨은 바치지 못하고⋯⋯그 또한 백이를 닮고자 했던가? 아까 정 수찬이 맹자의 그 대목을 말씀하셨지요. 백이와 이윤 그리고 유하혜가 나오는⋯⋯나도 종종 생각을 해본다오. 나도 벌써 오랜 기간 글을 읽었고 나라의 녹을 먹었는데 나는 어느 쪽인가 하고⋯⋯."

"그래서요?"

권응시도 내심 궁금하던 바였다.

"나는 되레 유하혜(柳下惠)가 마음에 듭디다, 허허."

노나라의 대부(大夫)로서 덕행이 있고 예에 어긋나지 않게 국정을
이끌어서 공자 맹자로부터 칭송을 받은 이였다. 맹자가 유하혜를 평하
면서 말했다.

"더러운 임금을 부끄러워하지 않고, 작은 벼슬을 사양하지 않았다.
나아가서는 자기의 어짊을 숨기지 않아서 반드시 그 도리대로 하였다.
버림을 받아도 원망하지 않으며 곤궁에 빠져도 근심하지 않았다. 천한
사람과 함께 있으면서도 전혀 개의치 않았다. '너는 너고 나는 나다. 비
록 내 곁에서 벌거벗고 있다 한들 네가 어찌 나를 더럽히겠느냐?'고 하
였다. 그러므로 유하혜의 기풍을 듣게 되면 속 좁은 사람도 너그럽게
되고 야박한 사람은 후덕하게 되었다."

"영감도 좌회불란(坐懷不亂)이십니다, 그려."

유덕수가 오랜만에 소리 내어 웃었다.

추운 겨울 날, 먼 길을 가던 유하혜가 성 밖에서 노숙을 하게 됐다.
이때 갈 곳 없는 한 젊은 여인이 성문 앞에 쓰러져 추위에 떨고 있는 것
을 보았다. 유하혜는 여자가 얼어 죽을까 걱정되어 자신의 품에 안고는
솜옷으로 덮어주었다. 하지만 날이 밝을 때까지 예의에 어긋나는 일은
전혀 하지 않았다. 이것이 '품에 안고도 난잡하지 않다.'는 '좌회불란'
의 유래였다.

도가(道家)의 양주(楊朱)는 유하혜의 이런 정절을 위선이라고 꼬집
었다.

"백이는 욕심이 없었던 것이 아니라 청렴한 금지 때문에 쫓겨나 오

두막에서 살다가 굶어 죽었다. 유하혜는 정이 없음이 아니라 정의 긍지로 살다가 독신으로 죽게 되었다. 청렴과 정절의 위선됨이 이와 같다."

"아니오, 아니오. 내가 유하혜를 말한 것은 군신 관계와 그의 들고남에 관한 것이지 좌회불란의 그것이 아니오. 나는 도저히 그 경지에 이르진 못하오."

유덕수의 말에 남언경이 얼른 손을 저어 부정함으로써 또 한 바탕 주위의 웃음을 터지게 했다.

박제가 말했다.

"천하의 명기 황진이와 잠자리를 같이 하면서도 손 하나 까딱하지 않았다는 화담 선생이나 황주 기생 유지(柳枝)와 함께 밤을 지새우면서도 남정네의 욕심을 갖지 않아 인의(仁義)를 다 한 율곡이야말로 참으로 좌회불란의 본이 되겠지요."

"저는요, 오히려 그 점이 마음에 걸립디다. 과시 그것이 인의를 행하는 것인가 싶어서 말입니다. 남정네가 그리워 찾아온 여인을 옆 자리에 뉘어 놓고도 목석인 양 여겨 잠을 잔다는 것이……나 같으면 절대 그러지 않을 것 같은데……."

정여립의 대꾸였다.

"그게 바로 수양의 차이지요!"

"나도 정 수찬의 말에 동감이오. 나는 그러지 않는 게 아니라 그러지 못할 것 같아. 원체 수양이 없으니……."

박제의 말을 남언경이 받았다.

"유공은 어떠시오?"

"자신이 없으니까 나는 아예 미녀의 곁에 가지 않을 것이오."

언경의 물음에 유덕수가 웃으며 대답했다.

황주 기생 유지에 관한 이야기는 율곡 이이가 직접 기록으로 남겼다. 율곡이 세상 떠나기 석 달 전인 계유년(1583년) 9월이었다.

<유지는 선비의 딸이다. 몰락해 황주 관아의 기생으로 있었다. 갑술년(1574년) 내가 황해감사로 갔을 적에 동기(童妓)로 내 시중을 들었다. 섬세하고 용모가 빼어난 데다 총명해서 내가 쓰다듬고 어여삐 여기긴 했다. 하지만 처음부터 정욕의 뜻은 품지 않았다. 계미년(1583년) 가을, 내가 해주에서 황주로 누님을 뵈러 갔을 때 유지를 데리고 여러 날 동안 술잔을 같이 들었다. 해주로 돌아올 적에는 절[蕭寺]까지 나를 따라와 전송해 주었다. 그러곤 이별한 뒤 내가 밤고지[栗串]라는 강마을에서 묵고 있는데, 밤중에 어떤 이가 문을 두드리기에 보니 유지였다. 방긋 웃고 방으로 들어오므로 내가 이상히 여겨 그 까닭을 물었더니 이렇게 대답했다.

"대감의 명성이야 온 나라 사람이 모두 다 흠모하는 바인데, 하물며 명색이 기생인 계집이 어떠하겠습니까. 게다가 여색을 보고도 무심하오니 더욱 탄복하는 바이옵니다. 이제 떠나면 다시 만나기를 기약하기 어렵기에 이렇게 감히 멀리까지 온 것이옵니다."

그래서 마침내 불을 밝히고 이야기를 주고받았다. 아! 기생이란 다만 뜬 사내들의 다정이나 사랑하는 것이거늘, 누가 도의(道義)를 사모할 줄을 알았으랴. 더욱이 그 사랑을 받아들이지 않았는데도 부끄럽게 여기지 아니하고 도리어 감복했다고 하니 더욱 더 보기 어려운 일이로다. 안타까워라! 이런 여자로서 천한 몸이 되어 고달프게 살아가다니. 더구나 지나는 이들이 내가 혹시 잠자리를 같이 하지나 않았나 의심하며 저를 돌아보지 않는다면 국중일색이 더욱 애석하겠구나. 그래서 노래로 읊고 사실을 적어 정(情)에서 시작하여 예(禮)에서 그친 뜻을 알린다.>

"화담도 율곡도 다 기를 앞세우고 기를 중시했지만 빠진 것이 있지요."

남언경의 말이었다.

"왕안석처럼 어떡하면 잘못된 제도를 고칠 수 있을까, 백성들의 생산을 높일 수 있을까 하는 고민이 없고, 나흠순(羅欽順) 같이 사람의 본질적인 욕망에 대해 주목하지 않는다는 점이요. 우리 조선의 학자들은 한 결 같이 주자를 신봉하여 마음의 수양만을 고집하는데 나는 이게 불만이에요. 이는 여유 있는 부자 양반들이 저희끼리 하는 공부지 나라를 키우고 백성의 살림살이를 좋게 하는 일과는 아무 관계가 없기 때문이에요. 욕망, 욕구를 빼고 나면 기가 없어요. 그런데도 기론(氣論)를 펴고 기 공부를 한다고 해요. 그리고 모든 학자들이 리에 다가가기 위해 기를 다스려야 한다고 하니 욕구 그 자체가 나쁜 것이 돼 버려요. 욕구가 없이 무엇을 하며 무엇을 만들 수 있을까요?"

여립이 물었다.

"화담의 기론도 실상은 그렇지 않다는 뜻인가요?"

잠시 생각을 추스른 뒤, 언경이 말을 이었다.

"맞아요, 천지만물이 기로 이루어진다고 했지요. 기의 바탕은 태허고요. 태허는 눈에 보이지 않고 손에 잡히지 않으나 무(無)는 아니랍니다. 경전을 빌려 말하자면, 태허는 주역의 계사상전(繫辭上傳)에 나오는 적연부동(寂然不動, 고요하고 움직임이 없는 것)이나 중용의 '성자자성야(誠者自成也, 성이라고 하는 것은 스스로 이루는 것이다.)에 비할 수 있어요. 요컨대 우주의 맑은 본체는 기 하나뿐이에요. 그 하나는 둘을 낳고, 둘은 변화의 작용을 일으키지요. 여기서 말하는 둘이란 곧 음양과 동정(動靜) 같은 것입니다. 하나의 기가 나뉘어 음양이 될 때, 양의 극치를 이룬 것은 하늘이 되고, 음의 극치는 땅이 됩니다. 중요한 점은, 화담은 이런 기의 운동이 기 스스로에 의해 가능하다고 보는 거예요. 때문에 리(理)가 필요 없어요. 화담에 의하면, 리는 기가 모이고 흩어지는 법칙에 불과해요. 따라서 사람이 있게 된 이유, 사람의 마음과 느낌까지도 기의 모임과 흩어짐으로 설명해요. 기는 시작도 종말도 없으며 창조나 소멸도 없어요. 어떤 사물이 소멸된다고 해도 그를 구성하는 기는 흩어질 뿐 소멸되지 않아요. 허나 보세요. 만물과 만상의 생성 변화를 기로 설명하는 이 논변 어디에도 욕구가 포함돼 있지 않아요. 삼라만상의 생명을 중시하면서도 욕구에 대한 관심이 없다 보니 결국 거세된 기론이 될 수밖에요. 그래서 화담의 기론은 리를 기로 바꾸어 놓은 것에 지나지 않는다는 비판을 받기도 하는 거랍니다."

"그렇군요. 화담의 문인이 화담의 한계까지 말씀해 주시니 더욱 느끼는 바가 많습니다."

여립이 새삼 고마움을 표하며 말을 이었다.

"저도 처음엔 율곡의 기론이 퇴계의 그것과 크게 다른 줄로 알았습니다. 퇴계가 말하는 리(理)가 사람이 마땅히 추구해야 할 지고한 가치라면, 욕망과 관련된 기는 악(惡)에 흐르기 쉬운 것이어서 버려야 마땅한 것이지요. 허나 세상을 움직이고 세상을 있게 하는 것이 기인데 그것을 누르고 다스리기만 해서 무슨 실익을 얻겠습니까? 헌데 알고 보니 율곡의 기론이란 것도 그와 큰 차이가 없더군요. 율곡도 결국은 리를 지향하는 것뿐인데 퇴계와 다른 점은 그 리를 실현키 위해 어떻게 하면 기를 잘 다스릴까 하는 것이었지요. 그러다보니 자연 기를 앞세우고 기를 중시할 수밖에요. 방금 존장께서 말씀하셨듯이, 기에서 욕구가 빠지면 그것이 무슨 기가 되겠습니까. 한 포기 풀이 애써 꽃을 피우고 벌 나비를 부르는 것이 생명에 대한 욕구 때문이지 인의예지 때문이겠습니까? 남녀가 서로 뜻이 통해서 한 방에 누웠으면 서로의 욕망을 충실히 따라야지 거기서 무슨 인의(仁義)를 따집니까. 그래서 저는 붓보다 칼을 들고 다니는 남명이 차라리 낫겠다는 생각도 해보는 것이랍니다."

"관두십시다. 여기가 그런 자리가 아닌데 별 얘기가 다 나올까 두렵군요."

유덕수가 머리를 흔들며 얘기를 끊었다. 그 스스로 할 말이 많이 있지만 참는다는 빛이 역력했다.

"권공은 어떠시오?"

분위기를 헤아린 남언경이 간단히 화제를 바꿨다. 여자를 곁에 두고 어떡하겠느냐는 물음이 저한테까지 왔음을 응시가 알았다.

'나는 어느 쪽인가?'

권응시는 문득 자신을 돌이켜 보지 않을 수 없었다. 김첨, 허봉처럼 절개를 내세워 남들과 드세게 싸워 본 일이 없고, 율곡이나 서애처럼 왕도를 펴게 한다고 임금을 설득해 본 적도 없고, 퇴계며 고봉(高峰) 같이 학문의 연원을 들여다보지도 못했다. 그러면서 군자의 길을 걷겠다고 서책을 펴놓고 시를 읊었으며 목민관이랍시고 동헌 마루에 앉기도 했던 자신이었다. 활달대도(豁達大道)의 풍모를 보일 줄 아는 남언경이며, 작으나마 개세(改世)의 뜻을 분명히 하는 정여립에 비견해도 자신은 너무 초라하다는 심회밖에 가질 수 없었다.

문득 낭랑히 들려오는 시음(詩吟) 소리에 취기 묻은 정신을 수습했다.

계변좌유수(溪邊坐流水)요,
수류심공한(水流心共閑)이네
부지산상월(不知山上月)이요,
송영낙의반(松影落衣斑)이로다.

시냇가에 앉아 흐르는 물을 보고 있으니
흘러가는 물 내 마음처럼 한가롭다네.
산 위에 달이 뜬 줄도 몰랐는데
소나무 그림자가 내 옷에 얼룩을 떨구네.

남언경이었다. 언제 내려갔는지 그가 물가를 서성이며 시를 읊고 있었다. 누구의 시냐고 박제가 물었고 그가 왕수인의 '산중에서 제자들에게'라는 제(題)의 시라고 답했다.

"좋지요? 산 위에 떠오른 달이 깨달음의 경지, 즉 도를 뜻한다고들 하지요. 하여 물 흐르듯이 마음이 가는 대로 양지(良知)를 행하다 보면 저절로 지행합일에 이를 수 있음을 일러주는 시라고 하는데 뭐 굳이 그렇게 딱딱하게 새길 필요가 있을까요. 고요한 자연에서 노니는 한가한 마음 하나를 이렇게 읊을 수도 있구나, 해도 좋을 것입니다."

어느 날 임금이 경연에서 신하들에게 물었다고 했다. 우리나라에도 양명학을 하는 이가 있느냐고. 유성룡이 나서서 "남언경이 있는 줄로 알고 있습니다. 종실 이요(李瑤)가 그를 존숭해 따른다고 들었습니다."

하고 답하였다.

지금은 스승 퇴계를 좇아 양명학을 배척하는 데 열을 올리는 유성룡이지만 어찌 보면 그 양명학을 우리나라에 맨 처음 퍼뜨리는 데 일조를 한 이가 바로 유성룡이었다. 사은사로 중국에 갔던 심통원이 압록강을 넘어와 필요 없는 짐짝들을 버렸는데 그 속에 『양명집(陽明集)』이 들어 있었던 것이다. 때마침 아버지의 임지인 의주에 와 있던 유성룡이 이를 수거, 내용들을 모두 베껴 두었기에 식자들이 볼 수 있었다. 당시 성룡의 나이 열일곱이었다.

"누가 뭐래도 퇴계 문인 중에서 제일의 경세가는 서애 유성룡입니다. 다른 이들은 퇴계학의 본령과 궁극의 목적인 완성된 인격, 즉 성현됨에 주안을 두는 데 비해 서애는 체(體)와 용(用)을 겸하는 태도를 가지고 있거든요. 이것이 곧 그의 양명학에 대한 나름의 관심과 지지 때문이라고 나는 여겨요."

어제 진안 객사에서도 남언경이 말했다. 유덕수가 양명학에 대해 묻던 때였다.

"왕수인이 양명학을 들고 나온 이유가 뭔가요? 주자학이 '구이지학(口耳之學)'으로 흐르는 말학(末學)과 과거시험용의 '과거지학(科擧之學)'으로 빠지는 속학(俗學)의 폐단을 우려하였기 때문 아니던가요. 서애도 이 점을 잘 알고 있어요. 양명학이 비록 굽은 것을 바르게 하려다 곧음에 지나친 '교왕과직(矯枉過直)'의 폐단이 있기는 하지만, 양명학의 본심공부에 대한 강조는 긍정적으로 생각하였던 것이지요. 아마도 서애는 이것이 퇴계의 심학을 적극 계승하는 한 방도가 될 수 있다고 생각했을 겁니다. 서애가 일찍이 말하지 않았던가요. 퇴계의 성학

(聖學)을 이루기 위해서는 존덕성의 마음공부와 함께 도문학(道問學)의 경전독서공부를 빠뜨릴 수 없다고요. 이는 새의 양 날개와 같고 수레의 두 바퀴와 같다고, 좋은 비유도 쓰질 않았습니까. 아무튼 퇴계의 학문이 내 한 몸을 닦아 세상을 이롭게 하는 데 있다면, 서애는 여기에다 나 스스로 세상을 이롭게 다스린다는 경세학을 보태고 있어서 한층 흥미가 있어요. 그가 이렇듯 체(體)인 성리학과 용(用)인 경세학을 겸하는 체용 겸비의 학문 태도를 보이는 것이 곧 양명학과 무관치 않다는 것입니다. 퇴계가 한사코 현실 정치에서 몸을 빼고 안주하려 한 데 반해 서애가 일신의 위험을 감수하며 남달리 현실정치에 민감하게 대응하는 것도 그렇고요. 퇴계가 의로움[義]과 이로움[利]이 함께 할 수 없다는 입장에서 그런 태도를 취했다면, 서애는 이 둘이 서로 돕고 나무라며 함께 할 수 있다고 보는 점이 달라요. 서애가 들으면 펄쩍 뛰겠지만, 사실 이 태도는 오히려 남명 쪽에 가까우니 재미있지 않습니까? 서애의 이런 경향은 진즉에 조목(趙穆)과 김우옹한테 비판을 받았고 서애는 서애 나름으로 이를 변명하느라 애를 썼는데 이 또한 퇴계 문인들한테만 있을 수 있는 일이지요."

남언경은 양명학의 요체에 대해서도 간명하게 말해주었다.

"양명학과 주자학이 서로 배치되는 큰 요점은 다만 '치지격물(致知格物)'의 네 글자 위에서 서로 다른 의견을 세우는 데 있습니다. 주자는 '사람의 심령은 알지 못하는 것이 없고, 천하의 사물은 이치가 있지 않는 것이 없다.'고 하여 사람으로 하여금 사물에 나아가 이치를 궁구하여 그 앎을 다하게 하는 것이지요. 허나 양명은 '이치란 내 마음에 있으므로 다른 곳에서 찾을 것이 없다.'는 것입니다."

누가 뭐라고 하든지 나는 내 갈 길을 간다는 남언경의 고집과 여유는 그가 읊는 왕양명의 시에서도 그대로 드러나는 것 같았다.

술 한 잔씩을 더 하고 잠자리에 들기로 했다. 방 안에는 남언경, 유덕수, 박제, 권응시가 들었고 마루에서는 정여립과 송간, 홍봉상, 지영 등이 자기로 했다. 자리에 누운 뒤에도 남언경은 초옥의 작은 토방에서 열 명이 넘는 관속과 하복들이 어찌 잠을 잘까 걱정을 했다.

"아마 대개는 바깥 평상에서 잘 것입니다. 이불이 넉넉하니 심려 않으셔도 됩니다."

여립이 응답했다.

"영감께서는 구봉(송익필)이 어찌 될 듯싶습니까? 안 씨에게 대응하는 소장도 이미 들어갔다고 하던데……."

떼 지어 울던 맹꽁이 소리가 한 차례 잦아진 뒤였다. 잠이 안 온다는 듯 연신 몸을 뒤척이던 박제가 물었다.

"장례원에서 판결이 나길 기다려야지 달리 어찌 하겠소. 아무튼 천하의 구봉이라고 해도 이번엔 쉽게 벗어나지 못할 것 같으이……."

심드렁하게 남언경이 대꾸했다.

"사실 너무 한 거 아닌가요? 육십 년 전에 종살이 한 사실을 갖고 그 손자 증손자들을 다 시 종으로 돌려받겠다니요."

"종살이로 끝났으면 아무 문제가 없었지요. 은혜를 배반으로 갚는다더니, 없는 일을 꾸며내어 주인집을 거덜 내고 말았는데 어느 후손이 가만있겠습니까."

잠자코 있을 수만 없어 권응시가 한 마디 했다.

박제도 그냥 있질 않았다.

"안당이 직첩을 돌려받았고, 송사련의 죄가 인정되어 그 자손들이 과거시험도 못 치게 됐으면 그 일은 마무리된 것 아닙니까. 따지고 보면 이번 건(件)은 그 일과도 관계가 없지요. 그냥 난데없이 옛날 옛적에 너희 조상이 우리 종이었으니까 너희들 모두 우리 집 종으로 와야 한다, 이거 아닌가요. 이런 억지가 어디 있습니까?"

"박공도 역지사지가 돼 보세요. 수십 명이 억울하게 죽고 수백 명 후손들이 도탄에서 허덕였는데 그래 직첩 하나 돌려받고 죽은 이 벌주었다고 해서 만사 끝났다고 하겠습니까? 내가 안 씨라고 해도 어림없지요."

"누가 봐도 이건 두 집안의 싸움이 아니외다. 당파 싸움을 대신하는 것이지……. 누군가 안 씨들을 꼬드기고 부추기지 않았다면 이런 일도 생기지 않았어요. 율곡이 죽고 나니까 다음 차례는 송익필이다 하고 떼거리로 나선 거지요."

"동인이 안 씨를 꼬드겼다는 말씀 같은데 누가 그런 일을 했답디까?"

"박공이 보기에 이 남언경은 동인이요, 서인이요?"

권응시가 언성을 높이는 걸 보고 남언경이 뜬금없는 말로 끼어들었다. 당황하긴 박제도 마찬가지인 듯했다. 머뭇거리다가 그가 말했다.

"영감께서는 당연 서인이잖습니까. 누구보다 율곡과 가까이 지내셨고 송강, 우계와도 허물없이 지냈음은 온 천하가 아는 일인 걸요."

"그래요?"

어둠 속에서 남언경이 웃었다.

"퇴계 서당에서 책을 읽었고, 서애와도 벗하고 지내는데?"

"……."

"그러니까 이 산중에서만큼은 제발 서로들 동이다 서다 하지 말자는 얘기입니다. 율곡 한 사람을 두고 조야가 둘로 나뉘어 싸움질하던 지난날을 기억하지요? 한쪽에서 그를 두고 성현에 견줄 만하다고 치켜세우면 다른 한 쪽에서는 소인배에 지나지 않는다고 깎아내리고…… 그렇게 말하는 이들이 식견이 없나요, 공맹의 가르침을 몰라서 그랬나요? 그러면 도대체 율곡은 군자인가요, 소인배인가요? 그 둘 다 아니라면 그냥 범인(凡人)에 지나지 않는가요? 내로라하는 식자들이 이렇듯 사람 하나를 볼 줄 모르면서 어떻게 왕도를 논하고 리기(理氣)를 다툰답디까? 눈에 뭐가 씌면 콩알이 똥으로 보이기도 하고 황금으로 보이기도 하지요. 지금처럼 다들 동이다 서다 해서 쌈질을 하다 보면 콩이 콩으로 보이는 일은 결코 없을 거외다. 돌이켜 보세요. 어느 날 갑자기 동인이다 서인이다 하는 것이 생겨났는데 그 까닭이 뭐지요? 심의겸, 김효원 두 사람 때문이라고요? 천만에! 두 사람 다 소학, 대학을 읽었고 주자를 따랐는데 다른 점이 뭐가 있습니까? 한 사람은 동쪽에 집이 있고 다른 한 사람은 서쪽에 살아서 그렇다고? 소가 웃을 일이지요, 허허. 따지고 보면 이유도 간단하지요. 하나는 선생이 누구냐는 것이고 둘째는 누구랑 더 친하냐는 것뿐예요. 퇴계 문중이 다 동인이고 율곡 문인이 죄 서쪽에 있는 것만 봐도 알 수 있잖아요. 선생이며 친소관계는 예전에도 있었는데 왜 지금 와서 갈라져 싸우느냐고요? 밥그릇 때문이지, 다른 뭐가 있겠소. 옛날에는 그나마 먹을 게 있었는데 식구가 많아진 지금은 먹을 게 없다는 뜻 아니겠소. 말이 나왔으니 말이지, 지금 우리나라에서 양반 사내가 해볼 만한 벼슬자리가 몇이나 됩니까? 능참봉에서 정승까지 다 합쳐도 천(千)이 안 될 겁니다. 그런데 그 자리를 탐내는 양반 사내는 2만이 넘어요. 철들면서부터 밤 잠 안 자고 공자 왈, 맹자 왈 했던 이들의 한 가지 목적이 벼슬 얻는 것 아닙니까. 그런데 벼슬은 정해져 있는데 하겠다는 이가 부지기수로 많다 보니 절로 싸움이 날 밖에요. 이틀만 굶으면 친형제끼리도 밥그릇 갖고 주먹질을 하는데 글 읽은 양반네라고 해서 점잔을 빼고 있겠습니까. 싸움을 해도 혼자서 이놈 저놈을 상대하기는 어렵지요. 그래서 패거리를 지어 싸울 수밖에요. 작금의 동인이다 서인이다 하는 것도 이 패거리에 지나지 않는다는 말씀입니다."

과한 구석이 없지 않았지만 권응시가 들어도 이치에 맞는 말이었다. 동감을 한다는 뜻인지 마루에 있던 정여립이 마른기침을 몇 차례 했다.

"밤도 깊었으니 자, 다들 눈을 붙여 봅시다."

남언경이 서둘러 마무리를 했으므로 더 이상의 논쟁은 일지 않았다. 권응시도 눈을 감았다.

7. 종루(鍾樓)의 가무(歌舞)

운종가 큰길을 걷던 중이었다. 멀찍이 보이는 네거리의 종루 부근이 분명했다. 덩더쿵, 덩더쿵 장단을 맞추는 북소리, 장고소리가 들려왔다.

"걸인들이 동냥 굿이라도 하는 모양이지?"

"아니면 광대패들 놀음이거나……."

유성룡과 배삼익(裵三益)이 얘기를 주고받았다. 권응시는 뒤늦게 치밀어 오르는 취기를 느끼곤 한 순간 발을 헛디뎠다. 해가 많이 기울었지만 더위는 좀체 누그러지지 않았다. 그나마 큰길에 나오면 바람이라도 있다고 여긴 걸까. 길 양편 점포 앞마다 사람들이 북적였다. 오가는 행인도 그치질 않았다. 말 탄 자 하나가 지나가면 뽀얀 흙먼지가 일었다.

"지나가면서 넌지시 구경이나 함세."

유성룡이 아이 마냥 장난스럽게 말했다. 다들 종자 하나씩만 딸린 가벼운 보행인지라 남의 문간에 차려진 노름판을 기웃거린다 해도 시비 걸 자가 없을 듯싶었다.

좀 전 장례원(掌隷院) 뒷골목의 한 내외주점에서 간단히 요기를 하면서 반주를 곁들인 뒤였다. 퇴락한 양반네가 차린 술집이어서 그런지 음식이 정갈하면서도 맛있었다. 집에서 직접 빚었다는 소주의 맛도 썩 괜찮았다.

곧 판결사를 그만둔다는 배삼익을 위로하는 자리라고 유성룡이 말했지만 권응시가 보기에도 꼭 그런 이유에서만은 아닌 것 같았다.

술잔을 비우는 도중에 가진 화제도 대부분 송익필 송사에 관한 것이었기 때문이다.

송익필 형제와 그 일가붙이들을 다시 제 집 종으로 돌려달라는, 안당의 손자며느리 윤 씨 명의의 소장(訴狀)이 장례원에 들어간 것이 지난 이른 봄날의 일인데 여름이 끝나가는 지금까지도 아무런 판결이 나지 않고 있었다. 양측에서 내놓은 문서가 한둘이 아니고 그것들을 일일이 확인해야 되기 때문에 일자가 늦어질 수밖에 없다고 배삼익이 해명을 했지만 꼭 그런 사정 때문만이 아님은 밖에 있는 식자들도 알만 했다.

노비 문제와 관련된 장례원의 모든 판결은 장례원을 구성하고 있는 여덟 명의 관원들 전원 합의에 의하도록 돼 있었다. 장례원의 우두머리인 판결사는 물론 세 명의 사의(司議. 정5품), 정6품인 네 명의 사평(司評)이 다 같이 찬동을 해야만 한 사안에 대해 판결을 내릴 수 있었다. 그런데 안 씨 집안과 송익필 집안 사이의 송사는 겉으로만 집안 다툼일 뿐 실제는 동인, 서인의 싸움과 다를 바 없었으므로 간단히 전원 일치의 합의를 끌어낼 수가 없었다.

배삼익의 설명에 따르면, 사의 김종예(金鐘芮)와 사평 김택중(金澤中) 둘이 한사코 송익필을 편들기 때문에 심의 자체가 제대로 이루어지지 않는다고 했다. 두 사람 다 율곡과 성혼의 문인들인데 그들이 안 씨 집안에 요구하는 문서만 해도 날마다 달라지고 보태진다고 했다.

"송익필의 외증조모 중금(重今)이 안 씨의 종이란 사실을 누가 모르오? 문제는 그 딸 감정(甘丁)을 면천(免賤)했느냐 아니면 그대로 종으로 됐느냐 하는 것인데 이는 문서만 보면 빤하지 않겠소? 안 씨들은 감정의 이름이 노비로 적혀 있는 문서를 내놨거든. 그런데 송 씨는 말로만 감정이 종을 벗어났다고 할 뿐 문서를 내놓질 못해. 그러면 당연히 문서를 보고 판결을 해야지, 그런데 그게 안 돼요. 장례원의 이 두 사람은 뭘 주장하는지 알아? 안 씨들이 내놓은 문서가 너무 오래 됐다는 거예요. 오십 년, 육십 년 된 것 가지고는 판단을 할 수 없다는 게지. 그새 사정이 바뀌어도 몇 번은 바뀔 수 있으니 당대 혹은 아비 때 새로 작성된 문서를 내놓으란 주장입니다. 예전 사람들은 죄 매 맞아 죽고 온 집안이 풍비박산이 났는데 그런 문서가 어디 있겠소? 헌데도 그런 억지라오. 어떻게든 날짜를 끌어보자는 속셈이 아니고 뭐겠소."

배삼익은 유성룡과 같은 안동 사람이었다. 월곡 도목촌에 본가를 뒀다. 자(字)가 여우(汝友), 호는 임연재(臨淵齋)다. 서애처럼 퇴계한테서 공부를 하였는데 나이는 서애보다 여섯이나 위였다. 지난해 통정대부에 승품되었으며 승정원 동부승지에 발탁되었다. 이후 상호군을 거쳐 올 봄 장례원 판결사로 자리를 옮겼다.

누가 봐도 그는 동인에 속했다. 안 씨의 송사를 빨리 해결하라고 동인들이 그를 장례원에 보냈기에 일이 지연되자 동인들이 먼저 불만을 드러냈다. 차라리 대간들이 가만있는데 이조에서 말들이 많았다. 그 중에서도 참의 백유양(白惟讓)과 정랑 유근(柳根)의 성화가 컸다. 백유양이 이발과 친밀함은 세상이 다 아는 일이며, 유근은 학봉 김성일의 제자다. 이발과 김성일의 입김이 없었다고 할 수 없는 것이다. 그렇지 않아도 서인들은 안 씨 송사 자체가 이발, 백유양이 안정란을 부추겨 이루어졌다고 믿고 있었다.

배삼익은 이미 사흘 전에 사의를 밝혔다. 임금의 허락만 기다리는 처지였다. 머리 아픈 송사에서 벗어나는 것만으로도 홀가분할 텐데 당사자의 심정은 꼭 그렇지만도 않았다. 술을 마시는 내내 그는 이발과 김성일에 대한 섭섭함을 감추지 않았다.

"왜들 그렇게 조급한지 모르겠어. 송익필이 무슨 힘이 있다고? 꿈쩍 못 하고 엎드려 있는 이의 멱을 마저 끊어 놓아야만 성이 풀리는지 모르겠어. 쫓기던 쥐도 막판에 이르면 고양이한테 덤빈다는 말을 모르지는 않을 텐데…… 쯧쯧. 학봉도 그렇지, 나주에 있으면서 자주 이발을 만나서 그런지 몰라도 그 사람 말만 들어도 안 되는데…… 모르겠어, 다들 왜 그러는지……."

사의를 표할 때까지 이조판서 이산해는 오불관언 뒷짐만 지고 있었다는 배삼익의 술회도 있었다. 유성룡의 걱정도 그와 크게 다르지 않았다. 안 씨 집안이 이겼을 경우에 닥칠 일들에 대한 우려 때문이었다.

"구봉(송익필)이 그냥 당하고만 있을까. 안 씨 집에 끌려가서 순순히 종살이 할 리는 더더욱 없고…… 다들 아직 구봉을 잘 몰라, 큰일이야……."

배삼익의 얘기를 듣는 중에도 그는 한숨을 쉬기 여러 번이었다.

종루 뒤편 공터였다. 백여 명이 넘는 사람들이 둥그렇게 모여 서서 뭔가를 구경하고 있었다. 그냥 지나치자고 배삼익이 팔을 당겼지만 성룡이 마다하고 기어이 인파 속을 헤집고 들어갔다.

권응시가 그를 뒤쫓았다.

공터 가운데 갓쟁이 예닐곱이 무리지어 풀쩍풀쩍 뛰고 있었다. 게 중에는 도깨비, 호랑이 형상의 가면을 쓴 자도 섞여 있었다. 유건(儒巾)을 쓴 사내 둘이 가장자리에 퍼질러 앉아 북과 장구를 두드렸는데 장단

소리가 요란했다. 흐린 불빛 탓에 얼굴이 제대로 보이지 않았지만 다들 아직은 앳돼 보이는 젊은이들이었다.

가관이었다. 손발을 흔들며 뜀질을 하던 사내들이 한 순간 오른쪽으로 우르르 몰려가서 담벼락 무너지듯이 넘어지는가 싶더니 이내 다른 쪽으로 달려가서 와르르 엎어졌다. 벌써 얼마나 그렇게 놀았는지 도포들마다 흙투성이였다. 땀을 뻘뻘 흘리면서도 뜀질을 하고, 달려가서 엎어지고, 일어나서 또 뛰고……. 어느 틈에 두 무리로 편을 지어 상대를 노려보며 팔다리를 내젓다간 사정없이 달려가서 몸을 부딪치기도 하는 사내들, 걸인도 광대도 아닌 양반 자제들이었다. 성균관에서 곧장 나온 젊은 유생들일 수도 있었다. 보아하니 구경꾼들 속에도 저희들 무리가 곳곳에 끼어 있었다. 젊은 유생들이 이 밤중에 난데없이 무슨 유희람! 권응시도 놀이의 정체를 알 수 없었다.

장단 소리가 조금 잦아진다 싶었는데, 한 사내가 갑자기 땅바닥에 큼지막하게 그림을 그렸다. 작두의 형상이었다. 아니나 다를까, 무당 차림을 한 한 사내가 불쑥 나타나 미투리와 버섯을 벗어 던졌다. 그리곤 냅다 작두 그림 위로 올라가더니 두 팔을 벌리고 조심스럽게 걸음걸이를 옮겼다. 무당의 시늉 그대로였다. 사내가 작두의 중간쯤 나아갔을까. 무리 속에 있던 도깨비, 호랑이 가면을 쓴 이가 뛰쳐나와 으르렁대며 사내를 위협했다. 작두를 타던 사내가 여지없이 땅바닥을 나뒹군 것도 한 순간의 일이었다. 구경꾼들이 박장대소를 했고 덩달아 북소리, 장고소리가 드높아졌다.

"뭔 유희인지 몰라도 재미있네, 그려."

유성룡이 응시를 돌아보며 씩 웃었다. 누군가 가볍게 등을 치는 느낌을 받곤 응시가 뒤를 돌아보았다.

"나으리, 잠깐 소인네를……."

웬 계집종인 듯한 여자애가 아는 체를 했다.

"잠깐 이쪽으로 와 주십사 해서……."

스스럼없이 도포자락을 당기기까지 했다.

"나 말인가?"

그녀를 따라 나서지 않을 수 없었다. 배삼익은 여전히 구경꾼 뒤편에 혼자 멀뚱하니 서 있었다. 여자애가 그를 지나쳐 노리개 점포 쪽으로 뛰어갔다. 점포 추녀 아래에 장옷 쓴 한 여인네가 서 있음을 뒤늦게 보았다. 그녀가 천천히 장옷을 내리곤 권응시를 향해 허리를 숙였다. 점등(店燈) 빛에 비친 그녀의 얼굴을 보고서야 깜짝 놀랐다.

"야심한테 자네가 여긴 어인 일인가?"

초희 난설헌이었다. 김첨의 며늘아기. 남소문동(현 장충동 지역) 김첨의 집을 내왕할 때마다 인사를 받았기에 단번에 알아볼 수 있었다.

"아까 예판대감과 오시는 모습을 뵈었습니다. 그동안 별고 없으셨지요?"

그녀가 앞니를 조금 드러내며 말갛게 웃었다. 그렇게 봐서일까. 그사이 꽤 수척해진 것 같았다. 두 눈이 더 깊게 들어가고 콧날이 더 예리해 보였다.

"소첩도 서방님 놀이를 구경 나왔을 뿐입니다."

쿡쿡, 소리 죽여 웃었다.

"뭐라고? 저 한량들 속에 성립이 끼어 있다고?"

그녀가 고개를 끄덕였고 옆에 있던 계집종이 얼른 끼어들었다.

"네, 호랑이 가면 쓴 이가 바로 저희 서방님이세요. 벌써 사흘째 저 놀이에 빠져서 집에도 안 오시고 그러셔요."

"허어! 내 참……."

응시는 얼른 할 말을 찾지 못했다. 난설헌이 밤늦은 시각에 종루거리에 나와 있는 까닭을 알만 했다. 그렇잖아도 김성립이 공부는 소홀히한 채 한량들과 어울려 음주가무를 즐긴다는 얘기는 여기저기서 들었던 바였다. 어린 아들딸을 차례로 잃고는 더욱 제 아낙을 멀리하고 밖으로만 나돈다는 소문도 있었다. 생전의 김첨 또한 그런 맏이 때문에 마음 편한 때가 없었음을 잘 알고 있었다. 그 김성립이 이제는 운종가에 나와서 무당놀이를 하고 있음을 직접 제 눈으로 확인하는 권응시의 심정도 답답하기만 했다.

"그래도 자네까지 여기 이렇게 나와 있으면 안 될 일일세. 어서 들어가게. 내가 성립을 불러서 단단히 말할 것이네."

그녀부터 돌려보내려고 말을 꺼냈는데, 그녀가 순순히 응해 주어서 다행이었다. 무리를 빠져나온 유성룡이 저편에서 배삼익과 얘기를 나누는 모습을 보곤 난설헌이 황급히 장옷을 올려 썼다.

"언제 또 나으리를 뵐 수 있을는지요……."

그녀가 인사를 올리곤 어둠 속으로 몸을 숨겼다. 그녀가 유성룡을 더 어려워하는 까닭도 알 수 있었다. 어릴 적부터 동생 허균과 함께 성룡한테서 글을 배웠으니 그녀에게 성룡은 시아버지의 친구이기 전에 스승이었다.

유, 배 두 사람이 다가와 웬 젊은 여인네와 수작이냐고 농을 했지만 응시는 그녀가 누구였는지 말하지 않았다. 대신 종자를 시켜 호랑이 가면

쓴 자를 데려오도록 했다. 잠시 후 얼굴의 땀을 훔치며 바삐 나타난 사내,
분명 김성립이었다. 그가 세 사람을 발견하곤 크게 놀라며 곧장 땅바닥
에 엎어지듯 큰절을 했다. 놀라긴 유성룡, 배삼익도 마찬가지였다.

"세 분, 여기는 어인 일이신지요?"

"일이다마다, 자네는?"

"저희들 노는 양도 보셨는지요?"

"보다마다……."

"세상에! 이런 광영이……."

"광영이라니?"

"땀 흘려 놀이판 연 보람이 있습니다요."

뭣이 그리 좋은지 처음과 달리 성립은 연신 싱글벙글이었다. 취흥만
은 아닌 것 같았다. 그새 소문이 쫙 퍼진 듯했다. 예판 대감이 오셨다,
판결사 나으리가 오셨다, 웅성거리는 소리가 들리는가 싶더니 이내 네
다섯 사내가 자빠질 듯이 뛰쳐나왔다. 모두 좀 전까지 놀이판을 주도하
던 자들이었다. 다들 스물다섯 안팎, 나이들도 엇비슷해 보였다. 사내
들 각각이 나름대로 인사를 올리곤 또 어깨를 으쓱으쓱 흔들며 신바람
을 냈다. 술 냄새가 물씬 풍겼다.

"저희 접원(接員)들입니다. 이쪽이 정효성(鄭孝誠)이고, 여기는 정
협(鄭協)……."

김성립이 제 동무들을 소개했다. 또래들끼리 모여 함께 과거시험 공
부를 하는 동아리를 접(接)이라고 불렀는데, 이들이 거기에 속한 자들
이었다. 다들 명문가의 자제들인 만큼 권응시도 몇몇은 안면이 있었
다. 유성룡은 그 중 세넷을 잘 알았다. 정효성은 죽은 광릉참봉 정원린

(鄭元麟)의 유복자로서 지난 해 진사시에서 장원을 했다. 정협은 병조
판서 정언신의 아들이고 이경전(李慶全)은 이조판서 이산해의 아들이
었다. 백진민(白振民)은 이조참의 백유양의 아들. 계집애처럼 곱상한
얼굴을 한 유극신(柳克新)은 양양부사 유몽학(柳夢鶴)의 자식이다. 키
가 크고 우락부락하게 생긴 김두남(金斗南)도 있었는데 계림군 김균
(金稇)의 후손이라고 했다.

"우리 예서 이럴 것이 아니다. 영감님들 모시고 가까운 술청에라도
가자."

김성립이 먼저 바람을 잡았고 젊은이들이 두 손을 쳐들어 환호했다.
난데없는 제청에 셋이 난색을 지었지만 뿌리치고 마다할 겨를이 없었
다. 청년들이 제각각 부액(扶腋) 하듯이 셋의 팔을 끼고는 앞서 당겼기
때문이었다.

"허어, 이 사람들 보게. 이러면 안 되네."

말은 그랬지만 유성룡도 영 싫은 빛은 아니었다. 성립이 김첨의 아
들인 만큼 김첨과 셋의 관계를 보면 그는 세 사람 모두의 자식이나 다
를 바 없었다. 다들 갓난아이 때부터 봐온 성립이었다. 그뿐인가. 정협,
백진민이며 유극신이라고 해서 크게 다를 바 없었다.

어떻게 이끌려갔는지 모를 사이에 광통교에 이르렀다. 천변 둑길 옆
에 저들이 잘 간다는 제법 규모 있는 술집이 있었다. 병술을 판다는 뜻
인 듯 병 그림이 그려진 깃발이 처마 밑에 걸려 있고, 큼직한 평상이 넷
이나 길가에 놓여 있었다.

젊은이들이 안채를 들락날락하는 사이, 세 사람은 평상 하나를 차지
하고 앉아 술이 나오길 기다렸다. 냇가라서 그런지 선선한 바람이 불어

서 다행이었다.

사헌부에서 쫓겨난 하인배가 차린 술청이라고 했는데 여느 사대부 집 못지않게 정성껏 차린 술상이 나왔다. 너비아니와 산적, 데친 두부……모두 먹음직해 보였다. 근래 풍속이 그렇듯이 이 집에서도 탁주 보다는 병 소주가 술꾼들에게 더 환심을 산다고 했다. 땅 속 깊이 술독을 묻어두기라도 한 듯, 시원한 소주 맛이 자랑할 만했다.

떨어진 평상에는 젊은이들 일곱이 따로 두리기상 하나를 차지했다.

"이 집, 다 좋은데 홍어 안주가 없어 아쉽구나."

젓가락질을 하던 유성룡이 젊은이들 쪽을 넘겨다보며 한 마디 했고 금세 그들이 폭소를 터뜨렸다. 몇이 떠미는 바람에 유극신이 이편으로 건너와서 머리를 조아렸다.

"대감, 소인 죽을죄를 지었습니다."

"아닐세, 자네더러 한 말이 아니야."

유성룡 또한 웃음을 참지 못했다.

"그게 뭐 웃을 일이라고?"

배삼익 혼자만 '홍어 손자'를 모르는 듯했다.

유극신이 쓴 재미난 글 하나가 식자들 사이에 회자된 일이 있었다. 한 달 넘게 병상에 있던 여든 넘은 할머니가 어느 날, 목욕을 하겠다면서 정실(淨室)에 들어갔는데 반 시진이 지나도 물소리만 날 뿐 나올 기색이 없었다. 식구들이 몹시 걱정됐지만 절대 허락 없이 문을 열어도 틈으로 들여다봐서도 안 된다는 분부가 있었기에 이러지도 저러지도 못하고 있었다. 결국 기다리다 못해 문을 밀치고 들어갔는데 어느새 할머니의 몸이 홍어로 변해 있더란다. 이후 홍어가 된 할머니를 바다에 풀어주었다나. 이 글이 읽혀진 후부터 사람들은 유극신을 보면 '홍어 손자'라고 불렀다는데 유성룡도 이 얘기를 들은 모양이었다.

권응시로부터 이야기를 들은 배삼익이 뒤늦게 컬컬컬, 웃음을 쏟았다. 잠깐 자리를 피했던 유극신이 어디서 구했는지 지게 하나를 질질 끌면서 평상으로 다가왔다. 사람들이 의아해 바라보는 사이 그가 공손히 읍을 하고 말했다.

"잠시 말미를 주시면 소생 그놈의 홍어를 배지게로 지고 오겠습니다."

그 능청스러운 수작에 좌중이 다시 배를 잡고 웃어댔다.

오래 전, 배삼익이 과거시험을 보던 때 일이었다. 평소 초서(草書)를 즐겨 썼던 그는 시권(試券)에 이름을 적으면서도 버릇대로 초서로 흘려 썼다. 시관(試官)들조차 그 글자를 제대로 읽지 못했다. 그리하여 급제자의 이름을 내거는 방(傍)에도 엉뚱한 이름이 적혔다. '裵三益'이 '裵之蓋(배지개)'가 돼 버렸던 것. 배삼익은 자신이 낙방을 한 줄 알고 안동으로 내려가 버렸다.

급제자가 나타나지 않자 뒤늦게 문제가 있음을 알아챈 조정에서 급히 관원을 내려 보내서 신원을 확인하는 소동을 벌였다.

이런 일화를 갖고 사로에 나선 배삼익이었기에 동료들도 심심하면 그를 '배지개'로 호칭하기 일쑤였다. 다들 한동안 잊고 있었던 배지개란 별칭이 뜬금없이 유극신의 입에서 튀어나오는 바람에 한 순간 좌중이 웃음바다가 됐던 것이다. 평소에도 입담이 좋다는 평이 자자했지만 이런 자리에서도 거리낌 없이 기지를 발휘할 줄 아는 그가 놀라웠다.

"저희 나름의 골계(滑稽) 놀이일 뿐입니다. 세상이 이렇듯 어지러운 판에 저희들이라고 한가하니 글이나 읽고 있어서 되겠느냐 싶어서 꾸며본 유희였습니다.”

한 길로 공부에 정진하여도 시간이 부족할 유생들이 밤중 큰길에서 인중(人衆)들을 모아 놓고 그 무슨 해괴한 놀이를 벌이느냐고 힐책조로 배삼익이 묻는 말에 먼저 정효성이 나서서 해명을 했다.

“동인이다 서인이다 해서 조정 안팎이 두 쪽으로 쪼개진 지 오래인데 아직도 사사건건 당파싸움만 하고 있으니 나라꼴이 어찌 되겠습니까. 우국의 충정에서 그런 놀이가 시작됐다고 봐 주시면 고맙겠습니다.”

그의 말에 따르면, 놀이를 끄는 무리들이 이편저편으로 쏠렸다가 무너지고 또 흩어지고 모였다 하는 모양새가 바로 동서 분당의 형세와 국운의 위태함을 보여주는 것이라고 했다. 한 사내가 작두를 타다가 도깨비, 호랑이에 놀라 떨어지는 장난 또한 백척간두에 선 사직을 풍자한다고 했다.

“그 심정 모를 바 아니네만, 그래도 그렇지, 지금 자네들이 이런다고 해서 있던 당파가 없어지고 하던 싸움이 그치기라도 한단 말인가. 괜한 짓거리들 같아……. 민심만 더 흉흉하게 하질 않겠는가.”

배삼익은 시종 그들의 작태가 마땅치 못하다는 기색이었다. 유성룡이 그에 동조했다.

“판결사 어른의 말씀이 맞으시네. 조정 안팎이 당을 지어 싸우는 꼴이 흉하긴 하지만 어쩌겠나. 사단을 일으키고 키운 자들 스스로 이를 해결해야지, 이럴수록 자네들은 더더욱 마음을 다잡고 공부를 해야 하지 않겠나. 그리고 훗날 자네들이 조정에 들어와서는 더 이상 이런 꼴을 보이지 말아야지.”

“대감께서는 또 안동으로 가시려고요?”

백진민이 물었다. 그 사이 여러 차례 임금이 관직을 제수하며 입궐을 종용했지만 그때마다 유성룡이 그럴 수 없다고 고집을 부리며 풍산 향리에서 버티고 있음은 이들이 잘 알고 있었다.

"집안 혼사 때문에 잠시 올라왔을 뿐, 당연히 내려가야지."

성룡의 대답이었다.

"대감께서도 안 계시고……여기 판결사 어른의 책무가 너무 과중한 듯싶습니다."

안 씨 송사를 마무리 지으려면 앞뒤에서 힘이 돼 주는 이들이 있어야 하는데 그렇지 못함이 아쉽다는 말 같기도 했다. 그들도 아직은 배삼익의 벼슬이 갈릴 것을 모르고 있었다.

"어르신께서 단오절에 전주를 다녀오셨다고 들었습니다. 진안 죽도도 들르시고요?"

백진민이 응시에게 물었다. 소문이 참 빠르기도 하다고 권응시가 생각했다.

"그렇다네. 자네 사돈도 만났지."

백진민의 아우 중에 수민이라고 있었다. 아기 때 병을 앓아 여태도 천자문을 깨치지 못했다고 했던가. 그 백수민이 정여립의 형 여흥(汝興)의 딸과 혼인을 했다. 여립과 백유양의 친분에 의해 이 혼사가 가능했다는 얘기가 있었다.

"그 어른도 임간(林間)에서 글이나 읽으며 소일하시면 좋으련만 뭘 그렇게 벼슬을 하겠다고 애 쓰시는지 모르겠습니다."

정여립에 대한 얘기였다.

"과거 공부한 이들 다 마찬가지 아니던가. 남들 못잖게 현달을 해야지……. 자네들이라 해서 다른 점이 있던가?"

그 사이 정여립이 김제군수에 의망(擬望)된 바 있다는 사실도 세간에 널리 알려진 것이었다. 그 자리를 얻기 위해 여립이 직접 요로를 뛰어다녔으며 이발이 적극 밀었다는 후문도 파다했다. 이조에서 해당 관직에 적당하다면서 세 사람을 추천하는 것이 곧 의망이었다. 물론 최후의 한 사람을 정하는 것은 임금의 몫이었다. 이조참의 백유양은 말할 것 없고 정랑 유근과 정창연(鄭昌衍)이 적극 추천하여 셋 가운데 하나로 여립의 이름이 올라갔으며 또 다른 정랑 강신(姜紳) 혼자서 이를 반대했다는 소문이 있었다. 결국 임금이 그의 이름을 버림으로 해서 김제군수가 되고자 했던 여립의 꿈은 무산되고 말았다. 그 무렵 권응시도 양구현감에 의망됐다가 뽑히지 못한 일이 있었다. 응시는 오히려 이를 잘 된 일이라고 받아들였다. 애써준 유성룡한테는 미안한 일이지만 또다시 벼슬길에 나섰다간 제 명을 살지 못할 것 같았다.

백진민이 물러간 뒤 응시가 따로 성립을 불러 앉혔다. 아비의 상복을 벗은 지 얼마나 됐다고 이렇게 놀이판에 휩쓸려 다니느냐고 나무란 뒤 학업에 매진하라고 엄중히 타일렀다. 난설헌을 만났다는 말은 입 밖에 꺼내지 않았다.

잘 알겠습니다……꿇어앉은 채 머리를 조아리던 성립이 제 자리로 돌아가기 전에 의미심장한 말을 했다.

"어르신도 함께 겪으신 일입니다만 저는 잊지 않습니다. 선친이 갑자기 그렇게 세상을 버린 일……의금부에서 그 수모를 당하지 않았다면, 지금 이 자리에 벗들과 함께 계실 것입니다. 어찌 제가 잠자코 있겠습니까. 정철, 송익필 이런 분들, 제가 가만있지 않을 것입니다."

울먹이며 하는 그의 말이 폐부를 찔렀다. 성립은 제 아비 김첨의 죽음에도 서인 인사들의 입김이 있었다고 여기는 게 분명했다. 김첨은, 자신처럼 직접 매를 맞는 지경에는 이르지 않았지만 추고(推考) 당시 의금부 낭관한테서 모진 수모를 겪었음은 응시도 대강 알았다.

김성립은 결국 제 아비가 화병으로 죽었다고 여기고 있었다. 그 아비를 맡았던 의금부 지사 조용순(趙用純)이 공교롭게도 송익필, 성혼의 제자였으며 김첨, 권응시를 죄줄 것을 가장 강하게 주장한 이가 바로 송강 정철이었다.

젊은이들을 떠나보내고 셋이서 광통교를 건넜지만 배삼익과도 이내 작별을 해야 했다. 유성룡의 집이 건천동인 데 반해 그의 집은 북창 기슭이었기 때문이다. 성안에 아들집이 있었지만 권응시는 사나흘 유성룡의 집에서 묵기로 했다.

마치 천 리 밖 먼 길이라도 떠나는 듯 배, 유 두 사람이 작별 인사를 나누는데도 한참 시간이 걸렸다. 나이 차가 있어도 둘은 동년배 벗이나 다를 바 없었다. 유성룡이 십대 미만에 그를 만났다니 더욱 그럴 법했다. 유성룡이 열여섯 나이 때라고 했던가. 서울에서 치르는 진사 시험을 보려고 할 때 배삼익도 안동에서 올라와 있었다고 했다. 여하한 문장이든 막힘이 없다는 평판이 있어서 시험 전날엔 성룡이 굳이 그의 처소에 가서 함께 잠을 잤으며 이튿날 두 사람이 나란히 말을 타고 시험장에 들어갔다고 했다. 시제(詩題)가 나오자 그는 그다지 생각하지도 않고 두 편 모두를 완성했지만 성룡은 겨우 시를 짓기만 하고 옮겨 쓰지를 못하고 있었다. 그를 보고 삼익이 대신 써주었으며 결과는 성룡의 급제, 배삼익의 낙방이었다. 저녁 술자리에서도 두 사람은 예전 그 일을 추억하며 크게 웃은 바 있었다.

바람이 제법 부는 데다 휘영청 달이 뜬 탓에 밤길 걷기가 한결 수월했다.

"성립이 빨리 급제를 해야 자첨(김첨)이 편히 눈을 감을 텐데……."

"그러게나……."

유성룡이 혼잣말처럼 중얼거렸고 응시 또한 같은 투로 대꾸를 했다.

"나무라긴 했지만 가상한 면도 없지 않네. 나라 걱정은 않고 제 앞길만 생각하는 젊은이들이 얼마나 많은가."

"허지만 모양새가 좀 그렇지."

유성룡이 짧게 웃었다.

"어째서?"

"송학(권응시)도 보지 않았던가. 당쟁의 작폐를 풍자한다고 그런 유희를 꾸몄다고 하는데, 어울린 면면들이 다 동인 자제들 아니던가? 허허, 제대로 꼬집고 비판하려면 저들부터 동서 구분이 없어야지. 성문준(成文濬), 정기명 같은 자가 저기에 끼어 있으면 얼마나 보기 좋았겠는가?"

"그러고 보니 또 그렇군, 허."

미처 자신이 생각지 못한 것을 성룡이 지적하고 있었다. 성문준은 성혼의 아들이고 정기명은 정철의 아들이었다.

"그나마 주색잡기가 아니니 다행이지……."

"그러게, 죽은 자첨뿐 아니라 초당(허엽) 어른이며 미숙(허봉)의 걱정은 또 얼마나 컸던가."

따져보니 허엽이 죽은 지도 어느 새 여섯 해가 됐다. 열다섯 난설헌을 김성립에게 시집보내놓고 죽는 날까지 마음이 편치 못했다. 누구보다 누이동생을 아꼈던 허봉도 마찬가지였다.

"초당이며 미숙을 얘기하다 보니 문득 난설헌이 지었다는 재미난 시구가 생각나는군."

제법 취흥이 오르는 듯 유성룡이 시 구절을 흥얼거렸다.

"고지접유재(古之接有才)요, 금지접무재(今之接無才)라네. [예전 접(接)에는 재사(才士)들이 있었지만, 오늘의 접에는 재주 있는 사내가 없다네.] 아까우이, 고추 달린 사내로 태어났다면 한 시대를 풍미했을 텐데 말이야."

또 그녀의 재주를 아까워하는 성룡이었다. 권응시도 종루에서 본 그녀의 파리한 얼굴이 떠올랐지만 애써 떨쳤다. 공부하러 접에 간다고 집을 나간 성립이 접에는 안 가고 기생집에서 놀았던 모양이다. 사정을 안 난설헌이 쪽지 한 장을 그에게 보냈는데 거기 적힌 시구가 이랬다고 했다. 재미있는 것은 '접무재(接無才)' 세 글자였다. 겉으로 읽으면 평범하게 '접에 재사가 없다.'에 불과하지만 달리 새기면, '接'자에 '才'변이 없다는 것이 된다. 그러면 남는 글자가 '첩(妾)'자다. '오늘의 접에는 재사가 없고 계집만 있더라.'는 생판 다른 의미가 돼 버리는 것이다. 거짓말하고 나간 남편을 조롱하는 데도 이런 기지가 발휘되고 있었으니, 부부간에 주고받은 은밀한 시구 하나마저 식자층에 퍼질 수밖에 없었다.

유성룡의 사랑방에는 뜻밖의 손이 먼저 와서 주인을 기다리고 있었다. 짙은 눈썹에 깊게 들어간 두 눈. 검은 빛이 도는 낯빛인데 하관보다 인중이 더 길어 보였다. 단단하게 생긴 체구에 두 주먹까지 꽉 쥐고 있어서 한눈에도 무장(武將)의 체모가 느껴졌다.

"송학은 처음이지? 내 옆집에 사는 분이라오. 어릴 적 동무이기도 하고……옷 좀 갈아입는 동안 둘이 말씀을 나눠 보시게."

사복시(司僕寺)의 주부(主簿) 이순신(李舜臣)이라고 했다. 시골 현감과 같은 종6품 벼슬아치. 서애보다 세 살 밑이니 응시보다는 네 살 적었다. 여러 해 동안 함경도의 6진에 있었으며 니탕개가 침범했을 때도 맞서 싸웠다고 했다.

본래 과묵해서 그런지 아니면 언변이 없어서 그런지 도무지 얘기를 풀어 길게 할 줄 몰랐다. 시늉으로 웃는 법도 없었다.

"답답합니다, 그냥."

자리에 앉으며, 성룡이 요즘 하는 일이 어떠냐고 물었는데 그가 또 짤막하게 대답했다. 임금이 쓸 마필이나 돌보며 하루하루를 보내는 일이 성에 차지 않는다는 투였다. 주안상 대신 꿀을 탄 오미자 국물에 수박이며 배를 썰어 넣고 실백을 띄운 화채가 나왔다. 한 숟갈 떠 목에 넘기자 취기가 달아나는 듯싶었다.

"아무렴, 거기는 무관이 있을 만한 곳이 못 되지. 자고로 장수는 전장이 아니면 둔진(屯鎭)이라도 지켜야 하는 법, 조금 더 기다려 보세. 내가 병조에도 얘길 해뒀으니까 조만간 무슨 소식이 있겠지."

유성룡의 대꾸였다. 보아하니 그가 외방으로 자리를 옮겨달라고 성룡에게 청을 놓은 것 같았다. 더 재미있는 일은, 성룡이 분명 나름 애쓰고 있음을 밝혔는데도 이순신이 고맙다, 미안하다는 인사를 하지 않는다는 점이었다. 유성룡 또한 그런 것엔 아예 신경도 쓰지 않았다. 니탕개의 난이 있었을 때 함경도순찰사로서 군중(軍衆)과 백성들의 신망을 받았던 정언신이 병조판서가 돼 있으니 이순신에게 마땅한 자리를 마련해주는 것이 어려운 일은 아닐 듯싶었다. 한동안 방바닥을 내려다보고 있던 이순신이 뭔가 생각났다는 듯이 입을 열었다.

"좀 전에 여기 오다가 골목에서 미숙(허봉)을 만났습니다. 몹시 취해 있어서 몇 마디 얘기도 하질 못했지요."

"미숙이 집엘 와 있다고? 금시초문이군."

성룡이 놀라워했다.

"예, 미숙도 대감이 상경하신 줄은 모르던 걸요. 피장파장 아닌가요?"

나름 재미난 농을 했다고 여긴 듯 그가 혼자 쿡쿡 웃었다. 권응시는 그의 그런 양이 더 재미있어 보였다.

"그렇잖아도 세간에는 안정란을 뒤에서 움직이는 이가 미숙이란 말이 있더군. 최립이며 한석봉이 안정란을 돕는 것도 미숙 때문이라고 하고……."

허봉의 얘기가 나온 김에 권응시도 자기가 들은 소문을 전했다. 응시가 허봉을 마지막으로 본 것이 그가 귀양을 떠나기 전이었으니 3년은 더 된 것 같았다. 그의 본가가 유성룡과 같은 건천동에 있다는 말은 진즉 들었지만 문밖 골목에서도 마주칠 정도로 가까이 있다는 사실은 실감할 수 없었다.

"나도 들었어. 장례원의 판관들까지 들쑤시고 다닌다는 얘기도 있었어. 허나 미숙이 나서서 제대로 일이 되겠어? 그 격한 성미에 말이야. 그런 일을 하는 데는 아무래도 김장생 같은 송익필의 문하들이 한 수 위지. 소리 소문 없이 일을 만드는 것부터 그렇고."

소문은 유성룡도 듣고 있는 듯했다.

"그나저나 해 가기 전에 판결이 나긴 할까?"

"나겠지. 아까 임연재(배삼익)가 하는 얘기 듣지 않았던가. 판결사를 갈아치워서라도 결판을 낸다는 것이 이발, 백유양의 생각이라고."

"그럼 후임 판결사도 정해 두었겠군?"

"고암(孤巖)이야."

유성룡이 잘라 말했다. 아직 대궐에서 공식 발표도 하지 않은 인사에 대해 이름까지 집어 얘기하는 것이 평소의 유성룡답지 않았다. 흔히들 말하듯, 돌다리도 두드려 보고 건너는가 하면 분명한 일마저 모호하게 하는 것이 그의 처세법이라고 하질 않았던가. 어느 날, 임금이 경연에서 물었다.

"전대(前代)의 제왕과 비교해 볼 때 나는 어느 군주와 비슷한가?"

이에 정이주가 대답했다.

"요순(堯舜)과 같으십니다."

이 말을 들은 임금이 흐뭇한 마음을 숨기지 않았다.

뒤이어 김성일이 말했다.

"걸주(桀紂)가 될 수도 있습니다."

천하의 폭군 걸주가 될 수도 있다니! 임금의 표정이 금세 굳어졌다.

"전하께서는 천품이 고명하시어 요순이 되시기에 어렵지 않습니다만 스스로를 위대하게 여기시어 신하가 간하는 말을 거부하시는 병통이 있으니, 이는 걸주가 멸망한 이유가 아니겠습니까."

김성일이 설명을 보탰지만 임금의 안색은 달라지지 않았다. 무슨 변고가 생기지 않을까 대신들이 안절부절 못하고 있을 때, 유성룡이 나섰다.

"두 사람의 말이 다 옳습니다. 요순이라는 대답은 임금을 격려하는 말이요, 걸주라는 대답은 경계를 시키는 말입니다."

임금이 그제야 노기를 풀었다. 응시가 놀라서 반문했다.

"고암?"

"충주목사 정윤희(丁胤禧) 있잖은가."

"그 어른이면……나도 알지. 자첨(김첨)의 처고모 아들 아닌가. 이전에도 판결사를 했고."

"맞아, 자첨의 그분이야. 진주목사를 하다가 판결사를 했으니 10년도 더 됐어. 아무튼 다시 그 자리에 앉히기로 했다네. 똑 부러지게 일할 수 있다고 여긴 모양이야. 헌데 이게 이발의 생각일까? 허허, 천하의 이발이라고 해도 차마 고암을 떠올리지는 못했을 텐데 말이야."

"그럼?"

"고암이 누군가? 그 양반도 퇴계 사람 아닌가. 당연 학봉(김성일)이겠지. 학봉이 먼저 고암 얘길 꺼냈을 테고 이발이 옳다구나 했겠지. 나주에서 두 사람이 술 한 잔 하면서 한 얘기인지도 몰라, 허허. 송학도 보게. 물러나는 배삼익도 그렇고 새로 온다는 정윤희도 그렇고 다 퇴계 문인이란 말일세. 뒤에서 실제로 일을 꾸미고 밀어붙이는 자들은 다 남명(조식) 사람인데 앞에 서 굳은일 하는 이들은 다 퇴계 사람이란 말이야. 나중에 무슨 일이 생기면 그 뒷감당을 누가 할까?"

"학봉인들 그 생각을 못 했을까? 사전에 이현(유성룡)한테 상의도 없었고?"

"상의가 있었다면 내가 그러자고 했겠는가. 외직에 있어서 그렇다

하지만 학봉도 예전의 학봉이 아니라네. 그래서 내가 답답할 때가 많아."

그 얘기는 그만하자며 유성룡이 고개를 저었다. 잠자코 앉아 있던 이순신이 자리에서 일어났다. 집으로 돌아가겠다는 뜻이었다. 상경한 이래 거의 매일 본다는 그를 문밖까지 전송하고 온 성룡이 말했다.

"조헌(趙憲)이 이런 말을 했다더군. 오늘날 이 나라에 장수감이라곤 구봉 송익필과 고청 서기(徐起)밖에 없다고."

"서기라면, 토정과 같은 화담 제자가 아닌가?"

"그렇지. 계룡산에 있다던데 인물은 인물인 모양이야. 천출로서 그 공부를 이뤘으니……내 얘기는, 조헌의 말을 고치고 싶다는 게야. 나한 테 전장에 보낼 장수를 정하라고 한다면, 선봉으로 조헌을 세우고 저 이순신을 중군으로 앉히는 거네. 그리고 군막(軍幕)의 책사로서 송익 필을 쓰고 말일세. 허허, 어떤가?"

"저 자가 그 정도 위인인가?"

"그럼. 영특하고 담력 있고……무장이 갖출 덕목은 다 갖추었지. 강 직하기도 하고. 소학이 쉬운 책은 아닌데 무장들을 보면 흔히들 그러 지. 소학도 읽지 못했다고……허나 저 이는 그렇지 않아. 웬만한 경전 들은 다 읽었어. 게다가 글씨도 좋고……재목임에 틀림이 없어."

"이현이 그렇다면, 언젠가 크게 공을 세울 날도 있겠군."

"그나저나 전주에 다녀온 얘기나 더 해보세. 시보(時甫, 남언경) 어 른이 예쁜 관기 하나는 불러 주던가?"

방석을 당겨 앉으며 짓궂은 농을 하는 유성룡을 보며 응시는 어이가 없어 웃고 말았다. 전주에 머문 보름간의 일에 대한 대강은 이미 장암 집에 돌아간 뒤 서찰로 성룡에게 전한 바 있었다. 머잖아 그에게서 답신이 왔으며 이후에도 두세 차례 서신을 더 주고받았다. 한양에서의 재회도 따로 가진 약속에 의한 것이 아니었다. 아들네가 이사를 한다 해서 겸사겸사 한양 나들이를 한 것뿐인데 와서 보니 유성룡이 먼저 건천동 집에 와 있었다. 혼사가 있었다는 사실은 뒤늦게 알았다.

서신에서건 대면에서건 성룡은 정여립에 대해서 별다른 관심을 보이지 않았다. 금구 혹은 진안 죽도에서 다달이 대동계를 가지며 장정들을 모아놓고 활쏘기, 말 달리기를 한다는 얘기에 대해서도 으레 그럴 수 있다는 반응밖에 보이지 않았다. 대신 전주 인근 고을에 새로 부임하는 수령들에 대한 궁금증을 많이 가졌으며, 전주부윤 남언경에 대해서도 그의 인품은 좋지만 그가 지향하는 학문은 매우 위험하다며 경계를 놓지 않았다.

"송학은 어떻게 보는가? 정여립이 율곡을 배척한 진짜 이유가 뭘까? 공자에 버금가는 이라고 하던 때와 소인배라고 욕하는 때 사이에는 율곡의 죽음밖에 뭐가 있는가. 변하기 쉬운 게 인심이라고는 하지만 명색이 선비인데 이럴 수는 없지. 여립 자신이 뭐라 변명하는지는 못 들었는가?"

유성룡이 정색을 하고 물었다. 그랬다. 누구도 차마 정여립 앞에서는 그 얘기를 꺼내지 못했다.

율곡이 누차 여립을 천거하고도 막상 이조에 드는 것을 막은 데 대한 앙심 때문이다, 이발의 설복과 충동질 때문이다, 여립 스스로 조정이 동인으로 기우는 형세를 보곤 선택한 것이다……말들은 많았지만 여립의 변신을 온전히 설명해 주는 것은 아니었다.

남언경이 했던 말을 떠올렸다.

"애당초 여립이 율곡을 추앙해서 좋은 것은 아닐 거외다. 스승으로 모신 것은 더욱 아니고……서찰에도 있듯이, 여립이 율곡을 '존형(尊兄)'으로 부른 것만 봐도 알만 하지 않습니까. 율곡이 도와주기만 하면 원하는 관직을 얻겠다 싶어서 그렇게 따르는 시늉을 했겠지요. 그런데 믿었던 율곡이 저 세상에 가버렸으니……죽은 율곡을 계속 붙잡고 있자니 전주 땅을 벗어나지 못할 것 같고, 그 차에 이발이 이쪽으로 오라 하니 몸을 바꿨겠지요. 그리곤 몸을 바꾼 증명을 해야 되니 그런 험한 말도 했고……사람의 도리는 아니지만 이해 못 할 바는 아니라오. 왕 씨 임금을 섬기던 이들이 하루아침에 얼굴색 하나 안 고치고 이 씨 임금을 모시기도 했던 걸요 뭐. 임금이든 스승이든 나와 뜻이 맞지 않으면 버리고 떠날 수 있지 않겠어요? 내가 율곡을 잘 아는데, 율곡이 이 얘길 듣는다 해도 크게 섭섭해 하진 않을 겁니다."

"나 혼자의 생각인데……정여립도 구봉한테 휘둘린 건 아닌지 모르겠어."

유성룡이 뜻 모를 말을 했다. 한동안 조야를 시끄럽게 했던 여립의 배사(背師) 문제에도 송익필의 작용이 있다는 투였는데, 권응시는 납득되는 바가 없었다.

"정여립이 율곡뿐 아니라 성혼을 같이 추앙한 건 맞아. 그런데 여립이 성혼을 배척한다는 말은 없었어. 두 사람이 한 몸 같은 사이인데……성혼은 왜 여태 여립한테 아무 소리를 않지?"

"글쎄……."

듣고 보니 또 그럴싸했다. 유성룡의 생각이 도대체 어디까지 미치는지 요량할 수 없었다.

"두고 보세."

의미심장한 말 한 마디를 남기고 그가 자리에서 일어났다. 삼경이 넘은 시각이었다.

8. 환천(還賤)

때 아니게, 장례원의 큰 대문은 물론 뒤편의 작은 통문까지 차례로 굳게 닫히는 것을 보고서야 김장생은 일이 크게 잘못 돼 가고 있음을 알아챘다. 오정 때만 해도 하릴없이 서성이며 하품을 일삼던 문지기 나졸들까지 어느 순간 갑자기 낯빛을 바꾸곤 주위에 누구도 근접치 못하게 위협을 부리는 꼴도 예사롭지 않았다. 들고나는 관원들의 행적마저 딱 끊겼다. 담 너머에서 무슨 일이 벌어지고 있는지 도무지 알 수 없었다. 벌써 한 시진이 지났다.

높은 담장을 따라 잠깐 골목길을 걷는 동안에도 발걸음이 천근이나 되듯 무거웠다. 국수집 앞, 은행나무 아래 평상에 정엽(鄭曄)이 고개를 떨군 채 앉아 있었다. 그 옆에는 송익필의 서자 송취대(宋就大)가 우두커니 서 있었다. 좀 전까지도 이편 골목에서 서성이고 있던 삼청동 종들은 어디로 갔는지 종적이 없었다. 은행잎이 조금씩 푸른빛을 잃어가는 중이었다. 정엽의 옆에 앉았다.

"사형, 이러다가 오늘 중 못 나오시는 건 아닐까요?"

수심이 가득한 눈으로 정엽이 장생을 돌아보았다.

"그러진 않을 거야."

대답은 했지만 자신은 없었다.

"도대체 뭐가 어떻게 돌아간다고 말해 주는 자가 있어야지 원……."

정엽 그도 갑작스런 기별을 받고는 조퇴를 하고 달려 나왔다. 세 해

전, 별시 문과에 급제한 뒤 아직도 홍문관의 말석에 앉아 있는 터라 그도 형조며 장례원에서 돌아가는 일에 대해선 깜깜 밤중일 수밖에 없었다. 자(字)가 시회(時晦), 호는 수몽(守夢)이다. 네 살 때 벌써 시를 지어 율곡한테 신동이란 찬사를 받았다고 했던가. 십년 세월이 지났지만, 토정 이지함이 열다섯 된 그를 데리고 고양 송익필의 공부방으로 오던 일은 김장생이 생생히 기억하고 있었다. 이지함은 정엽 어머니의 종조부였다. 이산해가 외할아버지 동생이다. 같은 구봉의 문도라 해도 나이 차가 15년이나 되니 장생에게는 동생뻘에도 들지 못했다.

덩치 큰 송취대는 여전히 말 한 마디 없었다.

장례원 나졸들이 삼청동 송익필의 본가에 들이닥친 것은 사시(巳時. 오전 9시 반에서 10시 반 사이)가 지나기 전이었다. 그들은 이미 익필이 고양에서 올라와 며칠 본가에 머물고 있다는 사실을 알고 있었다. 자신들의 옛 노비이니 돌려 달라는 안 씨의 추쇄(推刷) 소(訴)에 대해 송 씨가 송곤의 이름으로 무고(誣告)라고 맞대응의 소를 제기한 데 대한 조사를 위해 송익필을 데려간다고 했지만, 그 갑작스러움과 난폭함을 보아서는 예사의 조사 때문이 아님은 짐작할 수 있었다.

기별을 받고 장례원으로 달려왔던 김장생은 사태가 위중함을 직감했다. 송익필이 끌려오기 이전에 이미 인필, 부필 두 형과 동생 한필이 한두 시진 간격으로 먼저 장례원에 끌려 들어갔다는 사실을 알았기 때문이다. 참고인 조사에 네 형제가 동시에 필요한 까닭이 무엇인가? 더욱이 송인필, 부필 형제는 황해도 배천[白川] 시골집에 있었는데 굳이 그 먼 데 있는 사람을 한꺼번에 데려온 연유가 무엇인가? 그렇다면 사나흘 전에 벌써 무슨 결론이 있었다는 뜻인데 그동안 장례원 안에 있는 이편 사람들은 왜 한 마디 언질도 없었던 것일까?

정협 또한 그 점을 의아해 했다.

"중재(仲齋, 김종예)가 돼지고기를 잘못 먹곤 토사가 심해 어제 등청도 하지 못했다는 이야기를 들었습니다만, 상월(霜月, 김택중)은 왜 얼굴조차 보이지 않는지 모르겠습니다."

평소와 달리 꽤 노여움을 묻힌 그의 말이었다.

장례원 사의 김종예와 사평 김택중 두 사람이 그나마 이편의 마지막 희망이었다. 아무리 안팎 동인들의 기세가 드세다고 해도 이 둘 혹은 한 사람만이라도 버텨주면 판결은 미뤄질 수 있었다. 그렇게 기한을 넘기면 송사는 다시 예조나 한성부로 넘어가게 돼 있었다. 두 사람은 그사이 제 발로 송익필을 찾아와서 이 안건은 자신들의 손으로 틀어쥐겠다고 다짐을 한 바도 있었다.

"사안이 엄중하다 보니 그들도 운신하기가 어렵겠지. 좀 더 기다려보기나 하세."

장생이 정협을 달랬다.

정윤희가 새 판결사가 되면서부터 상황은 급박하게 돌아갔다. 하루에도 두세 번 회의를 가지면서 문건들을 검토하는가 하면 사안 하나하나에 대해 여덟 관원들이 돌아가면서 의견을 개진한다는 얘기도 있었다. 그 의사들은 반드시 문서로 남기라는 명도 있었다. 누가 봐도 이는 관원들을 옥죄는 방편처럼 보였다. 안 씨든 송 씨든 어느 쪽의 원정(願情)도 더 이상 받아들이지 않겠다고 공포했다.

부임하던 때부터 정윤희는 바깥사람이라면 누구와도 면담을 허락하지 않았다. 집에는 친척들 내왕마저 금지시켰다고 했다. 새 판결사가 비록 퇴계의 문인이고 또 그의 조치들이 긴박하다 해도 김장생은 희망을 버린 적이 없었다. 내부의 동조자들을 믿어서만도 아니었다. 엄연히 국법이 있었기 때문이다. 양인(良人)이냐 천인이냐를 가리는 소송도 60년 안쪽의 것으로 하게끔 한정해 놓은 것이 나랏법인데 이 송사의 대상이 되는 송곤의 외증조모 감정은 훨씬 그 이전에 살았던 사람이었다. 또 양대에 걸쳐 양역(良役)을 했으면 노비의 후손이라고 해도 천인으로 돌아가지 않는다는 것이 법이었다. 생전에 당상관을 지낸 송곤의 조부 송사련은 말할 것 없고 증조부 송린 또한 음양과에 급제, 관상감(觀象監)의 실직(實職)을 맡아 나라의 녹을 받았으니 분명한 양대 양역이었다.

김장생은 자신이 정리해서 제출한 문서에서도 이를 적시했으며, 나아가 안 씨의 가보(家譜)를 증거로 하여 감정이 안돈후의 종이 아닌 서녀임을 분명히 했다. 또 70여 인에 이르는 그녀의 자손 중 7, 8인이 사마시에 급제하였고 송사련의 큰딸이 종실 한원수의 정실(正室)이 되었는데 그녀가 어떻게 천인일 수 있겠느냐고 반문하였다.

이에 대한 안정란 측의 대응 내용도 김장생은 알고 있었다.

감정은 안돈후가 낳은 서녀가 아니며 첩 중금(重今)이 이전 사내와의 사이에서 낳은 딸로서 안 씨의 종이며 양인으로 풀어주었다는 근거가 없다. 가보에 이름을 올린 것은 인정에 의한 것뿐이다. 그 감정이 송린과 혼인을 하였다 해도 종모법(從母法)에 따라 그녀의 자녀들은 모두 안 씨의 노비임이 분명하다. 그 아들 송사련이 당상관에 올랐다고 하지만 이는 주인을 무고해서 얻은 관직일 뿐이다.

이미 국법에 의해 그의 추악한 죄상이 다 드러났기에 그 관직과 녹훈(錄勳)은 없었던 바와 같다. 오히려 국법을 어지럽히고 임금의 눈을 가린 죄에다 노비로서 주인을 배반한 죄를 보태야 마땅하다. 이렇듯 2대 양역이 원천 무효이므로 60년이 지난 일을 따지지 않는다는 법의 규정도 여기서는 예외가 된다.

이렇듯 팽팽하게 갈라선 두 집안의 주장 때문에 송사는 반년이 지나도록 결판을 못 내고 있었다. 차라리 집안끼리의 싸움이라면 벌써 승패가 결정 났을지도 모른다. 누가 봐도 이는 동인과 서인의 대리전이 돼버린 지 오래다. 사활을 건 당쟁이 이 송사에 옮겨와 있다 보니 의논만 무성할 뿐 판결이 이뤄질 수 없었다.

"사형, 아무래도 시간이 걸릴 것 같으니 요기라도 좀 하시지요?"

"괜찮아, 자네라도 뭘 좀 먹도록 하게."

"저도……."

정엽이 절레절레 고개를 저었다. 점심을 건너뛴 지 오래지만 장생은 물 한 모금 마시고픈 마음이 없었다. 최악의 경우, 안 씨의 주장을 받아들이는 결정이 난다면, 송익필의 형제들은 물론 그 자녀들은 곧바로 안 씨의 노비가 돼야 한다. 그동안 모았던 재물과 토지들도 모두 안 씨의 것이 된다. 남녀가 따로 없고 노소가 상관없다. 매일같이 안 씨가 시키는 노역을 해야 하며 조금이라도 불평을 늘어놓았다간 매질을 당해야 한다. 종은 사람이 아니다. 소돼지나 다를 바 없는 주인집 짐승이며 물건이다. 구봉 선생이 그 지경에 간다? 상상도 할 수 없는 일, 결코 그런 일이 있어서는 안 된다…….

해가 인왕산 등성이로 기울 무렵이었다. 삼청동 종 하나가 헐레벌떡 뛰어오며 소리쳤다.

"안으로 드시랍니다!"

김장생이 정엽, 송취대를 뒤딸리고 뛰다시피 해 대문으로 갔다. 굳게 닫혔던 대문이 그새 활짝 열려 있었다. 털북숭이 나졸이 뒤채로 돌아가 보라는 손짓을 했다. 전각 하나를 돌자 뒷마당이 나타났다. 앞서 달려간 삼청동 종들이 마당 가운데 둘러서서 어쩔 줄을 몰라 하고 있었다. 김장생이 그들을 헤치고 뛰어들었다. 순간 제 눈을 의심했다. 아랫도리가 반쯤 벗겨진 채 쓰러져 있는 한 남자, 송익필이었다. 새우처럼 웅크린 채 그가 몸을 떨었다. 속바지 여기저기에는 핏방울이 묻어 있었다. 장생은 저도 모르게 왈칵 눈물이 치밀어 올랐다.

"선생님!"

그를 부둥켜안았다. 그의 몸 떨림이 고스란히 제 품으로 전해 왔다.

"선생님, 눈을 떠보세요. 접니다. 장생입니다."

스승의 얼굴에 제 눈물이 떨어지는 줄도 몰랐다. 송익필의 손이 먼저 장생의 가슴을 더듬었다. 그가 반쯤 눈을 떴다.

"자네군……그래, 장생이……."

기어드는 목소리였지만 상대를 알아보니 천만다행이었다.

"네, 선생님, 접니다. 정엽도 취대도 있습니다. 정신을 놓으시면 안 됩니다! 저희가 모시겠습니다."

"그래, 자네……내 몰골이 말이 아니지?"

그 지경에서도 송익필은 입가에 희미하게 웃음을 지었다. 구경꾼인 양 서 있던 나장이 집으로 데려가도 좋다는 시늉을 했다.

"다른 분들은?"

"하나씩 차례로 나올 거요."

그가 턱으로 널문이 달린 세 칸 집채를 가리켰다. 마당도 아닌 곳간 같은 데다 형제들을 모아놓고 두들겨 팬 모양이었다.

취대로 하여금 아버지를 들쳐 업게 했다. 얼마나 맞은 것일까. 익필은 몸을 제대로 가누질 못했다. 장례원에서 당한 일이니 형장(刑杖)이 아닌 신장(訊杖)을 맞은 게 분명했다. 지은 죄에 따라 벌로 때리는 것이 형장이라면, 신장은 죄의 실상을 알아내기 위해 하는 매질이다. 양인이냐, 천인이냐를 분간하거나 노비의 귀속 문제를 담당하는 장례원에서 송익필 형제들에게 신장을 행했다는 것은 이미 이들 형제를 종의 신분으로 단정하고 있음을 뜻하는 것이기도 했다. 물증을 두고서도 나는 양인이지 종이 아니라고 고집을 부리거나, 저 자가 내 주인이 아니라고 발뺌을 하는 노비에게 신장을 가하는 일은 더러 있었지만 내 종이다 아니다 하고 다투는 양반에게 매질을 하는 경우는 없었기 때문이다.

송익필이 맨 먼저 밖으로 업혀 나간 뒤, 인필 한필 형제가 한꺼번에 끌려 나와 마당에 팽개쳐졌다. 그들 모두 반쯤 정신을 놓고 있었다. 특히 일흔 가까운 송인필은 눈조차 뜨지 못했다. 각자의 자제들이 저들의 아비, 삼촌을 업고 대문 밖으로 달음박질쳐 나갔다.

김장생은 치밀어 오르는 노여움을 참을 수 없었다. 나장 하나를 불러 세워 소리를 질렀다.

"저들이 무슨 죄가 있는가? 판결만 하면 될 일을 저렇듯 매질을 할 수 있단 말인가. 생사람을 때려죽이겠다고 작정을 했구먼. 판결사는 어디 계시는가? 내가 당장 만나 뵈어야겠다."

통례원(通禮院) 인의(引儀) 김장생임을 아뢰라고 소리를 높인 뒤에야 귀 뚫린 시늉을 하던 나장이 퉁명스럽게 대꾸했다.

"소인들은 아무 것도 모르는 일입니다요."

정엽이 소맷자락을 당겼다.

"사형, 예서 이럴 것이 아니라 삼청동부터 가보셔야 되는 것 아닙니까?"

마음 같아서는 판결사 정윤희 나오라고 소리소리 지르고 싶었지만 아랫것들 앞에서 차마 그럴 수도 없었다.

삼청동 송익필의 본가는 곡소리만 나지 않는다 뿐 초상집과 다를 바 없었다. 사랑채 안채를 오가는 하복들의 걸음걸이가 분주한데 뒤늦게 소식을 접한 친지, 제자들이 속속 집안으로 들이닥쳤다.

송익필은 베개를 가슴에 깔고, 엉덩이를 까발린 채 엎드려 있었다. 취대, 취실(就實) 두 아들과 의원을 빼고는 방안 출입을 금한 것 같았다. 취대를 따라 방 안에 들었던 김장생은 저도 모르게 눈을 감았다. 차마 보기 어려운 장면 때문이었다. 박처럼 부풀어 오른 볼기가 금세 떠질 것만 같았다. 검푸른 피멍자국은 보기에도 끔찍했다.

"그렇게 서 있지 말고 앉게. 임종을 하러 온 것도 아니지 않는가."

어렵게 고개를 돌린 송익필이 두 사람을 쳐다보며 낮게 웃었다. 지금쯤 온몸에 통증과 열기가 퍼질 터인데도 그런 내색을 않고 오히려 여유를 부렸다.

"여기 이 의원이 좀 전에 내게 뭐라고 한 줄 아는가? 장독(杖毒)을 빼는 덴 똥물이 가장 좋다나. 그러면서 그걸 한 사발 마셔보면 어떻겠느냐는 거야, 허허."

"예전부터 그런 얘기가 있질 않았습니까. 잘 삭힌 것은 냄새도 거의 없다고 들었습니다."

"그래서? 자네도 마셔 보란 말인가? 시간이 지나면 붓기는 절로 빠질 것이네. 우스개라도 그런 얘긴 꺼내지 말게. 그나저나 시간이 얼마 남은 것 같지 않아⋯⋯."

송익필이 방바닥을 내려다보며 말을 이었다.

"벌써 결안(決案)이 된 것 같아. 그래서 이렇게 갑자기 형문(刑問)을 하지⋯⋯계문(啓聞)을 하고 임금이 오냐, 하면 끝이겠지."

신하들이 결정한 일을 임금에게 아뢰는 것이 계문이었다. 스승의 자조적인 말을 들으며 김장생은 하늘이 무너지는 느낌을 가졌다.

"말이 되질 않습니다, 선생님. 정윤희가 판결사가 된 지 얼마나 됐다고 그렇게 빨리 전원 합의가 이루어졌단 말씀입니까? 거기도 분명 우리 사람이 있는데 어떻게 한 사람의 반대도 없었단 말씀입니까? 그럴 수 없습니다. 내일이라도 당장 장례원을 찾아가 볼 것입니다."

"그럴 일 없네, 그동안 자네 수고가 너무 많았어. 허나 엎질러진 물이야⋯⋯남은 건 그 다음 일을 생각하는 것뿐이라네."

"제가 말씀드리겠습니다."

아버지를 대신해 막내 송취실이 그간의 사정을 설명했다. 장례원 전원합의는 갑자기 소집된 어제 저녁 회의에서 이뤄졌다고 했다. 이미 퇴청을 해서 저녁을 먹고 있던 사의, 사평 등 판관들이 들었던 젓가락을 놓고 집을 뛰쳐나가야 할 정도로 다급한 소집이었다. 그런데 공교롭게도 이편이라고 믿었던 사평 김택중이 퇴청 후 곧장 별시(別試) 동방(同榜)인 홍문관 전교 이강록(李康錄)의 집부터 찾았다. 코앞에 다가온 이강록 조모의 팔순 생신을 미리 하례한다는 이유에서였다. 공복에 두 사람이 소주를 마셨는데 본래 술을 잘 못 하는 김택중이 금세 크게 취해 버렸다. 급보를 받은 그의 종복이 업고서라도 주인을 모셔 가려 했지만 이미 사지가 풀린 택중이 되레 손을 내저으며 화를 냈다고 했다. 한 사람의 판관이라도 연락이 닿지 않아서 참석을 못 할 경우에는 전원합의의 판결이 이루어지지 않지만, 연락이 됐는데도 참석치 않을 경우에는 다른 이들의 의사를 그대로 따른다는 뜻으로 받아들인다는 것이 장례원의 규정이었다.

"허, 그 사람이 그런 실수를 하다니!"

"그래도 김종예가 있지 않았나요?"

김장생이 탄식을 했고, 정엽이 물었다.

"그 자는 곧바로 돌아섰습니다."

"뭔가 꼬투리가 잡혔던 모양이야."

취실의 대답에 익필이 거들었다.

그동안 잘 버텨오던 김종예가 어제 점심 때 사헌부 감찰 진희수(陳希秀)를 만나고부터 급작이 태도를 바꾸었다는 말이었다. 그렇지 않아도 김종예, 김택중 두 판관의 허물을 캐는 데 혈안이 돼 있던 사헌부에서 때맞춰 물증을 손에 쥐고 협박을 하지 않은 다음에야 이런 일이 일어날 수 없었다. 전교 이강록이며 감찰 진희수가 모두 동인 인사들이기에 이 일련의 일들이 우연이라고만 할 수도 없었다. 그러고 보면 김종예가 토사 때문에 등청을 하지 못했다는 것도 본인이 지어낸 말에 지나지 않으며, 김택중의 취광(醉狂) 소동 또한 구실을 만들기 위한 임의의 작란일 수 있었다.

"이 모두가 판결사 정윤희의 머리에서 나온 것일 겁니다. 되돌아보면, 사나흘 사이에 일사천리로 이뤄졌으니까요. 그제 아침에 벌써 배천으로 나졸들이 달려간 것만 봐도 그렇지요."

취실이 단언했다. 한 뱃속에서 나온 서출임에도 취실은 형 취대와는 성격과 행동거지가 판이했다. 매사 진중하며 말과 표정이 없는 형과 달리 그는 민첩하며 언변이 좋았다. 송사에 이름만 내건 사촌 송곤을 대신해서 여러 문서를 찾아내 정리하고 김장생과 함께 관공서를 뛰어다닌 이가 바로 취실이었다.

취방(就方)이라고, 송익필에게도 적자(嫡子) 맏이가 있었다. 허나 그는 어릴 적에 마마를 앓고 난 뒤 머리마저 비어버렸다. 제 앞가림도 하지 못하는 딱한 처지의 그는 허드렛일이나 하면서 교하 강당(講堂)을 지키고 있었다.

"다른 사람들 탓할 것 없어. 내가 정윤희를 잘 몰랐음이야……이보게, 장생 그리고 정엽이, 내일부터는 이 집 근처도 얼씬하지 말게. 부탁이 아니고 명일세."

비장한 송익필의 말이었다.

"보아하니 내일쯤엔 계문을 할 걸세. 그러면 곧바로 전교가 있을 테고……저쪽의 추쇄(推刷)도 금방 시작되겠지."

그가 무겁게 눈을 감았다. 임금의 전교가 내리면 판결이 확정된다. 그러면 그 날짜로 송익필의 형제와 자녀들은 모조리 안 씨의 노비가 된다. 재물도 마찬가지다. 안 씨 후손도 여럿인 만큼 누구를 누구의 종으로 한다는 분급 결정도 장례원이 하게 마련이었다. 피 멍이 든 채 종으로 끌려가야 하는 다급한 사정에서도 제자들의 안위를 먼저 걱정하는 송익필을 보며 김장생은 입술을 깨물었다. 선생이 남의 집 종살이를 하는 모습은 상상조차 할 수 없었다.

"선생님, 우선 얼마간이라도 연산(連山)에 내려가 계시는 게 어떨지요? 숙부께도 기별을 보내겠습니다."

안 씨 사람들이 몰려오기 전에 송익필부터 몸을 피하는 일이 중했다. 송사가 막바지로 이를 때부터 김장생도 최악의 경우를 생각하지 않은바 아니었다. 숙부 김은휘(金殷輝)와도 상의를 한 바 있었다. 익필이 승낙하기만 한다면, 조상 대대로 살아온 충청도 연산 땅이야말로 추노(推奴)의 손길을 피할 수 있는 적지임에 분명했다. 선영의 아래 윗마을에 터 잡아 사는 이들 모두가 광산(光山)김씨 친족들이며 그렇지 않다면 외거(外居) 노비들이었다. 낯선 이가 함부로 마을을 기웃거릴 수도 없는 것이다.

"주인도 없는 큰집을 내 집처럼 여기고 지내면 불편인들 뭐 있겠는가. 스무 명 가솔이라고 해도 끄떡없지."

김은휘도 진즉에 연산을 점찍어 두고 있었다.

"언젠가 거기도 가야 할 때가 있겠지만 아직은 아닐세. 내 걱정은 말게. 이 너른 성 안에 내 몸 하나 숨길 데 없을라고. 경회(景晦, 김은휘)한테는 아직 아무 소리 말게."

따로 방책이 있다는 투였다. 김은휘가 일곱 살 아래지만 두 사람이 벗으로 지낸 지 오래다. 특히 김은휘가 경기도 교하현감으로 있을 때는 익필에게 물심양면 도움을 주었다. 익필이 심악산 아래에 강당을 차린 것도 김은휘의 도움이 없었다면 가능치 않은 일이었다. 지금도 숙부가 교하를 다스린다면 이렇듯 가슴이 답답하지만은 않을 것이라는 생각을 김장생이 잠깐 했다. 김은휘가 임피(臨陂, 현 군산) 현감으로 간 지도 어느새 반년이 됐다.

취실이 무릎걸음으로 자리를 옮겨 앉았다. 그리곤 방바닥에 이마를 갖다 대며 말했다.

"소인은 주줄산에 가서 머리를 깎겠습니다. 허락해 주십시오."

오래 전부터 생각해 뒀다는 듯 음색이 명랑했다.

"중이 되겠다고?"

"네."

"어느새 삼공(三空)이 널 꼬드겼던 모양이구나?"

"아닙니다. 소인 혼자의 결심입니다. 머리를 깎아도 불도(佛道)는 닦지 않습니다."

"중이 절집에서 불도를 안 닦으면?"

"원수를 갚겠습니다."

"……."

뜻밖의 대답에 방안 사람들이 눈을 크게 떴으며, 이내 여기저기서 신음 같은 탄식을 뱉었다. 의원이 건네는 탕약을 한 모금 마신 익필이 두 아들을 둘러보며 천천히 말했다.

"뿔뿔이 흩어지는 일밖에 없다. 종살이도 괜찮다 싶으면 종으로 살면 되고……큰집, 작은집에도 그렇게 내 말을 전하면 된다. 아무 것도 가질 것이 없고, 누가 누구를 챙길 것도 없다. 그러다 보면 죽는 이는 죽을 것이요, 사는 이는 살아남을 것이다. 이제 조상님들은 다 잊어도 괜찮다. 내가 뉘 집 자손이고 뉘 아들이고 그런 것 다 필요 없다. 그리고……."

목이 멘 듯 잠시 말을 끊었던 익필이 한숨을 들이켠 뒤 말을 이었다.

"교하에 있는 네 형은 그냥 그대로 둬라. 애당초 뭐가 어떻게 된지도 모르는 위인이니 차라리 속은 편할 것이다."

그때까지도 목석인 양 익필의 발치에 묵묵히 꿇어앉아 있던 송취대가 한 순간 목이 졸린 듯 컥컥거리다가 곧이어 으아, 울음을 터뜨렸다.

9월 12일,

안정란이 큰어머니 윤 씨와 함께 장례원에 가서 추쇄할 노비들의 명단을 받았다. 명단에는 죽은 송사련의 네 아들과 딸 하나의 나이와 이름은 물론 그들을 안 씨 중 누구네 종으로 한다는 내용이 다 기재돼 있었다. 명부에 의하면 맏이인 65세 송인필과 막내 48세 송한필은 안처근의 외손자 우치검에게 주어졌으며, 둘째인 59세 송부필은 안처겸의 아들인 안로(安璐)의 처 윤 씨에게 귀속되었다. 말 많은 송익필은 안로의 장남 안응달(安應達)의 차지였으며, 종실 한원수의 처인 딸은 안로의 둘째아들 안응건(安應建)에게 돌아갔다. 안정란은 송인필의 15세 아들과 12세 딸을 받았다. 송 씨가 갖고 있던 가옥과 토지 및 그들이 부리던 노비들을 나눠 가지는 문서는 따로 있었는데 송 씨의 선영이 있는 황해도 배천의 임야와 그에 딸린 밭뙈기들이 안정란의 몫이었다.

명부를 손에 쥐었다고 해서 거기에 적힌 이들이 저절로 제 집 물건이 되는 것이 아니었다. 물론 형벌이 무서워서 제 발로 걸어 들어오기 예사지만, 목숨 걸고 달아나는 자들도 적지 않은 법, 하루 속히 명단의 노비들을 붙잡아 제 집 담장 안으로 끌어들이는 일이 요긴했다. 손쓰기 전에 달아난 자들에 대해서는 비용이 들더라도 사람을 사서 추노를 할 수밖에 없었다. 도망친 노비를 찾아내 붙잡아 오는 일은 어디까지나 각각의 주인들이 할 일이지 관아가 대신 해주는 것이 아니었다.

다음 날, 명륜방의 윤 씨 부인 집에는 이른 아침부터 안 씨 일가들이 모여 들었다. 모두들 송사에 이겼다는 기쁨에 밝은 얼굴들을 하고 있었지만 잔치 분위기를 낼 수 없음은 서로가 잘 알았다. 직접 겪지 않았지만 65년 전 신사년(1521년)에 있었던 무옥(誣獄)과 그에 따른 참화는 세월이 지났다고 해서 잊을 수 있는 것이 아니었다. 윗대 어른들이 죄 없이 끌려가서 모진 매를 맞고 죽었으며 죽은 후에도 목이 잘리는 참형을 받았다. 단지 안 씨의 피 떨기라는 이유만으로 송 씨 집 혹은 관아에서 종살이를 하다가 죽은 이들은 또 얼마나 많은가. 집안 노인네 중에는 아직도 그 고초를 생생히 기억하는 이들이 적지 않았다. 윗대 어른들이 신원(伸冤)되어 직첩을 돌려받을 때도 그 원통함이 지워지지 않았는데 이제 그동안 떵떵거리며 잘 먹고 잘 살던 이들을 노비로 되돌려받는다고 해서 환호작약할 수 있겠는가 말이다.

삼청동 송익필의 집으로 쳐들어가기 전, 안정란은 사촌 형제들과 의견을 나눴다. 장례원 판결이 있은 직후부터 사람을 시켜 송 씨들의 동태를 살피게 하였는데 아직까지는 별다른 움직임이 보이지 않았다. 짐 보따리가 실려 나가는 형적이 있는 것도 아니고 사람들의 출입에 달라진 점도 보이지 않았다. 어제 저녁 무렵에도 의원이 집안으로 든 것을 보면 송익필 또한 거동이 어려워 집안에 있는 것이 분명해 보였다.

마당에는 벌써 스무 명이 넘는 장정들이 서성거렸다. 형제들의 장성한 아들과 사위들 그리고 그들이 데려온 친구들이었다. 의논을 마치자, 큰집의 장손인 안응달이 마루 끝에 서서 추쇄의 요령과 주의점 등을 간단히 말했다. 곧이어 무리를 지어 삼청동으로 행했다. 황해도 배천까지 가야 할 다섯이 먼저 길을 떠났다.

경복궁 대궐 담장 길에도 색 바랜 은행잎, 단풍잎들이 분분히 날렸다.

골목 안쪽에 앉은, 솟을대문을 앞세운 큼직한 기와집이 송익필의 집이었다. 아니, 본래는 안당과 그 아들 처겸이 살던 집이다. 친형제처럼 잘 대해 주던 주인 형제들을 역적으로 몰아 죽인 공으로 송사련이 차지한 집. 훈록을 받고 당상관까지 오른 그는 남여를 타고 이 솟을대문을 지나다니다가 여든 넘는 천수를 누리고 죽었다. 죄는 죽은 아비가 지었다 해도 그 벌이 아들 손자에게까지 미치게 되는 것이 연좌법이었다.

뜻밖에도 대문이 활짝 열려 있었다. 젊은이들이 우르르 대문 안으로 뛰어들었다. 안정란은 바깥마당과 중문을 지나 곧장 안마당으로 들어섰다. 두 아들이 안정란을 따랐다. 하복으로 보이는 남녀 예닐곱이 겁먹은 표정으로 처마 밑에 서 있을 뿐 마당은 텅 비어 있었다. 멋모르는 서너 살짜리 아이 셋이 마루 밑을 기어 다녔으며, 마루에 뉘어진 갓난아이가 박박 소리 내어 울었다. 안채 행랑채 문들이 죄 활짝 열려 있는 양도 수상쩍었다.

두 아들이 신발을 신은 채 마루에 뛰어올라 방 안을 훑었다.

건넌방에서 나온 큰아들이 정란을 보고 고개를 저었다. 달아날 수도 있다, 한편의 예상은 있었지만 그 많은 식구들이 이렇듯 감쪽같이 사라질 수 있다는 생각은 하질 못했다. 허망함과 달리 와락 노여움이 치밀었다. 쉰은 됨직한 송 씨의 노복을 꿇어 앉혔다.

"정말이지 소인들은 기척도 못 들었습니다."

송익필 내외가 사라진 사실을 알게 된 것이 어제 새벽이었다고 했다. 자고나서 보니 바깥사랑이며 안채의 방문들이 다 열려 있는데 안에 사람이 없었다고 했다.

함께 살던 아들 둘은 그제 아침에 집을 떠나서 돌아오지 않았고 그 처와 아이들 또한 그제 저녁에 집을 나갔다는 말이었다.

"과시 뱀 같은 익필이 아닐 수 없다."

정란이 탄식을 했다. 밀탐을 나갔던 자의 말만 들은 것이 실책이었다. 바깥채를 뒤지던 안응달, 응건도 빈손으로 건너왔다.

"제 놈이 달아나면 어디로 간다고……잡히기만 하면 내 손으로 다리 뼈를 분질러놓을 게다."

응달도 분을 삭이지 못했다.

"보나마나 배천에도 마찬가지일 겁니다."

안응건이 마루의 병풍을 걷어챘다. 방법이 없었다. 추노는 나중으로 미루고 우선 집안 물품들을 정리해서 목록을 만들고, 남겨놓은 종복들을 수습하기로 했다.

"형님들, 우리 다 같이 배천으로 내려갑시다."

그릇째 냉수를 들이켠 막내 응진(應進)이 불쑥 말했다.

"배천엔 왜? 거기 누가 있을 거라고……?"

"누가 있긴요, 송사련 그 놈이 땅속에 편히 누워 있질 않습니까. 그 꼴을 두고 보시겠습니까? 이 기회에 그놈의 해골을 끄집어내서 박살을 내는 겁니다. 익필, 한필 이놈들이 어딘가 숨어 있다고 해도 제 아비 무덤을 파헤친다는데 가만히 있겠습니까? 제발 그 짓은 말아달라고 빌러 나오겠지요."

지나친 일이 아닌가 싶어 안정란이 쉬 대답을 못하고 있는데 응달, 응길 등이 이구동성으로 찬동하고 나섰다. 그때, 중문 쪽이 시끄럽더니 종실 이인수(李麟壽)의 집으로 쳐들어갔던 안이달(安以達)이 무리를 이끌고 들어왔다. 이달은 안정란의 친형이었다.

도포 차림에 흰 수염을 늘어뜨린 노인네와 그 아낙인 듯한 노파가 어려운 걸음으로 이달을 따라왔다. 안이달이 노파를 끌어당겨 댓돌 앞에 꿇어앉혔다.

"이 여인네가 뉜지 아시겠습니까? 송사련의 딸 춘득입니다. 익필, 한필의 누나지요. 날 잡아가라 하곤 안방 차지를 하고 있더군요."

창백한 얼굴의 노파는 만사를 체념한 듯 두 눈을 감은 채 꼿꼿이 머리를 쳐들고 있었다. 안정란이 마루를 내려섰다. 응달과 응건이 그 뒤를 따랐다. 노파의 곁에 있던 노인이 얼른 정란의 팔을 잡았다.

"안생(安生), 날 알아보시지? 지난해에도 궐에서 보질 않았던가."

"예, 아다마다요……한원수 어르신이잖습니까."

안정란이 예를 차렸다. 성종 임금의 손자인 이인수를 몰라볼 수는 없었다. 비록 이 마당에 와서 그의 부인이 안 씨의 종으로 되돌려졌다고 해도 그는 여전히 종실의 큰 어른이며 안정란 자신은 서자 출신의 하찮은 역관에 지나지 않았다.

"그래, 내가 한원수외다. 나 또한 장례원 소식은 진즉에 들었다오. 어쩌겠나, 국법이 그러한 걸. 언젠가는 이런 날이 오리라……그렇게 겁내면서 평생을 살아온 노인네라오."

애걸이라도 하겠다는 노인의 안쓰러운 몸짓이었다. 성종에게는 왕후와 두 계비(繼妃)를 빼고도 13명의 후궁이 있었는데 이인수의 아비 이관(李慣)은 숙용 심 씨의 몸에서 태어났다. 다섯 아들 중 넷째였다. 살아생전 송사련이 제 딸을 종실에 시집을 보냈다고 얼마나 뻐겼는지 모른다. 그런데 하루아침에 처지가 이렇게 뒤바뀌고 말았다. 그 송 씨의 딸이 옛 주인의 종으로 되돌려지면서 종실에서도 쫓겨날 형편이 되고 만 것이다. 장례원 명부에 의하면, 송 씨 딸 춘득은 안로의 둘째아들 응건에게 귀속돼 있었다.

"보시오, 안생 그리고 안 씨 분들. 이 늙은 아낙이 내년이면 칠십이라오. 제대로 걷지도 못하는 반송장이나 다름없지요. 이 늙은 것을 데려다가 뭣에 쓰겠소? 바늘귀에 실을 꽂기는커녕 물 한 바가지 들고 올 기운이 없는 이를 정녕 데려가지는 않겠지요? 나라 법을 어기자는 것이 아니라오. 쓸모없는 이를 데려가는 대신 내 집의 젊고 실한 여종을 드리겠다는 것이오."

이인수가 주르르, 눈물을 흘렸다. 노인네의 딱한 처지는 누구든 알 만 했다. 애당초 자녀도 생산하지 못했으니 노파가 종살이를 떠나면 이인수는 늙은 홀아비로 살 수밖에 없었다.

안정란이 응건에게 다가갔다. 이인수의 청을 받아들이고 말고는 노파의 새 주인이 되는 응건이 결정할 일이었다. 결국 큰집의 사촌동생인 안응건의 처분에 달려 있었다. 정란이 그의 의향을 물어보았는데 뜻밖에 완강했다. 젊은 계집종은커녕 천만 금으로도 대납(代納)할 수 없다는 것이었다.

"형님, 지금에 와서 누구도 마음이 흔들려서는 안 됩니다. 윗대어른들이 송사련한테 왜 그렇게 당했던가요? 인정으로 돌봐주고 감싸준 탓에 그 모진 일을 당했던 것 아닙니까. 할아버지들의 그 원통함을 생각해서라도 두 번 다시 봐줘선 안 됩니다. 저는 절대 그렇게 못 합니다. 저 늙은이가 제 집에 와서 똥오줌을 싸다가 죽는 꼴을 제 눈으로 똑똑히 보고 말 것입니다."

다섯 살 어린 사촌아우라 해도 그는 해당 노비의 주인이었다. 그의 결정을 따를 수밖에 없었다. 종자를 시켜 이인수를 밖으로 모셔가게 했다.

"이보시게, 대명천지에 이런 일은 없다네. 늙은 것을 살려 주게, 살려 주시게!"

그의 절규가 중문 밖으로 멀어져 갔다. 한 순간, 뜰에 꿇어 있던 노파가 짚단처럼 모로 쓰러졌으며, 하복들이 그녀를 부축해서 뒤 채로 옮겨 갔다.

안정란이 삼청동 집을 나섰을 때는 인왕산 꼭대기 하늘이 온통 핏빛 놀이었다. 단풍잎 쌓인 육조 앞 포도(鋪道)를 걸어갈 때는 저도 모르게 연행(燕行) 때나 자주 쓰던 중국말을 중얼거렸다.

"쩐머빤. 이징 따오르 추티옌(어떡하나, 벌써 가을이 왔는데)……."

9. 남도(南道) 대숲에 부는 바람

단풍이 송익필을 좇아 남녘으로 내려왔다.

건너편 성산(星山)은 말할 것 없고 먼 데 무등산 자락의 산등성이까지 온통 불길에 든 듯, 핏물을 덮어쓴 듯 붉은 빛으로 바뀌었다.

선생이 일찌감치 기침을 했다는 아들 기명(鄭起溟)의 전갈을 받고는 정철이 사랑으로 갔다. 어느새 세수까지 마친 듯 송익필은 단정히 올린 머리칼을 탕건으로 누른 채 가부좌를 틀고 앉아 있었다. 덩치 큰 송취대가 제 아비의 머리 손질을 도운 듯, 방바닥에 떨어진 머리카락들을 하나하나 손으로 줍고 있었다.

"한나절까지 잔다고 해서 뭐랄 사람이 있다던가. 먼 길 온 사람이 뭘 이리 일찍 일어나시는가?"

정철이 그의 맞은편에 앉았다. 새삼 벗의 얼굴을 찬찬히 살펴보는데 생각보다 혈색이 좋아 보였다. 지친 기색도 아니었다. 엊저녁 호롱불빛에서는 보지 못했던 원기마저 느껴져 한결 마음이 놓였다.

"여기가 지실이라고 했지?"

송익필이 입가에 웃음을 지으며 물었다.

"지실이 새들이 사는 촌은 아닐 테고⋯⋯헌데 웬 새들이 그리 많은지, 날이 밝기가 무섭게 여기서도 떼를 지어 재잘대고 저기서도 집이 떠나가라 울어대고⋯⋯통 잠을 잘 수가 있어야 말이지. 처음 들어보는 것이, 도무지 무슨 샌지도 모르겠더군."

"운장(雲長, 송익필의 자)이 왔다고 반가워서 그러겠지."

"내 신세를 놀리는 것은 아니고?"

"그럴 리가!"

머잖아 아침상이 차려져 사랑채로 나왔으며, 웬 곱상하게 생긴 서른 중반의 아낙이 직접 그 밥상을 따라왔다. 정갈한 비녀 머리, 깔끔한 무명 적삼 차림을 봐서도 집안 시비(侍婢)는 아닌 듯했다. 두 계집종이 상을 방 안으로 들이기 전 그녀가 문지방 너머에서 큰절을 했다.

뉜가? 익필이 눈을 크게 하고 정철을 바라보았다. 정철은 씩 웃기만 할 뿐 대꾸가 없었다. 아랫목에서 정철과 송익필이 겸상을 했고, 떨어진 자리에서 정기명과 송취대가 상을 두고 마주 앉았다. 음식 시중이라도 든다는 듯 여자가 상 옆에 붙어 앉았다.

"편하게 운담(云潭)이라고 부르시게나. 몇 해 전 궁(宮)에서 나왔는데 오갈 데가 없어서 예까지 왔다네."

그제야 정철이 여자에 대한 얘기를 잠깐 했다. 창덕궁 영희당(迎禧堂)에 있었다고 하니 귀인 정씨(鄭氏)를 모셨던 궁녀임을 알 수 있었다. 귀인 정씨는 정철의 형 정황(鄭滉)의 딸이다. 금상(今上, 선조)의 후궁으로 들어갔다가 7년 전 스물셋 어린 나이로 세상을 떠났다. 친정집에 나와 아이를 낳다가 숨졌다. 귀인이 열다섯 나이에 입궐할 때부터 섬겼던 궁녀 운담은 주인의 장례를 치르고도 고양의 산소 근처에서 3년 상을 지켰다. 주인을 잃고 상을 마친 궁녀는 다시 궁에 돌아가지 않아도 되는 것이 법도이니 그 무렵 벌써 정철이 그녀를 제 여인네로 지목했음도 미루어 짐작할 수 있었다. 말로는 지난해 창평에 내려오면서 데려왔다 하지만 곧이들을 말은 아니었다.

술 좋아하고 여인네 좋아하는 정철답게 미인을 붙여놓은 조반상에는 어김없이 술병이 올라 있었다. 익필은 운담이 권하는 술잔을 받고도 입술에 대는 시늉만 하였고 정철은 밥숟갈 한 번 뜨지 않고 석 잔을 거푸 마셨다.

"자네도 한 잔 하시게. 자고로 음주에는 짝이 있어야 하거늘……."

그가 여자에게 잔을 권했으며 여자 또한 마다 않고 단숨에 잔을 비웠다.

"계함(季涵, 정철의 자), 보기는 좋네만 혹여 저들이 알고 허물을 삼으면 어쩔 것인가?"

남녀의 수작을 보면서 송익필이 농 반 진 반 훈수를 했다.

"저들? 이발 말인가, 이길 말인가? 허어, 그 형제가 이 일을 알면 또 사단을 일으킬 것은 뻔하지. 송강이 궁녀를 데려나와 술을 마셨다고 말일세. 저들은 술도 안 마시고 미인을 두고도 눈 하나 껌뻑하지 않는 작자라던가? 허나 염려 마시게. 여기는 그대와 나 둘뿐이라네."

"이 사람, 저들은 사람이 아닌가?"

익필이 말없이 수저만 놀리고 있는 취대와 기명을 턱으로 가리켰다.

"자네 아들이고 내 아들일세."

생각났다는 듯이 정철이 굳이 송취대를 불러 술 한 잔을 마시게 했다.

"운장, 내가 요즘 이 촌구석에서 무슨 글을 쓰고 있는지 아시는가?"

그가 눈을 껌벅이며 넌지시 물었다.

"월하독작(月下獨酌)은 아닐 테고?"

갑자기 정철이 흠, 흠 목소리를 가다듬곤 시를 읊기 시작했다.

"이 몸 생겨날 적에 임을 따라 태어나니/ 한평생의 연분임을 하늘이 모를 일이던가./ 나 하나 젊어 있고 님 하나 날 사랑하시니/ 이 마음 이 사랑 견줄 데가 전혀 없네./ 평생에 원하되 함께 지내자 하였더니/ 늙어서야 무슨 일로 따로 두고 그리는가? ……흠, 오늘은 여기까지만. 장강(長江)처럼 길게 해보려고 하는데 모르겠네……."

"관동별곡인가 뭔가 같이 또 언문이군. 이 또한 신가 노랜가 모를세."

송익필이 시큰둥한 반응을 보였지만 정철은 개의치 않았다.

"시도 아니고 노래도 아니지. 관동별곡 마냥 그냥 곡자는 붙여봤네. <사미인곡>이라고……."

"미인은 누군가? 궁궐에 있는 상감이신가 아니면 기방의 여인네인가?"

"어찌 그걸 꼭 집어 말할 수 있겠는가. 임금을 그리는 자한테는 임금이 미인일 테요, 담 너머 여인네를 사모하는 이라면 또 그 여인네가 그럴 테지. 먼 길 떠난 서방이며 자식 놈이라고 해서 그렇지 않을까."

"모를세, 그 재주를 갖고 적벽부 같은 큰 작품을 하지 않고 언문 노래나 하시다니……."

"전에도 우리 이런 일로 다툰 바 있지? 놔두시게, 이 작은 조선 땅의 문사가 제 아무리 도연명과 소동파를 흉내 낸다고 해서 그들을 뛰어넘을 수 있을까. 매양 시를 읊은들 이백이며 두보의 발끝에나 갈 수 있을까. 허지만 천하의 도연명이요 이백이라고 한들 그들이 조선말 노래는 할 수 없지 않는가. 누가 뭐래도 나는 세종 임금이 나라의 문자를 만든 것만으로도 성군이라고 여긴다네. 입으로 하는 말을 온전히 문자로 옮겨 적지 못한다면 생각과 말이 달라질 수밖에 없다는 것이 내 생각이네. 전에 숙헌(이이)과 우계(성혼)가 있는 자리에서도 이런 얘길 나눈 적 있지? 명색이 사대부라고 하는 우리 모두가 입으로는 '봄 되자 사방 못에 물이 가득하네.'라고 하면서도 머릿속에는 '춘수만사택(春水滿四澤)'이란 엉뚱한 문자를 굴리고 있다고……."

"그래서 불편한 것이 뭐 있는가? 우리 모두 어릴 때부터 그렇게 공부하였기에 읽고 쓰고 말하면서 이렇게 살고 있지 않은가?"

"불편이 없다고? 허어, 그러면 천하의 문장가이신 운장께서 이 말한 마디를 문자로 써 보시게 '군눈 뜬 놈이 애면글면하더니 오늘 아침에 칵 소리 한 번 못 내고 뒈졌다.' ……이거."

"에이, 이 사람!"

정철의 엉뚱한 시험에 익필이 금세 손을 내저었다. 금방이라도 언성을 높일 것 같던 두 사람이 함께 웃는 걸 보고는 취대며 기명이 따라 웃었고 운담 또한 입을 가린 채 어쩔 줄을 몰라 했다. 정철이 술 한 모금을 마신 뒤 말을 이었다.

"보시게. 나는 내가 듣고 말하는 바를 내 문자로 쓰는 것뿐이라네. 조선 사람이라면 응당 이렇게 할 때도 됐다고 여기는 걸세. 군왕들도 공주와 옹주한테 편지를 쓸 때는 언문을 쓰는 게 예사 아니던가. 배우기 쉽고 쓰기 편하니까 종복들마저 서로 글을 주고받질 않는가. 양반 사대부들만이 아직도 대단한 뭐를 가진 양 중화의 문자를 휘갈기고 있으니 아랫사람들과 통할 수가 없지. 내가 쓰는 시는 조선 사람이라면 누구나 다 읽을 수 있다고 여기네. 너도 나도 쓰는 시조를 보게. 많은 이들이 읽어주면 얼마나 좋은가."

"계함이 좋다고 여기면 그렇게 해야지. 나도 굳이 말리고 싶은 마음은 아니라네. 여기 면앙정(송순) 어른한테도 더러 그런 시가 있었지?"

한 해 넘어 만에 만난 벗이 서울의 정치 얘기는 고사하고 그동안 송사를 치르느라 얼마나 고생이 많았느냐, 집안이 풍천박산 됐는데 어떡하느냐 묻질 않고 한가하니 여자를 앉혀 놓고 시화(詩話)나 나누고 있으니 되레 마음이 편해지는 송익필이었다. 정철도 그 마음을 알고 있었다.

"암, 있지. 내일이라도 함께 가볼 것이네. 면앙정이라고, 작은 산꼭대기에 정자가 하나 있는데 거기서 바라보는 풍경이 그만이라네. 그 어른이 쓴 <면앙정가>가 바로 그 풍경을 노래한 것인데 굳이 언문으로 쓰셨지. 뜻이야 같다 하더라도 문자가 달라지면 글의 맛이 온전히 달라진다는 것을 내가 그 글을 읽고 깨쳤다고 할까. 아무튼 그 어른이 나한테 준 게 참 많아요."

상을 물린 뒤, 두 사람은 마을 구경이나 하자며 집을 나섰다. 운담도 동행이었다.

"내가 말한 식영정(息影亭)이 바로 저기 산등성이에 있다네. 저 산이 여기서는 별뫼라고 하는 성산이고……."

마을 어귀에서 정철이 북녘의 산자락을 가리켰다. 손에 잡힐 듯 가까운 거리였다.

"서하당 김성원(金成遠)이라고 했던가?"

파주 율곡에서 혹은 고양에서 벗들이 어울릴 때마다 정철이 이곳 창평(현 전남 담양군)의 자연이며 인사들에 대한 얘기를 자주 하였기에 송익필로서도 초행의 이곳이 낯설지만은 않았다.

"아무렴, 석천 임억령(林億齡)에 대해서도 말했었지. 서하당이 스승 석천을 위해 지은 정자이니 아름답기도 하지. 저어기 산자락에 숲이 보이지? 환벽당은 바로 저기 있다네. 숲에 가려 집은 보이지 않는구먼."

이번에는 맞은편의 숲을 가리켰다.

그 또한 넘어지면 코 닿을 거리였다.

"사촌(沙村) 김윤제(金允悌)가 머물렀다는?"

"기억하시는군."

"계함의 오늘이 있도록 밀어주고 끌어줬다는 은인인데 난들 잊을 수 없지."

"시간이 많으니까 날 잡아 가며 천천히 여기저기 둘러보면 된다네."

곧장 그쪽으로 갈 줄 알았는데 정철이 마음에 둔 오늘의 행선지는 다른 곳인 것 같았다.

"허긴, 시간이 많지……."

익필이 고개를 끄덕였다. 눈대중이지만 지실마을은 20호가 채 돼 보이지 않았다. 사방이 산으로 둘러싸인 마을, 마을 앞으로 들이 펼쳐 있긴 하지만 손바닥만 한 너비에 지나지 않았다. 묵은 벗 정철이 청운의 꿈을 품고 학업을 쌓았던 곳이기에 눈에 들어오는 자연은 물론 동리의 흙담 하나도 익필에게는 정겨워 보였다.

정철이 창평과 인연이 닿은 것은 큰아버지 유심(鄭惟深)이 남원부사로 있던 때 할아버지 계(溪)의 묘를 이곳에 쓰면서부터였다.

인종 임금이 즉위 후 여덟 달만에 승하하고 명종이 보위를 이은 뒤였다. 문정왕후를 등에 업은 윤원형 일파가 대윤(大尹)이라 불리는 윤임(尹任) 일당을 축출하는 정변을 일으켰으니 그것이 이른바 을사사화다. 사화의 불똥은 정철의 집안에도 튀었다. 정철의 누나가 곧 인종의 후궁 귀인 정씨이며 누이동생이 계림군 이류(李瑠)의 처였던 탓이었다.

소윤(小尹) 일파가 윤임을 제거하기 위한 음모의 하나로 경기감사 김명윤(金明胤)을 시켜 밀계를 올리기를 "인종의 병환이 위중하자 윤임은 자신의 신변에 위협을 느껴, 임금의 아우(명종)를 추대하는 것을 원하지 않고 자신의 생질인 계림군 류를 세우고자 한다."고 하였다. 이 일로 윤임이 제거되자 계림군은 미리 겁을 먹고 양화도에서 배를 타고 도망쳐 황룡산에서 머리를 깎고 중이 되어 숨었다. 그러나 머잖아 토산현감 이감남(李坎男)에게 체포되었으며 서울로 압송된 뒤 사지를 찢어 죽이는 거열형(車裂刑)을 당하였다.

그 이전 문정왕후는 이류를 찾기 위해 내관에게 병졸을 딸려 보내 정유침(鄭惟沈. 정철의 아버지)의 집까지 샅샅이 뒤졌으며, 그를 찾지 못하자 유침과 그 아들 정자(鄭滋)를 포박해 갔다. 두 사람은 날마다 경회루 남문 밖에서 국문을 당했다. 당시 뜰에는 형벌의 도구가 가득하고 인두로 살갗을 지지는 끔찍한 상황이 벌어졌으며 아들 정자가 곤장을 맞자 정유침이 머리로 기둥을 부딪치며 소리치기를 "우리 아이가 죄 없다는 사실은 하늘이 알고 있다."고 부르짖었다. 결국 유침은 정평부(定平府)의 도역(徒役)으로 갔다가 얼마 안 되어 방면되었으며 정자는 전라도 광양으로 귀양 갔다.

정철 집의 화는 이것이 전부가 아니었다. 명종 2년, 소윤들은 남아 있는 윤임 일파를 완전히 도태시키기 위해 '양재역 벽서사건'을 일으켰다. 이 해 9월 부제학 정언각(鄭彦慤)과 선전관 이로(李櫓)가 경기도 과천의 양재역에서 '위로는 여주(女主, 문정왕후), 아래로는 간신 이기(李芑)가 있어서 권력을 휘두르니 나라가 곧 망할 것'이라는 내용이 적힌 익명의 벽서를 발견해 임금에게 바쳤다. 이로 인해 정유침, 정자 부자를 비롯하여 이언적, 노수신, 백인걸 등 20여 명이 유배를 당하였다.

정유침의 유배지는 경상도 연일(延日, 현 영일)이었으며 정자는 광양에서 함경도 경원으로 배소가 바뀌었다. 정자가 광양에서 경원으로 갈 때, 한양의 성동 밖 길을 거쳤다. 이때 그의 어머니가 아들을 보러 나와 있다가 속옷을 벗어서 아들에게 입혀주며 말하기를 "옛날 사랑하는 아들이 노역에 나갈 때 어미의 옷을 입고가면 빨리 돌아온다고 하였다."며 통곡했다는 얘기는 율곡이 쓴 정유침의 묘지명에도 적혔다. 결국 정자는 유배지 경원에서 서른둘의 나이로 죽었다.

당시 어리기만 했던 정철은 아버지를 따라 유배지인 연일에서 성장기를 보냈다. 4년 뒤인 16세 때(1551년) 왕실의 대를 이을 왕자(훗날 선조)가 태어난 경사로 인해 정유침이 사면을 받아 유배에서 풀려났다. 그 후 유침은 형 유심이 부사로 있는 남원에서 어머니를 모시고 살다가 그 어머니마저 세상을 떠나자 부모의 산소가 있는 창평 당지산 기슭의 지실 마을에 둥지를 틀었다. 정철 또한 아버지를 따라 이곳에 정착하였는데 사람들은 이때부터 이들 일가를 지실정씨라고 불렀다.

정철은 27세 나이에 과거에 급제하여 벼슬길에 나가기 전까지 10년 가까이를 이곳에서 지냈다. 큰아버지 정유심과 만석꾼 김윤제의 후원이 있었기에 지실에서의 살림살이는 큰 어려움이 없었다. 그 중에서도 창평에 와서 김윤제를 만난 것은 정철의 생애에 있어서 행운이었다. 그 무렵 김윤제는 부안현감을 물러나 이곳 자미탄(紫薇灘) 가에 별서 환벽당을 짓고 은둔의 한가를 즐기고 있었다. 부안을 다스릴 때만 해도 그곳의 특산인 사슴가죽과 송판의 공납으로 고생하던 고을 사람들의 어려움을 덜어주어 칭송을 받았던 그였다.

지실로 거처를 옮긴 정유침이 김윤제의 문명(文名)과 사람됨의 소문을 듣고는 아들 철을 데리고 찾아갔고 김윤제 또한 한눈에 정철의 자질을 알아보곤 흔쾌히 자신의 문하에 거두어 들였다. 정철이 창평에서 수학하는 동안, 향리의 선비인 송순, 임억령, 김인후, 기대승 같은 학인들을 만나 배움을 넓히고 김성원, 고경명 등과 벗으로 교유할 수 있었던 것도 이 연분에서 비롯됐다.

각별히 정철을 아꼈던 김윤제는 이듬해 유강항(柳強項)의 딸을 배필로 해서 정철의 혼례를 올려주었으며 학업에만 매진하라고 자신의 논밭과 하복까지 떼어 주었다. 유강항이 곧 김윤제의 사위였으니 이로써 김윤제는 정철의 처외조부가 되었다.

열한 살 위인 서하당 김성원은 김윤제의 종질(從姪, 사촌형의 아들)로서 정철에게는 처외재당숙이 되지만 환벽당에서 동문수학한 인연으로 두 사람은 망년지교(忘年之交)의 우정을 나누는 사이였다.

정철이 과거에 급제하기 이태 전, 아버지 정유침은 나라에서 직첩을 돌려받고 서울에 돌아와 살아도 좋다는 허락을 얻었다. 아버지가 가솔을 이끌고 서울 집으로 먼저 돌아간 뒤 정철도 지실을 떠났지만 그가 험난한 관직생활을 이어가는 동안 이곳의 집과 전답은 경기도 고양의 거처와 함께 요긴하게 쓰일 데가 많았다. 지실에 있는 지금의 번듯한 집채는 정철이 혼례를 올리던 시절의 것이 아닌, 강원도 관찰사를 다녀온 후 완전히 새로 지은 것이었다. 술에 취하면 곧잘 그가 창평이 내 고향이라고 하는 까닭도 거기에 있었다.

가까운 산모롱이를 돌고난 뒤에야 송익필은 정철이 이끄는 곳이 다름 아닌 소쇄원(瀟灑園)임을 알았다.

"계함, 내 '기운을 맑고 깨끗하게' 해주겠다고 이리로 데려오신 건가?"

송익필이 '소쇄'의 말뜻을 새기며 짐짓 물었고 정철은 허허, 웃기만 했다.

대밭 사이로 난 좁은 흙길을 디뎌 올랐다. 댓잎을 흔드는 바람소리가 물결소리 마냥 청량했다. 천 리 길보다 더 걸은 셈인가? 참 멀리도 떠나왔다는 생각을 익필이 잠깐 했다. 새벽, 성문이 열리는 시각에 맞춰 삼청동 집을 나섰다. 정기명의 기별을 받았다는 취대가 지척에서 아버지를 지켰다. 그 길로 고양 정철의 집으로 갔다. 취대의 처와 어린 딸아이는 앞서 도성을 빠져 나갔다. 전라도 남원에서 취대를 기다리기로 돼 있었다. 창평에 있던 정철이 미리 기명에게 사람을 보내 만반의 준비를 하게 했음도 송익필은 뒤늦게 알았다.

다음날 김장생과 정엽이 고양으로 찾아왔다. 정엽의 권에 따라 이산해를 만나보기로 했다. 물에 빠진 사람이 지푸라기를 붙잡는 심정과 같았다. 다음날 정기명, 취대 둘을 데리고 다시 한양으로 돌아왔다. 정엽이 이산해의 집에서 기다리고 있었다. 이산해는 정엽에게 외할아버지의 동생, 즉 외종조부가 됐다. 이산해 또한 엄연히 동인이었지만 서인 인사들과 사이가 나쁘지 않았다. 이산해만 도와준다면 안 씨 집 종살이는 면할 수 있을 것 같았다. 방법이 딱 하나 있긴 하다고 그가 말했다. 정여립이 그랬던 것처럼 율곡을 버리면 된다는 것이었다. 율곡을 비판하는 글 하나만 써주면 이발이며 김성일, 유성룡 등을 설득하여 천역을 면하게 해주겠다고 했다. 하도 어이가 없는 제안이어서 익필은 실소를 터뜨리고 말았다. 그의 면상에다 침이라도 뱉고 싶었지만 꾹 참고 몸을 일으켰다. 정엽이 어쩔 줄 몰라 했지만 그의 잘못은 없었다. 그 길로 숭례문을 빠져 나왔다.

그 밤중에 남도로 가는 길을 걸었다. 잠자는 사공을 깨워 노를 젓게 했으며 한강을 건넌 뒤 수원성 밖에서 잠깐 눈을 붙였다. 남원으로 가는 길은 멀고도 멀었다. 기명과 취대가 먹을거리를 구하고 잠자리를 찾느라 갖은 고생을 다했다. 차라리 육신의 고단은 견딜 만했다. 허나 뿔뿔이 흩어진 70여 친족들을 생각하면 씹는 것이 목구멍을 넘어가지 않고 지쳐 떨어져도 잠을 잘 수 없었다.

닷새 만에 남원 박제의 집에 이르렀을 때는 손가락 하나 놀릴 수 없도록 지쳐 있었다. 취대도 무사히 제 식구들을 상봉했다. 고맙게도 박제는 취대 일가가 살 수 있는 오두막집 하나를 마련해 놓고 있었다. 이모두가 정철의 배려였다.

벼슬자리 하나 얻겠다고 뻔질나게 들락거릴 때, 모든 벼슬아치들이 박제 그를 비아냥했지만 정철 혼자 나름으로 그를 감싸주었기에 그 또한 정철에 대한 고마움을 잊지 않았다. 아니, 정철의 재기를 누구보다 굳게 믿는 그였기에 나중을 생각해서라도 기쁜 마음으로 그의 부탁을 들어주었음이 분명했다.

남원에서 이틀을 머물면서 원기를 되찾았다. 하루 빨리 정철을 만나고 싶은 마음뿐이었다. 남원에서 담양, 창평으로 가는 걸음걸이는 되레 가볍고 날래기만 했다.

"내일이나 모레쯤이면 송헌(박제)도 이리로 올 걸세."

생각이 난 김에 그에 대한 사례는 해야 할 듯싶었다.

"오면 오는 것이고……술이나 흠뻑 먹이면 됐지 뭐."

정철이 대수롭잖다는 듯이 한 마디 응했다.

대밭이 끝나는 곳에 골이 나타났다. 골물은 깊게 패인 양편 바위 사이로 흘렀는데 그것은 위쪽에 있는 치마폭 같은 바위벽을 타 내린 것이었다. 속세와의 경계를 나타내듯 바위벽 위에 담장이 쳐져 있었으며 골물은 그 담장 아래를 관통한 것이니 담 너머로는 또 다른 동천(洞天)이 이어지는 듯싶었다.

골 너머 맞은편 언덕에 아래위로 층을 지어 서 있는 두 집채가 보였다. 보아하니 아래가 광풍각(光風閣)이요, 위편이 제월당(霽月堂) 누각이었다. 광풍각 마루에는 벌써 갓 쓴 이 셋이 앉아 있었다. 그들이 이편을 보곤 손을 흔들었다. 정면 세 칸의 마루 가운데다 네모꼴의 방 하나를 앉힌 모양인데 방의 쪽달이 문들이 죄 천정으로 젖혀 있었다. 누각 안팎으로 종자들의 걸음걸이가 바쁜 걸 봐서도 정철이 미리 자리를 준비시켰음을 알만 했다.

"저들이 뉜가?"

송익필이 의관을 고치며 물었다.

"글쎄, 가운데 앉은 이가 주인인 건 알겠는데 나머지는 누군가……?"

정철이 짐짓 모르는 양 능청을 부렸다. 주인이라면 고암 양자징(梁子澂)을 일컬었다. 처음 이곳에 원림을 가꾸고 정자를 세운 양산보(梁山甫)의 아들이며, 하서 김인후의 사위되는 이다. 효행이 조정에 알려져 사관(祠官)에 나아갔다가 거창현감을 지냈다.

구름 한 점 없이 청명한 하늘에 소슬한 바람, 붉고 누런 나뭇잎들이 천공을 어지럽히는데 옥류 너머에 새처럼 앉은 팔작지붕의 누각과 그

대청에 앉은 선비들……옥경(玉京)의 신선들이 바로 저들이 아닌가 싶기도 했다.

골을 건너는 다리는 훨씬 위편에 놓여 있었다. 서른이 돼 보이지 않는 두 젊은이가 다리 앞에서 기다리다가 다가오는 일행을 보곤 공손히 읍했다. 양자징의 두 아들, 천경(千頃)과 천회(千會)라고 정철이 소개했다. 둘 다 마른 몸피에 키가 컸다.

"송 선생님 존함은 익히 들었사온데 이 누지에서 직접 뵙게 되어 무한한 광영입니다."

빈 말만은 아닌 듯, 두 젊은 선비가 익필을 대하곤 어쩔 줄을 몰라 했다. 다리를 건너기 전, 형제의 안내를 받으며 띠로 지붕을 인 아담한 정자가 있는 대봉대(待鳳臺)부터 한 바퀴 돌아봤다. 봉황은 오동나무에 깃들인다고 했던가. 정자 옆에 선 큼직한 오동나무가 황토 빛깔 이파리들을 떨구었다.

"소쇄처사(瀟灑處士, 양산보)가 여기다 이 이름을 붙인 데도 까닭은 있었겠지? 기다리는 봉황이 과연 무엇이었을까?"

익필이 물었으며 정철이 고개를 가로저었다.

"훗날 구봉(송익필) 선생께서 예 오실 줄 아셨던 건 아닐까요?"

뜻밖의 참견이었다. 예까지 말없이 따라왔던 운담이었기 때문이다. 다리가 아픈 양 먼저 정자 마루에 엉덩이를 걸치고 있던 그녀가 무연히 내뱉은 한 마디에 가장 반색을 한 이가 정철이었다.

"옳거니! 자네가 진실로 옳은 소리를 한 번 했네. 봉황이 따로 있던가, 구봉이 봉황이지."

익필이 당황해서 얼굴을 붉혔고 정철은 뭐가 그리 좋은지 너털웃음을 그치지 않았다. 나무를 엮어 걸친 위에다 흙을 덮어 길을 낸 홍교(虹橋)를 건넜다.

광풍각 뜰에 들자, 마루에 앉았던 세 선비가 댓돌 아래로 내려와서 맞아 주었다. 주인의 옆에 선 이가 바로 서하당 김성원이었으며, 바로 뒤쪽에 선 이는 화순(和順)의 진사 정암수(丁巖壽)였다. 그 또한 김윤제의 문인이었다. 마루에 오른 뒤에는 서로 맞절을 하며 인사를 나누었다. 양자징의 두 자제도 새로 익필에게 큰절을 올렸다.

각자 좌정을 하자, 기다렸다는 듯이 큼직한 두리기상이 올라왔다. 남도의 갖가지 해물과 전, 나물 찬들이 잔뜩 차려진 상이었다. 운담을 포함하여 여섯이 상을 둘러앉았다. 운담은 정철과 익필의 사이에 앉았다.

양자징이 먼저 익필에게 술을 권하며 노고를 위로했다. 예순여섯, 익필보다 열세 살 연상인데 기력이 정정해 보였다. 그보다 두 살이 적다는 서하당도 마찬가지였다. 서하당은 굳이 익필을 선생이라 칭하며 가르침을 청한다는 말까지 했다. 정암수는 익필과 동갑. 이들보다도 두 살이 적은 정철이 좌중의 막내가 됐다.

주인을 비롯해 선참자 셋이 차례로 주는 술을 마다 않고 마시다 보니 금세 취기가 느껴졌다. 눈부시게 아름다운 산수의 한가운데서, 정다운 벗을 곁에 두고 취흥에 젖고 보니 어제까지의 참담한 일들이 모두 꿈속의 것인 양 아득하게 느껴졌다. 부서져라 두들겨대던 대문소리도, 하나요, 둘이요……매질소리도 꿈에서 들은 것만 같았다. 허나 대밭을 지나는 바람소리에도, 담 너머에서 나는 그릇 소리에도 흠칫 놀라는 자신을 보며 송익필은 혼자 비애를 삼켰다.

"계함, 내 취해서 쓰러지거든 자네가 업고 가야 한다네."

초면인 인사들 앞에서 혹여 실수라도 할까 봐 미리 언질을 놓았는데, 정철이 그런 걱정을 말라며 손을 내저었다.

"과시 우리 운장(송익필의 자)이 그냥 운장이신가. 청룡언월도 하나 비껴들고, 막아서는 관문의 장수마다 목을 따버린 오관참육장의 영웅이요, 술잔의 술이 식기도 전에 화웅을 베고 그 수급을 들고 왔거늘, 까짓 술이야 황새 주둥이 앞의 이슬방울에 지나지 않지요."

"허어, 그러면 여기 계시는 운장이 관운장이란 말씀이군요?"

재미있다고 양자징이 껄껄 웃었다. 익필이 나섰다.

"우리 송강은 책을 읽어도 『삼국지』는 읽지 않고 꼭 『삼국지연의(三國志演義)』만 읽는답니다. 동탁의 부하 화웅이 관운장한테 죽었다는 것은 나관중이 지어낸 얘기일 뿐 사실이 아니지요. 화웅은 손견에게 쫓기다가 결국 효수를 당했으니까요."

"그런가요? 『삼국지연의』는 뭔가요?"

양자징이 물었다. 익필이 술잔을 놓고 대답했다.

"중국에서 처음 책으로 묶여 나온 것이 80년은 조금 더 되겠군요. 진수(陳壽)가 편찬한 『삼국지』에다 여기저기 떠도는 사화들을 보태서 민간에서도 쉽게 읽을 수 있도록 한 것입니다. 금상이 보위에 오르신 다음해던가요. 고봉 기대승이 석강(夕講)에서 『근사록』을 강하던 때도 이 얘기가 있었습니다. 상감이 묻기를 '장비의 고함에 만군이 달아났다는 말은 정사에는 보이지 않고 『삼국지연의』에 있다고 하는데 사실이냐?'고요. 기대승이 아뢰기를 '이 책은 무뢰한 자가 잡된 말을 모아 고담처럼 만들어 놓은 것입니다. 잡박(雜駁)하여 무익할 뿐 아니라 크게 의리를 해칩니다. 그 중의 내용을 들어 말씀드린다면, 동승(董承)이 의

대 속에 황제의 조서를 숨겼다든가, 적벽 싸움에서 이겼다는 등의 얘기는 괴상하고 허탄한 일과 근거 없는 말로 부연해서 만든 것일 뿐입니다. 이는 『전등신화』나 『태평광기』와 같이 사람의 심지를 오도하는 책에 지나지 않습니다.' 했지요. 나아가 그는 임금이 이런 서적에 관심 갖는 것 자체가 참으로 미안한 일이라면서 경박한 세태를 꼬집기도 합니다. '근래 식자들마저 경서는 어렵다고 싫어하고 사실과 거리가 먼 사화들을 즐겨 읽습니다. 세상이 그러하다 보니 유사(儒士)가 잡박하기는 쉽고 정미(精微)하기는 더 어려워지고 말았습니다. 『전등신화』는 지극히 저속하고 외설적인 책인데도 교서관이 각판(刻板)까지 하게 되어 일반 여염에서도 다투어 보는 지경에 이르렀습니다. 그 내용에는 남녀의 음행과 상도(常道)에 벗어나는 괴상하고 신기한 말들이 많이 있습니다. 『삼국지연의』 또한 괴상하고 탄망(誕妄)함이 이와 같은데도 날로 널리 퍼지고 있으니 어찌 염려되지 않겠습니까. 그 문자를 보면 모두가 평범한 이야기고 괴벽한 것뿐입니다. 옛사람들은 첫째는 도덕이라 하였고 또 첫째는 대통(大統)이라 하였습니다. 주상께서 백성을 인도함에 있어 바르지 않은 책은 마땅히 금해야 합니다. 근래 배우는 자들마저 정주(程朱)의 글은 심상히 여기고 새로 나온 책들만 보기 좋아하니 이 또한 해가 많습니다.' 기대승의 이 말이 어찌 그 당시에만 통하던 것이라고 할 수 있겠습니까?"

20년 전 지엄한 궐에서 군신이 주고받았던 말을 마치 어제 보고들은 듯이 전하는 익필의 언변에 좌중이 놀라워하며 고개를 끄덕였다. 정철만이 예외였다. 수염에 묻은 술 방울을 손으로 훔쳐낸 그가 말했다.

"허, 운장이 또 잡박하다고 이 무뢰배를 나무라시는군요. 우리 고봉

(기대승) 선생께서 그리 말씀하셨다니 소생이 뭐라 달리 말할 수 있겠습니까마는 소생의 천분이 그래서 그런지 몰라도 점잖은 『삼국지』보다는 괴벽 탄망한 『연의』가 더 좋으니 어찌 합니까? 말이 나와서 말이지 『삼국지』에는 문자는 있지만 사람이 없는 데 반하여 『연의』에는 살아있는 사람들이 있다고 하면 과한 표현이 될까요? 그리고 『삼국지』의 기록은 참인데 『연의』의 것은 거짓이라고요? 그럼 진수는 화웅이 효수당하는 것을 직접 눈으로 보기라도 했답니까? 조조와 유비의 곁에 있지 아니한 이는 누구도 조조와 유비의 참 얘기를 전할 수 없겠지요. 여하한 사서든 전해오는 이야기를 쓰는 이 나름으로 새로 옮기고 정리한 것에 지나지 않을 것입니다. 거기서 뭘 배우고 느끼느냐 하는 것은 읽는 이의 몫이라고 생각합니다. 그런 점에서 소생은 『전등신화』며 『태평광기』 같은 책도 나쁜 점만 있다고 여기질 않습니다. 남녀가 사랑하는 일이 다 외설이 될 수 없고, 귀신과 신선의 얘길 한다고 해서 모두 탄망하다고 할 수는 없지 않겠습니까? 남녀의 교접에 음양의 이치가 들어 있고 사람과 귀신의 왕래에도 허허실실의 요체가 숨어 있을 테니까요."

"허어, 이 점이 계함의 나쁜 점이고 또 좋은 점이라고 생전에 율곡이 말했지요."

조금 언성이 높아진 정철을 보며 익필이 웃었다. 그 사이 운담이 티 나지 않게 정철의 손을 제 쪽으로 당겨 수건으로 닦아주었다.

"율곡이 그런 말을 했다고요?"

김성원이 놀라워했다.

"예, 율곡이 말했지요. 우리 계함은 누구보다 사람의 본성을 잘 알고 그것을 지키기를 좋아해서 남보다 쉬 도의에 이를 수 있지만 또 그로 인해 자칫 양주(楊朱)를 좇을까 저어된다고요……."

"그렇군요. 율곡이 계함을 제대로 보긴 봤어요, 허허."

김성원이 고개를 끄덕이며 말했다.

"맹자는 '털 하나를 뽑아 온 천하가 이롭게 된다 하더라도 그렇게 하지 않을' 거라면서 양주를 나쁘게 평했지만, 따지고 보면 양주의 위아설(爲我說)이란 게 꼭 방종과 방탕을 조장하는 게 아니지 않습니까. 세상 사람치고 저 자신을 이롭게 하고자 하지 않는 이 누가 있을까요? 눈에 티끌 하나 들어가도 고통스러운 것이 사람인데……그래서 '내가 사는 내 삶을 방해하지 말고 그대로 내버려두라,'면서 '즐겁게 사는 것은 자연처럼 사는 것이며 이는 자신에게 달려 있다.'고 한 그의 주장도 크게 욕먹을 것은 아니라고 생각하는데요?"

"그래도 서하당이 내 편이 돼 주니 든든합니다."

"이 사람 보게, 여기서 내 편 네 편이 어디 있던가."

김성원이 점잖게 정철을 나무란 뒤 말을 계속했다.

"고봉이 경연에서 『연의』 같은 책을 잡박, 탄망하다고 경계한 것도 결국 다른 뜻에서가 아닐 것입니다. 책을 읽음에도 고문을 멀리하고 시속을 좇아 허문(虛文)만 읽는 세태를 경계함일 것입니다. 근래 중원 사람들이 송, 원 때의 문장을 보지 않는다고 하니까 조선의 선비들은 소동파의 '소(蘇)'자까지 내버리는 지경이라고 하질 않습니까. 앞 시대에 임억령이 낮에는 이백의 시를 읽고 밤에는 소동파의 시를 읽기에 사람들이 그 까닭을 물었다고 합니다. 그의 대답이 '이백의 시만을 숭상하는 것은 불가하다. 반드시 동파의 시를 읽어야만 글을 지을 수가 있다.'

고 하였답니다. 이 또한 시속의 경박함을 경계한 것이 아니겠습니까."

잠자코 있던 양자징이 거들었다.

"고문이 좋기는 하지요. 그러나 이미 세대가 달라진 마당에서 고문을 배우려 하다가 미치지 못하는 때는 마치 '한단(邯鄲)의 걸음을 배우는 격(邯鄲學步, 자신의 고유한 것을 버리고, 새로운 것의 실체를 잡지 못하는 것)'이 되고 말 것입니다. 예부터 궤변을 늘어놓는 자는 소견이 괴벽하여 반드시 성정을 해치고 말지요. 그러한 자가 사용한 문자가 비록 『좌전(左傳)』과 같다 하더라도 의당 물리쳐야 하는데 오늘날 과거 시험을 치르는 고관(考官)들마저 소견이 잘못돼 있기에 이를 걸러내지 못하고 합격을 시키는 일이 허다하지요. 그러니 시속이 절로 그것을 본받게 될 수밖에요."

진사 정암수가 그 말에 크게 동조했다.

"그렇습니다. 시험관들의 안목이 그 지경이니 과거를 보는 선비들의 안목이 어떻겠습니까. 얼마 전, 어느 향시에서는 '제갈량이 관우를 구하지 않았음에 대해서 논하라(諸葛亮不救關羽).'는 제(題)를 걸었는데, 여기서 합격한 자의 글이 어땠는지 아십니까? '제갈량이 관우를 죽이고자 하였기 때문에 구제하지 않았다.'는 것이었답니다. 허허. 궤변이 이와 같으니 오늘날의 글들이 괴이함을 숭상하게 된 것도 다 고관의 소치라고 할 수 있지요."

"나도 그런 얘기를 많이 들었습니다. 요즘, 선비들은 방(榜)이 났다는 소리를 들으면 1등으로 입격한 자의 글을 베껴서 한유와 유종원의 글을 읽듯 한다더군요. 근래 문체가 점점 저하하는 원인도 여기에 있을 것입니다. 지금 사람들이 얼마나 독서를 하지 않기에 하물며 여염 사람

들이 '이조의 문밖에 어찌 독서당을 만들지 않는가?' 하고 비아냥거릴
까요."

정철의 첨언에 좌중이 크게 웃었다. 문득 생각났다는 듯이 정암수가
물었다. 송익필을 향해서였다.

"구봉께서도 오시다가 보셨지요? 이 집이 광풍각이요, 뒤편 누각이
제월당이지요. '광풍제월(光風霽月)'이라고 '비 갠 뒤의 맑은 바람과
청명한 달'이라고나 할까요. 처음 여기다 이 집을 꾸민 어른이 퍽 고심
하다가 지은 이름일 것입니다. 구봉께서는 혹여 달리 느끼는 바가 있으
시던가요?"

어조는 부드럽고 은근했지만, 누가 들어도 전거(典據)를 댈 수 있느
냐 시험하는 물음임을 느낄 수 있었다. 집 주인이 조금 긴장한 빛을 보
였지만 정철은 되레 재미있다는 듯 웃음을 머금고 익필을 바라봤다.
『송사(宋史)』를 읽은 적 없는 선비라고 해도 주돈이(周敦頤)를 말하다
보면 어김없이 언급되는 비유이니 송익필이 놓칠 까닭이 없다는 믿음
도 있었다. 그에 답하듯 익필이 미소를 띠며 술잔부터 들었다.

"그 '인품이 심히 높음과 가슴에 품은 바의 깨끗함이 비 갠 뒤 부는
바람, 하늘에 뜬 말간 달과 같다(人品甚高 胸懷灑落 如光風霽月).'고
했던가요. 『송사』에 나오는 구절이지요. 주돈이의 청정함을 배우고자
했던, 이 원림을 차린 어른의 바람이 담긴 이름이라고 하면 예에 벗어
난 것이 될까요?"

"별 말씀을! 심히 좋습니다."

양자징이 가볍게 상을 치며 좋아했다.

"암, 칼만 잘 휘두른다고 해서 운장이 아니지. 과시 어느 문장이든

막힘이 없어야지."

제 일인 듯 정철이 득의의 웃음을 놓았다.

세간에 알려진 것처럼, 소쇄원은 양산보에서 조성이 시작되어 그 아들 양자징에 이르러 완성됐다. 기묘년 사화의 광풍이 불 제, 열일곱 살 양산보는 유배지 능주(綾州, 현 화순)까지 좇아가 스승 조광조를 모셨다. 머잖아 스승이 사약을 받고 절명하는 참혹한 모습을 목도하곤 환로에 나설 뜻을 접고 고향에 돌아와 자연에 몸을 숨겼다. 배롱나무 꽃이 개울가에 붉게 군무를 펼친다고 해서 자미탄이란 별칭을 가진 증암천 상류에 자리한 이 창암촌이 그가 태어나고 자란 향리였다. 부인이 좌랑 김후(金珝)의 딸이니 곧 김윤제의 누이다.

"헌데……."

말이 끝나지 않았다는 듯, 익필이 술잔을 놓으며 새삼 좌중을 둘러봤다.

"좀 전에 『연의』며 『전등신화』와 같은 책들을 경계한 고봉의 얘기를 전하며 적극 찬동했던 제가 실은 『연의』도 읽고 귀신 이야기도 듣는다면 다들 웃으시겠지요? 몇 해 전 참으로 우연히 『대송선화유사(大宋宣和遺事)』란 책을 접하곤 재미나게 읽었답니다. 참, 이 얘긴 여기 계함한테도 하질 않았어요. 허허. 북송 휘종 연간의 이야기를 채록해 놓은 것이니 『송사』보다 훨씬 이전의 것이 됩니다. 물론 나중 사람들에 의해 원대(元代)의 얘기도 얹혀 있고요. 아무튼 휘종 4년 때까지의 이야기를 다룬 원집(元集)에 이런 구절이 있더군요. '상하삼천여년 흥폐백천만사 대개광풍제월지시소 음풍회명지시다(上下三千餘年 興廢百千萬事 大概光風霽月之時少 陰風晦冥之時多)'라고요. 굳이 새기자면 '3

천년 역사가 이어져 오는 동안 수만 가지 일들이 일어났거늘 그 중 맑고 깨끗한 시기는 적고 음습하고 어두운 때는 많았느니라.' 정도가 되겠지요. 제가 생각건대 '광풍제월'이란 말도 여기서 처음 쓰인 게 아닌가 싶습니다. 그리고 여기서 쓰는 바처럼, 본시 '광풍제월'은 올바른 정치가 행해져 시세가 태평한 국면을 비유하는 것이니 어쩌면 이 원림을 꾸민 어른께서도 이를 염두에 두지 않았을까 짐작해 봅니다. 사람 흉회(胸懷)의 맑고 깨끗함을 지칭하기는 그 뒷날에 비롯했을 테고요. 흉회단탕(胸懷壇蕩)이라고 했던가요. 삼천(參天)의 큰 나무는 말할 것 없고 키 작은 관목과 풀, 심지어 독초까지 품어 안을 수 있는 무소불용의 그런 가슴을 일컬었지요. 옛 사람이 이르기를 '무릇 재상이라고 하는 이는 가슴이 배를 띄워 노를 저을 수 있을 만큼 넓어야 하고, 장수라고 하는 이는 능히 머릿속에 말을 달릴 수 있게 해야 한다.'고 했는데 이것이 바로 흉회단탕일 것입니다."

"호, 그런 책이 있고 그런 구절이 있었단 말입니까?"

"오늘 또 하나를 배웁니다, 그려."

김성원, 정암수가 놀라워 마지않았으며, 양자징이 거듭 고개를 끄덕이곤 말을 붙였다.

"선고(先考)께서도 하지 않으셨던 얘길 오늘 운장한테서 듣습니다. 참으로 고마운 말씀입니다."

바람이 잦아지면서 골물소리가 한결 명랑하게 들렸다.

"구봉께 여쭙니다."

그렇게 보아서 그런가. 정암수의 태도가 좀 전보다 한층 공손해진 듯싶었다.

"고봉(기대승)과 퇴계가 여러 차례 서신을 주고받으며 나눈 논의는 이쪽에서도 여간 큰 관심사가 아니었습니다. 구봉께서는 사단(四端)과 칠정이 퇴계의 말처럼 구분되고 나뉠 수 있다고 보시는지, 아니면 사단도 칠정에 포함된다고 하는 고봉의 말이 옳다고 여기시는지요?"

송익필이 정철을 돌아봤다. 이 자리에서 이런 얘기를 해도 괜찮은가 묻는 눈빛이었다.

20년도 훨씬 전의 일이다.

추만 정지운(鄭之雲)이 아우 정지림을 가르치기 위해 <천명도(天命圖)>를 만들었는데 퇴계 이황도 이를 보게 되었다. 퇴계는 내용 중에 잘못이 있음을 알고 정지운을 만나 이를 고치도록 권했다. 즉 정지운이 '사단은 리에서 발한 것이고, 칠정은 기에서 발한 것이다(四端發於理 七情發於氣).'라고 적었던 것을 '사단은 리가 발한 것이고, 칠정은 기가 발한 것이다(四端理之發 七情氣之發).'로 고치도록 한 것이다. 이에 정지운이 퇴계의 견해를 받아들여 새로 <신천명도(新天命圖)>를 만들었다. 이것이 세상 널리 유포되면서 유식인들 사이에 논란이 적지 않았다. 그 주된 내용은 '사단은 리가 발한 것이고, 칠정은 기가 발한 것'이라는 표현에 있었다.

6년이 지난 뒤, 고봉 기대승이 질의하고 퇴계가 답한 서신을 시작으로 하여 장장 10년 넘게 두 사람이 심성론과 이에 따른 리기(理氣) 문제를 두고 논변을 펼쳤으니 이것이 이른바 '사단칠정논변'이다. 두 사람의 논변은 서로가 상대의 주장을 조금씩 받아들이는 가운데 결론도 없이 끝이 났지만 그 파장은 결코 적은 것이 아니었다.

유성룡, 김성일 등 퇴계의 문인들이 똘똘 뭉쳐 스승의 학설을 적극 옹호하는 가운데 율곡 이이가 나타나 기대승의 주장을 바탕으로 퇴계를 비판함으로 해서 조선의 지식인 집단이 크게 둘로 나뉘게 되었으니 따지고 보면 동서 분당의 사상적 연원이 여기에 있다고 해도 지나치지 않았다. 퇴계의 문인이며 영남을 근거로 하는 유성룡, 허엽, 김효원, 김성일, 이산해, 우성전, 김우굉 등이 동인의 주축이 되고 이이, 성혼, 정철, 박순, 심의겸, 조헌, 김장생 등 경기, 호남(畿湖) 지역의 학인들이 서인으로 당색을 분명히 한 것이다.

"운장, 다른 거 괘념치 말고 말씀을 주시게. 리기 이야기가 나오면 사실 나도 골치가 아파서 책을 보기가 두렵다네. 여기 있는 분들도 궁금한 게 한두 가지 아닐 테니 우리 운장이 이럴 때 이것은 이것이고 저것은 저것이라고 명쾌히 말씀해 주시면 얼마나 시원할까. 여기 있는 운담이야 이나저나 재미없는 얘기들뿐이니 새소리 물소리만 듣고 있으면 되고……."

취한 양 정철이 한 손으로 운담의 허리를 안아 당겼다. 운담이 얼른 그의 손을 풀고 자세를 고쳤지만 싫은 빛은 아니었다.

같은 파주 땅에 살며 사흘이 멀다 하고 자주 만나는 친구지간이면서도 우계 성혼은 리기를 나누어 말할 수 있다는 퇴계의 주장을 편드는 입장이어서 율곡과 언쟁을 벌인 적이 여러 번이었다. 그럴 때마다 송익필이 가운데서 둘의 주장을 정리하고 옳고 그름을 따져 합일점을 찾으려고 애썼는데, 제 주장을 펴는 일이 없고 또 누구 편에 기우는 법도 없었기에 벗들이 모두 좋아할 수밖에 없었다.

주희가 말했다. 정(情)은 성(性)에 근거하고, 성이 발(發)하면 정이 된다. 희, 노, 애, 낙이 정이고, 인, 의, 예, 지는 성이다. 성과 정을 통섭(統

攝)한 것이 사람의 마음[人心]이다……

맹자가 사람은 태어나면서부터 착하다고 하면서 그 근거로 제시한 것이 측은지심, 수오지심, 사양지심, 시비지심인데 이 각각은 인, 의, 예, 지, 즉 사단의 단서가 된다. 사람이 짐승과 크게 다른 점이 바로 이 사단을 가지기 때문이다. 또『예기(禮記)』에서 사람의 감정을 통칭한 희, 노, 애, 구(懼), 애(愛), 오(惡), 욕(欲)을 칠정이라고 하는데, 학인들은 대체로『중용』에서 언급한 희, 노, 애, 낙의 네 개 감정을 칠정으로 보았다.

기(氣)라는 말은 선진(先秦)시대부터 있던 것으로 원래 '숨'을 뜻했다. 숨은 흩어져 없어지기도 하고 한 곳에 모여 뭉치기도 한다. 여기서 옛 중국인들은 숨(기)이 세상 만물의 재료라고 생각하였으며, 나아가 둘[음양, 陰陽]과 다섯[오행, 五行]을 보태어 사람의 신체는 물론 자연과 사회, 우주를 설명하려고 하였다.

리(理)는 자연의 운행 법칙이며 사람을 사람으로 있게 하는 이유에 관한 개념이다.

기와 리 두 개념을 통하여 자연과 사람을 합리적으로 설명하고자 한 것이 성리학이며 이는 마침내 주희[朱子]에 의해 집대성되었다.

송익필이 입을 열었다.

"애당초 고봉은 리기에 대한 생각이 분명했습니다. 첫 번째 서신에서 벌써 다 말했지요. 인심이 아직 발(發)하지 않은 것을 성(性)이라 하고, 이미 발한 것을 정(情)이라 한다고요. 성은 선(善)하지 않음이 없고, 정에는 선과 악이 같이 있다고 하였습니다. 원래 칠정 외에 다시 사단이 있는 것이 아니란 이유도 분명했습니다. 만약 사단이 리에서 발하여 선만 있고, 칠정은 기에서 발하여 선도 악도 있다고 한다면 이는 리와 기를 두 가지 물건으로 나누는 것이 돼 버리죠. 이렇게 되면 칠정은 성에서 나오는 것이 아니고, 사단은 기를 타지 않는 것이 될 수도 있습니다. 성이 발할 때에 기가 간섭을 하지 못하여 본연의 선이 곧바로 완성되는 것이 맹자가 말한 사단이란 얘기도 합니다. 이것이 순수하게 천리가 발한 것이기는 하지만 칠정 밖에서 나올 수 있는 것이 아닙니다. 따라서 사단과 칠정을 따로 분리해서 비교해서는 안 된다고 했던 것입니다. 아시다시피 리는 약하고 기는 강합니다. 리는 형체가 없지만 기는 자취가 있습니다. 그 때문에 기가 유행하고 발현할 때에 과불급(過不及)의 차이가 없을 수 없겠지요. 이 때문에 칠정이 발할 때 어떤 경우는 선하고 어떤 경우는 악하게 되는 것입니다. 이에 대해 퇴계는 자신의 실수가 있음을 인정하고 일부 표현을 고치기도 하지요. 그러면서도 리와 기는 나아가서 말하는 바가 다르기 때문에 서로 다른 명칭을 가졌다고 하였습니다. 리 없는 기가 있을 수 없고, 기 없는 리도 있을 수 없다, 그러나 나아가서 말하는 것이 다르다면 구별하지 않을 수 없다고 하였거든요. 그러면서 정(情)에 사단과 칠정의 구분이 있는 것은, 성(性)의 본연과 기질(氣質)의 다름이 있는 것과 같다고 하였지요. 이쯤에서 어쩌면 퇴계는 기대승을 궁지로 몰 생각을 하지 않았나 싶기도 해요. 난데없이 나흠순 얘기를 꺼내기 때문입니다. 기의 자연스러운 발현이 리의 본체와 같다고 하는 것은 리와 기를 일물(一物)로 보고 구분하지 않는 것인데, 이는 나흠순의 주장이라고 퇴계가 말하거든요. 나흠순이 누군가요? 리기일물(理氣一物)을 말하면서 주희의 말이 그르다고 한 자가 아닙니까. 이 조선 땅에서 감히 주희가 그르다고 하는 이를 편들 자가 있을까요? 나중 말씀드리지만, 사실 여기서 고봉이 조금 움츠려든 것도 사실입니다. 아무튼 간추리자면, 사단과 칠정이 다 같이 정이라는 점에는 두 사람이 동의를 합니다. 그러나 기대승은 다 같이 정이기 때문에 구별할 수 없다는 입장이고, 퇴계는 다 같이 정이기는 하나 나아가서 말하는 바가 다르기 때문에 구별해야 한다고 주장한 것이지요. 그래도 고봉은 자신의 주장을 굽히지 않습니다. 사단에도 기가 있고, 칠정에도 리가 있다고 하면서 그렇게 둘로 구분한다면 사단의 선과 칠정의 선이 어떻게 다른가, 묻게 되지요. 기대승은 또 『주자어류(朱子語類)』의 한 구절을 들어 사단도 순선무악한 것이 아니라고 주장하면서 퇴계가 사단은 순선무악하기 때문에 리의 발(理之發)이라고 하는 점을 반박하게 되는 것입니다. 여기서 퇴계도 많이 곤혹스러웠을 겁니다. 내가 착각했다 하고 고친 대목도 있으니까요, 허허. 허지만 퇴계는 퇴계지요. 사단의 기, 칠정의 리를 인정한다고 하면서도 리와 기를 나누어 보겠다는 뜻을 꺾지 않거든요. 그래서 나온 것이 바로 주기(主氣), 주리(主理)란 표현입니다. 리의 발이라고 말한 것은 리를 위주로 한 것이고, 기의 발이라고 한 것은 기를 위주로 말한 것이기 때문에 그 둘을 분리 소속시켜도 옳다는 것입니다. 사단은 리가 발하여 기가 따르는 것이고, 칠정은 기가 발하여 리가 타는(乘) 것뿐이라면서, 사단과 칠정은 사람이 말을 타고 출입하는 것과 같다고 비유하는 것입니다. 사람은 말이 없으면 나다닐 수 없고 말은 사람이 없으면 길을 헤매게 됩니다. 이렇듯 사람과 말은 서로 떨어질 수 없는 관계인데 이를 두고 사람들은 각자 다른 표현을 할 수가 있습니다. 예컨대 '말을 타고 집에 왔다.'고 한다면 그 움직임을 지적하는 사람과 말이 그 가운데 있게 되는데 이는 사단과 칠정을 총괄하여 말하는 것이 된다는 것입니다. 또 어떤 경우는 단지 사람이 간다고만 말하고 말을 말하지 않아도 말의 움직임이 그 가운데 있게 되는데, 사단을 말하는 것이 이에 해당한다고 합니다. 또 다른 경우는 말이 간다고만 말하고 사람을 말하지 않아도 사람의 움직임이 그 가운데 있게 되는데 칠정을 말하는 것이 여기에 비유된다는 것입니다. 그러면서 퇴계는 고봉 그대는 사단과 칠정을 총괄하여 말하는 입장이고, 나는 사단과 칠정을 구분하여 말하는 입장이라고 태도를 분명히 합니다. 물었지요? 네, 저는 당연히 기대승 쪽에 섭니다. 이유는 이미 기대승이 시(詩)처럼 표현해 놓은 비유에 다 들어 있습니다. 고봉이 말했지요, '비유하자면 천지지성(天地之性)은 하늘의 달과 같고, 기질지성(氣質之性)은 물속에 비친 달과 같다. 비록 있는 위치는 다르지만 달이라는 점은 마찬가지다. 만약 하늘의 달은 달이라 하고 물속에 비친 달은 물이라고 한다면 곤란하다. 더욱이 사단칠정이란 것은 바로 리가 기질 속에 떨어진 이후의 일이니 물속에 비친 달과 흡사하다. 그 빛이 칠정의 경우는 밝은 경우도 있고 어두운 경우도 있으며, 사단은 유난히 밝은 것에 해당한다. 칠정에 밝은 경우와 어두운 경우가 있는 것은 물의 청탁에서 비롯된 것이고, 사단 중에서 부중절(不中絶)한 것은 원래의 빛은 밝지만 물결의 움직임을 면치 못했기 때문이다.' 또 그는 리와 기의 관계에 대해서도 비유로 말했습니다. '리와 기의 관계는 태양과 구름의 그것과 같다. 태양은 본래 그대로지만 구름에 의해 흐리고 맑음이 생긴다. 따라서 흐리고 맑음은 오로지 구름에 달린 것이다. 구름이 걷히면 태양의 본래 모습이 온전히 드러나지만 원래의 모습 그대로일 뿐 더하고 보탠 것이 없다.'고요."

결국 사단과 칠정은 분리 구별될 수 없고, 리기가 같이 발할 수[호발, 互發] 없다는 송익필 자신의 생각까지 밝힌 셈이었다.

"좋은 말씀입니다. 저도 그 논변의 주요 골자들은 찾아서 읽었습니다만 오늘 구봉의 말씀을 듣고 보니 말 그대로 비 갠 뒷날처럼 그 뜻을 확연히 알 수 있을 것 같습니다. 구봉이 아니면 누가 우리한테 이런 말씀을 해 주겠습니까."

"그렇습니다. 듣던 바대로 구봉이십니다, 그려."

김성원과 양자징이 거푸 사례를 했다. 취한 것일까? 아니면 분위기에 고조된 탓일까? 한층 카랑해진 목소리로 정철이 뜬금없는 한 소리를 했다.

"보란 말이오. 고봉(高峯)과 구봉(龜峯), 어느 봉우리가 더 높으냐 말입니다."

"이 사람 보게, 그 무슨 망발인가."

당황한 송익필이 정철을 나무랐으며 양자징이 괜찮다고 손을 내저었다.

"놔두세요. 이깟 술에 취할 송강이 아니외다. 명색이 주선(酒仙)인데, 허허."

정암수는 아직 궁금한 것이 많았다. 정철에게는 눈길을 주지 않은 채 그가 또 물었다.

"저는 문득 퇴계 쪽이 궁금합니다. 스스로 무리가 없지 않다는 걸 알면서도 퇴계가 굳이 칠정과 사단을 나누려고 한 까닭이 뭔가요? 나아가서 왜 주희가 말하지도 않은, 리의 발동까지 주장했던 것일까요?"

마땅한 물음이란 듯이 익필이 크게 머리를 끄덕였다.

"예, 그게 바로 퇴계다운 점이지요. 아까 퇴계가 나흠순을 말하는 바람에 고봉이 움츠려들었다는 얘기를 했지요. 제가 보기에도 그게 참 아쉽습니다. 고봉이 그랬지요. 천리의 발현이 순수한 그대로 완수되느냐의 여부는 오로지 기에 달려 있다고요, 이렇게 리기는 나누어질 수 없다, 리는 작용을 하는 것이 아니다, 하면서도 리의 발동을 인정할 수 없다는 표현은 한 번도 직접 쓰질 않습니다. 오히려 '정(情)이 발하는 것은 혹은 리가 움직임에 기가 갖추어지고 혹은 기가 감응함에 리가 탄다.'고 하여 리의 작용성을 스스로 인정하는 모순을 저지르고 말지요. 이게 다 혹여 나흠순의 일당으로 몰릴까 봐 두려워한 데서 비롯됩니다. 이렇게 해서 리기를 일물로 볼 수 있는 여지를 없애버렸던 것입니다. 퇴계가 좋아라, 할 수밖에요. 퇴계로서는 당연히 사단과 칠정을 나눌 수밖에 없었어요. '리가 발한다.'고 한 것도 마찬가지요. 퇴계는 이렇게 보았어요. 사람의 마음이 비록 본성에 의해 선을 보장받고 있지만, 칠정은 매우 위험하다고 본 거지요. 쉽게 악에 빠질 수 있다고요. 퇴계가 항시 수양을 앞세우며 지경(持敬)을 강조한 것도 이 때문입니다. 선한 부분과 그렇지 않은 부분이 뒤섞여 있다면, 이들을 분명히 구분하는 것이 바로 학문의 목적이었지요. 퇴계는 본연지성이 그대로 발현되는 사단은 '완전한 것'이요, 선이 보장되지 않는 칠정은 '불완전한 것'이라고 여기는데 완전한 것과 불완전한 것이 어떻게 한 몸뚱아리를 하고 있으며 어떻게 한 몸에서 왔다고 할 수 있겠습니까?"

"구봉의 말씀을 듣고 보니 퇴계와 고봉 두 분이 새삼 우러러 보입니다. 두 분의 연차가 26년이나 되었다지요? 그럼에도 불구하고 예를 지켜 스승에게 물을 건 묻고 따질 것은 따지는 고봉도 그렇거니와 후학의 물음에 성심성의껏 답하고 자신의 잘못을 잘못으로 인정하며 고쳐나간 퇴계도 후세의 귀감이 될 수밖에 없을 것입니다."

양자징의 말이었다. 김성원이 동조했다.

"고봉이 퇴계를 처음 뵌 것이 서른두 살 때라고 했지요. 퇴계가 명종 임금의 부름을 받고 대사성이 되던 때라고 했습니다. 처음 보고서도 퇴계는 그의 사람됨을 알아봤다지 뭡니까. '학문과 사람됨이 얘기로 듣던 바보다 낫다. 임금이 이 사람을 중용하면 실로 사문(斯文)의 경사가 될 것이다.'라고 했다니까요."

송익필 또한 퇴계를 높이 평가함에 주저하지 않았다.

"예, 사칠(四七) 논변이 시작된 것이 그 이태 후부터입니다. 그리고 그 논변은 퇴계가 서거하던 때까지 단단속속 이어졌으니 햇수로는 13년이나 됩니다. 임종 스무날 전인가, 그때 병석에 있으면서도 고봉에게 마지막 편지를 썼다고 하질 않습니까. 손이 떨려 글씨가 잘 되지 않자 자제에게 정서를 시켰다고 하지요. 거기에는 '무극이태극(無極而太極)에 해당하는 부분의 내 해석에 잘못이 있음을 최근에야 알고 스스로 더욱 놀라고 두려워하였다. 부분적으로 고치고자 하지만 죽기 전에 이를 이룰 수 있을지 모르겠다.'고 하는 구절도 있었어요. 평생 학문을 닦고 수양한 퇴계가 아니고서야 누가 이런 마음가짐이 될까요."

기사년(1569년) 3월, 임금은 고향에 돌아가고자 하는 퇴계의 바람을 들어주었다. 마지막 대면에서, 임금은 누가 오늘날의 훌륭한 유학자인지 물었다. 퇴계가 답하기를 "기대승이 있습니다. 그는 이학(理學)에 밝은 통유(通儒)라 할 수 있습니다. 다만 집중하는 힘이 조금 모자랍니다." 하였다. 당시 43세인 고봉의 장단점을 다 읽고 있던 퇴계는 그가 좀 더 집중하는 힘을 키운다면 나라의 큰 인물이 될 수 있다고 믿고 있었다.

"학봉(김성일)도 서애(유성룡)도 아니던가요?"

김성원이 다시 물었다.

"그때라면 학봉이 겨우 서른, 그리고 서애는 서른도 못 되었을 테니 퇴계로서도 언급하기가 어려웠겠지요."

양자징이 대답했다.

"율곡은요? 그 무렵이면 율곡도 이미 이름이 높았을 것 아닙니까. 퇴계가 보기에는 율곡이 고봉보다 못하다고 여겼던 걸까요?"

"퇴계한테는 그랬을 수 있을 겁니다."

송익필이 고개를 끄덕이며 말했다. 정암수가 거들었다.

"고봉과 율곡은 끝내 사이가 좋지 않았다고 하지요? 『대학(大學)』에 대한 논쟁에서 서로 양보를 하지 않아서 그렇다고도 하는데 그게 어디 이유가 되겠습니까. 두 분의 나이 차가 꼭 10년이지만 도학으로 얼마든지 친할 수 있었을 텐데……호당(湖堂, 독서당)에 숙직할 때도 고봉이 기세를 올려 율곡의 흠을 잡자 여기 있는 송강이 말리고 그랬다고 하질 않습디까. 서로가 뛰어나다 보면 그렇게 부딪치기도 하는 모양입디다, 허허."

"헛소리!"

정철이 혼잣말처럼 뇌까리며 고개를 흔들었다.

퇴계가 안동으로 내려가던 날, 많은 사람들이 그를 전별하기 위해 성 밖 동호(東湖, 현 뚝섬 앞)가에 모여들었다. 그날 밤 퇴계는 정유길(鄭惟吉)의 정자 몽뢰정(夢賚亭)에서 잠을 잤고 기대승은 강가의 농막에서 잤다. 이튿날 두 사람은 저자도(楮子島, 뚝섬 앞에 있던 섬)에서 헤어졌는데 이것이 곧 두 사람의 영원한 이별이 됐다.

타고 갈 배를 기다릴 때, 퇴계가 고향에 돌아가는 심회를 적은 매화 시 8수를 고봉에게 보여주었으며 고봉이 이에 화운(和韻)을 했다.

공은 매화를 찾아 고향으로 돌아가시는데 (公欲尋梅返舊山)
나는 영화와 국록을 탐해 아직 풍진에서 버둥댄다네. (我貪榮祿
滯塵間)
향 피우고 닻줄 매는 곳 그 어디쯤이실까. (燒香繫纜知何處)
비바람 몰아쳐 어두워지는 때 홀로 사립문을 닫는다. (風雨冥冥
獨掩關)

시에는, 사나운 날씨에 잘 내려가시는지, 걱정과 함께 만사 걷어치우고 학문을 위해 고향으로 가는 스승에 대한 부러움이 여실히 담겨 있다. 그로부터 3년 후, 마흔여섯의 고봉 또한 공조참의를 사직하고 고향으로 돌아갔다. 이미 병이 깊었다.

한숨을 내쉬며 익필이 말을 이었다.

"안타까운 것은 하늘이 고봉에게 시간을 주지 않았다는 것이지요."

"그러게 말입니다. 우리 모두가 아쉬워하는 것도 그 부분이랍니다."

양자징이 크게 동조했다.

고향(나주)에도 이르지 못한 채 고부에서 숨을 거둔 고봉이 임종 전에 유언으로 말했다.

"하늘이 나에게 시간을 더 주시어 임하(林下)에서 노닐며 학인들과 더불어 만물의 시종을 논할 수 있다면 이 또한 큰 행운이겠지만 내 병이 이 지경이 되었으니 어찌 하리오."

"이보게 운장, 이제 됐네. 퇴계고 고봉이고 그만하고 술이나 마시게."

말을 끊듯이 정철이 갑자기 휘휘 손을 내저었다. 그리곤 어렵게 몸을 일켰다. 소피라도 보고 오겠다는 양 같았다. 운담이 얼른 그를 부축했다. 두 사람이 가까스로 마루를 내려갔다.

"이 좋은 날, 퇴계는 무슨 놈의 퇴계……."

신발을 찾아 신으며 그가 또 한 소리 중얼거렸다. 달리 맺힌 게 있어서 그가 퇴계 운운하는 것이 아님은 익필도 알만 했다. 동인 서인이 생기기 훨씬 전이기도 했지만, 정철 또한 퇴계를 존숭하여 그를 좋은 적이 없잖아 있었다. 퇴계와 고봉이 저자도에서 작별의 정을 나누던 그날, 정철도 퇴계에게 전별인사를 위해 동호로 뛰어갔다. 공무 때문에 출발이 늦었던 관계로 정철이 나루터에 닿았을 때는 배가 이미 강 가운데로 나가 있었다. 정철이 급히 시 한 편을 적어 뱃사람을 시켜 퇴계에게 전했다.

> 광릉(廣陵)까지 따라 이르렀지만 (追到廣陵上)
> 타신 그 배 벌써 아득하여라 (仙舟己杳冥)
> 가을바람에 수심 가득 안고 (秋風滿腔思)
> 석양에 홀로 정자에 오르네. (斜日獨登亭)

"그렇소이다. 천 리 길 내려오신 구봉께 오늘 우리가 한꺼번에 너무 많은 걸 배우려고 했습니다. 미진한 게 있으면 다음에 또 여쭤 봐도 되겠지요?"

"제대로 쉬지도 못하셨을 텐데……구봉, 제 술 한 잔 받으시지요."

양자징과 김성원이 번갈아 익필을 치하하고 위로했다.

"예, 한양에서 구봉이 겪었던 일들은 이 촌구석에서도 다들 들어서 알고 있습니다. 창평에 와 계시는 동안만이라도 그 일들은 잊고 평안했으면 좋겠습니다."

"그 일 또한 이발과 백유양 등이 꾸민 것임은 세상 사람들이 다 알고 있을 것입니다. 스스로 정암(조광조)을 좇아 왕도를 바르게 하겠다는 이발이 어찌 그런 혹독한 일을 앞서 저지르는지 모르겠습니다."

양자징의 말에 정암수가 덧붙였다.

비명에 가까운 여자의 웃음소리에 사람들이 한 방향으로 시선을 돌렸다. 대봉루가 있는 골 위편이었다. 정철과 여자가 언제 거기까지 올라간 것일까. 골을 가로질러 쳐진 황토 담장 아래에서 정철이 물장난을 하고 있었다. 아예 골물에 종아리를 담근 그가 바위에 올라선 여자를 향해 물을 뿌려댔던 것. 걷어 올린 도포자락을 허리에 질끈 동여맨 채였다. 그의 손끝에서 뿌려지는 물방울들이 저마다 햇살을 튕겨냈다. 물세례를 피하지 못한 여자가 두 손으로 얼굴을 가린 채 까르르 까르르 웃어댔다.

"우리 송강은 술만 한 잔 들어가면 금세 천진난만한 아이가 된다니깐……허허."

민망한 광경을 보고서도 김성원이 재미있다는 듯 웃음을 터뜨렸으며 양자징은 못 볼 것이라도 본 양 금세 시선을 거두었다.

"고뿔이라도 들면 어떡하려고 저런담."

익필이 친구를 걱정했다. 곁에 운담이 있으니 다른 사고는 염려하지 않아도 될 것 같았다.

"보기도 좋지 않습니까? 신선이 선녀를 희롱하는 것 같기도 하고……놔두시죠. 진즉에 '천하풍류정계함(天下風流鄭季涵)'이라고 하질 않았습니까."

정암수가 쓴웃음을 지었다.

"허, 남언경이 그랬던가? 그 사람 아니곤 그렇게 추켜세울 리 없지……."

김성원의 말이었다.

하루는 정철이 남언경과 함께 참의 안자유(安自裕)의 집에 모여 술을 마셨다고 했다. 취흥에 정철이 먼저 절구 한 수를 지었다.

> 그대의 집에 술이 있는데 시고도 짜니 (君家有酒酸且鹹)
> 신맛 역시 정계함과 똑 같다네 (酸味還同鄭季涵)
> 나라에서나 집에서나 모두 쓸모가 없으니 (於國於家俱不用)
> 돌아가 강남에 눕는 것만 못하다네. (不如歸去臥江南)

이에 남언경이 차운(次韻)하기를, 다음과 같이 하였다.

> 인간의 사표는 안 참의요, (人間師表安參議)
> 천하의 풍류는 정계함이라. (天下風流鄭季涵)
> 그밖에 정처 없이 떠도는 나그네 있으니 (別有飄飄無定客)

이름과 자를 알지 못하고 다만 남가라 하네. (不知名字但云南)

정철과 남언경이 상대는 높이고 자신은 낮추는 시를 서로 주고받았으니 이 또한 취중의 멋이라고 할 수 있는데, 남언경이 '천하풍류'라고 하는 것도 정철을 미워하는 이들한테는 늘 '주광(酒狂)'이 돼 버리는 사실을 송익필은 잘 알고 있었다.

익필이 이발을 떠올리며 한 마디 거들었다.

"오늘은 수염 뽑힐 일도 없으니 저도 안심입니다."

벌써 여러 해 전의 일이었다. 김장생의 아버지 김계휘의 집에서 잔치가 있었다. 거기 참석했던 정철과 이발이 평소의 감정 때문에 언성을 높이며 다투다가 급기야 대문을 나와서는 멱살잡이 직전까지 이르렀다. 홧김에 정철이 이발의 낯에 침을 뱉었으며 이발은 정철의 수염을 걷어챘다. 다음날 정철이 이발에게 보냈다는 시 한 수는 싸움 이야기와 더불어 세간의 큰 화제가 됐다.

푸른 버들 관북에는 말발굽 소리 요란한데 (綠楊官北馬蹄驕)
나그네 방에는 사람이 없어 적막만 쌓이네. (客枕無人伴寂寥)
서너 가닥 긴 수염을 그대가 뽑아 갔으니 (數箇長髥君拉去)
늙은이의 풍채 더욱 쓸쓸하기만 하네. (老夫風采便蕭條)

이발의 세거지인 전라도 남평과 정철의 새 터전인 창평은 그리 멀지 않은 거리를 두고 있었기에 젊은 날 정철은 이발의 집에도 여러 차례 간 적이 있었다. 특히 이발의 아버지 이중호(李仲虎)와도 사이가 괜찮앉다. 그러나 이발, 이길 형제는 곧잘 정철을 마뜩찮아 하곤 했다. 9대 청현직(淸顯職)을 배출한 이발의 집안에 비하면 정철의 가계(家系)는 한미하기만 했다. 게다가 누나와 질녀를 후궁으로 들이고, 누이를 종실에 출가시켜 가문을 키웠다는 사실은 청렴을 중시하는 선비 집안에서 보기에는 민망한 일이 아닐 수 없었다.

재부(財富)에 있어서도 두 집안은 비교가 되지 않았다. 이발의 집 자체가 원래 부유했는데 어머니 해남윤씨가 집안에 들면서 그 규모는 배로 늘어났다. 지난 신사년(1581년) 이발의 외삼촌 윤의중(尹毅中, 윤선도의 할아버지)이 형조판서에 제수됐을 때, 그동안의 축재로 인해 대간의 탄핵을 받을 정도로 그 집안은 명실상부한 호남 제일의 갑부였다. 이발의 어머니를 포함한 윤의중의 세 자녀가 부모한테서 물려받은 전 재산은 노비가 384구, 논이 1457두락(약 32만5000평), 밭이 510두락(약 6만2000평)이었다. 이들 재산은 풍습대로 남녀 차별 없이 3남매가 똑같이 나누어 가졌기에 이발의 집은 호남에서도 다섯 손가락 안에 드는 부자가 될 수 있었다.

이후 이발과 율곡의 관계가 차츰 틀어지는 대신, 정철과 율곡이 한층 긴밀해지는 과정을 거쳐 동서 분당이 이루어지고 이발이 동인의 중심에, 그리고 정철이 서인의 가운데 서게 되면서 두 사람은 더 이상 가까이 할 수 없는 대척점에 위치하였다.

정철이 이발보다 여덟 살 연상이다. 나이를 떠나서, 사내의 징표라고 할 수 있는 수염을 뽑히고도 정철이 분기탱천하기는커녕 자조적인 시 한 수를 써 보냈다는 것은 무엇을 의미할까. 임금의 총애를 받는 이발의 주위에는 찾아오는 이들의 말발굽소리가 요란하지만 권세를 잃은 정철 곁에는 적막만 쌓인다. 이런 때에 수염까지 뽑히고 보니 내 꼴이 말이 아닙니다……송익필은, 이 시를 보고도 이발이 긴장하는 대신 내가 이겼구나, 득의의 웃음을 웃었다면 그는 정녕 바보에 지나지 않을 것이라고 생각한 적이 있었다. 송익필이 정철을 알고 있었다. 문사의 기질이 넘치지만 그는 무엇 하나 허투루 하지 않는 정밀한 이였다. 원모(遠謀)와 근계(近計)를 다 갖추고 있으며 천상에서 혹은 지상에서 먹잇감을 노리는 수리와 삶의 속성까지 모두 지니고 있음을 아는 이가 많지 않았다.

이발이 안 씨를 부추겨 마치 결단을 내듯이 저를 옥죄어온 저간의 사정에도 저와 정철의 관계가 크게 영향하고 있음을 모를 바 아니었다.

"이눔들아, 송강이 여기 있다!"

또 한 번 쩌렁쩌렁 골을 울리는 정철이 목소리가 들렸다. 아예 갓마저 벗어든 그가 한 손으로 그것을 휘휘 공중에 돌렸으며 그 모습이 뭘 그리 우습다고 운담은 운담대로 또 숨 넘어 갈 듯이 웃어댔다.

나흘이 지난 뒤였다.

전날 송취대는 남원으로, 정기명은 곧장 한양으로 길을 떠났고 하루가 채 지나기 전에 두 사람이 새로 창평 지실 촌에 왔다. 남원의 박제와 서울서 온 정종명(鄭宗溟)이었다. 종명은 정철의 둘째아들. 양천경, 천회 형제를 돌려보낸 뒤 송익필이 정철과 함께 그들을 맞았다. 소쇄원을 다녀온 다음날부터 그들 양씨 형제가 『근사록』을 읽는다고 이틀에 한 번 지실에 오기로 돼 있었다. 양자징의 부탁이었는데 익필이 흔쾌히 받아들였다.

박제가 김장생의 안타까운 소식부터 전했다. 장생의 처 창녕조씨가 세상을 떴다는 것이었다. 날짜를 보니 익필이 도성을 벗어난 다음날이었다. 몸이 약하다는 말은 진즉에 들었지만 젊은 나이에 그렇게 급작이 떠날 줄은 몰랐다. 스승을 구하겠다고 밤낮없이 뛰어다닌 장생이었으니 실로 그보다 더 다급했던 제 처를 챙기는 일엔 등한히 했을 것이 뻔했다. 익필로서는 죽은 이는 말할 것 없고 장생에게도 미안한 마음밖에 들지 않았다. 천 리 밖에 떨어져 있어서 그를 위로할 수 없음이 안타깝기만 했다. 스무 살 된 은(㒚), 열세 살의 집(集), 일곱 살의 반(槃) 세 아들을 뒀으니 어미 없이 자라야 할 어린 것들이 마음에 걸리기도 했다.

　김장생이 함께 오지 못한 연유를 밝힌 박제가 잠시 멍하니 천장을 쳐다보는 사이, 꿇어앉아 있던 종명이 갑자기 흐느껴 울기 시작했다.

　"뭔가?"

　불길한 느낌을 가진 정철이 아들에게 물었지만 그가 얼른 대답을 하지 못했다.

　"말하게. 나도 이제 못 들을 말이 없네."

　송익필은 자신의 일임을 직감했다. 사정을 다 알고 있는 듯한 박제가 길게 한숨을 뱉었다.

　"선생님……배천이…….."

　겨우 두 마디를 하곤 종명의 목이 메었다.

　"배천이 왜? 내 형님들이 잡혔다는 말인가, 조상 산소가 다 파헤쳐졌단 말인가?"

　되레 익필의 음성이 여느 때처럼 맑고 차분했다.

　"너무 놀라지 마시게, 그 안가 놈들이 절충장군(송사련)의 묘소를 파헤치곤……."

"됐어."

박제가 대신 얘기를 전하려는데 익필이 손을 저어 말을 끊었다.

"해골에다 도끼질을 하고 그랬겠지……."

마치 남의 집 얘기하듯 하는 말에 다른 사람들이 더 놀라워했다.

"천인공노할!"

노여움에 싸인 정철이 부르르 수염을 떨었다. 박제가 거들었다.

"쥑일 놈들이지. 배천까지 몰려갔는데 한 사람도 추쇄를 하지 못하니까……그랬다네. 산소를 파낸다고 소문을 내면 달아나고 숨었던 이들이 나타나지 않겠는가. 그리곤 아예 날짜를 정해서 그 만행을 저질렀다지 뭔가."

아비 시신의 목이 잘리고 해골이 깨져 나가는 모습을 그려 보기라도 하는 것일까. 송익필이 한동안 눈을 감은 채 미동도 하지 않았다. 이윽고 눈을 뜬 그가 조용히 정철을 돌아보았다.

"먼 데서 손님이 오셨는데 어찌 아직 술상이 나오질 않는가?"

아비의 손짓을 받은 종명이 뒷걸음질해 방을 나갔다.

"여기서 술은 무슨……."

박제가 과장스레 고개를 저었지만 아무도 그에 대한 반응을 보이지 않았다. 방문이 열리고, 운담이 술상을 들고 들어왔다. 그림자가 움직이듯 그녀 또한 치마소리조차 내질 않고 상을 내려놓았다.

한동안 세 사람이 말없이 술잔만 주고받았다. 박제가 소매에서 두루마리 하나를 꺼내 익필에게 넘겼다.

"중봉(조헌)이 쓴 소(疏)라네. 하도 길어서 앞의 말들은 빼고 뒷부분만 옮겨 적었네."

익필이 그것을 펼쳐 들었다.

<……송익필은 비록 사련(祀連)의 아들이지만, 노년에도 독서에 힘써 학문이 깊고 경서에 밝았으며 언행이 바르고 곧아 제 아비의 허물을 덮기에 충분하였습니다. 이리하여 이이, 성혼도 모두 외우(畏友)로 여겨 늘 제갈량이 법정(法正)에게 했던 것처럼 하였습니다. 그리고 그가 사람을 가르칠 때는 사람들의 의사를 잘 유도하여 스스로 감동하고 분발하여 자립하게 하였으므로 생원, 진사에 오른 자가 적잖이 있었는데 그 중에 김장생, 허우(許雨) 같은 자는 의를 행하는 행실이 경외(京外)에 저명하였고, 강찬(姜燦), 정엽 같은 자도 모두 뛰어난 재주를 가졌습니다. 따라서 조종(祖宗)의 전례로 말하면 사람을 가르쳐 성취시킨 일이 있으면 으레 관직을 상으로 주는 법이 있고, 중국의 제도로 말하면 어진 이를 쓰는 데는 출신을 따지지 않는다는 것이 고금을 통하여 변함 없는 원칙입니다. 이이가 서얼의 허통을 주장한 의도는 다만 훌륭한 인물을 구하여 임금을 보필하자는 것일 뿐, 일개 익필에게 사심을 둔 것은 아니었는데도 사람들은 대부분 이이의 과실로 돌립니다. 이산해는 익필에게 말하기를 '김응남이 제주목사가 된 것을 사람들은 그대가 청탁한 때문이라고 하는데 그대가 만약 이이가 죽고 난 뒤 곧 절교하였더라면 이러한 환란을 받지 않았을 것이다.' 하였습니다. 이발, 이길, 백유양은 또 익필의 형제가 정철과 평소 교분이 두터운 것을 미워하고, 또 자기들의 단점을 의논할까 의심하여 몰래 해당 관리를 사주하여 사조(四朝)의 양적(良籍)을 모두 없애고 불법으로 환천시킨 다음 곤장을 안겨 거의 죽음에 이르게 하였습니다. 그리고 그의 자손 70여 명도 모

두 안 씨들의 보복을 두려워한 나머지 가업을 파산하고 도망가 돌아갈 곳이 없게 되었는데, 혹은 '경외에 흩어져 걸인이 되었다.' 하고 혹은 '배를 타고 섬으로 갔다.' 합니다. 흩어져 걸인이 되었다면 70여 명 모두가 머지않아 구렁텅이의 해골이 될 것이고, 배를 타고 섬으로 갔다면 70여 명이 장차 수적(水賊)들에게 죽음을 당하게 될 것입니다. 아, 성은은 하늘과 같아서 생장(生長)시키지 않는 것이 없어 사형의 죄에 해당되는 자라도 또한 삼복(三覆)을 시행하여 형벌이 조금이라고 의심스러운 단서가 있으면 반드시 널리 공의(公議)를 거두어 살리는 길을 찾습니다. 심지어 송아지가 슬프게 울어도 성려(聖慮)를 다하고, 타락(駝酪, 낙타)의 진상을 감함에 동산 속의 초목이 모두 생기를 띠게 되는 법인데, 유독 이 70여 명의 목숨은 죽음의 경지에 닥쳤는데도 누구 하나 애석하게 여기는 사람이 없습니다. 동해에 한 원부(怨婦)가 있자 3년 동안 큰 가뭄이 들었다 하는데 금년 봄의 가뭄과 우박도 이 일 때문이 아니라고 할 수 없거늘 어찌 군사를 잃은 일개 서예원(徐禮元)을 잡아 가두기만 한 일로 되겠습니까.>

소문(疏文)을 읽는 동안에도 그의 얼굴에는 아무런 감정이 새겨지질 않았다. 읽기를 마친 익필이 그것을 정철에게 건넸다. 좀 전의 익필과 달리 정철은 연신 탄성을 내든가 고개를 끄덕이며 그것을 읽었다.

"서예원? 서인원(徐仁元)의 동생?"

정철이 물었고 박제가 대답했다.

"맞아. 회령 어딘가에 첨사로 있던 이 아닌가. 군사를 거느리고 오랑캐를 정탐하러 갔다가 되레 패하고 도망친 죄로 유배를 당했지. 참형을 받아야 마땅했는데 목숨을 부지한 것도 다 형 때문이라고 하지 않았던

가. 서인원이야말로 이발의 둘도 없는 벗이지. 유성룡과도 가깝고. 결국은 이발의 덕이었지. 여기서는 서예원 한 사람을 처벌한 것으로는 하늘에 사무친 수많은 사람의 원한을 풀 수 없다는 뜻일 걸세."

"과연 중봉다워, 기개도 넘치고……누구보다 이산해가 뜨끔했겠는걸……."

"당연하지. 이산해가 사직하겠다고 할 수밖에."

정철에 말에 박제가 동조했다.

"송헌(박제)도 애 많이 썼어. 이산해한테는 송헌의 소가 더 타격이 됐지."

공주(公州)의 제독관 조헌의 상소가 있기 전, 박제가 먼저 이산해를 탄핵하는 소를 올렸음은 정철이 알고 있었다.

"이런 때일수록 우리 송강이 하루속히 입궐을 해야 하는데……답답하기만 하네."

"<사미인곡>부터 빨리 완성해서 상감께 봬 드려야지……."

박제의 말을 거들며 송익필이 가늘게 웃었다.

"이산해, 정언신 같은 이 열 명을 잡은들 무슨 소용이 있는가. 이발, 백유양을 때려잡아야지."

"언젠가 때가 오겠지. 하늘 끝을 모르게 기세등등하던 시절, 어느 누가 조광조가 거꾸러질 줄 알았던가. 이발이 그 조광조의 발끝에나 갈 수 있을까?"

"송헌."

두 사람의 얘길 듣던 익필이 새삼스레 박제를 불렀다.

"여기 계함(정철)은 듣지를 못했네. 지난 5월 전주에 갔던 얘기나 다시 들려주시게."

뜻밖의 말에 박제가 두 눈을 껌벅거리며 생각을 모았다.

"전주부윤 남언경이야 우리 송강이 훨씬 잘 알 테고……김산에 산다는 전 군위현감 권응시가 어떻게 거기 왔는지는 지금도 모르겠어. 전선산부사 유덕수도 있었지만, 그는 원래 정여립과 교분이 있던 사람이고……구봉 말씀은 아무래도 정여립이 궁금하다는 것이겠지? 이전에도 그 자부터 살펴봐야 한다고 하지 않았던가. 그럴 것 같아. 이발, 백유양을 잡으려면 여립부터 캐볼 필요가 있을 듯해. 지금도 그 형제가 서울을 오갈 때면 무시로 금구에 들러 만난다고 하니까. 사돈지간인 백유양도 마찬가지고……."

"진안 죽도라고 했던가? 산적 마냥 은밀히 산채를 꾸며놓고 장정들을 단련시킨다는 데가……."

정철도 낙향한 여립에 대해서 들은 바가 있는 모양이었다.

"길삼봉(吉三峯) 이야기는 못 들었는가?"

농 삼아 말하는 정철과 달리 송익필이 정색을 하고 물었다.

"길삼봉이라니? 금시초문인 걸."

"천안의 노비 출신이라고 했지. 하루에 삼백 리를 달리고, 맨 손으로 범을 때려잡고……근자에 그 길삼봉이 전주에 나타났다는 말이 파다하던 걸."

"구월산 임꺽정이 아니고?"

정철이 반문했다.

"길삼봉이래. 홍길동의 '길'자와 삼봉 정도전의 이름자를 땄다더군."

익필이 잘라 말했다.

"그 자와 여립이 무슨?"

박제는 여전히 감을 못 잡겠다는 눈치였다.

"됐네. 그 후 권응시 소식은 듣지 못했는가?"

"잠시 한양에 나타났다간 김산으로 돌아갔다는 얘기 밖에는……. 유성룡과 함께 배삼익을 만났다는 얘기는 있었지만, 새로 된 판결사 정윤희하고는 모르겠어. 왜 그러는가?"

"정윤희도 퇴계 문인 아니던가?"

"서애와 학봉(김성일)이 이번 판결에 끼어들었단 말인가?"

"서애는 몰라도 학봉은 분명 이발과 교감이 있었지."

정철의 물음에 익필이 답했다. 정철이 제 빈 술잔을 스스로 채워 단숨에 들이켰다. 수염을 쓸어내리며 그가 중얼거렸다.

"두고 보라지, 언젠가 이 자들 모두 나한테 목숨만은 살려달라고 비는 날이 꼭 있을 게야."

"아무렴, 그런 날이 빨리 와야지. 그래야 율곡이 편히 눈을 감고 우리 구봉의 치욕도 씻지."

박제가 응수했다.

안채 건넌방에 들기 무섭게 정철이 운담을 쓰러뜨리고 그녀의 몸 위에 제 몸을 포갰다. 의관을 받겠다고 서 있던 여자가 속수무책으로 그에게 깔렸다. 정철이 사납게 여자의 저고리를 벗기고 치마를 걷어 올렸다. 옷고름이 뜯겨 나갔다. 스스로 벗겠다고 운담이 사정을 했지만 틈을 주지 않았다. 발끝으로 아랫도리 속곳까지 벗겨낸 그가 한 손으로 젖가슴을 움켜쥔 채 여자의 입술을 찾았다.

"또 술 냄새."

불평을 하면서도 운담은 전신을 남자에게 맡긴 채 하나씩 상대의 옷가지를 벗겨 나갔다.

"이것아, 오늘도 내 살 송곳 맛을 봐야 되겠지? 자네가 직접 넣어주게."

"예, 소첩의 조가비도 그대로 있나이다."

"또 그것이냐? 다른 뭐는 없느냐?"

"대감부터 다른 연장을 쓰셔야지요."

부둥켜안은 채 남녀가 서로 킬킬 컬컬 웃어댔다. 운담도 남원 기생 자미(紫薇)의 얘기는 알고 있었다. 운우지정(雲雨之情)을 가질 때면 더러 그녀도 정철이 겪은 과거의 여자에 대해 캐물었고, 정철이 기억하는 그녀들의 수작을 시늉하며 클클 웃어대곤 했다. 4년 전, 전라감사 시절, 남원에서 만난 동기(童妓)가 자미였다. 자태가 고와서 첫눈에 탐이 났다. 그녀의 머리를 얹어주기로 한 날, 여느 때처럼 살 송곳 운운하며 육담부터 늘어놓았더니 사내 경험이 전혀 없다는 아이가 대뜸 조가비 운운으로 응수를 해서 정철을 놀라게 했다. 다음날로 아예 그녀를 전주로 데려와 첩실인 양 곁에 두고 즐겼다. 허나 전라감사도 길지가 못했다. 부임 여덟 달 만에 도승지에 제수되어 한양으로 올라가야 했기에 그녀와도 기약 없는 이별을 했다.

이후에도 심심치 않게 그녀의 얘기가 풍문에 전해 왔다. 여전히 남원 기생으로 있는데, 스스로 송강의 여자라 해서 이름까지 강아(江娥)로 고쳤다는 말도 있었다. 살다보면 어느 날 다시 그녀를 품을 날이 왜 없겠는가. 이제 정철에게는 운담이 자미고 자미가 운담이었다.

운담이 남자가 시키는 대로 했다. 또다시, 쉰 넘긴 남정네의 것이라고 할 수 없는, 크고 뜨거운 그것이 제 몸 깊은 데로 빨려 들어왔다. 한순간, 숨이 끊어질 듯, 천 길 낭떠러지에 떨어지는 황홀감에 전신을 떨었다. 짓이기듯, 바스러뜨리듯 거푸 압박하던 남자가 잠깐 자세를 고치며 중얼거렸다.

"요것아, 그럼 네가 압슬(壓膝)을 아느냐?"

"몰라요"

운담이 눈을 빤히 떴다.

"누를 '압'자에 무릎 '슬'자다."

"무릎은 눌러서 뭐 한대요?"

"그렇지, 다른 데를 눌러야지……."

"아무렴요."

여자가 남자의 목 줄기를 핥았다.

"오늘은 내가 너를 압슬형에 처하겠다. 알았느냐?"

"네, 천첩을 찢어죽이든 밟아죽이든 대감님 마음대로 하셔요."

"옳거니. 바닥에 사금파리를 잔뜩 깔아놓고 무르팍에는 큼직한 맷돌을 올려놓을 게다. 그게 압슬형이다. 허벅지, 종아리가 부서지고 무릎 뼈가 박살나겠지. 요것아, 그래도 이실직고하지 않겠느냐? 네 죄를 네가 모른단 말이냐?"

"대감, 소첩 죽을죄를 지었나이다. 소첩을 죽여주시어요."

"오냐, 오늘 기필코 너를 죽이리라."

사내의 몸놀림이 더욱 빨라졌다.

여자가 그를 부둥켜안고 몸서리쳤다.

10. 왜적(倭賊) 남해를 침탈하다

왜적(倭敵)이 남해를 침범했다.

비변사에서 내려온 명을 그대로 옮겨 적은 이문(移文)과 함께 감영의 별도 명이 적힌 관문(關文)이 처음 당도한 것이 나흘 전 한낮 무렵이었다. 급히 서두르라는 명령이 적힌 감결(甘結)은 어제 오늘 거푸 당도했다.

도내의 각 부사, 목사들은 소속 군, 현의 군병들을 조발하여 속히 남해 순천으로 떠나라는 명이었다. 서울에서는 이미 우윤(右尹) 신립(申砬)이 전라도좌방어사의 직첩을 받아 군관 서른 명을 데리고 남도로 출발했다고 했다. 장수가 전장에 당도하기 전 군사들이 먼저 가서 기다리고 있어야 마땅했다.

전주부윤 남언경은 내일 아침의 출정을 정해 놓고 있었다. 전라감사 한준(韓準)에게도 이를 알렸다. 익산, 고부, 김제 3개 군과 금구, 만경, 용안, 부안, 태인, 고산, 여산 7개현의 군병들은 이미 전주성 밖에 도착 숙영을 준비하고 있었다. 진산, 금산 2개 군과 옥구, 임피, 함열, 정읍 4개현에서는 아직 사람이 오지 않고 있었다. 사세 급박함은 그곳 수령들도 더 잘 알고 있을 터, 내일 아침까지 전주에 이르지 못한다고 해도 달음박질쳐 뒤좇아 오리라 여겼다.

남언경은 재차 판관 등 고하 관원들을 불러 군병의 점고와 물품 조달에 만전을 기하도록 하고 잠시 내아에 들었다. 해가 지면, 각지에서 달려온 수령이며 군관들을 모아놓게 조촐하게 주효(酒肴)라도 대접할 요량이었다.

방문을 열자, 관비(官婢)들이 챙겨놓은 전립(戰笠)과 전복(戰服)이 문지방 너머에 가지런히 놓여 있었다. 임지로 갈 때마다 항시 갖추어 다니긴 했지만 실제 입을 날이 있을 줄은 몰랐다. 감회가 새로웠다.

병방(兵房)이 준비해 놓은 듯, 벽에 기대놓은 환도(環刀)와 궁전(弓箭)이 눈길을 끌었다. 잠시 머뭇거리다가 환도를 손에 쥐었다. 주저 않고 칼집에서 칼을 뽑았다. 자극적인 쇳소리도 순간, 예리한 칼날이 빛살을 튕겼다. 무게감이 있었지만 능히 휘두를 수 있을 것 같았다. 두 손으로 손잡이를 굳게 쥔 뒤 칼끝을 방문에 겨누어 보았다. 절로 숨이 가빠 오는 느낌이었다. 문사가 검을 쥐는 때가 달리 있을까. 글줄을 읽은 탓에 전주부윤에까지 올라 나라의 녹을 먹는 자, 외적이 쳐들어오면 마땅히 붓 대신 칼을 들고 싸워야 마땅하다는 생각뿐이었다. 무엇보다 자신의 혈관에는 무인의 피가 흐른다는 긍지가 있었다. 아버지 남치욱(南致勖)이 바로 무과 출신이었다. 중종 39년 김해부사로 있던 아버지는 사량진에 쳐들어온 왜적들을 무찔렀으며, 이후 경흥부사, 안주목사를 거치며 북방의 변경을 지켰다. 임꺽정이 소란을 피웠을 때는 토포사가 된 아우를 도와 그를 토벌하는 공을 세우기도 했다. 숙부 남치근(南致勤)이야말로 명실상부한 장수였다. 명종 10년 왜구가 대거 60여 척의 배를 이끌고 와서 장흥, 영암 등 여러 성을 함락하는 을묘왜변을 일으키자 전라도좌방어사로서 나주, 남평에서 적들을 대파하였으며 이어서 녹도(鹿島)에 쳐들어오는 왜구를 소탕하였다. 임꺽정의 무리가 준동하던 때는 경기·황해·평안 3도의 토포사를 겸하여 그를 토벌하는

혁혁한 공을 세웠다.

손에 쥔 환도는 곧 예전 아버지의 손에 쥐어졌던 그것이었다. 아버지의 숨결을 느끼지 않을 수 없었다. 칼을 세워두고, 활의 시위도 힘주어 당겨 보았다. 낯설지 않았다. 거푸 화살을 날릴 자신이 있었다. 경기도 지평(현 양평)을 다스릴 때였다. 심신에 도움이 된다고 해서 수시로 활터에 나가 사대(射臺)에 선 일이 있었다. 심심풀이로 당겨 보았던 활시위인데 이런 환란에 요긴하게 쓰일 줄은 몰랐다. 비변사에서 내려온 관문에도 있었다.

각 지방의 수령들이 군정(軍丁)을 가려 뽑기 어려운 때는 숫자에 구애받지 말고 활 쏘는 자부터 골라 급히 떠나라.

전황에 대해선 아는 바가 거의 없었다. 왜적들이 마음먹고 떼로 침범해온 것인지 아니면 이전처럼 바닷가 고을 몇을 노략질하고 떠나는 것인지도 알 수 없었다. 관측된 적선이 18척이라고 하지만 그 사이 적에게 목숨을 잃은 관병과 백성의 숫자가 1천을 넘는다고 하니 예사로운 일이 아니었다.

남해 흥양(興陽, 현 고흥)을 침범한 왜적들과 맞서 싸우던 녹도보장(鹿島堡將) 이대원(李大元)이 패하여 죽었으며, 전라우수사 원호(元壕)가 복병선 다섯 척을 끌고 나갔다가 모두 격침당하고 말았다. 더욱 통탄할 일은 전라좌수사 심암(沈巖)의 행태였다. 왜적들이 먼 바다의 손죽도를 침범했을 때 심암은 이대원을 척후로 삼아 앞으로 내보냈다. 이대원이 적들과 싸울 때 그는 뒷전만 지킬 뿐 아무런 도움도 주지 않았다. 결국 이대원은 목숨을 잃고 말았다. 심암이 그를 사지로 보내놓고도 팔짱만 끼고 있은 데는 사적인 감정이 없지 않았다는 것이 그곳 장졸들의 인심이었다. 왜냐하면, 손죽도를 범하기 이전 왜선 몇 척이 녹도 근처에 나타나 정탐을 하였는데 이때 이대원이 미처 주장에게 보고를 하지 않은 채 그들을 쳐서 적들의 수급을 얻었다. 심암은 그가 자기의 공을 가로챘다 여기고 이후 그를 미워했다는 것이었다. 뒤늦게 비변사에서 심암은 물론 복병선을 잃어버린 원호를 잡아다 국문에 처해 달라고 왕에게 청했으니 조만간 그도 벌을 받을 것이 뻔했다.

한낮까지 전주에 집결한 군병의 숫자는 9백을 간신히 넘겼다. 10개 군현에서 징집한 군병의 수가 이 정도임을 보면 한 고을에서 모은 숫자가 1백이 안 되는 셈이었다. 허기야 고을마다 군부(軍簿)가 있다고 해서 그 이름의 장정들이 죄 군역을 하는 것은 아니었다. 매년 필요한 수만큼의 군정들만 한양이나 국경 혹은 해안에 가서 번을 들 뿐 나머지 대다수는 군포(軍布)만 내고 생업에 종사하고 있었기 때문이다. 게다가 양반과 천민들은 군역의 의무도 없었다. 결국 군역은 양인 농민들이 담당할 수밖에 없었는데 현(縣) 단위 한 고을의 인구는 1천 2백 명이 기준이었다. 호수로는 2백 50호를 넘지 않는다. 1천 2백 명 중에서 여자와 어린이, 노인, 양반과 천인을 빼고 나면 군역을 맡을 장정의 수는 2~3백 정도에 불과하다. 여기서도 이미 번을 들러 간 이, 군포를 낸 자, 병자(病者), 이름만 있고 실제로 살지 않는 이 등을 제하고 나면 숫자가 반 이상으로 줄고 만다. 때문에 사나흘 기한에 1백 가까운 장정을 끌어 모았다는 것은 각 고을 수령들의 수완이 좋았다는 것을 뜻하지 무능하다고 할 수는 없었다.

반 시진(한 시간) 가령 목침을 베고 누웠던 남언경이 전복을 차려 입고 동헌으로 나섰다. 내일 모레가 춘삼월이라고 했지만 아직 날씨는 쌀

쌀했다. 성 밖에서 야영할 군사들이 염려되었다. 좀 전에 도착했다는 임피현감 김은휘가 그를 기다리고 있었다. 남언경이 반갑게 그를 맞아 들였다. 서울에서는 물론 교하와 지평에서도 두세 번 그를 만난 적이 있었다. 그럴 때마다 곁에는 율곡이건 성혼이 있었다. 세상 떠난 김계휘의 아우이며 김장생의 숙부다. 그 또한 황토색 겉옷을 걸친 전복 차림이었다.

"영감께서도 손죽도 이후 사정은 모르시지요?"

그가 전황을 궁금해 했다.

"나날이 묘당(廟堂, 비변사)에 올라가는 장계도 크게 달라진 게 없는 모양입니다."

따뜻하게 데운 식혜 한 잔씩 마셨다.

"감사 영감도 내일 같이 출정하시는가요?"

"아니오. 모병을 독려하고 글피쯤에 떠날 것 같습니다. 참, 아직 뵙지 않으셨던가요?"

북쪽 담 하나만 넘으면 전라감영이었다.

"영감부터 뵙고 그 다음에 문안드리려고……."

전주 군관 하나가 급히 뜰을 질러 왔다. 섬돌 아래서 그가 고했다.

"금구 정 수찬께서 장졸 80을 거느리고 지금 막 당도하셨습니다."

"호, 그래? 수찬 어른은 지금 어디 계시고?"

"지금 성 밖에서 숙영을 준비하고 계십니다. 부군(府軍)의 영막(營幕) 옆에 자리를 정해 드렸습니다."

"정 수찬이라면, 정여립 말씀입니까? 그 자가 어떻게 여길?"

김은휘가 크게 놀라워했다.

"왜요? 묘당에서도 명하지 않았습니까. 공사천(公私賤), 잡류 가리지 말고 활을 쏠 수 있는 자들 모두 데려가라고요. 본관이 정 수찬에게 부탁을 드렸습니다. 대동계라고 들어 보셨는지요? 거기에 쓸 만한 자들이 꽤 있지요. 80이라⋯⋯고마운 일입니다. 내 생각으로는 3, 40이면 어떠랴 했는데 80이라니! 그것도 사흘 만에 말입니다."

"허나 그 자는⋯⋯."

"임금의 눈 밖에 난 자라고요? 아니면 율곡한테 그랬다고? 허허."

"영감이 잘 아시잖습니까."

"전장에 나가는 판에 그런 게 대수겠습니까. 먼 데 나타난 적선만 보고도 달아나기 바쁜 게 벼슬아치요 양반네들인데 궐에서 쫓겨난 정 수찬은 외적을 치겠다고 몸소 저렇게 나서질 않습니까. 저만 하면 됐지요."

"영감께서 그러시니 저도 달리 드릴 말씀은 없군요."

그러면서도 김은휘는 찜찜한 기색을 숨기지 않았다.

"그럼 나가보실까요."

남언경이 먼저 환도를 들고 일어났다.

오시(午時)가 못 돼 남원에 당도했다.

광한루 옆 들판엔 남원부 및 그 영속(슈屬) 군현의 장졸들이 무리지어 서성이고 있었다. 각 고을을 나타내는 깃발들이 곳곳에 나부꼈다. 눈대중으로도 이곳 병졸 또한 2천이 넘지 않을 것 같았다. 모아놓은 군마(軍馬)가 백을 겨우 넘을 정도였다.

남언경은 남원부사 유몽정(柳夢井)부터 만나 인사를 나눈 뒤, 이곳 수령들의 예를 받았다. 순창군수를 빼면 나머지는 모두 현령, 현감들이었다. 용담, 구례, 임실, 운봉, 장수, 무주, 진안, 곡성, 광양 9개현이 그것이었다. 전주가 그렇듯이, 출정이라고 해서 모든 고을의 수령들이 죄 나선 것은 아니었다. 병을 앓거나 쇠약한 이들이 제외됐으며 부득이한 사정으로 허락을 받고 빠진 이들도 있었다. 남원부의 경우, 구례, 곡성, 광양처럼 남원의 남쪽에 있는 고을에서는 굳이 남원까지 올라왔다가 다시 내려가는 대신 현지에서 본대를 기다렸다가 합류하기로 돼 있었다. 하여 군수, 현감은 열에 다섯 밖에 되질 않았다.

그 중에는 특히 반가운 얼굴, 진안현감 성호도 있었다. 지난 해 단오절에 만난 이후 두 번째 상면이었다. 전번 설날에 전주에 왔을 때보다 낯빛이 좋아서 훨씬 보기가 좋았다. 진안에서는 군병 2백 25명을 데려왔다는 그의 말이었다. 평소에도 군사 조련을 게을리 하지 않는다는 소문을 들었는데 이런 때 공을 세울 수 있을 것 같아 든든하기만 했다.

"들으셨겠지. 정 수찬의 대동계 장정들이 내 군영에 들어와 있다네. 개중에는 진안에서 온 자들도 여럿이던데 섭섭해 하지 마시게."

남언경이 농 삼아 그에게 말했다.

"별 말씀을 하십니다. 정여립이 전주 사람인데 어찌 진안인이라고 하겠습니까."

"죽도가 진안 땅이지, 그러면 죽도 선생(정여립)도 진안 사람이 아니겠는가, 허허."

"아무튼 그 자가 선생님을 돕는다니 저도 고맙게 여기겠습니다."

"그게 좋을 걸세."

성호 또한 여립을 마뜩찮게 여겨 거리를 두고 있음은 남언경이 잘 알고 있었다. 짧은 기간이지만 그도 율곡한테 배움을 입었으니 그럴 만도 하였다.

출병을 했다.

말을 탄 남언경과 유몽정이 대열의 맨 앞에 섰다. 각 수령들은 중간에서 혹은 뒤에서 제 고을의 장졸들을 이끌었다. 군병들의 차림과 행장, 거동만 보아도 그곳 수령이 평소 어떻게 고을을 다스렸는지 알만했다. 이렇게 많은 군병들이 제 고장을 떠나서 외적이 있는 먼 바닷가까지 이동하는 것도 전례가 없었다.

중종 때의 삼포왜란, 명종 때의 을묘왜변을 겪으면서 크게 바뀐 군사 체제 때문이었다. 그 이전까지만 해도 진관체제(鎭管體制)라 하여 큰 진[巨鎭]을 중심으로 주변의 여러 진(鎭)을 이에 속하게 하여 하나의 진영으로 편성함으로써 지역 스스로 외적과 맞서 싸우도록 하였다. 대부분 목사(牧使)가 겸하는 첨절제사가 큰 진을 단위로 하는 진관의 군사권을 쥐었으며, 말단의 여러 진은 종4품 군수 이하가 직급에 따른 병마(兵馬) 직함을 가졌다.

진관을 중심으로 독자적으로 적을 방어하는 이 체제는 작은 규모의 전투에는 유리하지만 큰 규모로 적이 침입할 경우에는 문제점이 많다는 것이 드러났다. 그리하여 명종 때부터 각 지역의 군사를 적의 침입이 있는 한 곳에 집결시켜 중앙에서 파견되는 도원수, 순변사, 방어사 같은 장수 한 사람의 지휘를 받게 하는 제승방략(制勝方略) 체제를 채택하게 된 것이다. 이는 유사시에 각 고을의 수령이 그 지방에 소속된 군사를 이끌고 본진(本鎭)을 떠나 배정된 방어지역으로 가는 분군법(分軍法)의 체제이기도 하였다.

구례에서 하룻밤 숙영하기로 했다. 내일 해질 무렵이면 능히 낙안성(樂安城, 전남 순천)에 들 수 있을 것 같았다.

비변사의 명에 의하면, 동원되는 전라도 군병 중에서도 전주부, 남원부 관할의 군사들은 전라좌수영 관할의 낙안과 순천에 진을 치고 이밖에 장흥부 및 나주목 소관의 고을 병사들은 전라우수영에 집결하게 돼 있었다. 제주부가 제외됐으며, 좌우 수사(水使)의 명을 받는 바닷가 고을들은 사정에 따라 따로 이동하기로 돼 있었다. 방어사가 현지에 도착하면 지금의 이 조치들은 얼마든지 바뀔 수 있었다.

노고를 위로한다면서 남원부사가 각 고을 수령들과 주요 군관들을 초치해주었다. 해지기 직전, 서른 가까운 지휘관들이 남원부 본영에 둘러앉았다. 남언경은 유몽정과 나란히 상석에 앉았다. 따뜻하게 끓인 떡국과 함께 술과 안주가 차려진 소반 하나가 각각의 장령들 앞에 놓였다. 유몽정이 술을 권했지만 남언경은 마시는 시늉만 하고 잔을 놓았다. 둘러보니 정여립이 여산현감 옆에 앉아 있었다.

"방어사가 천안에서 하루를 더 지체했다고 하니 우리가 이틀은 앞서 닿을 것 같습니다."

유몽정의 말이었다.

남명 조식의 문인이었다. 그런 연분에서일까. 김우옹, 최영경, 정개청은 물론 이발, 이길 형제와도 친분이 깊다고 했다. 계유년(1573년), 행실이 곧은 이로 이조의 추천을 받아 6품에 승서(陞敍)되었다. 이때 같이 뽑힌 인물이 홍가신(洪可臣), 유몽학(柳夢鶴), 정구(鄭逑) 등이었다. 이후 사헌부 지평(持平)을 하다가 외직인 고부군수를 지냈으며 지난해 남원부사가 되었다. 특히 고부군수로 있을 적에는 관곡(官穀)을 내어 정여립의 죽도서실을 짓는 데 도움을 주었다는 소문이 돌았다. 그나저나 남언경은 유몽정의 이름을 들을 때마다 글자는 다르나 음이 똑같은, 전 영암군수 유몽정(柳夢鼎)이 떠올라 헛웃음을 짓곤 했다. 그 유몽정은 바닷가 고을 수령으로서 활을 쏠 줄 모른다는 이유로 사간원의 탄핵을 받고 군수 자리에서 쫓겨났다.

대충 좌중의 식사가 끝날 무렵 남언경이 먼저 자리에서 일어났다. 내일의 행군을 위해서도 술자리를 끌 수 없으려니와 유몽정이 자신의 막하(幕下)들과 오붓한 자리를 가질 수 있도록 기회를 주고 싶었다. 남언경의 거동에 따라 전주부 소관 수령들도 일제히 자리에서 일어났다.

돌아오는 길에 정여립과 성호를 찾았다. 무엇보다 말로만 듣던 대동계가 어떤 것인지 그 군막부터 둘러보고 싶었다. 여립이 흔쾌히 앞장을 서 주었다. 여립의 잠자리가 마련된 천막 안에는 장정 다섯이 앉아서 주인이 오길 기다리고 있었다. 그들이 남언경을 보곤 불에 덴 듯 빠르게 일어나 읍을 했다. 그 중 하나가 낯익었다.

"송간이라고 합니다. 지난 해 죽도에서 영감님을 뵈었습니다."

기억이 났다. 여립의 먼 처족이라고 했던가. 무과를 준비한다던 말도 떠올랐다.

"여기 정 수찬이 뭐라 하고 자네들을 데려오던가? 남쪽 바다에 소풍을 가자고 하시던가, 혹은 고기를 잡으러 가자시던가?"

자리를 잡은 뒤, 무리를 둘러보며 남언경이 물었다. 털북숭이 젊은 사내가 얼른 대답했다.

"아닙니다. 왜놈들이 남해를 침범했다는 말을 들었습니다. 놈들을 쏴 죽이려고 수찬 어른을 따라온 것뿐입니다."

"기특하군, 자네도 대동계원인가? 집은 어디?"

"예, 금구 능골에 삽니다."

이번엔 얼굴이 얽고 눈 밑에 큰 점이 있는 사내를 가리켰다.

"자네, 대동계가 뭔가?"

"예, 맛있는 것이 있으면 나눠 먹고, 어려운 일이 있으면 서로 도와주고, 대문을 활짝 열어 놓아도 도둑이 없는 세상을 바라는 것입니다."

"그래, 농사꾼인가?"

"주인집 밖에 사는 종놈입니다."

외거 노비란 말이었다. 여전히 남의 집 종으로 돼 있지만 실제론 따로 농사짓고 살면서 매년 일정 분의 곡식을 몸값으로 주인한테 바치면 되는 자들이었다.

곁에 있던 정여립이 그제야 한 마디 거들었다.

"이 자들은 특히 궁술에 능한 자들입니다. 전장에서 요긴하게 쓰일 것입니다."

"자네도 그러한가? 활은 어디서 배웠고?"

그 옆의 몸집이 큰 사내를 지목했다. 작은 눈이 가늘게 찢어져 앞이 제대로 보이기나 할까 싶었다.

"인왕산 활터에서 좀 쏴 봤습니다."

몸집에 어울리지 않게 목소리가 가늘었다.

"한양의 인왕산 말인가?"

"예."

"여기는 어떻게?"

"작년에 남원으로 이거했습니다."

"양반 자제인가? 이름이 뭔가?"

"서출이옵고 송취대라고 합니다."

"송 씨라……본관은?"

"여산(礪山)입니다."

"그래……."

또 여립이 나섰다.

"계에 들어온 지 석 달밖에 되질 않습니다. 힘이 장사인 데다 활쏘기는 누구도 당하질 못합니다. 게다가 총통(銃筒)도 다룰 줄 알지요. 무엇보다 박제가 믿을 만하다고 하니 근본은 뚜렷할 것입니다."

"박제가?"

그 또한 죽도에서 봤던 인사이기에 이름을 기억했다. 정병(正兵)도 아닌 자들이 나라에 환란이 있다고 해서 가족과 생업을 뿌리치고 병기를 들고 따라나서 준 데 대해 치하를 하고 남언경이 군막을 나섰다.

하늘에 별이 총총했는데, 다행히 밤공기가 그다지 차지 않았다. 진안현감 성호가 전주부 본영까지 바래다주었다.

"선생님, 아무래도 저는 저 자의 본심을 알지 못하겠습니다."

많이 참았다는 듯, 그가 어렵게 한 마디 했다.

"누구 말인가?"

"정 수찬 말입니다. 군수가 되겠다고 뛰어다니던 이가 또 대동계를 한다고 저렇게 장정들을 모아놓고 활을 쏘고 말을 달리지를 않나……."

"그래서? 못된 짓이라도 꾸밀 것 같은가?"

"그건……."

"심려 놓으시게. 궐에서 쫓겨나와 할 일이 뭐 있겠나. 저 성격에 산수 좋은 데서 책 읽고 노는 것도 지겨울 테고. 그러니 저렇게 무리라도 만들어 심기를 다스려야지. 보기는 좋지 않은가. 반상과 양천 구분 없이 모아놓고 좋은 일을 해보자니까."

"하오나 저기서 그칠까요? 제가 보기엔 누구보다 권세에 욕심이 많은 이로밖에 보이질 않습니다."

"나나 자네도 그 욕심이 없던가? 놔두고 보시게. 율곡이 벌써 말하지 않았던가. 저 사람의 병통은 남들 앞에 나서려는 것이라고……그 성격을 어쩌겠나."

"예, 저는 남달리 선생님께서 저 자를 챙기시는 게 좀…….."

"자네 말도 염두에 두겠네. 고단할 테니 가서 쉬게. 자기 전에 복령차 마시는 것 잊지 말고. 내가 보내준 게 아직 남았겠지?"

"예 선생님. 편히 주무십시오."

어둠 속으로 사라지는 성호의 뒷모습을 본 뒤, 남언경이 제 군막의 휘장을 젖혔다.

낙안에 도착한 이틀 뒤, 전라감사 한준이 영군(營軍)을 이끌고 순천에 도착했으며 다음날 저녁 방어사 신립이 순천에 당도했다는 통문을 받았다.

3월 5일, 방어사에게 인사를 하기 위해 남언경도 길을 나섰다. 금산, 김제의 두 군수가 동행을 했으며 낙안군수 김대기(金大器)가 길잡이가 돼 주었다. 낙안에서 순천까지가 70리 길이었다.

방어사는 따로 영막을 만들지 않고 부(府)의 객사를 본영으로 쓰고 있었다. 높은 담장 안팎으로 군병이 늘어서 있고 기치가 삼엄한 것만 봐도 장수의 위엄을 느낄 만했다. 그곳 대청에는 파직된 신암의 뒤를 이어 좌수사가 된 이천(李薦)을 비롯하여 순천부사 변기(邊璣), 보성군수 이흘(李屹) 등 여러 장수들이 먼저 와서 회의를 하고 있었다. 뒤이어 전라감사 한준과 남원부사 유몽정이 나타났다. 신립이 일행을 반갑게 맞아 주었으며 특히 남언경을 대하는 태도가 유별 깍듯했다.

"동강(남언경) 어른을 예서 뵙습니다. 오시느라 얼마나 애를 쓰셨습니까?"

상관(上官)에 대한 예로 다 같이 읍을 할 때 그가 쫓아와 손을 잡아주기까지 했던 것. 되레 남언경이 당황했다.

"별말씀을요. 저희야 이틀거리밖에 안 되니 도성에서 오신 장군께 비하겠습니까."

상석으로 당기려는 걸 굳이 마다하고 한준, 유몽정과 자리를 나란히 했다. 허기야 나이로만 본다면 아들뻘의 무장이었다. 그가 올해 마흔둘이니 꼭 열여덟 살 차이. 허나 상하 관계(官階)에 나이가 무슨 상관이 있던가. 여섯 살짜리 임금이라도 하늘과 같은 주상이요, 일흔 살 종놈이 나이가 적어 종이던가. 문관들끼리 흔히 하는 우스갯소리가 있었다. '승품(陞品)을 빨리 하려면 차라리 무과를 할 것이지 생원, 진사는 왜 하느냐.'고. 게다가 전란이라도 있어서 공을 세우면 한 해만에 종9품 초관(哨官)에서 당상관인 정3품 상호군(上護軍)에도 오를 수 있는 것이 무관이었다.

명종 21년 남언경이 서른아홉 나이에 '경전에 밝고 행실이 바르다(經明行修).'는 이유로 특별 천거되어 이항(李恒), 성운(成運) 등과 더

불어 포의(布衣)를 입고 임금 앞에 선 데 비하여, 그 이듬해 금상(선조) 즉위년에 22세 나이로 무과에 급제하고 이후 짧은 기간에 선전관, 도총, 도사를 거쳐 한성 우윤(右尹)에 오른 신립의 경력은 화려하기만 했다. 이 자리에선 전주부윤, 전라감사, 한성우윤이 다 같은 종2품으로 품계가 같지만 신립이 한성우윤의 자격이 아닌, 전라도좌방어사라는 장수의 직함을 갖고 온 만큼 모든 관원은 그의 명을 받는 것이 마땅했다.

"세 분이 그렇게 앉아 계시니 저절로 '동쪽 언덕과 남쪽 언덕 사이로 맑은 물이 흐르는' 풍경이 됩니다, 그려. 참으로 보기가 좋습니다."

문사들이 있다고 해서 굳이 그가 시 한 수를 읊나 싶었는데 그게 아니었다. 나름 재치 있는 농담이 아닐 수 없었다. 남언경의 호가 동강(東岡)이니 곧 동쪽 언덕이요, 한준의 호가 남강(南岡)이니 바로 남쪽 언덕이었다. 이 둘 사이에 앉은 유몽정의 호가 청계(淸溪). 퍽 그럴싸한 비유가 아닐 수 없었다. 이로써 좌중이 크게 한 번 웃고 나니 삼엄하던 군영의 분위기도 한결 부드러워졌다.

"여기 계신 분들이 모두 아셔야 할 것 같아서 말씀드립니다."

자세를 고친 신립이 근자의 전황을 일러 주었다. 한동안 종적을 감추고 있던 적이 며칠 전 가리포(加里浦, 현 완도항)에 나타났다고 했다.

"전라우수사의 치계(馳啓)가 있었지요. 멍청하긴! 온갖 배들이 다 드나드는 길목에다 복병(伏兵)이라니! 아예 여기 우리 배들 갖다 놨으니 가져가시오 하고 방을 붙이지. 이런 위인들이 전쟁을 한다네요, 허 참."

아까와 달리 그의 말이 상당히 거칠었다. 북변에서 야인들이 소동을 일으켰을 때, 적이 쳐오기도 전에 마을의 인가들을 온전히 불살라 버렸다는 저간의 소문도 그의 이런 성격에서 비롯된 것 같았다. 조선수군들이 적의 기습에 대비하여 가리포에다 병선 네 척을 숨겨 두었는데 적들이 이를 먼저 알고 쳐들어와서 모두 탈취해 갔다는 것이었다. 동 트기 직전의 습격이라 진군(鎭軍)들은 제대로 대응조차 못했다고 했다. 첨사 이필(李趕)은 왼쪽 눈에 화살을 맞고 달아나기에 바빴다나.

"이 바보 같은 자들은 본관이 필히 붙잡아다 죄를 물을 것입니다."

신립이 벌떡 일어나 뒷벽으로 걸음을 옮겼다. 거기는 좌수영, 우수영 관할의 섬들과 해안 진포(鎭浦)들을 그려놓은 큼직한 지형도가 걸려 있었다. 그가 남녘의 섬 하나를 가리키며 말했다.

"여기가 손죽도입니다. 지난달 놈들이 가장 먼저 침범한 곳이지요. 흥양(현 고흥)에 와서 난리를 친 놈들도 필시 여기서 출발했을 것입니다. 그리고 이쪽, 이것이 선산도(仙山島, 현 청산도)입니다. 놈들은 이곳까지 와서 쑥대밭을 만들어 놓았지요. 이 선산도야말로 제주와 가리포, 고금도를 잇는 길목이 아니겠습니까. 가리포를 범했던 놈들은 분명 선산도에서 나왔을 테고요. 그런데 좀 전 좌수사의 말씀에 따르면 그제까지도 여기 손죽도와 선산도에는 놈들의 형적이 없다고 합니다. 그러면 어디로 갔을까요? 대마도로 돌아갔을까요? 천만에! 그럴 리가 없지요. 탐지된 적선의 숫자만도 열여덟이었어요. 그놈들이 배 몇 척 훔치고 보리쌀 몇 되 앗아가려고 여기까지 왔을까요? 그리고 그 열여덟 척이 전부였을까요? 어딘가에 훨씬 더 있을지도 모르지요. 예전의 소행들을 보세요. 놈들이 노리는 곳은, 털어 갈래야 털어 갈 것 없는 섬들이 아닙니다. 뭍입니다. 보성, 낙안, 장흥, 흥양 어디를 노릴지 모릅니다. 벌써 우수영 쪽으로 넘어갔을지도 모르고요. 제장(諸將)들은 가만히 앉아서 적이 나타나길 기다려서는 안 됩니다. 적이 어디 있는지를 찾아내서 모조리 처단해야 할 것입니다. 각 첨사, 만호(萬戶), 보장(堡將)들은 여기 수사(水使) 어른의 명을 받아 적을 토색하는 데 한 치의 빈틈도 없어야 되겠습니다. 그리고 각 군현 수령들은 현재 지키고 있는 성과 보루에 대한 방비를 더 철저히 함과 동시에 언제든 적들이 있는 곳으로 이동하여 싸울 수 있도록 대오(隊伍)와 군기를 정비해 놓고 있기 바랍니다.”

얘기의 요지는 현재 적들이 어디에 있는지 모른다는 것이었다. 두세 차례 분탕질을 하고 물러날 적들이 아닌데, 어느 해안 도서에서도 적을 찾질 못하고 있다는 것이었다. 적이 어디 있는지 알지 못하니 싸움이 가능하질 않았다.

전례를 비추어 봐도 이번 적들 또한 일본 오도(五島)에서 온 자들이 분명해 보였다. 오도는 대마도 오른쪽에 있는 작은 섬인데 토지가 척박하여 인호(人戶)는 1천도 되지 못하는 것으로 알려져 있었다. 이곳 주민들은 대개 항업(恒業)이 없어서 판매로 생활을 꾸려가는 궁핍한 자들이기 때문에 남해에 출몰하면서 노략질하는 것이 다른 왜적보다 더욱 극심하였다.

이들이 우리네 해안으로 침구(侵寇)해 오는 길은 두 가지가 있었다. 하나는 오도에서 동남풍을 타고 삼도(三島)에 이르러 유숙한 뒤, 선산도를 지나 곧바로 고금도와 가리포 등지에 이르는 길이고, 다른 하나는 대마도에서 동북풍을 타고 건너와서 연화도(蓮花島)와 욕지도(浴知島) 사이에 이르러 유숙한 뒤, 남해의 미조항(彌助項), 방답(防踏) 등지에 다다르는 길이었다. 이는 왜적이 전라도를 침구하는 익숙한 길인데, 그 사이의 수로가 매우 멀어서 순한 바람을 탄다 하더라도 모두 아침에 출발하여 저녁에 도착하지는 못하고 반드시 바다 가운데 있는 섬들 사이에서 유숙할 수밖에 없었다. 그러나 연일 좋은 바람이 있을 수 없기 때문에 바다에 정박하고 있다가도 다음날 여전히 풍세(風勢)가 순하지 못하면 또다시 순풍을 기다린다고도 하였다.

그런데 연화도와 욕지도는 바로 경상우수영의 연대(煙臺)와 마주 바라다보이기 때문에 적선이 왕래하는 숫자를 분명하게 셀 수 있었다. 그러나 오도의 왜적이 삼도와 선산도를 지나서 가리포, 고금도를 침범할 경우는 늘 뜻밖의 일이 되어서 사전에 탐지하기가 극히 어려운 게 사실이었다. 때문에 지금이라도 먼 바다의 섬들에 연대를 더 세우고 탐지병들을 배치해야 한다는 방답(防踏, 현 여수 돌산 군내리) 첨지 성천지(成天祉)의 말도 일리가 있어 보였다. 연대는 왕래하는 적의 동태를 살펴 낮에는 연기로, 밤에는 불빛으로 다른 섬에 알리는, 내륙의 봉수대와 같은 것이었다. 그의 말 중에 또 달리 기억되는 것이 있었다.

"저놈들이 이렇듯 신출귀몰함은 고풍손(高風孫)이 전한 바대로 사을화동(沙乙火同)의 길안내에 따른다는 것이 빈 말이 아닌 듯합니다. 한 번 교전하고서 선박을 불태우고 장수를 죽였으니 곧바로 침범하는데 아무런 어려움이 없음에도 불구하고 날을 지체하면서 진격도 후퇴도 않는 것은 그 실정을 가늠하지 못하게 하는 것입니다. 하오나 어찌 심원(深遠)하여 알기 어려운 계책이야 있겠습니까. 전선을 나누어 정박시켜 의심스럽게 만들어서 우리 측이 한 곳에 병력을 집중토록 한 다음 가만히 다른 변경을 치려는 것이 하나요, 원도(遠島)로 물러나 숨었다가 본처에서 원병을 계속 보내는 것을 기다려 일시에 거사하려는 것이 또 하나일 것입니다."

다른 장수에 따르면, 사을화동이란 자는 고기잡이를 하던 바닷가 백성이었다. 삼사 년 전 조업을 하러 바다에 나갔다가 풍랑에 쓸려 실종됐는데 나중 알고 보니 대마도에 표류, 목숨을 건졌다는 것이었다. 이후 아예 오도에 눌러 살면서 왜구들의 길잡이가 되었다고 했다.

아무튼 전주, 남원의 군사들이 당장에 전역(戰役)에 나설 일은 없어 보였다. 지금처럼 낙안성 외곽을 지키다가 적의 침입 때 명하는 곳으로 이동하면 됐다.

그날 밤은 신립이 베푼 주연에 참석한 뒤 순천 객관에서 잠을 잤다.

보름 날짜가 속절없이 지나갔다.

완연한 봄기운이었다. 너른 보리밭에는 한 뼘 이상 싹들이 자라 푸른 물결이 출렁였다. 왜적이 출몰했다는 소식은 없었다. 후방에서 온 2천이 넘는 지원군들은 나날이 거의 변함없는 일정을 보내고 있었다. 군영은 동문과 남문 밖에 나뉘어 설치돼 있었다. 각 고을별로 대오를 지어 창검술, 활쏘기를 훈련하고 더러 방포(放砲) 연습을 하는 것이 주 활동이었으며 간혹 낙안 병사들을 따라 해안을 순시하기도 했다. 성 안 백성들에게 폐를 끼치지 않기 위하여 상급 지휘관이 아닌 경우 자유롭게 성안 출입도 할 수 없었기에 혈기 넘치는 장정들에게는 이 모두가 따분한 일상일 수밖에 없었다.

딱한 사정을 알았는지 좌수사 이천이 날을 잡아 활쏘기 시합을 열어 주었다. 햇살이 환하게 쏟아지는 따뜻한 봄날이었다. 순천에 나가 있던 감사 한준과 남원부사 유몽정도 낙안으로 왔다. 낙풍루(樂豊樓)가 있는 동문 옹성(甕城) 바깥에 커다란 차일이 쳐졌고 그 그늘에 장수와 관원들이 자리를 잡고 앉았다. 앞쪽 너른 공터에 활을 쏘는 사대가 마련되었으며 80보 밖에 두 개의 큼직한 과녁판이 세워졌다. 두둥 두둥, 전고(戰鼓) 소리가 높아지면서 점차 분위기가 고조되었다. 잠깐이었지만 차일 아래서는 감사와 부윤, 수사들 사이에 누가 맨 중앙 상석에 앉느냐는 문제로 설왕설래가 있었다. 품계로만 따지만 종2품 전라감사 한준과 전주부윤 남언경이 맨 상관이요, 그 다음이 정3품인 전라좌수사 이천 그리고 종3품인 남원도호부사 유몽정 순이었다. 감사 한준 또한 맨 가운데가 제 자리라 여기고 서슴없이 그쪽으로 다가가는 걸 남언경이 말렸다. 오늘 여기서만큼은 좌수사한테 양보하는 게 어떻겠느냐고 했는데 그도 말귀를 알아듣곤 고개를 끄덕이긴 했지만 떨떠름한 기색은 숨기지 않았다.

한준도 올해 마흔여섯. 남언경보다 열다섯 아래다. 명종 21년 별시 문과에 급제하였으며 금상 즉위 3년에 예문관에 들어갔다. 예조좌랑에 제수된 이후 사헌부 장령, 좌승지를 거쳐 전라도관찰사에 올랐으니 같은 나이에 판서의 반열에 오른 유성룡보다는 못하지만 남들보다 빠른 출세 길을 달려왔음은 분명했다. 본관이 청주이며 고조가 한명회의 조카인 한언(韓堰)이다.

낙안이 전라도 땅인 것은 맞지만 전라감사의 소관이 아니고 전라좌수사의 관할지다. 전라좌수사는 좌도(左道)의 5관5포(五官五浦)를 장악하는 무관이다. 순천도호부, 흥양현, 광양현, 낙안군, 보성군이 5관이요, 사도(蛇渡, 고흥 금사리), 여도(呂島, 고흥 여호리), 녹도(鹿島, 고흥 봉암리), 방답(돌산 군내리), 발포(鉢浦, 고흥 발포리)가 5포에 해당한다. 이 중 사도, 여도, 방답은 첨사가, 나머지 두 곳은 만호가 다스린다.

무엇보다도 지금은 전시고 여기는 전장이다. 전장에서는 품계를 떠나서 장수가 우두머리다. 누가 보든 좌수사 이천이 맨 상석에 앉는 것이 마땅하다는 것이 남언경의 생각이었다. 결국 이천과 한준이 나란히 앉는 모양새를 취했고 그 양쪽으로 남언경과 유몽정이 배석했다. 보아하니, 정여립도 앞줄 한 쪽에 앉았는데 수찬을 지냈다고 어느 고을 사또가 극구 제 자리를 양보한 듯싶었다.

시합이 시작됐다. 시위를 떠난 화살이 과녁을 맞힐 때마다 북소리가 요란하게 울렸고 양쪽으로 나눠 선 군병들이 함성을 질러댔다. 순서가 되어 전주부 군사가 사대에 설 때는 남언경 또한 저도 모르게 긴장이 되어 주먹을 꽉 쥐었다. 허리가 저절로 숙여졌다. 아쉽게도 첫 번째 사수는 다섯 발의 화살 중 세 개만 과녁을 맞혔다.

"듣자하니 영감께서는 용맹한 잡류들도 한몫 이끌고 오셨다고 하더군요. 용하십니다, 그려."

옆에 앉은 이천이 아는 체를 했다. 광대뼈가 튀어나오고 두 볼이 움푹 파인 안면, 하관이 빨라서 차고 예리한 인상을 주는 사내였다. 남언경이 웃으며 응수했다.

"전주에서는 계꾼이라고 한답니다. 대동계 사람들이지요. 말도 타고, 활도 쏘고……평소에 닦은 것이 있다고 따라 왔지요."

"영감의 덕망이 하 높으니까 그렇지요."

"별 말씀을."

한 순배 차례가 돌고 또 한 장정이 전주부 소속이라며 사대에 올라섰다. 돌아서서 인사를 하는 걸 보니 출정 첫날 정여립의 막영에서 봤던 송취대라는 그 자였다. 활솜씨가 뛰어나다고 했던 여립의 말이 떠올랐다. 키가 큰 탓에 옆에 선 함열 궁수의 머리는 그의 어깨에도 미치지 못했다. 시위를 떠난 그의 첫 번째 화살이 보기 좋게 과녁의 가운데 꽂혔다. 두 번째, 세 번째 화살도 마찬가지였다. 기운 탓일까. 힘들여 당기는 것 같지도 않은데 화살은 바람소리를 내며 날았으며 눈 깜짝 할 새에 과녁에 명중했다. 한참 동안 과녁을 노려보는 다른 궁사들과 달리 그는 발사와 발사의 간격도 거의 없었다. 놀라운 솜씨가 아닐 수 없었다. 다섯 발이 다 명중했다. 남언경은 벌어진 입을 다물지 못했다. 돌아보니, 정여립은 아예 자리에서 일어나 있었으며 마치 제가 쏜 듯이 불끈 쥔 두 주먹을 쳐들고 있었다.

"저 자가 바로 대동계라오."

이천에게도 자랑을 했다.

"대단하군요. 상놈입니까?"

"서얼이라오."

"호라! 저런 놈을 첩선(睫船)에 태워 나가고 싶군요."

"왜장의 눈알도 맞힐 겁니다."

"재목입니다."

갑자기 무슨 일이 생긴 것 같았다. 보성군수 이흘이 좌수사에게 다가와 뭔가 귀엣말을 했고 낯빛이 달라진 이천이 서둘러 자리에서 일어났다. 아직 시합이 다 끝나지 않은 때였다.

"일이 있어서 본관이 먼저 자리를 비우겠습니다."

그가 자리를 뜨자 좌수영 관내 장수들이 모두 그 뒤를 좇았다. 시합이 끝나가던 무렵이었다. 소피를 보고 돌아오던 남언경이 낯선 장면 하나를 보곤 잠깐 걸음을 멈추었다. 임피현감 김은휘가 좀 전에 시합을 마친 대동계의 궁수 송취대를 세워놓고 뭔가 얘기를 하고 있는 모습을 봤던 것. 활을 잘 쏜다고 격려라도 해주는 것인가……덩치 큰 취대가 스승 앞에 선 학동마냥 공손히 손을 모은 채 고개를 떨구고 있는 모습도 이채롭게 보였다.

저녁을 먹은 뒤였다. 정여립이 성호, 김은휘 등과 함께 남언경의 군막을 찾아왔다. 금구현감 김요명(金堯命), 만경현감 조일(趙溢)도 같이 왔다.

"보아하니 적들이 나타난 모양입디다. 낮에 수사가 급히 자리를 뜬 것도 수영(水營)에서 온 첩보 때문이라고 합니다."

김은휘가 새로운 소식을 전해 주었다.

"자세히는 모르겠으나 왜선 열댓 척이 초도(草島)란 섬에 숨어 있는 것을 우리 수군들이 찾은 모양입니다. 놈들이 우리 배를 보고 달아나기는커녕 오히려 공세를 취해 왔다지 뭡니까."

"초도가 어디쯤 있는 섬인가요?"

남언경이 물었다. 현감들이 대답을 못 하고 서로 얼굴만 보는데 정여립이 나섰다.

"지난 번 왜적들이 범했던 손죽도와 선산도 사이에 있다고 하더군요. 가깝기론 손죽도가 더 가깝고요."

"그렇다면 그 또한 흥양 앞바다 아닌가요? 그새 저희나라로 돌아갔으면 좋겠다 싶었는데 그게 아니구먼, 큰일이야."

"그러게 말입니다. 내일쯤엔 바다에서 한바탕 싸움이 일어날 것 같습니다."

"방어사도 알고 계시겠지······놈들이 우리 군사들을 죄 바다로 끌어내고선 정작 저놈들은 이편 바닷가를 침범할지도 몰라요. 다들 이런 때일수록 경계를 더 철저히 하고 또 언제든 싸움터로 달려갈 수 있도록 대비를 잘해야 할 겁니다. 우리가 오면서도 봤지요? 여기 낙안이 무너지면 금세 남원이 당하고 그 다음이 전줍니다. 지금이야 저놈들이 대마도의 도둑떼라고 하지만 언제 본섬의 정병과 떼를 지어 쳐들어올지 누가 알겠습니까."

"영감님 말씀이 맞습니다. 여태 저희들끼리 싸우기 바빴던 일본 본섬에서도 거의 전쟁이 끝나간다고 하질 않습니까. 그 다음에 저놈들이 어디를 노리겠습니까. 분명 조선일 것입니다. 특히 천출의 풍신수길이 어떤 위인입니까. 그 끝없는 탐욕으로 일을 저지르지 않고는 배기질 못할 것입니다."

"직전신장(織田信長)이 죽은 뒤 병권을 장악했다는 이가 풍신수길이던가요?"

"예, 그렇지요."

"우리 조정에서도 이런 걸 다 살피면서 방책을 구해야 할 텐데······."

"저는 정 수찬과 생각이 다릅니다."

김은휘가 자세를 고치며 말했다.

"풍신수길이 일본 섬 전부를 손에 쥔다한들 어찌 이 조선 땅을 넘보겠습니까. 바닷길이 얼마나 멀며 또 군사들을 배에 태운다한들 몇이나 태울 수 있겠습니까. 지게에 돌멩이를 지고 날라 물웅덩이를 메우는 꼴밖에 더 되겠습니까. 설사 그런 일이 있다한들 저 대국의 천자께서 가만히 보고만 계시겠습니까. 어림없는 일이지요. 지금 바다에 출몰하는 왜구들은 말 그대로 하찮은 도둑에 지나지 않습니다. 이들 도적들은 우리네 수군만으로도 쉬 무찌를 것이니 영감께서는 크게 심려치 않으셔도 될 것입니다. 그렇지만 혹여 강하고 날랜 적이 있어서 서해로 나아가지 않을까 걱정이 됩니다. 특히 제가 있는 임피에는 군산창(群山倉)이 있어서 더욱 그러합니다. 방백(方伯, 관찰사) 영감께도 누차 말씀 드렸던 것도 그 때문이었습니다.”

“말씀 같다면야 무슨 큰 걱정이 있겠습니까. 그리고 아무리 놈들이 무모하다한들 어찌 군산창이야 범하겠습니까. 나라에서도 조치를 할 터이니 걱정은 않아도 될 것입니다.”

가리포 습격 이후 적의 종적이 묘연하다는 방어사의 말을 들은 뒤부터 남언경 또한 내심 걱정한 것이 바로 이들 적들이 우수영의 해역을 빠져나가 서해로 진출하면 어떡하나 하는 것이었다. 놈들에게 가장 요긴한 것이 쌀과 같은 곡식인데 서해안에는 여러 읍에서 전세(田稅)로 거두어들인 세곡을 쌓아놓은 조창(漕倉)으로 법성창(法聖倉)과 군산창이 있었다. 모두 조운(漕運)으로 한양에 갈 것들이어서 이들 세곡이 왜적에게 탈취되기라도 한다면 한양이 발칵 뒤집힐 것이 뻔한 일이었다. 물론 두 군데 모두 조창을 지키기 위해 따로 진(鎭)을 설치하여 각각 천 명이 넘는 군사를 두고 있지만 궁핍한 왜적들이 이를 두려워해서 욕심을 버릴 리 없었다. 군산창을 걱정하는 임피현감 김은휘의 말도 그래서 귀 담아 두었다.

“낙안으로 온 이래 저 또한 여기 백성들이며 수군 장졸들을 만나 많은 얘기들을 해 보았습니다. 지금 당장의 문제는 왜적을 내쫓는 것인데 여기서 중요한 것은 무기도 군량도 아니요 군병들의 사기인 듯싶습니다."

정여립이었다. 응당 왜의 내침(來侵) 문제를 두고 김은휘에게 반발할 줄 알았지만 의외로 그에 대한 언급이 없이 화제를 고쳤다.

"여기 낙안과 흥양 두 고을만 해도 수군의 궐호(闕戶)가 다른 고을보다 심하여 완전 절호(絶戶)가 1백 호가 넘는다고 하더군요. 보병보다 더욱 심한 지경인데 이는 모두 가포(價布)의 짐 때문이라고 합니다."

군역을 맡아야 할 장정이 신병이며 부모 봉양 등의 이유로 빠져야 할 경우 몸값으로 대신 내는 군포(軍布)가 곧 가포였다. 허나 이조차 감당할 수 없는 가난한 자들은 결국 달아나 산속이며 절해고도에 숨어 살거나 도적이 될 수밖에 없는데 장정 하나가 달아난 경우가 궐호요, 온 식구가 도망친 것을 절호라고 했다.

"각포(各浦)의 첨사와 만호들이 이를 수사에게 보고하면 수사는 사정이야 어찌 됐든 포를 받아내라 독촉하니 첨사 만호들은 이 가포를 일족과 친척, 이웃에게 떠넘길 수밖에 없다고 하더군요. 이 병폐는 보병과 다를 것이 없어서 온 마을이 텅 비어 쓸쓸해지는 것도 그 때문이라고 합니다. 더욱이 지난번 호조에서는 각 포에 있는 삼등맹선(三等猛船)과 비거도선(鼻居刀船, 속도가 빠른 작은 배) 등 기한이 만료된 배들은 모두 팔아 처분하라고 명했답니다. 큰 배는 오승목면포(五升木綿布) 11필로 값을 받고 중선은 9필, 소선은 7필, 그리고 비거도선은 3필씩 하라고 값을 정해 주었다고 합니다. 기한이 된 배는 이미 낡아 쓰질 못하는데 누가 이를 사려 하겠습니까. 하는 수 없이 영선(令船), 격군(格軍)들이 나누어서 값을 치른다고 합니다. 큰 배의 값이 보통의 베로 계산해서 거의 8~90필이나 됩니다. 빈한한 군인들이 자신의 부역 외에도 달아난 일족과 이웃 군정(軍丁)의 가포까지 바치는 처지에서 자신과 관련도 없는 기한이 찬 배의 값까지 분담하여 바쳐야 하니 어찌 억울하고 가련하다 아니 하겠습니까. 이 자들이 활과 총통을 들고 바다에 나간들 힘껏 싸울 마음이 있겠습니까?"

"수군들한테도 그들 나름의 고통이 있고 그것이 보병보다 크다고 하니 놀랍습니다. 맞는 말씀입니다. 전장에 나선 군사들이 사기가 없으면 어떻게 적과 싸울 수 있겠습니까. 장수가 싸우지 않으면 병사들은 흩어지게 마련이요, 병사들이 싸우지 아니하면 장수가 힘을 잃을 것이 분명하지요. 나도 좀 더 알아보고 순무어사라도 내려오면 자세히 아뢰도록 하겠습니다."

남언경이 대답했다. 참전은 했다지만 먼 데서 온 객인이요 현재의 관원도 아닌 정여립이 전장의 지형과 함께 군사의 적폐까지 다른 이들보다 소상히 알고 있다는 점에 남언경은 다시 놀라움을 갖지 않을 수 없었다.

화제는 낮에 있었던 활쏘기 시합으로 옮겨졌으며 정병도 아닌 송취대가 큰상을 받은 데 대해서 김은휘가 불만을 나타냈다. 성적이 그렇다 하더라도 오늘 시합은 군사들을 위한 것이므로 큰상도 마땅히 정식의 군병에게 돌아가는 것이 마땅하다는 주장이었다. 이미 끝난 일을 두고 이의를 말하는 김은휘에 대해서는 좌중의 다른 이들도 납득할 수 없다는 표정이었다. 낮에, 따로 취대를 불러 다정히 얘기를 하던 김은휘의 모습을 봤던 남언경으로서도 난감하지 않을 수 없었다. 여립이 특히 참을 수 없다는 듯이 언성을 높였다.

"보시오, 경회(景晦, 김은휘). 아무리 정여립이 못마땅하다 하더라도 그런 얘기까지는 하지 맙시다. 여기 전장에 와서 정병이네 민간이네 따져서 뭘 하시겠단 말씀입니까. 그럼 이 여립과 대동계 사람들은 이곳에 놀러 왔단 말씀인가요?"

김은휘도 물러날 기색이 아니었는데 때맞춰 방어사 신립한테서 전령이 왔다. 새로운 명이 있으니 낙안의 제장들이 급히 모이란 전갈이었다.

전황이 심상치 않은 모양이었다.

낙안성에는 일부의 병력만 남기고 모두 해안 진포로 이동하라는 방어사의 명이었다. 낙안에 남았던 남원부 군사들마저 순천과 좌수영 그리고 방답에 나누어 배치되었으며, 전주부 군사들은 흥양현에 있는 네 개의 군포(軍浦), 즉 녹도, 여도, 발포, 사도의 방어 책무를 맡았다.

남언경은 곤시(坤時, 오후 2시 반에서 3시 반 사이) 무렵에 녹도에 닿았다. 전주 부군(府軍)과 진산, 금산, 금구, 임피의 군사들이 녹도에 배정됐다. 감사 한준은 순천 본영에 머물렀으며, 남원의 유몽정은 방답 연안을 책임졌다.

날이 밝기 무섭게 전선들이 바다로 나갔기 때문에 녹도 선창은 텅 비어 있었다. 만호 신영(申榮)도 보이지 않았다. 어제도 초도까지 배들이 나갔지만 적을 찾지 못했다고 했다.

남언경은 각 수령들에게 성 안팎에 병사들을 배치할 것을 지시하고 한 바퀴 성을 돌아보았다. 장기산(帳機山) 기슭에서 바다를 면해 있는 진성(鎭城)은 성종 26년에 축조되었다. 성 둘레가 2,020척, 높이는 13척이다. 남문 누대에 올라서면 멀고 가까운 바다가 한눈에 들어왔다. 선창 오른편에는 소록도라고 하는 작은 섬이, 그리고 정면 맞은편에는 거금도가 있어서 바다의 성곽 몫을 해주었다.

눈부시게 아름다운 봄날 바다의 풍광이었다. 예전 한때 숙부 남치근이 이곳에 주둔해 있었던 걸 생각하면 둘레의 자연마저 예사롭지 않았다. 이 그림 같은 풍경 속에서 빗발치듯 화살과 총환이 날고 배들이 불길에 휩싸이며 비명과 신음 속에 장대 같은 장정들이 목숨을 잃고 있다는 사실이 도저히 현실감 있게 다가오지 않았다.

남문 층계를 내려올 때도 새로 온 병사들은 바쁘게 군량을 나르고 있었다. 출정 첫날부터 눈여겨 봐왔고 녹도에서 새삼 확인하는 것이었지만 정여립의 대동계 장정들은 여느 다른 고을 정병들보다 규율이 반듯했다. 천막 하나를 세우는 데도 여럿이 힘을 합쳐 일사분란하게 했으며, 대오를 지어 길을 걸음에도 흐트러짐이 없었다. 지금까지 도망자가 하나도 없었고 서로 싸우거나 민폐를 끼친 자도 없었다. 대동계와 여립에 대한 느낌이 남다를 수밖에 없는 것도 그 때문이었다.

배들이 돌아온다는 고함소리를 들었다. 경시(庚甲, 오후 4시 반에서 5시 반 사이) 초였다. 남언경이 남문에 올라 바다를 살폈다. 정말 크고 작은 배들이 열을 지어 오는 모습이 보였다. 거금도와 소록도 사이의 바닷길이었다. 두 척의 맹선이 맨 앞에서 선대를 이끌었고 그 뒤로 두 척의 판옥선과 또 다른 맹선 세 척이 따랐다. 월등 크기가 작은 비거도선 예닐곱 척이 선대 양쪽으로 나뉘어 따랐다.

"두 척이 보이질 않습니다."

아까부터 하나, 둘 전선들을 세고 있던 늙은 녹도 군관이 맥없이 말했다.

"그럼 오늘 적들을 만나 싸웠단 말인가?"

남언경을 대신해 정여립이 물었다.

"그런 것 같습니다. 첩선 하나와 비거도선 하나가 보이질 않습니다."

"내려가세. 힘써 싸우고 오는 이들을 우리가 맞아야 하지 않겠나."

남언경이 앞서 누대를 내려갔다. 성 안팎에 사는 백성들이 죄 포구로 몰려든 듯싶었다. 아비와 아들을 찾는 외침소리로 선창이 떠나갈 듯했다. 맹선에서부터 군사들이 내리기 시작하였다. 뜻밖에도 다친 이들이 많았다. 팔과 어깨는 물론 얼굴까지 헝겊으로 동여맨 자들이었다. 동료의 부축을 받고 배를 내리는 군병도 적지 않았다. 온 몸에 선혈이 낭자했다.

장졸들이 거의 다 내린 뒤, 갑옷 차림의 녹도진 만호 신영이 하선했다. 짙은 팔자수염을 붙이고 있었다. 마흔은 됨직해 보였다. 그가 남언경을 알아보곤 허리를 굽히며 예를 표했다.

"얼마나 고생이 많았나요? 그래 다친 데는 없고……?"

그의 손을 붙잡고 안부를 물었다.

"소관이야 뭐……수하 장졸들이 힘들었지요."

얼마나 소리를 질렀는지 목이 쉬어 있었다. 지친 빛이 역력했다. 장졸들을 쉬게 하는 일이 급했다. 전장에서 돌아온 군사들이 모두 성안으로 들어가는 것을 보고 남언경은 잠시 선창을 거닐었다. 녹도 백성들이 남언경을 알아봤다. 전주부 군사들이 녹도를 지원하러 온 이상 왜적들도 감히 이곳을 침범하지 못할 것이라며 좋아했다. 전황에 대한 소식은 또 정여립이 가장 빨랐다.

"적들을 마주친 게 섭도 앞바다라고 하더군요."

"섭도가 어디요?"

"고금도와 초도 사이에 있다고 하지요. 아주 작은 섬인데 초도를 나온 후 아마 거기 숨어 있었지 않나 싶습니다. 훨씬 뭍으로 당겨온 것을 보면 틈을 보아 해안을 침범하려 했던 게 분명하지요. 놈들은 우리 수군을 보고서는 먼저 공세를 취해 왔다고 하니 참으로 담대한 놈들이지요."

"적의 군세는 어느 정도였다고 하던가요?"

"다들 우리네 맹선 규모인데 열 척이 넘었다고 합니다. 다행히 약속된 시각, 약속된 바다에서 여도, 발포, 방답, 순천의 전선들이 모였기에 숫자로는 우리 편이 훨씬 많았다고 합니다."

"그러면 적선을 모두 타파할 수도 있었을 텐데?"

"그랬으면 얼마나 좋겠습니까. 놈들도 타격을 입었지만 우리 피해도 만만치 않았던 모양입니다. 적의 배 두 척이 침몰된 데 비해 우리는 여섯 척을 잃었다지 뭡니까."

"어떻게 그런 일이?"

"놈들의 배가 훨씬 날랜 데다 무장(武裝)도 우리를 능가한다지요. 게다가 우리는 활과 총통을 쏘는 데 반해 저들은 조총이란 걸 쏴댄다고 하질 않습니까. 좀 전에 정박한 우리네 전선들을 보시지요. 전장에서 주동이 되는 맹선들이 모두 커기만 할 뿐 작은 배들이 적습니다. 아까 돌아온 군관 하나도 그러더군요. 크고 느린 놈은 아무 짝에도 쓰질 못하다고요."

"우리 배들이 그렇게 느린가?"

"맹선에도 대, 중, 소의 세 가지가 있다는 걸 저도 오늘 처음 알았습니다. 대맹선에는 80명이 타고 중에는 60, 소에는 30명이 탄다고 들었습니다. 문제는 우리 배가 전투만을 목적으로 만들지 않고 평상에는 볏섬을 실어 나르는 조운선을 겸하게 지어졌다는 것입니다. 그러다보니 자연 느릴 수밖에 없다더군요."

"그래서, 나머지 적들은 다 달아나고?"

"그런가봅니다."

"그새 정 수찬은 이런 얘기를 누구한테 들었어요?"

금구현감이 새삼 놀라워했다.

"헌데……."

여립이 그의 말에는 응대치 않고 제 할 얘기를 이었다.

"이번 전투에도 문제가 좀 있었던 듯합니다. 뒷날이 시끄럽지 않을 는지……."

"뭐가요?"

남언경이 걸음을 멈추고 여립을 바라봤다.

"싸움이 한창일 적에 중군장을 맡았던 순천부사 변기가 뱃머리를 돌려 달아났다지 뭡니까."

"그럴 리가?"

"예, 저도 들은 이야기일 뿐입니다. 그뿐이 아니고요, 방답첨사 성천지 또한 뒤따라 도주를 해서 군심이 여간 흔들리지 않았다더군요."

"그게 사실이라면 군율로 다스려야지요. 전 수사 심암이 서울로 끌려가서 목이 잘리는 걸 보고서도 그런 비겁한 짓을 해요?"

남언경이 노여움을 금치 못했다.

"그러게 말입니다. 그뿐이 아닙니다. 아까 영감께서 위로해주셨던, 이곳 만호 신영이란 자도 전혀 싸우질 않았다고 합니다. 좌수사가 그렇게 독전을 하는데도 맨 뒷전에서 맴돌기만 했다더군요. 핑계가 뭐였는지 아시겠습니까? 자기 배는 원체 느려서 그렇다고……한심한 위인들이 장수라고 군선을 이끌고 나갔으니 싸움을 어떻게 이길 수 있겠습니까. 불쌍한 졸개들만 바다에 처넣고 돌아오는 것이지……."

여립이 한숨을 내뿜었다. 남언경이 입단속을 했다.

"다들 지친 군졸들이 하는 소리니 사실이 아닐 수도 있고 또 많이 부풀려졌을 수도 있을 겁니다. 이런 얘기가 퍼지면 군심이 더 흉흉해질 테니 여기서 그치도록 합시다."

그러나 정여립이 전한 얘기는 사실과 크게 어긋나지 않은 것 같았다. 다음날, 순천에서 군사들이 와서 신영을 오랏줄로 묶어 끌고 갔기 때문이다. 변기, 성천지 등도 같은 날 잡혀갔다는 소식이 뒤이어 전해왔다. 방어사가 직접 추고를 한 뒤, 장계를 올려 비변사의 뒤 조치를 기다린다는 전언도 있었다.

만호가 잡혀가고 없으니 당분간 남언경이 녹도진장을 겸하지 않을 수 없었다. 다행히 여러 날이 지나도록 바다에서는 적을 보았다는 연기가 피어오르지 않았다.

4월로 접어들었다. 집을 떠나온 지 한 달을 넘기면서 군병들이 조바심을 치기 시작했다. 보름 넘게 어느 바다에서도 적의 종적을 찾지 못했으니 이제는 적들도 사라졌다고 여길 수밖에 없었다.

열여드레 날이었다. 선유어사(宣諭御史) 조인후(趙仁後)가 녹도를 찾아왔다. 남언경이 그를 객관으로 맞아들였다. 남언경보다 한 해 늦은 명종 22년 식년 문과에 병과로 급제한 이다. 거의 같은 시기에 벼슬길에 나섰다고 하지만 서로가 일찍 외직으로 돌았기 때문에 상면하기는 이번이 처음이었다. 꼭 10년 전 이맘때 제주판관에 제수되어 바다를 건너갔지만 일 년이 못 되어 병을 얻고 사직했다. 짧은 재임기간임에도 불구하고 가혹한 형벌을 금하고, 부역을 가볍게 하는가 하면 학교를 일으키고 농업을 권장하는 등 선정을 베풀었다는 얘기는 진즉에 들은 바 있었다. 등을 밝히지 않아도 될 정도로 달빛이 밝았다. 바다에도 희고 맑은 달빛이 쏟아져 바다 수면이 설원처럼 빛났다.

어사 덕분에 오랜만에 주안상을 차릴 수 있었는데 군병들도 마찬가지였다. 나라에서 내린 술과 고기가 있었기에 상하가 다투지 않고도 배불리 먹을 수 있었다. 이름 그대로 선유어사는 임금을 대신해서 전란으로 더 고단해진 백성들을 위로하고 감싸 안는 일을 하는 관원이었다. 특히 이런 진포에서는 전몰자들을 제사지내 주고 부상자들을 찾아다니며 위로하고 그들 집에 떨어진 잡역을 면해주는 것이 중요한 임무의 하나였다.

도성을 떠난 지 한 달이 다 돼 간다는 조인후의 말이었다. 어사의 명을 받기 전에는 홍문관 직제학이었다. 익히 성함을 들었다면서 그는 여립에게도 깍듯이 예를 차렸다.

한 순배 술잔이 돈 뒤였다. 그가 희한한 소식 하나를 전해 주었다. 전라감사 한준이 이틀 전 순천을 떠나 전주감영으로 돌아갔다는 것이었다.

"저도 수차 말렸지만 소용이 없었습니다. 그제 저녁 좌수영에 갔다가 순천에 돌아와보니 벌써 떠나버리고 없질 않습니까. 어찌나 황당하던지……허허. 감영에 급한 볼 일이 있어서 어쩔 수 없다고 했지만 전역보다 더 급한 일이 뭐 있겠습니까?"

남언경은 물론 좌중이 모두 어이가 없어 어사의 얼굴만 쳐다보았다. 남언경에게도 일언반구 귀띔이 없었다.

"아닌 밤중에 홍두깨라더니……이런 일이 있을 수 있습니까?"

"적선을 보고 도망쳤다는 순천부사랑 다를 게 하나 없군요."

수령들이 제각기 울분을 토해냈다.

"방어사는 뭐라 하시던가요?"

남언경은 저부터 냉정을 찾아야 된다고 마음을 다잡았다.

"노여움이 이만저만 아니었지요. 당장 물고를 내야 한다고……아마도 어제쯤 비국(備局, 비변사)에 치계를 하였을 것입니다. 당연히 저도 그랬고요."

"도대체 뭘 믿고 그럴까?"

남언경이 절레절레 고개를 저었다. 전장에서 장수의 허락 없이 임지를 벗어났으니 묘당이며 대간이 잠자코 있지 않을 것임은 불을 보듯 뻔한 일이었다.

"그래도 난 괜찮다, 믿는 구석이 있었겠지요."

정여립이 한 마디 했다.

"상감이 얼마나 어여삐 여기는 한준입니까. 그렇잖아도 외직에 나와 있음을 늘 앙앙불락했는데 곤궁한 바닷가 전선에 와 있어야 되니……에라 모르겠다, 하고 떠났지만 나름 속셈은 있었을 겁니다. 설령 추고당하고 파직된다 해도 몇 달 서울에서 빈둥거리다 보면 또 상감이 오너라, 하고 불러주시질 않겠습니까."

술맛이 달아났다고 투덜대면서도 장령들은 거푸거푸 술잔을 비워나갔다.

11. 바람과 촛불

해가 한껏 기운 것을 보고 제비산의 별장을 나섰는데도 더위는 좀체 누그러질 기세가 아니었다. 바람 한 점 없었다. 사나흘 계속된 폭염이었다. 금세 땀방울이 등줄기를 타고 내렸다. 세수라도 해볼까 해서 개천 물에 손을 넣어보았지만 냉기라곤 전혀 없었다.

구성산 모롱이를 돌아 서북 방향으로 길을 잡았다. 제비산에서 금구 관아까지는 시오리 길에 불과했지만 오늘따라 이 길이 백 리나 되는 양 멀게 느껴졌다.

며칠째 별장에 묵고 있던 유생 한경(韓璟)과 중 정각(正覺)이 동행했다. 고부에 집을 둔 한경은 근래 정여립한테서 『주역』을 공부하고 있었으며, 묘향산 안심사에서 왔다는 중 정각은 주줄산(현 운장산)의 승려 지영처럼 휴정(서산대사) 선사한테서 계를 받았다고 했다. 슬하에 아들딸 셋을 둔 한경은 서른넷 나이에 이제 초시를 준비하고 있었으며, 남원의 취대마냥 속성(俗姓)이 송(宋)씨라고 한 정각은 세간 나이 스물 셋이었다.

용복마을을 지나 서도촌으로 들어섰다. 봉두산의 서남쪽 줄기가 끝나는 지점. 잠계원(潛溪院)을 지나면 관아도 지척이었다. 혹여 그늘이라도 있을까 싶어 늘 다니던 길을 버리고 굳이 골목길로 들었다. 야트막한 흙담 길을 돌아들던 무렵, 정여립은 저도 모르게 흠칫 놀라 걸음을 멈췄다. 뒤따르는 두 사내의 걸음을 제지시켰다.

기운 햇살만 뽀얗게 쏟아지고 있는 인적 없는 골목 안. 소복을 한 한 젊은 여인네가 담벼락에 붙어서 뭔가를 하고 있었다. 곱게 빗어 쪽을 진 머리, 백설처럼 하얀 저고리와 치마……아니다, 먼저 그게 눈에 들어온 것이 아니었다. 아낙이 담 꼭대기로 손을 뻗고 있었는데, 그로 인해 한쪽 저고리 자락이 당겨 올라가면서 말갛게 드러난 겨드랑이 아래의 속살이었다. 보려고 해서 본 것도 아니었다. 무연한 가운데 시선이 화살보다 빨리 그곳에 가 꽂힌 것뿐이었다. 뒤늦게 스스로 놀람을 가지고 눈길을 돌리려 했지만 그게 마음처럼 쉬 떨어지는 것도 아니었다. '박 속 같다.'는 말은 이런 때 쓰던 것일까. 백자 항아리의 어깨 거죽 같기도 했다. 희고 밝고 윤택한 속살……. 저녁 찬거리를 마련하는 것일까? 아낙은 호박잎을 따던 중이었다. 호박넝쿨이 흙담을 뒤덮고 있었다. 뒤늦게 여자도 기척을 느낀 모양이었다. 흘깃 이편을 바라보는 여인네와 눈길이 마주쳤다. 아, 짧게 아낙이 탄성을 낸 줄 알았는데 실은 여립 자신이 뱉은 것이었다. 낯선 남정네와 눈을 마주치고도 크게 당황해 하질 않았다. 천천히, 시선을 아래로 내렸을 뿐이다. 뒤이어 그녀가 치맛자락을 걷어쥐고는 종종걸음으로 사립 안으로 들어가 버렸다. 순간의 일이었지만 여립은 그녀의 이목구비를 똑똑히 보았다. 환하게 드러난 이마, 오똑한 콧날, 작으면서도 탐스럽게 도톰한 입술, 갸름한 얼굴에 가냘픈 몸매……맑고 깊은 눈빛마저 생생했다.

"허, 참."

헛기침을 하고 사립 앞을 지날 때도 눈길이 자꾸 마당으로 가는 걸 억지로 참았다. 말려서 땔감으로 쓰려는지 너른 마당에는 밑둥 잘린 푸나무들이 잔뜩 늘려 있었다. 안채 초가의 창호들은 굳게 닫혀 있었다.

"놀랍습니다. 촌구석에 저런 미색이 있다니 말입니다."

여립의 속마음을 훔쳐보기라도 한 듯 머리 깎은 중 정각이 한 마디 던졌다.

"헛소리."

짐짓 심기가 불편하다는 듯 여립이 정각을 노려봤다.

금구현감 김요명이 객관에 나와 기다리고 있었다. 좌수 최대성(崔大成)과 성균진사(成均進士) 이준길(李俊吉)이 합석해 있었다. 또 다른 손이 오기 전까지 화채나 마시면서 얘길 나누는 게 어떻겠느냐는 현감의 제의를 마다하고 정여립이 술부터 달라고 청했다.

앞뒤가 탁 트인 마루 탓일까. 더위가 가시면서 금세 땀이 잦아들었다. 술독을 땅 속 깊이 묻었거나 동굴 속에라도 넣어 뒀던 모양이었다. 찬 기운이 느껴지는 탁주를 사발째 들이키고 나니 갈증도 가셨다. 생각이 났다는 듯이 여립이 좌중을 향해 입을 뗐다.

"오다가 앞 동리에서 웬 소복 입은 여인네를 봤는데……."

"어떡하나, 마침내 우리 정 수찬께서도 보시고 말았구먼……."

최 좌수가 뜻밖의 반응을 보였고, 다른 두 사람이 기묘한 웃음을 지었다.

"왜? 내가 더위를 먹어서 낮도깨비라도 봤단 말이오?"

"그래, 어떻습디까? 그 도깨비가 미색이던가요, 박색이던가요?"

현감 김요명의 질문도 수상쩍었다.

"왜들 이러시나……?"

되레 여립이 당황할 수밖에 없었다. 평소에도 농을 할 줄 모르는 이준길이 궁금증을 덜어 주었다.

"정공께서도 작년 동짓달에 죽은 이곳 형방 김수(金邃)란 자를 아시지요?"

"한두 번 봤지요."

"그 자의 첩입니다."

"그래요!?"

"보셨다니 말씀입니다만 그 정도 자태면 대처에 내놔도 사내들 눈길을 끌 만하지 않습디까."

"군침을 흘리는 사내가 한둘이 아니라지요, 허허."

최 좌수의 말이었다.

"어떤 놈이 후딱 채 가버릴지 알 게 뭐람. 지아비 일 년 탈상은 제대로 할 수 있을지 모르겠어."

역졸 천석(千石)이 쉰 넘어서 낳은 딸아이라고 했다. 어릴 때부터 자태가 고왔기에 진즉부터 눈독을 들이고 있던 형방 녀석이 그 아비를 으르고 달래서 첩으로 데려갔다는 설명이었다. 열일곱에 사내를 만나서 5년 만에 그를 떠나보냈으며 소생조차 없다 하니 용모와 달리 지지리복도 없는 여인네였다. 김수의 본마누라와 함께 병든 시아버지를 모시고 산다는 얘기도 들었다.

"다들 애복이, 애복이 하며 여자의 아명(兒名)을 부른다더군요."

현감 김요명이 또 한 소리 거들었다. 그도 정여립과 함께 올 봄 왜적을 치러 남해에 갔다 온 이였다.

"우리 사또께서 이름까지 알고 계시는 걸 보니 과히 소문난 아낙인 모양입니다, 그려. 헌대 하필이면 애복이던가요?"

여립은 또 한 번 화폭 속 여인네 같던 그녀를 떠올렸다.

"왜요? 사랑스럽고 복 많은 여자가 되라고 아비가 그리 지었을 테지요, 그리고 흔해 빠진 계집아이 이름이 애복 아니던가요?"

"그건 그렇지요. 헌데 나는 왜 갑자기 다른 애복이가 떠오르는지……허허. 후백제의 견훤이 여기 금산사에 갇혀 있었던 일은 다들 아시지요? 못된 아들 때문에 말입니다. 감금당한 지 석 달 만이었던가요. 지키는 군사들을 잔뜩 술에 취하게 한 뒤 달아났지요. 그리곤 왕건한테 갔고요. 그때 술을 가져와서 마셔라, 마셔라, 군사들에게 권한 이가 누군 줄 아십니까? 바로 막내아들 능예와 그 딸 애복(哀福)이었답니다. 고비(姑比)라는 견훤의 첩도 있었고요. 허허, 그 군졸들이 누굴 보고 그렇게 술을 쳐 마셨겠습니까? 보나마나 애복이란 딸이 온갖 교태를 부리고 했겠지요."

"거기도 애복이 있었던가요?"

"이 애복이 그 애복은 아니지요."

재미있다고 좌중이 웃었다.

"산 아래서 혼자 거처하시려면 수찬께서도 꽤나 적적하실 텐데……죽도는 더 말할 것 없고."

심중을 떠보겠다고 최 좌수가 은근히 수작을 걸어오는 걸 정여립이 화제를 바꾸었다.

"남도에서 온다고 한 양반은 언제 당도한답디까?"

"오늘 중에는 오시겠지요."

호랑이도 제 말 하면 온다 했던가. 현감의 대꾸가 끝나기 무섭게 통인이 뛰어와 대사간 어른이 도착했다고 고했다. 전 대사간 겸 대사성

이발(李潑)이 마부에다 종자 넷을 딸린 간출한 차림으로 다시 금구 관아를 찾아주었다. 지난해 가을에 이은 두 번째 왕림이었다. 그때나 지금이나 서울 가는 길에 들른 걸음이었다. 서너 달 남평(南平) 본가에서 편히 쉬기라도 한 양 지난해보다 몸피가 더 불어 있었다. 혈색도 한결 좋아보였다.

"아우님이 남해에 가서 큰 공을 세웠다는 소식도 잘 들었습니다."

그가 여립의 두 손을 꽉 잡으며 반가움을 표했다.

명종 22년, 스물둘 나이에 진사시에 합격했을 무렵, 친척 되는 정언 신의 소개로 처음 이발을 만났는데 이발은 그 첫 만남에서 곧바로 호형호제를 제의해서 여립을 놀라게 했다. 그때부터 두 살 위인 이발이 형이요, 여립이 아우가 됐다. 현감 김요명과도 구면이었기에 번거로운 예를 차릴 필요가 없었다. 이발이 주저하지 않고 현감이 권하는 상석에 가서 앉자 금세 주안상이 바뀌었다.

"그래, 아우님이 출정하셨던 얘기부터 들어봅시다."

잔을 쳐들며 그가 여립을 건너다보았다.

"민망하게 출정은 무슨 출정……왜적의 얼굴을 보기는커녕 화살 한 대 쏴보지 못하고 돌아온 걸요."

"무슨 겸양의 말씀을. 아우님이 떡 버티고 있으니까 왜적들도 더 이상 얼씬하지 못하고 물러난 것 아닙니까?"

전라 좌, 우도에 내려졌던 계엄은 5월이 끝날 무렵에야 풀렸다. 섬섬전투 이후 달포 넘게 어느 곳에서도 적의 흔적을 찾지 못했기 때문이다. 적들이 대마도로 물러났다고 판단할 수밖에 없었다. 지원군은 각자 본지로 돌아가도 좋다는 비변사의 관문을 받은 다음날 전주부 군사들은 흥양에서 철수했다. 그 사이 무단으로 임지를 벗어났던 전라감사 한준이 파직되고 윤두수가 새 감사가 되어 내려왔다.

또 왜적과 싸울 때 배를 돌려 달아났던 순천부사 변기와 배가 느리다는 핑계로 참전을 게을리 했던 녹도첨사 신영이 서울로 압송되어 추고를 당했다. 성응길(成應吉)이 새 순천부사로, 박종환(朴鐘煥)이 녹도만호로 부임했다.

장수들의 기강이 해이해진 탓일까. 또 다른 어치구니 없는 일도 있었다. 전라좌수사 이천이 적을 찾아 토벌하러 나간다면서 관하 여러 장수들을 소집했다. 그런데 기약한 일시에 몇몇 장수들이 다다르지 못했다. 화가 난 이천이 새로 온 순천부사 성응길을 위시하여 보성군수 이흘(李屹), 낙안군수 김대기(金大器), 흥양현감 김의일(金毅一) 등에게 장형(杖刑)을 집행하였는데, 얼마나 매질이 가혹했던지 이흘이 매를 맞던 도중 숨지고 말았다. 당시의 감사 한준이 그 사정을 임금에게 아뢰었다. '수사 이천의 당초 약속이 분명치 않았고 적과 대치한 상황도 아니었는데 멋대로 당상관에게 곤장을 쳤으며 또 큰 곤장을 남용하여 그런 일이 벌어졌으니 치죄하여 위엄을 보이소서.' 하였다. 그러나 임금은 '대장은 추고할 수 없다.'고 하여 이천의 죄를 묻지 않았다. 그러나 인심이 이를 받아들이지 않았다. 사람들이 '흘이 곤장을 맞고 죽은 것도 사사로운 원한에 기인되었다.'고 하면서 함께 억울해 했기 때문이다. 한준과 교대한 신임감사 윤두수는 부임하는 즉시 이천의 수하인 우후(虞候) 이복윤(李福允)과 군관 김대이(金大頤)를 잡아들여 이천이 전일에 형장을 과도하게 쓴 실책을 따지며 이들에게 형벌을 집행한 뒤 돌려보냈다. 그리곤 이천의 호령이 잘못되어 인심이 이반하였으므로 만약 사변이 있으면 도리어 우리가 우리 편을 해칠 형세가 있다고 조정에 장계하였다. 이에 임금도 비변사의 주청을 받아 이천을 체직(遞職)하고 박선(朴宣)을 새 좌수사로 삼았다.

"윤두수도 오래 가진 못할 것입니다."

이발의 말이었다. 벌써 대간에서는 윤두수가 이천의 죄를 묻는다고 그 수하를 벌준 일이 잘못됐다는 논의가 한창이라는 것이었다.

"수사가 군수를 때려죽인 일을 따진다면서 감사가 정4품 우후를 때려서야 되겠습니까. 죽고 안 죽고의 차이만 있다 뿐 방법의 나쁨은 한결같지 않습니까."

"아직도 방백(方伯)들은 서인들 차지라는 말이 있더니만 전라감사는 윤두수가 맡았군요."

이발의 말에 진사 이준길이 거들었다. 세태가 그러한 탓에 관직을 얻고 빼앗기는 것은 물론 관원들이 서로 다투고 싸우는 일에 대해서도 하나같이 동이냐, 서냐로 가늠하는 것이 상례가 돼 버렸다.

윤두수, 윤근수 형제와 이발이 특히 사이가 좋지 않음은 세상 사람이 다 아는 일이었다. 이 두 형제에다 조카 윤현(尹晛)을 보태면 세간에서 말하는 이른바 '삼윤(三尹)'이 됐다. 서인을 이끄는 핵심 인사로 지목되어 항상 동인의 과녁이 되었던 3숙질(叔姪)이었다.

꼭 10년 전(1577년) 일이었다. 진도군수 이수(李銖)가 윤두수 형제 및 윤현에게 쌀을 뇌물로 바쳤다는 첩보에 의해 이발, 김성일이 옥사(獄事)를 일으켰다. 이수는 윤 씨 형제의 이종(姨從)이었다. 당시 동인의 종주(宗主)였던 허엽까지 나서서 양사가 뇌물 받은 자를 논핵하지 않음을 잘못이라 하여 대간들을 갈아치웠다. 새로 제수된 대간이 3윤을 탄핵하여 그들을 관직에서 쫓겨나게 하였다. 이율곡, 정철, 김계휘 등이 나서서 적극 3윤을 옹호했지만 상황은 바뀌질 않았다. 동인이 서인의 우위에 서게 되는 결정적 사건이 바로 이 옥사였다.

윤두수는 일찍이 이소재(履素齋) 이중호(李仲虎)의 문하에 출입하면서 수학하였을 뿐만 아니라 안동의 이황을 찾아가 배움을 얻기도 하였다. 그러나 동서의 붕당이 생길 때는 성수침(成守琛)에게 수학한 인연과 그 아들 성혼과의 연분을 더 중히 여겨 서인을 택함으로 해서 동인으로부터 더 많은 미움을 받은 것도 사실이었다. 그 아우 윤근수는 부제학, 대사헌을 거쳐 지난해까지 경기감사를 지냈다. 올봄에는 특진관(特進官)이 되어 경연에 참시(參侍)하고 있었다.

"정 수찬도 아시고 사또도 잘 아시는 최용석(崔用錫)이라는 이가 있습니다. 자주 향교에 드나들고 하지요. 그가 뜻밖의 얘길 하는 걸 들었습니다."

이발이 당도하면 그때야 말하겠다고 굳이 아껴두었던 것일까. 진사 이준길이 이전에 않던 이야기를 꺼냈다.

"닷새 전이라고 하던가요. 여기 소복원(蘇復院) 근처에서 중봉 조헌(趙憲)을 봤다고 했습니다. 갓 쓴 이가 따로 하나 더 있었고 종자로 보이는 자가 둘이었다고 하지요."

"조헌이? 그럴 리가! 다른 사람을 잘못 본 게 아니고?"

현감이 크게 놀라워했다.

"아니에요. 처음엔 나도 그렇게 여겼는데……재작년인가 옥천에서도 만난 적이 있다고 하니 최용석이 분명 낯을 알아봤어요."

"그래서 얘기도 나눴다 하던가요?"

다그치듯 최 좌수가 물었다.

"아녜요. 그쪽에서 먼저 최용석을 보곤 서둘러 떠났다고 했지요."

"중봉일 수도 있지."

이발이 담담하게 말했다.

"경함(이발) 형님이 여기 오실 줄 알고 미리 길을 살피러 오셨나?"

여립이 거들자 이발이 크게 웃었다.

"조중봉이 금구 땅에 나타났다면 나 때문은 아닐 겁니다. 오히려 아우님 때문이지."

"나요? 내가 왜?"

정여립이 눈을 크게 떴다.

"왜적이 일으킨 사변으로 대동계가 일약 유명해지지 않았습니까. 정병보다 군세에 더 위엄이 있고 용맹했다고요. 옥천에 있으면서도 중봉이 몹시 궁금했을 겁니다. 혹여 나라를 뒤엎을 군세를 지닌 게 아닐까 하고선……허허. 그 성격에 직접 눈으로 보지 않고는 배기질 못할 겁니다. 아무튼 아우님도 주위 단속을 잘하고 조심하셔야 할 겁니다."

"허기야 또 길고 긴 소(疏)를 올리면 어떡합니까. 두 분에 관한 것이라면 손톱만한 일도 트집을 잡아 물고 늘어지는 중봉이니 말입니다."

최 좌수의 말을 듣고 보니 조헌이라면 능히 그럴 법하다는 생각이 들었다. 지난해 송익필이 안 씨로부터 추쇄를 당한 이후, 작심한 듯이 팔을 걷어붙이고 나선 조헌이었다. 훌륭한 선비라고 치켜세우며 송익필을 구하려 했던 상소가 받아들여지지 않자 돈으로 그 일가를 속량(贖良)시켜 보겠다고 사방에 뛰어다닌다는 소문도 들렸다.

이준길의 말대로 그가 금구 땅을 다녀갔다면 필시 정여립 자신의 거처도 엿보았을 것이며 대동계에 대한 떠도는 풍문도 주워들었을 것이 뻔했다. 허나 풍문은 풍문일 뿐 책잡힐 일을 하지 않은 이상 그에 대해 과도히 신경을 쓸 필요는 없었다.

"여기서 옥천이 3백 리가 넘지요? 중봉도 고향 집에 들어앉았고 나 또한 따로 할 일이 없어 한가한 몸이니 한양 가는 길에 옥천이나 들러서 그를 만나보는 것도 즐거운 일일 것 같습니다, 그려."

이발이 쓸쓸한 웃음을 지으며 술잔을 비웠다.

예전 어느 때는 이발과 조헌의 사이가 남들 부러워할 만큼 좋았다는 사실도 알 만한 이는 알았다. 그러다가 사림이 동과 서로 나뉘고 이발과 정철의 사이가 악화되면서 두 사람 사이도 금이 가기 시작했다. 조헌이 전라도 남평까지 찾아가 이발에게 절교를 선언하고 떠난 것도 그 무렵의 일이었다.

공주에서, 유생들의 교육을 관리하는 제독관 벼슬을 하는 조헌이 작년 10월에 이어 올 정월과 지난 7월초 또 연달아 소를 올렸다. 지난해 것이 이이, 성혼, 정철, 송익필 등 서인들은 일방으로 치켜올린 반면 유성룡, 이산해, 이발, 김우옹 등 동인들을 하나같이 깎아내린 내용이었다면 올해의 것은 이발 한 사람을 주로 겨냥하고 있다는 점이 좀 달랐다.

정월 상소에서 그가 말했다. 대사간 이발이 공무로 역마를 타고 가면서도 사사로이 부여에 들러 친구 서인원을 만났으니 파직하라고. 서인원은 이발의 오랜 벗으로 유성룡의 형 유운룡, 안민학 등과 함께 학행과 청렴으로 6품직에 오른 이였다. 그의 아우가 무관 서예원이다. 이태 전, 함경도에서 첨사로 있던 서예원이 정탐의 임무를 띠고 두만강 넘어 오랑캐 땅에 들어갔다가 부하를 모두 잃고 패주한 일이 있었다.

이때도 조헌은 서예원이 장수의 첩과 간음하여 무인들로부터 개돼지 취급을 받았지만 형 서인원의 수습으로 제대로 벌을 받지 않았다면서 형제를 맹렬히 비난한 상소를 한 바 있었다.

역마를 잘못 썼다는 이 상소에 이발은 곧 피혐(避嫌)하면서 사직할 뜻을 밝혔지만 임금이 허락하지 않았다. 뒤이어 사간원이 조헌의 주장이 사실과 어긋남을 밝히고 이발을 불러들일 것을 임금에게 청했다.

서로가 맞추기라도 한 듯, 3월에는 이귀의 상소가 있었다.

<……정축년(1577년) 무렵에 서인의 세력이 조금 꺾였는데, 이발, 김성일이 이수 등이 뇌물을 주고받은 데 대한 옥사를 일으켜 철저히 추문하였지만 끝내 얻은 것이 없었습니다. 이렇게 되자 이발 등은 오히려 옥사가 이루어지지 못할까 두려워하여 유생 정여충(鄭汝忠)을 고문하기에 이르렀습니다. 그로부터 서인이 여지없이 패하고 동인이 승리하여, 동인이 옳고 서인은 그르다[동시서비, 東是西非]는 것으로 국시(國是)를 정하자 조급하고 진출하기를 좋아하는 무리가 앞 다투어 동인에게 붙었습니다. 그때 심의겸의 집에 출입하며 종처럼 알랑거리던 무리 중에도 그들에게 항복하여 들어간 자들이 많았는데 동인의 주동자들은 오직 자기에게 붙는 것만 기뻐하고 이랬다 저랬다 하는 것은 미워할 줄 몰랐습니다. 그리하여 똑똑하고 어리석음과 재능이 있고 없음을 따지지 않고 모조리 좋은 벼슬을 줘서 대접하기에 이르렀습니다. 누구든 입으로 '동인이 옳고 서인이 그르다.'는 말만 하면 명사가 되었습니다. 기묘년(1579년) 무렵에는 인심이 깨어지고 사론이 크게 무너져 그 형세를 수습할 수 없을 지경에 이르렀습니다. 이때 이이가 해주에 있으면서 크게 근심스러워 소장을 올려 논척(論斥)하고 또 이발에게도 글을 보내

책망하였는데, 그 대략의 내용을 정리하면 다음과 같습니다. ……>

이귀가 옮겨 놓은, 율곡이 이발에게 했다는 말이 이런 것이었다.

<지금 시론이 날로 준엄해져서 다시 화평할 희망이 없다. 생각건대 이 논의는 반드시 그대의 의사가 아닐 것이라 여긴다. 내 상소문에 이른바 깊은 생각, 원대한 식견이라고 한 것은 바로 그대들 2~3인을 가리킨 것이다. 이제 또 까닭 없이 심의겸은 소인이고 서인은 사당(邪黨)이라고 욕만 한다면 이는 참으로 사람을 잡는 일이다. 이것이 과연 그대들의 본뜻인가? 어리석은 사람도 남을 욕하는 데는 밝고 똑똑하지만 자기 자신을 헤아리는 데는 어둡게 마련이다. 연전에 정철이 서인의 주장만을 편벽되이 고집하여 도리어 나를 의심하였는데, 나와 그대가 좋은 말로 타일러 고친 것을 기억하는가? 이때 그대가 정철을 어떤 사람이라고 여겼는가? 내가 보기에 오늘날 그대가 동인을 주장하는 것 또한 정철이 서인을 주장하는 것과 다름이 없다. 어찌하여 정철을 꾸짖던 것으로 스스로를 꾸짖지 아니 하는가? 만일 오늘날의 처사가 다 맞는 것이라면 누군들 '동인이 옳고 서인이 그르다.'고 하질 않겠는가. 오늘날 선비를 뽑음에 있어서 인물이 어떠한가는 따지지 않고 다만 동서 어느 편인가만 보고 고르고 있다. 그대는 고금의 사적을 두루 보았으니, 국사를 무너뜨리고 농락함이 오늘과 같은 경우가 있음을 보았는가?>

율곡의 말이 이어졌다.

<또 화평과 배척을 함께 할 수 없음은 웃음과 울음을 함께 낼 수 없는 것과 같다. 내 논의는 화평을 주로 삼았고 헌부(憲府)의 상소는 배척을 주로 삼았으니 이것이 옳으면 저것이 그른 것이어야 한다. 지금 그대들의 소견은 이미 배척을 공론으로 삼고 있으면서도 또 화평을 하고

자 하니 올바른 모양을 이루지 못한다. 무슨 까닭으로 입으로는 화평을 말하면서 마음으로는 배척을 주장한단 말인가? 이는 목을 조르고 뺨을 때리면서 서로 좋게 지내자고 말하는 것과 같다. 경함(이발), 그대는 평소 글을 읽고 이치를 궁구하면서 어떤 일을 하고자 뜻했던가? 그런데 오늘날 조정에 벼슬하면서 기관을 다 동원하여 동인은 옹호하고 서인을 억제하는 일만 한단 말인가? 유자(儒者)가 도를 행함이 과연 이뿐이란 말인가? 그대와 유성룡으로 말하면 이미 일처리가 한편으로 기울어 있어서 범과 무소가 우리를 뛰쳐나가게 한 책임을 면할 수 없다고 하겠다. 그렇지만 아무쪼록 유성룡을 힘써 만류하여 시사(時事)를 수습하는 한편, 우리들로 하여금 재[영, 嶺]를 넘어 귀양 가는 지경에 이르지 않게 하는 것도 한 방도라고 여기는데 어떠한가?>

탄식도 있었다.

<아, 괴롭기 그지없다. 우리가 다투는 것은 의리일 뿐이다. 나는 실로 한 터럭도 사정(私情)에 치우치고 화낼 마음이 없다. 다만 내 천성이 이완(弛緩)된 것은 무심(無心)에 근거한 것뿐이다. 그러나 사리가 바르면 가령 쇠바퀴가 머리 위에서 구르더라도 조금도 꺾이지 않는데, 하물며 온 세상이 더럽게 헐뜯는다 해서 내가 어찌 한 치라도 동요하겠는가. 사리가 바르지 못하다면 삼척동자가 머리에 진흙 칠을 하고 가시를 지게 하더라도 달게 여겨 사양하지 않겠다. 그대는 모쪼록 김우옹과 더불어 사리에 따라 생각하여 잘못된 것을 지적해 줌으로써 나 스스로 환하게 깨닫게 해주기 바라네. 바르지 못하면 내가 소견을 곧 고치겠거니와 만일 내 소견이 어긋나지 않았다면 그대 또한 돌이켜 생각해보기 바라네.>

이귀가 올린 소도 조헌의 그것처럼 1만 자가 넘는 장문이었다. 소에 나오는, 이이가 이발에게 보냈다는 서찰의 내용도 동서 가릴 것 없이 많은 식자들에게 알려진 것이었다. 이에 대한 평가는 처한 입장에 따라 달랐던 것도 사실이었다. 서인 측에서는 이이야말로 진정으로 종묘사직을 걱정하여 붕당의 폐해를 없애려는 현인군자라고 쳐 받드는 데 반해 동인들은 그의 충정을 이해해면서도 그 또한 당인(黨人)의 입장에서 벗어나지 못한다고 폄하하기가 보통이었다.

언젠가 이발 또한 정여립에게 그와 같은 말을 한 적이 있었다.

"진실로 내가 하고 싶은 말을 율곡이 다 했다네. '그대는 평소 글을 읽고 이치를 궁구하면서 어떤 일을 하고자 뜻했던가? 그런데 오늘날 조정에 벼슬하면서 기관을 다 동원하여 동인은 옹호하고 서인을 억제하는 일만을 한단 말인가? 유자가 도를 행함이 과연 이뿐이란 말인가?' ……여기서 '동인'을 '서인'으로 바꾸면 곧바로 내가 율곡에게 하고 싶은 말이 됨을 율곡이 왜 모를까? 또 유성룡과 김우옹을 말하지만 이 또한 성혼과 정철로 바꾸면 똑같은 말이 된다네. 우리 모두 처음에는 율곡만은 믿었지 않았던가. 율곡만큼은 동과 서, 심의겸과 김효원, 그 어느 쪽에도 속함이 없이 바른 길을 좇을 거라고 믿지 않았던가. 그런데 그가 내놓은 이른바 보합론(保合論)이란 걸 보게. 그게 서인을 살리고 동인을 죽이는 계책이지 어찌 동서를 없애는 계책이던가. 이게 바로 율곡의 한계란 말일세."

이귀의 소에 대한 임금의 비답(批答)이 내리기 전, 이발이 극론했다.

"전일 이이와 서찰 및 상소를 주고받으며 논의를 했던 것은 사실입니다. 그러나 소신과 이이의 의견은 처음에는 같았으나 끝에 가서는 달

랐습니다. 이제 이귀가 두 사람이 주고받은 글을 모아 드러내놓고 저를
비난하였으니, 사직을 청합니다."

이에 임금이 사직을 허락하지 아니 하고 오히려 대사성을 겸하게 하
였다. 허나 물러날 뜻이 강했던 이발은 병을 칭하여 기어코 관복을 벗
고 고향 남평으로 내려가 버렸다. 이번에 그가 넉 달 만에 한양으로 올
라가는 것은 집안 혼사 때문이지 정치와는 무관한 것이었다.

화제는 어느덧 송익필의 추쇄 문제로 옮겨졌다.

이발의 설명의 따르면, 안 씨 집에서 부지런히 뒤를 쫓고 있는데도
불구하고 송익필 형제의 종적은 여전히 오리무중이라고 했다.

"올 봄까지도 구봉(송익필)이 창평 정철의 집에 있었던 건 분명해요.
시회(詩會)에도 참석하고 그곳 선비의 자제들을 모아놓고 강학도 했다
니까, 배짱도 좋지요. 헌대 그 이후의 자취가 묘연해요. 누군가는 황해
도에서 송한필과 함께 있는 것을 봤다고도 하고, 또 누구는 공주에서
봤다 하고……아무튼 누군가 도와주고 덮어주지 않는 이상 그렇게 돌
아다닐 수가 없지요."

"다들 그럴 듯한 소문이군요. 황해도라면 이이와 성혼의 문인들이
깔려 있는 곳이고 공주라면 조헌과 서기가 있는 곳이고……문인들뿐
인가요. 그곳 군수 현감들이 죄다 그쪽 사람들인데……."

김요명이 덧붙여 말했다. 여립이 보기에도 이제 송익필에 대해서는
더 이상 관심을 가지지 않아도 될 듯싶었다.

"그렇게 숨어 다니면 뭘 합니까. 이미 날개 떨어진 수리요, 발톱 빠
진 괭이인 걸."

"아우님도 그렇게 보시나?"

이발이 놀랍다는 표정을 지었다.

"보고 말고가 어디 있겠습니까. 어디서든 나타나기만 하면 종놈으로 끌어갈 텐데."

"그렇지 않아요."

이발이 절레절레 고개를 저었다.

"우리 아우님이 아직 세상을 몰라……그렇지 않아요. 송익필을 몰라도 한참을 몰라. 종놈이라고요? 어느 날 임금이 한 마디만 하면 바로 양인이 되고 양반이 될 텐데? 누군가 안 씨를 달래고 위협하면 당장에도 면천(免賤)이 되는데? 서인들이 조정 권세를 쥐면 왜 그런 일이 없겠어요. 숨어 다니면서 송 씨 형제가 노리고 꾸미는 것이 뭘까? 여기 이발 같은 자 다섯만 없애면 저희 세상이 된다는 것 아닐까요? 어려운 일도 아니지."

"그런가요?"

정여립도 거기까지 생각을 해본 바는 없었다.

"여기 분들도 조헌과 이귀의 상소문은 보셨지요? 아우님 이름도 나와 같이 여러 번 나오니 당연 보셔야지요. 길어서 다 읽기도 힘들 겁니다. 혹 조헌의 상소에서 거명되는 이가 몇 사람인지 세어 보신 분이 있을까요? 허허. 어떤 이의 말로는 중국사람 빼고도 백 명이 넘는다더군요. 이귀의 것도 쉰 명이 넘고요. 그들이 그 많은 사람들을 거명하면서 내린 결론이 뭘까요? 한 마디로 서인들은 다 좋은 사람이고 동인은 모두 나쁘다는 것입니다. 예컨대, 오늘날 스승이라고 일컬을 수 있는 이는 이지함, 이이, 성혼 셋이라고 단정합니다. 서경덕도 이황, 조식도 여기에 끼어들 수가 없어요. 어린아이 장난도 아니고, 이것이 명색 학문을 했다는 유자가 취할 태도인가요? 또 이런 구절은 어떤가요. 언젠가 대간에서 정철이 방백으로 나가서 민간에 폐를 많이 끼친 일을 논척한 적이 있지요. 그러면서 그의 술 좋아하는 성벽을 나무라기도 했어요. 그랬더니 조헌이 뭐라고 정철을 변명하던가요? 그가 술에 취한 체한 것은, 실로 세상의 압박에서 벗어나기 위해 날로 취했다는 죽림칠현의 완적(阮籍)을 시늉한 것이라고요. 그러면서 정철이 호남에 관찰사로 나갔을 때의 얘기를 하지요. 관찰사로 가면서 첩을 데리고 갔는데 마침 형수가 순천에 살고 있어서 자신의 젊은 첩을 형수의 집에 묵게 했다지요. 순천에서 3일을 머무는 동안 날마다 형수에게 문안을 갔다가도 밤에는 꼭 관사로 돌아와 잠을 잤다고요. 그래서 첩과는 감히 사사로운 대화조차 하질 않았기에 그의 신독(愼獨)함은 보통 사람이 미칠 수 없는 것이라고 했어요. 허허."

자리의 사람들이 실소를 금치 못했다. 최 좌수가 짓궂은 소리를 했다.

"남녀가 수작을 하려면 소피보러 가는 시간이면 되는데 3일을 내왕하면서 말 한 마디 제대로 하지 않았다니, 에끼."

"그러게 말입니다."

이발이 말을 이었다. 그도 웬만큼 취기를 지니고 있었다.

"조헌이 또 그랬어요. 정철이 부모의 제삿날을 만나면 한 달 간 술을 끊었고, 백성들의 요역을 살필 때도 한 달을 끊었다지요. 술자리를 마련한 것은 오직 손님 접대, 노인 봉양, 선비들의 연회에 국한했다고요. 그리곤 그가 네 고을의 기생들을 한 번도 행차에 태우고 다닌 적이 없다고 자랑을 합니다. 당시 조헌이 정철의 밑에서 일을 했으니 나름 뭔가를 알겠지만 당연히 해야 할 이것이 뭔 자랑이라고 국왕께 아뢰고 그럽니까. 이유는 딱 한 가지예요. 그 다음에 나오는 문장 하나를 쓰기 위해서지요. 따라서 정철은 김우옹, 유몽학처럼 말은 잘하지만 행실이 어긋나고 뜻이 유약한 자와 다르고, 서인원, 허봉, 김첨과 같이 흉험한 성격을 가지지도 않았고 이발, 이길, 정여립, 윤기신 같이 스승을 배반하지도 않았고, 송응개, 송응형처럼 대대로 악을 드날리는 자들과도 현격한 차이가 있다는 것을 강조하는 것이었지요. 허허. 율곡이 그랬어요. '동인은 옳고 서인을 그르다.'면서 무 자르듯이 사람을 나누면 안 된다고요. 그러나 보세요. 율곡을 추종한다는 조헌과 이귀가 바로 이런 짓을 서슴지 않습니다. 이들의 논설을 보면 '서인을 옳고 동인은 그르다.'는 것밖에는 다른 것이 없어요."

조헌의 지난달 상소도 큰 화제가 되었다. 내용뿐만 아니라 과정까지 그랬다. 임금에게 상소를 하려면 격식이 맞춰 소장(疏狀)을 만든 뒤, 본인이 직접 대궐에 가서 정원(政院)에 접수를 해야 했지만 조헌은 마땅한 여비가 없어서 행장을 꾸려 서울에 올라갈 수 없었다. 다른 방법은 주도(州都)에 가서 감사에게 대신하게 하는 것이었다. 조헌은 결국 이 방법을 택했는데 소장을 받아본 충청감사 권징(權徵)이 그 내용이 과격하고 남들이 꺼리는 바가 많아서 자신이 연루될까 두려워하였다. 하여 격례(格例)에 잘못이 있다고 핑계하여 받아주질 않았다. 조헌이 곧 짧은 소장을 첨부하여 네 번 올렸으나 네 번 모두 받지 않았다. 뒤에, 소의 초(草)만 올리겠다고 하였지만 이도 시행되지 않았다. 마침내 조헌은 글을 지어 선성묘(先聖廟)에 고한 뒤 관직을 사임하고 옥천 향리로 돌아갔다.

그의 소 내용을 요약하면, 이발, 이길의 무리가 기필코 깨끗한 선비들을 잡아다가 일망타진하니 편당(偏黨)의 해가 이미 온 나라를 텅 비게 하였다는 것이었다. 그가 말하는 '깨끗한 선비'의 중심에 송익필이 있음은 누구나 알 만한 일이었다.

"수만 자에 이르는 그 소를 과연 조헌과 이귀가 직접 썼을까요? 이귀는 그렇다 치고 비록 과거급제는 했지만 조헌의 글 솜씨가 형편없다는 사실은 세간이 다 알지 않습니까?"

식자들 사이에 떠도는 이야기를 최 좌수가 전했다.

"외지에 있으면서 조정 인사들의 행태를 그렇게 소상히 지척하는 것도 그렇고……."

현감이 덧붙이는 걸 보고 여립이 한 마디 했다.

"다들 또 송익필의 입김이 있다는 말씀들 같군요."

"입김만 아니지."

이발이 단호하게 말했다.

"냄새가 진동해요. 이번엔 누가 초를 작성해서 언제까지 보내라, 이런저런 얘기는 빼고 이것을 넣어라, 이 사람에 대한 말은 달리 고치도록 해라……사주는 물론 첨삭을 한 사람이 있을 겁니다. 누굴까? 알다시피 송익필 한 사람만 그럴 수 있지요. 그래서 그가 아직도 멀쩡하게 행세하며 다닌다, 이 말씀입니다. 빨리 안 씨 집에 끌어넣지 않으면 이보다 더한 짓도 능히 할 위인이지요. 아까 말씀대로 조헌이 이곳 금구에도 왔었다면 이 또한 그 자가 시킨 일일 것입니다. 그래서 내가 우리 아우님더러 더 신중하고 조심하라는 것입니다. 대동계도 마찬가지고요."

"알겠습니다. 허나 와서 보려면 얼마든지 보라지요. 모두 제 한 몸과 향리를 위한 것임을 보고 나면 더 이상 허튼 소리도 못할 테지요."

"아직도 저런 소리!"

이발이 짐짓 역정을 내는 양했다.

"아우는 내가 당하는 것도 보질 못했나요. 조헌은, 나라의 역마를 타고 가던 내가 사사로이 친구를 만나기 위해 길을 바꿔 부여로 갔다고 했지? 분명 내가 서인원을 만나긴 했어. 허나 그게 부여가 아니고 은진(恩津)이었어요. 그가 굳이 날 보기 위해 은진으로 나왔다오. 은진현감이 알고 연도(沿道)의 관원들이 다 보고 아는 일인데 이렇게 사실까지 고친단 말입니다."

"그랬군요."

현감 김요명이 한숨을 내쉬었다.

"깊이 새기겠습니다."

여립이 허리를 숙여 답했다.

밤이 늦었으니 함께 자고 아침에 떠나라고 이발이 권하고, 현감이 만류했지만 정여립은 객관을 나섰다. 삼경으로 접어든 시각이었다. 날 밝은 뒤 따가운 햇살을 받고 걷느니 선선한 달밤의 행로가 좋을 듯싶었다.

저녁 내내 따로 아전들과 자리를 같이 했던 한경과 정각이 다시 여립을 뒤따랐다. 보름이 지났지만 달빛은 여전히 밝았다. 도도히 치밀어 오르는 취기를 느끼면서도 걸음걸이는 흩트리지 않았다. 굳이 낮에 잡았던 그 골목길을 택했다. 땅바닥과 담벼락마다 감나무 가지의 그림자가 어른거렸다. 사방에서 들리는 요란한 풀벌레 소리……

애복의 집 사립문에도 빗장이 걸려 있긴 했지만 나뭇가지로 엮어 만든 그것은 장정 하나가 다가서면 금세 넘어질 듯 허술한 것이었다. 이슬을 피하려는 듯, 마당을 덮고 있던 푸나무들이 깨끗이 치워지고 없었다. 수절하는 여인네가 있는 집이라서 그런가. 이 더운 날 안방 건넌방의 창호들이 모두 굳게 닫혀 있었다.

정여립은 잠시 걸음을 멈춘 채 사립 너머로 안채의 불 꺼진 창호를 바라봤다.

"담이라도 넘으시게요?"

쿡쿡, 한경이 웃음을 참는 걸 보고 여립이 다시 발걸음을 뗐다. 산모롱이를 돌아 다시 동리 하나를 지나고 논두렁길을 걸을 때였다. 중 정각이 물었다.

"대사간 어른이 한양에 가신다니 또 벼슬을 받으시는 모양이지요? 이번엔 참판이 되시는 건가요, 아니면 판서가 되는 건가요?"

"머리 깎은 자네도 그런 게 궁금한가?"

여립이 퉁명스럽게 반문하자 정각이 입을 다물었다. 한경이 참견했다.

"그 어른이야 맨날 하는 게 벼슬인데 참판을 하건 판서를 하건 무슨 상관이오. 우리 수찬 어른이 하루 빨리 김제군수도 하고 전주부윤도 하고 그러셔야지……."

"자네."

여립이 한경을 불렀다. 한 차례 맹꽁이 소리가 잦아들었다.

"내일 자네가 저 집에 좀 다녀오시게."

"저 집이라뇨?"

뜬금없는 여립의 말에 한경이 당황했다.

"방금 지나오고서도 모른단 말인가. 내가 서장(書狀) 하나를 줄 터이니 주인한테 전해주게."

"과부 집 말씀인가요? 난데없이 서장은 무슨?"

"청혼서지 뭐이겠나. 쇠뿔도 단숨에 빼라고, 내가 마음먹었을 때 한 번 해보세. 사주단자도 함께 보내겠네."

"수찬 어른……."

놀라 두 사람이 그 자리에 걸음을 멈췄다.

"취하신 건 아니죠?"

"이 사람들……내가 취한 꼴을 본 적 있던가? 암튼 내일 자네가 고생 좀 해 주게."

"그 여자 아직 지아비 탈상도 안 했다는 소리는 못 들으셨어요?"

"탈상은 무슨 탈상……군소리 할 것 없다네. 자넨 내가 시키는 대로 하면 돼."

"제 두 다리가 부러지는 꼴을 꼭 보실 요량이시군요?"

한경이 우는 소리를 냈지만 여립은 들은 척 않았다. 농인 양 여기기도 했지만 그게 아니었다. 여립의 눈에 결의의 빛이 서려 있었다.

"어르신……세상 사람들이 뭐라고 할지요?"

정각이 거들자 여립이 벌컥 화를 냈다.

"왜? 저들은 밥 먹고 똥도 안 싼다던가?"

"내일 아침에 다시 생각하시고 말씀주시지요."

한경의 말엔 대꾸도 않은 채 여립이 허청허청 큰 걸음으로 달빛 속을 걸어갔다.

이튿날, 한경과 정각이 정여립이 안겨준 보따리를 들고 에멜무지로 애복의 집을 찾아갔지만 무참히 쫓겨나고 말았다. 처음에는 무슨 일인가 해서 나름 살갑게 맞아주던 그 시아버지가 정여립이 며느리 애복을 첩으로 맞아들이길 원한다는 얘기를 듣고는 금세 낯빛이 변했다.

"정여립? 한양에서 벼슬하다 내려와서 제비산 아래서 산다는 그 양반?"

노인네도 여립의 이름을 알고 있었다.

"글줄이나 읽었고 나라의 녹을 먹었다는 양반이 어찌 그리 사람의 도리를 모른다던가!"

노발대발 지게 작대기를 찾는 노인을 보곤 두 사람이 황급히 도망쳐 나왔다고 했다. 실망하거나 화를 낼 줄 알았는데 여립은 얘기를 들으면서도 연신 허허, 웃기만 했다.

"나를 안다니 다행일세. 이제 사주단자는 필요가 없겠군. 이삼일 더 있다가 자네가 한 번 더 찾아가도록 하세."

고생했다는 말 한 마디 않은 그가 두 번 세 번 청혼을 계속하겠다는 말에 두 사람은 입을 딱 벌리고 말았다

"여자는 봤는가?"

물러나려는데 여립이 물었다.

"예, 두 아낙이 툇마루에 앉아서 다 보았지요. 형님 과부 동생 과부 둘이서……시아비가 그 난리를 치는데도 놀랍고 분하다기는커녕 뭐가 그리 재미있다고 서로 옆구리를 찔러대며 웃기만 하대요."

"서로가?"

"예, 애복이란 그 년이죠. 철이 없기는……."

"허허."

여립도 덩달아 껄껄 웃었다. 혼겁을 해서 납패 보따리도 제대로 챙

기질 못했는데, 애복이 그걸 쥐고 골목까지 따라 나와서 돌려주더란 얘기도 했다.

"자태 고운 년 치고 치마 속에 여우꼬리 안 숨긴 년이 없다더니, 그년도 과시 요물은 요물입디다."

한경이 절레절레 고개를 저었다.

사나흘만은 아니었다. 열흘쯤 지나서 여립이 다시 한경과 정각을 그 집으로 보냈다. 이번엔 납폐 보따리뿐 아니라 따로 돼지 뒷다리 고기 한 뭉텅이도 같이 들려 보냈다. 또 쫓겨나거든 고깃덩어리만 담 너머로 던져주고 오라 했는데 일은 꼭 그렇게 밖에 되질 않았다. 어쩌면 그 시아비가 동네 사람들을 이끌고 제비산으로 쳐들어올지 모른다는 생각을 했지만 다행히 그런 일은 벌어지지 않았다.

소문은 금세 퍼졌다.

한양서 내려온 정 수찬이 상복도 안 벗은 남의 집 여인네를 첩으로 들이기 위해 갖은 수작을 다 벌인다는 소문이었다. 여립이 길을 가다보면 동리 사람들이 여기저기서 수군대기 일쑤였으며 심지어 손가락질 하는 이도 없지 않았다.

"본관도 도와드릴 일이 없어서 어쩌지요?"

한 달 만에 만나 현감 김요명이 정색을 하고 말했지만 여립은 손을 내저었다.

"명색이 사내대장부인데 남이 떠다주는 물을 마셔서 되겠소?"

양반이 첩을 들이는 것이 무슨 허물이며, 여인네가 아직 상복을 입고 있다지만 지금은 혼약만 하자는 것인데 이 또한 도리에 벗어날 바 없다는 것이 정여립의 생각이었다.

그새 여름이 가고 후딱 가을이 들이닥쳤다. 날짜를 셈해 보니 애복이 상복을 벗는 날도 한 달 남짓밖에 남질 않았다. 여립이 다시 그녀의 집에 사람을 보냈다. 그 사이 한경이 고부 제 집으로 돌아가고 없었기에 남원 사람 조유직(趙裕直)에게 그 일을 맡겼다. 제비산 치마바위 아래에다 부처님 모시는 토굴을 짓는다고 뻔질나게 산을 오르내리는 정각이 또 그와 동행했다.

"노인네가 많이 누그러졌어요."

다녀온 조유직이 말했다. 전에처럼 말도 붙이지 못하게 내쫓는 대신 물 한 잔을 마시라고 하더란다. 며느리를 내놓으면 논 두 마지기를 주겠노라는 여립의 제의에 노인네 심중에도 변화가 생긴 듯싶었다. 아직 선뜻 응하지 못하는 것은 주위의 이목 때문일 수 있었다. 노인의 트레바리가 없는 것만도 얼마나 다행인가.

오랜만에 여립이 뒷산을 올랐다. 산죽(山竹)이 늘어선 숲길을 지났다.

그저께 죽도를 다녀온 조유직이 진안현감 성호의 병세가 소문보다 더 위중한 것 같더란 말을 했다. 서울 친지들이 여럿 진안에 내려왔다는 소식도 전했다.

"아직 쉰도 되지 않았는데 후딱 숨을 거두지는 않을 테지."

여립은 성호보다 남언경의 얼굴을 먼저 떠올렸다. 내일모레면 임기를 마치고 한양으로 떠날 남언경이 아끼는 제자의 병환에 얼마나 상심이 클까 싶었다.

온몸에 흙을 처바른 정각이 여립을 맞아주었다. 그가 꾸몄다는 토굴은 생각보다 규모가 있었다. 이전부터 있던 자연 동굴의 통로를 넓히고 굴 밖에 나무기둥을 세워 출입구를 잇대 놓았기 때문이다.

"아직 무슨 공사가 더 남았는가?"

입구를 둘러보며 여립이 물었다. 맞은편의 구성산이 한층 가까이 다가와 보이고 그 아래편으로 금평 들판이 한눈에 내려다보였다. 숲에 가려 형체는 보이지 않지만 아래쪽 별장 마당에서 네댓 장정들이 활쏘기를 하는 소리도 똑똑히 들려왔다. 폭, 폭, 폭, 과녁을 맞히는 경쾌한 소리와 함께 그네들의 환호와 웃음소리가 고스란히 산을 타고 올라왔다.

"지지대를 몇 개 더 세우고 진흙을 바르면 끝납니다."

정각이 흰 이를 드러내고 씩 웃었다. 훌쩍 산을 내려가면 이 고생을 하지 않아도 좋을 텐데 굳이 일을 만들어 이만큼의 진척을 가졌으니 그가 대견하고 기특하지 않을 수 없었다. 유자(儒者)로서 석씨(釋氏)를 믿는바 아니지만 별장을 찾아오는 대동계 사람들을 생각해서라도 이런 기도처 하나쯤은 있는 것이 좋을 성싶었다.

"그럼 이제 부처님도 모셔 놔야지?"

"이미 모셨습니다."

"벌써!?"

"예, 한 번 들어가 보시지요."

정각을 따라 굴 안으로 들어갔다. 천장이 낮아 한껏 허리를 숙이지 않으면 안 됐다. 겨우 한 사람이 지나다닐 통로에 비해 바위벽에 부처상을 모셔놓은 안쪽은 서너 사람이 둘러앉아도 좋을 만큼 너비가 있었다. 곳곳에 촛불이 놓여 있어서 크게 어둡지도 않았다.

"이건 무슨 부처인가?"

냉기가 도는 굴 안에서 여립이 물었다. 정을 쪼아 바위벽을 파내고 부처상이 앉을 좌대를 만든 그 공력이 예사로워 보이지 않았다. 돌 지난 아이의 몸집만한 크기인데 이 또한 여느 불상에서 흔히 보듯 누가 떼어간 듯 코가 없었다. 좌대 아래서 졸졸 석간수가 흘러내리는 것도 기이했다.

"미륵불입니다."

구성산 골짝의 한 절터에서 수습한 것이라고 했다.

"석가모니 다음에 오는 부처가 미륵이라 했던가?"

불상을 바라보며 여립이 물었다.

"예. 미륵부처님이 이 사바 세상에 오시는 때는 땅이 유리처럼 평평하고 깨끗하며 온 세상이 꽃과 향으로 덮인다고 했습니다. 사람의 수명은 8만 4천 세나 되며 모두들 지혜와 위덕을 갖추게 되고 안온함과 기쁨으로 나날을 산다고 하였지요. 이때 전륜성왕(轉輪聖王)이 정법(正法)으로 나라를 다스리는데 사람들은 누구도 물욕을 갖지 않았기에 길바닥에 즐비한 갖가지 보석을 보고서도 탐을 내는 이가 없다고 하였습니다."

"그게 용화(龍華) 세상이라고?"

흥미롭다는 듯 여립이 정각을 바라봤다.

"예, 이처럼 아름다운 세상에서 태어난 미륵께서는 용화수 아래서 성불하고 용화삼회(龍華三會)의 설법을 펼치십니다. 우리 같은 중생이 용화 세상에 태어나려면 지금의 이 세상에서 해야 할 일들이 많습니다.

"어떤?"

"예, 경(經), 율(律), 논(論) 삼장(三藏)을 독송하거나, 옷과 음식을 남에게 보시하거나, 지혜와 계행(戒行)을 닦아 공덕을 쌓거나, 부처님께 향화(香華)를 공양해야 합니다. 또 고통 받는 중생을 위하여 자비심을 내거나, 인욕과 계행을 지켜 깨끗하고 자비로운 마음을 기르거나, 절을 세워 설법하거나, 탑과 사리를 공양하며 부처님의 법신(法身)을 생각하여야 합니다."

"머잖아 미륵이 현현(顯現)한다는 세간의 얘기는 뭔가?"

"석가모니의 위력이 쇠하면 세상이 혼란스럽게 되고 그것이 극치에 이를 때 도솔천(兜率天)에 계시던 미륵 부처님이 이 땅에 현현하신다고 하였습니다. 자식이 아비를 해치고, 지어미가 지아비를 욕보이고, 아우가 형을 죽이고, 도적이 창궐하고, 돌림병이 만연하는 때가 이 세상의 끝이며 새로 천지가 개벽하면서 미륵 부처님이 오시지요."

"허, 지금이 바로 그때란 말일세."

"그럴지도 모릅니다. 예전 백제 때 이미 익산 용화산 아래서 미륵삼존이 나타났다고 하여 산 아래 못을 메우고 미륵사를 세운 일이며 김유신이 그의 낭도(郎徒)들을 용화향도(龍華香徒)라고 불렀던 것만 보아도 옛 사람들 또한 머잖아 미륵이 오신다고 여겼던 것은 분명합니다."

"김유신이 화랑들을?"

"예, 그랬다고 합니다."

"사람을 모으고 단련시키는 데도 여러 방법이 있구먼."

여립이 고개를 끄덕이곤 앞서 토굴을 빠져 나갔다. 별장에 내려와 보니 선석달(宣錫達)이 웬 얼금뱅이 사내를 곁에 붙인 채 기다리고 있었다. 두 사내가 정여립을 보곤 땅바닥에 엎어지듯 넙죽 절을 했다.

"누군가?"

대동계에 넣어달라고 제 발로 찾아오는 이가 있는가 하면 기존 계원이 알음알음으로 데려오는 경우도 적지 않았다. 석달이 또 제 또래 하나를 건져왔음을 직감했다. 거렁뱅이보다 나을 것 없이 행색이 남루한 걸 봐서도 그랬다. 이름이 김각금목(金角金木)이라고 했다. 서른두 살. 부안에서 왔다기에 선석달처럼 염창(鹽倉)에서 일하던 염간(鹽干)인 줄 알았는데 뜻밖에도 봉수꾼이었다.

"어디 있었더냐?"

"월고이(月古伊, 현 부안 격포항 왼편)에 있었습니다."

사내가 거친 숨을 쉬며 대답했다.

"달아났느냐?"

"아닙니다요."

무릎을 다친 후 역(役)에서 풀려났다고 했지만 곧이 믿을 바는 못 되었다. 조운선(漕運船)을 타다가 도망친 조졸(漕卒)도, 선석달 같은 염간도 처음에는 다들 신역(身役)에서 면제됐다고 했지만 나중에 알고 보면 그게 아니었다. 그나마 석달은 운이 좋은 편이었다. 염창에서의 노역이 고되고 염세(鹽稅)의 부담이 커서 밤중에 도망친 자였다. 하루 종일 염전과 소금창고를 오가며 힘든 일을 하고서도 관아에 바쳐야 할 세금이 한 해 소금 8섬(한 섬은 15말)이었다. 게다가 썩거나 오래되어 못 쓰게 된 소금에 대한 책임도 고스란히 염간이 져야 했다. 지난 봄, 왜적이 남해에 나타났다고 전주부에서 군사를 조발할 때 여립은 굳이 그를 대동계에 넣어 데리고 갔다. 배꾼으로 꼭 필요하다고 하면 역을 고칠 수도 있었기 때문이다. 전장에 나간 공이 있는 데다 부안현감까지 도와줘서 선석달은 더 이상 염창 일은 하지 않아도 됐다.

"어르신께서 목숨을 구해 주시는 셈 치고 저놈을 거두어 주십시오. 해골이 깨지는 때까지 그 은혜는 잊지 않겠습니다."

각금목 본인보다 선석달이 더 간절히 애원했다. 눈 아래 큰 점이 꿈틀거렸다. 알고 보니 각금목이 그의 처남이었다. 바닷가 봉수꾼의 고역은 여립도 짐작할 만했다. 여름은 그렇다 치고 해풍이 몰아치는 엄동설한에 산꼭대기에서 바다만 지켜보는 그 일을 누가 감당할 수 있으랴.

월고이 봉수대라면 남쪽 바다 건너편에 있는 무장(茂長, 현 전북 고창) 소응포(所應浦, 현 고창 해리면) 봉수대의 신호를 받아 북쪽 바다 너머의 옥구 점방산(占方山, 현 군산시 화산)으로 연결하는 임무를 지고 있었다. 요충의 봉수대이기에 별장이 셋이나 있으며 오장(伍將), 감고(監考)가 각 한 명씩 있었다. 군졸이 25명, 봉수꾼이 50인이었다. 이들은 셋으로 번을 나눠 매달 열흘씩 봉수를 맡아 지켜야 했다. 비번이라고 해서 한가하게 지내는 법이 없었다. 꾼들의 먹을거리는 스스로 마련해야 하기 때문에 비번 때는 봉수대에 딸린 산 아래 논밭을 경작하고, 땔감을 마련하여 그것을 산꼭대기까지 져 날라야 했다.

"무릎은 왜 다쳤는가?"

실제로 각금목의 걸음걸이가 시원찮은 것을 보고 여립이 물었다.

"매를 맞았답니다. 얼마나 모질게 때렸으면 장대 같은 인간을 반송장을 만들어 놓았을까요. 그래도 지금은 사람 꼴이 돼 보이지만 두 달 전만 해도 차마 눈 뜨고 볼 수가 없었답니다."

석달이 그를 대신해 대답했다. 왜적이 출몰하던 올 정월부터 5월까지, 전장에서 멀리 떨어진 월고이 봉수대였지만 하루도 편한 때가 없었다고 했다. 남쪽에서 올라오는 봉수를 놓치지 말아야 하는 것은 물론 언제 적들이 이편 해안을 침범할지 모르니 바다를 감시하는 한편 만약을 위해 대비도 게을리 할 수 없었기 때문이다.

내륙과 달리 해안 봉수대는 평상시에도 매일 한 개의 화를 올렸으며 왜적이 해안에 나타나면 둘, 가까이 오면 셋, 우리 병선과 접전을 벌일 때 네 개, 적들이 뭍에 오를 때는 다섯 개의 화를 올리게끔 돼 있었다. 낮에는 연기, 밤에는 횃불로 이를 알렸다. 봉수꾼 중에서도 후망(候望)을 맡은 자들은 밤낮없이 바위 꼭대기에 앉아서 바다 너머의 소응포 산마루를 지켜봐야 했다. 매일 날이 청명하다면야 문제가 생길 것도 없었다. 안개가 짙게 낀다든가 빗줄기가 쏟아지는 날이 문제였다. 바다 너머로는 아무 것도 보이지 않기 때문이었다.

지난 5월초의 어느 날이었다고 했다. 아침녘 소응포 봉수대에서 두 점의 연기가 피어오르는 것이 똑똑히 눈에 잡혔다. 별장의 명을 받아 월고이 봉수대에서도 두 점의 연기를 피워 이에 호응했다. 문제는 북녘 바다였다. 격포에서 옥구까지……한 치 앞을 내다볼 수 없을 만큼 짙은 안개가 바다를 가리고 있었기 때문이다. 규정대로 쾅, 쾅 화포를 놓아봤지만 안개 너머에서는 아무런 반응이 없었다. 안개가 언제 걷힐지도 알 수 없었다. 최후의 방법은 말을 달리는 수밖에 없었다. 월고이에서 옥구 점방산까지의 직선 바닷길은 1백 리가 채 되지 않지만 육로는 2백 리가 넘었다. 내륙으로 파고든 만(灣)들을 돌아가야 하기 때문이었다.

공교롭기는 날씨만이 아니었다. 봉수대에 배속된 군마 두 필이 모두 말썽이었다. 한 녀석은 다리를 절뚝거렸고 또 다른 놈은 토사곽란을 일으키고 있었다. 이젠 사람이 직접 달리는 길밖에 없었다. 명을 받은 각금목이 주먹밥과 짚신 켤레를 꿰차고 산을 내려갔다. 격포에서 부안, 만경, 대야를 거쳐 점방산에 이르는 길, 각금목은 쉼 없이 뛰고 걷고 뛰고 걸었다. 그러고도 점방산 꼭대기에 오르고 보니 술시가 지난 깊은 밤이었다. 몹쓸 안개는 그새 다 걷혀 있었다. 자신이 떠나온 월고이에서 피워 올린 횃불 두 점이 빤히 건너다 보였다. 치고(馳告)를 왔다고 그곳 별장에게 아뢨는데 별장은 수고했다는 말은커녕 화를 내며 각금목을 형틀에 묶어 버렸다. 걸음이 너무 더뎠다는 것이었다. 거의 탈진할 상태였음에도 불구하고 곤장 서른 대를 맞고 산 아래로 쫓겨났다. 다리뼈가 다 부서진 듯했지만 입술을 깨물고 한 발 한 발 내디뎠다. 억울하고 원통한 심정에 비하면 육신의 통증은 아무 것도 아니었다. 그 길로 각금목은 만경에서 머슴살이를 하고 있는 큰형 집에 숨어들었다.

쯧쯧, 정여립은 저도 모르게 혀를 찼다. 허나 딱하다고 해서 함부로 거두어 줄 처지는 못 됐다. 선석달 같은 염간들, 각금목 같은 봉수꾼은 물론 그밖에 조운선에서 노를 젓는 조졸(漕卒)들, 목장에서 말을 키우는 목자(牧子)들, 이런 자들은 모두 신분은 양인(良人)이지만 하는 일이 노비처럼 천한 것이었다(신양역천, 身良役賤). 아비가 봉수꾼이면 그 아들 손자도 그 역을 맡아야 했다. 때문에 지워진 일을 하다가 달아난 자들은 엄한 벌을 받아야 했으며 그런 자를 숨겨주고 도와준 자도 벌을 피하기 어려웠다. 그렇다고 몸도 성치 않은 자를 그냥 내쳤다간 제 명을 살지 못하고 죽을 것이 뻔했다.

"며칠만 여기 둠세. 몸을 추스르면 곧장 떠나도록 하고……."

여립이 며칠의 말미를 주었음에도 불구하고 석달이 천금을 얻은 듯이 기뻐했다. 선석달 자신이 그 '며칠만'의 언질로 일 년 가까이 이곳에서 머물렀기 때문이다. 집안으로 들어가는 여립의 뒷모습을 향해 두 사내가 또 큰절을 했다.

사흘이 지나서였다. 진안현감 성호가 세상을 떠났다는 부고를 받고 다음날 새벽같이 길을 나섰다. 평소 그가 저를 못마땅하게 여겨 곁을 내준 바 없지만, 죽도를 서실로 쓰고 있는 한 그는 제 고을의 원님이기도 했다. 또 부윤 남언경과 그의 정의를 봐서라도 모른 척할 수는 없는 일이었다. 정각이 배종을 하겠다고 해서 그와 함께 말을 달렸다. 전주를 지나면서 알아봤더니 남언경은 벌써 그제 한낮에 그의 임종을 지킨다면서 진안으로 달려갔다고 했다.

진안읍에 닿았을 때는 벌써 진시(辰時)가 넘었지만 다행히 아직 발인은 이뤄지지 않고 있었다. 관아 앞길에도 여기저기 차일이 쳐져 있고 아문 안팎에는 상복 입은 이들이 북적댔다.

국밥집 뒷마당에 말을 매어두고 발인제가 열리고 있는 동헌 뜰로 들어섰다. 일꾼들이 영구(靈柩)를 옮겨 상여에 싣는 중이었다. 열서너 살 돼 보이는 상주가 울먹이면서 그 일을 지켜보았다. 곧 이어 견전(遣奠)의 예를 올리는 의식이 진행됐다. 망자에게 마지막 음식을 대접하는 의식이었다. 먼저 축관이 술을 따르고 꿇어앉아 고사를 드렸다. '영구의 수레가 이미 준비되었으니 곧 유택으로 갑니다. 이에 의식을 차려 영원한 이별을 고합니다.'라고 죽은 이와 남은 이들에게 알리는 순서였다.

여립이 사람들을 헤치고 앞줄로 나아갔다. 상여가 마주 보이는 맨 앞줄에는 남언경을 위시하여 임실, 용담, 고부, 진산 등 이웃 고을 사또들이 좌정해 있었다. 금구현감 김요명의 얼굴도 보였다. 남언경이 여립을 돌아보곤 알은 체를 했다. 그렇게 봐서 그런지 그의 얼굴이 무척 수척해 보였다.

상여가 떠날 때가 되었다. 성호의 본가는 서울이었다. 관아에서 발인제를 지내지만 이는 서울 본가로 영구를 옮기는 과정의 하나였다. 진안 경계를 넘기 전까지는 상여가 영구를 옮기지만 그 다음부터 서울까지는 수레에 옮겨 실어 가게 돼 있었다. 본가에서는 망자의 형과 맏상주만 내려왔다는 얘기를 들었다.

서울까지 따라가지 못할 사람들은 여기서 영결의 인사를 나눠야 했다. 남언경부터 상여 뒤편에 서서 곡을 하고 두 번 절했다. 아까운 제자를 떠나보내는 원통함을 그대로 담은 듯 그의 곡소리가 크고 슬펐다.

을사년(1544년) 생이니 마흔 셋 나이. 여립보다 한 살이 더 많았다. 아무리 어릴 때부터 병치레가 많았다 하지만 이렇듯 바삐 떠날 줄은 몰랐다. 지난 봄, 남해 출정 때만 해도 혈색이 좋고 걸음걸이가 당당하여 병을 지니고 사는 이라곤 여기지 않았다. 정여립도 진안 선비들 틈에 섞여 떠나는 이에게 마지막 예를 올렸다.

상여가 아문을 나서자마자 곡소리가 진동했다. 관문 밖에서 기다리던 백성들이 한꺼번에 울음을 터뜨렸던 것이다. 늙은이와 젊은이, 남정네와 아낙이 따로 없었다. 상여에 매달리며 우는 이들도 적지 않았다. 결국 상여는 쉰 걸음도 나아가지 못하고 멈춰 섰다. 커다란 휘장이 쳐진 곳. 고을 백성들이 따로 제사를 지낸다며 제물을 차려놓고 있었다.

"오늘 해 지기 전에 진안을 벗어날지 모르겠어."

그 장면을 우두커니 바라보던 남언경이 말했다.

"한 해 남짓이지만 선정을 베풀었으니 다들 저러지요."

"그렇지요. 누가 시킨다고 해서 하지는 못할 테니……."

여립의 말에 남언경이 크게 고개를 끄덕였다. 제 문인에 대해 가지는 자긍심도 느낄 만했다.

"상주가 어려서 고생이 많겠습니다."

수레로 영구를 옮긴다 해도 서울까지 가는 길이 만만치 않다. 밤이 되면 영구 옆에서 선잠을 자야 하며, 아침저녁으로 영좌를 설치하여 곡을 하고 제사를 올려야 한다. 또 30리마다 운구를 멈추고 제사를 드리며 높은 고개를 넘고 큰 강을 건널 때도 그렇게 해야 한다. 염천 더위가 아니고 엄동설한이 아닌 것만도 고마운 일이었다.

"사람 목숨이 하루아침 이슬에 지나지 않는다더니 하나 틀린 말이 아닐세."

국밥집으로 자리를 옮겨 앉은 뒤 남언경이 혼잣말처럼 중얼거렸다. 금구, 진산의 두 현감이 배석했다. 남언경은 이미 공조참의를 제수하여 하루 속히 한양으로 올라갈 처지에 있었다. 성호의 마지막을 본다고 해서 날짜를 미루고 있었던 것뿐이었다. 다들 아침 요기를 걸렀던 터라 함께 국밥을 먹었다.

"참, 정 수찬도 그이를 아시겠군?"

생각이 났다는 듯이 남언경이 숟가락질을 멈추고 여립을 건너다 봤다.

"뉘 말씀입니까?"

"송학 권응시 말일세. 작년에 나랑 죽도에 갔던……."

"알지요. 그 사람이 왜요?"

"그 사람도 죽었다네. 6월에 말일세."

"네!? 그렇게 멀쩡하던 이가 왜요?"

"멀쩡했으니까 갑자기 죽는 것 아닙디까."

남언경이 다시 무심히 수저를 놀렸다. 여립도 놀랍지 않을 수 없었다. 단 한 번의 상면이었지만 그 단아한 용모만큼이나 점잖던 권응시의 모습이 생생하게 떠올랐다. 죽은 김첨이며 유성룡과 각별한 관계라던 그가 무슨 연유로 죽도까지 왔었는지 그 이유는 지금도 알 수 없지만 떠날 때까지도 좋은 인상만 주었던 권응시였다. 살아 있다면 김첨과 유성룡이 올해 다 같이 마흔여섯이고 한 살 더 많은 권응시가 마흔일곱이었다. 쉰도 못 넘기고 바삐 떠나는 이들을 보면 여립 스스로 제게 남은 시간도 결코 길지 않다고 여길 수밖에 없었다.

임금이 양구현감을 제수했는데도 굳이 마다하고 향리인 김산 장암촌에 들어가 버린 권응시였다. 동리 한쪽에다 '송학헌(松鶴軒)'이라는 이름의 서재를 지어 제자들을 가르치며 한가한 나날을 보내던 그가 병치레도 없이 어느 날 홀연 숨을 거두었다고 했다.

"작년에 전주를 다녀간 뒤부터 나한테는 자주 서신도 보내고 그랬다오. 촌에 살면서도 항시 나라 걱정이었지. 붕당의 폐해가 산촌에까지 미친다고도 했어요. 이렇게 동서로 나뉘어 싸우다보면 머잖아 남당(南黨), 북당(北黨)마저 생길지 모른다고 걱정했지. 아무튼 천성이 맑고 뜻이 곧은 사람이었는데 아까워……. 하늘이 또 그런가 봐요. 저 성호며 송학 같은 청절한 이는 바삐 데려가면서 나 같이 쓸모없는 이들은 남겨두고……죽기 전에도 성호가 그러더군요. 성(性)은 명(命)의 이치고 명은 성의 운수라고요. 명은 하늘에 있고 성은 나에게 있으니 하늘에 있는 것은 결국 하늘에 맡기고 나에게 있는 것은 스스로 노력을 다할 뿐이다……이렇듯 나름 깨치고 닦은 것이 있었으니 그렇게 고요히 눈을 감을 수 있었던 거지요."

그새 상여도 멀리 떠난 듯 곡소리가 아득했다.

서산대사한테서 계를 받았다고 해서인지 남언경이 중 정각에게 관심을 보였다. 여립이 멀리 떨어져 있는 그를 불렀다. 남언경이 그에게 대사의 안부를 물었다.

"예, 올 봄 소승이 묘향산을 떠날 때까지도 정정하셨습니다."

"그러실 테지, 암. 아무도 본 사람이 없지만 그분의 장삼 속에는 날개 한 짝이 숨겨져 있다네. 지리산에서 금강산으로, 금강산에서 묘향산으로 가고 싶으면 아무 때나 훨훨 날아다니시지. 그렇지 않고서야 내일 모레가 칠십인 노인네가 그렇게 조선 천지를 마음대로 다닐 수 있겠는가."

"그렇지요. 우리 같은 사람이 언제 묘향산엘 한 번 가보겠습니까."

정여립이 박자를 맞추었다.

"안심사에 계시다고 했던가?"

"예."

무릎 꿇고 앉은 젊은 중이 안쓰러워 보였는지 여립이 거들었다.

"저는 묘향산에는 보현사만 있는 줄 알았습니다."

"아니요. 그렇지 않아요. 안심사가 먼저 있었고 보현사가 그 다음에 세워졌다오. 그렇지 않던가?"

"예, 소승도 그렇게 들었습니다."

"나도 가보진 않았지만 산이며 절간은 그려볼 수가 있다오. 아마 탐밀(探密)이라는 승려가 처음 일으켰다지요. 듣자하니 그 스님도 대단했던가 봐요. 평생 옷 한 벌에 바라 하나밖에 가진 것이 없었다 하니……하루 한 끼만 먹었으며 심한 추위가 아니면 짚신도 신지 않았다지요. 그 분의 계행을 듣곤 찾아오는 이가 하도 많아서 새로 절 하나를 지었는데 그게 보현사라고 합디다."

"영감께서는 절간 고승들까지 다 꿰고 계시는군요."

여립이 감탄을 하자 남언경이 또 고개를 저었다.

"그렇지 않아요. 나도 서산대사한테서 주워들은 얘기랍니다. 허허. 고려 때 인도에서 온 승려 지공(指空)이며 공민왕 때 왕사(王師)를 지낸 나옹화상이 다 안심사를 거친 이랍디다. 두 승려의 문도였던 각지(覺持)와 각오(覺悟) 두 중이 스승의 사리부도를 세웠다고 하는데 아마 이 젊은 승려한테 법명을 줄 때도 이를 염두에 두어 '각(覺)' 자를 넣었을 것입니다."

"소승도 거기까지는 모르옵니다. 제가 알기로도 정각이란 법명을 가진 중이 산중에 다섯이 넘는다는 것만……."

"그럴 테지. 서산대사가 직접 계를 준 문도만도 1천이 넘는다는데 같은 이름이 한둘일까. 그대는 속성이 뭔가?"

"송가입니다."

"여산(礪山)인가, 은진(恩津)인가?"

"여산으로 들었사옵니다."

"서산대사는 성이 뭐라던가?"

"모르옵니다."

"그래? 허긴 머리 깎은 이가 성은 가져서 뭣 한담. 그이의 속성이 최씨인데 바로 여기 전주를 본관으로 하지요."

새로운 사실을 알았다는 듯 좌중이 머리를 끄덕였다.

남언경이 다시 정각에게 물었다.

"그래, 묘향산에서 불도를 닦고 있으면 될 것이지 뭣 하러 이 먼 데 까지 정 수찬은 찾아왔다던가? 그리고 정 수찬은 어찌 알았으며 공자, 맹자만 읽는 이한테서 뭘 얻을 것이 있다고?"

정곡을 찌르는 질문에 우물쭈물 몸을 뺄 줄 알았는데 정각은 전혀 그런 빛을 보이지 않았다. 오히려 반듯이 고개를 들어 남언경을 바라보며 분명한 어조로 대답했다.

"하문하시니 아룁니다. 작년 가을에 조 씨 성을 가진 처사 한 분이 저희 절집에 오셔서 보름 정도 계셨습니다. 틈날 때마다 소승이 그분께 세간 일을 들어 배우곤 하였는데 그분이 자주 정 수찬 어른의 말씀을 하셨습니다. 전주에 가면 정 씨 성을 가진 현인 한 분이 계시는데 그 웅지와 지략이 남다르다, 특히 사람을 귀한 이 천한 이로 나누지 아니 하고 다 같이 화애롭게 어울려 사는 세상을 만들려고 애쓰는 분이다. 그분은 비록 유학을 하시지만 불가며 도가를 다 아우를 수 있는 넉넉한 품을 가지고 계시다, 그분을 도와 일을 하다 보면 절로 '닭 울음, 개 짖는 소리가 들리고 저녁연기가 만 리에 퍼져나가는 세상(계견상문이연화만리, 鷄犬相聞而煙火萬里)'을 만날 수 있을 것이다 하셨습니다. 소승 좁은 소견으로는 절집에서 말하는 피안(彼岸)도, 도가에서 말하는 선계(仙界)도 결국은 이런 세상이 아닐까 여기고 배움을 얻고자 찾아 뵈었습니다."

젊은 중이 노장(老莊)의 이상향을 주절댄다면서 좌중이 놀라워하는데 남언경만이 금세 안색이 변했다.

"이런 요망한 중놈이 있나! 네놈이 진정 묘향산에서 왔고 서산대사의 문도더란 말인가?"

노기어린 한 마디에 좌중이 깜짝 놀랐으며 정각 또한 기겁을 해서 땅바닥에 엎드렸다.

"소승은……."

"닥쳐라! 대사가 네놈에게 그렇게 가르쳤을 리 없느니라. 조 처사라니! 어느 허황된 놈이 그런 소리를 지껄이고 다닌다 하더냐. 그렇다 치고, 절간 중놈이 밤잠 안 자고 도를 닦아도 시원찮을 판에 그런 혹세무민하는 소리에 솔깃해서 절간을 뛰쳐나와? 그래, 정 수찬이 개세(改世) 호걸이라고? 전주에 정 씨 성 가진 자가 한둘이란 말이던가. 허, 생사람 때려죽일 놈이로고, 썩 꺼져라!"

"물정 없이 지껄인 소승, 죽을죄를 지었습니다."

사색이 된 정각이 황급히 몸을 피했다.

"영감, 모두 제 불찰입니다."

뒤늦게 사정을 헤아린 여립이 남언경을 향해 허리를 숙였다.

"대보(大甫)."

오랜만에 그가 여립의 자(字)를 불렀다. 음성이 한결 부드러워져 있었다.

"오늘 상여에 실려나간 성 현감도 생전에 자주 걱정을 합디다. 참, 여기 금구현감께서 더 잘 아시겠네요. 진안 죽도며 금구 제비산에 사람들이 많이 꾀어든다고 하는데 그럴 수 있겠지요. 계를 하신다니까…… 헌데 소문이 그렇지 않은가 봐요. 공사 귀천 가릴 것 없이 온갖 잡류들이 모여들면서 없는 얘기도 생기고 엉뚱한 말도 만들어지고 그런가 봐요. 내 잘못도 있어요. 지난 봄 각 읍의 군사들을 조발하면서 내가 굳이 대동계 사람까지 데려 갔으니…… 숫자가 80에 불과했는데 나중 들어 보니 3백이 넘었다, 5백이 넘었다는 소리까지 있더군요. 허어. 대보, 생각해 보세요. 정 수찬이 진안 죽도에 정병 5백을 숨겨두고 있다면 사람들이 뭐라고 하겠어요? 정 수찬을 미워하고 꺼려하는 자들이 어떻게 나올까요? 나는 단지 대보를 생각해서 하는 말이오. 아무튼 자중자애

하시라고."

"예, 영감님 심려 명심하겠습니다."

저를 생각해 주는 남언경에게 여립이 진심으로 감사했다.

자기가 만든 토굴 안에다 코 없는 부처상 하나 주워 갖다 놓고는 그 부처가 영험하다고 스스로 소문을 낸 모양이었다. 처음에는 가까운 동리 사람 한둘이 호기심으로 들여다보고 가는 정도였는데 어느새 먼 데 사는 아낙과 노파들도 심심찮게 제비산 비탈을 올라오기 시작했다. 정각이 만든 토굴, 이제는 어엿이 '연만암(煙萬庵)'이란 암자 이름을 새긴 돌멩이까지 초입에다 세워놓았다. 암자 이름은 정여립이 지었다. 정각한테서 이름을 지어달라는 청을 받았을 때 단번에 떠오른 문자가 바로 이것이었다. 저녁연기가 만 리에 퍼진다는 '연화만리煙火萬里)'에서 두 글자를 따왔다. 비록 정각이 이 말을 했다가 남언경한테 혼쭐이 나긴 했지만, 여립으로선 좀체 잊히지 않는 글귀였다.

자신이 뜻하는 바 대동세상이 달리 그 뭐가 아니라 사방에서 평화롭게 닭 우는 소리, 개 짖는 소리가 들리고 집집마다 밥 짓는 연기가 피어나는 그 소박하고 화평한 세상일 수 있다는 생각이 강하게 들었던 때문이다. 세상이 혼란스럽고 백성이 헐벗고 굶주리다 보면 닭과 개마저 우는 소리, 짖는 소리를 잃게 마련이었다. 마을에서 오래 저녁연기가 피어나지 아니 하면 도둑이 들끓고 살육이 벌어지고 길거리에 송장이 널리기 십상이었다. 만민이 함께 웃고 즐거워할 수 있는 이 간단한 풍경 하나를 이뤄내지 못한 이들이 바로 대대의 임금이며 그 눈치만 보는 조정 대신들이고 수령들이었다. 그들이 할 줄 몰라서 그런 것이 아니고 굳이 하지 않았기에 그런 것뿐이었다. 권세를 부리고 욕심을 챙기기 급급한 터에 가난한 촌가의 굴뚝 연기를 살필 겨를이 어디 있겠는가.

9월 보름날이었다.

나무를 해서 한 짐씩 지게에 지고 산에서 내려오던 선석달, 각금목이 여립을 보곤 좀 전 큰 마을에서 온 애복 일행이 만연암에 드는 걸 봤노라고 했다. 이미 이곳을 드나드는 사내들 치고 애복을 모르는 자 없었다. 일행이라고 해야 나이든 아낙과 동자 하나가 더 있었다고 했다.

"분명 그 여자더냐?"

"그럼요. 정각도 그렇다고 했어요."

여립은 벌써 소년마냥 제 가슴이 쿵쿵 뛰고 있음을 느꼈다. 여립이 의관을 차리고 암자로 올라갔다. 선석달 하나만 뒤를 따르게 했다. 굴 안쪽. 정각이 목탁을 두드리며 염불을 읊고 있었고 그 뒤에서 두 여인네가 거푸거푸 오체투지하고 있었다. 여립이 헛기침을 하곤 한쪽에 정좌했다. 두 여인네가 깜짝 놀랐지만 이내 하던 절을 계속했다.

올려다 보이는 애복의 맑고 뽀얀 옆얼굴. 촛불에 비친 그 모습은 지난번 햇살 속에서 봤을 때보다 한층 곱기만 했다. 그녀도 여립을 의식했음인가. 엎드려 팔을 뻗고 이마를 바닥에 대고 절하는 동작들이 아까와 달리 불안스럽게 보였다. 그리고 또 봤다. 엎드려 팔을 뻗힐 때마다 드러나는 겨드랑이 아래의 맨살. 돌담 아래서 반짝이는 사금파리 같고 밤하늘의 구름장 뒤에서 나타나는 조각 달 같기도 한……여립은 얼른 시선을 떼면서 저도 모르게 꼴깍 침을 삼켰다. 이윽고 목탁 소리가 그치고 정각이 돌아앉자 두 여인네가 자리를 떠나려는 듯 서둘러 옷가지를 챙겼다.

"잠깐 거기 앉게."

"아닙니다. 쇤네들 곧장 돌아갈 것입니다."

여립이 말렸지만 소용이 없었다. 호방의 본처로 보이는 여자가 애복이 팔을 잡아 꼈다.

"앉으래도!"

여립이 언성을 높인 연후에야 둘이 엉거주춤 그 자리에 섰다.

"자네가 큰댁이고 이쪽이 작은댁일 테지? 알다시피 내가 여기 작은댁과 의논할 일이 있다네. 잠시만이면 된다네."

때마침 선석달이 들어와 한사코 마다하는 본처를 끌다시피 해서 데려나갔다. 따라가려는 애복은 정각이 막았다.

"앉거라. 어릴 때부터 애복이라 불렀다는 얘긴 들었다. 나도 앞으로 그렇게 부르마."

여립의 음성이 한층 은근해졌다. 애복도 더 이상 앙탈을 부리지는 않았다. 겁먹은 기색도 아니었다.

"부처님께 뭘 빌었느냐?"

"서방님 탈상이 다가오기에……."

여자가 기어드는 목소리로 답했다.

"기특하구나. 걱정 말아라. 네 서방도 살아생전 착한 일을 많이 했으니 극락왕생하여 잘 있을 게다. 헌대 여기 내 산에 용한 스님이 계시다는 건 어찌 알고 왔느냐?"

정각을 돌아보며 여립이 빙긋 웃어보였다. 정각이 딴청을 피웠다.

"그제께도 여기 스님이 저희 집에 시주를 오셨습니다. 그리곤……."

"그리곤?"

"미륵님 말씀을 많이 주셨습니다."

"호오라! 그래, 스님 말씀 따라 여기 미륵 부처님께 기구하면 네 원은 다 들어주실 게다."

"예⋯⋯."

"내가 네 집에 여러 차례 사람을 보낸 일은 알고 있겠지?"

"예."

애복의 목소리가 더욱 작아졌다.

"뭔 일인지도 알지?"

"⋯⋯."

정각이 소리 없이 밖으로 나갔다.

"너는 어떻게 생각하느냐?"

"아직 소첩은⋯⋯."

"아직이란 없다. 내 마음 바닥에 무슨 생각이 있느냐가 중할 따름이다. 남들이 뭐랄까, 그런 것은 마음 쓸 필요가 없다. 젊은 자네가 그만큼 상복을 입었으면 죽은 지아비한테도 할 도리는 다했다. 더욱이 네가 없어도 아까 그 본처가 다 챙길 텐데 무슨 걱정이 있겠느냐. 듣자하니 소생도 없다는데 이런 딱한 일이 어디 있느냐. 알다시피 내 마음은 이미 굳으니라. 애복이 널 처음 보고 곧바로 대장부 마음을 정했다고 하면 믿겠느냐? 이런저런 거 따지고 생각할 겨를도 필요도 없다. 오늘부터 내 집에 와서 나와 살면 그만이다. 이미 네 친정아버지와 오라비도 다 알고 있느니라."

여자가 두 눈을 동그랗게 뜨고 여립을 바라봤다.

"나으리, 말도 안 되……."

"허허, 말이 안 된다고? 오늘부터 내가 네 서방이 된다는데 왜 말이 안 되느냐? 겁날 것이 없다. 내가 널 지켜주마. 이리 가까워 오너라."

여립이 벌떡 일어나 그녀에게 다가갔고 그녀가 전신을 움츠리며 뒷걸음질했다. 허나 두 발짝도 못 가 바위벽이었다. 여립이 냉큼 그녀의 허리를 껴안았다. 여자가 요동을 치며 벗어나려 했지만 가능한 일이 아니었다.

"애복아, 요 이쁜 것아, 가만 있거라."

"나으리, 안 됩니다. 살려 주세요."

"내가 널 살려 주는 게다."

"나으리……."

더욱 힘줘 그녀를 끌어당겼다. 땀내 섞인 여자의 머리칼 냄새가 한층 자극적이었다. 분 냄새, 살 냄새도 나는 듯했다. 고개를 숙여 그녀의 뺨에 제 얼굴을 비볐다. 입으로 그녀의 입술을 찾았다. 폭폭, 가쁜 숨을 쉬면서도 그녀는 버둥거림을 멈추지 않았다. 겨우 입술을 찾았는데 그녀가 재빨리 고개를 돌렸다.

"살려 주세요, 나으리……."

"오냐."

그녀를 번쩍 들어 바닥에 뉘였다. 그녀가 사지를 파닥거렸지만 날개죽지가 잡힌 한 마리 암탉에 지나지 않았다. 여립이 제 몸을 그녀에게 실어 하체를 꼼짝 못 하게 한 뒤 거침없이 적삼을 벗겼다. 치마끈도 풀었다.

"나으리, 한 번만……여기선 안 되옵니다."

체념이라도 한 것일까. 저항을 멈추며 여자가 똑바로 여립을 올려다 봤다. 눈빛이 더욱 깊고 맑아 보였다.

"왜 그러느냐? 부처님이 욕할까 봐?"

그새 벌써 한 손으로 그녀의 젖무덤을 움켜 쥔 여립이 물었다. 그녀가 고개를 끄덕였다.

"염려 말아라. 나도 도둑장가는 가기 싫단다. 명명백백 부처님 보시는 데서 우리 혼례를 하자꾸나."

치마와 속곳을 한꺼번에 걷어 내리는 때도 그녀는 꼼짝을 하지 않았다. 젖무덤에 얼굴을 묻고 아랫도리를 쓰다듬을 때는 되레 그녀가 여립을 두 팔로 잡아주었다. 여립이 바삐 제 옷가지를 벗을 무렵 그녀가 말했다.

"나으리, 약조대로 논 두 마지기는 주실 거지요?"

그녀의 얼굴엔 아무런 표정이 없었다.

"아무렴."

발가벗은 몸으로 그녀를 부둥켜안았다.

"시댁으로 하지 말고 친정으로 주셔요."

"오냐. 처음부터 나도 그 생각이었단다."

"나으리……."

여자가 여립의 품안으로 얼굴을 들이밀었다. 합궁이 이루어졌을 때, 비로소 그녀가 눈을 감았다. 탄성과 신음이 그녀의 입에서 단속적으로 새어나왔다. 진진하게 치밀어 올라오는 아랫도리의 쾌감을 느끼며 여립은 세상에 이렇듯 귀한 몸뚱이는 다시없겠다는 생각을 거푸 했다. 오입쟁이들이 흔히 말하는 입상여인(入相女人)이 이를 두고 말함이 아닌가 싶었다. 치구(恥丘)가 볼록한 고(鼓), 살이 부드러운 연(軟), 음문이 붉은 홍(紅), 속이 따뜻한 온(溫), 상대를 죄는 긴(緊)……빠진 것이 있다면 털이 없는 백(白)인데, 이는 차라리 아님이 더 좋은 일이었다.

"애복아, 이 몸을 가지고 네 어찌 수절을 한다 했더냐?"

거머리처럼 달라붙는 그녀의 등을 쓰다듬으며 여립이 다시 감탄했다.

"나으리……."

그 사이 세 번 까무러치고 세 번 정신을 수습한 그녀였다.

"아예 소첩을 죽이려고 작정을 하셨습니다."

방그레 웃으며 눈을 흘기는 그녀였다.

"그러하냐? 나는 네가 날 죽인다고 여겼는데. 허."

두 사람은 또 한 번 엉켜 요동을 친 다음에야 잠깐 떨어져 누웠다. 미륵상 옆의 촛불 하나가 꺼졌다.

12. 구월산(九月山)

삼경이 지난 시각이었다.

해질 무렵까지도 살을 에듯 하는 칼바람이 불었지만 밤이 깊어갈수록 바람도 잦아들었다. 삼지역(三支驛)의 이정표가 되는 정자나무가 달빛 속에 우두커니 서 있었다. 여기저기 응달진 곳에는 아직도 솜 뭉텅이를 던져놓은 듯 잔설들이 허옇게 드러나 있었다.

검은 수건으로 얼굴을 가린 다섯 사내가 기척 없이 정자나무를 지나 역관(驛館) 흙담으로 다가들었다. 모두 검정 적삼에 솜바지를 입었고 벙거지를 썼다.

변범(邊汜)이 몸을 세워 담 너머의 동향을 살폈다. 담 쪽에 붙은 행랑채는 물론 안채, 바깥채, 별채 어디에도 불빛이 새나오는 곳이 없었다. 멀찍이 떨어진 마구간에서만 더러 말들이 움직이는 소리가 났다.

변범의 손짓에 따라 황언륜(黃彦倫), 방의신(方義臣)이 먼저 담을 타넘었고 뒤이어 문금복(文今福), 천신년(千新年)이 몸을 넘겼다. 그들이 행랑채 뒤뜰을 빠져 나가는 것을 확인하고 변범도 담을 넘었다. 빠른 걸음으로 뒤뜰을 지나 행랑채를 돌았다. 네 사내가 추녀 그늘에 몸을 숨긴 채 앞마당을 살피고 있었다.

마당 가운데 모닥불이 피워져 있었지만 마땅히 있어야 할 순찰 역정(驛丁)들이 보이지 않았다. 장작을 집어넣은 지 오래된 듯 불꽃은 없고 아랫불도 꺼져 가는 중이었다.

"이 자들도 잠에 곯아떨어진 게 아닐까요?"

"어느 종년을 올라타고 씩씩대고 있거나……."

문금복과 천신년이 소리죽여 소곤댔다. 쿡쿡, 방의신이 웃음을 참았다.

"쉿!"

변범이 주의를 주는 순간, 행랑채의 방문 하나가 소리 없이 열렸다. 벙거지 차림의 한 사내가 허리춤을 올리며 어둔 방에서 나왔다. 그 자가 흙벽에 기대놓았던 창대를 찾아 쥐고는 천천히 모닥불 쪽으로 걸어 갔다.

"해치울까요?"

천신년이 변범을 쳐다봤다.

"아니야. 한 놈이 더 있을 게야."

말이 끝나기도 전에 또 다른 사내가 안채 뒷마당 쪽에서 나타났다. 뒷간이라도 다녀오는 듯했다. 그가 내뿜는 입김이 달빛 속으로 번져나 갔다.

새로 장작을 넣은 뒤, 모닥불 곁에 앉은 두 역정이 뭔가를 얘기하며 킬킬 소리 낮춰 웃었다. 마주 보이는 안채와 별채는 여전히 적막에 덮 여 있었다. 의금부도사 목수흠(睦守欽)과 네 명의 나장(羅將)들은 세 칸 별채에 딸린 두 방에서 곤한 잠을 자고, 찰방은 안채에 누워 있을 것 이 뻔했다. 안채의 또 다른 방은 근처에 제 집이 없는 역승(驛丞)들의 차지이며 바깥채는 역정, 역졸들의 처소다.

"방가와 천가 너희 둘이 오른쪽 놈을 맡고 나와 문가는 왼쪽 놈이다. 황가는 그 사이 요령껏 문을 딴다, 알았느냐? 귀신도 모르게 해야 돼."

변범의 명에 네 사내가 고개를 끄덕였다. 황언륜이 행랑채에 붙은 곳간을 가리켰다. 임시로 죄수를 가둬놓을 데라고는 그곳밖에 없었다. 변범이 고개를 끄덕여 확인을 해주었다.

반 시진을 기다리지 않아 때가 왔다. 마당의 역정 둘이 꾸벅꾸벅 졸기 시작했던 것. 찰방 안대환(安大煥)이 한양으로 돌아가는 금부도사 일행을 위해 술자리를 만들었다는 사실은 초저녁에 이미 이곳을 염탐한 천신년한테 전해 들었다. 덕분에 번 드는 역정, 역졸들 모두 거나하게 술을 마셨음도 알았다. 순찰 역정이라고 해서 맨 정신으로 밤을 새지는 못할 것이 뻔했다.

마침내 두 역정이 불 옆에서 잠 들었다. 넷이 소리죽여 그들에게도 다가갔다. 둘씩 상대를 맡았다. 변범의 신호에 따라 한 사람이 역정 하나의 목을 틀어쥐어 소리를 내지 못하게 하였고 다른 한 사람이 팔다리를 제압했다.

입에 재갈을 물리고 두 팔을 등 뒤로 젖혀 손목을 묶었다. 영문 모르고 당한 역정이 두 눈을 끔벅거리며 복면한 사내들을 올려다봤다.

그 사이 황언륜이 곳간으로 다가가 자물통을 땄다. 짐작대로 미리 마련해 간 쇳대 가운데 하나가 맞았다. 곳간 문이 열리는 것을 보고 마당의 역정 둘을 그쪽으로 끌어갔다.

"야석(也石, 지함두), 어디 있는가? 나 숭복(崇福)일세."

변범이 어둠 속에서 낮게 소리쳤다. 뭔가 기척이 있었다. 볏가마 같은 것이 쌓인 안쪽이었다.

"변숭복(숭복은 변범의 호)?"

말소리가 났다.

"그래 나 숭복이."

"어인 일인가?"

"자넬 구하러 왔지."

"세상에!"

지함두(池涵斗)는 구석자리 볏가마에 기대 앉아 있었다. 손발이 꽁꽁 묶인 채였다. 솜이불 하나가 그의 아랫도리를 덮고 있었다. 손발부터 풀었다.

"자네 모가지가 몇 갠가? 날 구하려고 이런 짓거리를 하다니……."

"나도 하나뿐이야. 빨리 여기서 나가세나."

다행히 그의 걸음걸이가 성했다. 그를 이끌어내는 대신, 역정 둘을 곳간 안으로 밀어 넣고 자물통을 걸었다.

얼어붙은 들판을 가로질렀다. 이목이 있을지 몰라 둘씩 짝을 지었으며 짝끼리도 멀찍이 간격을 뒀다. 먼 데 마을에서 개 짖는 소리가 들렸다.

"이제 어디로 가는가?"

함두가 물었다.

"구월산"

변범이 흰 이를 드러내며 웃었다.

"거긴 왜? 산적질 하자고?"

"한양 의금부에 끌려가서 가랑이 찢기는 것보다는 낫겠지?"

"암튼 고맙네. 날 살린다고 이런 위험한 짓거리 해주니."

"고마워할 사람은 따로 있어."

"누구?"

"가서 보면 알아."

"저 자들은 누군가? 죄 나도 모르는 자들이던데……."

"천천히 일러주겠네."

"여전히 도깨비한테 홀린 기분일세. 허 참!"

달빛이 사라지기 전에 재령(載寧) 땅을 벗어났다.

안악(安岳)이었다. 지함두가 거친 숨을 내쉬었다. 하루에 2백 리 길을 거뜬히 걷는다는 변범을 좇아가려니 절로 뜀박질을 할 수밖에 없었다.

"어디서 국밥 한 그릇 먹으면 안 될까?"

"여기선 안 돼."

안악 직목역(直木驛)을 지났다.

천리안이라도 지닌 듯, 지함두가 평양에서 체포됐다는 소식은 구월산 절간에 있는 조생원이 먼저 알았다.

변범이 박연령(朴延齡)과 함께 월명암(月明庵)을 찾아갔을 때 조생원이 물었다. 평양 감영에서 잡아들였다는 죄수가 바로 너희가 말하던 지함두가 아니냐고.

지지리도 운이 없는 지함두였다. 은(銀)냥도 없이 기생집을 찾아들어간 객기야 어쩔 수 없다 하더라도 관부로부터 추포(追捕)의 명이 떨어져 있는 신세임을 감안하면 각별 조심해야 마땅할 터인데 그러지 못한 것이 잘못이었다.

기생을 앉혀놓고 취하도록 마신 그는 이윽고 밤이 깊어지자 돈 안 내고 달아날 궁리를 했다. 함께 자리를 한 박문장(朴文杖)에게 눈짓을 해서 소피를 보러 가는 양 밖으로 나왔다. 빈 독을 엎어 디딤돌로 하고 당장 담 꼭대기에 기어오른 것은 좋았다. 그런데 그 다음 바깥 골목으로 뛰어내릴 방도가 없었다. 취중에 내려다봐도 담 아래가 천 길 낭떠러지 같았기 때문이다.

이러지도 저러지도 못한 채 둘이서 담 위에 앉아 있을 때 마침 골목을 꺾어들던 감영 순라군이 이들을 발견했다.

감영으로 끌려간 둘은 종내 본명과 출신을 숨기다가 흠씬 얻어맞기만 했다. 결국 박문장이 제 혼자라도 살겠다고 지함두의 이름을 불었고 해주에서 달아난 사실까지 고해 버렸다.

해주 교생(校生) 지함두가 수절하는 형수를 범하고 달아난 뒤, 그 형수가 대들보에 목을 매어 죽은 사건은 황해도 전역을 떠들썩하게 했다. 감사가 조정에 이를 알렸으며 형조에서는 강상(綱常)을 해친 중죄라 해서 전국에 추포의 명을 내렸다.

평안감사 김수(金晬, 김첨의 이복아우. 김성립의 숙부)가 죄인을 붙잡았음을 아뢰자 조정에서는 금부도사 목수흠에게 나장 다섯을 딸려서 급히 평양으로 내려 보냈다. 직접 의금부로 압송하기 위해서였다.

천하의 도적 임꺽정도 생각지 못했던 일을 조생원이 직접 꾸미고 행할 줄은 아무도 상상치 못했다. 금부도사를 공격해서 죄인을 탈취하는 일이었다. 조생원이 말했다.

"지함두가 그대들의 벗이라면 곧 나의 벗이요. 내 벗이 의금부로 끌려가서 모진 매를 맞고 목이 잘릴 것을 뻔히 알면서도 어찌 손발을 놓고 앉아 있으리오."

그리고는 안악 아사진(阿斯津) 도곶(桃串)에서 선군(船軍)으로 있다가 도망친 황언륜, 방의신 그리고 재령 소니(所泥) 자기소(磁器所)에서 그릇을 굽다가 달아난 문금복, 천신년을 불러들였다. 이들 모두 차라리 도적질이 낫겠다고 구월산으로 숨어든 이들이었다.

이 뜻밖의 조치를 보고 변범이 크게 감복하였다. 물론 패엽사(貝葉寺) 주지 의엄(義嚴) 스님이 처음 소개를 해줄 때부터 조생원이 예사롭지 않은 인물임은 알았다. 한양 거족(巨族) 출신의 생원이라면서 주지승 자신이 상전 모시듯 그를 깍듯이 대했기 때문이다.

천문, 지리, 운세에도 통달한 선비라고 했던가. 그날부터 변범, 박연령이 수시로 월명암에 올라 그에게 배움을 청했는데 저희들 본래 가진 공부가 얕아서 그런지 몰라도 조생원은 실로 공맹과 정주(程朱), 석씨(釋氏)며 노장(老莊) 어느 분야든 막힘이 없었다.

들으면 들을수록 절로 탄성을 자아내게 하는 명쾌하고도 자세한 논변이었다. 스승으로 모시겠다고 두 사람이 여러 차례 예를 차렸건만 조생원이 굳이 망년지교(忘年之交)가 더 좋다면서 두 사람 모두를 아우님이라고 불러주어서 더 큰 감동을 주었다.

변범에게 지함두는 죽마고우나 다를 바 없었다. 어린 시절 해주에 살 때부터 이웃 동무로 함께 뛰어 놀았으며 『천자문』을 품고 서당을 다닐 때도 나날을 같이 했다.

이 우정은 어른이 돼서 안악으로 이주한 뒤에도 변함이 없었다. 안악에서 새로 사귄 박연령이 절로 지함두와 가까워진 것도 그 때문이었다. 변범이 지함두의 아들을 사위로 삼고 박연령의 딸이 지함두의 며느리가 된 연분도 여기에 있었다.

오시(午時)가 넘어서 월명암에 닿았다.

조생원과 박연령이 일행을 반갑게 맞아주었다. 조생원이 초면인 지함두의 손을 꼭 잡고 위로를 했다. 길게 수염을 늘어뜨린 조생원. 키는 작았지만 몸피가 다부졌다. 옆으로 가늘게 째진 눈이었는데 눈빛이 날카로웠다. 50대 초반. 얼굴과 살빛이 모두 뽀얀 것이 행세하는 집안에서 귀하게 자란 듯싶었다.

"일면식도 없는 생원께서 이 못난이의 목숨을 구해 주셨다고 들었습니다. 하해 같은 은혜를 어찌 갚아야 할지 모르겠습니다."

지함두가 허리를 굽혀 사례했다.

"별 말씀을, 어서 안으로 듭시다."

절간 안방에는 벌써 고깃국이 얹힌 밥상이 차려져 있었다. 소주병도 있었다. 요기를 마친 뒤에는 황언륜, 방의신, 문금복, 천신년을 큰절로 보내고 암자에는 조생원을 제하고 변범, 박연령, 지함두 세 사람이 남았다. 변범, 지함두 두 사내가 소주 한 병을 거의 다 마셨다.

음식을 먹고 술을 마시는 동안에도 변범은 쉼 없이 삼지역에는 어떻게 스며들었으며 역정을 어떻게 제압했는가 하는 제 공치사를 늘어놓았으며 얘기를 듣는 조생원은 연신 탄성을 내며 칭찬을 아끼지 않았다. 얘기 끝에 변범이 물었다.

"사형, 궁금한 것이 있습니다."

"예, 뭐든 말해 보세요."

"여기 이 불한당이 평양 기생집에서 달아나다가 감영에 끌려간 일이며 한양에서 금부도사가 내려와 이 자를 압송해 가는 사실을 어찌 아셨는지요? 날짜까지 말씀입니다. 사형은 여기 월명암 문밖에도 나선 일이 없다던데……."

"그러게 말입니다. 읍내 살면서도 저희들이 도시 모르는 일이었는데……미리 야석(지함두)의 사주팔자를 점쳐 보신 것도 아닐 테고……."

박연령도 새삼 놀라워했다.

"그게 그렇게 궁금한가요? 흠, 내가 천기를 읽었다고 하면 아무도 믿지 않으실 테고……."

점잖게 수염을 쓸어내리며 그가 웃었다.

"그럼요, 이런 잡놈의 운수소관까지 하늘에 나타날 리는 없지요."

어림없다는 듯 변범이 머리를 가로저었다.

"평안감사 김수가 관내에서 일어난 일은 꼬박꼬박 나한테 일러주곤 그런답니다."

조생원이 느긋이 허리를 젖히며 한 마디 했다.

"평안감사가요?!"

세 사람이 다 눈을 크게 떴다. 조생원이 머리를 끄덕였다.

"호가 몽촌(夢村)이라서 만나면 나도 호를 부른답니다. 사재감정(司宰監正)을 지낸 김홍도(金弘度)의 아들이고 율곡을 욕하다가 지례현감으로 쫓겨 갔던 김첨의 이복동생이지요. 올해 마흔둘일 테니 여기 아우 분들보다 위가 되겠군요. 퇴계한테서 공부를 했는데 소시에 한양 남소문동 살 때부터 나와 자주 내왕이 있었지요. 내가 여기 있다는 말은 하지 않았지만 그를 좋아온 종형이 대신 나한테 소식을 주고 그런다오."

"아, 그러시군요."

변범이 또 탄성을 냈다.

"그뿐이 아니지요. 간밤에 변공한테 변을 당한 금부도사 목수흠 또한 내가 잘 아는 이라오. 도사한테는 참으로 미안한 일이지만 어쩔 수 없었다오."

"금부도사가 아는 분이라고요?"

"예, 호가 하담(荷潭)이지요. 이조참판을 지낸 목첨(睦詹)의 아들이랍니다. 선공감에서 의금부로 옮긴 지 얼마 되지 않는데……허."

조생원이 또 수염을 쓸었다. 세 사람이 입을 딱 벌렸다.

"이 일로 크게 화를 입을 텐데……어찌 아는 분을 노리셨는지요?"

박연령이 물었다. 얘기를 들을수록 지함두는 미안하고 고마운 마음밖에 들지 않았다.

"집안 좋고 이웃 좋은 양반네이니까 몇 달 놀다 보면 또 벼슬이 생길 겁니다. 그 사람까지 걱정할 일은 아니지요. 애꿎은 찰방만 모든 죄를 덮어쓰고 죽어라 맞을 겁니다. 불쌍키는 그 자가 불쌍하지……."

"군수는요?"

지함두의 물음에 생원이 의미심장한 미소를 지었다.

"제령군수 박충간(朴忠侃)? 그 늙은이는 아무 일 없을 거외다. 칠십 넘은 나이에 촌의 군수가 되어 거기에 목을 걸고 있는 불쌍한 노인네인데 이 일로 고신(告身, 임명장)을 빼앗겨서 되겠습니까. 역에서 도적을 만나 죄수를 놓쳤으니 이는 삼지역 찰방과 금부도사의 책임이지 군수의 일이 아니외다."

"그렇군요. 헌데 그 노인네는 무슨 기운이 넘쳐서 밤낮으로 젊은 계집만 찾는대?"

"예전 가락이 있지. 유순처외제라립 충간노경평정관(柳洵妻畏濟羅 笠 忠侃奴驚平頂冠)도 모르는가."

변범에 대한 지함두의 대꾸가 좌중을 웃게 만들었다. '유순의 처는 제라립을 무서워하고, 박충간의 종놈은 평정관에 놀란다.' 오입쟁이들에게 널리 알려진 7언 시구였기 때문이었다.

유순은 중종 때 영의정을 지냈고 충간은 지금의 재령군수다. 유순한테 사랑하는 여종이 있었는데 그녀는 아전의 처였다. 그날도 유순이 여종의 방을 찾아가는 사이, 그 아내가 뒤를 밟았다. 부인에게 발각될 것을 두려워한 유순이 엉겁결에 벽에 걸린 아전의 제라립(방갓)을 쓰고 엎드렸다. 유순의 부인은 자기가 아전을 뒤따른 줄 알고 급히 달아나 버렸다. 박충간과 정을 통하는 기생이 있었다.

그 기생은 자주 관아 서기 놈과도 사통했다. 서기는 평소 평정관을 쓰고 다녔다. 어느 날 충간이 밤을 타서 기생집에 가서 묵었으며 다음 날 새벽 대궐에 참례하기 위해 서둘러 집을 나섰다. 그런데 제 것인 줄 알고 쓴 것이 서기 놈의 평정관이었다. 말을 끄는 종이 자꾸 이상한 눈으로 쳐다보는 것을 보고서야 뒤늦게 영문을 알아차렸다.

"평정관을 쓰고 입궐하는 놈이나 화대도 안 주고 기생집 담 꼭대기에 앉아 있는 놈이나 뭐가 달라?"

"나야 토색질은 아니지 않는가?"

변범이 토를 달았고 함두가 응수했다.

"자넨 가만있는데 계집이 달려든단 말이지?"

"사돈, 말조심하게."

"알았네. 더 이상 않음세."

정색을 하고 덤비는 함두를 보곤 박연령이 먼저 웃음을 터뜨렸다. 조생원도 사정은 알만 했다. 두 사람이 전한 말에 의하면, 지함두가 제 형수를 범한 데도 나름의 곡절이 있었다.

수절한다는 과부가 하필이면 시동생의 방 앞에서 등목을 할 게 뭐람. 보름달이 훤한 여름밤이었다고 했다. 때마침 시어머니가 아이들을 데리고 안악 친정에 간 때였다나. 젖통을 다 드러내고 치마를 한껏 걷어 올려 허벅지를 훤히 보이는 것이 무슨 등목인가.

아무튼 형수는 요란스럽게 물을 끼얹으며 연신 어푸어푸 소리를 질렀는데 지함두가 듣기에도 마치 '이러는데도 네가 나를 안 볼 것이며, 나를 그냥 두고 견딜 것 같으냐?' 하는 수작 같더라나.

물론 함두가 꾸민 말일 수도 있었다. 문틈으로 내다보던 함두가 결국 참지 못하고 뛰쳐나갔으며 한 마리 물고기 같은 그녀를 냅다 들쳐 제 방에 뉘어 버렸다고 했다. '안 돼요, 안 돼요.' 하던 여자가 저 먼저 가랑이를 벌리곤 사내의 허리를 끌어당기더란 말도 했다. 친구들이 듣기에는 아무래도 함두의 말이 그럴싸했다. 다음날부터 두 남녀가 틈만 나면 얼려 붙었다는 얘기만 들어도 그랬다.

여자가 목을 매어 죽은 것은 그로부터 한 달 뒤의 일이었다. 둘이서 뒷간 처마 밑에서 붙어 있는 것을 함두의 홀어미가 봐 버렸고 동네에도 소문이 좍 돈 이후였다. 내심 여자를 위해서라도 먼저 달아난다고 함두가 마음먹는 때에 덜컥 여자가 목을 매달아 버렸던 것이다.

"사형, 이젠 어쩌지요? 금부도사를 저 지경으로 만들었으니 벌써 관아가 발칵 뒤집혔을 테고요. 감영 군사들이며 의금부 금졸(禁卒)들이 떼 지어 내려올지 모르는데요?"

"그러게, 예전에 임꺽정이 토색하듯이 구월산을 샅샅이 뒤질 텐데……."

뒤늦게 변범과 박언령이 근심어린 눈으로 조생원을 쳐다봤다.

"내가 먼 데로 내빼고 나면 자네들한테야 무슨 일이 있겠는가."

지함두는 벌써 저 혼자 달아날 궁리를 했다. 잠시 천정을 쳐다보던 조생원이 입을 열었다.

"염려들 말아요. 그 걱정은 이미 일을 도모하기 전에 가졌던 것이 아니겠소. 보나마나 감영 군사들이 먼저 움직일 것이오. 안악군수 이축(李軸)은 눈치를 보다가 나중에야 나설 것이고. 내가 황해감사 한준(韓準)의 성미를 알지요. 그도 하는 양 시늉만 했지 크게 일은 벌리지 않을 거외다. 전라감사 시절, 왜적을 막는다고 군사를 이끌고 바다에 가놓고는 저 먼저 임지를 벗어나서 파직당한 일도 있지 않던가요. 하여 아직 며칠 날짜는 있을 겁니다. 그러나 만사를 조심해야 하는 법, 춘보(春甫, 박연령), 숭복(崇福, 변범) 두 분은 좀 이따 산을 내려가면 되고, 지공은 큰절에서 사람이 올 테니 그를 따라 가시면 됩니다."

"큰절이라면?"

"패엽사지. 달리 무슨 절이 있는가."

변범이 대신 일러주었다.

"머리 깎고 중질을 하란 말씀은 아니겠지요?"

지함두가 조생원을 쳐다봤다.

"재주 있고 기개 넘치는 분을 그렇게 썩히려고 목숨 걸고 구했겠습니까. 염려 마세오. 의엄 스님이 따로 말씀 주시겠지만 사나흘 큰절에 숨어 있다가 전라도 남원으로 가시면 됩니다. 그쪽에도 내가 조치를 다 해놓았습니다."

"남원에요? 거긴 왜?"

"그쪽에 세상 구할 진인(眞人)이 나타나셨대. 전주 남문 밖이라고 하셨지요?"

변범이 참견했고 조생원이 고개를 끄덕였다.

"자세한 말은 나중에 드리리다. 전주에 가서 바로 그 분을 찾기보다는 남원에서 먼저 만나야 할 사람이 있어요. 그가 전주로 모셔 갈 것입니다."

"난데없이 진인은 뭐고 전주, 남원은 또 뭐여?"

어이없다는 듯 지함두가 제 벗들을 돌아보며 웃었다.

"목숨을 구해 주셨는데 생원님 말씀 들어보시게. 듣지 못했는가? 황해도 평안도의 방백, 수령들을 다 꿰고 계시지 않는가. 그뿐인가. 한양의 의금부, 포도청 졸개들부터 정승 판서들까지 모르는 이가 없는 분이시네."

박연령의 훈수에 변범이 보탰다.

"그려, 우리 사형 앞에서는 야석 자네도 더 이상 도사 시늉은 말게. 사주팔자를 보네, 관상 손금을 봐 주네 같은 짓거리는 어리숙한 과부들 따먹을 때나 하고 말일세. 여기 생원님이야말로 율곡, 우계(성혼)와 리기(理氣)를 다투고 토정(이지함)한테서 주역을 익힌 분이라네. 우리 얘기를 듣고 자네 같은 촌무지렁이를 어여삐 거두어주시는 것만도 고맙게 여기게."

"허 참, 내가 뭐랬다고."

지함두가 말꼬리를 뺐다.

"지공……."

은근한 말투로 생원이 함두를 불렀다.

"이 아우 분들 말씀은 염두에 두지 말고 날 도와주세요. 이분들한테도 아직 이 얘기는 하지 않았지요. 무슨 말인고 하니……이태 전, 내가 대국을 유람하다가 산동(山東) 낭야대(琅琊臺)에 오른 일이 있었어요.

낭야대가 뭔고 하니 진시황이 천하를 통일하고 전국을 순유하다가 동녘 바닷가에 이르러 천신에게 황제가 됐음을 고하고 제를 올렸던 곳이지요. 그런가 하면 또 불로장생의 약을 얻기 위해 방사(方士) 서복(徐福)에게 동남동녀를 딸려 배를 떠나보낸 곳이기도 하답니다. 가보지 않아서 멀다 여기겠지만 여기 안악 바닷가에게 배를 띄워 곧장 서쪽으로 가면 열흘 안에 닿을 수가 있지요."

"사형이 거기서 안악으로 오신 건가요?"

박연령이 또 놀란 눈을 했다. 고개를 저은 조생원이 말을 이었다.

"늦은 가을이었지요. 아침녘이었다오. 혼자서 진시황이 쌓은 그 높은 대에 올라 하염없이 바다 건너 우리 조선 땅을 바라보는데 문득 아득한 구름 속으로 한 줄기 광휘가 천공으로 뻗치는 걸 보지 않았겠습니까. 세상에……!"

그때를 회상하는 듯 조 생원이 눈을 감았다. 세 사람은 저도 모르게 침을 삼켰다.

"그 광휘가 어디서 왜 뿜어 나오는지 무슨 징조인지 그때는 나도 알지를 못했지요. 이윽고 광휘가 걷히고 바다 건너엔 영롱한 무지개가 걸렸지요. 정신없이 그 광경을 보다가 대를 내려왔는데 그날 밤 나름 소생이 천문을 읽어 보았답니다. 칠성(七星)이 건방(乾方)에 걸렸다가 묘방(卯方)으로 기우는 때 두성(斗星)이 잠시 빛을 잃고 사라지더군요. 그제야 알았습니다. 도탄에 빠진 창생을 구할 진인이 우리 조선 땅에 현현했음을 말입니다. 이 씨의 기운이 쇠한 뒤, 이 진인이 새 세상을 호령할 것임도 알게 되었던 것입니다."

"그분이 바로 전주의 정팔룡(鄭八龍)이란 분인가요?"

변범이 물었다.

"그런 말은 자꾸 입에 올리지 않도록 하시지요. 지공 그리고 두 분, 지금이라도 산 아래 큰길에 나가 보세요. 얼어 죽고 굶어죽은 이의 송장이 여기저기 그대로 버려져 있지요. 구황미(救荒米) 5만 석을 강화도를 거쳐 보냈다는데 여기 안악에서 그 쌀 한 톨을 먹어 본 자 뉘 있습니까? 억울하고 화난다고 해도 말 한 마디 하는 이가 없습니다. 조선 개국 이래 서북도(西北道) 양반 치고 대궐에 들어가 본 자 몇이나 됩니까? 서북 3도의 백성은 개돼지만도 못한 처지이니 이들이 굶어죽든 얼어 죽든 누가 관심을 가지겠습니까. 임꺽정이 이 구월산에서 일어났던 것도 다 그 때문일 것입니다. 하여 하늘의 이치가 있듯이 때가 되면 진인이 나타나는 법이랍니다. 지공, 하늘이 내린 진인을 도와 주셔야 합니다. 진인을 돕는 일이 곧 나를 돕는 것이 됩니다. 우리 서북도의 인재들이 앞장서 그를 맞이하고 그의 힘이 되어야 마땅할 것입니다. 내 말을 알아들으시겠지요?"

생원이 상을 치우며 함두에게 다가갔다. 지함두의 두 손을 움켜쥐며 말했다.

"오늘 우리가 목숨을 내걸고 지공을 사지에서 꺼냈습니다. 하여 우리 네 사람은 피를 나눈 형제와 다름없지요. 세상이 바뀌는 때 우리가 그 가운데 있어야 할 것입니다. 지공이 먼저 남원으로 가시면 여기 숭복, 춘보 두 분도 곧 뒤따를 겁니다."

"예……."

대답은 했지만, 함두는 여전히 얼떨떨한 표정이었다. 친구들의 안색을 살폈다. 갑자기 변범이 무릎을 꿇고 조생원을 향해 머리를 조아렸다.

"심려 놓으십시오. 맹세코 저희는 사형의 분부를 따르겠습니다."

뒤이어 박연령이 변범과 같은 자세를 취했다.

"사형, 끝까지 저희를 거두어 주십시오."

눈치를 살피던 지함두가 그제야 천천히 무릎을 꿇었다.

"소생 지함두, 생원님께 결초보은하겠습니다."

밖에서 인기척이 났다. 큰절에서 사람이 온 듯싶었다.

13. 운장고봉(雲長高峰)

여산(礪山)에서 하룻밤을 묵은 뒤 다음 날 해질 무렵에야 전주를 거쳐 진안 객사에 닿았다. 연산(連山)에서 따라나선 김장생과 그의 막내 숙부 김공휘(金公輝)는 여산에서 돌려보냈다. 연산에서 여산까지가 육십 리, 여산에서 진안까지는 백 리가 넘는 노정이었다.

송익필이 세수를 하고 객관 큰 방에 들었다. 방안에는 벌써 큼직한 주안상이 차려져 있었다. 익필이 상석에 앉았고 연산에서부터 배종한 김은휘(김장생의 숙부)와 송이창(宋爾昌, 후대 동춘당 송준길의 아버지)이 진안현감 민인백(閔仁伯)과 함께 상 둘레에 앉았다.

지난해, 현감 성호가 관아에서 숨진 뒤, 강원도 안협(安峽, 현 철원 북부) 현감으로 있던 민인백이 이곳으로 옮겨 앉았다. 자가 백춘(伯春), 호가 태천(苔泉)이다. 올해 서른일곱 살. 우계 성혼의 제자이니 송익필의 제자라고 해도 무방하였다. 계유년(1573년) 사마시에 입격하고 갑신년(1584년) 문과에 장원급제하였다. 성균관 전적, 사헌부 감찰을 지냈다. 일찌감치 송강 정철의 사람으로 지목되었기에 정철이 조정에서 물러날 때 외직으로 보내졌다. 누구한테도 알리지 말라, 미리 기별을 했기에 저녁 술자리는 네 사람만으로 간출했다.

"연산에도 사람들이 많이 왔겠습니다?"

거기서 지내기 불편하지는 않느냐, 조심스럽게 민인백이 안부를 물었다.

"촌에 있는 덕에 보고 싶은 사람들은 다 만나고 그런다네."

그저께가 한식이었다. 묘제(墓祭)를 지낸다고 광산김씨들이 대거 연산으로 몰려들었다. 산소가 있는 산언덕이 흰옷 입은 사람들로 덮였다. 의금부도사로 있는 김공휘가 휴가를 얻어 내려왔으며, 일가가 아닌 조헌과 박제도 다녀갔다.

"사계(김장생)도 잘 있고요?"

"예. 여전하다오."

김장생의 또 다른 숙부 김은휘가 대답했다. 그도 임피현감에서 물러난 뒤 향리 연산에 머물고 있었다. 지난해 송익필이 평안도, 황해도를 한 바퀴 돌고 온 뒤, 얼마의 기간이 될지 기약도 없이 연산에 주저앉은 것도 모두 김은휘의 주선에 의해서였다. 부인이 세상을 뜬 뒤 김장생도 연산에 머물고 있었지만 그와는 사제지간으로서 가리고 지켜야 할 바가 많았다. 그에 비하면 소년시절부터 알았던 김은휘는 죽마고우 마냥 허물없이 대할 수 있었다. 연락이 닿을 때 마다 그가 연산으로 오라고 강청해 마지않았다. 따지고 보면, 죽은 김계휘를 비롯하여 은휘, 공휘 삼형제를 사귀게 된 것이 천복과 다름이 없었다. 그들이 있었기에 쫓기는 몸이 되고서도 편안한 거처를 얻을 수 있었으며 추노의 불안에서도 벗어날 수 있었다. 그뿐인가. 그로써 빼어난 제자 김장생이며 송이창을 얻을 수 있었고 그 연분이 또 이어져 장생의 두 아들 은(㙫)과 집(集)을 가르치는 즐거움을 얻었다.

오늘 동행한 송이창이 김은휘의 사위였다. 적실(嫡室)에서 딸 둘밖에 얻지 못한 김은휘는 동생 공휘의 아들 하나를 양자로 들였다. 둘째 딸이 송이창의 처가 되었다. 송이창은 익필과 같은 송 씨지만 본관이

다른 은진이었다. 군수 송응서(宋應瑞)의 아들로서 본가가 회덕(懷德, 현 대전시)에 있으며 집안이 만석꾼으로 소문이 나 있었다. 어려서부터 글을 배운다고 김계휘의 서울 정릉집(현 정동)을 내왕하던 모습은 익필도 익히 봤다. 열다섯 무렵에는 율곡의 문하에도 있었으며 이어 고양 송익필의 서실에도 드나들었다. 고향에 내려온 뒤에는 계룡산에 은거하는 서기한테서 주역을 배운다는 이야기를 들었는데 지난해 가을 송익필이 연산 김은휘 집에 머물 때부터는 아예 처가로 거처를 옮겨 글을 읽었다. 올해 스물여덟. 나이 차는 있었지만 김장생의 두 아들이 그와 동학이었다. 장생의 아들 김은, 김집 형제도 어머니의 시묘를 위해 이태째 연산에 머물고 있었다. 그 중에서도 특히 둘째 집(金集)은 타고난 자품부터 남달랐는데 8년 전 일곱 살 때부터 이미 제 아비를 좇아 교하 심악산에 와서 송익필 앞에서 글을 읽었다. 안 씨들의 송사가 시작된 뒤에는 그 아이를 파산의 성혼에게 맡겼으며 이번에 다시 연산에서 그를 돌보게 된 것이다.

"듣자니 의주까지 가셨다던데 서도(西道)에 가신 일은 다 잘 되셨는지 모르겠습니다."

다시 민인백이 물었다.

"오갈 데 없는 사람이 구름 따라 다닌 것뿐인데 되고 안 되고 할 일이 있겠는가. 산천 구경은 잘하고 왔다네."

익필은 여전히 심드렁한 대꾸뿐이었다. 조바심이 나는 건 오히려 김은휘였다. 창평 정철의 거처를 떠난 후 반년 넘게 황해, 평안도를 떠돌아다녔다는 얘기만 했을 뿐 익필은 김은휘한테도 도무지 속 시원한 이야기를 해주지 않았다. 장생에게도 마찬가지였다. 참, 구월산에서 동생 한필을 만나 며칠 같이 있었다는 얘기는 했다.

　김은휘는 오늘 그가 진안에 행차한 까닭도 제대로 알지 못했다. 봄나들이 한 번 하자는 말에 촌구석에 있기가 답답하구나, 짐작을 하고 따라나섰지만 자기가 아는 송익필은 나들이 삼아 이 먼 데까지 올 사람이 아니었다. 현감 민인백과 꼭 할 얘기가 있다면 그를 연산으로 불러도 될 일이었다. 예전부터 좀체 속내를 보이지 않는 사람이란 걸 알면서도 그가 무슨 일로 서도를 다녀오고 다시 진안까지 찾는지 궁금증은 그대로 남을 수밖에 없었다. 혹여 안 좋은 일이 있을지도 몰라 힘 좋은 하복 다섯을 딸리는 등 나름의 준비는 했다.

　"어제 심원사에서 지영이 다녀갔습니다."

　민 현감이 화제를 고쳤다.

　"여기서 그 절간은 몇 리나 된다던가?"

　익필이 관심을 보였다.

　"40리라고 들었습니다. 길이 험하진 않다더군요."

　"멀지는 않군."

　"예. 제가 모시도록 하겠습니다."

　"쓸데없는 소리! 관장이 관아를 지켜야지 손님 길 안내나 해서 되나."

　"하오나……."

　"됐네. 이렇게 신세지는 것만도 내 분에 넘쳐. 내가 알아서 다녀올 테니 다른 말씀은 말게."

　"선생님……."

　"심원사라면 삼공(三空)이 주지로 있는 절 아닌가? 그 절이면 내가 더 잘 알지. 거기 갈 참이었던가?"

난감해 하는 인백을 보며 김은휘가 물었지만 익필이 냉큼 말을 잘랐다.

"그런 것도 물어볼 게 없다네. 내일 나와 같이 가보면 다 알아."

"허 참, 나 몰래 절간 마루 밑에 금은보화라도 숨겨 두셨나……."

"주줄산(현 운장산) 남녘 골짜기라고 들었습니다. 저도 아직 가보질 못했습니다."

"죽도는?"

마치 잘못을 저지른 듯이 인백이 어렵게 대답을 하는데 익필이 그새 다른 질문을 던졌다.

"예?"

"죽도는 가 봤느냐고?"

"아닙니다. 아직 그럴 겨를이 없었습니다."

인백의 목소리가 더욱 기어들었다. 못마땅하다는 듯 익필이 짧게 헛기침을 놓았다.

"조만간 꼭 가 보도록 하겠습니다."

"죽도는 또 뭔가?"

김은휘가 물었다.

"여기 사또한테 알아보라 한 게 있다네, 별 참견은……."

"그러시게."

익필의 똑같은 반응에 김은휘도 손을 내젓곤 말았다.

송익필의 두 서자 취대와 취실이 심원사에 먼저 와 있는 것을 보고 누구보다 김은휘가 많이 놀랐다. 얼떨결에 익필과 나란히 앉아 그들의 절을 받기는 했지만 한두 해 안 봤다고 그새 막내 췸실이 머리 깎은 중 행색을 하고 있으니 더 놀랍기만 했다.

"놀랄 것도 없다네. 큰놈은 박제와 송강이 도와줘서 남원에서 농사를 짓고 있고 저기 작은놈은 보다시피 출가 불자라네. 여기 삼공이 머리를 깎아 묘향산으로 보내버렸네. 둘 다 오늘 이리로 오라고 내가 불렀어."

"그런 말을 이제 하는가?"

남의 얘기를 하듯 하는 익필을 보곤 김은휘가 저도 모르게 언성을 높였다.

"이게 무슨 소문낼 일이라고 미리 알리고 다닌다던가."

"내가 소문을 낼까 봐서?"

"뚱딴지같은 소리!"

"나한테는 미리 귀띔이라도 할 수 있지 않은가?"

"내가 하고 싶지 않은데 어떡해? 오늘 이렇게 봤음 됐지, 이보다 더 확실한 게 어디 있어."

"허, 참!"

"허 참이 아니야. 안 씨 집 종살이보다는 이게 좋다고 저희가 택한 것뿐이야. 살아남으려면 이보다 더한 짓인들 왜 못하겠어? 그러니까 자네도 그쯤만 아시게. 이놈들은 더 이상 내 새끼도 아니고 송가도 아닐세."

"운장……."

그를 부르기는 했지만 은휘는 할 말이 없었다. 얼마 만인지 알 수는 없지만 제각각 살아남겠다고 흩어졌던 새끼들을 천 리 밖 궁벽한 산골 절간에서 마주하는 송익필의 심정이 어떠할 지는 짐작하고도 남았기 때문이다.

예불을 마친 주지 삼공이 뒤늦게 요사채로 건너왔다. 세속의 나이 마흔둘, 산중 소채만 먹고 살면서도 여전히 전신에 살이 많이 붙어 있었다. 그가 두 사람에게 공손히 예를 올렸다.

"앉게."

익필이 손짓으로 자리를 권했다. 취실을 거두어 주어서 고맙다는 치레의 말조차 하지 않았다. 지영이 찻잔을 올렸다. 따지고 보면 삼공이 주지로 있는 심원사 자체가 김은휘 집안의 별장이나 다름없었다. 은휘의 아버지 김호(金鎬) 생전부터 절간에 드는 모든 비용을 광산김씨 문중에서 대주었으며 이런 도움은 지금까지 대를 이어 계속되었기 때문이다. 여느 큰 문중이 그러하듯, 당초부터 불전 시주 명목이 아니라 필요할 때 절간을 휴양지로 쓰고 중들을 부리기 위해서였다. 따라서 때가 되면 삼공 스스로 연산이며 서울에 와서 돈냥이며 곡식을 얻어 가기 일쑤였다. 그 사이 삼공은 송익필의 삼청동 집에도 여러 차례 왔으며 그때마다 익필이 섭섭지 않게 은전을 손에 쥐어준 바 있었다.

찻잔을 비운 뒤 삼공이 조심스럽게 입을 열었다.

"나으리 말씀 전해 듣고 소승 새삼 이곳저곳을 둘러보았습니다. 하온데 산지(山地)가 대개 그러하듯 밝고 바람이 통하고 앞이 훤히 보이는 곳에는 물이 없고 또 물이 있는 곳에는 나무가 울창하고 습해서 사람이 머물지 못합니다. 그럼에도 괜찮은 곳을 한 군데 찾았는데 흠이라면 지대가 너무 높다는 것입니다. 비와 바람을 막을 수 있고 샘물을 얻을 수 있지만 거기까지 내왕하기가 수월치 않다는 점이……."

"거기가 어딘가?"

익필이 물었다.

"여기 절간 뒤쪽 골짝으로 올라가면 머잖아 산등성이에 올라서게 되고 그 줄기를 타고 좀 더 가다보면 이 산 꼭대기에 오르게 됩니다. 여기 주줄산에는 크게 세 개의 봉우리가 있는데 가운데 있는 가장 높은 봉우리가 중봉이고 그 양 옆에 있는 것을 서봉, 동봉이라고 합니다. 제가 괜찮다 하는 곳은 서봉 쪽입니다. 중봉에서 서봉까지는 거리가 멀지 않고 산길도 평탄합니다. 여기 사람들은 흔히 서봉을 독제봉, 칠성봉이라고 하는데 높이가 좀 덜하다 뿐 경관은 중봉보다 훨씬 나은 편입니다. 그 서봉 아래에 오성대(五聖臺)라는 큰 바위가 있는데 거기가 가장 좋습니다. 비와 바람을 피할 굴이 있고 수량은 적지만 샘도 있습니다. 무엇보다 좋은 것은 바위 꼭대기에 올라서면 수백 리 산천이 훤히 내려다보인다는 점입니다."

"진안도 보이고?"

"예, 그렇습니다. 나으리가 분부하시면 내일이라도 사람들을 끌고 가서 방 한 칸을 뚝딱 만들 수 있습니다."

"그럴 건 없고……."

"먼저 한 번 둘러보심이……?"

"쇠뿔도 단 김에 빼라고 했던가. 내일 한 번 올라가보세."

만족한다는 듯이 익필이 수염을 쓸어내렸다.

"이건 무슨 말인가? 우리 운장께서 갑자기 산꼭대기 토굴에서 면벽 수도라도 하신다는 말씀인가?"

김은휘가 어이없다는 표정을 지었지만 익필은 이에 대해 일언반구도 않은 채 꿇어앉은 두 아들에게 시선을 돌렸다.

"너는 여전히 매달 보름이면 금구에 가고?"

취대한테 묻는 말이었다.

"예, 활 쏘는 일은 주로 소인이 맡아 합니다. 계회(契會)가 금구에서만 있는 것이 아니라 죽도에도 서너 차례 다녀왔습니다."

아비를 아버지라 부를 수 없는 서출인지라 취대는 차마 소자란 말조차 입에 올리지 못했다.

"소문만 듣다가 나도 저 아이 활솜씨는 지난해 낙안에서 처음 보았다네. 과시 신궁(神弓)에 가깝더구먼. 그날도 백발백중이었지. 자리에 있는 무장들이 다 혀를 내둘렀으니 말일세."

김은휘가 낙안성에서 있었던 궁술시합을 떠올리며 취대를 칭찬했다. 익필이 고개를 저었다.

"과장(科場)에도 들지 못하는 놈인데 솜씨를 부린들 엇다 쓰겠는가. 치켜세우지도 말게. 그래, 대동계에도 사람들이 좀 늘었고?"

"예, 작년 봄 왜적을 치러 남해에 갔다 온 후 눈에 뜨이게 사람들이 늘었습니다. 그 전엔 많아야 백여 명이었는데 지난 가을엔 2백까지도 모인 적이 있습니다."

"정여립이 한다는 그 대동계 말인가?"

김은휘의 물음에 익필이 고개를 끄덕여 수긍했다. 은휘가 중얼거렸다.

"하릴없는 놈들이 그렇게 많던가. 아니면 그 자가 볏 가마라도 나눠 준다던가?"

"달라진 것이 또 있습니다. 전에는 김제, 남원, 고부, 함열 등 가까운 고을 사람들이 대부분이었지만 근자에는 서북도 혹은 운봉, 구례에서도 찾아오는 이들이 있습니다. 그 중에는 해주, 안악, 재령 등 황해도에서 오는 자들이 많고요."

"어찌 알고 그 먼 데서도 온다던가?"

"잘은 모르겠습니다마는 황해도에선 벌써 소문이 쫙 퍼졌다더군요. 전주 남문 밖에 진인이 나타났으니 그를 찾아가면 굶고 헐벗을 일은 없다고……."

"여립이 진인이라고?"

김은휘가 놀라워했다.

"예, 거기서 온 사람들은 다 그렇게 믿고 있습니다."

"혹세무민이 따로 없군. 허나 서북 사람들이 느는 것도 이상할 건 없지. 지난해 거둬들인 게 없지 않던가. 겨우내 굶고 얼어 죽은 자가 부지기수라는데 그런 궁민들에게 먹고 입을 것을 준다는 소문보다 반갑고 솔깃한 것이 있을까. 그리고 너는?"

익필이 취실한테로 시선을 돌렸다.

"소인도 두 번 죽도에 가봤습니다."

"중 행세는 할 만하고?"

"예……."

"그 자가 수절하는 남의 집 여인을 겁탈했다는 말도 사실이고?"

"그런 줄 압니다."

"수찬 벼슬 하나 했다고 눈에 보이는 게 없구먼."

"정여립이 여인네를 겁탈했다고?"

김은휘가 또 놀랐다.

"그랬다네."

"고얀!"

"둘이 만나기도 여러 차례겠다?"

형제에게 묻는 말이었다. 안쓰러운 형제의 상봉에 관한 것임에도 그의 음성엔 아무런 감정이 실리지 않았다. 취실이 대답했다.

"먼빛으로 보기는 해도 이목을 가려 따로 알은 체를 한 바 없습니다. 심려하지 않으셔도 되겠습니다."

"아무렴, 그래야지."

아들과 중들을 밖으로 내보냈다. 방 안엔 송익필과 김은휘, 송이창 셋이 남았다.

"이제 술상을 들이게."

비로소 익필이 길게 한숨을 뿜었다.

"운장, 정여립 그 자를 잡을 셈인가? 두 아이까지 그 자 옆에 붙여둔 연유가 뭔가?"

술잔을 비운 은휘가 물었다. 맑은 곡주인데 솔 향이 짙었다.

"중들이 저희끼리 좋은 술은 다 마시는군."

익필도 단숨에 잔을 비웠다. 그리곤 송이창에게 손수 술을 따라주며 물었다.

"자네는 어찌 생각하는가?"

"네?"

송이창이 놀라서 반문했다.

"자네 장인이 방금 내게 묻지 않던가. 나보고 정여립을 잡을 셈이냐고. 자네도 내가 그럴 것으로 보이는가 묻네."

"저는 아무 것도 모르옵니다."

당황한 송이창이 고개를 흔들었다.

"여기까지 따라오면서 궁금한 것도 없고?"

"예……."

"병통일세. 젊은 사람이 궁금한 것이 있으면 대놓고 물어볼 줄도 알아야지."

"예……."

"괜한 사람한테 타박일세."

김은휘가 쯧쯧, 혀를 찼다.

"그럼 장인 생각은 어떤가? 내가 정여립을 잡을 궁리를 한다고? 어떻게? 그 자를 잡아서 내가 얻을 게 뭔가?"

"아들 둘을 그 자한테 붙여놓은 걸 봤는데 난들 무슨 생각을 안 할까. 대동계 사람들은 나도 봤다네. 여느 고을 군사보다 군율이 엄하고 위세가 당당하다고 전주부윤 남언경마저 칭찬을 아끼지 않았지. 게다가 아까 취대가 한 말도 예사롭지 않더군. 정여립이 진인이라고 황해도에서도 사람들이 찾아온다고 하질 않던가. 그 먼 데서 어찌 그의 이름을 들었을까? 그런 소문은 누가 퍼뜨렸고? 운장 아니면 계응(季鷹. 송한필)일 수도 있겠다는 생각을 했다네."

"그래? 좋아. 그 자를 어떻게 잡아넣을 것 같은가?"

"덫을 쳐놓고 걸려들도록 만들 테지."

"걸려들지 않으면?"

"덮어씌우겠지."

"그렇게 해서 나한테 좋은 게 뭔가?"

"그대가 벌써 알고 있지 않은가. 생쥐 한 마리를 잡겠다고 덫을 놓지는 않을 테고. 하나를 잡으면 둘이 딸려 오고 쉰을 엮을 수 있어야지. 그러면 금세 세상이 달라지지."

"옳거니! 우리 경회(김은휘)가 어느새 이 경지에 올랐다네."

짐짓 비장한 빛을 띠며 익필이 술잔을 내밀었다. 김은휘가 제 잔을 들며 조심스레 물었다.

"내 말이 맞는가?"

"맞다 말다가 어디 있는가. 자네가 좋은 수를 일러 주었으니 그를 따를 밖에."

"이 사람!"

"그러려니 여기고 마시게."

김은휘가 입술만 댔다가 잔을 내렸다.

"송강과 우계(성혼)도 아는 일인가?"

"동암 이발을 잡을 걸세. 모든 일이 그에게서 나왔으니 내가 그와는 같은 하늘을 이고 살 수 없지."

동문서답이었다. 결의를 다지는 듯 또 단숨에 술을 들이켰다.

"유성룡은?"

"두고 봐야지. 동인 가운데 사실 서애(유성룡)처럼 영민한 자가 없다네. 이산해, 우성전, 김성일, 김우옹 등등 퇴계의 문도들이 많지만 그를 이길 자가 없어. 지금이 동인 저희 세상인데도 불구하고 서애 혼자서만 촌에 처박혀 나오질 않아. 높은 자리를 주면서 임금이 그렇게 부르는데도 꿈쩍을 안 해요. 왜 그런지 알아? 똑똑하니까. 눈치를 보고 있는 게야. 촌에 있으면서도 그가 주목하는 이는 바로 나일세. 내가 어디서 뭘할까, 그게 궁금한 이는 서애 하나밖에 없어. 이발의 곁에서 얼찐거리는 김성일, 김우옹 같은 이는 턱도 없어. 아무 것도 모르고 제 욕심만 차리는 이산해는 더 말할 것 없고……."

"그래서 서애도 동암과 거리를 두는 건가? 한두 해 사이에 두 사람 사이가 예전 같지 않다는 말들이 돌지."

"그게 바로 서애란 말일세. 자기 일신은 물론 퇴계의 학인들을 지켜 내려면 먼저 이발부터 멀리 해야 한다는 걸 알고 있지. 조광조가 왜 망했는지 알지 않는가. 조급증이야. 하루아침에 다 이루고 다 끝내겠다는 그 조급증. 그게 바로 제 무덤을 파게 했잖아. 이발은 앞 시대의 교훈을 몰라. 그릇이 조광조만큼 되지 못하면서 조광조의 못된 점은 다 가지고 있거든. 그래서 그도 결국 제 무덤을 팔수밖에 없다는 게야."

"두 사람이 그렇게 다르군."

"다를 수밖에. 이발이 김근공, 민순한테서 배워 화담의 학통을 잇는다고 하지만 실은 남명 조식에 더 가깝지. 지역이 가까운 점도 그렇고 정인홍, 정개청, 최영경 같은 조식의 문인들과 친한 것도 그렇고……그래서 당색만 같다 뿐 유성룡과는 같은 점이 없어요. 그게 바로 남명과 퇴계의 차이이기도 하지. 남명이 바라보는 세상은 늘 불만투성이야. 바꾸고 깨부수지 않으면 안 될 세상이지. 그런데 퇴계는 어때? 이 세상이 아직도 살 만하고 괜찮다는 것 아닌가. 그래서 변화가 필요 없어요. 각자가 내 몸 하나 잘 닦으면 아무 일 없다는 게지. 퇴계가 리(理)를 중시하는 게 바로 그 때문이야. 기는 늘 움직이고 변하지만 리는 그렇지가 않거든. 퇴계가 보는 사람은, 임금이든 백정이든 다 착하게 태어났다는 게야. 그런데 기의 발동(發動)에 따라 나쁜 짓, 나쁜 사람이 생겨난다는 거지. 그래서 기를 다스릴 줄만 알면 세상 천지에 문제가 없다고 보는 게야."

"하오면 남명 조식은 리보다 기를 중시했던가요?"

여태 한 마디 말이 없던 송이창이 처음 입을 뗐다. 송익필이 술상 너머로 그를 빤히 바라봤다. 이발과 유성룡의 차이를 말하다가 조식과 퇴계의 대비에 이른 일이 그나마 유쾌하다는 기색이었다. 취나물 한 가닥을 오물오물 씹은 뒤 그가 말을 이었다.

"그건 아니야. 우리 조선에 주기론(主氣論)은 없어. 리를 목적으로 하고 기를 제어해야 한다고 하는 논설은 누구도 의심치 않아. 퇴계가 리기의 대립을 리에 중점을 두어 돌파하려 했다면 율곡은 기에 중점을 두고 이를 해결하려 한 점이 다를 뿐일세. 하여 퇴계가 기에 영향 받지 않는 리를 생각해 냈다면 율곡은 기의 영향력에 주목했지. 그래서 리를 실현하기 위해 기를 통제하는 방법을 생각한 게야. 똑같이 리를 중시한 남명 조식이 퇴계와 다른 점은 퇴계는 리에 다가가는 마음가짐과 행동거지에 있어서 의(義)와 이(利)를 상충되는 것이라고 보는 반면 남명은 이를 상호 보완으로 본다는 점이야. 이로움을 추구하는 것이 꼭 악을 행하는 것이 아님을 밝히면서 이로움과 옳음을 아울러 얻는 데 더 관심을 갖는 게야. 따라서 남명은 리기 다툼 자체에 대해 쓴 소리를 할 수 있었어. 조식이 제자들에게 뭐라 했던가? 정주이후 학자불필저서 (程朱以後 學者不必著書)라고, 정주가 이미 리기에 대해서 다 말했으니 후학은 더 이상 그런 책을 만들지 말라는 것 아닌가. 대단한 말이야. 들은 바를 존중하고 아는 바를 행하기만 하면 되는데 근래 학자들이 앞선 학자의 논설을 베끼거나 박학을 자랑한답시고 새 학설을 늘어놓는 일이 얼마나 많은가. 이건 다 학인들을 현혹하는 일이요, 군더더기이며 쓸데없는 혹에 지나지 않는다는 게야. 따라서 조식한테는 기가 먼저냐, 리가 먼저냐, 리가 움직이느냐 마느냐……이런 논의는 선학(先學)들의 것으로 충분하다는 거야. 이 시대 학인들은 그보다 어떻게 하면 제도와 사람을 바꾸어 세상을 평화롭게 하고 백성들을 편하게 하느냐를 생각해야 한다는 주장이지. 그가 말하지 않았던가. '백성이 물 같다 함은 예로부터 있는 말이다. 백성이 임금을 추대하지만 나라를 뒤엎기도 한다. 화(禍)는 실로 소홀함에서 연유하는 것이다. 원한이 마음속에 있을 적엔 한 사람의 생각이라 몹시 미세하고 필부가 하늘에 호소해도 한 사람일 적에는 매우 보잘 것 없다. 그러나 저 밝은 감응은 다른 데 있지 않고 하늘이 보고 백성이 듣는 것이니라.' 물론 『순자(荀子)』에 나오는 말이요, 맹자의 <만장장(萬章章)> 구절을 옮긴 것이라고 해도 무서운 말이 아닌가? 하여 그가 임금을 향해서도 궁실의 광대함과 사치에 도가 없음을 지적하고 관원들의 가렴주구를 나무라고 세금의 과중함, 형벌이 함부로 자행됨을 고치라고 할 수 있었던 게야. 헌대 퇴계한테는 이런 절박한 현실 인식이 없어. 퇴계는 오히려 조식의 이런 상소조차 불경하다고 나무랐으니까 말일세."

김은희도 거들었다.

"그래서 남명이 퇴계한테 편지를 보냈다지. '요즈음 학자들은 제 손으로 마당에 물 뿌리고 비질을 할 줄도 모르면서 입으로는 천리(天理)를 말한다고. 이렇듯 이름을 훔치고 세상을 속이는 자들의 해가 큰데도 선생은 장로(長老)로서 어찌 꾸짖어 그치게 하지 않는가.'라고."

"허기야 퇴계며 그 문도들만 탓할 일이 아니야. 우리 서인인들 뭐가 다른가. 내 친구 율곡이며 우계 그리고 나까지 다른 점이 뭐 있는가?

여전히 다투고 씨름하는 것이 기와 리뿐이 아니던가. 굶어죽고 얼어 죽는 백성이야 안중에도 없지. 율곡이 퇴계와 다르다고? 아냐. 아까 말한 것처럼 리기론에서도 두 사람의 차이라곤 기와 리를 서로 어떻게 보느냐는 차이밖에 없어. 사단(四端)에 해당하는 리가 퇴계한테는 지고한 도덕이라면 율곡한테는 만물을 있게 하는 원리라는 것이지. 칠정에 해당하는 기가 퇴계한테는 악에 빠지게 하는 욕구와 같은 것이라면 율곡한테는 만물을 있게 하는 재료라는 점이 다를 뿐이야. 표현과 형식이 다를 뿐 두 사람 다 리를 중시하는 주리론자임에 틀림이 없어. 서로가 그 같고 다름의 차이를 몰라서 서로 다른 공부를 한다고 주장하는 것뿐일세. 크게 보면 다 그게 그것인데도 두 패로 갈라진 제자들은 글자 하나만 달라도 세상이 달라진 듯이 싸우고 그래. 딱하지……."

산을 올랐다.

양반들의 탈 것을 장만한다고 이틀이 지체됐다. 평교자와 다를 바 없는 것이었다. 긴 장대 두 개를 나란히 놓고 가운데 앉을 자리를 만들었으며 거기에 등받이까지 붙여 놓았다. 송익필과 김은휘 두 사람이 각기 하나씩을 타기로 했다. 그것을 들고 움직이려면 앞뒤 두 사람씩 도합 넷이 필요했는데 심원사의 젊은 중들과 연산서 데려온 종복들이 동원됐다. 송이창, 송취대와 정각으로 불리는 송취실 그리고 심원사의 지영이 보행으로 교자 뒤를 따랐다. 그 뒤편으로는 지게에 솥을 진 이, 식량과 술통, 물통, 찬거리를 진 자들이 늘어섰다. 심원사 중들만으로는 숫자가 부족하여 산 아래 마을 사람까지 데려왔다. 다른 사람들이 보면, 위세 좋은 양반네의 산놀이 행차와 다를 바 없었다. 무릎이 시원찮다는 삼공은 산행에 끼지 않았다.

관목 숲을 지나고 가파른 비탈길을 오르자 큰 산의 등뼈 같은 등성이가 나타났다. 하늘에 구름 한 점이 없고 시원한 바람까지 불어주어 산놀이하기에 제격인 날씨였다. 한 시진쯤 걸려 중봉 꼭대기에 올라섰다. 일망무제라고 할까. 탁 트인 사방의 전망이 장쾌한데 가없는 너비라 그 어느 쪽에도 땅 끝은 보이지 않았다.

지영이 산세를 설명했다.

"저기 마주보이는 봉우리가 칠성봉이라고 하는 서봉입니다. 그 아래편에 툭 튀어나온 바위가 바로 삼공 스님이 말한 오성대고요. 좀 이따 저기까지 갈 것입니다."

"보기에도 그럴 듯하군. 헌데 왜 오성대인가?"

풍광이 마음에 든다는 듯 익필이 고개를 끄덕였다.

"전하는 말로는 다섯 성인이 수도를 했던 곳이라지요. 설총, 최치원, 정도전……다섯 성인의 이름도 전하는 사람마다 다 다릅니다."

"허어, 천하 길지를 다 놔두고 그분들이 어찌 이 산꼭대기까지 왔다던가?"

"전해 오는 얘기일 뿐 소승은 아는 것이 없습니다."

"저 너머에도 큰 산이 보이는데?"

"연석산(硯石山)입니다. 그리고 이쪽 반대편 봉우리가 동봉이고요. 그 아래 저 멀리 불쑥불쑥 튀어나온 작은 봉우리들이 구봉산입니다."

"운장의 구봉은 아닐 테고……."

김은휘가 웃으며 말했고 익필이 따라 웃었다.

"거북이 아니라 봉우리가 아홉이란 뜻이겠지. 어디가 천방산(현 천반산)인가?"

"저기입니다."

지영이 손끝으로 남동 방향을 가리켰다. 뱀 같이 구불구불 흘러가는 강 너머의 산줄기들. 죄 고만고만한 크기의 산봉들이어서 꼬집어 저 산이다 할 수는 없지만 짐작은 되었다.

"보시게 경회. 저기가 천방산이라네. 우리가 떠나온 진안 관아가 저 너머에 있지."

"죽도라는 데도 저쪽이겠군."

김은휘도 감흥을 보였다.

"갔다 온 박제의 말로는 무이구곡을 닮았다더군."

"그자가 무이산(武夷山)은 언제 가봤다고?"

"그러게나, 허허."

"그자도 여기저기 끼지 않는 데가 없지."

"허지만 송강이 얼마나 어여삐 여기는데……그러다 보면 언젠가 현감 자리 하나는 꿰차겠지."

"그나저나 정여립은 뭘 하겠다고 저 산골에다 집을 짓고 사람들을 끌어 모으는가? 아직도 벼슬길 나서고 싶어서 오만 군데 손을 뻗히는 걸 보면 한가하니 글 읽고 학동들 가르칠 위인은 아닌데……."

"그 꿍꿍이속을 누가 알겠나."

"운장은 아시겠지. 말씀해 보시게. 언제부터 저 자를 지목했는지."

"내가 아니지."

"누가?"

"당연 율곡이었지. 저 자의 뛰어남과 저 자의 병통을 한꺼번에 살

핀 이가 율곡 아니겠나. 율곡이 저 자를 천거하고서도 막상 이조에 의
망되었을 때 왜 반대를 했겠나. 전랑 같은 권세를 쥐면 큰일을 저지를
위인으로 봤던 게야. 생전에 율곡이 나한테도 말했다네. 아는 게 많고
심지가 굳어보여서 받아들이긴 했는데 이게 화근이 될지도 모르겠다
고…… 남들보다 앞서 나가려 하고 남들보다 잘난 체하려는 병통, 율
곡이 뒤늦게 그걸 봤던 게야. 그런 자들은 앞뒤 살피지 않고 일을 저지
르기 쉽지 않던가. 율곡이 죽자마자 저 자가 율곡을 배척하고 돌아섰으
니 되레 율곡한테는 다행스런 일이야."

"이제 운장이 그 병통을 키워서 잡아 족치겠다는 것 아닌가?"

"시작일세."

"산 높이가 있으니 정여립도 하룻강아지 신세밖에 되질 않겠구먼."

"무슨 말인가?"

"저쪽이 천방산이라고 하지만 산이 작아서 어느 게 어느 것인지 알
수 없지 않은가. 높이조차 이 산 허리에도 미치지 못할 걸. 우리 운장이
어느새 이 높은 데 올라 아득히 내려다보고 있는데 저 자는 그 사실도
모르고 있지 않은가. 이미 거북이 밥이 됐다 이 말일세."

호 구봉(龜峰)을 빗대 거북이 운운함을 익필이 모를 리 없었다. 진정
거북이처럼 느리게 움직이지만 주도면밀함에 있어서 따라갈 자가 없
는 송익필인 만큼 승산은 이미 익필에게 기울어져 있다는 김은휘의 셈
법이기도 했다.

오성대 너럭바위 위에 차일을 쳐서 그늘을 만들고 자리를 폈다. 하
복들이 바위 아래쪽에 솥을 걸고 밥을 지었으며 중들이 바삐 주안상을
차렸다. 상을 받기 전, 송익필이 다시 두 아들을 불러 앉혔다. 그늘에는

김은휘, 송이창 둘뿐이었다.

익필이 아들에게 당부했다.

"취대, 취실 너희 둘은 내일 날이 밝는 대로 길을 떠나도록 한다. 취대는 남원으로 가고 취실인 진안으로 간다. 내일 저녁 진안현감 민인백이 정여립을 불러 연회를 베풀 것이다. 취실이도 그 자리에 있도록 해라. 한 가지, 민 현감도 아직 너희 둘이 내 피붙이임을 알지 못한다. 때가 되면 내가 말할 터이니 그때까지 결코 발설치 말아야 한다. 새로 온 전주부윤, 판관도 마찬가지다. 그리고 취실이 너도 벌써 보았겠지만 지함두라는 이가 내일 정여립과 동행을 할 것이다. 물론 그자도 네가 누구인지 모를 테지. 그렇지만 그자가 항상 너를 도와줄 터이니 너도 그자를 믿고 도우면 된다. 달리 할 일은 아무 것도 없다. 여립과 현감이 하는 수작만 지켜보면 된다."

"분부대로 하겠습니다."

취실이 공손히 답했다. 옆에 있던 취대가 퉁명스럽게 물었다.

"도대체 그자가 누굽니까? 구월산 숙부께서 보낸 분이라고 해서 제 집에 깍듯이 모시는가 하면 정 수찬한테도 데려다 주고 했는데……."

"그런데?"

"안하무인이라서 어디……도사인 양 방갓을 쓰고 다니면서 세상사 참견은 다 하니까 말입니다."

"도사니까 그렇지. 너도 아무 소리 말아라. 네 삼촌이 각별히 아끼는 사람이니 크게 쓸모가 있을 게다."

"예."

송익필의 단언에 취대도 더 이상 불만을 내색치 못했다.

반주를 곁들여 점심을 먹었다. 상을 물린 뒤에는 세 사람이 오성대 주위를 거닐었다. 때를 봐서 김은휘가 물었다. 산나리꽃이 만발한 풀숲이 내려다보이는 곳이었다. 잉잉, 벌들의 날개소리가 들렸다.

"운장, 삼공한테 했다는 말은 진담이 아닐 테지? 산중에 거처할 만한 곳을 찾아보라고 한 것 말일세."

익필이 그를 바라보며 빙그레 웃었다.

"왜? 내가 이 바위굴에 주저앉을까 봐 걱정 되는가? 오늘은 그럴 일 없으니 심려 말게. 허나 언제 어디서 무슨 일이 있을지 누가 알겠는가. 내가 자네 연산 집에도 있질 못하고 이곳 절간에도 머물 수 없다면 토굴 속에라도 숨어 있어야지 어쩌겠나."

"하늘이 무너져도 그런 일은 없습니다, 선생님."

송이창이 단호히 말했다. 익필이 말을 이었다.

"그럼 경회 자네가 묻겠지? 진안이고 심원사는 그렇다 치고 이 높은 산꼭대기에는 왜 올라왔느냐고. 오늘이 무슨 날인지 알겠는가? 내 어머니 제삿날이네. 비록 아버지보다 먼저 세상을 떠났지만 내 아버지의 한 평생을 지켜본 분이 아니겠는가. 그 아버지의 업보 때문에 아들딸 손자들이 다시 종놈 신세가 되어 뿔뿔이 흩어지고 제 각각 목숨 하나 부지하겠다고 유리걸식하는 꼴을 본다면 그 가슴이 어떻겠는가. 지난 한식날 자네 집에 구름처럼 사람들이 모여드는 걸 보고 나는 나대로 혼자 통한을 삼켰다네. 아버지 무덤이 파헤쳐지고 유골이 박살났다는 소식을 듣고도 내쳐 달려가지 못하는 이런 자식이 세상에 있는가. 맞아죽어도 내가 그래야 자식 된 도리가 아니겠는가. 헌데 나는 뭔가? 흩어진 아비의 백골도 수습치 못하면서 이런 제자들에게 인심 도심을 논하고 예를 가르친다고 하네. 이게 사람인가? 사람의 탈을 쓴 짐승인가? 경회, 내가 말했지. 이발, 백유양 이 자들을 내 손으로 잡아 죽인다고. 헌데 내가 가진 게 뭔가. 관작이 있는가, 남은 전답이 있는가. 하다 못해 장검이라도 휘두를 줄 아는가. 허나 생각해보니 나도 가진 게 있더라고. 내 아버지가 물려준 피 말일세. 남들이 욕하는 내 아비의 피를 내가 물려받지 않았는가. 그래서 나도 아비를 닮기로 하였네. 아비가 하던 식으로 하기로 작심하였네. 내 아비가 왜 그랬을까? 왜 안 씨들을 묶어 죽음터로 보냈을까? 내 아비를 편들려고 하는 말이 아닐세. 사십 년, 오십 년 나를 묶어온 그 굴레만 생각해도 지긋지긋한데 내가 왜 아비를 편들까. 내 아비가 종놈 아니던가. 종놈이 종놈을 벗어나려면 남을 해치고 남을 죽이지 않으면 안 된다네. 주인을 죽이든가 임금을 죽이지 않으면 제 한 평생은 물론 자자손손 종놈에서 벗어날 수 없다네. 내 아버지가 그 짓을 했어. 주인을 엮어 죽여 당상관이 되고 자식들을 호의호식시켰다네. 내가 그 자식이란 말일세. 이 송익필이 바로 송사련의 아들이라고! 내가 저 못난 정여립 하나 죽이려고 이럴 것 같은가? 천만에! 세상을 바꿀 참이네. 그 맹세를 하려고 이 산꼭대기까지 올라왔다네. 이렇게 하늘 가까이 와서 내가 소리치는 걸세. 두고 보라고!"

"운장……."

서른 해 가까운 교유 동안에도 은휘는 그가 이렇듯 격한 감정을 토하는 모습을 본 적이 없었다. 그를 혼자 둬야겠다 싶어 송이창을 데리고 너럭바위 쪽으로 자리를 옮겼다.

"괜찮을까요?"

"걱정 없다."

송이창의 말에 김은휘가 손을 내저었다.

"아무튼 자네도 오늘 여기서 보고 들은 것은 천지가 개벽해도 입 밖에 내어선 안 된다."

"예, 잘 알고 있습니다."

"자네를 친자식처럼 여기니까 운장도 자네 앞에서 저런 말을 하는 게다. 그나저나 저이가 저런 마음을 가졌다면 머잖아 조정에 또 다시 피비린내가 진동할 텐데 어떡하나……. 나중 서울에 돌아가더라도 각별 언동을 조심해야 할 것이다."

"명심하겠습니다."

"내가 늦었다 뿐 장생은 다 알고 있을 것일세."

"예……."

"말로는 우리가 능히 헤아린다고 하지만 본인만이 겪는 저 고통을 누가 짐작하겠는가. 대의를 위한다고 했지만 생전에 율곡이 그렇게 서얼 허통을 주장한 것도 어떻게 보면 저 친구한테서 비롯된 것인지도 몰라. 운장의 재주를 아끼고 그 처지를 안타깝게 여긴 이로 율곡만한 이가 없었으니 말이야……."

"예."

먼 데서 보니 송익필이 풀숲에 들어가 산나리 꽃대를 뽑고 있었다. 하나 둘 셋……꽃대를 모아 쥔 그가 벌 나비라도 쫓으려는 듯 그것으로 휘휘 허공을 저어댔다.

14. 별리(別離)

아우가 마루에서 방 안을 향해 큰절을 올리는 동안, 허봉은 댓돌 옆에 우두커니 선 채로 뜰을 내려다 봤다. 씨방을 달고 있는 봉숭아들이 따가운 햇살을 받아 저마다 이파리들을 늘어뜨렸다. 뒤늦게 한두 송이 꽃을 피운 백일홍에 눈길을 주다가 문득 시선을 들었다. 담 밖 미루나무 같았다. 매미소리가 요란했다. 뭉게구름이 미루나무 끝에 걸려 있었다.

"어서 올라오지 않고 뭐 하나?"

유성룡이 마루에 나와 손을 내밀었다. 마루에 올라선 허봉이 굳게 그의 손을 맞잡았다. 이어 두 사람이 누가 먼저랄 것 없이 서로 허리를 껴안았다.

"얼마만인가. 이 사람!"

"면목이 없네. 촌에 자당께서도 무탈하시고?"

"암, 여전하시네. 헌데 자네 얼굴이 이게 뭔가?"

뒤늦게 벗의 안면을 살피던 유성룡이 눈을 크게 뜨며 놀라워했다. 못 본 사이 두 눈이 한 길은 안으로 파고든 듯싶었다. 그 형형하던 안광도 없고 눈자위가 탁하기만 했다. 검고 푸른빛을 띤 안색은 더 말할 것이 없었다. 두 손도 뼈마디가 앙상했다.

"곡기를 끊은 사람처럼 이게 뭔가?"

마주 앉은 뒤에도 유성룡은 허봉의 여기저기를 살피기에 분주했다. 창원부사로 내려가기 직전 만나고 그 후 상면을 못했으니 햇수로 5년

이 넘었다. 이태 동안의 갑산 귀양살이는 그렇다 치고 유배가 풀린 뒤 지금까지도 도성 안 출입이 금지돼 있는 허봉의 딱한 처지를 모를 바 아니지만 그새 그의 전신이 이렇듯 망가져 있을 줄을 몰랐다.

옆 자리에 꿇어앉은 허균 또한 형을 바라보며 참담한 눈빛을 했다.

"살이 좀 빠지긴 했지만 아무 일 없다네. 목이 마르니 어서 술이나 내놓게."

허봉이 갓끈을 풀며 말했다.

"이러고도 술이 생각나? 다른 마실 것을 가져 오겠네."

"일 없대두."

"허어, 이 사람"

그동안 그가 해주, 인천, 춘천 등지를 떠돌아다닌 사실은 성룡도 풍문에 들어서 알고 있었다. 곳곳에 그와 가까이 지낸 수령들이 있었기에 먹고 잠자는 일에는 불편이 없었다. 주위에는 항상 그를 아끼는 벗들이 있었다. 손곡 이달(李達), 백호 임제(林悌), 그리고 전 직지사 주지 사명 당 유정(惟政) 등과 특히 자주 어울린 일은 세간에 널리 알려져 있었다. 술상이 나오기 무섭게 허봉이 거푸 두 잔을 비웠다. 안주는 입에 대지도 않았다.

"공부(송응개)의 빈소에 다녀왔다는 얘기는 들었네."

그가 수염에 묻은 술 방울을 손으로 닦아 내리며 한 마디 던졌다. 시선은 여전히 햇빛 환한 뜰에 가 있었다.

"때마침 성 안에 있었으니 그럴 수 있었지. 안동에 있었다면 나 또한 엄두를 내지 못했을 걸세."

유성룡이 전 대사간 송응개가 죽었다는 부고를 받고 부랴부랴 상가를 찾아간 것이 서울에 올라온 다음 날인 사흘 전이었다. 쉰세 살. 병석에 누웠다는 소식은 진즉에 들었지만 그렇게 급히 세상을 떠날 줄 몰랐다. 빈소에 엎드려 곡을 하는 동안에는 희한하게도 죽은 이의 얼굴보다는 더 앞서 죽은 김첨이며 권응시가 떠올랐고 유랑하는 허봉의 얼굴이 자꾸 어른거렸다.

김첨과는 처남매부의 사이를 떠나서 뗄 수 없는 벗이요 동지였으며, 허봉과는 열두 살 나이차를 떠나 막역지교를 가졌던 송응개였기 때문인지도 몰랐다. 특히 허봉과는 함께 율곡을 탄핵하다가 임금의 노여움을 입고 같은 때 갑산, 회령으로 귀양을 간 인연도 있었다. 박근원까지 보태 이른바 계미삼찬(癸未三竄)으로 불린 이들이다. 그 박근원도 네 해 전 김첨이 죽던 해에 세상을 떠났다.

"난 사람도 아니야. 자첨(김첨)과 송학(권응시)을 떠나보내면서도 그 영구(靈柩)를 붙잡아 보지 못했는데 이제 공부(송응개)를 보내고도 곡소리 한 번 내지 못했어."

허봉이 한숨을 뱉으며 자책했다.

"자네 심정이며 처지를 그들이 왜 모르겠는가."

도성 출입이 금해져 있었지만 마음만 먹으면 성 안 출입은 얼마든지 할 수 있었다. 문지기의 눈을 피하지 못한다면 권세 있는 자의 힘을 빌리면 됐다. 허나 성에 들었다 해도 남의 눈에 띄지 않도록 극히 조심해야 했다. 혹여 미워하는 자들에게 발각된다면 또 다른 처벌을 받을 수밖에 없었다.

"백호(임제)도 지난 해 떠났다고 했지?"

유성룡이 물었다. 이달과 더불어 허봉의 둘도 없는 벗임은 예전부터 익히 알았다. 사명당 유정이 봉은사에 머물 적엔 이들이 절간을 차지하다시피 해서 날로 시를 읊고 술을 마셨다는 얘기도 들었다. 남원 출신 양대박(梁大樸), 고경명 등도 이들의 한 패거리였다. 평안도병마평사, 예조정랑 등의 관직을 거치기도 했지만 백호 임제는 그 무엇에든 묶여 살기를 마다한 인물이었다. 벗과 시, 술과 기생만 있으면 그만이었다. 서른아홉 젊은 나이에 작년 가을 고향 나주에서 숨졌다는 소식은 풍문으로 들었다.

"응, 그도 갔어."

허봉이 술잔을 들며 담담하게 대꾸했다.

"내일을 알 수 없는 게 사람 목숨이야."

"그래."

"천상의 풍류객이지만 그 또한 천군만마를 호령할 장수감이었는데……."

"죽기 전에도 머리맡에 장검과 피리를 놓고 있었다더군."

"가보진 못했겠지?"

"나주가 어딘가……."

"그래……."

"죽은 지 한 달 후에야 나도 소식을 들었어. 죽기 전에 아들들을 모아놓고 말했다지. '천하의 여러 나라 중에 제왕을 일컫지 않은 나라가 없었는데 오직 우리나라만이 끝내 제왕을 일컫지 못하였다. 이같이 못난 나라에 태어나 죽는 것이 뭐 안타까우랴! 너희는 조금도 슬퍼할 것이 없다.' 그리곤 자기가 죽더라도 곡을 하지 말라고 했다지 뭔가. 죽을 때도 백호다웠어."

"그렇군. 손곡은 어떤가? 참, 그쪽은 여기 허균이 더 잘 알겠군."

성룡이 허균을 돌아보았고 허봉이 고개를 끄덕였다. 허균이 이달의 소식을 전했다.

"지난 달 원주에 가서 잠깐 뵙고 왔습니다. 촌에서 채마 밭을 가꾸며 소일하고 계십니다. 모두 여전하시고요……."

"구름처럼 떠돌던 이가 고향 집에 눌러 앉았으니 그 또한 세상 하직 하려고 그런 것 아닌지 모르겠어."

허봉이 기침 같은 웃음소리를 냈다.

"그럴 리가……."

"아우 편에 시 한 편을 보내왔더군. 시가 참 좋아."

"그래?"

허봉이 거침없이 시를 읊었다. 시제(詩題)가 '보리 베는 노래[예맥요, 刈麥謠]라고 했다.

　　시골집의 젊은 아낙 저녁거리가 없어 (田家少婦無夜食)

　　빗속에 보리 베어 숲길로 돌아온다. (雨中刈麥林中歸)

　　생나무라 축축해서 불은 붙지 않고 (生薪帶濕煙不起)

　　방에 들자 딸애가 울며 옷자락을 당긴다. (入門兒女啼牽衣)

잠자코 듣고 있던 유성룡이 고개를 끄덕였다.

"좋아, 시가 살아있군. 풍경이 그린 듯이 보이고……음풍농월이 아냐. 보릿고개를 넘기는 고단한 촌민의 딱한 하루살이가 그대로 보여."

"그렇지? 여기에 이백, 두보를 갖다 붙일 필요가 없어. 촌 궁민의 모습을 그린 듯 보여주는데 그냥 가슴이 아파. 이게 좋은 시의 힘인지도 몰라.”

“촌에서 손곡이 무슨 생각을 하고 어떻게 지내는지도 알 만하이.”

“임금과 정승들이 이런 시를 봐야 하는데…….”

허봉의 부탁도 있었지만, 어린 시절 허균을 이달의 문하로 보내길 잘했다는 생각을 유성룡이 잠깐 했다. 같은 동리 몇 집 건너에 살았기에 허균은 예닐곱 살 때부터 제 형을 따라 유성룡의 집을 내왕했다. 누나인 초희(난설헌)와 함께 할 때가 많았다. 그때부터 경서를 읽었지만 아무래도 학문보다는 시취(詩趣)가 더 승해 보였다. 기질 또한 제 아버지를 닮아 그런지 무던히 책상 앞에 앉아 있질 못했다. 타고난 총명함에 민첩함을 갖추었지만 진중하지를 못했다. 덤벙대기 일쑤요, 모르는 것을 아는 체해서 꾸지람도 많이 받았다. 일찍이 퇴계가 그 아비 허엽을 일러 ‘애당초 학문을 하지 않았더라면 더욱 좋았을 것’이라고 한탄한 바 있듯이, 유성룡 또한 가끔 허균에 대해 그런 생각을 가질 때가 없지 않았다.

‘형만 한 아우가 없다.’는 말이 있듯이, 허봉 허균 형제를 보면 더러 이 말이 생각나곤 했다. 허봉은 누가 보든 학문과 시를 겸한 특별한 인사였다. 예조좌랑 시절, 서장관으로서 명나라에 갔을 때 그곳 국자감 학생과 왕양명의 학문을 두고 다툰 일은 세상이 널리 알려져 있었다. 왕양명이 크게 내세운 ‘양지(良知)’에 대해 허봉은 그것이 맹자가 말한 ‘성선(性善)’과 다르지 않음을 밝히고, 양명이 양지만을 주장하는 것은 결국 불교의 이치와 다를 바 없다고 주장하였는데 이는 유학에 깊은 성찰이 없고는 가능한 일이 아니었다. 시에 있어서도 마찬가지였다. 초기에는 소동파를 배워서 전아(典雅) 순실하고 온건 노숙함을 자랑하더니, 호당(湖堂, 독서당)에 뽑힌 뒤부터는 <당시(唐詩)>를 익히 읽어 청건(淸健)한 기풍이 더해졌다. 갑산으로 귀양을 가던 때는 이백의 시를 안고 갔는데 그곳에서 얼마나 이백을 깊이 체득하였는지 귀양이 풀린 뒤 선보인 시들은 장편이고 단편이고 태풍처럼 휘몰아치는 기세가 넘쳐났다. 일찍이 이달이 '미숙(허봉)의 시를 읽으면 공중에 흩날리는 꽃을 보는 것 같다.'고 하였으니, 그 말이 전혀 허언이 아니었다. 형의 경지가 그러하고 보니 허균에게는 그 형이 또 하나 뛰어넘어야 할 벽이 아닐 수 없었다.

동생의 자질을 먼저 헤아린 허봉이 그를 이달에게 보내 시를 배우게 한 게 그나마 다행이었다. 거기서 그의 천품이 빛을 내뿜었기 때문이다. 누이 초희도 이달에게서 배웠는데 그녀의 시가 꽃을 피운 것도 모두 그 덕이었다.

이달은 서출이었기에 문과 응시는 생각지도 않았다. 다른 서얼들은 잡과(雜科)라도 보려 했지만 그는 그조차 관심이 없었다. 허나 타고난 시인이었기에 허봉은 물론 최립, 최경창, 백광훈 등과 함께 당대 최고의 시인으로 일컬어질 수 있었다.

"과시(科試) 준비는 잘하고 있겠지?"

성룡이 다시 허균을 바라봤다. 생원진사시를 거친 그는 문과를 남겨놓고 있었다. 그도 벌써 올해 스무 살. 허봉과 열여덟 살 차이인데 제 형과 같은 경력을 가지려면 내년 혹은 후년에는 급제를 해야 마땅했다.

"예, 나름 열심히 하고 있습니다. 스승님과 형님께 심려 끼치지 않겠습니다."

허균이 또렷한 음성으로 대답했다.

"참, 자네 사돈은 어찌 지낸다던가? 보기는 했는가?"

문득 생각이 났다는 듯이, 성룡이 허봉한테 김효원의 안부를 물었다. 그럴 처지가 아닌데도 송응개의 빈소에도 얼굴을 내밀지 않았다는 얘기를 들었다. 같은 동네에 살면서도 오래 서로 걸음이 없었다.

"나도 길에서 만나면 얼굴을 몰라 볼 걸. 내가 보자 해도 한사코 마다하네. 고집이란……."

허봉과도 내왕이 없었다는 얘기였다. 김효원은 허봉의 오랜 벗이면서 사돈지간이기도 했다. 효원의 아들 극건(金克健)이 허봉의 딸을 처로 맞아들였기 때문이다.

심의겸과 함께 붕당을 조성한 원흉으로 지목되어 외직으로 물러난 뒤부터 김효원은 사람이 바뀐 듯싶었다. 특히 계미년 삼찬의 일이 있고 이듬해 율곡이 죽은 뒤에는 그 변화가 더 두드러졌다. 한때는 스스로 당쟁의 중심에 서서 격정을 토하던 그가 삼척부사를 지내고 돌아온 뒤부터는 시사에 일절 관여를 하지 않으려 했다. 뜻한 바와 달리 날이 갈수록 붕당의 몸집이 커지고 그럴수록 서로 상대에 대한 적대감이 깊어지는 가운데 연이어 신료들이 귀양살이를 떠나는 모습을 보곤 나름 큰 충격을 받았음이 분명했다.

"나라꼴이 이 모양이 된 게 다 나 때문이라네."

언젠가 성룡에게도 탄식을 하며 자책하던 그였다.

"인백(김효원)이니까 그럴 수 있는 게지. 송강이며 우계 같으면 그런 시늉인들 할 수 있을까? 그러려니 하고 놔두는 것이 그를 위한 일일 걸세."

"그래서 나도 궁금하지도 않다네."

김효원의 부친이 영유(永柔)현령으로 있을 무렵, 효원은 아버지 문안을 갈 적마다 개성을 거쳤다. 때마침 심의겸이 개성유수로 있으면서 매우 다정하게 맞아 주었으며 효원도 그곳에서 하루 이틀 묵으며 친구인 양 즐겁게 지냈다. 그 후 효원이 자청하여 안악군수가 되어 관아에 좌기(坐起, 업무 수행)했을 때 의겸의 부음을 듣게 되었다. 효원이 눈물을 흘리면서 '나의 친구를 잃었구나.' 하고, 이틀간 좌기를 파하고 소식을 하였다는 얘기도 식자들 사이에 퍼졌다.

일찍이 유성룡이 그의 위인에 대해 논하면서 '강방정직(剛方正直)하니 의당 동류 중에서 제일인자가 될 것이다.' 한 바 있었는데 이 말이 근래 다시 회자되는 것도 그 때문이었다. 따지고 보면 당론이 일어나게 된 것도 당시 이조전랑의 천망(薦望)에서 시작되어 신료들이 보태고 더한 데다 야박한 습속에 서로가 선동한 것 때문이지 김효원, 심의겸 두 사람이 각자 당파를 만들고 불화를 일으켜서 그랬다고 할 수는 없었다.

"이번에는 입조(入朝)를 하시는가?"

올 여름에도 임금이 한 차례 유성룡을 불렀다는 사실은 허봉도 알고 있었다.

"좀 더 두고 보게나."

성룡이 분명한 말을 하지 않았다. 뱃속 어디가 불편한 듯 허봉은 술을 마시는 가운데도 자주 미간을 접으며 옆구리를 만졌다. 불현 듯 그가 물었다.

"송익필은 어디서 뭐 한다던가?"

"갑자기 그 자는 왜?"

"궁금하지. 이태 넘게 종적이 없으니 말일세."

"누군가 도와줘서 편히 있을 테지 뭐."

"허어, 이현(유성룡)이 모르는 것도 있던가."

"무슨 말인가?"

"권응시가 전주에 가서 남언경을 만나고 정여립을 보고 온 것도 다 우리 이현의 주선에 의한 게 아닌가 여겼지. 그냥 흘려듣게. 나도 이젠 그런 것엔 관심이 없다네. 단지 더 이상 애꿎은 사람들이 다치지 않기를 바랄 뿐이네. 보나마나 그대가 걱정하는 것도 이발이고 학봉(김성일)일 테지. 어떤 면에서 그들이 오히려 나보다 더 급하고 모난 편이니 말일세. 우계(성혼)와 송강이 저렇게 촌에 엎드려 있다고 해서 저들 세상이 끝났다고 여기면 큰 잘못이지. 우리 임금이 어떤 임금이신가. 누구도 믿질 아니 하고 누구한테도 큰일을 맡기지 않는다는 걸 어찌 모를까. 그렇게 율곡을 두둔하고 성혼, 정철을 어여삐 하던 임금이 하루아침에 율곡을 의심하고 그 둘을 내치는 걸 보지 못했는가. 우리 임금한테는 만백성은 물론 대신 나부랭이들도 당초에 관심이 없다네. 어떡하면 보위를 굳건히 하고 군왕의 위엄을 드높이느냐 하는 것밖에 없지. 지금이 동인 세상이라고? 어림없는 소리! 임금이 되레 이발이며 백유양을 데리고 노는 걸 어찌 저들이 모를까. 어느 순간 이 자들이 거추장하다 싶으면 목숨을 내놓으라고 할지도 모르는데…… 이런 판에 어찌 서인들의 씨를 말리려 든단 말인가. 그럴수록 송강, 우계를 달래고 이귀, 조헌을 다독거려야 되지 않겠는가. 헌데 송익필 일가를 멸살하고 조헌 같은 시골 유생까지 변방으로 내쫓을 궁리나 하니 저들이 가만있을까?"

"자네도 그런 생각을 하는가?"

짐짓 성룡이 반색을 했다.

"왜? 예전 그 허봉이 아닌 듯싶은가?"

허봉이 안면을 일그러트리며 웃음을 지었다. 그가 또 술잔을 비웠다. 술로써 속내 통증을 다스리는 듯 보였다. 안쓰럽지만 성룡은 그를 말릴 수 없었다.

"갑산 초막에 웅크려 있으면서 참 많은 생각을 했다네. 엄동설한이라는 말을 하지? 북변의 추위는 그 말이 가당치 않다네. 소변을 보고 돌아설라치면 땅바닥에서 고드름이 하늘로 치솟아 있지. 허허."

"허허."

"그때가 계미년(1583년)이었어. 내가 창원으로 내려가기 직전이었으니. 율곡이 내 집을 찾아왔던 일은 다들 알지 않는가."

"김첨한테서 들었네."

"맞아. 그때 김첨이며 홍적(洪迪)이 먼저 내 집에 와 있었지. 병조판서 이율곡이 왜 몸소 내 집까지 걸음을 했을까? 그때 율곡이 내게 했다는 말도 들었을 게야. 율곡이 그랬지. 자기한테는 무슨 죄를 덮어 씌어도 괜찮다고……나더러 임금 앞에 나아가 한 번만 머리를 조아리고 사죄를 하라고 했어. 자기를 위해서가 아니라 나를 위해서라고……. 어쩜 그건 율곡의 진심이었을지도 몰라. 만약 내가 그의 말대로 했다면 창원, 갑산으로 쫓겨 가는 일은 없었을 테지. 헌데 그게 가능한 일인가? 그리고 내가 율곡의 말대로 임금에게 죄를 빌었다면? 그동안 살아온 내 인생이 없어진다는 걸 그가 왜 몰라? 자기는 그러지 못하면서 나보고 하라니……. 재미있는 사람이야, 율곡도……허허."

"왜 그 일을 말하는가?"

"지나간 일이니까 하는 걸세. 붕당이 뭔가? 패거리 정치를 하자는 것인데 그 패거리가 진정 군왕과 나라, 백성을 위한 것인가, 아니면 저희들의 이익과 안위를 위한 것인가? 나도 내 당인(黨人)을 위한다고 앞서서 싸워 보기도 했지만 돌이켜보면 나 또한 나를 위한 싸움은 아니었던가, 회의가 들 때가 있어. 우리가 율곡을 믿지 못했던 까닭이 뭔가? 그가 보합론이다 뭐다 내세우며 붕당을 없애야 한다고 말했지만, 일이 생길 때마다 제 편, 제 사람을 챙기기를 서슴지 않았기 때문이 아니던가. 이는 나도, 이현 자네도 마찬가지였어. 그래서 누가 누구를 나무랄 수 없는 게야. 서인이고 동인이고 다를 바가 없어. 소싯적부터 우리 모두 격물치지를 배우고 의(義)와 경(敬)의 중함을 익히지 않았던가. 그런데 관원이 되고 당인이 되고부터는 모두들 어찌하여 사람 하나도 제대로 볼 줄 모른단 말인가? 한 사람을 두고 한쪽에서는 군자라고 하는데 다른 한쪽에는 간흉이라고 말해. 약간의 차이가 아니야. 이는 낮을 밤이라 하고 해를 달이라 하는 거와 진배없어. 이 자들이 과연 글 읽은 식자들이고 도를 얻는다는 선비란 말인가? 경상감사를 하다가 체직된 정이주(鄭以周) 한 사람만 보게나. 무뢰배 동생을 임지에 데려가서 백성을 못살게 굴었다며 동인 대간들이 탄핵을 했는데 서인들이 뭐라고 그를 감싸던가. 청백리(淸白吏)라고 추켜세웠어. 어느 편의 말이 맞는가? 정이주는 탐관오리인가, 아니면 청백리인가? 이현도 내 말 뜻을 알겠지? 이 모두가 붕당 때문이란 말일세. 붕당정치는 나 살고 너 죽자는 것밖에 없어. 인백(김효원)이 저렇게 몸을 낮추고 자책하는 것도 그 폐해를 누구보다 잘 깨쳤기 때문일 거야. 그나저나 서쪽에 율곡이 있고,

동쪽에 서애(西厓)가 있을 적만 해도 이렇게 심하지가 않았어. 한쪽은 이미 죽었고 다른 한쪽은 촌에 있어서 꿈쩍을 않으니 조정이 어찌 되겠는가. 큰일일세. 지금도 무슨 일이 터질지 모르는데 막상 일이 벌어지고 나면 누가 그걸 수습하느냐 말일세. 이발, 백유양이 있다지만 동인에는 아직 유성룡, 이성중이 있으니 큰일은 없겠지만 율곡이 떠난 서쪽에는 이제 그런 바람막이도 없다네. 차라리 심의겸이 살아 있다면 이런 걱정도 덜할 텐데 말이야."

"송익필에 대해 무슨 들은 얘기가 있는가?"

성룡은 허봉의 말에 십분 동감했다. 지난해 왜적의 소동이 진정된 이후, 지금까지 유독 조정이 조용한 것이 되레 불안하기만 했다. 봄철 서북도에 기근이 심해 인심이 흉흉하긴 했지만 다행히 삼남이 평온해서 큰 문제는 없었다. 송익필 일가 환천 후, 벌떼처럼 덤빌 줄 알았던 서인들이 의외로 조용한 것도 그랬다. 조헌, 이귀 등이 수시로 소를 올리긴 하지만 실제로 서인을 움직이는 정철, 성혼이 촌구석에 틀어박혀 죽은 듯 움직임이 없었다. 명목상 서인의 영수격인 박순은 훨씬 이전부터 영평(현 포천) 백운산에 은거해 있어 더 말할 것이 없었다. 그들이 무엇을 기다리고 무엇을 준비하는지 요량을 할 수 없었다. 서인을 규합하고 뭔가를 도모할 수 있는 자는 송익필, 한필 형제뿐인데 이들은 여전히 종적이 묘연했다.

성룡 스스로 내심 이 평온이 불안하던 때에 허봉이 불쑥 찾아와 환난을 걱정하니 가슴이 답답할 수밖에. 그렇지 않아도 며칠 전 이성중이 인편에 시 한 수를 보내왔다. 대사헌 김응남이 신병으로 사직하자 대사간 정언지가 그 자리로 가고 홍문관 부제학이던 이성중이 새 대사간이 된 직후였다.

> 서인이니 동인이니 논하지 말고 (未論是西是東)
> 사(私)인지 공(公)인지 먼저 보시게 (先看爾私爾公)
> 군자는 두루 사귀고 편당을 하지 않으니 (君子周而不黨)
> 올바름이 저절로 그 가운데 있다네. (自然直在其中)

보아하니 벗에게 주는 충고라기보다 새로 간장(諫長, 대사간)이 된 자신이 가져야 될 마음가짐을 피력한 것 같았다. 그도 퇴계의 문인으로 동인에 속하지만 누구보다 당쟁의 병폐를 잘 알아 서인을 포용하려고 애쓰는 인물이었다. 그 때문에 이발과 그를 좇는 무리한테서는 자주 비난을 받기도 했다. 자신을 낮추고 남을 높이려는 그런 벗이 조정에 버팀하고 있는 것만도 성룡은 여간 든든하지 않았다.

"보잘 것 없는 소신이야 아무리 가까이 모시고 있어도 어찌 조그마한 도움인들 되겠습니까마는, 근래 유성룡이 오래도록 소환되지 못하고 있으니, 지금처럼 인재가 모자라는 때에 주상께서 이를 돌아보지 않고 그대로 버려두시는 것은 무슨 까닭입니까? 그의 재기(才器)로 보아 전곡(錢穀)과 병갑(兵甲)을 위임하여도 오히려 충분하거든, 하물며 경연에 둔다면 성덕에 유익함이 어찌 적다고 하겠습니까."

올 봄, 경연에서 그가 했다는 말은 유성룡의 귀에도 전해졌다.

한 차례 마른기침을 뱉은 허봉이 말했다.

"궁구물박(窮寇勿迫), 궁지에 몰린 적은 쫓지 않는다는 말이 있지 않던가. 난지여음(難知如陰)이라고, 숨을 때는 어둠에 잠긴 듯하다는 말도 있지. 송익필을 생각하면 왠지 이 말이 떠올라. 헌데 이발이 그를 막다른 데까지 몰아 버렸어. 하다못해 환천은 시킨다 하더라도 직접 종살이는 하지 않도록 해야 했어. 안 씨들을 달래 대역(代役)을 받든가 돈을 받고 풀어주면 되지 않는가. 날개만 잘라도 되는데 다리를 분질러 버렸어. 저 원한을 어떻게 할까. 사지를 잃고 어둠 속에 숨어들었는데 후환이 없을까? 못내 그것이 걱정돼서 내가 해본 소리네."

"자네가 안정란을 부추겼다는 말은?"

"헛소리! 내가 그를 만난 것은 송사를 일으키지 못하도록 하기 위해서였어. 내 앞가림도 못하는 처지에 뭘 하러 그를 부추긴단 말인가."

"그랬을 테지……."

"근자에 평안, 황해도에서 괴이한 풍문이 나돈다는 말을 들었네. 기근이 들고 도적이 횡행하면 혹세무민하는 별별 참언이 돌게 마련이지만 이번 것은 좀 달라. 만백성을 구할 진인이 나타난다는 말은 흔히 듣는 것이지만, 전주 남문 밖의 정씨가 진인이라는 대목이 수상해."

"그런 상세한 얘기도 있던가?"

"물론 풍문이지. 헌대 나는 왜 정여립부터 떠올렸을까? 그 진인은 하루 천 리를 달리며 신출귀몰할 뿐 아니라 신병(神兵) 5만을 지리산에 숨겨두고 있다는데 말일세."

"대동계 장정들이 왜적들을 무찔렀다는 과장된 소문 때문이겠지."

"모르겠어. 아무튼 정여립이 누군가? 율곡을 배척하고 이발한테 붙은 자 아닌가. 궐에서 쫓겨날 때 임금에게 눈을 흘겼다는 말도 있지. 이발의 벗이요, 정언신 정언지의 친족이요, 백유양과 인척을 맺은 인물, 이만하면 누군가의 먹잇감이 되기 그만 아닐까?"

"송익필이 정여립을 겨냥한다는 뜻인가? 그래서 그런 참언들을 지어 퍼뜨리고?"

"앞서 나가진 말게. 분명한 것은 하나도 없어. 단지 내 느낌이 그렇다는 것뿐이네."

"심상치가 않아."

"기회 되거든 남언경을 다시 만나 보시게. 가까이서 접했으니 누구보다 정여립을 잘 알지 않겠는가. 또 율곡, 송강과도 친했으니 익필에 대해서도 뭔가를 알고 있을 걸세. 따지고 보면 그도 퇴계의 문생이니 모른 척하지만은 않을 걸세."

하고픈 말을 다 했다는 듯이 허봉이 술상을 밀었다. 허균도 자세를 고쳤다.

"집엔 얼마나 있을 건가?"

유성룡이 물었다. 제 집이라고 해서 오래 머물 처지가 아님은 성룡도 알고 있었다.

"내일 떠날 걸세"

"그 몸을 하고 어디로?"

"금강산에 암자 하나를 알아 뒀네. 쉬엄쉬엄 길을 가다보면 만산홍엽을 만나겠지."

"금강산이라니 그나마 다행일세. 이번에 극부(서인원)가 김화현감으로 옮겼으니 어려운 일이 있으면 그를 찾아도 될 걸세."

"아무렴, 그렇잖아도 김화에 좌기하자마자 기별을 했더군. 함께 금강산 유람이나 하자고. 허허. 난 가봄세."

허봉이 어렵게 몸을 일으켰다. 허균이 형을 부축하려다가 그만 두었다. 환한 햇빛 때문인지 취기 탓인지 댓돌을 내려선 허봉이 잠깐 몸을 휘청거렸다.

"괜찮아."

아우가 잡는 팔을 빼면서 허봉이 낮게 중얼거렸다. 그가 성룡을 돌아보며 웃음을 지었다.

"이현, 틈날 때마다 이 자를 야단쳐 주시게."

제 아우를 가리켰다.

"어디서 못된 것만 배워서 밤낮없이 술만 처마시고 다닌다네."

"그 형을 닮았지, 누굴 닮았겠나."

웃으며 성룡이 대꾸했다.

"아래위도 없어. 아무나 붙잡고 술벗을 한다나. 한석봉이 몇 살이야? 나보다도 여덟 살이 많아. 그럼 이 자보다 26년이 위야. 그런데도 둘이 술이 취해 어깨동무하고 다닌대요."

"그것도 형을 닮았구먼. 내가 한석봉보다 나이가 많지, 허허."

"관두게."

허봉이 휘휘 손을 내젓고는 대문께로 걸어갔다. 유성룡이 대문 밖에서 그들 형제를 배웅했다. 허청허청, 골목을 걸어가는 허봉의 걸음걸이가 위태롭게 보였다. 허균이 제 형 뒤에 바짝 붙어 걸었는데 땅바닥에 떨군 그림자가 한 몸뚱이 같았다.

이 작별이 이승에서의 마지막 별리(別離) 같다는 예감을 성룡은 떨치지 못했다.

15. 만산홍엽(滿山紅葉)

　운봉현감 송선(宋璿)이 직접 객사로 나와 반갑게 맞아 주었다.

　송선은 본관이 여산이며 자는 중회(仲懷), 호는 목옹(木翁)이다. 이 발과 함께 김근공, 민순에게 수학했다. 금상 즉위 9년(1576년) 유일(遺逸)로 천거되어 벼슬길에 나섰다. 그동안 선공감역을 비롯하여 과천, 포천현감을 지냈으며 특히 포천을 다스리던 때는 법을 엄하게 하여 문란한 전정(田政)을 바로잡고자 하다가 지역 토호들의 미움을 사서 부임 석 달 만에 파직당하기도 했다. 지난해 사헌부 감찰이 되었다가 올 여름 운봉에 부임했다. 마흔다섯 나이로 이발과 동갑이니 정여립보다는 두 살이 위였다.

　눈썹이 짙고 제법 광대뼈가 튀어나왔다. 콧날이 뾰족하고 하관이 빨라서 처음 보아도 강인하고 급한 성격임을 느끼게 했다. 여립도 그와는 초면이었다. 짧은 기간 궐 출입을 할 때는 그가 외직에 있어서 만날 기회가 없었다.

　"정 공 말씀은 동암(이발)한테서 익히 들었습니다."

　그가 정여립을 마루 위로 안내했다. 마루에 좌정한 후, 양쪽의 사람들을 소개하고 서로 인사를 나눴다. 전주에서 같이 온 송간, 지함두가 여립의 양측에 앉았고 정각과 애복 등 아녀자와 아랫사람들은 행랑채 툇마루에서 대기했다. 정여립이 거느린 일행은 첩과 노비를 포함 모두 여덟이나 됐다. 염전에서 일했던 선석달, 봉수꾼이었던 김각금목, 그리고 집안 종인 득쇠가 짐꾼으로 붙었고 여립의 아우 여복의 여종인 은월이 애복의 시비(侍婢)로 따라왔다.

현감 송선의 뒤쪽에는 아전 둘과 함께 승복 차림의 세 사내가 배석해 있었다. 송선이 그 중 나이 들어 보이는 승려 하나를 불러내 새로 인사를 시켰다. 차림새가 나머지 두 중과 영판 달랐다. 분명 가사를 두르긴 했지만 허연 머리칼을 수염과 함께 길게 늘어뜨리고 있었기 때문이다. 주름살이 이마에 깊게 새겨져 있었고 낯빛이 붉었다.

"소승 의연(義衍), 수찬 어른께 문후 드립니다."

그가 몸을 세워 공손히 절했다.

"보름 전쯤이던가요."

송선이 그에 대한 얘기를 했다.

"정 공의 기별을 받고 나름 생각을 꽤 했답니다. 어떤 자를 붙여 드려야 우리 정 공께서 아무런 불편 없이 산행을 할 수 있고 여기저기 좋은 곳을 즐길 수 있을까 하고 말입니다. 그때 문득 떠올린 사람이 누군지 아시겠습니까? 허허. 바로 여기 있는 의연 화상입니다. 지금은 쌍계사에서 수행하고 있지만 이전에는 송림사(松林寺)에도 여러 해 있었다고 합니다. 저 큰 산 너머에 쌍계사가 있다면 이편 운봉 쪽에 있는 절이 송림사 아니겠습니까. 나도 아직 이곳에 온 지 오래 되지 않아서 기슭에도 가 보질 못했지만 들은 말로는, 송림사에서 재를 넘어 쌍계사에 가려면 다리 힘 좋은 장정조차 하루가 꼬박 걸린다지 뭡니까. 그런데 여기 의연 화상은 하루에 두세 번을 너끈히 오간다니 놀라울 밖에요. 지리산 구석구석을 안 가본 데가 없다고 하니 길 안내는 이 화상보다 나은 이가 없을 것입니다. 때마침 젊은 승도 둘까지 데려 왔으니 불편도 훨씬 덜할 것입니다."

뒷자리에 앉은 두 젊은 승려가 허리를 숙였다. 쌍계사의 도잠(道潛), 광양 옥룡사에서 온 설청(雪淸)이라고 했다. 정각 또래였다.

"송공께 폐가 많습니다. 이렇게 마음을 써 주시니 어떻게 보답을 해야 할지 모르겠습니다."

"폐라니요! 더욱이 보답이라니……. 이렇게 정 공을 뵙는 것만도 더없이 고마운 일인 걸요. 정 공, 내가 더 놀라운 얘기 하나를 할까요?"

여립을 건너다보면서 송선이 빙그레 웃었다.

"뭡니까?"

"글쎄요……일전에 이 화상이 내 앞에 불쑥 나타나서 한 말을 모르시지요? 달포가 됐을까요, 생판 모르는 중이 찾아와서 하는 말이……."

"면구스럽습니다."

눈을 감은 의연이 손끝으로 염주를 돌리며 나직이 말했다.

"뭐라고 하던가요?"

여립의 물음에 송선이 말을 이었다.

"머잖아 한 귀인이 북쪽에서 찾아올 터이니 예로써 맞이하고 성(誠)으로 접대하여야 마땅하다고 하더군요. 허허. 그 귀인이야말로 훗날 백관대작 가운데 홀로 우뚝 설 인물이란 얘기도 했지요. 화상이 다녀간 그 다음날 정 공의 서찰을 받았지 뭡니까. 아하, 정 공이 바로 그 귀인이구나, 할 수밖에요. 허허"

"무슨 그런 민망한 말씀을! 웬 정처 없는 중이 정신없이 지껄이는 말을 송 사또께서 유념하시다니 그 또한 놀랍습니다."

"아니요. 유념해서가 아니라 웃자고 해보는 얘기라오. 허허."

손사래를 치면서도 송선은 웃음을 그치지 않았다. 여립도 따라 웃을 수밖에 없었다. 뒤이어 여립이 낯빛을 고치며 의연에게 물었다.

"진정 그대가 사또께 그런 헛소리를 지껄였단 말인가?"

"예, 말씀을 올린 바 있습니다."

의연이 태연스레 대꾸했다.

"그래, 그대는 무슨 연유로 그런 말을 지껄였으며, 그대가 말하는 귀인은 누구더란 말인가?"

"외람된 말씀이오나 천승(賤僧)이 요동에 떠돌던 때부터 천문 지리를 조금 익혔습니다. 여기서 자세한 말씀을 드릴 수 없사오나 달포 전 소승이 지리산 반야봉에 올랐다가 전라도 전주 땅에서 한 줄기 서기가 뻗혀 오르는 것을 보았습니다. 이는 세상의 귀함을 오롯이 한 분이 바야흐로 거동을 시작함을 뜻하건대, 괘를 뽑아본 바 정 씨 성을 가진 분이 분명하였습니다. 그날 밤 하늘의 별자리를 보곤 머잖아 그분께서 이곳 지리산에 왕림하심도 알 수 있었지요. 하여 이튿날 산을 넘어와서 사또께 아뢰었던 것뿐입니다. 소승의 말이 실로 지어낸 것이요 요설에 지나지 않는다고 여기시면 이 자리에서 물고를 내셔도 달게 받겠습니다."

또다시 넙죽 허리를 숙였다.

"그 보시오. 전주의 정 씨 성 가진 이라는 것까지 말하지 않습니까."

여전히 재미있다는 듯이 송선이 거들었다. 여립이 지함두를 돌아보며 물었다.

"어떠신가? 사또께서는 저런 자를 길잡이 해서 산으로 가라고 하시는데, 자칫 요괴들이 들끓는 굴에다 우리를 처넣을 일은 없겠는가?"

"그 덕에 요괴라도 만난다면 그 또한 별난 흥취가 아니겠습니까."

관심 있게 듣고 있던 지함두가 능청스레 대꾸했다. 주안상이 나오자 양반네와 술상을 마주할 수 없는 세 승려가 아전과 함께 마루를 내려갔으므로 귀인 이야기도 거기서 그쳤다.

현감 송선의 후의로 객사에서 편한 잠자리를 갖고 다음날 길을 떴다. 정각과 의연, 도잠, 설청 네 승려가 보행으로 행차의 선두에 섰고, 말을 탄 정여립과 송간이 그 뒤를 따랐다. 말 타기가 무섭다고 한 지함두는 여립의 첩 애복처럼 나귀를 탔다. 여립의 종 득쇠가 애복이 탄 나귀의 고삐를 쥐었으며 시비 은월이 그 뒤에 붙었다. 선석달이 짐 보따리를 실은 나귀를 끌었고 등짐을 진 각금목은 운봉현감이 따로 붙여준 관노(官奴) 둘과 맨 뒤에 처져 일행을 좇았다. 전주를 떠날 때 여덟이던 행차 인원이 운봉을 거치면서 열셋으로 불었다. 여느 고을 사또의 행차에 진 배 없었다. 당초에는 남원을 거치면서 송취대도 합류하기로 했지만 그의 딸 성옥이 갑자기 배탈이 나서 눕는 바람에 빠졌다.

인월(引月)에 이르기 전부터 중 의연이 여립의 말고삐를 대신 잡으며 근처 산천과 촌락들에 대한 얘기를 들려주었다.

"보시지요, 저 앞 왼쪽에 보이는 산이 바로 황산대첩이 있었던 그 황산입니다. 고려 우왕 때였지요. 당시 삼도도순찰사이셨던 태조대왕께서 왜장 아지발도가 이끄는 대군을 섬멸했던 곳입니다. 전하는 말로는, 치열한 전투가 벌어지던 그때 서산에 해가 기울면서 갑자기 왜적들의 동향을 살피기 어려워졌다고 합니다. 이에 태조께서 하늘을 우러러 달뜨기를 기원하셨다고 하지요. 이윽고 동쪽 하늘에서 밝은 달이 떠올라 적의 움직임을 한눈에 감지할 수 있었고 이때를 놓치지 않고 활로 아지발도의 목을 쏘아 전투를 승리로 이끌었다고 합니다. 달을 끌어 승전하였다는 유래로 이편 마을을 인월이라고 부르게 되었답니다."

"옳거니, 저 산이 황산이로구나."

얘기를 듣고 보니 정여립의 눈에도 산세가 예사롭게 보이지 않았다.

"행촌은 어딘가? 감록(鑑錄)이며 남사고(南師古)의 비결에 적혀 있다는 그 십승지지 말일세. 여기 운봉에도 있다 하지 않았던가?"

지함두가 의연에게 물었다. 그에겐 이성계의 전적지쯤은 별 관심거리가 되지 않는 듯했다.

"예, 지리산 아래 동점촌(銅店村)이라고 하였지요. 행촌이 동점촌인데 여기와 반대 방향입니다. 어제 묵으셨던 객사 서쪽에 있는 작은 촌락으로 보기에도 볼품이 없지요."

"그런데 어찌 열 손가락 안에 드는 승지(勝地)로 꼽혔단 말인가?"

"소승도 그 까닭을 모르겠습니다. 오래도록 환란을 피할 좋은 땅을 찾으랴면 지리산 인근에서도 수십 곳을 짚을 수 있는데 하필 그곳일까요."

"누군가 제대로 살피지도 않고 대강 짚은 모양이로군."

의연이 웃으며 하는 말을 지함두가 기분 좋게 받았다.

남천(濫川) 물줄기를 따라 인월로 들어서자 남녘으로 아득히 천공을 받들고 우뚝 솟은 지리산 상상봉이 바라보였다. 구름 한 점 없는 푸른 가을 하늘, 산   빛은 푸르다 못해 검은빛을 띠었고 우람하면서도 날카로운 산세는 자못 범접할 수 없는 위의(威儀)마저 풍겼다. 남천 물과 지리산에서 흘러내린 만수천이 합류하는 산내방(山內坊), 작고 낡은 초가들이 올망졸망 모여 있는 산마을을 지나 물길을 거스르며 골로 들어서자 아연 높은 산들이 하늘을 가리며 코앞에 다가들었고 불타 듯 붉은 수림이 눈앞에 전개되었다.

"여기서부터 별세상이 시작되는 모양이다."

마상에 앉은 여립도 눈 둘 곳을 몰라 했다. 뒤따르는 지함두는 뭣이 그리 좋은지 주위를 둘러보며 연신 콧노래를 흥얼거렸다. 맨 먼저, 지리산 단풍놀이를 가자고 제의한 이가 바로 지함두였다. 전주 땅에 출현한 진인을 찾아 황해도 구월산에서 왔다는 그는 금구 별장에서 정여립을 한 번 만나 얘기를 나눠보곤 그가 곧 진인이다 단정하곤 큰절을 올렸다. 무엇보다 크게 감복된 바는 여립이 거리낌 없이 펼치는 '천하 공물론(公物論)'이었다.

여립이 말했다.

"사마공이 『자치통감』에서 위(魏)나라를 정통으로 삼은 것은 참으로 직필이다. 그런데 주자는 이를 부인하고 촉한(蜀漢)을 정통으로 삼았는데, 후생으로서는 대현(大賢)의 소견을 알 수 없다. 천하는 공물인데 어찌 일정한 주인이 있으랴! 요, 순, 우가 임금의 자리를 서로 전했는데 그들은 성인이 아닌가? 또 말하기를 '충신은 두 임금을 섬기지 아니한다.'고 한 것은 왕촉(王蜀, 제나라의 충신)이 죽을 때 일시적으로 한 말이지 성현의 통론은 아니다. 유하혜(노나라의 대부)는 '누구를 섬기든 임금이 아니겠는가?'라고 하였는데 그는 성인 중에 화(和)한 자가 아닌가?"

여립은 또 맹자의 말을 빌려 말했다. '백성은 물이요, 군왕은 그 물위에 뜬 배'라고 비유하면서 군왕이 예(禮)를 지키지 않아 백성을 노엽게 하면 물이 배를 뒤집듯이 군왕을 내쫓을 수도 있다고 말하였다.

"사마공이 말하지 않았던가. 천자의 직분은 예를 지키는 것이 가장 중요하며, 예는 자신의 본분을 지키는 것이 핵심이고 본분은 명(名)을 지키는 것이다. 예란 무엇인가? 그것은 기강이다. 본분이란 무엇인가? 군(君)이냐, 신하냐 하는 것이다. 명이란 무엇인가? 공(公), 후(侯), 경(卿), 대부(大夫)가 그것이다. 사마공의 말을 달리 새긴다면, 이는 곧 군왕이 예를 지키지 아니하여 기강이며 본분을 잃어버리면 군신의 구별이며 공경대부의 차이도 없어지고 만다는 뜻일 게다."

지함두가 보기에도 정여립은 지금껏 자신이 만났던 유학자들이며 벼슬아치들과는 큰 차이가 있었다. 여립은 여느 학인들 마냥 오늘날 용상에 앉은 군주의 절대 지위를 인정하지 않았다. 그의 입으로 천하가 모든 이의 것이라고 하는 것만 봐도 난세에는 그 스스로 앞으로 우뚝 나설 수 있다는 생각이 들었다. 구월산 조생원이 말한 바처럼, 여립이 세상을 구할 진인이라면 능히 이씨왕조를 무너뜨리고 여러 도참비결이 일러주는 것처럼 새로운 정 씨의 왕국도 만들 수 있겠다는 생각이 들었다.

지함두가 지리산 단풍놀이를 권한 데도 나름의 까닭이 있었다.

"예로부터 조선 천지에 세 개의 명산이 있으니 지리산, 계룡산, 묘향산이 그것입니다. 단지 산이 높고 크고 풍광이 좋아서가 아닙니다. 산천의 영험한 기운이 오롯이 이들 산에 맺혀 있기 때문입니다. 하여 나름의 뜻을 굳건히 하고자 하는 이는 마땅히 이들 산의 영기(靈氣)를 직접 몸으로 얻어야 할 것입니다. 더욱이 이 어지러운 때에 길삼봉인지 뭔지 하는 이가 신군 5천을 거느리고 지리산에 들었다 계룡산에 들었다 한다는 소문도 심심찮게 나돌고 있습니다. 운 좋으면 수찬 어른이 그 자를 만나서 담판을 벌일 수도 있지 않겠습니까."

지함두는 조생원의 말이 어디까지 사실이며 자신이 별나게 바라보는 정여립의 진정한 속내가 무엇인지 알아보는 데는 지리산 유람만큼 이로운 것이 없겠다는 계산이 있었다. 그 먼 곳까지 뭔 단풍놀이냐고 고개를 흔들던 정여립도 연이은 지함두의 강청에는 손을 들고 말았다. 이발과의 교분을 빌미삼아 운봉현감 송선에게 행로에 편의를 봐 달라는 서찰을 띄웠으며, 아래 것들에게도 차근차근 행차 준비를 시켰다.

　달궁을 거쳐 흘러온 골물과 뱀사골에서 내려온 계곡물이 합치는 지점에 절집 하나가 서 있었다. 송림사. 절로 드는 돌다리 이편에 초가 세 채가 나란히 엎드려 있었는데 반선(半仙)마을이었다. 어느새 산 그림자가 절집에 짙게 드리워졌다.

　일행은 오며가며 하룻밤씩 송림사에서 묵기로 했다. 의연이 이미 절 주지한테 말해 놓은 바 있었다. 다리를 건너기 전, 의연이 이곳 지리를 설명했다.

　"여기 오른쪽 골짜기로 올라가다 보면 달궁이라는 궁터가 있고 그 위쪽에 황령암이란 암자가 있지요. 지금 묘향산에 계시다는 서산대사도 예전 이곳 지리산에서 오래 머물렀답니다. 대사가 쓴 『황령암기』를 보면 달궁 얘기도 자세히 적혀 있지요. 옛날 마한의 왕이 난을 피해서 이곳에 들어와 성을 쌓을 때, 황, 정 두 장수에게 일을 맡겼기에 성이 완성된 후 반야봉 좌우의 고갯마루를 각각 황령(黃嶺)과 정령(鄭嶺)이라고 불렀답니다. 그리고 여기 왼쪽 골짜기가 뱀사골인데 소승이 쌍계사에서 송림사를 오갈 때 다니는 산길이 있습니다. 아무래도 단풍 경치는 달궁보다 이편 뱀사골이 낫지요. 그래서 내일은 이쪽 골짜기부터 먼저 올라가 보도록 하겠습니다."

해가 뜬 후 산행을 시작했다.

도잠과 설청이 맨 앞에서 길을 안내했고 정각과 의연, 정여립과 지함두가 그 뒤를 좇았다. 말들은 절간에 맡겨 두었고 나귀 한 마리와 하복들이 짐을 날랐다. 골을 따라 5리도 채 못 올라 배암사(背巖寺)를 만났다. 두 칸짜리 쓰러져가는 기와 채였는데 지붕에 잡초가 무성히 자라 있었다. 절간을 지키던 늙은 중 하나가 일행을 맞아 주었다. 차 한 잔을 얻어 마시고 다시 산길을 걸었는데 이어 다다른 곳이 요룡대(搖龍臺)라는 곳이었다. 용이 머리를 흔들며 승천하던 곳이라 해서 이런 이름을 얻었다나. 골을 가운데 두고 높은 산이 빙 둘렀기에 하늘이 손바닥만큼 쳐다보였다. 둘레 산들이 울긋불긋 단풍을 덮어 쓴 탓에 마치 열기 없는 화염에 든 느낌이었다. 청랑한 물소리, 바람 따라 색색의 낙엽이 분분히 날렸다.

"세상에! 이런 곳이 어디 있어요!"

현란한 풍광에 넋을 앗긴 애복이 어린아이처럼 두 손을 쳐들고 빙그르 몸을 돌렸다. 그 모습을 보며 시비 은월이 손뼉을 치며 어쩔 줄을 몰라 했다. 정여립이 흐뭇한 표정으로 제 여인네를 바라봤고 지함두는 나름 은월에게서 눈을 떼지 못했다. 금구에 있을 때부터 이웃 마을에 사는 그녀에게 눈독을 들이던 함두였다.

"하필이면 왜 뱀사골인가? 뱀이 많은가?"

내내 말을 아끼던 송간이 물었다.

다시 숲길을 접어들면서 의연이 말했다.

"예, 여기 사람들도 연유를 잘 모른답니다. 어떤 이는 골물이 뱀처럼 굽이굽이 흐른다 해서 그런다고 하고 또 어떤 이는 배암사 절 이름 때문이라고도 하고……아무튼 간밤에 묵으신 송림사에도 뱀 이야기가 얽혀 있지요."

"어머, 그래요?"

애복이 놀라워했다.

"예, 해마다 칠월 백중날 송림사의 스님 한 분이 신선대에 올라가 기도를 하면 신선이 되었다고 합니다. 어느 해, 절을 찾아왔던 한 대사가 이 이야기를 듣곤 퍽 괴이하게 여겼다고 합니다. 그 스님이 서산대사였다는 얘기도 있지요. 날짜가 다가오자 대사가 신선대로 가려는 스님의 가사장삼에 몰래 명주실과 독주머니를 달았다고 합니다. 다음날 뱀소 부근에 가보니 용이 못된 이무기 한 마리가 죽어 있더라지 뭡니까. 배를 갈라보니 죽은 스님이 들어 있고요."

"뱀이 스님을 잡아먹었어요?"

애복이 무섭다는 시늉을 했다.

"예, 이무기가 용이 되어 승천하려고 해마다 스님 하나씩을 잡아먹었는데 눈 먼 스님들이 그 사실을 몰랐다고나 할까요. 아무튼 그런 얘기들로 하여 이 골짜기를 뱀사골이라고 한답니다. 지나온 반선마을의 이름도 반쯤 신선이 되었다가 죽은 스님들의 넋을 기리기 위해 붙였다는 얘기가 있지요."

얼마 안 가 용이 목욕을 하고 승천했다는 탁용소(濯龍沼)에 이르렀으며, 둘레의 단풍 빛은 더 짙고 고왔다. 죽은 이무기가 발견됐다는 뱀소까지 오르기로 했다.

"이 산에 범도 있어요?"

남정네들보다 발걸음이 가벼운 은월이 명랑한 목소리로 물었다.

"아무렴, 있지. 지금이라도 저 숲에서 튀어나올지 몰라."

지함두가 농을 했고 그녀가 까르르 소리 내어 웃었다.

의연이 거들었다.

"웃을 일은 아니고요……이 산엔 범도 많습니다. 예전엔 반선마을에도 꽤 사람들이 살았는데 해마다 호환(虎患)이 생기다 보니까 다들 아랫마을로 내려가 버렸지요. 특히 호랑이는 여자를 좋아한다는데 여자를 먹고 나면 비녀 밖에 남는 게 없다는 말도 있지요. 허지만 낮에는 거의 나타나지 않으니 걱정할 게 못 됩니다. 밤중에 혼자 가는 소금장수나 노리지 이렇게 무리 지은 사람들을 해치진 않습니다."

"소금장수가 이 산에 왜요?"

애복이 관심을 보였다.

"이 골짜기가 끝나고 재를 넘으면 쌍계사로 가는 목통골이 나옵니다. 쌍계사에서 섬진강으로 나가면 화개(花開)가 나오고 거기서 강 따라 남쪽으로 가면 하동, 광양이랍니다. 바다가 거기에 있지요. 거기서 지은 소금이 화개까지 올라오는데 그것을 지고 구례를 돌아 남원으로 가려면 원체 길이 멀기 때문에 화개에서 곧바로 이 산을 넘어와 운봉, 남원으로 가곤 그럽니다. 지금 이 길이 바로 소금장수들이 다니는 길이지요."

"세상에! 그 무거운 소금을 이 숲길로 져 나른단 말씀이네요."

"바다가 보고 싶어요!"

두 여자가 번갈아 소리를 질렀다. 여립이 점잖게 한 소리 거들었다.

"그 보게. 신선되기도 쉽지 않고 용 되기도 용이치 않아. 한 숟갈 소금 얻기도 그렇고……세상에 쉬운 일이 하나도 없다는 말일세."

"그런가 봅니다. 그러고 보면 사람 가운데 귀인으로 나고 진인으로 우뚝 서는 일은 얼마나 어렵겠습니까."

지함두가 화답을 놓았지만 여립은 대꾸를 하지 않았다.

한낮이 다 돼서 용소에 닿았다. 좁은 암반과 바위벽 사이로 물줄기가 쏟아져 내려 또 하나 깊은 못을 만든 곳이었다. 급한 계류의 몸짓이 이무기의 몸부림 같고 요란한 물소리가 그의 비명처럼 들리기도 했다. 머리 꼭대기에 열린 하늘은 더욱 좁아졌다.

양반네와 여자들은 소(沼)가 내려다보이는 너럭바위에 다리를 펴고 앉았지만 중들과 하복들은 잠시라도 숨 돌릴 겨를이 없었다. 밥과 탕을 끓일 솥을 걸고 불을 피우는가 하면 그 전에 술통을 꺼내 호리병에 붓고 찬거리를 챙겨 주안상부터 마련해야 했기 때문이다.

술상이 차려지자 여립은 굳이 의연에게 합석을 권했다. 길 안내를 하고 절간 숙소를 마련하는 둥 여러 가지 애를 쓴 데 대한 상찬도 아끼지 않았다. 속세의 나이 쉰다섯이라고 했으니 여립보다 열두 살 연상이었다. 노인네 나이임에도 산길 걸음걸이가 누구보다 날래고 당찼다. 여립의 부름에 그는 한 마디 사양의 말도 없이 술상에 붙어 앉아 사발술을 들이킬 줄 알았다. 손등으로 썩 입술을 문지르고 나서는 산적 고기를 우걱우걱 씹었다.

"좋구먼. 근자에는 선사 대덕들 또한 주육을 가리지 않는다더니 오늘 우리 의연 화상을 보니 도를 통한 대선(大禪)임을 알만 하외다."

정여립은 썩 기분이 좋은 편이었다. 물소리 바람소리뿐인 인적 없는 단풍 골에서 눈부신 풍광을 이웃한 채 수하와 정인(情人)만을 곁에 두고 술잔을 나누고 보니 천지를 가진 듯한 득의마저 없지 않았다. 음식을 삼킨 뒤 의연이 말했다.

"절집에도 개차법(開遮法)이 있습니다. 수행을 함에 있어서도 열 때는 열고 막을 때는 막아야 한다는 뜻이지요. 턱없이 가리고 삼가는 것만을 고집하지는 않습니다."

"오늘은 열려 있는 때란 말인가?"

"그렇습니다."

"그 참 편리한 법이구먼."

송간이 비아냥거리는 투로 말했지만 그는 전혀 개의치 않았다. 지함두가 다시 잔을 채워 그에게 건네며 말했다.

"그래, 수찬 어른의 말씀도 있었으니 그냥 선사라고 부름세. 그리고 어제 하던 얘기를 좀 더 해보시게. 전주 땅의 귀인이란 누구를 말함인가?"

새 술잔을 비우고도 의연은 한동안 뭔가를 골똘히 생각했다. 이윽고 그가 고개를 저으며 입을 열었다.

"모릅니다. 아무리 천기를 읽는다 해도 사람의 이름까지 알 수는 없는 법이지요. 허나 어제는 사또 어른도 계시고 하여 제대로 말씀드리지 못한 것이 있습니다."

"무슨 얘기를?"

"소승이 반야봉에서 전주 땅에 솟아오르는 서기를 보았다는 말씀을 드렸지요? 더 자세히 말씀드리면 그 기운은 바로 왕기(王氣)였습니다. 그리고 소승이 그날 처음 본 것도 아니었지요. 요동에 있을 때였습니다. 하루는 조선을 바라보니 한양에서 왕기가 치솟았는데 한양에 와서 살펴보니 그것은 전주 동문 밖에서 피어 오른 것이었습니다."

"왕기라니!? 새 왕조를 열 인물이 전주에서 난다는 말인가?"

지함두가 입을 딱 벌리며 놀라워했다.

"고연! 천한 중의 입에서 어찌 저런 무엄한 말이 함부로 튀어 나오는 가?"

송간의 얼굴이 벌겋게 달아올랐다. 의연이 또 넙죽 허리를 숙였다.

"어느 안전이라고 천승이 함부로 지껄이겠습니까. 소승이 보고 아는 바를 말씀드리는 것뿐이옵니다. 그 분은 귀인이기보다 진인이고 성인이라 함이 옳습니다. 도탄에 빠지고 쇠잔한 민생을 보듬어 일으켜 세울 어른임에 분명합니다. 세금과 부역을 줄이고 천인과 서얼을 금고(禁錮)하는 법을 모두 혁제(革除)하여 나라를 태평하게 만들 분이기에 그러합니다. 태어날 때부터 남달랐고 세상에 보인 이적(異蹟)도 한둘이 아니어서 가까이 있다면 소승 같이 아둔한 자도 능히 알아보고 지목할 수 있을 것입니다. 어미가 아이를 품었을 때 여덟 용(龍)이 나타나 춤을 추었기에 아명을 팔룡(八龍)이라 하였으며, 성인의 아들 또한 태어나면서부터 등에 '王' 자를 새기고 있었음도 알 만합니다."

의연의 언설이 거침없었는데, 귀 담아 듣던 정여립이 내심 크게 놀라지 않을 수 없었다. 자신의 아명이 팔룡이며 그 내역도 의연의 말과 다르지 않았다. 그뿐인가. 맏아들 옥남(玉男)은 어미 뱃속에서 나올 때부터 등에 '王'자 무늬를 새기고 있었다. 둘째 '소(紹)'며 조카 '집(緝)' 마냥 항렬에 맞는 돌림자를 써야 함에도 굳이 '옥남'이라고 한 연유도 거기 있었다. 마음 같아서는 '王男'이라고 하고 싶었으나 차마 왕(王)자를 드러낼 수 없어서 점 하나를 붙여 '玉' 자로 숨겼던 것이다. 그러면서도 아명만큼은 '거점(去点)'으로 하여 속내를 숨기지 않았다. '거점'

이란 '점을 없앤다.'는 뜻, '玉' 자에서 점을 지우면 곧 '王'이 된다.

　여립 스스로 오래 함구하였으므로 이 사연을 아는 이는 가까운 일가 천척들 외에는 거의 없었다. 그런데 초면의 떠돌이 중이 제 아명을 입에 올리고 아들의 등에 새겨진 무늬를 직접 본 듯이 말하고 있지 않은가. 놀라운 일이 아닐 수 없었다. 의연의 말을 곧이듣는다면 여립 자신이 세상을 바꾸고 고칠 진인이요 성인이었다. 대체로 황당무계한 것이 참설이요 비결이지만 이 적막한 산중에서 듣는 그런 말은 나름 흥미도 있거니와 따로 새겨볼 만도 하였다.

　"용하구먼……."

　뭘 안다는 듯이 지함두가 의미심장하게 미소를 지었지만 여립은 그를 본 체하지 않았다. 함두가 다시 의연에게 물었다.

　"구월산엔 가 보신 일이 있는가?"

　"없습니다."

　"천 리 밖에 떨어져 있는 이들인데 하는 소리가 어찌 이렇게 같을 수 있담!"

　그는 다른 한편으로 조생원을 떠올리고 있었다. 구월산 조생원이 하던 말을 지리산의 중이 되풀이하고 있음에 놀라움을 금치 못했던 것이다. 허기야 조생원은 전주 땅의 진인이 정 씨임은 말했지만 그의 아명이며 그 아들 몸에 있다는 글자 무늬에 대해선 언급이 없었다.

　"신출귀몰한다는 길삼봉에 대해서도 들은 바가 있는가?"

　"예, 진주 사람이다, 천안 사람이다, 아니다 황해도에서 왔다……말들은 많지요. 하루 5백 리를 거뜬히 달린다던가요? 허허. 훗날 전란이 일어나면 전주의 성인 정팔룡이 길삼봉의 신병을 거느리고 외적을 무찌른다는 말도 산중 도인들끼리 더러 합니다마는 글쎄요, 소승이 보기에는 이야말로 어리숙한 자를 홀리기 위해 꾸며낸 말이 아닌가 싶습니다. 지리산이 제 아무리 크고 깊다한들 신병 5천을 숨길 데가 어디 있습니까? 그렇다한들 어찌 저 같은 산승(山僧)의 눈에 띄지 않을 수 있겠습니까."

"그러니까 신병이지, 허허."

"예……."

익힌 닭 한 마리가 통째로 상위에 올랐다. 식기를 기다려 애복이 그것을 먹기 좋을 만큼 잘게 찢었다. 어느새 정여립, 지함두의 안색이 벌겋게 변했다. 그렇게 술잔을 비우고도 의연은 낯빛조차 달라지지 않았고 송간은 스스로 술을 삼가는 모습이었다. 숲 그늘에서는 젊은 중과 하복들이 둥그렇게 앉아 밥을 먹고 있었다. 흥이 고조됐음인가. 자리에서 일어난 여립이 골물을 내려다보며 시를 읊었다.

기아거자(棄我去者)
작일지일불가류(昨日之日不可留)요,
난아심자(亂我心者)
금일지일다번우(今日之日多煩憂)인가.
장풍만리송추안(長風万里送秋雁)이요,
대차가이감고루(對此可以甘高樓)로다.

나를 두고 가버린 어제 날은 붙잡아 둘 수 없고
내 마음 어지럽히는 오늘은 얼마나 근심스러운지

긴 바람 만 리에서 기러기를 실어 보내니

내 몸은 높은 누각에서 마음껏 취하겠도다.

더러 물소리에 쓸리기는 했지만 그의 목소리는 시종 골을 울릴 정도로 우렁차고 낭랑했다. 송간과 지함두가 여립의 등짝을 쳐다보는 사이, 의연은 젓가락 하나로 박자를 맞추듯 가만가만 상머리를 두드렸다.

"무슨 시예요?"

애복이 의연에게 물었다. 술잔에 입술을 대는 시늉밖에 하지 않았는데도 그녀의 얼굴이 홍시처럼 붉어 있었다.

"이백의 시로 알고 있습니다. 장안에서 버림을 받고 동쪽 지방을 떠돌아다닐 때 읊은 것이라지요. 어느 때 이백이 강남의 선성(宣城)이란 곳에 이르렀는데, 때마침 어사로 그곳에 온 먼 친척 이운(李雲)을 만났지요. 함께 있는 동안 가슴에 맺혔던 바를 다 털어놓곤 하였는데 머잖아 이운이 떠나게 되었답니다. 그래서 사조루(謝眺樓)란 누각에 올라 그를 전별하면서 지은 것이 저 시라고 하지요."

"많이 슬펐겠네요. 이백이란 분도 우리나라 사람은 아니지요?"

"예, 중국 사람입니다."

"그래서 시를 들어도 무슨 뜻인지 알 수가 없나 봐요."

"예, 그렇지요."

정각과 설청, 각금목 세 젊은이가 소에 내려가 물장난을 했다. 두 손으로 물을 떠올려 허공으로 뿌릴 때마다 물방울들이 보석가루처럼 빛을 내며 흩날렸다.

소피를 보러 가는 양, 지함두가 슬그머니 자리에서 일어났다. 단풍

숲으로 들기 전, 그가 선석달 곁에 앉아 있던 은월에게 뭔가 손짓을 했으며 그녀 또한 마다 않고 냉큼 일어나 함두의 뒤를 따랐다.

"창운(滄橒, 송간), 자네도 좀 마시고 흥을 내보게. 마음에 들지 않는 것이 있더라도 얼굴을 좀 펴고……."

"예, 죄송합니다."

새로 술상을 당기고 앉은 여립이 송간의 잔에 직접 술을 부어주었다. 올 봄, 지함두가 전주에 오고부터 송간이 매사에 있어서 그와 부딪친다는 사실은 여립도 알고 있었다. 송간은 지함두가 해주에서 향교며 서원을 드나들었다는 사실마저 인정하려 하지 않았다. 애당초 정처도 본 데도 없는 뜨내기 잡류에 지나지 않는다는 것이 송간의 생각이었다. 누런 도포 차림에다 방갓을 눌러쓰고 다니면서 도사를 자처하는 지함두의 행태를 특히 못마땅해 했는데, 함두가 정여립을 하늘이 내린 진인이라고 추켜세우는 일은 질색을 하고 반대했다.

"저 자가 아저씨를 구렁텅이로 처넣을지도 모르는데 오냐, 오냐 하고 곁에 두시렵니까?"

어느 때는 정색을 하고 여립에게 따져들기도 하던 송간이었다. 여립도 그의 충정을 모를 바 아니었지만 단순 우직한 그의 성격이 새 사람들을 흔쾌히 받아들이지 못하는 것 같아 안타깝기만 했다.

그 사이 지함두를 연줄로 해서 변범, 박연령, 박문장, 김세겸(金世謙), 이기(李箕), 이광수(李光秀), 박익(朴杙) 같은 인사들이 황해도 해주, 안악, 신천 등지에서 번갈아 찾아오는 데 대해서도 송간이 탐탁지 않게 여겨 더욱 그랬다.

뭘 본 것일까? 정각과 설청 두 젊은 중이 맞은편의 가파른 바위벽을 기어오르고 있었다. 이내 그 둘의 모습이 바위 뒤로 사라졌다. 지함두와 은월이 숲에서 나온 것도 그 무렵이었다. 무슨 민망한 짓거리라도했는지 함두는 괜스레 하늘을 쳐다보며 헛기침을 놓았고 은월은 선석달의 뒤편에 몸을 숨겼다. 여립과 의연이 새 잔을 비우는 사이, 정각과설청 두 중이 바위벽 아래의 벼랑을 내려왔다. 정각의 손에 판자 같은것이 들려 있어서 자세가 한층 위태로워 보였다.

"뭣 하는 짓거리람!"

송간이 그들을 바라보며 한 소리 했다. 뜀질로 골을 건넌 두 승려가곧장 너럭바위 쪽으로 기어 올라왔다. 거친 숨을 내쉬며 정각이 여립을향해 꿇어앉았다.

"어르신, 소승이 좀 전 저편 바위굴에서 희한한 물건 하나를 얻었습니다. 살펴봐 주시겠습니까?"

"희한한 물건이라니?"

여립이 미간을 접었다. 설청이 두 손으로 받쳐들고 있던 것을 정각이 건네받았다. 먼 데서 볼 때는 무슨 판자인 양 했는데 가까이서 보니그게 아니었다. 얇은 석판(石板)이었다. 보자기만한 너비의 그것은 모서리가 거칠지만 네모꼴을 갖추고 있었다. 정각이 조심스럽게 석판을여립 앞에 놓았다.

"이것이 뭐란 말인가?"

"구들장으로 쓰면 좋겠군."

지함두가 중간에서 말을 받자, 정각이 빠르게 대꾸했다.

"글자가 새겨져 있습니다."

"글자!?"

그제야 좌중이 낯빛을 고쳤다.

"어디에 무슨 글자가 있다고?"

지함두가 손바닥으로 이끼 덮인 표면을 문질렀다. 정각이 상에 있던 탁주잔을 쥐어 거기다 부었다. 비로소 흐리나마 새김 자(字)들이 드러났다.

"그려, 문자네……."

지함두가 얼굴을 갖다 대며 자획들을 더듬었다.

"뭐라고 적혀 있는가?"

여립이 관심을 가졌다.

"목, 자, 망(木子亡)……흠, 다음의 이게 무슨 자인가? 그 다음은 분명 읍(邑)이고……."

떠듬떠듬 함두가 읽는 소리를 듣곤 여립, 송간, 의연의 얼굴이 금세 굳어졌으며 지함두 또한 뒤늦게 탄성을 놓았다.

"목자망, 전읍흥(奠邑興)이군요!"

의연도 낮게 부르짖었다.

"감결(鑑訣)이야!"

세로로 세 글자씩 두 행으로 된 총 여섯 글자의 문구가 석판에 새겨져 있었다. 한 순간 무거운 침묵이 좌중을 눌렀으며 당황한 애복이 의연에게 물었다.

"왜요? 무슨 글자이기에 그러세요?"

"비밀스럽게 세상에 전해 오는 말이 적혀 있답니다. 일부러 글자를 깨트려 놓았는데 다시 모아 보면……."

"관두게."

뜻을 새기려는 것을 보고 여립이 막았다. 그러자 함두가 나섰다.

"백 년 전부터 널리 퍼진 얘긴데 어때서요? 안에서도 아실 것은 아셔야지……. 다름 아니고 이 씨가 망하고 정 씨가 흥한다, 그런 말이 여기 적혀 있답니다."

"괜한 소리는 관두고……."

여립이 자세를 고치며 정각을 응시했다.

"네가 이 물건은 어떻게 찾았더냐?"

정각이 머리를 조아리며 고했다.

"소승, 설청과 더불어 물가에서 놀고 있었사온데 문득 바위 너머에서 반짝이는 뭔가를 보았습니다. 뻗쳐오르는 빛살이 예사롭지 않다 여기곤 함께 벼랑을 올라가 보았습니다."

"그랬더니?"

"깨진 사발 하나가 흙 속에 반쯤 묻혀 있을 뿐 별다른 것이 없었나이다. 다시 내려오는데 아래에 이전에 보지 못했던 석실(石室) 하나가 바위틈에 있는 걸 보았습니다. 사람 하나 겨우 몸을 밀어 넣을 크기였으며 깊이도 두 자 정도밖에 되지 않았습니다. 짐승이라도 있나 싶어 석실 안을 들여다보았는데 이것이 벽에 기대져 있었습니다. 은은한 빛이 석판에서 번져 나는 것을 보곤 범상한 것이 아님을 알았습니다."

"소승도 같이 있었습니다."

설청이 동조했다. 여립이 의연에게로 시선을 옮겼다.

"그대는 짐작이 가는 바 없는가?"

"전혀요. 저기에 그런 석실이 있다는 것도 소승은 금시초문일 따름입니다. 어느 할 일 없는 이가 저 험한 벼랑을 기어 올라가 이런 괴이한 물건을 숨겨 놓겠습니까?"

의연이 절레절레 고개를 저었다.

"진실로 기이한 일이 아닐 수 없습니다. 혹 산신령이며 이무기의 혼령이 수찬 어른께서 이곳에 왕림하심을 미리 알고 있었던 것은 아닐까요?"

지함두가 새삼스레 여립을 쳐다보았다.

"또 그 헛소리."

여립이 제 빈 잔에 스스로 술을 부었다. 애복이 얼른 손을 내밀었지만 어느새 술은 잔을 넘쳐 상에 흘렀다.

"어르신, 이 석판은 어찌 할까요? 나귀에 실어 이따 산 아래로 옮겨가도록 할까요?"

정각이 물었는데 여립이 고개를 저었다.

"일 없네. 그딴 것을 가져가서 뭣에다 쓰려고? 물속에 던져버리게."

"예."

"그리고 오늘 여기서 본 것을 누구도 입 밖에 내지 않도록 각별 조심하고……."

여립이 주위를 둘러보며 새삼 입단속을 시켰다. 쯧쯧, 하고 싶은 말은 많지만 참는다는 듯 송간이 혀를 찼다. 두 손으로 석판을 든 정각이 너럭바위 끝에 섰다. 한껏 그것을 머리 위로 쳐들었다가 용소 가운데로 던졌다.

16. 춘래불사춘(春來不似春)

춘래불사춘(春來不似春)이라고 했던가. 봄이 와도 봄 같지가 아니했다. 긴 겨울을 떠나보내고 새봄을 맞는 마당이라면 거리를 지나는 사람들의 안색 또한 봄볕처럼 환해야 마땅하거늘 어찌 된 셈인지 다들 여전히 엄동설한에 들어 있는 듯 얼굴은 그늘졌고 어깨가 움츠려져 있었다. 계절이 바뀌면서부터 들불처럼 번지기 시작한 역질 때문이었다. 삼남은 말할 것 없고 경기, 강원도라고 해서 다를 바가 없었다.

온몸이 뜨겁게 달아오르고 기침을 시작하면 열흘을 넘기기 어려웠다. 지아비가 병에 걸리면 지어미에서 아들딸로 옮겨갔고 한 집에 병이 생기면 온 마을이 병마를 덮어썼다. 백약이 소용없었다. 사람이 모여 사는 곳이라면 볏가리처럼 송장이 쌓인다는 말이 나돌았다.

역질(疫疾)뿐인가. 겨우내 한두 차례 눈이 내린 이래 봄이 돼도 비한 방울 내리지 않았다. 지독한 봄 가뭄이었다. 논밭에는 먼지만 폭폭 일었기에 땅을 갈아엎어 씨를 뿌리고 모종을 낼 엄두를 내지 못했다. 한재(旱災) 속에 역질까지 창궐하다 보니, 머잖아 조선 전역에서 사람이 멸절(滅絶)하여 그 종적이 사라질 것만 같았다.

육조 뒷거리의 국밥집을 찾아갈 때는 나라의 종 구사(丘史) 여섯이 앞뒤 셋으로 나뉘어 행차를 호종했다.

국밥집 뒷방에 공조참의 남언경이 먼저 와서 자리를 잡고 있었다. 혼자였다. 그가 몸소 툇마루로 나와 유성룡을 맞아들였다. 방 안에 든 뒤에도 한동안 두 사람은 맞잡은 손을 놓지 않았다. 그 사이 궐 안에서 여러 차례 마주치고 몇 마디 얘기를 나누긴 했지만 따로 두 사람이 자리를 마주하기는 이번이 처음이었다.

남언경이 유성룡을 끌어 억지로 윗자리에 앉히려는 것을 성룡이 한사코 마다해서 남언경에게 양보했다. 벼슬 품계로만 따지면 유성룡이 정2품이요 남언경이 정3품이니 성룡이 상석을 차지하는 게 맞지만 열네 살 차이의 나이를 생각하면 또 그럴 처지가 아니었다.

유성룡을 따라온 홍문관 응교 홍진(洪進)이 뒤늦게 남언경에게 인사를 올렸다. 남언경이 홍진의 고모부였다.

"너는 언제 공주로 내려가느냐?"

언경이 홍진에게 물었다.

"모레 아침에 떠나려고 합니다."

"그래, 치성이라도 잘 드려야지 어떡하겠는가……."

걷잡을 수 없는 돌림병에 조정 상하의 근심도 클 수밖에 없었다. 마침내 임금은 각 도에 제관을 내려 보내 치제(致祭)를 드리자는 신하들의 의견을 좇았으며, 충청도 제관으로 홍진을 뽑았다. 나라의 제물과 제문(祭文)을 갖고 계룡산에 가서 천신에게 치성을 드려야 할 막중한 책임이 홍진에게 있었다. 부교리 송언신(宋彦信)은 경기도로, 수찬 권협(權悏)은 함경도로 떠나게 돼 있었다.

"역질이 북변까지 번지고 있다니 여간 큰일이 아닙니다."

유성룡은 내심 홍진과 함께 온 일이 다행이라고 여겼다. 평소 무던히 지냈다고는 하지만 남언경과 단둘이 마주 앉아 이야기를 나누는 일은 아무래도 부담이 되지 않을 수 없었다. 홍진 같은 제삼자가 거들어준다면 한결 분위기가 좋을 것 같다는 요량에서 그에게 동행을 요청했고 그 또한 흔쾌히 응해 주었다. 자신이 홍문관 대제학을 겸하고 있어서 관직으로는 아랫사람이지만 홍진은 오랜 벗이요 동지나 다름없었다. 그의 아우 홍적(洪迪)도 마찬가지였다.

남언경이 율곡, 정철과 각별히 지냈음에도 불구하고 이들 형제는 김첨, 허봉, 송응개 등과 더불어 율곡을 탄핵하는 일에 주저 없이 앞장을 서곤 했다. 그 덕에 허봉, 송응개가 귀양을 가고 김첨이 지례현감으로 쫓겨 갈 적에는 홍진 또한 용담현감으로 밀려난 아픈 경험이 있었다. 장연현감으로 있다가 병으로 물러난 홍적이 여태 관직을 회복하지 못하고 있는 형편에도 그 전적이 영향을 미쳤다.

이들 형제의 아버지가 홍인우(洪仁祐)다. 남언경과 같이 서경덕 문하에서 공부를 하였으며 일찌감치 남언경의 학덕을 높이 사서 매제(妹弟)로 들였다.

"존장께서 보시기에도 이 가뭄과 역질이 모두 하늘 섬기기를 소홀히 한 데서 비롯된 것일까요?"

밥상이 들어오는 것을 보고 성룡이 물었다. 뚝배기 국에 붉은 기름이 둥둥 떠 있었다. 숟가락을 찾아 쥐며 남언경이 씨익 웃음을 흘렸다.

"우리 예판(禮判)께서도 굳이 그렇게 믿어서 묻는 것은 아닐 테고……."

지난 해 시월, 유성룡은 오랜 은거를 접고 병조판서에 올랐으며 곧이어 예조판서로 바뀌어 관례대로 홍문, 예문 양관(兩館)의 대제학을 겸했다.

"시세가 암담하다 보니 다들 하늘만 쳐다볼 도리 밖에요……."

"천리를 얻지 못하고 인륜을 저버리는 것이 오늘 어제만 있던 일인 가요. 그렇듯 하늘이 낱낱이 인간사에 관여한다면 지금껏 살아남을 사람이 어디 있겠습니까. 허허. 이런 얘기를 해서 뭣하지만 사실 우리 유자(儒者)들의 병통이 뭔지 아시겠습니까? 사실에다 자꾸 가치를 덮어 씌운다는 것입니다. 비가 오지 않는 것은 하늘에 구름이 모이지 않는 탓이요. 역질이 생기는 것은 사람이 그것을 다스리지 못해서일 뿐인데 다들 뭐라고 하지요? 하늘이 노해서 그렇다고 해요. 허허. 가치는 도덕이고 사실은 욕구인데 그것을 구별치 아니 하고 만사를 가치로만 재단하니 실효가 드물 밖에요."

"무슨 말씀인지 알 만합니다."

자칫하면 논의가 또 리기론으로 옮겨지고 그만큼 말이 길어질 듯해서 성룡이 간결하게 답했다. 남언경도 그 얘기는 더 이상 끌지 않았다.

"삼남에 병이 번질 때만 해도 황해, 평안도는 괜찮았지요. 그러던 것이 이제 함경도까지 번졌다고 하니……병을 옮기는 것도 사람의 짓이지 다른 뭣이 아닐 것입니다. 그저께는 내의원 의관들이 황해도로 떠나는 걸 보았습니다. 때마침 허준이 거기 있기에 한 마디 거들었지요. 병이 번지는 걸 막으려거든 먼저 사람들의 내왕부터 끊으라고……."

"그러셨군요."

남언경이 의술에도 일가견이 있음은 의관들도 인정하는 바였다.

"드시지요."

성룡이 국밥을 저어보고 있는데 그가 문득 "참, 안 됐어요."라고 말했다. 성룡이 상 너머로 그를 바라봤다. 남언경이 혼자 고개를 젓곤 말을 이었다.

"난설헌 말입니다. 아명이 초희라고 했지요?"

"아, 네."

"그 재주를 갖곤 그렇게 요절하다니……."

"그러게 말입니다."

잠시 잊고 있던 상처를 새로 건드린 듯 아린 통증이 스쳤다. 채 한 달이 되지 않았다. 난설헌이 숨졌다는 뜻밖의 부음을 듣고는 유성룡이 손바닥으로 서안(書案)을 치며 탄식했다. 겨우 스물일곱 나이. 어릴 때부터 가까이서 지켜보며 남달리 그 재주를 사랑하고 그 불우함을 안타까워했던 터라 애통함은 차마 비할 데가 없었다. 가장 의지하고 따랐던 제 오라버니 허봉이 객사한 지 다섯 달밖에 되지 않았다. 세간에서는 그녀가 스스로 목숨을 끊었다는 말도 있었지만 그게 아니었다. 그녀는 이미 오라버니의 장례를 치른 뒤부터 줄곧 병석에 누워 있었다. 아무리 강인한 여인네라 해도 천금 같은 딸 아들을 차례로 떠나보내고 뒤이어 친애하던 오라버니마저 땅에 묻고 나서는 무슨 기운으로 버틸 수 있을까. 허나 동생 허균으로부터 그녀의 병세를 전해 들으면서도 그렇듯 쉽사리 숨을 놓으리라곤 생각지 못하였다. 무엇보다 그녀의 젊은 나이를 믿었던 터였다. 그런데 그 아이마저 허망하게 목숨을 놓아버렸다.

"전하는 시편들은 나도 더러 읽어 보았지요. 이현(유성룡)이 했다는 평이 조금도 지나친 바가 없더군요. 초당(허엽)의 딸이고 미숙(허봉)의 누이이고 자첨(김첨)의 며느리임을 떠나서 이 땅에 그만한 시인이 있을까 싶을 정도로……그렇더군요."

"존장께서도 그리 보아 주시니 구천에서나마 그 아이가 좋아하겠습니다."

보름 전이었다. 허균이 제 누나의 유문(遺文)들을 수습해 왔다. 훗날 문집을 꾸미고 싶다며 평을 부탁하기도 했다. 앉은 자리에서 그것들을 읽으면서도 유성룡은 새삼 놀라움을 금치 못했다.

"이상하도다. 이는 부인의 말이 아니다. 어떻게 하여 허 씨 집안에 뛰어난 재주를 가진 사람이 이토록 많단 말인가?"

절로 입에서 나온 말이었다. 그리곤 곧바로 붓을 쥐었다.

<……나는 시학(詩學)에 관하여는 잘 알지 못한다. 다만 보는 바에 따라 평한다면 말을 세우고 뜻을 창조함이 허공의 꽃이나 물속에 비친 달과 같아서 형철영롱(瑩澈玲瓏)하여 눈여겨 볼 수가 없고, 소리가 울리는 것은 형옥(珩玉)과 황옥(璜玉)이 서로 부딪치는 것이요, 남달리 뛰어나기는 숭산(崇山)과 화산(華山)이 빼어나기를 다투는 듯하다. 가을 부용은 물 위에 넘실대고 봄 구름이 공중에 아롱진다. ……높은 것으로는 한 나라의 제가(諸家)보다 뛰어나고 그 사물을 보고 정감을 일으키며 시절을 염려하고 풍속을 민망하게 함에 있어서는 열사의 기풍이 있다. 한 가지도 세상에 물든 자국이 없으니 백주(柏舟), 동정(東征)이 오로지 옛날에만 아름다울 수 없다…….>

글을 주며 허균에게 당부했다.

"돌아가 간추려서 보배롭게 간직하여 한 집안의 글로 비치고 반드시 널리 오래 전하도록 하는 것이 옳다."

어느새 남언경은 그 평문까지 찾아 읽어본 듯싶었다.

"다행이지요. 미숙이 누이를 앞세우지 않고 저 먼저 떠났으니……."

홍진 또한 절로 허봉이 그리운 모양이었다. 김화 생창(生昌)에서 실려 온 관이 용인의 허 씨 선산에 이르렀을 적에는 한양의 벗들이 모두 산길에 도열하여 사자(死者)를 맞이했다. 물론 그 자리에는 성룡과 함께 홍진, 홍적 형제도 있었다. 한 순간 불귀의 객이 되어 돌아온 벗을 바라보는 이들은 참담한 심정을 금치 못했다. 허봉을 마지막으로 해서 이른바 계미삼찬(癸未三竄)으로 불린 세 사람이 5년 안에 다 저승으로 가버렸다. 박근원이 율곡이 죽던 그 해에, 그리고 송응개가 지난해 세상을 떠났기 때문이다. 흔히 농 삼아 말하듯, 율곡이 그들을 불러들였는지도 모를 일이었다.

"한담(寒痰)이라고 했던가?"

남언경이 홍진에게 물었다. 금강산 대명암에 머물던 허봉은 평소 과음으로 인한 황달이 있음에도 불구하고 산에서도 술을 끊지 못했다. 마침내 속이 쓰리고 냉하여 한담까지 얻었다. 팔다리를 쓸 수 없을 지경이 돼서야 치료를 받겠다고 가마에 몸을 실었지만 김화 생창역에서 끝내 숨을 거두었다. 향년 38세였다. 다행히 친구 서인원이 김화현감으로 있던 터라 그가 운구를 도와주어 무사히 선영에 안장할 수 있었다.

"냉담(冷痰) 한사(寒邪)로 인해 기침과 가래가 심해진 것을 한담이라고 하지. 평소 담질(痰疾)이 있는 데다 한사를 덮어쓰면 그 지경이 되고 말아. 그렇게 되면 사지를 쓰지 못할 뿐만 아니라 기가 막혀서 찌르는 듯 통증이 거푸 오고……그러다가 죽지. 미숙이 술을 많이 해서 스스로 운기를 막았다고 한다면 정기명이 같은 경우는 타고 나면서부터 기가 허해서 비장부터 죄 망가졌다고 할 수밖에……."

남언경이 허봉의 사인(死因)을 말하다가 뜻밖에 정기명을 언급하기는 했지만 다른 뜻이 있어서 그런 것 같지는 않았다.

"거기는 다녀오셨겠지요?"

유성룡이 물었고 남언경이 그렇다고 답했다.

"그런 악상(惡喪)이 없는데 어찌 가보지 않을 수 있겠소. 자식을 앞세운 아비의 마음이 어떻겠소. 나도 오랜만에 송강(정철)을 봤는데 참 안 됐습디다. 뭐라 위로할 수도 없고……."

그 또한 보름 전쯤이었던 것 같다. 송강 정철의 맏아들 정기명이 서른둘 한창의 나이에 세상을 등졌다는 소식을 들었다. 여러 해 전부터 신병을 앓으면서 고양 집을 지키고 있다는 얘기는 이전에 들은 바 있었다. 정기명은 김계휘의 사위이며 김장생의 매제이기도 하다.

아들의 장례를 위하여 정철이 전라도 창평에서 올라왔으며 성혼, 백유함, 김은휘, 박제, 이귀, 김장생, 정엽 등 정철의 친우와 문인들이 고양 장지(葬地)에 모여 들었다는 소문도 뒤따랐다. 오랜만에 서인 인사들이 죄다 한 자리에 모인 셈이었다. 다들 궁금해 했지만, 송익필, 한필 형제가 그곳에 모습을 드러냈다는 얘기는 없었다.

"송익필은 끝내 오지 않았던 모양이지요?"

홍진이 물었다. 그는 오늘 유성룡이 남언경을 만나고자 하는 까닭을 나름으로 헤아리고 있었다. 유성룡이 직접 말하기 어려운 바를 대신하는 것이 제 할 바라는 것도 아는 셈이었다. 남언경은 꽤나 식성이 좋은 편이었다. 유성룡이 반 그릇을 채 먹지 않고 숟가락을 놓은 데 반해 그는 바닥까지 깨끗이 비웠던 것이다.

"없었어. 이목이 그렇게 많은데 나타날 리가 없지……."

"흔적을 감추고 있어도 한양 돌아가는 일은 다 알고 있을 테지요. 떠도는 말로는 김장생의 향리인 연산에 숨어 있다고도 하더구먼요."

"모를 일이지."

"더러 정여립은 존장께 소식을 보내오는지요?"

홍진과의 대화를 듣던 중 성룡이 비로소 여립의 얘기를 꺼냈다. 점심시간을 빌미로 한 만큼 본 이야기를 바로 해야 했다. 한동안 빤히 성룡을 바라보던 남언경이 천천히 고개를 저었다.

"없어요, 근래에는……."

"존장께 여쭙니다. 보시기에 정여립이 개세(改世) 위인은 될 재목인지요?"

"하면……예판 말씀은?"

"말씀 그대로입니다. 조헌이 초를 잡았다가 쓰기를 말았다는 소(疏)에 대한 소문은 존장께서도 들으셨다고 여깁니다. 게다가 전주에서 진인이 났다는 얘기까지 심심찮게 나도는데 이 모두가 여립과 연관돼 있는 듯해 여쭙는 것입니다."

정여립이 역란(逆亂)을 꾸미려 한다는 내용의 소문(疏文)을 조헌이 마련했다는 얘기는 기축년(1589년)으로 해가 바뀌는 때부터 성안 식자들 사이에 조금씩 퍼졌다. 조헌이 직접 전주와 금구, 진안 등지를 미행(微行)하면서 여립의 정상을 살펴보았다는 말도 붙어 있었다. 소를 초한 뒤, 문인(門人) 송방조(宋邦祚)에게 보였는데 송방조가 간절히 제스승을 말렸다는 얘기도 있었다.

"단서가 드러나지 않았는데 역적질한다고 고발하면 도리어 악명을 입고 형화(刑禍)를 면치 못할지도 모릅니다."

송방조의 말에 조헌이 "이것은 종묘사직에 박절한 근심인데 어찌 형화를 근심하겠는가."라고 반박하였지만 결국 제게도 도움이 없음을 깨닫고는 그만두었다는 후문이었다.

한동안 미간을 접고 있던 남언경이 자신의 처조카를 바라봤다.

"너는 어찌 생각하는가? 들리는 말에 의하면 정여립이 한양에 오면 자주 너를 찾고 김수를 만난다고 하던데……사실이 아니더냐?"

홍진이 대답했다.

"한때는 그러하였습니다만 지난 동짓달 김수와 의논하곤 그와 절교하였습니다."

"왜?"

"평소에도 그의 언설이 험하고 거칠어 거리를 둬오던 참이었는데 지난번 서울에 와서는 정말 해괴한 말을 함부로 지껄이며 방자하게 굴었기 때문입니다. 신하된 자로서 차마 듣기 민망한 소리라서 이 자리에서 다시 되뇌기도 어렵습니다."

"무슨 말이기에?"

"지리산에 소풍을 갔다가 옛 도인이 숨겨놓은 석판 하나를 구했는데 거기에 '목자망전읍흥(木子亡奠邑興)'의 참언이 적혀 있더라고 하면서 기고만장이었습니다."

"허! 그럴 리가……."

"그 자리에 있어서 김수도 분명 들은 말입니다. 하오나 어찌 저희가 그런 말 몇 마디로 해서 오랜 지기와 의를 끊겠습니까. 궐에서 물러날 때만 해도 그렇지 않았는데 몇 년 사이 사람이 많이 변한 것이 사실입니다. 어쩌면 변한 이후의 그가 본래의 그였는지도 모르겠습니다. 이발, 백유양, 정언신 등 권세를 가진 조사(朝士)들과 가까이 지내면서 못된 제 욕심을 더욱 부풀려 가는 것이 도저히 가까이 해서는 알 될 사람으로 여겨졌던 것뿐입니다. 한 가지만 예를 들지요. 태인의 무과 출신

백광언은 용맹하고 과감하기로 소문이 난 인물입니다. 여립이 곡진한 뜻으로 사귀기를 원하였으나 광언이 사절하고 만나주지 않자 단단히 화가 났던 모양입니다. 백광언이 고성과 진해 두 고을의 수령으로 물망에 오르자 대간에게 부탁하여 그를 논핵하여 파면시켰습니다. 이로 말미암아 그의 권세가 더 치성해졌으며 이익을 탐하는 자들이 행여 뒤질세라 다투어 그의 문하로 들어간다는 말들이 파다합니다. 조정에도 그를 찬양하는 자가 적지 않으니 어찌 훗날이 걱정되지 않겠습니까."

"예판……."

가만히 듣고 있던 남언경이 나직한 목소리로 성룡을 불렀다.

"예, 말씀하시지요."

"꽤나 오래 전 얘기입니다. 안동에 있을 땐데 하루는 선생(퇴계)이 불러서 함께 뒷산 숲에 들었답니다. 문득 선생이 밑동이 한 자쯤 남은 나무 그루터기를 가리키며 우리한테 물었지요. 자네들 여기 와서 위에서 내려다보게, 이게 무슨 꼴로 보이는가? 누군가 답했지요. 동그라미로 보입니다. 그러자 말씀하셨어요. 그러면 옆에서 똑바로 보게, 무슨 꼴인가? 그러자 또 누군가 말했답니다. 네모꼴입니다, 하고요. 예판……그 다음은 말하지 않아도 되겠지요? 우리가 사람 하나를 판단하고 평가하는 것도 대체로 이 모양이란 뜻입니다. 똑똑하고 현명한 이라고 해도 별반 다르지가 않지요. 방금 이 사람이 하는 말을 들었지요? 전주에 있는 동안 나도 정여립 그 사람을 여러 번 만났지만 그에게 또 그런 면이 있을 줄은 내가 몰랐지요. 아니요, 내가 그 사람의 동그라미만 보았다면 이 사람은 그의 네모만 보았는지도 모르지요. 아무튼 나는 그가 조헌의 말처럼 역란을 꾸민다고는 믿지 않습니다. 진인이다,

뭐다 하는 소리도 말하기 좋아하는 이들이 만들어낸 것이지 그가 그 말을 믿고 따르리라 여기지도 않습니다. 권응시와 함께 진안에 가서 그자의 서실이 있다는 죽도에 들른 일은 예판도 아시지요? 송학(권응시)이 나를 보러 전주에 왔을 때 나 또한 눈치를 챘지요. 이건 분명 서애가 부탁한 일이다, 서애가 벌써 정여립을 눈여겨보고 있구나, 짐작을 했답니다. 그 후도 몇 차례 더 여립을 만났어요. 왜적이 바다에 쳐들어왔을 적엔 내가 직접 그 사람의 도움을 받았고요. 그래서 철병(撤兵)을 할 적에는 내가 그 고마움을 못 잊어 시도 한 편 적어 주었답니다. 대동계요? 나 자신 그건 참 좋은 일이라고 생각해요. 나라에서 못하는 일을 민간이 하는 것 아닙니까. 서로 착한 일을 권하고 나쁜 일을 징치하자는 것이니 오히려 권장하고 상을 줘야 마땅하지요. 굳이 내가 부(府)의 야장(冶匠)을 보내어 그를 도와줬던 것도 그 때문이었습니다. 한때 김제군수가 되고자 애썼던 그가 이제는 평안도사가 되려고 뛰어다닌다는 얘기도 근래 들었습니다만 그건 인지상정이요, 그자의 허물이 되지는 않을 것입니다. 한편 생각하면, 지방 수령 자리나 탐내는 그런 자가 어찌역란을 꿈꾸며 하늘이 내린 진인이라고 자처할 수 있겠습니까. 좁은 소견인지 몰라도 내 생각을 이렇답니다. 예판, 궁금한 게 있으면 또 물어보세요. 내가 아는 바는 말씀 드리리다."

"예, 존장께서 말씀하시니 한 가지만 더 여쭙겠습니다. 전주에 계시는 동안 송익필의 족적에 대해 살펴보신 바가 없으신지요?"

유성룡의 태도가 한층 진중해졌다. 나름 생각이 있다는 듯이 남언경이 고개를 끄덕였다.

"운장(송익필)이라면 나도 알 만큼 알지요. 예판 생각도 그렇지요?

송익필이 흔적을 남기지 않고 숨어 다니지만 그가 일신의 안위만을 도모치는 않을 것이라고요. 뭔가 일을 꾸미고 있을 터인데 그게 뭘까? 이발과 유성룡을 한꺼번에 쳐낼 묘책은 없을까? ……아무튼 익필이 가만히 숨어 지내지만은 않을 것이란 생각에는 나도 동의해요. 나는 모르지만 우계(성혼), 송강과는 여전히 긴밀한 교분을 맺고 있을 것이외다. 조헌이 거듭 정여립, 이발을 물고 늘어지는 데서도 그의 손길이 느껴지긴 합니다만 차마 그들을 역적으로 몰아붙일 요량은 아닐 것이외다. 잘못했다가 그 뒷감당을 어떻게 하려고요? 정여립이며 이발이 거기에 걸려들기나 하겠어요? 아마 조헌이 소를 올리지 못하고 거둔 것도 그 때문일 것입니다. 예판이 다시 조정에 들어오신 탓에 운신의 폭이 훨씬 좁아들긴 하지만 송익필이 다른 뭔가는 꾀할 것입니다. 아무튼 예판처럼 사려 깊은 분이 조정에 버티고 계시면 무슨 큰일이 있겠습니까. 물러나 기척 없이 있는 자들에 대한 심려는 거두시고 동이다, 서다 하는 쌈질이나 덜하도록 해주세요."

"오늘 존장의 말씀을 듣고 보니 구름에 갇혔던 달을 새로 만난 느낌입니다."

"예판, 오늘 이런 자리를 가졌으니 나도 부탁 하나를 할까요?"

남언경의 낯빛이 훨씬 밝아졌다. 그가 말했다.

"송익필을 놔 주세요. 돈을 받든 어떻게 하든 양인으로 놔 놓는 것입니다. 그래야 오래 세상이 조용할 것이외다. 누가 보든 예판은 오늘날 동인의 좌장이십니다. 예판밖에 이 일을 할 수 있는 이가 없어요. 더 이상 아까운 이들이 피 흘리며 쓰러져서는 안 됩니다."

입가에 미소가 서려 있었지만 그의 음성은 단호했다.

"존장 말씀 깊이 새기겠습니다."

유성룡이 허리를 숙이며 사례했다.

남언경을 먼저 떠나보낸 뒤, 유성룡은 홍문관의 일을 보기 위해 홍진과 함께 창덕궁으로 행차를 돌렸다. 궐 안, 금천(錦川) 돌다리를 건너는 중에 홍진이 물었다.

"송익필을 면천(免賤)시킬 요량은 아니시겠지요?"

궁궐까지 오는 동안에도 그는 그 생각에 몰두했던 듯싶었다.

"그게 어디 나 혼자의 작심으로 될 일이겠소. 중론도 들어봐야 하고……."

유성룡이 말끝을 흐리자 홍진이 가로채듯 제 말을 쏟았다.

"그럴 순 없어요. 도망 다니고 몸을 숨겼다 해도 여전히 손 안 뻗치는 데가 없는 송익필입니다. 그런 자를 대로에 활개치고 다니게 해서는 정말 큰일이지요. 안 씨들이 추노를 못 한다면 의금부며 포청이 나서서라도 잡아들여 아예 운신을 못하게 해놓아야 마땅하지요."

"때가 늦었는지도 몰라……."

성룡의 혼잣말에는 홍진도 얼른 입을 떼지 못했다.

홍진과 김수가 정여립과 절교하기로 결심한 데는 유성룡의 조언이 크게 작용한 것도 사실이었다. 여립과 계속 친하게 지내다간 뜻밖의 화를 입을 수도 있다며 그를 멀리 해야 한다고 말할 때부터 두 사람은 어느 정도 유성룡의 복심을 헤아렸다. 정여립과의 절교는 이발 및 그 주위와 거리를 두는 것을 뜻했기 때문이다. 이전부터 이발 등이 서인에 대해 강경한 대응을 고집해온 데 반해 유성룡은 온건하고도 유화적인 태도를 견지해 왔다. 이로써 동인을 이끌어가는 두 사람 사이에도 적잖은 마찰이 있었으며 송익필의 환천 문제를 두고 한층 그 골이 깊어졌음은 자타가 느끼는 바였다. 더 이상 이발과 큰일을 도모할 수 없다, 내쳐 입으로 밝힌 바는 없지만 유성룡이 이미 그런 행보를 보이고 있었기에 퇴계의 문인들부터 그를 좇지 않을 수 없었다. 한동안 이발에 경사돼 있던 학봉 김성일이 나주에서 돌아온 후부터 다시금 유성룡과 결속한 것도 같은 이유에서였다.

진선문(進善門)을 바라보며 왼편으로 돌아들면 곧 옥당(玉堂, 홍문관)이었다.

"늦었다 하오면?"

홍진의 물음에 성룡이 걸음을 멈췄다. 빤히 홍진을 바라보던 그가 혼잣말처럼 중얼거렸다.

"귀담아 듣지는 마시오. 나 혼자 생각이니……."

"송익필이 그렇단 말씀인가요, 아니면 동암(이발)이 그런가요?"

"두 사람 다……."

"이현……."

다급한 마음에 홍진이 제 상관에게 벗의 호칭을 썼지만 성룡이 개의치 않았다.

"답답하지요? 나도 마찬가지라오. 뭔가 잡히는 듯한데 막상 손을 펴 보면 쥔 것이 없단 말이오. 조헌의 이번 소문(疏文)을 보셨던가요? 여전히 시폐를 논한다고 했지만 이전 것과 다른 점이 없던가요? 소를 올릴 적마다 이발과 정여립을 논핵하던 그가 이번에는 그 두 사람 이름을 쏙 빼고 있단 말이오. 그 대신 나와 김응남을 거푸 들먹이며 욕하고 있지요. 송익필의 족적을 볼라치면 조헌의 소문을 살펴봐야 한다고 말하지 않던가요. 익필이 자취를 감추고 있는데 조헌의 글에는 그 두 사람이 빠져 있단 말이오. 혹은 다 된 밥상이라고 여겨서 그런 건 아닌지……. 내가 불안하게 여기는 구석이 그런 데 있다오."

"그렇군요. 허나 천하의 송익필이라 해도 쥐구멍에 숨어서 무슨 수작을 부리겠습니까?"

"그렇다면 다행이구요."

조헌이 또 소를 올린 것이 이 달 초였다. 필력을 자랑하듯이 다시 만언소(萬言疏)를 지었으며 작정한 듯이 그는 조정에 돌아온 유성룡에 대한 공세를 크게 했다.

<……유성룡 같은 자가 평생 한 일이란 모든 현인을 해치는 것이었습니다. 그러고도 뉘우치고 깨닫고 애처롭게 여긴다는 말을 듣지 못하였으니, 어찌 전하를 위하여 무슨 말을 하겠습니까. ……유성룡과 김응남은 원래 세상을 다스릴 만한 재능이 못 되고 원대한 계책이며 식견도 없습니다. 악당이 되어 서로 헛된 명예를 과장하면서 몰래 사특한 의논을 주장하면서 어진 이를 시기하고 선한 사람을 미워하였습니다. 유성룡, 김응남이 악한 사람을 끌어들이고 자기 당의 권세를 공고히 하는 것만을 힘써서 현명한 임금을 고립시키고 그 은택이 아랫사람에게 이르지 못하게 하니 이들은 실로 고질적인 무리들입니다. ……>

김응남은 이전에 허봉, 송응개 등이 율곡을 탄핵하다가 귀양 가던 때 임금으로부터 같은 무리로 지목되어 제주목사로 쫓겨 갔던 이다. 지금은 부제학으로서 홍문관에서 유성룡 다음의 윗자리에 있었다.

궐에 소를 들여보낸 조헌은 도끼를 진 채 거적자리를 깔고 궐문에 엎드려 명을 기다렸다.

　이에 삼사가 소장을 번갈아 올려 조헌의 흉험하고 간독(奸毒)함을 논하면서 관작을 삭탈하고 멀리 내쫓기를 청하였다. 임금이 처음에는 허락하지 않다가 여러 번 계사를 올리자 마침내 윤허하였다.

　조헌이 향리인 옥천으로 돌아간 직후 의금부도사가 그의 집에 들이닥쳤다. 그의 유배지는 길주 영동역이었다. 그의 아우 조전(趙典)과 두 종이 길주까지 그를 따라갔는데 때마침 북방에도 역질이 번지던 때라 세 사람 모두 병에 걸려 죽고 말았다. 옥당 대청에 앉아 있던 관원들이 유성룡을 보곤 모두 마루를 내려와 맞아 주었다.

　"오늘 국밥은 우리 둘만 먹은 거라오."

　성룡이 홍진을 돌아보며 나직하게 당부했다.

　"알겠습니다. 어서 올라 가시지요."

　홍진이 갓끈을 고쳐 매며 대답했다.

　고양 세원[新院]마을.

　방죽 언덕에 홀로 우뚝 선 느티나무 아래에 자리를 폈다. 볕이 곱고 바람이 삽상했다. 운담이 종들한테서 술과 먹을거리를 건네받아 소반에 차리는 동안 정철은 나무 등걸에 등을 기대고 다리를 뻗은 채 무연히 못 물을 내려다보았다. 가까이 다가가면 물방개, 소금쟁이가 노니는 모습도 볼 수 있을 것 같았다. 상차림을 마친 듯, 운담이 술잔을 가득 채워 조용히 정철에게 올렸다.

　"혼자서 무슨 낙인가. 자네도 한 잔 채우게."

　잔을 받으며 운담에게 권했고, 그녀는 사양 않고 제 잔에 술을 부었다. 눈길을 마주하며 둘이서 잔을 비웠다.

"좋구먼……."

정철의 한 마디에 운담이 고개를 끄덕였다. 생각났다는 듯이 그녀가 말을 보탰다.

"대감, 아까 물가에 내려갔다가 희한한 것을 봤지 뭐예요, 물 위에 다니는 그것들이 소금쟁이인 것은 알겠는데……."

"그것들이 왜?"

정철이 물끄러미 그녀를 쳐다봤다.

"소금쟁이들이 저마다 어린 것을 등에 업고 다니지 뭐예요. 작은 벌레들도 다들 자기 새끼는 그렇게 귀하게 키우나 봐요."

그녀의 엉뚱한 말에 정철이 컹, 웃음을 뱉었다.

"자네 눈엔 그게 진정 어미와 새끼로 보이던가?"

"그렇지 않고요?"

무슨 소리냐는 듯이 그녀가 눈을 동그랗게 떴다.

"허기야 어려서부터 궁에만 있었으니 자네가 언제 그런 걸 봤겠는가. 등에 업힌 놈은 새끼가 아니고 신랑이라네. 아기 업고 놀러 다니는 게 아니라 저희끼리 한창 육접(肉接)을 즐기는 중이고……소금쟁이의 운우지정(雲雨之情)이라고 해야 하나. 허허."

"네!?"

뒤늦게 운담의 얼굴이 발갛게 변했다.

"자넨 정이 몰랐단 말이지? 허허."

"예……업힌 녀석들마다 몸집이 작아서 새끼인 줄로만……."

"그렇다네. 그것도 하늘의 이치지. 등에 올라탄 채 오래 해야 하는 놈들은 다들 사내의 몸집이 그렇게 작다네. 그래야 아래에 있는 것이 힘이 덜 들지. 대신 닭이며 꿩을 봐. 사내의 덩치가 큰 놈들은 한 순간에 끝내고 떨어지게 해놨어. 소고 말이고 돼지도 마찬가지야."

"더 이상 말씀 않으셔도 알겠네요, 대감……."

그녀가 급히 제 잔에 술을 붓는 걸 보고도 정철이 짓궂게 말을 이었다.

"사람도 당초에는 등을 타고 올랐겠지. 그리곤 눈 깜짝할 새에 끝내고 내려왔을 테고……그런데 사람들은 따로 배운 게 있었다네. 그래서 자세를 바꾸어 가면서 오래오래 할 줄도 알게 되었지, 허허."

"누가 가르쳐 주었어요?"

"개."

정철의 짧은 대꾸에 운담이 웃음을 참지 못했고 뒤늦게 정철 또한 쿡쿡쿡 웃음을 삼켰다. 헛웃음 뒤에는 또 견디기 힘든 허전함이 밀려들었다. 정철이 젓가락으로 전 조각 하나를 집으며 물었다.

"자네는 어디가 더 좋은가? 여기가 좋은가, 아니면 창평인가?"

"소첩, 아무래도 창평이 좋지요."

운담의 대답이었다.

"어째서?"

"여긴, 그냥 슬퍼요."

애써 흥을 돋워 보겠다고 던진 질문이었는데, 그녀의 짤막한 대꾸를 듣곤 금세 괜한 짓거리였음을 알았다. 대뜸 정철이 시 한 수를 읊조렸다.

　　대주당가 인생기하 (對酒當歌 人生幾何)인가?

　　비여조로 거일고다 (譬如朝露 去日苦多)구나.

개당이강 우사난망 (慨當以慷 憂思難忘)이요.
하이해우 유유두강 (何以解憂 唯有杜康)이라네.”

“무슨 신가요? 슬픈 시?”

운담이 눈을 깜박이며 물었다. 그럴 때마다 더욱 또렷이 새겨지는 한쪽 볼우물을 눈여겨보며 정철이 말했다.

“풀어 읽음세. 들어보게. ‘술을 마주하고 노래하나니, 인생이란 무엇이던가?/ 아침 이슬과 다를 바 없는데 나날이 어려움은 많더구나./ 강개하고 탄식하여도 근심은 잊기 어렵나니/ 그것을 풀어줄 것이라곤 오직 두강주만 있을지언저.’ ……자네도 조조란 이름은 들어봤겠지? 유비, 조조의 그 사람, 그 조조의 시라네. 좋지? 술맛이 당기지 않는가.”

“예, 예나 지금이나 남정네는 술이 없으면 안 되나 봐요. 두강주는 뭐예요? 아주 좋은 술?”

“두강은 사람 이름이야. 중국에서도 가장 먼저 술을 만들었다는…….”

“어떻게 만들었대요?”

“더운 날이었던가 봐. 찬밥을 좀 더 오래 보관하려고 나름 꾀를 냈다네, 두강이라는 그 사람 말이야. 그래서 주먹밥을 바람 잘 통하는 뽕나무 옹이구멍 속에 넣어 뒀다는구나. 그런데 꺼낸다는 걸 깜박 잊고 있다가 며칠 뒤 가보니까 밥이 삭아서 흥건해져 있지 뭐야. 아까운 김에 그걸 먹어 보았는데 맛이 괜찮아. 그래서 조금 더 먹어 보고 먹어 보고 하다가 그만 취해 버렸다지.”

“그게 술이었네요?”

"암, 그 자가 없었으면 우리 모두 큰일 날 뻔했어."

운담이 재미있다고 웃는 걸 보니 정철 또한 기분이 좋았다. 따지고 보면 그랬다. 사람살이라는 것도 아침 한때 반짝이다 사라지는 이슬과 다를 바 없었다. 임금을 지아비로 모신다고 왕궁에 들어갔던 조카 정 귀인이 서른을 못 살고 죽었고, 맏아들 기명이 서른을 겨우 넘겨 목숨을 놓았다. 그 둘을 마을 뒷산에 묻어두고 아침저녁으로 쳐다보는데 어찌 이곳이 마음 편한 땅이 될 수 있으랴. 더욱이 아들을 묻은 지는 아직 두 달이 채 되지 않았다. 생각만 해도 열불이 끓어오르고 뱉으면 한숨뿐이었다. 하룬들 취하지 않고는 배겨날 수 없는 나날이었다.

"두강주 한 잔을 올리나이다."

운담이 새로 잔을 채워 올리며 장난스럽게 말했다.

"옳거니."

술을 마시는 중에도 정철은 두 사내가 방죽 길을 걸어오는 모습에서 시선을 떼지 않았다. 둘째아들 정종명이 황해도에서 돌아오는 박제를 안내해 오고 있었다. 종명은 서울 집에서 과거 준비로 바쁜 나날을 보내면서도 사흘이 멀다 하고 문안 인사를 오곤 했다.

"여기 계셨군. 보기 좋구먼, 그려."

박제가 그늘에 주저앉으며 길게 다리를 뻗었다. 파산의 우계 집에서 잠을 자고 아침 일찍 길을 나섰다고 했다.

"우계도 여전하시고?"

정철이 성혼의 안부부터 물었다. 아들 장례 때 봤으니 한 달이 조금 지났다. 거동이 편치 않음에도 불구하고 먼 길을 걸어왔으며 그는 아들 성문준의 부축을 받으며 장지까지 올라가서 정철을 위로해 주었다. 칩거하던 용인 농막에서 뛰어와 장례를 도와주던 백유함의 모습도 눈에 선했다.

"요즘은 한결 좋아졌다면서 이곳 걱정을 많이 하더군. 참, 오는 길에 종명이한테 들었다네. 막내도 그만하다니 그런 다행한 일이 있겠는가."

한 잔 술을 비운 박제가 막내아들 홍명(鄭弘溟)의 회복을 제 일처럼 기뻐해 주었다. 이제 겨우 여덟 살, 정철이 마흔 일곱에 얻은 만득자(晚得子)가 홍명이었다. 네 살 때 학질을 앓고 나서부터 제 몸 하나 가누기를 힘들어 했다. 그렇게 부실한 아이가 지난겨울에는 기침병까지 도져 아예 병석에서 헤어나질 못했다. 사람 구실도 못하다가 영영 명줄을 놓겠구나 싶었는데 제 맏형이 세상으로 떠난 뒤부터 조금씩 기력을 회복하였고 우수 경칩을 지나서는 온전히 병세를 떨쳤다. 고마운 일이 아닐 수 없었다.

"구월산에 있던가?"

얼른 소식을 전하지 않고 술부터 탐내는 박제를 보곤 정철이 물었다. 송익필을 만나고 오라고 박제를 보냈다. 아들 기명의 장례 직후였다. 연산 김은휘 집에 머물던 익필이 다시 황해도로 갔다는 소식은 작년 동짓달에 들었다. 올 정월과 3월 두 차례 그간의 사정을 적은 서신이 인편으로 오곤 또 연락이 뜸해졌다.

"그렇다네. 패엽사 절 방에 계시더군. 기명의 부음을 듣곤 한동안 눈물을 흘리곤 그랬지. 여기 서찰이 있네."

그가 품에서 봉투 하나를 꺼냈다. 아래 위가 잘 봉해져 있는 데다 서명이 있는 걸로 봐서 익필이 직접 서찰을 넣고 봉한 듯싶었다. 정철이 조심스레 봉투를 열고 서찰을 꺼냈다.

기명의 부음을 접한 놀라움과 안타까움, 장례에도 참석치 못한 미안함을 토로하는 한편 자식을 앞서 보낸 아비를 위로하는 인사말이 편지의 앞부분을 장식하고 있었으며 이어 이발 정여립과 관련하여 지금껏 진행된 일들을 대략으로 알려주고 있었다.

다 읽고 난 정철이 종복으로 하여금 불씨를 가져오게 해서 손수 그것을 태웠다. 박제는 물론 아들 종명과 운담이 그 모양을 바라보았다.

"재미있어. 구월산에서 정작 구봉(송익필)을 구봉으로 아는 이가 없으니 말일세."

박제가 말했다.

"허진사, 조생원이 다 뭔가, 허허."

구월산 승려들이며 그곳에 내왕하는 유생들이 죄다 송익필을 서울서 내려온 허진사로, 송한필을 조생원으로 알고 있더라는 그의 말이었다.

"딱하게도 숨어 지내는 처지라서 그럴 수밖에 없다지만……쯧쯧, 저들이 그이가 진정 구봉 송익필임을 알면 얼마나 놀라겠는가."

박제만 해도 송익필 형제가 단지 추노의 위험을 줄이려고 그렇게 허명을 쓰고 있는 줄 알고 있었다. '이 사람아, 그게 아니야, 두고 보시게나, 저 형제들이 용의주도하게 일을 벌이고 있으니 머잖아 세상이 발칵 뒤집혀질 걸세…….' 박제를 바라보며 정철이 속으로 중얼거렸다. 이번 편지에서도 송익필이 그랬다. 술이 익어 간다는 비유를 썼던가. 지난해까지만 해도 좀체 마음을 움직이지 않던 정여립이 새해 들면서부터 확연히 다른 모습을 보인다고 했다. 중 의연을 운봉으로 내려 보낸 것이 큰 효험을 얻고 있다는 언급도 있었다. 중 정각 행세를 하는 아들 취실을 위시하여 지함두, 변범, 박연령, 김세겸 등을 차례로 금구, 진안으로 내려 보내면서 여립으로 하여금 명실상부 개세진인으로 떨쳐나서길 적극 부추기고 있음에도 불구하고 여태껏 여립이 '그러마.' 하고 제 마음을 정해 보인 바 없었다.

그런데 지난해 의연, 지함두 등과 지리산을 다녀온 뒤부터는 조금씩 변화의 모습을 보인다는 것이었다. 예컨대, 올 봄 어느 날에는 중 의연과 더불어 직접 금구 별장의 뽕나무 한 그루를 골라 밑둥의 껍질을 칼로 찢고 말총을 꽂기까지 했단다. 예로부터 왕기(王氣)가 서린 집에서는 울 안 뽕나무 기둥에서 말총이 삐져나와 하늘거린다는 말을 의연한테서 들은 뒤였다.

아무래도 더 직접적인 계기는 천재(天災)에 따른 민심의 동요에 있는 듯했다. 만연하는 역질과 혹독한 봄 가뭄에 백성들이 두려움에 떨게 되자 여립은 이 또한 하늘이 준 호기가 아닌가 여긴 모양이었다. 어리석은 위인……서신을 읽으면서도 정철은 실소를 금치 못했다.

"패엽사 주지 의엄은 다 알고 있을 걸."

정철이 넌지시 한 마디 던지자 박제가 놀랍다는 듯 눈을 크게 떴다.

"그런가? 전혀 그런 빛이 보이질 않던데……."

"구봉이 그러라고 했으니 그러겠지."

"도시 말씀들을 잘 안 해 주니, 원……."

그랬다. 중간에서 오고가는 박제한테도 해줄 말이 있고 안 할 말이 있었다. 송익필이 꾸미는 일을 온전히 헤아리고 있는 이는 서인 당에서도 정철 제 혼자밖에 없었다. 자주 내왕하며 서신을 주고받는 성혼조차도 큰 덩어리만 짐작할 뿐 세세한 것을 알지 못했다.

중 의엄은 속명이 곽언수(郭彦秀)다. 금강산 유점사(楡岾寺)에서 선사 보응(普應)한테서 계를 받았다. 보응선사는 다름 아닌 금강산을 찾아온 율곡에게 불도를 가르친 승려다. 율곡이 스무 살 되던 해, 그에게 의엄(義菴)이란 법명을 주기도 했다.

의엄, 의암이란 법명에서 보듯이 패엽사 주지 곽언수와 이율곡은 절집에서 한 스승을 모신 도반(道伴)이었다. 그 인연으로 율곡이 벼슬길에 나선 이후에도 두 사람의 교분이 이어졌으며 율곡의 벗인 송이필, 성혼과도 절로 친교를 맺었다. 구월산 패엽사 주지가 된 뒤에는 수시로 파주를 내왕하며 익필 형제며 성혼을 찾던 의엄이었다. 환천 판결이 있은 직후 송한필이 곧바로 구월산에 숨어들고 익필 또한 구월산을 한 근거지로 할 수 있었던 연유도 거기 있었다.

박제가 구월산에서 있었던 일을 전했다.

"두 형제, 참 아니지, 허진사와 조생원이니까. 두 사람과 의엄 그리고 안악 교생 몇과 같이 산중에 있는 삼성당을 찾은 일이 있다네. 속언에, 단군이 신이 돼서 간 곳이 구월산이라 하질 않던가. 사우(祠宇)가 원래 패엽사 서쪽 대증산(大甑山)의 한 불찰(佛刹)에 임해 있다가 소증산의 지금 자리로 옮겼다더군. 제사를 폐한 뒤 허물어져 오던 것을 경오년(1450년)에 새로 지었다는데 거기 가보니 환인, 환웅, 단군의 위패가 있어. 다른 한쪽에는 구월산 대왕이란 것도 모셔 놓고……. 아무튼 기우제를 지낼 때는 현관(縣官)이 조복을 갖추고 친히 제사지냈다고 하는데 영험이 있었다네. 기우제를 지내는 용단(龍壇)이 삼성당 아래에 있는데 제를 올릴 때는 꼭 떡, 밥, 술과 함께 흰 닭을 썼다더군."

"거긴 뭐 하러 갔던가?"

뭔 쓸데없는 얘길 늘어놓느냐는 투로 정철이 물었다.

"좀 더 들어보시지. 그 삼성당 아래 들녘만 해도 예전에는 인가가 조밀하였다는데 사우를 평양으로 옮기고 제사를 파한 뒤부터 여러 해 거푸 악병이 돌아서 마침내 집집이 텅 비고 말았다는 게야. 알다시피 올봄의 역질과 가뭄의 폐해가 이만저만했던가. 그런데도 평안감사며 안악군수 그 누구도 구월산 치제를 생각지 못했다지 뭔가. 의엄 주지가 수차 안악군수 이축한테 말했지만 들은 척을 하지 않았다니⋯⋯."

"그래서 구봉이며 의엄이 대신 올리기라도 했단 말인가?"

"아무렴. 미리 몇몇이 뜻을 모은 모양이야. 삼성당 아래 용단이란 데 가서 제물을 올리는 것을 보고서야 나도 알았지. 구봉이 여기까지 세심히 마음을 쓰는구나, 여길 수밖에."

"구봉이 직접 기우제를 지냈다고?"

정철도 적이 놀라지 않을 수 없었다.

종 신분이 돼서 쫓겨 다니는 이가 엉뚱스레 구월산에서 치제를 하다니, 도무지 그 심중을 헤아리기 어려웠다.

"구봉이 직접 축문을 읽기도 했지, 헌데 그런 놀라운 일이 있을까!"

"놀라운 일이라니?"

"그날 밤, 천둥 번개가 치고 비가 쏟아졌단 말일세. 제를 마치고 절간으로 돌아온 직후였지. 석 달 열흘 빗방울 하나 없던 하늘에서 장대비가 쏟아지더니 이튿날까지 퍼부었어. 세상에! 놀랍지 않은가. 누군가 그랬다지. 죽은 제갈공명을 보려거든 송구봉을 보라고⋯⋯. 과시 허언이 아니었다네. 자리에 있던 이들 모두가 구봉, 아니 허진사를 칭송하고 우러러 봤다니까."

그날을 회상하듯 박제가 감개에 젖은 표정을 지었다.

"자, 한 잔 더 하시고……."

정철이 웃음을 머금고 술을 권했다. 박제가 물었다.

"어떻게 그런 조화가 있었을까? 미리 구봉이 천기를 읽었던 것일까, 아니면 실로 하늘이 감응한 것일까?"

"아마 그날따라 허리가 몹시 쑤셨겠지."

정철의 한 마디에 운담이 입을 가리고 웃었다. 정철로서도 익필에게 운이 따라 준다고 여기지 않을 수 없었다. 때를 알고 때를 쓸 줄 아는 이에게 요행까지 따라준다면 만사가 순조롭게 마련이었다. 정철이 보기에도 패엽사 주지 의엄만큼은 익필의 계략을 어느 정도 헤아리고 수족처럼 움직이는 듯싶었다. 자기와 알고 지내던 안악, 신천, 해주 등지의 유생들을 차례로 구월산에 끌어들이는 것만 봐도 그랬다. 그들이 월명암의 조생원, 즉 송한필을 만난 뒤에는 정여립을 만나러 전주로 떠났다.

과녁이 되는 인사는 전라도 전주에 있는데 활발하게 움직이는 무리는 황해도 구월산 안팎에 있었다. 이른바 송익필 식의 성동격서 계책이 아닐 수 없었다. 사냥감을 먼 산속에 두고 몰이꾼들이 들판에서 소동을 벌리는 형국.

굳이 그러려고 한 것도 아닌데 구월산 인근 고을의 관장들 배치도 절묘했다. 안악, 신천, 재령의 수령들이 서인 일색이었기 때문이다. 안악군수 이축은 양녕대군의 현손(玄孫)이다. 청렴하고 강직한 편이나 바둑이며 낚시를 하도 즐겨 정사를 소홀히 하는 면이 없지 않았다. 당색이 다름에도 불구하고 유성룡과는 사이가 좋은 편이었다. 신천군수 한응인은 심충겸과 둘도 없이 친하다. 심충겸은 곧 인순왕후와 심의겸의 아우다. 김효원에 이어 이조전랑이 되고자 했으나 김효원의 반대로 그 뜻을 이루지 못했다.

동인 서인이 나뉘게 된 직접적인 계기가 여기에 있었다. 한응인은 익필의 제자 김장생과도 교분이 깊었다. 재령군수 박충간은 고령임에도 아직 외직을 떠돌고 있어서 내심 불만이 많은 자다. 젊어서부터 여색을 밝히고 탐욕해서 여러 차례 논핵의 대상이 된 바 있었다. 지난해 5월에도 사간원이 그를 파직하라고 주청하였지만 임금이 거두어 아직 현직을 지키고 있었다.

나아가 황해감사 한준은 서인으로 분류되지만 색깔이 분명한 인사는 못 된다. 재작년 전라감사로 있다가 무단으로 임지를 이탈하여 파직당한 경력이 있었다.

허나 임금의 어여쁨을 입어 호조참판으로 복직했으며 이어 황해감사로 내려갔다. 이들은 송익필 형제가 성명을 고쳐 저희 땅에 든 줄을 알지 못했지만 송익필이 마음만 먹으면 이들을 한 날 한 시에 움직일 수가 있었다. 무르익은 술, 익필은 어느새 그 술을 걸러 담을 날짜만을 셈하고 있었다. 익필이 다시 구월산에 간 까닭도 마지막 고삐를 죄기 위함임도 알만 했다.

정철이 운담에게 소풍을 파한다고 일렀다. 울적한 심사를 달래볼 요량으로 굳이 못 가로 바람을 쐬러 나왔지만 취기도 흥도 느낄 수 없었다. 가슴 한쪽에 커다란 돌멩이가 들어앉은 듯 마음이 무겁고 갑갑하기만 했다.

방죽 길로 돌아올 때였다. 박제가 또 이상한 소문을 들었다면서 입을 뗐다.

"작년 정월이었지. 평양에서 강상을 유린한 죄수를 압송해 오던 금부도사가 재령의 한 역에서 초적들을 만나 죄수며 의롱(衣籠)을 탈취당한 일이 있지 않던가. 헌데 구월산에서 어떤 유생 하나가 지껄이기를 그것이 송한필의 짓이라지 뭔가. 물론 그 자도 조생원인 줄만 알지. 짚이는 것이 없는가?"

"금부도사가 하담 목수흠이었어. 그 이는 나도 알지. 사암(박순)의 외손자를 사위로 맞아들였으니……한필이 무슨 억하심정으로 하담의 앞길을 망쳐 놓을까. 터무니없는 소리……."

"그 죄수가 변범이라고 해. 변숭복이라고도 한다더군. 희한하지 않는가? 구봉이 산에서 기우제를 지낼 적에 거기에 변범의 친구라는 자들이 있었거든. 안악의 교생이라는……."

"교생이란 자가 누군데?"

"김세겸, 박연령이란 자들인데 벌써 서너 차례씩 전주에도 다녀왔다더군. 기실 구봉이 여립을 역모로 묶어 들일 요량은 아니겠지?"

"큰일 날 소리! 할 짓이 없어서 괜한 사람을 역모로 씌운단 말인가?"

"덮어씌우는 게 아니고, 여립한테 그런 정황이 있지 않은가 해서……."

정철의 언성에 놀란 박제가 말꼬리를 흐렸다. 운담이 방죽 풀숲에서 풀꽃을 꺾는 걸 보고 정철이 잠시 걸음을 멈췄다.

당초 송익필이 정국을 반전시킬 단초로 정여립을 지목한 데는 박제의 힘이 컸다. 박제가 남원과 창평을 내왕하면서 여립의 동향을 자세하게 일러주지 않았다면 익필도 그런 원대한 계획을 세우기가 불가능했을 것이다. 인척이란 이유로 무시로 금구와 진안을 오가며 보고 들은 것을 낱낱이 일러바친 이가 박제였는데, 그 중에서도 정여립이 주동하여 매달 가진다는 대동계 모임이며 계원들에게 늘어놓는다는 여립의 강학 내용이 익필의 귀를 솔깃하게 만든 것이 사실이었다.

기운 넘치는 장정들을 모아놓고 말 타기, 활쏘기를 가르치는 속셈이 뭔가? 군율이 삼엄하여 전주부윤 남언경도 놀랐다고 하는데 민간이 그런 조직과 기율을 가지고 어디다 써 먹으려고? 더욱이 양인들만 있는 것이 아니고 봉수꾼, 소금꾼, 노꾼 같은 천역들이며 백정과 중도 섞여 있다질 않던가. 제 이름자도 쓰질 못하는 그런 자들을 데려다 앉혀 놓곤 천하는 본래부터 임자가 있는 것이 아니기에 누구든 천하의 주인이 될 수 있다고 가르친다고? 한 나라를 세운 유방이 떠돌이 유협(遊俠) 출신에 지나지 않고, 명나라를 일으킨 주원장은 가난한 농사꾼의 아들로 태어나 탁발승까지 지냈다고 떠들어대는 이유가 뭔가?

대를 이어 보위에 오르는 임금을 우습게 여기지 않고는 있을 수 없는 발언이며 충효를 몸에 익힌 선비로서 감히 운위할 수 없는 말들이 아니고 뭔가. 여립 자신은 감여(堪輿, 하늘과 땅)와 성기(星紀)에 두루 통달하였다고 큰 소리 친다는데 이 또한 도와 경을 체득한다는 선비가 가질 태도인가 말이다.

해질 무렵에는 사계 김장생이 새원마을을 찾아왔다. 그 또한 스승 송익필이 구월산에서 잘 있다는 소식을 전해 듣고는 크게 안도했다.

"머잖아 동암(이발)이 향리로 돌아갈 듯싶습니다."

그가 궐 안팎의 동향을 전했는데 이발에 관한 얘기가 뜻밖이었다.

"이번에도 경연에 나아가 진언하였지만 상(上)께서 아무런 말씀이 없었던 모양입니다."

신하가 올리는 말에 임금이 일언반구 대답이 없다면 이는 '나는 네 말은 듣지 않겠다.'는 것과 다를 바 없었다. 임금이 특정 신하를 배척하고자 할 때 흔히 쓰는 방법인데, 마침내 이발 또한 그렇게 내침을 당하는 모양이었다.

"동암도 꽤나 씁쓸했겠군. 그런 꼴을 당했으면 속히 떠나는 것이 좋지……."

정적(政敵)이 임금에게 버림을 받았다는 소식을 들으면서도 정철은 씁쓸한 느낌을 금치 못했다. 자신도 당해본 바가 있었다. 자고로 군주란 충신 간신을 크게 가리지 않는다. 하늘을 두려워하고 백성을 아낀다고 하지만 그 또한 뒷전이다.

임금이란 자는 하나같이 어떡하면 제 권세와 위엄을 드높이고 만만세세 그것을 지탱할 것인가에만 마음을 쓸 뿐이다. 하여 여하한 신하든 그 권세와 위엄에 터럭만큼이라도 위험이 될라치면 가차 없이 제거해야 마땅한 것이다.

지금의 주상이라고 해서 다를 것이 없다. 아니 윗대 임금들보다 더 신하들에 대한 의심이 많고 그 처분이 가혹하다고 해야 마땅하다. 조선 건국 이래 최초로 서자의 아들로서 보위에 올랐다는 신분 조건이 임금 스스로를 그렇게 만들었는지 몰랐다.

금상(선조)은 종종의 일곱째 아들인 덕흥대원군의 셋째아들이다. 일찍이 하성군(河城君)에 봉해졌으며 명종이 후사가 없이 죽은 후 대통을 이어받았다. 아버지 덕흥군은 중종의 후궁이었던 창빈(昌嬪) 안 씨의 소생. 아버지가 서자이니 새 임금은 왕의 서손인 셈이었다.

이전에도 장자나 적장자가 아닌 아들이 왕위에 오른 경우가 있었으나 서출인 적은 없었다.

덕흥군의 어머니, 즉 금상의 할머니 되는 창빈 안 씨는 본래 궁녀 출신이다. 어느 날 문득 성은을 입어서 후궁이 되었기에 친정도 극히 미약한 집안이었다. 아무런 배경이 없었기에 그녀는 오히려 문정왕후를 더 극진히 모셨고 왕권을 대신 누리던 문정왕후도 전혀 집안 걱정을 안 해도 되는 창빈 안 씨와 그 아들들을 잘 대우해 주었는데, 이것이 오늘의 임금을 있게 하였다.

열여섯 어린 나이에 등극한 왕이기에 훈구세력으로부터 왕권을 되찾아줄 새로운 신하들이 요긴했으며 조광조의 실패로 좌절에 잠겨 있던 사류(士類)에게는 새 임금이 또 한 번의 희망으로 떠올랐다. 조광조가 뜻했던 지치(至治)의 왕도정치를 새 임금한테서 구현하겠다는 열망으로 모여든 신진 사류의 중심에 이이와 이발이 있었다. 동서 당쟁이 심화되기 전까지만 해도 이이와 이발이 한 뜻을 가지고 서로 친애한 까닭도 여기에 있었다.

제도 위에 군림하려는 왕권을 제도 안에 묶어두어야 한다는 것이 두 사람이 생각하는 왕도정치의 핵심이었다.

이발은 임금의 후광으로 비록 직위는 낮지만 막강한 힘을 가진 이조전랑에 올라 인사권을 휘두르면서 전랑 3년여 동안에 서인들 차지였던 조정을 동인의 것으로 바꾸어 놓았다. 이로써 임금도 등극 10년 만에 자신의 왕권을 확보하였다.

이 무렵 세간에는 이발, 이길 형제에 대한 부러움과 시샘을 담은 동요까지 퍼졌는데 가사 중에는 이런 대목도 있었다.

'남평현(南平縣)에 남평 재상 나셨으니 그 이름은 이발, 이길이라네.'

허나 임금이 어떤 임금인가. 총애하는 신하의 뜻이 아무리 높고 갸륵하다 해도 언제까지든 든든한 벽이 돼주는 법이 없다. 인망을 모으면서 날로 다르게 커가는 신하는 어느 땐가는 임금의 권위에 도전할 수 있었다. 이렇듯 위험한 인사를 거듭 돌봐주고 지켜야 할 까닭이 없다. 더 강성해지기 전에 내쳐서 힘을 빼놓아야 마땅했다.

두세 해 전부터 이발에게도 이러한 조짐이 있었다. 왕도정치라는 것이 무소불능의 세습왕권을 제도로 묶는 것임을 눈치 챈 임금이 서서히 이발에 대한 견제를 보이기 시작했던 것이다. 함경도관찰사로 밀려나 있던 정철을 예조판서로 불러들이는가 하면 삼사부터 다시금 서인들을 불러 앉힌 것이 그 증좌였다.

물론 머잖아 정철은 다시 실각하였지만 이제 조정은 더 이상 동인들의 천지가 아니었다. 정해년(1587년), 이발이 모친의 병환을 핑계로 부제학을 사임하고 낙향했던 것도 그 때문이었다. 재작년 가을, 그리고 작년 봄, 두 차례 벼슬을 올려 그를 불렀으나 이발이 응하지 않았다. 그것은 신념을 더 이상 행하지 못함에 대한 이발 나름의 좌절과 분노의 표시이기도 했다.

사간원에서부터 동인이 들고 나서서 이발의 재등용을 주청하자 임금이 마지못해 대사헌을 제수하여 그를 불러들인 것이 지난 해 9월이었다. 그러나 이미 임금은 이발한테서 마음이 떠나 있었고 그를 다시 확인한 이발이 또 고향에 내려갈 채비를 한다는 것이 김장생의 들려준 얘기였다.

"형이 떠나면 동생도 떠나야지?"

박제가 취기 묻은 음성으로 말했다.

낮부터 이어진 음주, 정철이 낮잠을 자는 동안에는 그가 정종명을 술상 앞에 앉혀놓고 혼자 마시기도 했다.

"그렇잖아도 남계(南溪, 이길)가 먼저 사직을 청한 것 같습디다."

"그러라고 형이 시켰겠지."

김장생의 말에 정철이 받았다.

"성질은 형보다 동생이 더 지랄 같지. 그나저나 남평 형제가 다 떠나면 동녘 들판이 쓸쓸해서 어쩌누?"

박제의 거친 말에 운담이 잠깐 미간을 접었다.

"결별이라……."

정철이 천정을 쳐다보며 혼잣말을 읊었다. 형제가 이번에 또 함께 사직을 한다는 것은 단순히 벼슬을 버리는 것이 아니라 임금과 아주 작별하겠다는 뜻임을 모를 자가 없었다. 정4품 승정원 사인(舍人)직에 있는 이길. 박제의 표현대로 형보다 훨씬 과격한 성미였다.

혼자만 조정에 남겨두면 임금과의 불화가 더 깊어지리란 염려에서 이발이 동반 사직을 권했겠지만 그런 행태를 보고 임금이 순순히 넘어가기나 할까. 혹여 겉으로 내색치 않는다 해도 노여운 마음은 오래 놓지 않을 것임이 뻔했다.

"구월산에도 알려야 하지 않을까요? 이발이 없다면 일은 반쯤 된 것 같은데요?"

"일은 무슨 일? 송헌(박제)도 쓸데없는 말 하지 마시게."

정철이 언성을 높였고 멋쩍다는 듯 박제가 장생을 돌아보며 피식 웃음을 흘렸다. 정철이 장생을 바라보며 말했다.

"망종(芒種) 전에 산을 내려오신다고 하였네. 가는 길에 여기는 들르겠지. 힘은 들겠지만 이번에도 자네가 연산으로 좀 모셔가도록 하게."

"당연한 분부십니다. 심려 놓으십시오."

김장생이 허리를 숙이며 스승의 분부를 받았다.

17. 꿈꾸는 산, 계룡(鷄龍)

은진(恩津) 고을을 벗어나면서부터 들판 끝 동북쪽으로 바라보이는 높고 큰 산 하나, 계룡이었다. 연천, 관음, 장군 등 감청색의 예리한 산봉들을 둘레에 거느리며 홀로 천공을 향해 우뚝 선 천황봉의 모습은 여전히 훤칠하고도 위풍당당했다. 큰 산을 바라보며 북녘으로 행로를 잡았다. 관촉사를 지나면서부터는 언덕 하나 없는 평탄한 들길이 이어졌다.

어느덧 석양.

한창 물을 채우고 있어야 할 논들이 바닥을 드러낸 채 쩍쩍 갈라지고 있는 꼴은 충청도라고 해서 다를 것이 없었다. 벼 포기들이 노랗게 타들어가고 있었다. 삼남이 똑같았다. 지독한 봄 가뭄이 이어지더니 요행 5월 초 이틀 가량 비가 쏟아졌다. 그 덕에 죽어가던 밭작물들이 간신히 고개를 쳐들었으며 빈 논에도 서둘러 모내기를 할 수 있었다. 허나 그뿐이었다. 다시 한 달이 지나도록 비 한 방울 떨어지지 않았다. 논물은 금세 말라들었으며 밭고랑에서는 흙먼지가 날렸다. 초포(草浦) 나루의 하천도 바싹 말라 있기는 마찬가지였다. 물 잃은 거룻배가 밭두렁 아래 팽개쳐져 있었다. 이곳은 계룡산 신정사(神定寺, 현 신원사) 쪽에서 흘러오는 물줄기와 천호산(天護山) 개태사(開泰寺) 쪽에서 내려온 물줄기가 합류하는 곳으로 평소에도 수량이 많아 오가는 행인들은 나룻배를 이용하지 않고는 내를 건너기 어려웠다.

"여기가 그 이름난 초포 나루군요. 허나 배가 있고 사공도 있지만 배

띄울 물이 없구려."

정각과 함께 일행에 앞서 메마른 내를 건너던 의연이 큰 소리로 말했다.

"감결에 일렀지요. '계룡백석(鷄龍白石)하고 청포죽백(淸浦竹白)하며 초포조생행주(草浦潮生行舟)라면 세상가지(世上可知)'라고요. 허나 어느 좋은 날에 이곳에 돛배를 띄운단 말인가!"

"풀어서 말씀해 보셔요."

탄식과 같은 의연의 말에 정각이 덧붙였다. 의연이 다시 소리를 높였다.

"계룡산의 바윗돌이 희어지고, 청포의 대나무가 하얗게 되며, 초포에 물길이 나서 배가 떠다니면 비로소 세상일을 알 수 있다는 말이지. 다른 뜻이 아니라 그런 때에 계룡산에서 정 도령이 나온다는 말일세."

"그 초포가 이 초포란 말씀인가요?"

"아무렴."

정각의 반문에 의연이 쾌히 그렇다고 답했다. 정여립, 변범이 말에서 내려 사공의 오두막집 처마 아래로 든 뒤 선석달, 각금목 그리고 마부와 길잡이 종복들도 모두 등짐을 벗고 마당 가의 키 큰 뽕나무 그늘에 퍼질러 앉았다. 변범이 의연에게 물었다.

"감결의 말이 본래 수상쩍지만, 계룡산의 검은 돌들과 청포의 대나무가 어느 시절에 하얗게 되며 여기 바닥 내놓은 초포에는 언제 배가 떠다닌단 말이오?"

의연이 너털웃음을 놓은 뒤 대답했다.

"어렵게 생각할 것이 없지요. 계룡산의 돌들이 흰 빛을 띠게 된 지는 벌써 오래 됐답니다. 아(我) 태조께서 계룡산에다 새 도읍을 꾸리신다고 사람들을 끌어다 땅을 파고 바위를 쪼갤 때부터 이미 주변의 계룡산 돌들은 죄다 흙먼지를 덮어쓰고 하얗게 변했으니까 말입니다. 대나무가 희어지는 건 어렵지가 않지요. 전란이든 기근이든 나라에 큰일이 생길라치면 대나무들이 불현듯 꽃을 피우고 하얗게 말라 죽는다니 말입니다. 허나 계룡산 근처라는 건 알겠는데 창포가 어딘지 제대로 아는이가 없지 뭡니까.”

“지금은 가물어서 이 꼴이지만 여기 초포에는 이전부터 배가 떠다니질 않았던가?”

잠자코 있던 정여립이 거들었다. 전주에서 한양을 오갈 때면 반드시 이 길을 지나다녔기에 여립도 이쪽 지리는 훤히 아는 편이었다. 허나 전국 방방곡곡 중국의 요동까지 가보았다는 중 의연의 박식함에는 혀를 내두르지 않을 수 없었다. 그 의연이 답했다.

“예, 예전에는 그랬었지요. 서해 바다의 갯물이 강경을 거쳐서 여기까지 쳐 올라왔으니까요. 허나 그렇게 물이 많았다 해도 돛배를 띄울 정도는 아니었답니다. 감결에서 말하는 ‘초포조생행주’는 다른 뜻이 아니라 지금 공주성과 부여를 휘돌아 강경으로 흘러가는 금강 물이 공주에 다다르기 전에 남쪽으로 방향을 틀어 이편으로 흘러내림을 뜻한다고 봐야 할 것입니다. 저 위 경천 하마루를 지나면 월암마을이 나오지요. 거기 무너미고개를 경계로 해서 계룡산 물줄기가 하나는 북쪽으로 해서 금강에 흘러들고 다른 하나는 남쪽으로 흘러 여기로 온답니다. 만에 하나 그 무너미고개가 터지기라도 한다면 금강의 본줄기가 이편으로 이어지는 것도 어렵지는 않을 것입니다. 흔히들 계룡산의 풍수 형국을 '산태극(山太極) 수태극(水太極)'이라고 하질 않습니까. 허나 지금의 강 모양만 봐서는 '수태극'의 형국이 완전치를 못하다 하지요. 그렇지만 말씀드린 것처럼 금강의 물줄기가 공주, 부여로 돌지 않고 계룡산을 감싸 안으면서 여기로 흘러 직접 강경으로 빠져나간다면 계룡산의 수태극 형상이 더욱 뚜렷해질 것입니다. 이렇게 '산태극 수태극'의 완전한 형국이 이뤄지면 계룡산이 새 나라의 도읍지가 된다는 뜻일 것입니다."

"물길을 막는 산 고개를 무슨 수로 허물어 없앤단 말인가?"

어이없다는 듯 변범이 한 마디 했다. 여립이 문득 정각이 보이지 않는다고 말했다.

"소승이 앞서 뛰어가게 했습니다."

의연의 대답이었다.

"어딜?"

"여기서 병사마을이 멀지 않습니다. 이산(尼山, 현 논산 노성면) 관아 앞에도 묵을 여사(旅舍)가 있긴 합니다만 이왕이면 부잣집 사랑채 하나라도 빌릴 수 있지 않을까 해서요."

"파평윤씨 댁으로 보냈단 말인가?"

"예."

뒤늦게 사정을 알고도 여립은 좋다, 나쁘다 반응을 보이지 않았다. 의연의 생각을 따른다는 뜻이기도 했다. 의연의 거듭된 청에 못 이겨 나선 계룡산 유람인 만큼 일정과 행로 또한 그에게 맡긴다는 태도이기도 했다. 때가 때이니만큼 지난해 지리산 산유(山遊) 때와 달리 행차의 규모도 훨씬 간출하게 했다. 송간, 지함두가 빠지고 애복, 은월 같은 여인네도 금구 별장에 남겨 두었다. 설청, 도잠 같은 중들도 없다. 지함두 대신 변범 하나가 새로 참여했다. 선석달, 각금목과 함께 종복 둘이 별도로 붙었으니 일행은 상하 합쳐 여덟이었다. 말이 두 필, 짐 실은 나귀가 한 마리.

다시 행로에 나섰다. 비봉산(飛鳳山, 현 노성산)이 코앞으로 다가들었다. 낮으나 평야에 돌올(突兀)하였기에 나름의 위엄을 갖췄다. 여산-은진-노성-공주-천안으로 이어지는 큰길가에 버티고 있어서 호남에서 한양을 오르내리는 나그네들에게는 길잡이 역할을 톡톡히 했다. 산꼭대기에는 백제 때 쌓은 산성이 있다고 했던가. 천황봉에서 남쪽으로 뻗어 내린 계룡남맥이 연산 들판을 만나면서 멈추는 지점에 있는 성황산성(城隍山城, 현 황산성)과 더불어 그 옛날 백제의 왕성을 지키던 최후 방어요새라고 했다.

비봉산 기슭에 파평윤씨들이 모여 산다는 이야기는 여립도 진즉에 들은 바 있었다. 병사마을이라고 했다. 윤창세(尹昌世)의 이름도 들었다. 정종 시기 이방원(李芳遠)이 형 방간(芳幹)이 일으킨 난을 평정하고 왕위에 오르는 데 협력한 공으로 익대좌명공신에 책록된 이조판서 윤곤(尹坤)의 8대손이며, 충청병마절도사를 지낸 윤선지(尹先智)의 손자다. 아버지 윤돈(尹暾)이 처가가 있는 이곳에 머물러 살다가 세상을 떠난 후, 창세가 집 뒤 산기슭에 부친의 묘소를 정하고 본인도 이곳에 정착해 살면서부터 마을은 서서히 윤씨촌으로 바뀌어갔다. 둘째 아들 황(煌, 후대 소론을 이끈 윤증의 할아버지)이 우계 성혼의 딸을 처로 맞아들인 일도 세간의 화제가 됐다.

아무튼 이웃한 연산의 광산김씨 집안과 어깨를 겨루는 가문으로 커

가는 윤씨가 길 가는 나그네를 어떻게 맞아줄지 여립도 내심 궁금치 않을 수 없었다.

향교 앞에 정각이 먼저 와서 기다리고 있었다. 도포에 갓 쓴 젊은이가 여립에게 다가와 공손히 읍하였는데 그가 윤창세의 아들이며 성혼의 사위인 윤황이었다.

"먼 길 오시느라 고생이 커셨겠습니다. 수찬 어른의 고명은 소생도 익히 들었습니다. 집의 어른이 기다리고 계십니다. 누추하지만 모셔오라고 하셨습니다."

이목구비가 뚜렷한 젊은이, 열아홉 나이라고 했다. 경기도 파산의 성혼한테서 한 해 가까이 수학했다는 이야기는 길 가는 중에 들었다.

야산 언덕길을 넘어서자 마을이었다. 마을과 외따로 우뚝 선 기와채가 윤창세의 집이었다. 창세 또한 예로써 여립을 맞아주었다. 수인사를 나눈 뒤 두 사람이 사랑에 마주앉았다. 갸름한 얼굴에 특히 눈빛이 맑았으며 온화한 기색이 보는 이의 마음을 편케 했다. 마흔일곱, 여립보다 세 살이 위였다.

"전주에 계시다는 정 공을 이렇듯 산골 누옥에서 뵙습니다. 광영이 아닐 수 없지요."

치렛말인 줄은 알지만 듣기가 싫지는 않았다. 어인 행차냐는 그의 물음에 여립이 단순한 계룡산 산유라고 답했고 배석했던 의연이 말을 보탰다.

"오다 보니까 이쪽도 마찬가지긴 합디다만 전주 남원이야말로 불길이 지나간 듯이 땅바닥이 메말랐지 뭡니까. 하도 답답한 마음에 소승이 수찬 어른께 계룡산 산신께라도 기구(祈求)를 드려봄이 어떻겠느냐고 말씀을 올렸지요. 모악산 신령도 영험이 있다지만 천하 명산 계룡산만 하겠습니까."

"허허 그러시군요. 봄 가뭄이 한창일 적에 주상께서 홍문관 응교 홍진을 제관으로 내려 보내어 계룡 산신제단에서 치성을 드린 적이 있었지요. 정말 신령이 감복했던 것일까요? 다음날 바로 비가 쏟아졌지 뭡니까. 사람들이 덩실덩실 춤을 추며 좋아하고 했었는데……아무튼 정공이 오셔서 또 비를 불러주시기만 한다면 그보다 더 좋은 일이 있겠습니까."

"별 말씀을! 직함도 없는 미거한 자가 우리 논에 물 좀 주시오, 하는 이기의 마음으로 찾아온 것뿐인데 그런 과람한 말씀을 하십니다, 그려."

주제 넘는 짓을 한다는 말을 듣지 않도록 언사를 가렸다. 봄철 금구 제비산에서 계원들 몇이 모여 기우제를 지내고도 말들이 많았다. 비를 달라고 빈 것뿐인데도 말을 지어내는 자들은 못된 욕심을 품고 천제(天祭)를 올렸다고 수군대기까지 했다. 용케 미리 일을 안 인근 고을의 관장들이 제물로 쓰라고 물품을 보내온 경우도 있었지만, 이 또한 몇 사람 입을 거치다 보면 강압으로 뜯고 뺏은 것이 돼버렸다. 화제는 자연 한재(旱災)에 머물렀다. 윤창세가 말했다.

"강과 하천이 마르면 거머리가 가장 먼저 두려워하고 산악이 메마르면 이끼가 먼저 말라죽는다고 하였지요. 이것이 바로 물성인데 나라가 믿는 것은 백성이요, 백성이 하늘처럼 믿는 것이 양식입니다. 가뭄이 들어 백성에게 양식이 없고 그래서 나라에 백성이 없다면 임금은 누구의 임금이 되겠습니까. 그런데도 조정의 신료란 자들은 희한한 말들을 서슴지 않는다고 하더군요. 근래 해마다 가물지 않은 해가 없었으나 백성이 흩어지는 데까지는 이르지 않았고, 그래서 나라가 위태로운 지경에 처하지는 않았다던가요. 하여 임금이 수신하고 반성하며 기도하는 성의를 다하면 하늘의 도우심을 받을 수 있다고요. 그렇게 해서 늦게라도 비가 내리면 가을에 추수를 바랄 수 있다고 말입니다. 이런 바보들이 있을까요? 『시경』에서 말하지 않습디까. '심지 않고 거두지 않으면 어떻게 삼백 창고의 벼를 얻겠는가.'하고요. 대저 농사란 반드시 심은 후에 거두는 법입니다. 그런데 벌써 양서(兩西)와 경기의 백성들은 길거리를 헤매다 반년을 보내 버렸고, 삼남의 백성은 겨우 이앙을 마쳤으나 이미 모가 말라 버렸으니 지금 당장 비가 내려도 아무 소용이 없습니다. 삼남과 양서가 모두 농사를 망쳐 버렸으니 나라가 무엇을 가지고 근본으로 삼겠습니까."

낮고 조용한 음성이었으나 노기가 풍겨났다.

"딱한 일이 아닐 수 없습니다. 저 또한 경연의 말석에 앉아 본 일이 있습니다만 조정 신료란 자들은 입으로는 농사가 천하의 근본이라고 떠들지만 실제 제 손으로 모 한 포기 심어본 일이 없는 위인들 아닙니까. 틈날 때마다 향리의 전답을 살핀다지만 뒷짐 지고 논두렁길만 어슬렁거렸던 인사들이지요. 남들이 땀 흘려 지어다 바친 양식만 얻어먹고도 배고파 본 적이 없었으니 이 가뭄의 참혹함인들 제대로 알기나 하겠습니까. 하여 하다못해 강물을 끌어오고 땅속 물을 퍼 올릴 궁리를 하지 않은 채 억울하게 죽은 아낙의 원혼을 달래주어야 비가 온다는 둥 헛소리나 지껄이고 있는 것입니다. 떠돌던 궁민들이 도적떼가 되어 저들의 곳간을 헐고 고대광실을 불 지르는 꼴을 당해 봐야 정신을 차릴지 모르겠습니다."

노여운 마음에 정여립도 격한 말을 서슴지 않았다. 저녁상이 나오는
바람에 얘기가 잠시 끊어졌으며, 반주를 곁들인 상을 물린 뒤에는 화제
가 계룡산으로 옮겨졌다.

"여기 뒷산과 계룡산 사이에 너른 들판이 있는데, 그래도 이 산이 외
딴 산이 아니란 말씀이신가요?"

아버지 윤돈이 이곳 비봉산 기슭에 터를 마련한 것도 결국은 계룡산
때문이었다는 윤창세의 말에 변범이 궁금증을 달았다. 창세가 잠깐 웃
음을 놓은 뒤 대답했다.

"외딴 산이라뇨? 여기 아래쪽에서 보면 들판으로 나뉘어 있는 듯이
보입니다만 저 위 봉명 쪽에 가서 보면, 갑사(甲寺)를 감고 돌아온 계룡
의 용맥(龍脈)이 이편으로 이어지는 것이 확연히 보인답니다. 흔히 풍
수가들이 말하지 않던가요. 용맥은 땅 밑으로도 이어지고 강을 건너기
도 한다고요. 세상에 외딴 산이란 없지요. 서쪽으로 뻗어 내린 계룡의
용맥이 마지막 점을 찍은 데가 바로 여기가 됩니다. 그래서 그런지 제
가 농사를 지어 봐도 땅이 참 좋아요. 곳곳에 두터운 황토층이 있어서
초목들도 잘 자라고요."

새로 마련한 터전에 대한 그의 자긍심이 매우 커 보였다. 그가 말을
이었다.

"정 공도 정감록 얘기는 들어보셨겠지요? 거기 적힌 '삼한산림비기
(三韓山林祕記)'에도 한 나라의 도읍지로서는 계룡이 제일이라고 밝히
지 않습디까. 그 다음이 송악이고, 또 그 다음이 한양이라고 했지요. 서
경(평양)과 동경(경주)은 바다와 너무 가깝고, 북경(원주)은 땅이 좁아

서 좋지 않다고도 하였고요. 강화도 마니산은 비록 바다 가운데 있지만 왕이 거(居)할 수 있는데 10년이 못 되어 도읍을 옮길 것이라고 하고……. 아무튼 천하 길지로 금강 계룡만한 데가 없다니 여기 사는 이들이야 그보다 더 듣기 좋은 말이 어디 있겠습니까."

"그렇군요. 매일 그런 계룡산을 바라고 사시니 후대는 말할 것 없고 당대에도 크게 발복하시겠습니다, 그려."

여립이 흔쾌히 덕담을 놓았다. 빠진 게 있다는 듯이 의연이 거들었다.

"좋은 말씀 가운데도 존장께서 굳이 빠뜨리신 것이 있군요. 그 비기에 말했지요. '계룡산 아래 도읍할 땅이 있으니 정 씨가 나라를 세우리라. 그러나 그 복덕이 이 씨에게는 미치지 못할 것이다. 다만 밝은 임금과 의로운 임금이 연달아 나고 세상이 윤회하는 때를 당해 불교를 크게 일으키리라. 어진 재상과 지혜로운 장수, 불사(佛師)와 문사들이 왕국에 많이 나서 일대의 예악을 찬란하게 하니 드물게 보는 일일 것이다.' 라고요."

"이보시게."

여립이 그의 말을 중지시키려 했지만 의연이 개의치 않았다.

"참, 그 앞에 있는 말을 빠뜨렸군요. '금강산으로 옮겨진 내맥(來脈)의 운이 태백산, 소백산에 이르러 산천의 기운이 뭉쳐져 계룡산으로 들어가니, 정 씨가 팔백년 도읍할 땅이로다. 그 후 원맥이 가야산으로 들어가니 조 씨가 천년 도읍할 땅이며, 전주는 범 씨가 육백년 도읍할 땅이요, 송악으로 말하면 왕 씨가 다시 일어나는 땅인데 그 이하는 상세하지 않아서 무엇이라 말할 수 없다.' ……이를 보면 계룡산이야말로 누구보다 정 씨들이 좋아할 산이 아니겠는가 하는 것이 소승의 생각입니다.”

　말을 그친 의연이 여립을 돌아보며 씨익 웃었고 여립도 웃음으로 무마했다. 내심 그가 허튼 소리를 하면 어쩌나 했는데 이 정도면 괜찮다는 생각이었다. 윤창세도 별 다른 생각은 없는 모양이었다. 흥겨운 듯 거푸 고개를 끄덕인 그가 말을 받았다.

　“화상도 놓친 구절이 있군요. ‘계룡산에 나라를 세우면 변 씨 성을 가진 정승과 배 씨 성을 가진 장수가 개국 일등공신이 되고 방성(房姓)과 우가(牛哥)가 손발 같이 일하게 되리라.’ 하지 않았던가요. 그리고 보니 오늘 이 자리에는 정 씨도 있고 변 씨도 있는데 배 씨 하나가 없군요. 허허.”

　“정말 변 씨가 정승이 된다고 했습니까?”

　변범이 놀랍다는 듯이 물었다. 그런 양이 더 재미있다는 듯이 창세가 짓궂게 대답했다.

　“있고말고요. 정승이라니까요.”

　“천지개벽한 뒤에야 그런 일이 생긴다니 좋아할 것도 없습니다.”

　눈치 있게 의연이 예기를 수습했다.

　“방 씨는 온양(溫陽) 방(方) 씨가 아니고 남양(南陽) 방(房) 씨를 말한다던가요?”

　여립도 슬쩍 얘기를 돌렸다.

　“그렇다더군요. 남양방씨도 중국에서 넘어왔지요? 요 임금의 아들 단주(丹朱)가 방후(房侯)에 봉해지면서 그 후손들이 나라 이름을 성으로 삼았다고 하니까요.”

　“소승도 그렇게 알고 있습니다. 당 태종 시기 재상이던 양공(梁公)

방현령(房玄齡)의 둘째 아들이 바로 부마도위 방준(房俊)이지요. 그분이 보장왕의 청을 받고 고구려에 오시어 당성(唐城, 현 화성)에 정착하면서 남양방씨가 되었다는 얘기를 들었습니다."

윤창세와 의연이 괜스레 방 씨 조상을 두고 이야기를 주고받았다.

신정사를 둘러본 뒤 갑사에서 또 이틀을 묵었다. 다음날 아침, 절집을 나설 때에 의연이 하루 일정을 간략히 말해 주었다.

"오늘 점심은 고청봉 아래 공암(孔巖)마을에서 하고 그 뒤 동학사로 들어가도록 하겠습니다. 내일 동학사에서 나와 산 하나를 넘어가면 신도(新都)골이 됩니다."

"공암마을이면?"

정여립도 생각나는 바가 있었다.

"예. 고청 서기(徐起)도 한 번 만나 볼 요량입니다."

의연이 스스럼없이 대답했다. 길 안내를 맡은 자가 주인의 의사는 들어보지도 않고 저 혼자 만나야 할 사람까지 다 정해놓았다가 당면해서야 알려주는 소행이 괘씸할 법도 한데 여립은 그런 기색을 보이지 않았다.

산줄기를 돌아 나와 강마을 청벽에서 휴식을 가졌다. 푸르른 강물이 발아래로 내려다 보였다. 선석달, 각금목 같은 짐꾼들은 나무 그늘에 들기 무섭게 코를 골았다.

"회덕(懷德)의 은진송씨며 연산의 광산김씨들도 다 들러볼 셈인가?"

정여립이 짚신을 갈아 신는 의연의 등짝을 바라보며 말했다.

"예서 회덕은 방향이 달라서 어렵습니다. 봐서 연산의 김 씨 집에는 가야겠지요."

의연이 태연스럽게 대꾸했다.

"무슨 속셈인가?"

"별 셈은 아니구요."

"허면?"

"그냥 소문을 좀 내보려구요. 전주의 정 수찬 어른이 어렵게 날 잡아 계룡산 견문을 오셨는데 아무도 그 일을 알아주지 않으면 너무 심심하지 않겠습니까."

"심심치 않으려면?"

"이들이 다 어떤 집안인지는 나으리도 아시잖습니까. 그저께 들른 파평윤씨며 이따 가보려는 고청 서기 그리고 연산의 광산김씨들…… 모두 서인 집안들입니다. 그런데 나으리가 소문도 없이 계룡산을 둘러보고 떠났다고 해보십시오. 누군가의 입을 통해서 그 말이 퍼지지 않을까요? 그렇지 않아도 세상을 바꿀 진인이다 뭐다 해서 온갖 소문이 나돌고 있는 터에 계룡산 정 도령 얘기까지 붙어 보십시오. 무슨 난감한 일을 당할지 누가 예측하겠습니까. 그러니 차라리 먼저 쳐들어가서 나 계룡산 구경 왔수다, 하는 편이 낫지 않겠어요? 그게 되레 헛된 말들을 사전에 없애는 방책이 되겠다, 하는 것이 소승의 생각입니다."

"흠……."

"먼 데까지 생각을 하셨군."

여립이 생각에 잠긴 사이 변범이 한 마디 거들었다.

의연이 말을 이었다.

"상대를 이기려면 정면에서 맞닥뜨리는 길밖에 없을 것입니다. 숨고 피해서는 이길 방도가 없지요. 예로부터 숱한 비결들이 일러주듯이 계룡 금강은 분명 정 씨의 땅입니다. 정 씨 8백 년의 도읍지가 바로 이 산 이 강이지요. 헌대도 희한하게 지금은 나으리가 두려워 나으리를 궁지로 몰려는 서인 집안들이 이 산을 삥 둘러싸고 있습니다. 동쪽의 윤 씨들은 아직 세력이 크지 않다 해도 언젠가는 크게 떨쳐 일어날 거족임에 틀림없습니다. 지금은 없는 듯 엎드려 있지만 우계 성혼이 파산 골짜기에만 있을 위인입니까. 지금껏 그랬듯이 송강 정철이 고개를 내미는 때면 그 또한 음험한 손길을 사방에 뻗힐 것입니다. 그의 사위가 바로 그제 만난 윤황이지요. 남쪽에는 광산김씨들이 크게 진을 치고 있습니다. 김계휘가 죽고 나니 그 아우 은휘, 공휘 형제가 권세를 휘두르고 있습니다. 계휘의 아들 사계 김장생이야말로 서인의 대들보가 될 재목이지요. 율곡이 없다지만 정철과 성혼이 있고 송익필이 건재한 한 언젠가 다시 서인 천하를 만들겠다는 꿈을 접지는 않을 것입니다. 김장생이 이들 사이를 오가며 모든 일을 조정하겠지요. 동쪽은? 말씀하신 바처럼 회덕의 은진송씨들이 있지요. 군수 송응서가 비록 관직은 낮지만 막강한 재부(財富)가 있으니 무슨 일인들 못 꾸미겠습니까. 그의 아들이며 김은휘의 사위인 송이창이 제 아비 받들 듯 송익필과 김장생을 받들고 있음은 세상 사람들이 다 압니다. 북쪽만 남았지요? 거기에 이따 보고자 하는 서기가 있습니다. 서인의 선봉장이라고 할 수 있는 조헌이 바로 서기와 가장 가까운 사람 아닙니까. 송이창이 또 서기의 제자입니다. 천출이면서도 오래 학덕을 쌓은 덕에 이제 선비의 행색을 하면서 문하에도 여러 학인들을 거느리고 있다는 이야기를 들었습니다. 나으리가 이들을 피하지 아니 하고 직접 대면하고서 내가 계룡의 주인이라고 하는 기상을 보여줄 필요가 있지요. 그것이 장차 대업을 이루는 데도 크게 이로울 것입니다."

의연의 입에서 서슴없이 '대업'이란 말이 나왔음에도 여립은 개의치 않는 눈치였다. 마티고개를 넘어 들판으로 내려서면 공암마을이었다. 계룡 고청봉 아래의 마을. 상신, 하신 골짜기에서 흘러내린 골물이 산자락을 휘감고 돌면서 수려한 경관을 자아내고 있으니 이 물줄기가 용수천이었다. 병사마을의 윤창세를 만날 때처럼, 의연이 정각을 먼저 마을로 보내 서기의 집에 여립의 명함을 넣도록 하였다.

서기. 올해 예순일곱의 노령이지만 정정하다는 말은 들었다. 이곳 공암마을에서 종살이하던 여인네 몸에서 태어났다는 얘기가 있었다. 어린 나이에 홍주(현 홍성)로 이사를 가서 인근에 살던 토정 이지함한 테서 공부를 했다던가. 토정과는 여섯 살 나이 차이가 있었지만 스승이자 벗으로 교유했다고 했다. 수년간 토정과 함께 송도에 가서 화담 서경덕에게 가르침을 받기도 했다. 그 후 토정의 권유로 3년간 이소재 이중호의 문하에서 『대학』과 『중용』을 체계 있게 배웠다. 지리산 홍운동에서 묻혀 살던 그가 고향인 공주로 돌아온 것이 쉰 나이 넘어서였다. 공암과 이웃한 온천마을 거북골에 집을 짓고 살면서 스스로 '구당(龜堂)'이라고 호(號)하였으며 머잖아 공암으로 이사하여 연정학당을 세우고 후학을 지도하기도 했다. 이후 고장의 유생들과 공주목사 권문해의 도움을 받아 지금의 공암정사(孔巖精舍)를 세웠다. 여기에 주자의 영정을 모셔놓고 석탄 이존오, 한재 이목 등 고장의 명현을 배향했다.

공암정사 큰 마루에서 정여립이 서기를 마주해 앉았다. 도포에 산자

형(山字形)의 정자관을 쓰고 허연 수염을 늘어뜨린 이가 서기였다. 문인인 듯싶은 젊은 갓쟁이 셋이 그의 뒤 쪽에 앉아 있었다. 학발선풍(鶴髮仙風)의 풍모인데 눈빛이 날카롭고 표정이 굳었다. 찬바람이 풍기기는 배석한 젊은 갓쟁이들한테서도 마찬가지였다.

"정 수찬께서 이 벽촌에는 어인 걸음을 하셨는지요?"

"존장의 고명을 익히 들었기에 지나는 길에 좋은 가르침을 얻고자 이렇듯 무례히 찾아뵈었습니다."

조금이나마 분위기를 고칠 수 있지 않을까 싶어 정여립이 남언경에 대한 얘기를 꺼냈다.

"동강 남 부윤께서 전주에 좌기하시는 동안 자주 가까이서 모시곤 했습니다. 남 선생께서도 존장의 높은 지기에 대해 말씀을 주시곤 하셨지요."

"참, 동강이 전주에 있었지요, 허."

잠깐 서기의 입가에 미소가 스친 듯했다. 때를 같이 한 적은 없지만 서기와 남언경은 송도 화정골 화담의 문하에서 수학한 경력이 있었다.

"오래 전 일이군요. 내가 먼저 선생의 그늘을 벗어났는데 그 뒤 동강이 거기 있다는 얘길 들었지요. 선생이 세상을 하직하기 한두 해 전이던가요. 동강도 오래 있지는 못했지요, 아마?"

"예, 문도 가운데서도 선생 별세까지 곁에서 지킨 이는 사암(박순)과 초당(허엽) 두 분이었다는 이야기는 저도 들은 바 있습니다."

"그래요. 그래서 세간 사람들은 더러 화담의 진짜 제자는 사암과 초당 둘뿐이라는 말도 하고 그러지요. 허허."

서기가 빈 웃음을 흘리는 사이, 뒤쪽에 앉았던 한 젊은 선비가 눈을 동그랗게 뜨고 말했다.

"나름 성취를 가진 자가 더 큰 학문을 위해 또 다른 스승을 찾아가는 일이 어찌 스승을 배반하는 일이 되겠습니까. 스승이 세상을 떠났다고 해서 돌연 나는 생전에 그 분과 의절을 했다고 하는 이가 진정 배사(背師)의 굴레에서 벗어나지 못할 것입니다."

뜻밖의 도발이 아닐 수 없었다.

"뉘신지요?"

여립을 대신해서 변범이 물었다. 이름이라도 밝히라는 뜻이었다. 당사자인 여립은 되레 초연했다. 스승을 배반한 못된 자라는 소리는 벌써 귀가 아프도록 들었다. 임금이 직접 그랬고, 조헌은 소문(疏文)을 적을 적마다 그 말을 빠뜨리지 않았다. 정여립이 스승 이율곡을 배반했다는 것이다. 젊은 선비가 당당하게 제 이름자를 말했다. 그러고도 무슨 할 말이 있느냐는 듯이 여립을 노려보기까지 했다. 송이창이었다. 군수 송응서의 아들이며 김은휘의 사위다.

여립이 식혜 한 모금을 마셨다.

"송 군수 자제시군요. 한양에 있는 줄 알았는데 향리에 와 계시는 모양입니다, 그려. 좋습니다. 누누이 듣는 말이지만 질리지도 않습니다. 그리고 잘못 아시는 바는 고쳐드리는 것도 도리이고요. 다시 분명히 말씀드리지만 율곡은 제 스승이 아니십니다. 애당초 사제의 연을 맺은 바가 없기 때문에 그러합니다. 세상에 나도는 제 서신에서 보듯이, 저는 그 분 살아생전에 '존형'으로만 그분을 불렀지 다른 호칭을 가진 바 없었습니다. 여러분이 잘 아시는 중봉(조헌)과 동암(이발)도 한때 사이가 좋을 때는 서로 그렇게 부른 것으로 알고 있습니다. 헌데 중봉이 먼저 동암을 찾아가서 절교의 뜻을 전했지요. 그렇지만 누가 중봉을 욕합디까. 저 또한 한 시절 율곡을 사숙하여 따르고 의지했던 것이 사실입니다. 허나 뒷날 서로의 생각과 뜻하는 바가 다름을 알고는 제가 먼저 그를 떠나기로 했던 것뿐입니다. 공교롭게도 그것이 율곡이 세상 떠나기 직전의 일이라 오만 몹쓸 말들을 만들어내게 되었지만 어쩌겠습니까. 그것이 제 부덕인 것을요."

송이창이 또 뭔가 말하려는데 서기가 제지시켰다.

"손님으로 오셨는데 그런 얘기는 관두시고요. 괜히 내 얘기 때문에……. 정 공은 대동계 얘기나 좀 해주시죠. 예삿일이 아니라고 관심을 가지는 이들이 많습디다, 그려."

"존장께서도 여러 해 동안 향약계를 만들어 실천하셨다고 들었습니다. 오히려 제가 배움을 청해야지요."

10여 년 전, 서기가 공주로 돌아오게 된 것도 결국은 그가 홍주에서 4년여 동안 펼쳐오던 향약계가 실패로 돌아간 데 있음은 알만한 이들이 알았다.

조선에 향약이 제대로 알려지게 된 것은 <주자증손여씨향약>이 전국에 보급되면서부터였다. 향약은 본래 중국 북송 말기 섬서성에 거주하던 도학자 여씨(呂氏) 4형제들이 일가친척과 향리 사람들을 교화 선도하기 위하여 덕업상권, 과실상규, 예속상교, 환난상휼이라는 4대 강목을 내걸고 시행하면서부터 시작됐다. 이전부터 우리나라에는 백성에게 해를 끼치는 못된 아전들을 단속하는 유향소가 있어서 향약의 구실을 해왔다. 그러나 유향소는 정치의 이해득실에 따라 그 존폐가 결정되곤 했는데 어느 때든 훈구관료들은 유향소를 없애려 하였고 사림세력들은 그 유지를 주창하였다. 그리하여 중종반정 후 정계에 등장한 사림파 관료들은 유향소의 부진한 상태를 회복하기 위해 <여씨향약>을 실시하여 풍속교정의 임무를 수행하려 하였다. 중종 14년에는 『소학』의 내용에 들어 있는 <여씨향약>을 외방 유향소와 한성 5부 등에 공급하여 향약을 실시하도록 하였다. 정여립이 꾸리고 있는 대동계라고 해서 향약계와 크게 다를 바가 없었다. 드러나게 다른 점이 있다면 양반뿐 아니라 양인과 천민이 동참한다는 점, 4대 강목 외에 6예를 중시한다는 점 등인데 이것이 서기한테도 관심사가 되는 듯싶었다.

"하오면 먼저 존장께서는 예로부터 반상(班常)과 양천(良賤)을 나누는 신분제도에 대해서 어떤 생각을 갖고 계시는지 알고 싶습니다."

특히 서기한테는 가장 민감한 문제가 될 수 있음을 알면서도 정여립은 이 질문을 던지길 마다하지 않았다. 천출임에도 불구하고 남다른 재주와 노력으로 이름과 지위를 함께 얻은 그가 사람은 태어나면서부터 귀천이 나뉜다고 생각하는지 본인의 입에서 나오는 말을 직접 듣고 싶었던 것이다. 타격이 있은 듯했다. 그의 제자들이 동요했고 얼굴이 붉어진 송이창이 또 나서려는 걸 이번에도 서기가 막았다. 한동안 뭔가 골똘히 생각하던 그가 입을 열었다.

"정 공이 내게 묻는 연유도 알만 하외다. 허나 내 대답은 어렵지 않아요. 『자치통감』에 적힌 말씀들이 바로 내 생각과 같기 때문입니다. 이 넓은 세상의 수많은 백성들이 한 사람에 의해 통솔되고 힘센 사람과 뛰어난 지혜를 가진 사람조차 이 한 사람에게 복종하는 이유가 뭘까요? 이 모두가 예(禮)로 통솔되기 때문이 아니겠습니까? 이렇게 하여 천자는 삼공(三公)을 통솔하고, 삼공은 제후를 거느리고, 제후는 경대부(卿大夫)를 통제하고, 경대부는 사인(士人)이나 서인(庶人)을 다스리는 것이겠지요. 또한 신분이 높은 자는 신분이 낮은 자 위에 군림하고, 신분이 낮은 자는 신분이 높은 자의 명령을 받게 됩니다. 위에 선 사람이 아랫사람을 다스리는 것은 마치 몸뚱이가 손발을 움직이고 나무둥치가 가지나 잎을 통제하는 것과 같으며 아랫사람이 윗사람을 섬기는 것은 마치 가지나 잎이 나무둥치를 지키는 것과 같습니다. 그렇게 해야만 비로소 상하관계가 잘 짜여 나라가 안정을 이루게 되지요. 그러므로 천자라는 직책은 예를 지키는 것을 가장 소중히 여겨야 합니다. 문왕이 역(易)의 괘를 늘어놓을 때 건과 곤을 처음에 놓았다고 합니다. 공자가 그것에 대해 주석하기를, '하늘은 높고 땅은 낮다. 그리하여 건과 곤이 자리를 잡는다. 거기에 따라 세상 속의 서열이 만들어지고 귀천의 높낮이가 정해진다.'고 하였습니다. 이것은 군신의 자리가 하늘과 땅이 바뀌지 않듯 바꿀 수 없음을 말하는 것이 아니고 무엇이겠습니다. 하여 예가 바로 서고 인(仁)이 제대로 행해지기 위해서도 상하 귀천은 반드시 있어야 되겠지요."

"예."

적이 실망스러웠지만 여립은 내색치 않았다. 천하의 서기라고 한들 뭇 양반들이 둘러앉은 자리에서 달리 무슨 말을 할 수 있으랴 싶었다.

동학사로 가기 위해 용수천을 거슬러 가는 길이었다. 의연이 논배미 쪽으로 흘러내린 왼쪽 산줄기를 가리키며 말했다.

"저기, 절벽 아래에 동굴 하나가 뚫려 있는 것이 보이십니까?"

"저게 굴이라고?"

풀숲 너머로 다른 데보다 더 어둑한 구석 하나가 보이긴 했지만 각진 꼴을 봐서도 예사의 바위 굴 같지는 않았다.

"저 굴 바위 때문에 공암이라는 마을 이름이 생겨났답니다. 가을날이었나 봅니다. 마을의 종년 하나가 새를 쫓는다고 저기 벼논에 나와 있었지요. 그런데 갑자기 소나기가 쏟아지지 뭡니까. 비를 피하겠다고 종년이 저 굴속으로 뛰어들었다지요. 때마침 길 가던 소금장수가 있었는데 그 또한 먼 데서 굴을 보고는 헐레벌떡 뛰어들었고요. 비는 쏟아지는데 천둥까지 치지……굴속에 앉아 있던 남녀가 달리 할 짓이 뭐 있겠습니까. 이게 웬 떡인가 하고 소금장수가 냉큼 종년을 올라탔고 종년은 종년대로 몇 차례 꿈틀대다간 사지를 늘어뜨려 버렸지요."

"화상께서 눈으로 본 듯이 말하시는군요."

변범이 재미있다는 듯이 큭큭 웃었다.

"그래서?"

여립도 뒷얘기를 기다렸다.

"남녀가 그렇게 엉겨 붙었으면 얘기가 다 끝났지 다른 뭐가 있겠습니까."

의연이 짐짓 시침을 뚝 뗐는데 변범이 그냥 있질 않았다.

"난데없이 그 얘기는 왜 하느냐 말이오."

"때마침 저 굴을 봤으니까요. 아무튼 그 소금장수가 기운은 넘쳤나 봅니다. 이듬해 종년이 덜컥 사내아이를 낳았으니 말입니다. 허허."

"밭도 좋았구먼."

변범이 맞장구쳤다.

"그렇게 낳은 사내아이가 누군지 아시겠습니까?"

"뭐!?"

문득 여립도 뇌리에 스치는 것이 있었다.

"예, 그가 바로 좀 전에 만난 고청 서기랍니다."

"그럴 리가!"

"말도 안 돼!"

여립과 변범이 거의 동시에 탄성을 놓았다. 서기가 천출이다, 서출이다 나도는 말들은 많았지만 논 지키러 나왔던 여종이 지나가던 소금장수한테 겁탈 당해서 낳은 자식이란 얘기는 금시초문이었다.

"소금장수가 서 씨라는 건 어떻게 알고? 가슴팍에다 제 성 씨를 적어 놓기라도 했던가?"

"일 끝난 뒤, 종년이 물어봤겠지요. 소승도 그냥 주워들은 이야기일 뿐입니다요. 이 마을 아래 것들치고 이 얘기를 모르는 자가 없지요."

변범이 짓궂게 물었고 의연이 태연스레 대꾸했다. 그리곤 제 할 얘기는 다 했다는 듯 큼큼, 몇 차례 헛기침을 놓았다. 여립이 말했다.

"촌사람들이 저희끼리 하는 얘기를 곧이들을 수야 없지. 허나 고청이 대단한 인물임은 틀림이 없어. 그 어려운 처지에서도 문자에 눈을 뜨고 좋은 선생들을 찾아다니면서 배움을 높였으니 말이야. 그러니까 저렇듯 양반 자제들이 문하에 늘어서 있질 않던가. 허나 딱한 구석은 없지가 않아. 제 스스로 그런 고단한 삶을 살았으면 지금쯤 세상을 고쳐 놓겠다는 큰 뜻을 품어 볼만도 한데 그렇지가 않아요. 스스로 이제 대접을 받는 처지에 이르렀다고 저 또한 공맹을 읊으면서 만족하고 있으니까 말일세. 화상도 아까 그가 하는 말을 들었지요? 임금과 신하의 관계는 하늘과 땅의 관계와 같아서 영원토록 그 자리가 바뀔 수 없다고 했던가? 허어. 그렇다면 요, 순, 우가 서로 자리를 양보해서 차례로 임금의 자리에 오른 것은 뭐지요? 조조와 유방이 태어나면서부터 고귀해서 제위에 올랐던가? 비렁뱅이 탁발승에 지나지 않았던 주원장이 명 황제로 등극한 건 뭐지? 위화도에서 군사를 돌리지 않았더라면 우리 태조 임금이 있었을까? 말이 되는 소리를 해야지……. 임금은 몸뚱이고 백성은 손발과 같기에 임금은 손발 부리듯 백성을 부리고 백성은 몸뚱이 모시듯 임금을 모셔야 한다고? 옛날 옛적 저 중국 땅의 못된 왕들이 제 한 몸 온전히 하고 한껏 제 권세를 높이려고 만들어 놓은 말을 조선 땅 계룡산 아래 산다는 선비가 무슨 천고불변의 진리라도 되는 양 그대로 외고 있질 않던가. 그리고 비유를 왜 몸뚱이와 손발, 나무 둥치와 나뭇가지로 해야 하던가? 몸뚱이와 손발, 둥치와 가지는 한 덩어리 한 몸이지만 본래부터 다른 것이라오. 생김새가 다르고 하는 일이 다 다르지. 허나 임금과 백성은 본디 한 몸, 한 덩이도 아닐 뿐더러 생김새도 다르지가 않아. 왕자(王者)가 뭔가? 임금의 몸에서 태어났고 어느 날 문득 왕이 되질 않던가? 그걸 누가 시켰지? 하늘이? 천신이? 아니야, 누구도 아니지. 그런데 자기가 임금이라면서 천하를 제 것인 양 한단 말이야. 백성들은? 생전에 한 번 본 적도 없고 얼굴도 모르는 이를 제 상전보다 무서워하며 곡식을 갖다 바치고 목숨까지 내맡긴다고. 매를 맞아서 아직도 절뚝거리는 저기 각금목 저 눔을 보세요. 머리통 하나에 팔 둘, 다리 둘이 달렸지? 손에는 손가락이 다섯이고, 코에는 구멍이 두 개 나 있지? 내가 직접 뵈었지만 우리 임금도 팔이 둘, 다리가 둘이야. 손가락이며 콧구멍도 다를 바가 없어. 그런데 임금은 지존(至尊)이시고 저 눔은 지천(至賤)이란 말일세. 한 사람은 만백성이 무릎 꿇고 우러러 뵈어야 하며 다른 한 사람은 만인이 짓밟아도 찍 소리조차 내질 못해. 언제부터 누가 왜 이렇게 만들어 놓았을까? 모를 일이야……아니 알아도 모른 척해야지. 또 이런 말을 누가 해야 옳을까? 나보다는 고청 서기 같은 이가 이런 말을 하는 것이 더 옳지 않을까? 헌데 그 또한 흔해 빠진 유생들이 하는 소리나 늘어놓고 있으니 답답할 밖에요. 한참 대들고 싶었는데 많이 참았지."

갑자기 의연이 주저앉듯이 땅바닥에 무릎을 꿇었다. 놀란 마부가 급히 말고삐를 당겼다.

"무슨 일이오?"

마상의 여립이 놀라 물었다.

"어르신, 천승 여러 달 동안 나으리를 뫼시면서도 오늘처럼 기쁜 날이 없습니다. 방금 하신 말씀, 소승 감복하여 숨이 막히고 온몸이 떨립니다. 소승이 나으리를 잘못 보지 않았음을 이 자리에서 깨닫습니다. 세상 천지에 글 읽고 도 닦았다는 이가 홍수에 강 넘치듯 많습니다만 이렇듯 세상살이 본체를 꼬집어 말씀해 주신 분이 없습니다. 소승 또한 여기 각금목, 선석달과 하나 다를 바 없는 천한 몸입니다. 부디 저희를 어여삐 여기시는 그 정성으로 세상만사를 바르게 고쳐주실 것을 간절히 청합니다. 마음과 뜻을 굳히시면 나으리는 반드시 하실 수 있습니다. 나으리, 부디 소승의 간청을 내치지 마십시오."

주름진 의연의 뺨에 금세 눈물이 흘러 내렸다.

"난 또, 뭔가 했어……. 화상, 어서 일어나시오. 아직 계룡산 구경도 끝나지 않았다오."

마상의 여립이 웃으며 말했다. 마부가 다시 말을 끌었다.

이틀간 동학사에 머문 뒤 골을 빠져나왔다.

절 아랫마을에서 사기소를 지나 야트막한 산줄기를 타넘으면 신도 골이었다. 여전히 깊은 산속인데 너른 평지가 구릉 너머로 이어졌다. 산기슭에 띄엄띄엄 초가들이 엎드려 있는 풍경도 여느 곳과 다르지 않았지만 분지 하나를 둘러싸고 있는 산세의 수려함과 엄정함 때문인지 아연 별세계가 든 듯싶은 느낌을 떨칠 수 없었다.

"태조가 새 도읍지로 하려던 데가 바로 여기란 말인가?"

냇물을 만난 데서 여립이 말에서 내렸다. 걸으면서 주위 경관을 둘러보기로 했다.

"예, 바로 이곳입니다."

의연이 오른편의 높직한 산봉을 가리켰다.

"저기가 바로 계룡산 상상봉인 천황봉입니다. 백두산에서 종(縱)으로 뻗어 내려온 용맥이 이 산에서 멈추면서 그 기운이 하나로 뭉친 봉우리가 바로 저 산봉이라고 할 수 있지요. 태조가 지관들의 말을 좇아 직접 이곳에 와 보시곤 천하의 길지라고 찬탄하신 것도 그 때문이라 할 수 있지요. 여기다 조선의 도읍을 세우겠다고 바위를 쪼개고 땅을 파고 크게 일을 벌였지만 끝내 그 일을 이어가지 못하고 그만두었지요. 그렇지만 여기 사람들은 지금도 저 산 아래 너른 곳을 대궐 터라고 부른답니다. 저 뒤편 산봉우리를 제자봉(帝字峰)이라고 하는데 그 아래를 동대궐터라고 하고 저 앞쪽은 종로 터라 하고요. 그리고 대궐 터를 가운데 두고 동문, 북문, 남문까지 다 있었지요. 이따 보시겠지만 태조가 그 시절에 갖다 놓았다는 주춧돌 백여 개가 아직 그대로 있습니다. 보시면 아시겠지만 그것들은 인력으로 옮기기 어려운 큰 돌들입니다. 누구는 그것을 대둔산에서 가져왔다고 하고 또 어떤 이는 백제왕이 다시 공주로 천도할 때 쓰려고 마련해 두었던 것을 부여에서 운반해 온 것이라고도 하고……말들이 많지요."

"도읍으로 정하기엔 물길이 너무 멀어서 그만 두었다고 했던가?"

여립이 물었다.

"그것도 한 이유는 되지만 신하들의 이해득실이 다 달랐던 것이 더 큰 이유가 아니었을까요? 모르겠습니다. 그런 복잡한 사연은……."

"아무렴. 황해, 경기에 땅 갖고 있던 권신들이야 이 먼 데 와서 살자고 하면 앞이 깜깜했을 테지."

"다른 재미있는 이야기도 많지요. 사람들 말로는, 저기 제자봉 아래의 땅을 예로부터 제도(帝都)라 불렀다고 합니다. 신라 말에 당나라 장수 설인귀가 이곳에 와서 보곤 '중국에 황제가 있는데 어찌 조그만 나라에서 이런 명칭을 쓸 수 있는가, 당장 이름을 바꾸라.'고 해서 하는 수 없이 신도(辛都)라고 고쳤다는 말도 있지요. 그러다가 훗날 신도(新都)로 바꾸었다고……. 또 태조가 이곳에 한창 공사를 하고 있는데, 어느 날 하늘에서 쩌렁쩌렁 큰소리가 들렸다고 합니다. '이곳은 뒷날 정씨가 도읍할 곳이니라. 네 땅이 아니다, 너는 한양으로 가거라.' 했다던가요. 허허."

"하늘이 온갖 간섭을 다 하는구먼."

정여립이 또 웃음으로 말을 받았다. 요행 이 궁벽한 산중에도 술파는 집이 있었다. 쓰러져 가는 오두막집이었는데 늙은 느티나무 그늘에 댓가지를 엮어 만든 평상 하나를 놓고 객을 맞았다. 자그마한 술동이를 들고 나오는 주인 사내의 행색이 제법 기이했다. 일부러 그렇게 밀어

버렸는지 머리에는 털 한 올이 없는 대신 귀밑에서 턱까지가 온통 털북숭이였다. 마흔은 됨직할까. 찢어진 눈에 낯빛이 검었다. 그자가 김치 조각과 두부 한 덩어리만 얹은 소반을 평상에 놓다 말고 퉁명스럽게 한 소리를 내뱉었다.

"정 도령이 오셨구먼요."

좋다, 마다 표정이 없었다.

"뭔 소린가?"

엉덩이를 빼는 그자를 변범이 불러 세웠다.

"방금 뭐라고 중얼거렸는가?"

"정 도령이 오셨다구요."

사내가 남의 말 하듯 대꾸했다.

"누가 말인가?"

"여기 계신 양반 나으리 말씀입니다요."

무례하게도 그가 턱으로 여립을 가리켰다.

"정 도령이 뭔가?"

"정 도령이 정 도령이지, 김 도령 보고 정 도령이라고 할까요."

"네가 정녕 이 어른이 뉘신지 알고 지껄인단 말인가?"

"몰라요."

"헌데?"

"정 도령이시다 싶어 소인 놈 혼자 지껄인 것뿐입니다요."

지켜보던 의연이 나섰다.

"보아하니 정신이 오락가락하는 자 같으니 놔두시지요."

여립 또한 내버려두란 손짓을 했다.

"아마 저 자도 도선비결 한 구절은 주워들은 모양이지. 그래야 막걸리 한 사발이라도 팔 수 있을 테고……."

여립을 따라 사발술을 들이켠 뒤 손등으로 입술을 닦은 의연이 시읊듯 소리를 풀었다.

"오얏나무[이씨, 李氏]를 베고 나야 비로소 나라의 기틀이 세워진다네. 한 나라가 평안해지니 이것이 누구의 공로인가? 오로지 정 도령이 총명하고 슬기로우며 기이하기 때문이라네. 군사를 서쪽 변방에서 일으키니 천자의 기쁨이 말할 수 없네. 세 이웃이 서로 도와 세 아들로 하여금 안전하게 계룡산에 도읍을 정할진저."

"그건 또 무슨 소린가?"

여립이 물었다.

"도선비결의 한 대목이지요."

"그런 대목도 있던가?"

뒤늦게 생각났다는 듯이 여립이 고개를 끄덕였다.

국수로 요기를 하고 다시 길을 나섰다. 남쪽, 분지가 끝나는 지점에 얕은 고갯마루가 있는데 그곳에 올라서서 뒤를 돌아보면 비로소 넓은 신도골은 물론 이를 병풍처럼 둘러싼 계룡 준봉들이 한눈에 들어왔다. 말 그대로 남쪽 한 방향만 트였을 뿐 동, 서, 북쪽이 산으로 삥 둘러섰다. 풍수를 모르는 이가 보더라도 능히 전란을 피하며 스스로 경작해 먹고 살만 한 길지로 보였다. 일찍이 무학 대사가 말했다지 않던가. 이 산은 한편으로 금계포란형(金鷄抱卵形)이요, 또 한편으로는 비룡승천형이라고. 산 이름 '계룡'도 여기서 비롯됐다는 말이 있었다. 그렇다면 눈 아래 내려다보이는 신도 분지야말로 금닭이 품었던 알이 놓였던 자리며, 용이 날아오르기 직전 똬리를 틀었던 곳이 아닐 수 없었다. 둘레의 형국은 더 말할 것이 없었다. 선인봉은 청룡이 되고 오른편 국사봉은 백호가 된다. 북녘 사기소 너머에 우뚝 선 삼불봉이 현무가 되며 멀리 앞에 보이는 대둔산이 주작이다.

신도골의 동서 양쪽에 용추라고 하는 소(沼)가 하나씩 있는데 동쪽의 것을 동용추, 서쪽의 것은 서용추라고 한단다. 동용추에는 자룡이 살고, 서추에는 웅룡이 살았다는 전설도 있었다. 암용추, 수용추라는 이름도 거기서 나왔다. 이렇듯 정기 어린 골짝 터 하나를 두고 좌청룡과 우백호가 옹위하며, 수용추 암용추에서 흘러내린 두 물줄기와 밀목재 남쪽에서 흘러온 물줄기가 정자마을 별뜸 옆에서 합쳐져 남쪽으로 흘러간다. 이는 다시 두마 마을에서 벌곡천과 합하여 동류하다가 갑천이 된다. 이는 회덕 북쪽으로 흐르다가 이윽고 금강 본류를 만나게 되는 것이다. 이 때문에 예부터 풍수가들은 신도골을 중심으로 산천이 감싸고 흐르는 모양새가 바람개비가 돌아가는 것과 같다고 해서 산태극 수태극의 형국을 이루었다고 하였다.

"과시 이 땅에 정 씨들이 왕업을 이루는 날이 있을지 모르겠습니다."

솔 그늘에 앉은 변범이 제법 감개 어린 투로 한 마디 했다.

"나도 정가이지만 그런 날이 있다면 좋겠구려."

여립도 크게 속내를 숨기지는 않았다.

"제가 보기에도 수찬 어른밖에 그 대업을 이룰 분이 없습니다. 이미 하늘이 어른의 등을 떠밀고 있질 않습니까. 어른께서 작심하고 떨쳐 일어나신다면 억조창생한테는 십년 대한(大旱) 끝에 만나는 단비와 다르지 않을 것입니다. 미거한 저희들 또한 분골쇄신으로 그 일을 도울 것이고요.”

변범이 여립의 곁으로 몸을 당겨 앉았다.

“역적모의라도 하자는 말이구려?”

“예, 암혼(暗昏)한 임금에다 썩어빠진 조정인데 둘러엎어 버려야지요.”

“입조심하게. 누가 듣겠네.”

“어르신.”

“하늘엔 여전히 구름 한 점 없으니 비는 언제쯤 쏟아지려누…….”

여립이 하늘을 쳐다보며 딴 소리를 했지만 변범이 제 말을 그치지 않았다.

“황해도에서 쳐내려오고 전주에서 치고 올라가면 한 나절에 범할 수 있는 것이 도성이고 왕궁입니다. 임꺽정이 하나가 황해도를 쑥대밭 만드는 걸 보셨지 않았습니까.”

“나는 못 들은 것으로 하리다.”

여립이 벌떡 몸을 세웠다. 변범과 의연이 간절한 눈빛으로 그를 쳐다봤지만 여립은 그들을 본 척 않고 마부를 불렀다.

“정승은 아니더라도 제 아들, 손주 놈이 고을 원님 하나라도 되는 걸 봐야 하지 않겠습니까.”

변범이 여립을 뒤따르며 말을 붙였다. 고갯마루에서 천호산 개태사(開泰寺) 터까지는 십 리 길이 채 되지 않았다. 절터에서 연산현 관아까지가 5리를 조금 넘었다.

길가 논두렁길로 해서 골짝 안으로 들자 절터가 나왔다. 어른 키 높이의 축대 가운데의 돌 층계를 오르자 너른 빈 터 곳곳에 허물어진 흙벽들이 여기저기 장승처럼 서 있고 부서진 기왓장들이 사방에 널브러져 있었다. 절 마당에도 잡초들이 우거져 있어 근처의 메마른 논밭과 함께 황량한 풍경을 자아냈다.

"한때는 국찰(國刹)이라고 해서 사치가 극에 달하기도 했다더니만 세월이 흐르고 세상이 바뀌었다고 해서 이렇듯 무참한 꼴을 할 수 있단 말인가!"

여립이 망연히 절터를 바라보며 탄식을 했다.

"그러게 말입니다. 어느 때는 천 명이 넘는 승려들이 묵었다고도 했는데……."

곁에 섰던 의연도 한 마디 했다. 개태사. 고려 태조 왕건이 후백제를 무찌르고 나라를 통일한 기념으로 세운 절이었다. 왕건은 후백제의 신검(神劍)을 좇아 황산 숯고개를 넘어가서 마성에 진을 친 뒤, 신검으로부터 항복을 받음으로써 후삼국 통일의 대업을 이루었다. 왕건은 이것이 하늘의 도움이라 하여 황산의 이름을 천호산으로 바꾸고 절을 창건하여 개태사라고 하였다. 태조 왕건이 죽은 뒤에는 이 절에 그의 영전(影殿)이 설치되어 기일마다 제사를 지냈으며, 태조의 옷 한 벌과 옥대 한 요(腰)를 보관해 오기도 하였다. 고려가 망할 때까지 나라에 중대한 일이 있으면 태조의 영전에 나아가 길흉을 점쳤다는 얘기도 전했다.

"그때 견훤이 왕건을 도왔다지?"

풀을 헤치고 나아가며 여립이 물었다.

"예, 어찌 보면 이 절엔 견훤의 업보가 서려 있지요. 못난 아들들을 둔 덕에 금산사에 유폐돼 있던 그가 용케 도망을 쳐서 왕건의 진영에 들어간 게 왕건에겐 천군만마를 얻은 거와 다를 바 없었을 것입니다. 아들에 대한 원한이 얼마나 사무쳤으면 적이었던 왕건에게 아들 신검을 죽여 달라고 부탁하고 그 있는 곳을 알려 주었을까요."

먼 데서 변범이 정각과 함께 흙벽에 걸쳐진 서까래를 흔들고 있었다.

"헌데 왕건은 항복을 했다고 해서 신검을 살려주질 않았던가?"

"예, 둘째 양검과 셋째 용검은 죽이면서도 아비를 내쫓고 왕이 된 신검은 살려주지요. 목숨뿐이 아니라 벼슬까지 주었고요. 왕위를 찬탈한 것이 다른 이의 위협에 의한 것이고 죄가 두 아우보다 가볍고 항복하였다는 이유에서였습니다. 허나 그 즈음에는 이미 견훤도 왕건에게는 다 써먹고 나서 버릴 물건에 지나지 않았지요. 머잖아 견훤이 화병에다 등창이 나서 이 절간에서 죽은 것도 그 때문이었을 것입니다."

"견훤이 여기서 죽었다고?"

"기록에는 연산현 동쪽 5리 밖에 있는 절에서 죽었다고 했는데 그 무렵 천호산에는 이 절밖에 달리 절이 없었으니 바로 여기지요. 개태사가 창건된 것이 견훤이 죽은 뒤의 일인데 절 또한 빈 터에 온전히 새로 세운 것이 아니라 전부터 있던 것을 허물고 고친 것이라고 봐야 할 것입니다. 글에도 분명 '일신보찰(一新寶刹)'이라고 돼 있으니 뭔가를 없애고 새로 지은 것이 분명합니다."

"견훤이 왕손도 귀족도 아니었지?"

"농사꾼의 아들에 불과했지요."

"왕건은 다르지 않던가?"

"고려를 세워 왕 씨 세상을 만들긴 했지만 그 출신도 크게 다를 바는 없습니다. 알려진 것처럼 그 아비가 송악의 호족 왕륭(王隆)이었으니 말입니다. 사서에는 그 조부가 당나라 숙종의 아들이며 그이가 서해 용왕의 딸과 결혼해서 왕륭을 낳았다고 적고 있지만 누가 그걸 믿겠습니까. 허허."

"그렇군."

여립도 따라 웃고 말았다.

법당이 서 있던 자리였을까. 내려앉은 기와지붕 옆에 돌부처 둘이 땅바닥에 처박혀 있었다. 키가 좀 더 큰 것은 형상이 온전했지만 다른 하나는 두상과 몸체가 따로 떨어진 채였다.

"나무아비타불 관세음보살!"

못 볼 것을 본 양 의연이 합장을 하며 허리를 숙였다.

"본래 삼존으로 모셔져 있었을 텐데 둘은 있고 한 구가 보이질 않습니다."

그러고 보니 큰 것이 본존불이요 머리가 떨어진 것이 협시보살인 듯했다. 그런데 불상들의 모습이 조금 기이해 보였다. 여느 부처상과 같은 온화한 모습이 전혀 아니었던 것이다. 오히려 갑옷 입은 무장 같은 엄중한 분위기를 풍기고 있었는데 머리가 큰 편이고 어깨가 쩍 벌어졌으며 손의 형상 또한 육중하리만큼 크고 투박해 보였다.

"이쪽으로 와 보시지요. 여기 웬 문자들이 잔뜩 적혀 있습니다."

흙담 뒤편에 가 있던 변범이 두 사람을 불렀다. 법당 벽이었던 것일까. 지붕 없는 벽면에 판자들이 가지런히 붙어 있고 거기에 흐릿하게나마 글자들이 새겨져 있었다. 정각이 먼저 문자들을 찾았지만 읽기가 어렵다는 변범의 말이었다.

"뭐라고 적었는데?"

여립과 의연이 얼굴을 갖다 대고 한 글자 한 글자를 짚어 나갔다. 획수가 많고 형체가 또렷치 않은 문자는 두 사람이 짐작으로 새겼다.

나그네로 남녘 땅 두루 다니다가 (客行南國遍)

계룡산에 이르니 눈이 더욱 환해지네. (鷄岳眼初明)

뛰는 말 놀란 형세의 산이요 (躍馬驚鞭勢)

산줄기 빙 돌아 주산을 보는 형국이네 (回龍顧祖形)

아름다운 기운이 가득 모였고 (蔥蔥佳氣含)

상서로운 구름은 뭉게뭉게 피어오르네. (藹藹瑞雲生)

무자, 기축년 사이에 좋은 운수 열릴 것이니 (戊己開亨運)

태평세월 누리기 뭐 그리 어려우랴. (何難致太平)

오언율시인데 시에 담긴 뜻이 꽤나 수상쩍었다. 마치 누군가가 이편의 행차가 여기에 이를 것을 미리 알고 적어 놓은 것 같기도 했다. 더욱이 올해가 바로 기축년이었다.

"괴이하기 짝이 없구먼……."

무슨 느낌이라도 있는 듯 여립의 얼굴에 그늘이 졌다.

"뭐 비결인 양 시늉을 낸 것이겠지요. 마음에 담아 둘 바는 아닌 것 같습니다."

대수롭지 않다는 듯 의연이 한 마디 했지만 그의 음성도 극히 가라앉아 있었다. 변범이 혼자 상기된 얼굴이었다.

"이 무슨 조화인가요? 하늘의 계시가 아니고는 이런 일이 있을 수 없습니다. 지함두한테서 지난해 지리산에서 얻었다는 석판 얘기도 들었습니다. 금구 집 뒤뜰 뽕나무 둥치에서 말총이 삐져나온 것은 소생의 눈으로 똑똑히 보았구요. 계룡산을 찾아오니 사방에서 정 씨 이야기요, 주막집 사내까지 어르신을 정 도령으로 맞이하질 않습디까. 그리곤 고려 태조가 세웠다는 절간 벽에는 저런 시가 적혀 있고요……. 하늘과 신령이 거들지 않고는 이런 일이 있을 수 없습니다. 수찬 어른이야말로 하늘이 점지한 진인이요, 성인이십니다. 모든 예언과 비결이 일러준대로 이제는 어르신 스스로 떨쳐 일어나는 일밖에 없을 것 같습니다."

"이 시구 또한 나한테 이르는 것이란 말이오?"

여립이 쓸쓸하게 웃었다.

"그렇지 않구요. 기축년 올해, 계룡 주인이신 어른께서 만사형통하시어 태평세상을 연다는 뜻이 아니고 무엇이겠습니까?"

변범의 대답이었다.

"누가 왜 적어 놓았는지도 모를 문자들을 그렇게 새기라고?"

"먼 앞날을 내다볼 줄 아는 이가 오늘을 염두에 두고 적어 놓은 게 분명합니다."

"모를 일이야……."

여립이 한숨처럼 내뱉었다. 절터를 빠져 나왔다.

마른 하천을 따라 다시 남녘으로 행로를 잡을 때도 등 뒤 먼 데서 푸르른 천공을 이고 선 계룡산 삼각 봉우리가 우두커니 이편을 바라보고 있었다. 절터에서 연산 현청(縣廳)까지는 오 리 길밖에 되질 않았다. 고만고만한 높이와 크기를 가진 천호산 산봉들이 길 따라 늘어서 있다고 해서 연산(늘뫼)이라고 했다던가. 오늘 하룻밤은 연산 객사에서 묵기로 돼 있었다. 현감 김민정(金愍政)의 배려 덕이다. 이발의 아우 남계 이길과 함께 정축년의 태묘별시문과(太廟別試文科)에 급제한 이다.

연산에서 자고 다시 은진으로 돌아가면, 계룡의 안팎을 다 둘러보는 일곱 날의 여정도 끝이 나는 셈이었다. 은진으로 가기 전, 중도에 있는 사계 김장생의 향촌 집을 들르는 일에도 여립은 반대를 하지 않았다.

멀리, 초가들에 둘러싸인 관아 기와 채들이 바라보이는 지점이었다. 여립은 또 5천 결사대를 이끌고 이 들녘에서 신라군과 맞서 싸운 백제의 장수 계백에 대한 관심을 아끼지 않았다. 의연은 이편 지리에 관해서 막힘이 없었다.

"저기 앞에 보이는 야산 너머부터 여기까지가 다 황산벌입니다. 금산 쪽에서 몰려 들어온 5만 신라군을 계백이 막아섰던 곳이지요."

"그러면 부여가 저쪽 방향이겠군?"

여립이 관아 쪽을 가리켰다.

"그렇지요. 이 길로 계속 가다보면 또 초포를 만나고 그 다음이 석성(石城) 고을이지요. 석성을 지나면 곧바로 부여 땅이고요. 여기서 백 리가 되질 않는 데다 온통 들판으로 이어지기에 이곳 연산 땅을 지키지 못하면 신라군은 한나절에 부여 왕성까지 밀고 갈 수가 있었지요. 저기 오른편에 보이는 뾰족 봉우리가 함지봉이고 그 앞이 깃대봉입니다. 계룡산 상상봉 남쪽에서 뻗어 내린 산줄기가 이쯤에서 끝이 나는 것입니다. 여기서는 잘 보이지 않습니다만, 저 깃대봉 아래에 성황산성이라고 하는 성터가 있지요. 산 아래 마을 또한 관창골(현 연산 관동리)이라고 했으니 아마도 전쟁 당시 백제군의 양곡과 무기 등은 저기서 공급되곤 했을 것입니다. 화랑 관창이 죽은 곳이라고도 하고요."

"아무리 용장이라고 한들 임금이 그 지경이었으니 무슨 공을 세워 이름을 떨칠 수 있었겠는가. 전장에서 버린 목숨들만 아깝지……계백도 결국 여기서 죽었겠군?"

"예, 그렇다고 전하는데……."

"그런데?"

"계백의 무덤이 없습니다. 희한하지요. 전투가 끝난 뒤, 김유신이 비록 적장이지만 그 용맹과 충심을 높이 사서 예로 장례를 치러 주고자 계백의 시신을 찾게 했는데 사흘을 뒤져도 찾질 못했다고 합니다."

"어인 연고로?"

"모를 일이지요. 누구는 근처 민가에서 몰래 시신을 옮겨 가장(假葬)을 했다고 하지만 그 살벌한 전장에서 그런 일이 가능했겠습니까?"

"허면?"

"그냥 소승의 상상입지요. 혹여 목숨을 건져 일본으로 넘어가지나 않았는지……."

"일본?"

"훗날을 도모코자 그렇게 몸을 숨겼을 수도 있겠다……그냥 해본 생각이지요."

"재미있네요. 백제를 구하고자 일본이 수군까지 보냈으니 계백도 잘 거두어 주었겠지."

변범도 제법 흥미를 가지는 듯했다.

"괜한 소리들……."

여립이 얘기를 끊었다.

휘영청 달이 떴다.

의연과 정각 두 사람이 아문 앞 주점 툇마루에 앉았다. 묵사발 한 그릇씩을 앞에 뒀다. 정여립은 변범을 대동해 해질녘부터 사또와 술판을 벌렸고 선석달, 각금목 등은 일찌감치 잠자리에 들었다. 촌 거리에는 오가는 이도 드문데 사방에선 풀벌레 소리만 요란했다.

"기력도 여전하시고?"

"예."

의연이 송익필의 안부를 물었고 정각이 짧게 대답했다.

"낮에 절간 벽에 적힌 시를 보곤 나도 짐작을 했다네. 대단하셔……."

"예……."

"천하의 구봉(송익필)이 아니고서야 어찌 그런 시를 적어 놓을 수 있겠는가. 감쪽같은 솜씨는 또 어떻구……흙칠을 하고 마른 이끼까지 붙여서는 보름 전에 쓴 것을 십 년 전의 것인 듯이 했으니 귀신이 곡할 노릇이지. 신도골에도 희한한 사내를 데려다 두고……허허."

의연이 유쾌하게 웃었다. 정각은 마룻장만 내려다보고 있었다.

"법주님."

고개를 숙인 채 정각이 의연을 불렀다.

"이제 앞으로 어떻게 되지요?"

"어떻게 되긴, 고기를 그물에 몰아넣었으니 걷어 올리기만 하면 되지."

"역모인가요?"

"그럴 테지."

"그럼 수찬 어른이고 모두가 능지처참인가요?"

"그뿐이랴, 살던 집이 파헤쳐져 못 자리가 되고 조상 무덤까지 불태울 텐데……."

"수찬 어른이 역모를 꾀한 것도 아닌데도요? 군사를 모아 조련한 적이 없고 몇 날 몇 시에 궁성을 범한다고 입 밖에 낸 적도 없는데도요?"

"두고 보게. 이렇듯 온 사방에서 부추기는데 나 몰라라 하지는 못할 터, 애당초 그런 마음이 없었다면 여기 계룡산에도 오질 않았어. 나름 분명 욕심은 있는 게야. 아직 결단을 내리지 못하고 있을 뿐이지. 그것도 얼마 남지 않았어. 그래서 마지막 고삐를 잘 죄어야 하는 게야."

"법주님……."

"올해를 안 넘길 걸세. 그대의 아버지가 진즉에 잘 꿰뚫어보았어. 낮에 봤던 시에도 적혀 있지 않던가. 무자, 기축년이라고……작년이 무자년이지? 자네 아버지만 해도 결코 올해를 넘기지 않겠다고 그렇게 못박아 놨던 게야."

자네도 한 잔 마셔보게, 의연이 탁주잔을 내밀었지만 정각이 고개를 저었다.

"법주님, 저희가 잘못하고 있는 것 아닐까요?"

비로소 그가 고개를 들고 빤히 의연을 쳐다봤다.

"무슨 소린가?"

"아무래도 저는……수찬 어른이 죄 없이 당하는 것만 같아서요. 저나 법주님 같은 이들만 곁에 없었더라도 금구 진안을 오가며 한가하게 세월이나 보낼 분이 아니시던가요. 헌데……."

"허, 이런 맹랑한 소리가 있나. 그대는 자신이 뉜지를 잊었단 말인가? 자넨 정 수찬이나 쫓아다니는 땡초 중이 아니야. 엄연히 송구봉의 아들이란 말일세."

"알고 있습니다, 법주님. 한 날 한 시도 그걸 잊은 적이 없구요. 하오나……."

"하오나라니! 잘 나가던 자네 집안이 하루아침에 풍비박산이 난 게 누구 때문이던가? 천하의 구봉 어른이 추노의 손길을 피한다고 저렇게 동가식서가숙 하고 있고 호의호식하던 자네가 머리 깎고 중 행세를 하는 게 다 누구 때문인가?"

"압니다. 하오나 그게 정 수찬 때문은 아니지 않습니까?"

"물론 정 수찬이 당사자는 아니지. 동인들 때문이지. 구봉과 송강을 눈엣가시로 여기는 이발, 백유양, 유성룡, 김성일 같은 자들 때문이지. 그 중에도 이발, 백유양이 원흉이야. 정 수찬이 누군가? 율곡을 배반하고 이발과 호형호제하는 작자가 아닌가. 이발, 유성룡을 때려잡기 위해 정 수찬부터 잡겠다는데 그게 뭐 잘못인가? 그렇게라도 동인들을 무너뜨리지 않으면 자네 아버지나 자네가 안 씨의 종에서 벗어날 길이 없는데 어쩌겠는가? 아버지의 원모(遠謀)를 가장 먼저 헤아리고 가장 힘써 도와야 할 자네가 오늘 이 무슨 말인가?"

"다 압니다요, 법주님. 그래서 소인 놈이 법주님을 가장 고마워하는 것입니다. 하오나 이발과 백유양이 안 씨들을 시켜 저희를 그렇게 했다고 해서 저희 또한 없는 죄를 만들어 뭇 사람의 목숨을 앗아 버린다면 오히려 저희가 저들보다 더 큰 죄를 짓는 것이 아니겠습니까?"

"정각, 날 보게."

한껏 노기를 띠었던 의연이 갑자기 은근하고도 부드러운 음성으로 정각을 불렀다.

"무슨 일이 있는가? 그동안 그대가 누구보다 잘해 왔지 않았는가. 나도 겪었지만, 억지로 하는 산중 시자 노릇이 그렇게 만만하던가. 토굴을 파고 중 행세를 하기는 또 그렇게 쉬운 일이던가, 남 몰래 오십 리 백 리 길을 뛰어다니면서 말 심부름을 하는 짓이 용이하던가 말일세.

그동안 그 누구도 못할 일을 혼자서 잘해 온 자네가 오늘 갑자기 왜 이러는가? 정 수찬이 무슨 눈치를 채기라도 했던가? 아니면 다른 뭐로 자네를 꼬드기기라도 하던가?"

"아닙니다, 법주님. 말씀처럼 소인은 아버지의 명이라 하면 하늘이 시킨 양 하여 다 따랐습니다. 금구 땅에 눌러 살라 하시면 그렇게 하였고 정 수찬의 일거수일투족을 살펴서 아뢰라 하시면 또 그렇게 하였습니다. 전들 왜 아버지의 깊은 뜻을 헤아리지 못하겠습니까? 아버지를 고생시키는 무리를 어찌 두고만 보겠습니까? 원수는 내 손으로 갚겠다고 스스로 산에 들어가 머리를 깎았던 겁니다. 하온데 이태 넘게 정 수찬의 곁에 머물면서 조금씩 생각이 달라졌습니다. 제 아버지의 마음과 뜻은 백 번 헤아리지만, 어쩌면 제 아버지도 잘못을 하고 있을지 모른다는 생각이 들었던 것은 왜일까요? 수찬 어른은, 그냥 놔두면 역적질을 할 분이 절대 아닙니다. 어릴 때부터 충효를 몸에 익히고 짧게나마 국록도 먹었던 분인데 어떻게 왕궁을 범할 생각을 가지겠습니까? 주위의 사람들, 특히 황해도에서 오신 분들이 진인이다 뭐다 하면서 들쑤시지 않았다면 저 어른이 조금이라도 동심(動心)이 있겠습니까? 허나 꾐에 빠졌건 부추김에 넘어갔건 마음이 달라졌다면 저 분의 잘못이겠지요. 그런데 아직 저 분은 요지부동입니다. 떨쳐나선 바도 없고 무슨 언질을 주신 것도 없습니다. 헌데 둘레 사람들이 저 먼저 나서서 내일이라도 당장 도성으로 쳐들어갈 듯이 설쳐댑니다. 제대로 된 병마가 있기는커녕 창검 하나 갖추지 못한 자들이 무슨 수로 전주감영을 탈취하고 북쪽으로 나아갈 수 있겠습니까? 처음에는 소인도 몰랐습니다만 이제는 압니다. 황해도의 그분들이 어떻게 전주로 내려왔고 왜 수찬 어른

을 개세진인이라고 떠받드는지를요. 누군가 바람을 넣고 떠밀지 않는
다면 그런 일이 있을 수 없지요. 구월산의 조생원, 아니 제 숙부 어른이
십니다. 숙부도 제 아버지의 명을 받고 저 먼 데서 그 계책을 꾸미고 계
시지요. 아, 천망(天網)이 따로 없다는 생각을 해보았습니다. 하늘이 드
리우는 그물은 그 눈이 하도 촘촘해서 빠져나갈 틈새가 없다고 했던가
요? 제왕만 그런가요. 제 아버지가 이렇듯 치밀 엄정하게 엮고 있는데
정 수찬 같은 이가 어떻게 달아날 수 있을까요? 따지고 보면 법주님도
소인도 제 아버지가 엮는 그물코 하나에 지나지 않겠지요?"

"정각, 그래서 천하의 구봉 아니시던가. 내 말을 들어보게."

의연이 가까이 다가오라는 손짓을 했지만 정각이 고개를 저었다.

"법주님, 제 말씀을 마저 드리겠습니다. 정녕코 저는 수찬 어른께서
발병(發兵) 거사하시기를 바라는 마음뿐입니다."

"그게 무슨 말인가?"

"좀 전에 법주님도 말씀하셨지요. 수찬 어른이 작심하는 것도 얼마
남지 않았다고요. 그러면 마땅히 하셔야지요. 기치창검을 삼엄하게 해
서 감영을 치고 전라, 경기의 열읍들을 휩쓸어야지요. 그리곤 궁성을
둘러엎고 옥좌를 앗아야겠지요. 저는 이제 정 수찬 어른이 기필코 그러
시길 바라는 것입니다. 동인이건 서인이건 조정 대신에게 맡길 일이 아
니란 것입니다. 정 수찬 같은 분이 해야지요. 수찬 어른의 한결 같은 말
씀은 법주님도 듣지 않았습니까? 천하는 공물이다, 왕후장상의 피가
따로 있는 것이 아니요, 애당초 귀천의 구분이 있는 것이 아니라고 하
질 않던가요. 탐관오리의 씨를 말리고 과중한 부역과 수세(收稅)를 혁
파해야만 만백성이 허리를 펴고 살 수 있다고 역설하기를 한두 번이던

가요. 역대 어느 임금이 이런 생각을 해 본 적 있고 어떤 정승 판서가 이런 말을 한 적이 있던가요? 그래서 저는 정 수찬 같은 분이 떨쳐 일어나 세상을 바꾸어야 한다고 생각하는 것입니다. 법주님, 법주님도 저도 천하디천한 중놈에 지나지 않습니다. 탁발을 하러 대문을 밀고 들어가면 양반집 어린아이까지 중놈이 왔다고 손가락질 하며 웃습니다. 제가 구봉의 아들이라서 호의호식을 한다구요? 저는 첩의 자식입니다. 아버지를 아버지라고 부를 수 없고 글을 읽어도 과장(科場)의 문턱을 넘을 수 없습니다. 먹고 입는 것이 궁하지 않다 한들 이것이 어찌 사람 사는 일이 되겠습니까. 따지고 보면, 제 아버지가 정 수찬을 잡아 죽이고자 하는 것도 작게는 종놈의 신세를 벗어나기 위한 일에 지나지 않습니다. 동인이다 서인이다 패를 갈라 싸우는 것도 다 헛된 명분 때문이지 우리네 천한 것들과 무슨 상관이 있습니까? 죄 없는 이를 엮어 억울하게 죽이느니보다 차라리 그 자로 하여금 세상을 바꾸게 하는 것이 더 떳떳하지 않겠습니까? 양인이다 천인이다 구분이 없어지면 더 이상 종놈이 어디 있겠습니까?"

"정각아, 자네는 정 수찬의 그 말이 본심에서 나온 것이라고 믿는가?"

의연이 소리 나지 않게 상을 치웠다. 개 짖는 소리가 들렸다.

"예, 저는 믿습니다."

"쯧쯧, 가엽구먼."

의연이 팔을 뻗어 정각의 손을 잡았다. 잡은 손을 흔들며 그가 말했다.

"종놈, 종년이 없다면? 그래, 양반집 논에 볍씨는 누가 뿌리나? 콩밭에 김은 누가 매고? 아궁이에 불 지피고 다림질 하는 일은? 양반들 저 그들이 해? 그래, 정각 자네는 엄동설한에 비렁뱅이가 알몸으로 떨고 있다고 해서 네 옷을 벗어 입힐 수 있는가? 네 주머니 속의 금덩이를 지나가는 걸인한테 쥐어줄 수 있는가 말이다. 그런 일 없다. 양반은 양반이고 천한 놈은 천한 놈일 뿐이다. 정각 네가 직접 나서고 내가 나선다면 모를까, 양반이 해서는 세상이 바뀌는 법 없다. 정 수찬도 똑같다. 지금 궁한 처지에 있어서 입으로는 무슨 말을 못할까마는 저 자도 권좌에 오르면 하는 짓이 똑같다. 아예 그런 말에 현혹돼서는 안 된다. 오늘 비로소 네 마음을 알게 되었다마는 추호도 흔들려서는 안 된다. 처음부터 네 아버지가 뜻한 대로 가야 한다. 그러기 위해서도 네가 지금보다 더 힘써 아버지를 도와야 하는 게다. 그래야 네가 살고 나도 산다. 알겠느냐?"

"압니다. 이미 수찬 어른이 제 아버지의 손에서 벗어날 수 없는 것처럼 제가 무슨 꿈을 꾸고 희망을 가진들 아버지의 뜻을 돌리지 못한다는 것을 압니다. 그래서 요즘은 하루하루가 무섭고 참담할 따름입니다."

"그래선 안 된다. 네 아버지가 잘 되면 네게도 좋은 법, 터럭만큼이라도 아버지를 실망시켜서는 안 된다."

"법주님도 주무셔야지요."

정각이 손을 빼면서 먼저 자리에서 일어났다. 관기(官妓)들까지 앉혀 놓은 것일까. 객사 쪽에서 풍악소리가 들렸다.

정각은 아버지 송익필이 직접 정여립을 맞이하는 모습을 똑똑히 지켜보았다. 연산 고정마을의 김장생 집이었다. 광산김씨의 향촌에는 사계 김장생은 물론 그의 삼촌 되는 김은휘, 김공휘도 없었다. 한양에 머무는 그들을 대신해 송익필이 집 주인인 양 나서서 손을 맞이했던 것이다. 송익필은 자신이 김장생의 당숙 되는 이라고 소개했으며 김 아무개란 거짓 이름까지 대면서 여립을 사랑으로 맞아들였다.

아들에게는 눈길조차 한 번 주지 않는 아버지의 뒷모습을 지켜본 뒤 정각은 선석달, 각금목과 함께 행랑에서 다리를 쉬었다. 아버지가 무슨 마음에서 정여립을 직접 만나 보고자 하는지 알 수 없었다. 정각이 보기에도 여립은 이미 도마 위에 오른 생선과 다름없었다. 칼질을 하기 전에, 새삼 물고기의 낯짝을 확인하는 심사일까. 아직도 펄떡이는 그것의 마지막 숨통을 끊기 위해 칼 꽂을 부위를 더듬어 보는 심정일까.

정여립이 계룡산 유람을 할 것이란 보고를 드렸을 때만 해도 아버지는 그를 직접 만나는 일은 없다고 단언했다. 비록 연산을 거친다 해도 내방을 허락지 않을 것이라고 했다. 여립이 율곡을 찾아다니고 또 궐내를 출입하던 시기에도 아버지와는 직접 대면한 기회가 없었음은 정각이 알고 있었다. 세 차례 황해도를 내왕하였지만 용케 변범과도 마주친 일은 없었다. 따라서 신분이 탄로 날 일은 없었다.

그렇던 아버지가 정여립이 윤창세와 서기를 차례로 만났다는 이야기를 들은 뒤에는 태도를 달리하였다. 나도 그자의 상판을 한 번 보고 싶구나, 이리 데려 오너라, 아버지가 말했다. 벌써 아버지의 전신에서는 자신감이 짙게 풍겨나고 있었다.

"덥구먼, 이런 날 닭 한 마리 푹 삶아서 내주면 좋것다."

"그려, 인삼 대추도 잔뜩 넣고 말이여."

선석달과 각금목이 부잣집에서 차려 나올 점심상에 대한 턱없는 기대를 보였다.

"쉰내 나는 보리밥 한 덩어리만 나올지 모르니 헛물들 켜지 마."

마부 봉쇠가 핀잔을 던지자 둘이 금세 시틋해졌다.

"우리 총각 스님이 부엌간에 가서 목탁이라도 치면 찬가지 하나라도 더 얹어주지 않을까?"

뒤늦게 종 을보가 말품을 거들었다. 다들 요긴한 소리를 들었다는 듯 정각을 쳐다보았다.

"그려, 종놈보다야 중놈 약발이 좋지, 말 나온 김에 나가서 나무아미타불 한 가락 뽑고 오면 안 되겠는가?"

"맞아, 어제도 미리 이 집을 다녀갔으니까 그새 눈 독 들인 종년이 있을지 몰라."

"파묻어 놓은 독에서 막걸리 한 바가지 먼저 퍼 달라 하고."

"요새 중은 삶은 돼지고기를 잘 먹는다고 혀."

아예 떼거리로 등을 떠 밀 기세였다. 무작스러운 그들의 등쌀에 못 이겨 정각이 밖으로 나왔다. 어렵사리 사람의 발길을 피한 맨드라미들이 마당 돌 틈에서 꽃망울을 피우고 있었다. 마당을 가로질러 사랑채로 다가가 보았다. 드문드문 웃음소리가 새어나오는 걸 보니 방 안 분위기도 괜찮은 듯싶었다. 감나무 그늘에 앉아 염주를 매만졌다. 고향집이라서 그런가. 김장생의 얼굴이 떠올랐다. 교하의 학당이건 삼청동 본집이건 찾아올 때마다 친형처럼 이것저것을 챙겨주던 이였다. 선생의 서자라고 해서 달리 대하는 법도 없었다. 어느 겨울날에는 직접 깎은 것이라며 팽이 하나를 몰래 손에 쥐어주기도 하였다. 교하의 언 논에서 신나게 그것을 돌리던 것도 엊그제 일 같았다. 안 씨들이 쳐들어온다는 소식을 듣고 식구들이 뿔뿔이 흩어져 도망치던 그날 이후로 그를 본 적이 없었다. 어느새 다섯 해가 흘렀다. 머리를 깎고 가사를 두른 행색을 본다면 그 또한 얼마나 놀라워할 것인가. 내가 송취실임을 알아보기나 할까. 절로 쓴웃음이 났다. 분명 아버지가 작심하고 시킨 일이었다.

행랑의 아랫것들 점심상이라고 들여왔는데 뜻밖에도 농으로만 읊었던 삶은 닭 세 마리가 먹음직하게 얹혀 있었던 것. 그뿐인가. 탁주 한 동이가 따라붙었다. 몇 날 며칠 등짐 지고 다리품을 팔았던 네 사람의 눈이 휘둥그레졌음은 물론이다. 입을 딱 벌린 그들은 한동안 바라보기만 할 뿐 누구도 먼저 손을 내밀지 못했다.

"뭣이여! 이게 꿈이 아녀?!"

"사랑에 들어갈 게 잘못 온 건 아니구?"

"오메, 소리밖에 나오질 않어."

그들은 이 호강이 모두 정각 덕분이라고 입을 모아 칭송했다. 사흘 굶은 개들이 쇠뼈다귀를 차지한 양, 각기 닭다리 하나씩을 뜯어 허겁지겁 씹는 그들을 볼 적에는 까닭 몰래 가슴이 미어지는 느낌이었다. 각금목이 건네주는 막걸리 잔을 받아 한 모금 삼켜 보았지만 답답한 속은 뚫리지 않았다. 머잖아 떼로 족쳐 죽일 놈들한테 마지막 성찬이라도 베푼다는 뜻인가. 정각은 아버지의 속정을 헤아릴 수 없었다. 무리 중에 제 핏줄기가 끼어 있다고 해서 내린 애틋한 정표의 음식은 더욱 아닐 터였다. 주인이 역적으로 몰려 육시를 당할 때 온전히 살아남을 종놈이 어디 있겠는가. 매 맞아 죽기 아니면 또 다른 상전에게 넘겨질 신세들이었다. 그동안 너나들이로서 허물없이 지낸 자들이다. 자고나면 목숨을 놔야 할지도 모를 저들이 눈앞의 닭다리 하나에 정신이 홀려 세상을 다 얻은 듯이 즐거워하고 있었다. 호롱불에 달려드는 부나방이 따로 없다는 생각마저 들었다. 따져 보면, 저들을 죽음 자리로 내모는 데 크게 이바지한 이가 바로 정각 자신이었다. 마음 같아서는 지금 당장이라도 다들 깊은 산중으로 도망치라고 일러주고 싶지만 그럴 용기도 없었다.

어느 땐가, 아버지가 일러주었다.

"금구에 있든 진안에 있든 문득 변고가 있다 해서 관병들이 정여립의 거처를 덮치기라도 하거든 너와 의연은 재빨리 진안현감 민인백을 찾아 몸을 의탁하라."

민인백이 책임지고 너희를 보호할 것이라고 했다. 어느 누구도 너희한테는 손끝 하나 대지 못한다고 아버지가 단언했다. 이렇듯 이미 사는 자와 죽는 자가 밤낮처럼 확연히 구분돼 있건만 저들만이 그것을 모르고 있었다.

"정각, 이 똥집 하나라도 씹어 봐. 별미여. 부처님도 아무 소리 안 하실 테니 걱정 마."

선석달이 직접 고기 한 점을 집어 정각의 코앞에 내밀었다.

"드세요. 저는 괜찮습니다."

정각이 미간을 접으며 고개를 흔들자 선석달이 냉큼 그것을 제 입에 집어넣고 중얼거렸다.

"싫으면 관둬. 부처님도 제 입에 안 맞으면 돌아앉는다고 하더구먼."

탁주 한 잔을 들이켜고 손등으로 입술을 닦은 그가 제법 은근한 목소리로 물었다.

"궁금한 게 있는디 말이여, 정각. 의연 저 스님이 진짜 중은 중인 겨?"

"스님이 왜요?"

정각이 저도 모르게 움찔했다.

"하고 다니는 행색도 그렇고 말이여. 우리 총각 스님같이 은근한 구석도 없구……왠지 중 같아 보이질 않는단 말이여."

"오입질하다가 오신 분 같아요?"

"꼭 그렇다는 건 아니구……오입질은 지함두 어른한테 맡겨야지."

"지함두 어른이요?"

"자네도 시침 뗄 거 없어. 그 양반이 수절하는 제 형수를 따먹고는 황해도에서 도망쳐 왔다는 것은 벌써 우리도 다 알고 있다고. 은월이년 후려쳐서 품에 안는 솜씨만 봐봐. 보통 오입쟁이는 흉내도 못 내지."

"은월이년 스스로 자랑하고 다니잖여. 하룻밤에도 스무 번씩 숨넘어가게 해주는 양반이라고……."

각금목까지 거들었다.

"거시기가 홍두께만 하다지?"

"아녀, 방아공이 하고 똑같다던디."

지리산에 다녀온 후, 정여립은 아예 동생네 집에서 은월을 끌어내어 지함두와 살도록 살림을 내주었다.

"암튼, 중인지 도사인지는 모르지만 의연이란 저 스님이 오고부턴 우리 나으리도 많이 달라진 건 사실이여. 사람들 발걸음부터 홱 달라졌잖여? 그 전에 내 집처럼 들락거리던 송간, 한경, 신여성(辛汝成) 같은 어른들의 발길은 뜸해지고 난데없이 정체 모를 황해도 사람들만 득실거린다니깐."

"아녀, 지함두가 오고부터 그랬어."

각금목이 이의를 달았다.

"한두 달 문제가 아녀. 의연 스님 오고부터 다 달라졌다니깐. 정각, 자네는 알제? 뭔 일이 있는 거여? 우리 나으리가 큰일을 벌릴 거란 말도 있던데, 사실이여? 대동계 사람들 모아서 전주성으로 쳐들어가는 건 아니것제?"

선석달도 주워들은 소문은 꽤 있는 듯싶었다. 거 좋것네, 한 판 벌리지 뭐. 또 각금목이 참견하려는 걸 그가 얼른 막았다.

"니놈은 닭다리나 빨고 있어! 모르면서 아무 데나 끼어들려고 하지 말고."

정각이 석달을 빤히 쳐다봤다.

"저도 아는 게 없지만 바깥소문은 다 말하기 좋아하는 이들이 지어낸 것이지요. 우리 나으리가 성인이다 뭐다 하는 말만 듣고 온 이들이 무슨 말인들 못 하겠습니까? 저는 그런 소문은 전혀 관심 없습니다."

"지리산에서 따라온 설청, 도잠 두 중은 왜 요즘 코빼기도 안 보여? 의연 스님이랑 언쟁을 하곤 달아났다는 말이 있던데, 그려?"

"그렇지 않아요. 자기들 절간 일이 있어서 다니러 간 거지요."

"그려?"

미심쩍어 하면서도 선석달은 더 이상 묻지 않았다. 처음엔 정각도 의연이 구월산의 숙부(송한필)가 보낸, 변범 지함두와 같은 무리의 인사가 아닌가 여겼다. 비록 전라도 운봉에서 처음으로 여립 앞에 나타났지만 남원에 사는 형 송취대와 손발을 맞춘다면 능히 그렇게 형적을 바꿀 수 있었기 때문이다. 용소 바위벽 너머의 석굴 안에다 미리 글 새긴 석판을 숨겨 두었으니 눈짓을 하거든 꺼내오라는 지시를 줄 적에는 물론, 지리산 산유가 끝나고도 여립을 따라 금구까지 와서 변범, 박연령,

김세겸 같은 황해도 사람들과 허물없이 지내는 것을 보고서는 더욱 삼촌의 사람임을 의심치 않았다.

그런데, 시간이 지나고 보니 의연은 전혀 다른 부류의 인물이었다. 아버지 송익필이 직접 정여립한테 보낸 인사였던 것. 지함두, 변범 등은 아직도 송익필, 송한필의 이름조차 모를 뿐 아니라 송취대와 정각이 그들의 아들, 조카 됨은 꿈에도 상상치 못하고 있었다. 그에 반해 의연은 송 씨 형제는 물론 정철, 이이에 관해서 모르는 것이 없었으며 취대와 취실 형제가 정여립의 곁에 머무는 까닭마저 소상히 헤아리고 있었다.

지함두와 변범이 아무리 머리를 잘 쓴다고 해도 의연을 따르지 못했다. 지함두 등은 구월산 조생원이 전해준 참설 비결만 믿고 여립을 떠받들고 충동질할 줄 알았지 그의 마음을 잡을 계책을 갖지 못했다. 그에 비해 의연은 말보다 실천이 앞섰다. 이 씨가 망하고 정 씨가 흥한다는 문자를 새긴 석판을 산중에 숨긴 일에서부터 뽕나무 둥치에 말총을 끼워 넣는 일, 제비산에서 천신에게 제를 올리는 일, 직접 계룡산에 가서 징험을 받아보자고 부추긴 일, 개태사의 무너진 벽에 시를 새겨놓는 일 등이 모두 의연의 머리에서 나오고 그의 손발에 의해 행해진 것들이었다. 물론 이 모두도 아버지가 뒤에서 조종한 것일 수 있었다. 의연의 실체를 알아가면서, 정각은 다시금 아버지와 삼촌의 계략이 절묘하게 엮여지고 있음을 깨닫지 않을 수 없었다.

어제 해지기 전이었다. 연산 김장생의 집에 여립의 명함을 넣기 위해 정각 혼자서 먼저 개태사를 떠나왔을 때, 아버지 송익필은 비로소 중 의연을 부리게 된 사연을 아들에게 말해 주었다. 송강 정철이 전라 감사로 있던 시절 그자의 목숨을 구해주고 뒷바라지까지 해준 사실은 그렇게 알았다. 이전까지 의연은 정읍의 한 암자를 지키고 있었다. 거기서 그는 아들을 낳게 해달라고 기도를 오던 한 양반집 며느리를 범하고 아이까지 갖게 하였다. 뒤늦게 사실을 안 양반네가 소리 소문 없이 그를 죽이려고 사람을 보냈고, 이를 눈치 챈 의연이 야간도주를 하여 전주성에 숨어들었다. 이후 범상치 않은 학식으로 정철을 만나는 기회가 있었으며 사정을 헤아린 정철이 한동안 제 곁에 머물도록 조치해 주었다. 그 뒤, 그가 쌍계사에 옮겨 앉고 정철이 창평에 머물 때는 생명의 은인이라면서 열흘이 멀다 하고 찾아와 인사를 올렸다고 했다. 창평에 있는 정철의 논밭들은 모조리 의연이 맡아 경작한다는 사실도 뒤늦게 알았다. 송익필이 그를 만난 것도 창평 정철의 집에 은거하던 때였다.

선석달의 말마따나 의연을 곁에 두면서부터 정여립의 태도와 말이 조금씩 달라지기 시작한 것이 사실이었다. 전주에서 왕기가 피어오른다더라, 정 수찬이야말로 세상을 바꿀 진인이시다, 신병 5만을 거느리고 지리산과 계룡산을 들락거리는 길삼봉이 정 수찬을 도우러 온다더라……황해도 사람들이 여립을 에워싸고 부추기는 때에도 여립은 동요되는 바가 없었다. 박절히 내치지 않고 되레 음식이며 잠자리까지 주었으니 속마음이야 그렇지 않았다 해도 입으로 만큼은 한사코 '허튼 소리'로 일축했기 때문이다.

오래 경전을 읽은 이답게, 참언과 비결에 현혹되기보다는 어떻게 하면 다시 사로(仕路)에 나설 수 있을까 하고는 틈날 때마다 한양을 오르내렸으며 족인(族人)으로서 현달한 정언신, 정언지는 물론 이발, 백유양 같은 요로의 벗들과 서신을 주고받기에 바빴다.

마침내 올봄, 그가 바라던 황해도사에 의망(擬望, 관직 추천)되어 꿈이 이루어지는가 싶었는데 마지막 순간 임금의 손에서 그의 이름이 지워지고 말았다. 이조판서 이양원(李陽元), 예조판서 정탁(鄭琢), 이조의 참판 정언지, 참의 이성중 그리고 정랑 이항복(李恒福), 좌랑 강신 등이 모두 그의 이름자 옆에 동그라미를 쳤는데도 불구하고 결과는 그 꼴이었다. 그 참담한 좌절이 그를 더 자극했다고 볼 수도 있지만 이때도 그의 곁에는 의연이 붙어 있었다.

계원들을 모아놓고 강학을 할 때 정여립은 전에 없이 거칠게 조정을 비난하는가 하면 천하는 공물이란 말을 스스럼없이 입에 올렸다. 나아가 그는 머잖아 왜적들이 쳐들어와서 온 나라가 전란에 빠질 것이라고 하는가 하면 만백성이 도탄에 빠져 허덕일 때 비로소 하늘이 내린 진인이 세상을 바꾸게 될 것이라면서 대동계 사람들은 미리 그때를 대비하여야 한다고 역설하기도 했다. 정여립 스스로 개세진인을 자처하여 떨쳐 일어나기로 마음먹은 것은 아닌가, 정각이 여길 수밖에 없었던 것도 이즈음부터였다. 허나 금구에서건 죽도에서건 크게 달라지는 것은 없었다. 매월 계회에 오는 인원의 숫자가 다르지 않았고 따로 물자를 모은다든가 병기를 마련한다든가 하는 일은 더더욱 없었다. 의연의 말처럼 확실한 때를 노리는 것인지도 몰랐다. 정각은 그동안 이 모든 일을 뺌도 보탬도 없이 아버지 송익필에게 전했다.

정여립과 송익필은 대문을 나선 뒤에도 한참동안 얘기를 주고받았다. 짧은 만남이었음에도 불구하고 두 사람은 오랜 지기라도 되는 듯이 작별을 아쉬워했다.

"참, 정 공, 삿갓논이란 말을 들어보셨는지요?"

정여립이 근처의 논들을 보며 가뭄 걱정을 하는 때에 송익필이 물었다.

"금시초문입니다. 삿갓논이라니요?"

여립이 되묻자 익필이 허허, 웃음부터 흘렸다.

"다랑이 논은 아시죠? 산간 비탈에다 층층으로 일궈놓은 논 말입니다."

"그건 알지요."

"이 골에도 그런 논들이 더러 있지요. 아시다시피 그런 논은 아래편의 것은 넓고 위로 갈수록 점점 좁고 작아지지 않습디까?"

"그렇지요."

"가파른 비탈에 일궈놓은 다랑이 논에 가면 맨 위의 것은 말 그대로 손바닥만 하답니다. 농사짓는 이들이 논에 일을 하러 가서는 그 맨 위의 작은 논에다 삿갓을 벗어놓기 때문에 그걸 삿갓 논이라고 한답디다."

"호, 그렇군요!"

"어떤 농사꾼이 하루 종일 다랑이 논에다 모를 심었다지요. 해가 뉘엿뉘엿 넘어갈 적에야 일을 마쳤고요. 집에 돌아가려고 삿갓을 찾아 쓰고 보니까 삿갓 아래의 논 한 마지기가 그대로 남아 있지 뭡니까. 허허. 논배미가 하도 작아서 삿갓에 가려 있었던 거지요."

"그럴 수 있겠습니다, 그려."

"예. 문득 생각나서 해본 이야기입니다. 우리 정 공께서도 큰일 하시면서 삿갓 놓은 데를 잊지 마시라구요."

"고마운 말씀입니다."

그렇게 두 사람이 작별 인사를 나눴다. 여립의 행차가 산모롱이를 돌 때까지도 송익필이 대문 밖에서 우두커니 바라보고 있었다. 아버지와 눈길 한 번 마주치지 않았던 정각은 어깨에 멘 보따리 끈을 힘껏 조였다. 여전히 북녘 들판에 우뚝 선 계룡산을 바라보며 걸음걸이를 빨리 하는데 마상에서 하는 여립의 목소리가 들렸다. 의연에게 하는 말이었다.

"자호가 노계(蘆溪)라고? 누군지 모르겠어. 장생의 집안에 저런 이가 있다는 얘길 듣지 못했어. 예사 사람이 아니야. 나중 다시 잘 알아보게."

18. 전야(前夜)

"송가 익필이 숨어 있는 데를 알았습니다. 대감, 추노를 할 수 있게 끔 도와주십시오."

매미소리가 그치질 않았다. 가만히 앉아 있어도 등줄기로 땀이 흘러 내리는 더운 날이었다. 송익필의 은신처를 알았다고 하는데도 유성룡은 안색이 달라지지 않았다.

"구봉 말인가?"

"예, 이번에는 확실한 것 같사옵니다."

역관 안정란이었다. 익필의 아비 송사련의 무고로 숨진 안처겸의 서자 안율의 자식이었다. 이름은 들어보았지만 직접 얼굴을 보기는 성룡도 처음이었다. 마흔을 훌쩍 넘겼을 나이, 단아한 용모인데 눈빛이 맑아보였다. 사신을 따라 중국을 내왕할 적에는 일 처리가 용의주도하다는 얘기를 김성일한테서 들은 바 있었다.

"어디라 하던가?"

다른 쪽에 나란히 꿇어앉아 있는 김성립, 이경전 두 젊은 선비를 넌지시 바라보며 성룡이 물었다.

"충청도 연산입니다. 군수 김은휘와 그 조카 김장생의 시골집이지요."

정란이 또렷한 음성으로 대답했다.

"그럴 법 하군. 헌데 이런 부탁을 나한테 와서 하는 이유가 뭔가? 장례원이나 형조를 찾아가던가, 아니면 충청감사나 연산현감을 붙잡고 청을 놓아야 할 일이 아니던가?"

유성룡의 음성이 가라앉아 있음을 느꼈는지 정란이 더욱 허리를 숙였다.

"죄송합니다, 대감. 하오나 아무도 도와주는 이가 없습니다. 형조며 장례원에도 가보았습니다만 너희의 일이니 너희가 알아서 하라고만 할 뿐 들은 척하질 않습니다. 수령들도 마찬가지입니다. 당연 법에 따라 달아난 종을 잡아들이는 일임에도 불구하고 저들은 권문세가의 눈치만 볼 뿐 손끝 하나 움직이려 하질 않습니다. 생업을 가진 이들이 4년 세월을 이렇게 허비하고 있나이다. 답답하고 억울한 심정에서 대감 댁의 문을 두드린 것이옵니다."

"딱하구먼, 허나 난들 무슨 방도가 있겠는가."

성룡이 지그시 눈을 감았다. 지난해처럼 형조를 책임지고 있다면야 뭔가 도움을 줄 수 있겠지만 추쇄의 일과는 연관이 없는 예조판서로 자리를 옮긴 것이 올 2월이었다. 그 전에 한 달 남짓 병조판서를 지내기도 했다. 그럴수록 미리 귀띔도 없이 사람을 데리고 찾아온 김성립, 이경전 두 사내의 행위가 수상쩍었다. 백립(白笠)을 쓰고 나타났을 적만 해도 으레 문상을 온 줄만 알았다. 빈소를 들러 나온 둘이 웬 낯선 사내 하나와 더불어 사랑채 앞에서 서성이는 걸 보고서야 다른 일이 또 있음을 직감했다.

"그렇지 않은가? 내가 뭔 일을 하면 좋겠는가?"

일부러 둘을 노려보며 짓궂게 물었다.

주뼛주뼛하던 김성립이 입을 열었다.

"대감께서 형조에 한 말씀 하시면……."

"냉큼 송익필을 잡아 올릴 거란 말인가?"

"그런 거는 아니지만……."

"자네도 이제 홍문관에 드나드는 관원이 됐다면 생각을 해보게. 형조에 누가 있는가? 이 사람의 조카인 정엽이 좌랑으로 있다네. 정엽이 누군가? 송익필이 아끼는 제자 아닌가. 거기다가 송익필을 잡자고 청을 넣어?"

유성룡이 턱으로 이경전을 가리키며 말했다. 정엽은 황해감사로 나가있는 이산보(李山甫)의 외손자로서 이산해의 아들인 이경전에게는 종질(從姪)이 됐다. 즉 사촌누나의 아들이다.

"거기까진 생각지 못했습니다."

"어찌 해서 자네는 여전히 오지랖이 그렇게 넓은가?"

"면구스럽습니다."

"경전이 자네는?"

"예!?"

이경전이 화들짝 놀랐다.

"자네도 뜻이 맞아서 온 건가? 아니면 손위처남이 같이 가자고 해서 왔는가 말일세."

"예, 저는……."

금세 그의 얼굴이 벌겋게 됐다.

"허기야 내가 손님 앞에서 이런 소리를 해서는 안 되지."

뒤늦게 성룡이 가볍게 웃었다. 김성립과 이경전 둘 다 오랜 벗 김첨과 이산해의 아들이니 성룡에게는 제 아들이나 다를 바 없었다. 게다가 죽은 김첨이 이경전의 처부(妻父)가 되니 성립은 그의 맏처남이 된다. 제 아비에게 청을 드리는 심정으로 둘이 안정란을 데려왔음도 십분 이해할 수 있었다. 안정란이 먼저 성립을 찾아왔더란 얘기는 들었다. 아비를 그대로 닮아서 의기가 넘치고 남들 앞에 나서기를 좋아하는 김성립을 택한 것은 나름의 지혜에 의한 것이었다. 그동안 힘이 돼 주던 이발, 이길 형제마저 낙향을 해버렸으니 안정란도 달리 청을 놓을 만한 데가 없었을 것이다. 눈치를 보다가 성립이 또 한 마디 했다.

"대감, 뭣보다 송익필 형제는 붙잡아 넣어야 되질 않겠습니까? 그렇지 않아도 그들 형제가 권문의 비호를 받아 여기저기 숨어 다니면서 무슨 일인가 꾸민다는 소문이 파다하질 않습니까. 후환을 없애기 위해서도 저들을 잡아 안 씨들 손에 맡겨야 할 듯싶은데요……?"

"연산에 있다는 것은 어찌 알았는가?"

성립의 말엔 대꾸를 않은 채 성룡이 안정란에게 물었다.

"틀림이 없는 듯합니다. 황해도에서 왔다는 어떤 중이 처음 귀띔을 해줄 때만 해도 긴가민가했었는데 저희가 사람을 보내 알아보곤 사실임을 알았습니다. 그 전에는 그들 형제가 구월산에 있다는 얘길 듣곤 제 사촌이 찾아가기도 했는데 산 아래서 쫓겨나고 말았습니다."

"어째서?"

"절간 중들이 떼를 지어 와서는 막무가내로 내쫓았다지 뭡니까. 말도 안 되는 처사라서 관아에 고하기도 했는데 관장이며 아전들이 한 통속으로 중들 편만 들었다고 합니다. 대감, 아무리 황해도가 율곡이 쥐락펴락하던 땅이요, 그곳 수령과 유생 대다수가 율곡과 우계의 문하에 드나들던 이라 해도 대명천지에 이런 법이 있습니까? 충청도가 황해도와 크게 다르지 않다 해도 이번만은 그자를 놓칠 수 없습니다. 대감께서 은덕을 내려주시면 저희 문중은 백골난망이겠습니다."

"대감, 때마침 연산현감 김민정이 이길과 동방(과거에 같이 급제함)입니다. 이길과 교분이 깊다 하니 나 몰라라 하지는 않겠지요. 그를 시켜 김은휘의 시골집을 뒤져봐도 되지 않을까요?"

나름 묘책이라도 되는 양 성립이 안정란을 거들었다.

"요즘도 더러 젊은 양반 자제들이 등등곡이다 뭐다 하면서 운종가에서 춤추고 다닌다고 하던데 자넨 끼지 않겠지?"

유성룡이 또 화제에서 비켜나갔다.

"그럴 리 있습니까. 전혀 나가질 않습니다."

성립이 고개를 떨궜다.

"암, 그래야지."

유성룡이 생각해도 여간 다행스러운 일이 아니었다. 여러 해 거푸 낙방의 고배를 마시던 김성립이 지난 5월에 있었던 증광시(나라의 경사가 있을 때 치르는 과거)에서 장원급제를 했기 때문이다. 이어 정9품 홍문관 정자(正字)에 제수되어 말석이지만 경연에도 참석하게 되었다. 그를 볼 때마다 새삼 김첨의 모습이 생생하게 떠오르는 것도 어쩔 수 없었다. 김성립 그도 지난해 제 처를 먼저 저 세상에 보냈다. 어릴 때부터 유성룡이 아껴 살폈던 난설헌이 그의 처였다. 유성룡 자신이 안사람을 잃고 보니 훨씬 젊은 나이에 부인을 떠나보낸 그의 슬픔과 허전함도 이해할 법했다. 유성룡은 지금이 상중(喪中)이었다. 하마도 안채에서 바느질을 하고 있을 것 같은 아내가 세상을 버린 지 닷새밖에 되지 않았다. 마흔다섯. 평소에도 몸이 약하긴 했지만 천명이 그렇게 짧은 줄은 몰랐다. 당장에 일본에 보낼 국서를 관장하는 이로써 집안에 앉아 떠난 이를 생각하고 문상객만 맞이할 수도 없는 처지였다. 일본을 통일한 풍신수길은 지난해 섣달 현소(玄蘇), 평의지(平義智) 등을 사신으로 보내와 통신사를 보내줄 것을 요청하더니 올해 또 현소를 보내어 그 청을 계속하고 있었다. 성룡은 아내를 임시로 마포 뒷산에 묻고 하루도 빠지지 않고 입궐을 했다. 아내를 처가가 있는 경상도 군위로 옮기는 정식 장례는 기약 없이 뒤로 미뤄두고 있었다.

"대감, 전라감사 이광(李洸)도 있질 않습니까. 현감이 나서질 않는다면 감사를 시켜서라도……."

이 자리서 꼭 언질이라도 받겠다는 듯 다시 성립이 입을 열었는데 성룡이 그 말을 끊었다.

"자네는 마치 내가 방백들에게 이래라 저래라 해도 되는 자리에 있다고 여기는 모양이지?"

"하오나 이광은……."

"이광은?"

"제 숙부와도 각별할 뿐만 아니라 우의정이 아끼는 사람이 아닙니까? 송익필을 잡는 일이라고 대감께오서 한 말씀만 전해도……."

"내가 한 마디만 하면 당장 영문(營門)을 뛰쳐나가 구봉을 잡아들인단 말이지? 전라감사가 충청도 연산 땅에 가서 말이지?"

"예."

성립이 자신 있게 고개를 끄덕였다. 앞뒤 물정을 다 꿰지 못한다 뿐 그의 말이 크게 틀린 것은 아니었다. 이광이 경상감사 김수와 호형호제하는 사이임은 세상이 다 안다. 그 김수가 죽은 김첨의 이복동생이니 성립의 숙부다. 이광은 또 우의정 정언신이 함경도순찰사로 나가 있을 때부터 종사관으로 수하에 거느리던 자다. 동인으로 당색이 분명하였다. 나이가 한 살 위였지만 성룡과도 사이가 좋았다.

다른 두 사람을 빌리지 않아도 언제든 유성룡의 말이라면 들을 사람이었다. 이광이 함경도의 조산보(造山堡) 만호로 있던 이순신을 전라도로 끌어와 자신의 조방장으로 앉힌 것도 실은 유성룡의 권유에서였다. 연전에 한양에 온 정여립을 유성룡이 직접 만나주었던 것도 다름 아닌 이광의 소개 때문이었다. 정여립은 이광과 같은 해 같은 과시에 급제한 동방의 인연이 있었다.

그런 이광에게 사정을 알리고 청을 한다면 무슨 수를 쓰든 김장생의 시골집 하나는 어렵지 않게 뒤질 수도 있을 것이다. 그러나 그게 아니다. 요행 그곳에 있는 송익필을 붙잡아 안 씨 집으로 보낸다고 해서 세상이 조용해지겠는가? 그 꼴을 보고 서인들이 가만있을 것인가? 그들이 다시금 죽기로 싸우자고 하면 어쩔 것인가? 다들 자취 없이 숨은 송익필이 두렵다고 하지만 그가 꾸밀 수 있는 일이 뭔가? 다섯 해 가까이 아무 일이 없었던 것만 봐도 그는 단지 일신의 안위만을 생각하고 있는 것은 아닐까? 아들 장례를 마친 뒤에도 정철이 고양 땅에 머물고 있다지만 거동이 고요하다. 첩과 기녀를 품은 채 술에 빠져 있다는 소문이다. 파산의 성혼은 집 밖 걸음조차 드물다는 소식이다. 거칠기 짝이 없는 조헌은 변방에서 귀양살이를 하고 있고 혈기 넘치는 백유함은 용인 농막에서 학동들이나 가르치며 소일한다고 한다. 이 고요의 정체가 뭔가? 사실 유성룡도 태풍전야인 듯이 두렵기는 했지만 그렇다고 해서 스스로 돌을 던져 잔잔한 수면에 파장을 일으키고 싶지는 않았다.

"그나저나 때가 참 안 좋아……."

한동안 생각에 잠겼던 성룡이 좌중을 둘러보며 말했다.

"그렇잖아도 엊그제 전라감사의 서장(書狀)이 올라왔다더군. 5월 초 이후로 일절 비가 오지 않아서 큰일이라고 말이야. 그나마 있던 물 샘마저 다 말라서 메마른 땅은 마치 불길이 지나간 듯하다고 했지. 게다가 청색, 백색의 황충(蝗蟲)이 떼를 지어 날아다니면서 남아 있는 곡식의 뿌리까지 갉아 먹는다고 하네. 이놈들의 크기가 두 잠 잔 누에만 하다니 그 폐해가 얼마나 커겠는가. 전주, 광주, 영광, 김제, 태인……어디고 다 그렇다고 하네. 감사는 금년의 가뭄이 근고에 없던 것이라면서 명년의 구황을 걱정하여 이런 서장을 올렸는데……글쎄, 올해 당장 먹을 것이 없는데 내년 일을 걱정할 것인가? 큰일일세. ……이런 때는 옥에 가두어 두었던 죄수마저 풀어서 집으로 돌려보내지 않던가. 백성들이 기근으로 하루 앞을 못 보는 때에 관원들까지 나서서 추쇄의 일을 엄히 하다 보면 뜻하지 않는 원성을 들을 수 있다네. 오늘 안생(安生)이 날 찾아와서 안타깝고 답답한 정회를 밝힌 것은 갸륵한 일이네만 오늘은 그냥 돌아가시게. 내가 은밀히 알아보고, 도움 될 일이 있으면 따로 기별을 할 걸세."

완곡한 성룡의 말에 성립도 더 이상 다른 얘기를 하지 못했다. 눈치를 보던 세 사람이 일어날 태세를 보일 때, 생각났다는 듯이 유성룡이 성립에게 물었다.

"참, 자네 집에 나각(螺角)은 그대로 있는가?"

"나각이라시면?"

"그 왜, 예전에 부친이 군위 관아에서 들고 오신 게 있지 않은가."

"아, 예……죄송합니다. 지금은 제 집에 없습니다."

"어째서?"

"잠시 갖고 있다가 돌려준다면서 처남이 가져갔다 하였습니다. 집 사람 있을 적의 일입니다."

"허균이 그걸 왜?"

"모르겠습니다. 거의 막무가내로 들고 간 듯싶습니다."

"허! 그 자도……."

"대감께서 쓰실 일이 있으신지요? 하오면 바로 처남에게……."

"아니야, 아닐세. 자넬 보니까 문득 그 물건이 생각나질 뭔가."

난데없이 나각 생각은 왜 했을까?

성룡은 자신이 생각해도 이상했다. 아내마저 세상을 떠나고 보니 주위가 한층 쓸쓸해서 그런지도 몰랐다. 김첨, 권응시, 허봉 같은 옛 친구들이 그립기만 했다. 이놈이 바로 그 물건이야, 내가 군위에서 훔쳤다는……나각을 보여주며 껄껄 웃던 김첨의 모습도 생생하게 떠올랐다. 큼직하면서도 때깔 좋은 소라고둥이었다. 병석에 누운 몸이면서도 그는 그걸 직접 불어보겠다고 애를 썼다. 그러나 가쁜 그의 숨이 고둥의 소리를 만들어내지는 못했다. 이 소리가 왜 그리 좋은가? 물었을 때 김첨이 말했다. 모르겠는가? 그윽하면서 우렁차고……지축을 흔드는 것 같지 않는가. 마치 대국의 중원에 서서 가없는 천지를 호령하는 것 같지. 내 몸은 구름을 타고 천상으로 떠오르고…….

"물러가겠습니다. 쉬십시오."

세 사람이 사례를 하고 물러남을 본 뒤, 유성룡은 사위 이문영을 불러들였다.

정철이 성 안 서촌 본가에 왔다는 소식을 듣곤 김장생이 정엽과 더불어 인사를 왔다. 추석이 지났다고 금세 해가 짧아졌다. 인왕산 큰 바위들부터 산그늘에 가려지기 시작했다. 정종명이 직접 아버지의 밥상을 들고 들어왔다. 장생은 따로 떨어져 정엽과 겸상을 했다. 버릇대로 밥술을 뜨기 전에 술 한 잔을 먼저 마시는 정철을 보곤 장생이 품에서 접은 종이 하나를 꺼냈다.

"여기 시 한 수가 적혀 있습니다. 안주감은 아니지만 한 번 살펴보시지요."

수염을 쓸어내린 정철이 시를 읽었다.

"이게 왜?"

아무런 감흥이 없다는 듯 정철이 큰 눈을 껌벅이며 장생을 건너다보았다.

"삿된 기운이 느껴지지 않으시는지요? 무자는 지났고 기축이 올해입니다. 계룡산에 이르니 눈이 환해지더라고 했으니 필시 정 가를 지목하고 있을 것입니다."

"그러면, 정 도령인가 뭔가가 올해 계룡산에서 왕업(王業)이라도 일으킨다는 말인가?"

"세간에 떠도는 감결 몇 자를 옮겨다 시랍시고 꾸민 듯합니다."

"이런 맹랑한 것이 어디 한둘이던가."

"다른 데도 아니고 제 향리 연산에 있는 개태사 절집 벽에 적혀 있던 것입니다."

"호!"

비로소 정철이 흥미가 있다는 눈빛을 했다.

"때마침 정여립이 계룡산 산유를 하고 돌아가다가 이 시를 보곤 한 층 의기양양했다는 얘기도 있었습니다."

"그자가 계룡산에서 놀다 갔다고?"

"예, 지척이긴 합니다만 제 시골집에도 잠시 들렀다고 합니다."

"그래서?"

"예?"

"누가 그를 맞았단 말인가?"

"아 예, 스승님이 직접 대면하셨던 모양입니다."

"그래? 두 사람이 서로 얼굴을 몰라?"

"그런 것 같습니다."

"구봉답군."

흔쾌하다는 듯 정철이 한 잔 술을 단숨에 들이켰다.

"허나 저는 스승님이 왜 그 자를 불러들였는지 까닭을 모르겠습니다."

"그래서 구봉은 상수이고 자넨 아직 하수인 게야."

"예?"

"노루건 호랑이건 뭣을 잡으려면 그것의 안면부터 똑똑히 봐야 하지 않겠는가. 등을 돌리거나 눈을 비켜서는 안 되지. 허기야 정여립 같은 자가 구봉의 먹잇감이나 되는가. ……그건 그렇고, 장생 자네가 할 일이 있네."

"예, 말씀을 주십시오."

장생이 자세를 고치자 정철이 얼른 손을 저었다.

"밥은 먼저 먹고."

정철이 새로 잔을 비웠다. 밥술 한 번 뜨지 않고 술만 마실 요량인 듯싶었다. 장생과 정엽이 조심스레 식사를 했다.

상을 물리기 전, 전 부수찬 중열(仲悅) 백유함이 제 생질 이춘영(李春英)을 데리고 왔다. 용인에서 올라오는 길이라고 했다. 차려온 그대로이니 새로 상을 볼 것 없다며 정철이 마주 앉기를 권했으며 백유함 또한 넉살좋게 그 앞에 앉아 정철이 주는 술잔부터 받았다. 정철은 물론 이이한테도 직접 가르침을 받은 바 없으니 사제지간이라고 할 수는 없었다. 나이가 꼭 열 살 차이니 더더욱 벗이라고 하기도 어려웠다. 하여 평소에도 그는 정철, 성혼 등을 스승인 양 섬기다가도 술에 취하기라도 하면 금세 '존형' '사형'으로 호칭하기 일쑤였지만 정철만큼은 전혀 그를 허물치 않았다. 이춘영은 정엽의 옆에 앉았다.

백유함을 대하기 어렵기는 오히려 김장생이었다. 세 살 차이밖에 나지 않으니 언제든 말을 트고 싶지만 유함이 좀체 그 틈새를 주지 않았다. 나는 네 스승들과 교유하니 나한테도 예로써 대해야 마땅하다고 정색을 하고 말한 적도 있었다.

"장생, 연산에다 기별을 좀 놓아주게."

수저 놓기를 기다렸다는 듯이 정철이 장생에게 말했다.

"예."

장생이 백유함 옆으로 다가와 앉았다.

"연산도 편히 있을 데가 못 되니 거처를 옮기시라고 하면 되네. 내가 그러더라 하고."

"연유를 여쭤 봐도 되겠습니까?"

금세 장생의 표정이 바뀌었다. 놀랍고 두려운 기색이 역력했다.

"안 가들이 거기까지 손길을 뻗힌 것 같아. 걱정할 건 없고……."

"거긴 어떻게 알고요?"

백유함이 물었다.

"오래 있다 보면 절로 소문이 나기도 하지."

"하오나, 연산은……."

"그럴 필요 없어. 한동안 다른 곳에 가 있으면 아무 일 없으니까."

안 씨들이 알았다 해도 직접 연산에 손을 쓰지는 못할 것입니다, 장생이 할 말을 헤아린 정철이 그의 말을 끊었다.

"어디로 모시려고요?"

장생이 하고 싶은 말은 백유함이 대신 해주었다.

"고양도 좋지. 한양이 너무 가깝다 싶으면 재령이나 안악엘 왔다 갔다 해도 되고……그리고 이제 남은 세월이 얼마 되겠어? 그 못된 굴레를 훌러덩 벗고 예전처럼 도성 거리를 활보하고 다녀야지. 안 그래?"

"말씀만 들어도 좋습니다."

뭔가 확신을 가지고 하는 듯한 정철의 말에 백유함이 맞장구를 쳤다.

"알겠는가, 장생?"

"예, 내일이라도 바로 사람을 놓겠습니다."

장생이 대답했다. 고양 촌에만 있다가 그저께 성 안에 들어온 정철이 안 씨들의 거동은 어떻게 알았는지 궁금했지만 물어볼 수가 없었다. 그제 저녁 무렵, 예조판서 유성룡의 사위 이문영이 이곳을 다녀갔다는 얘기도 들었지만 무슨 영문인지 알 수 없었다.

"그리고 당분간 중열(백유함)은 성 안에 머물러 계시게."

정철은 백유함에게도 할 말이 따로 있는 듯했다.

"제가요?"

"그럼, 여기 중열이밖에 또 중열이 있던가?"

취흥이 이는 모양이었다. 혼자 농을 하곤 혼자 껄껄 웃었다.

"제가 여기서 할 일이 뭐 있습니까?"

"사촌 형을 잘 살펴보는 일."

"예?"

"중열이 중겸(仲謙, 백유양)을 잘 지키란 뜻일세. 내 말 알아듣겠는
가? 머잖아 약포(藥圃, 정탁) 영감도 중국으로 가 버리면 병조가 텅 비
겠지. 그 전이라도 마음만 먹으면 중겸이 병권도 쥘 수 있지 않는가. 혹
여 흉악한 자들이 중겸의 곁에 붙을지도 모르니 그런 걸 가만히 살펴보
란 뜻일세."

"하오면 무슨⋯⋯?"

"별 뜻은 없다니깐"

"예, 분부하시니 말씀 따르겠습니다."

"분부가 아냐. 듣자하니 백운암인가, 청운암인가 오르내리면서 코
흘리개 학동들에게 천자문이나 가르치고 있다던데 그게 뭐 재미인가.
자네도 고개 빳빳이 쳐들고 육조거리를 다녀야 하질 않겠나."

"⋯⋯."

"마시게."

잔이 넘치게 술을 따라 백유함에게 건네며 정철이 큰소리를 냈다.

지난 달 정사(政事)가 있었다. 유성룡에 이어 병조판서를 맡았던 정
언신이 우의정으로 올라가고 정탁이 병조를 맡았다. 아울러 유전(柳
㙉)이 영의정, 이산해가 좌의정이 됐다. 여전히 조정은 동인들 세상이
었다. 그 사이, 백유함의 사촌 형 백유양이 병조의 참지(參知)로 자리

를 옮겼다. 정3품. 위로 판서와 참판이 있다고 하지만 병조의 실제 일은 참지가 관장하고 있었다. 게다가 판서 정탁은 머잖아 사은사(謝恩使)로 중국에 가야 할 처지이니 이름만의 판서일 뿐이었다. 정탁은 퇴계와 남명 양쪽의 문인이다. 그러면서도 이발보다는 유성룡에 가깝다. 그의 아들 윤목(鄭允穆)이 유성룡한테서 공부를 한 것도 그 때문이다. 벌써부터 열여덟 살 된 그 아들이 아버지를 따라 중국에 간다는 소문이 나돌았다. 참판 이제민(李齊閔)은 효령대군의 현손으로 아무런 당색이 없다 보니 늘 권부의 중심에서 소외되었다.

백유양이 병조의 요직을 차지한 이상, 정여립 또한 어떤 식으로든 그에게 손길을 내밀 것이란 게 정철의 생각이었다. 백유양의 아들 수민이 정여립의 조카사위였다. 여립의 형 여흥이 그의 처부인 것이다.

백유양은 부사를 지낸 백인호(白仁豪)의 아들이며, 백유함은 앞 시대에 윤원형 등의 권신들과 맞서 싸워 사림의 칭송을 받았던 백인걸(白仁傑)의 아들이다. 아버지 대만 해도 인호, 인걸 형제간의 우애는 남들이 부러워할 정도였다. 특히 형에 대한 백인걸의 정분이 지극하여 백인호가 세상을 떠났을 때는 슬퍼하기를 예도에 지나치게 하였으며 60이 넘은 나이에도 불구하고 수시로 산려(山廬)에 나아가 무덤을 지키곤 하였다.

이에 반해, 사촌형제인 백유양, 백유함의 관계는 물과 기름인 듯이 극명하게 갈라져 있었다. 16년이란 나이 차이도 있지만 시국을 대하는 두 사람의 입장이 그렇게 달랐던 때문이다. 율곡 이이의 거취를 두고 동서가 팽팽히 맞서 싸울 때부터 이 간극은 확연히 드러났다. 백유양은 일찌감치 이발의 편에 서서 율곡을 비판하는 입장이었으며, 백유함은 정철, 성혼 등과 더불어 율곡을 지키고 받드는 데 앞장을 섰다. 첨예한 동서 대립이 지속되는 가운데 자연 두 사람 사이의 내왕도 뜸해지고 나아가 우연히 마주치는 자리에서도 서로 얼굴을 돌리는 지경에 이르고 만 것이다. 흔히 세간에는 이들 사촌형제의 사이가 나빠진 것은 묵은 오해와 그로 인한 원망에서 비롯됐다는 말들이 있었다.

오래 전의 일이었다. 백인걸에게는 과년한 딸이 하나 있었다. 백유함의 누나다. 뒤늦게 의령감(義寧監) 이윤조(李胤祖)를 사위로 맞으려고 인걸이 조카 백유양을 불러 의견을 물었다. 이에 백유양은 이윤조가 종실의 서자이며 그 어미와 숙모가 시정배이므로 불가하다고 반대를 하였다. 그러나 결국 그 혼인은 이루어졌으며 백인걸의 자녀들한테는 백유양의 이 일이 두고두고 원망거리가 됐다. 이춘영이 바로 그 딸과 이윤조의 사이에서 태어났다. 올해 스물여섯. 정엽과 동갑내기였다. 생원, 진사시를 거쳐 대과를 눈앞에 두고 있었다. 그도 일찌감치 어머니 아버지의 혼사 때 일을 알아서 외당숙 백유양에서 대해서 늘 적대감을 드러내곤 했다. 성혼의 문하에서 학업을 닦았다.

김장생, 정엽처럼 백유함도 아직은 정철, 송익필이 꾸미고 있는 담대하고도 위험한 계획을 눈치 채지 못하고 있었다. 동인의 천지를 단번에 뒤엎어버리겠다는 이 거대한 음모의 중심에 송익필, 정철이 있으며 이들이 노리는 과녁이 정여립이고 이발, 백유양 등이 그 곁가지임도 전혀 상상치를 못했다. 머잖아 또 한 번 조야에 풍파가 일지도 모른다는 막연한 짐작만 가지고 있을 뿐이었다.

"중열도 이 시를 한 번 보시게. 술맛이 달라질지 모르니."

정철이 김장생한테 받았던 시 쪽지를 유함에게 건넸다. 장생한테는 금시초문인 양 시침을 뗐지만, 정여립이 연산에 들렀고 직접 만나서 얘기까지 나눴다는 소식은 송익필이 알려줘서 진즉에 알고 있던 바였다. 허나 시 이야기는 빠져 있었다. 시를 본 순간, 정철은 이것이 구봉이 쓴 것임을 단박에 알았는데 김장생은 차마 그 생각을 못 한 것 같았다. 마지막 고삐를 죄면서 몇 가지 증거만 더 만들면 머잖아 고변(告變)이 가능할 것 같네. ……익필이 전했듯이, 큰일 치를 날짜가 코앞에 다가오고 있음은 정철이 직감했다. 그때는 이런 시 한 편도 요긴하게 써먹힐 게 뻔했다. 만사 불여튼튼. 고변이 순조롭게 이루어지고 뒤탈이 없게 하려면 돌다리를 두드리는 심정으로 하나하나를 새로 점검하고 조심해야 할 필요가 있었다.

"이게 뭡니까? 이 씨가 망하고 정 씨가 흥한다는 또 그 얘기 아닙니까?"

백유함이 시큰둥한 반응을 보였다.

"좋은 시 아닌가? 무자, 기축년에 태평세월을 누린다고 했으니……."

정철이 태연스레 대꾸했다.

"그래서 여름 내내 비 한 방울 내리지 않고 돌림병이 창궐한다던가요?"

"난세에 영웅이 난다질 않던가."

"정 도령이요? 같은 정 씨라고 거드는 건 아니실 테죠?"

"에끼!"

"아무튼 큰일입니다요. 세상이 험하다 보니 별의별 소문이 퍼지고 있으니 말입니다. 머잖아 풍신수길이 쳐들어올 것이라고 하질 않나, 오랑

캐가 마천령을 넘을 것이라고 하질 않나, 길삼봉인지 박삼봉이지 하는 진인이 나와서 세상을 엎을 것이라고 하질 않나, 게다가 정 도령까지 현신(現身)한다 하니……."

"언제는 험하지 않은 세상이 있던가. 천지가 개벽한다는 말은 고려 적에도, 신라 적에도 있었다네. 미륵이 오신다는 말은 언제부터 있었고? 염려 마시게. 나나 자네는 이렇듯 술잔이나 놓고 있으면 되네……."

정철이 정엽을 불렀다.

"듣자하니 이길을 다시 부른다는 말이 있던데 사실인가?"

"이조에서 나온 말인데 사실인 것 같습니다."

무릎 자세를 꼿꼿이 한 정엽이 대답했다.

"어인 일로?"

정철의 눈이 한층 가늘어졌다.

"잘 모릅니다만, 형을 따라 이길까지 낙향한 데 대해서는 상감께서도 적잖이 언짢았던 것 같습니다. 하여, 다시 불러보라, 하교하신 듯합니다."

"그렇군, 좋다 싫다 대꾸를 보면 그들 속마음도 알 만하지."

"예."

"자첨(김첨)의 아들도 이번에 홍문관에 들었다고?"

"예, 정자(正字)입니다."

"요즘도 그 자들이 운종가에서 떼 지어 다니면서 공경(公卿)들을 조롱하는 노래를 부르고 그러는가?"

"한동안 뜸했습니다만 대마도에서 현소가 다녀간 뒤 또 몇 차례 그 짓거리를 벌리긴 한 모양입니다."

"왜?"

"왜놈한테 속으면 안 된다고 그렇게 선동을 하는 것 같습니다."

"김첨의 아들이 성립이지요? 이산해 아들도 있고? 진민이 거기 끼
어 있다 해서 저도 좀 알아봤습니다."

백유함이 참견했다. 진민이 백유양의 아들이니 유함에게는 오촌 조
카였다.

"듣자하니 유몽학(柳夢鶴)의 아들 극신(克新)이 주동이라 하더이다.
함부로 방달(放達)하기를 주창하면서 무리를 모아 술을 마시는가 하
면, 호리곡(蒿里曲)을 지어 애절하게 부르고 또 동동곡(童童曲)인가 등
등곡인가 뭔가를 지어서는 한세상을 어린아이처럼 살자고 노래한다고
도 하더군요."

"유몽학은 나도 알지. 자주 율곡을 찾기도 했어. 그런 아들이 있었다
고?"

정철이 놀라워했다.

"예, 제 할머니가 죽어서 홍어가 됐다는 둥 희한한 우스개도 지어내
고 그런 모양입니다."

"죽었습니다."

말할 틈이 없었던 정엽이 뒤늦게 한 마디 했다.

"누가? 유극신이 말인가?"

백유함이 눈을 크게 떴다.

"예, 달포 전에 세상을 떠났다고 합니다. 술병인지 뭔지는 몰라도 잠
을 자다가 갑자기 숨을 놓았다고 했습니다."

"안 됐군……젊은 나인데."

정철이 쯧쯧, 혀를 찼다.

"그자가 죽었다면 무리들도 좀 조용해지겠군."

백유함의 말이었다.

"아무튼 득세한 가문의 자제들이 그렇게 멋대로 놀이를 벌이니 그들 덕에 뭔가를 얻어 보겠다는 자들까지 절로 거기에 꼬여들지 않겠습니까. 그렇잖아도 거기 들었던 자들 대개가 수년 사이에 과거에 급제했다는 말들이 있으니까요. 그보다도 저들이 적잖이 도성 민심을 좌우하니 그게 걱정입니다. 모조리 잡아넣어야 마땅한데도 권세가 자제라고 서로 눈치만 보고 있으니 그게 탈입니다."

"자네 조카부터 단속을 해야지."

"코빼기를 볼 수 있어야 야단도 치지요."

정철의 말에 유함이 힝, 콧김을 내쉬었다.

"그래서 정엽한테 하는 말이네. 형조에 있는 몸이니까 저 자들 동태도 놓치지 않고 살펴보란 뜻이네. 그리고 춘영이 자네도 많이 도와줘야 하고."

나름 복안이 있다는 듯이 하는 정철의 말에 정엽이 허리를 숙여 답했다. 명심하겠습니다, 이춘영 또한 정엽을 따라 허리를 숙였다. 잠자코 있던 김장생이 한 마디 했다.

"진즉에 이름은 들었는데, 유극신이 죽었다는 얘기는 저도 오늘 처음 듣습니다. 재주가 많다고 했는데 안 됐습니다. 언젠가 그가 누구와 문장을 갖고 논변을 했다더군요. 그 상대가, 문장은 집을 짓는 것과 같다면서 종루처럼 높고 크다 해도 사방에 벽이 없으면 그곳에 거처하는 사람은 반드시 추위에 병이 나고 말 것이라고 했답니다. 그러면서 그는 군대의 보루처럼 비록 작더라도 사방 벽을 잘 막으면 그곳에 거처하는 사람은 추위에 상하는 법이 없다고 했다지요. 그 말을 듣던 유극신이 말하기를 '그대는 어째서 추위에 상하는 것으로만 말하는가, 더위를 피하는 것으로 말하면 왜 안 되는가.' 하였다 합니다. 어찌나 재미있던지요."

그러면서 장생이 혼자 소리죽여 웃었다.

"장생이 재미있다니 더 재미있군. 명색이 문장을 한다는 이들이 귀담아 둘 말이야."

뒤늦게 정철이 껄껄, 소리 내어 웃었다.

풋, 풋, 풋……

화살이 과녁에 꽂히는 소리였다. 산 아래서 들려오는 그 소리는 맑고도 가벼웠다. 구성산 위편 하늘이 놀빛에 물들었다. 불전에 새로 향을 올리고 암자를 나온 정각이 비탈길을 내려 걸었다. 별장에 형이 온 것 같았다. 근래는 보름 곗날이 아니더라도 형이 이곳에 오는 경우가 많았다. 올 때마다 사람들을 불러 모아 활시위를 당기곤 하였다.

한바탕 왁자한 환호와 함께 손뼉 소리가 났다. 패를 나눠 내기를 했는데 어느 한쪽이 이긴 모양이었다.

"스님 오시네, 안 그래도 나 암자에 올라가려고 했는데……"

풀숲에서 잠자리를 쫓던 성옥이 먼저 정각을 보곤 뛰어왔다.

"언제 왔니?"

정각이 자세를 낮추며 아이의 손을 잡았다.

"조금 전에."

"그새 많이 컸구나. 더 예뻐지고……."

"치."

여자애 티를 낸다고 금세 몸을 빼고 저만치 달아났다.

"스님, 빨리 와요."

아이의 뜀박질에 댕기머리가 팔랑개비처럼 흔들렸다.

다시 듣는 '스님'이란 호칭. 새삼 가슴에 뭔가가 턱, 걸리는 느낌이었다. 어느 때부터 아이는 삼촌이 삼촌인 줄 모르고 스님으로만 불렀다. 한양 집에서 뿔뿔이 흩어질 적만 해도 아이가 일곱 살이었으니 웬만한 것은 제대로 다 기억할 줄 알았다. 그런데 2년 만에 남원 땅에서 다시 보는 삼촌을 알아보지 못했다. 금구로 오기 전, 형과 형이 모시고 사는 어머니한테 인사를 드리기 위해 들렀던 걸음이었다. 처음에는 형이 그렇게 시켰거나 아니면 까까머리 중 차림이라서 그런지 모른다고 여겼는데 그렇지도 않은 것 같았다. 아이는 자기가 서울서 나고 자랐다는 사실마저 까맣게 잊고 있었던 것이다. 형의 말로는, 남원으로 이거한 뒤 얼마 되잖아 열병을 앓았으며 그 뒤부터 아이가 그리 됐다고 했다.

뒤늦게나마 내가 네 삼촌이라고 말하지 못하는 사정이 안타깝지만 우선은 참고 견딜 수밖에 없었다. 올해 열 살. 이목구비가 또렷한 데다 어느새 처녀티를 내고 있어서 바라보기만 해도 대견했다. 그녀가 제 아비 쪽으로 뛰어가고 있었다.

마구간 옆 평상에 도포를 입은 지함두가 앉아 있었다. 항상 쓰고 다니던 누런 방갓이 그 옆에 놓여 있었다. 활을 쥔 송취대가 장정들 예닐곱을 세워놓고 뭔가 열심히 떠들어댔다. 좀체 사람들 앞에 나서길 싫어하고 길게 말할 줄 모르는 형이기에 그런 모습이 낯설었다. 부엌 쪽에도 아녀자 서넛이 분주한 몸짓을 하고 있었다. 그 중에는 애복과 은월도 있었다.

한 달여 만에 보는 지함두였다. 인사를 하니 올라와 앉으라고 자리를 내주었다. 아랫마을의 종 백석(白石)이 그를 따라갔음은 나중에 알았다. 전라도를 한 바퀴 빙 돌았다고 함두가 말했다. 다시 패를 나눠 활쏘기 시합을 하는 듯, 형이 무리들 가운데서 시합 규정을 세세히 설명하고 있었다.

"남원에서 운봉, 낙안, 순천으로 내려갔다가 장흥, 영광, 화순, 나주, 광주를 돌아왔다네. 전라도순찰사가 따로 없었지, 허허."

가는 데마다 고을 원님들의 접대를 받고 선물까지 얻었다고 함두가 자랑을 늘어놓았다. 백석이 나귀 등에서 내려놓은 짐 보따리를 보니 그런 자랑을 할만도 했다. 부엌을 들락거리던 성옥이 부침 한 조각을 쥐고 와서 정각에게 내밀었다.

"고마워요, 성옥 아씨."

정각이 그걸 받고 아이의 머리를 쓰다듬어 주었다.

큰 손님이 이곳에 온다는 얘기는 진즉에 있었다. 홍문관 응교를 지낸 남계 이길이었다. 임금의 부름을 받고 남평을 떠나 엊그제 금구에 도착한 그는 이틀을 종정원에서 묵었다. 내일 먼 길 떠나기 전, 하룻밤을 여립의 제비산 별장에 와 묵기로 돼 있었다. 그가 도착한 날부터 정여립은 매일 읍내에 나가 그와 함께 지냈으며 오늘도 점심 숟가락 놓기 바쁘게 원(院)으로 갔다. 이길은 여립이 형님으로 모시는 이발의 친아우이니 여립한테도 아우나 다름없었다. 강직한 성품은 형보다 더하다는 소문이 일찍 나 있었다.

"우리 정각 화상이 순천에 가봤는지 모르겠다. 거기 가면 환선정(喚仙亭)이라는 정자가 있지. 죽도봉 아래 경치 좋은 곳에 떡 버티고 있어. 경치가 기막혀. 심통원이 부사로 와 있을 때 지은 것이라 하더군. 우연히 거길 들렀는데 때마침 전라감사가 군사를 사열하고 있더라고. 활쏘기도 하고……취대 저 사람을 데려가지 못한 게 그때처럼 한이 된 적이 없었지."

지함두가 턱으로 송취대를 가리켰다.

"나 조선 천지 다 가 봤지만 거기처럼 잘해 놓은 활터가 없었어. 송취대가 거기 서서 귀신같은 솜씨를 보였어야 하는 건데……쯧쯧, 군관이란 자들이 활을 쏘는데 어떤 놈은 옆 산으로 날아가고 어떤 놈은 날아가다가 땅바닥에 처박히고……엉망진창이었어. 보다 못해서 내가 감사한테 내 명함을 들이밀었지. 한 소리 해주려고 말이야."

"감사가 만나주던가요?"

또 허풍이다 여기면서도 정각이 물었다.

"공자 맹자만 외어서 출세한 자가 지함두 도사를 알아볼 턱 있나. 그래서 내가 시 한 수를 적은 서찰을 보였지. 그랬더니 감사 영감이 어이쿠, 몰라 봬서 죄송하다며 허리를 팍 숙이는 게야. 그 덕에 잘 얻어먹고 노잣돈까지 얻어서 나왔다구."

"그 시가 뭔데요?"

"먼저 들어 보게. '해동의 궁벽한 곳에 살면서(僻居海東) 경전을 겨우 통했다네(經傳纔通), 오늘을 어찌 알았으리(那知今日) 내가 영감께 폐를 끼칠 줄이야(犯我相公)…….' 어때? 무섭지 않은가?"

"도사님이 직접 쓰신 건가요?"

"허, 내가 썼다면 좋겠지만 그건 아니고……수찬 어른이 미리 준 것이지."

"아, 예……."

정각이 쿡쿡 웃음을 삼켰다. 듣고 보니 결국 정여립의 이름을 팔았다는 얘기였다. 전라감사 이광이 동방 급제자로 이전부터 여립과 친교가 있었음은 정각도 진즉에 알고 있었다. 부임한 이래 두 사람이 직접 만난 적은 없지만 몇 차례 서신 교환은 있었다. 여립은 지함두가 이광을 찾아갈 것을 미리 알고 있었다. 아니면 찾아가게끔 했는지도 모를 일이었다. 언제부턴가 여립은 연고가 있는 고을의 수령들한테 지함두를 보내 손을 벌렸다. 지난번 제비산에서 기우제를 지낸다는 명목으로 천신제를 올릴 때도 김제, 고부, 부안 등지로 지함두를 보내 곡량이며 은전을 얻어오게 했다. 정여립의 위세를 익히 아는 수령들은 싫어도 거절을 하지 못했다. 수찬까지 지낸 이인데 언제 어떤 자리로 다시 불려갈지 모르는 일, 훗날을 위해서도 성의를 표해야 마땅했다. 게다가 여립의 뒤에는 막강한 권세를 가진 정언신 형제와 이발 형제가 있었다. 여립도 달리 방도가 없어서 그럴 수 있었다. 대동계를 꾸려가고 오가는 빈객들을 다 맞이하려면 손에 쥔 것이 있어야만 했다. 전라감사한테 함두를 보낸 것도 그 연유에서인지 모르나 시편에 담긴 뜻은 아무래도 심상치 않았다. 내가 그대를 범할지도 모른다니……새기기에 따라서는 다분히 위협조로 볼 수도 있었기 때문이다. 그렇다면 어느새 여립이 역변을 꾀할 결심이라도 했단 말인가?

"부처님은 잘 계시구?"

한바탕 제 자랑을 마친 함두가 엉뚱한 수작을 붙여왔다.

"예?"

"나도 여러 날 여기를 비웠으니 부처님 전에 인사라도 드려야 하지 않겠는가."

"그러시지요."

전에 않던 수작이라 말뜻을 몰랐지만 혼자라도 다녀오시라 머리를 끄덕여 주었다.

시합을 마친 장정들이 제 할 일을 찾아 흩어지고 몇몇만 땅바닥에 앉아 쉴 때였다. 무슨 마음에서인지 형 취대 혼자서 활을 들고 사대(射臺)에 올라섰다. 한동안 호흡을 가다듬던 그가 한껏 시위를 당기곤 살을 날렸다. 화살이 바람소리를 내며 날았다. 풋, 곧이어 그것이 가마떼기를 덮어 만든 과녁에 보기 좋게 꽂혔다. 먼 데서 봐도 어김없는 명중이었다. 앉아 있던 장정들이 신음 같은 탄성을 뱉었다. 형이 또 활을 쳐들었다. 일자로 내민 왼팔과 시위를 당기는 오른팔의 각도가 한 치의 빈틈도 없다. 땅을 디디고 선 두 발도 완강하기 짝이 없다. 깎아 세운 듯한 자세, 숨소리조차 없었다. 그 당차고 훤칠한 모습에서는 종의 아들, 첩의 아들이란 비애도 전혀 풍기질 않는다. 제대로 글공부를 못하고 사람들과 얘기도 마음껏 나눌 줄 모르는 못난 자식이란 슬픔은 더더욱 비치질 않는다. 천공에 날고 있는 솔개라도 단 번에 맞혀 떨어뜨릴 천품의 궁사 그 자체다. 활을 쳐들고 시위를 당길 때, 형이 비로소 무적의 사내가 됨을 새삼 절감하는 순간이었다. 그가 전사였다. 전사가 하늘을 향해 시위를 당겼다.

형이 천천히 사대를 내려올 적에는 정각이 고개를 돌렸다. 형과는 가능한 한 시선조차 마주하지 않는 것, 그것이 금구에서 혹은 죽도에서

익힌 버릇이었다.

뒤늦게 알았다. 지함두가 왜 난데없이 부처님을 찾았던가를. 산을 오르는 숲길로 지함두가 앞서 올라갔고 그 뒤로 은월이 종종 걸음으로 따라가고 있었다. 눈치 없는 성옥이 은월을 좇는 걸 보곤 함두가 손을 저어 못 오게 하였다. 한 달 만에 집에 돌아온 사내가 제 아낙의 속살부터 그리워하는 것이 무슨 허물이 되랴.

허나 오 리 밖에 제 집 안방과 이부자리를 놔두고 무엇이 그리 급하다고 부처님 모셔놓은 토굴 암자를 찾는단 말인가. 굳이 부처님이 내려다보는 데서 여편네를 올라타야만 합궁의 진미라도 더 하단 말인지. 정각은 또 제 불찰인 듯싶어 속이 편치 않았다. 나무아미타불……. 여립이 애복을 범하던 때만 해도 자신은 시늉의 중에 불과했기에 거기가 어떤 자리인지 크게 개의치 않았다. 하지만 동냥하다가 중 된다는 말처럼 나름의 신심도 가지게 된 처지에서는 함두가 하는 꼴을 모른 척할 수만은 없었다.

행차가 올라오고 있었다.

정여립과 말머리를 나란히 한 갓쟁이가 이길인 듯싶었다. 여립이 데리고 간 종자들을 빼고도 뒤따르는 하복들이 예닐곱은 돼 보였다. 풍악만 없다 뿐 여느 원님네 행차와 다를 바 없었다. 별장에 있던 계원들이며 하복들, 아녀자들까지 죄 뜰로 나와 손님을 맞았다. 여립보다 한 살이 적다니 올해 마흔셋이다. 눈빛이 빛나며 콧날이 높고 예리하다. 하관이 빠르고 몸피가 호리호리하다. 13대에 걸쳐 내리 과거 급제자를 배출하고, 9대째 청현관(淸顯官, 홍문관 관리)을 냈다는 명문가의 자제다운 기품이 풍겼다. 집안에 홍패(紅牌)가 너무 많아서 그걸로 병풍을 만들었다고 하던가. 귀함만 가진 게 아니다. 어머니가 호남의 만석지기 부자 해남윤씨 귤정(橘亭) 윤구(尹衢)의 딸이다. 이길은 4형제 중 셋째. 이발이 손위 형이고 첫째는 현재 정읍현감으로 있는 이급(李汲)이다.

따지고 보면, 이길 또한 정각에게는 원수와 다름없는 인물이었다. 형 이발과 함께 안 씨들을 부추겨 환천 소송을 걸었는가 하면 장례원의 판결사를 바꿔 가면서 안 씨의 손을 들어준 당사자였기 때문이다. 저들 이 씨 형제로 인해 남부러울 것 없이 살던 집안 식구들이 하루아침에 천한 종 신세가 되어 뿔뿔이 흩어졌다. 정각 자신이 승복으로 몸을 가리고 이곳에 기탁하게 된 것도 다 저들 형제 때문이라고 하지 않을 수 없었다.

좀 전, 형이 홀로 비장하게 활을 쏘던 까닭도 그에 있었음인가. 어디선가 화살 하나가 날아와 이길의 가슴에 꽂힐지도 모른다는 생각을 하며 정각은 흠칫 몸을 떨었다. 주위를 둘러보았지만 어디에도 형의 모습은 보이지 않았다.

말에서 내린 뒤에도 정여립이 연신 이길에게 뭔가를 얘기했지만 이길은 좀체 웃음을 보이지 않았다. 사랑채로 꾸며진 바깥채에 두 사람이 들자 기다렸다는 듯이 큰상이 들어갔다.

사위가 어두워졌다.

정각이 홀로 밤길을 더듬어 만연암 토굴로 올라갔다. 달이 없는 밤하늘, 무수한 별들만 초롱초롱 빛을 냈다. 지함두가 다녀갔음에도 실내는 크게 어지럽혀져 있지 않았다. 이부자리도 가지런히 챙겨져 있었다. 그럼에도 정각은 구석구석까지 새로 걸레질을 했다. 형 취대가 기척 없이 안으로 들어온 것도 그 무렵이었다. 탁주 한 잔을 마신 듯 술 냄새가 풍겼다.

"정각도 그 자의 얼굴은 똑똑히 봤지?"

주위에 이목이 없음에도 형은 아우의 이름을 부르지 않았다.

"걱정했어요. 혹시 형이……."

"내가 왜? 혹시 해코지라도 할까봐?"

"아뇨……."

"저 자 하나 죽여서 뭣에 쓰겠다고……. 의연 스님은 어딜 가셨나? 종일 보이지 않더군."

취대가 벽에 등을 기대고 길게 다리를 뻗었다.

"죽도에 계시겠지요."

"정각은 아는가? 이 짓거리도 얼마 남지 않았다는 것."

한숨처럼 내뱉는 형의 말에 정각이 놀랐다.

"그래요? 곧 고변이 이루어진답니까?"

"몰라. 의연 스님이 그렇다니까 그런 줄 알아야지. 아무튼 우리는 어떻게 되지? 다시 한양으로 갈 수 있을까?"

"아버지가 부르시겠지요."

"그지? 우리까지 한몫 죽이지는 않겠지?"

"왜 그런 생각을 해요?"

"몰라……어른들이 볼 적에는 우리야 있으나마나 한 것들이지 싶어서……."

"그럴 리가요. 그동안 형님이 얼마나 애를 썼는데……."

"더러 정 수찬한테는 안 됐다는 마음이 들어……."

아까부터 취대가 뭔가를 만지작거리고 있었는데 자세히 보니 화살

촉이었다. 간혹 그것이 촛불의 빛을 받아 사금파리처럼 반짝거렸다.

정각이 제 형 곁으로 다가갔다.

"그래요. 수찬 어른이야 우리한테 잘못한 게 없지요. 애꿎게 걸려 든 것뿐인데……."

"우리가 뭘 알아."

"아버지께 말씀드리면 어떨까요? 정 수찬은 내버려두자고요."

"말이 돼? 그동안 얼마나 공력을 들였는데……."

"죄 없는 자를 억지로 엮어 죽이는 건 잘못된 일이어요."

"그게 사대부들이 하는 짓거리잖아."

"저도 뒤늦게 알았어요. 돌아가신 할아버지가 안 씨 집안을 어떻게 했는지……우리가 그 벌을 대신 받는지도 몰라요. 헌데 아버지가 또 그런 일을 하면 안 되는 것 아녜요?"

"취실아."

형이 비로소 속명을 불러 주었다.

"알아, 허지만 다른 방법이 없다고 하잖아. 내가 살려면 다른 이를 죽여야 된다잖아. 한 번 더럽게 꼬여버린 운명은 세월이 흘러도 풀리질 않아. 너도 나도 그 운명에 휩쓸려 버렸으니 용을 쓴다고 해서 벗어날 수 있겠니? 홍수에 쓸리듯 그렇게 쓸려 갈 밖에."

"그건 안 돼요. 오늘 밤이라도 관병들이 여기를 덮쳐 봐요. 말마따나 형인들 전들 목숨을 부지하겠어요? 그 자들이 네 아비가 누구냐고 물어보고 죽일 것 같아요? 저, 죽는 건 겁나지 않아요. 허지만 불쌍하게 태어나서 구박받고 산 죄밖에 없는 이들이 떼거리로 죽는 꼴은 보지 못하겠어요. 막을 수 있다면 막아야 하는 거예요."

"어떻게 막아? 우리 아버지가 다 된 밥을 보고 돌아앉을 어른이시던?"

"아버지가 듣지 않으면 정 수찬한테라도 말해야지요. 빨리 달아나라고요. 송취대, 송취실이 누구네 아들이다, 다 말하고요."

"어찌 그런 말을? 처음 여기 올 적만 해도 네 손으로 원수를 갚겠다고 했는데……."

취대가 정각의 손을 잡아주었다. 정각의 눈에 반짝, 눈물이 맺혔다.

"처음엔 그랬어요. 주줄산, 묘향산으로 도망을 칠 때도 살아야 되겠다, 원수를 갚겠다, 그 마음밖에 없었어요. 머리를 깎고 계를 받을 적에도 제겐 거짓밖에 없었어요. 입으로는 부처님을 불렀지만 마음에는 티끌만큼도 없었어요. 그리곤 아버지의 명을 받았어요. 전주로 가라, 여립을 찾아라……원수를 갚는다는 일념만으로 여길 왔지요. 정여립을 잡는 일이 곧 원수를 갚는 길이라는 아버지의 말만 믿었던 거예요. 헌데, 일 년이 지나고 이 년이 지나고 보니 그게 아니에요. 정여립은 저의 원수도 집안의 원수도 아닌 거예요. 정여립은 그저 정여립일 뿐이에요. 큰일을 위해서는 작은 것을 잃을 수 있다고 아버지가 말씀하셨지만 점점 저는 오히려 큰 것보다 작은 것이 더 마음 쓰이는 거예요. 그리고 지금은요, 정여립이 내 아버지보다 옳고 바를지도 모른다는 생각까지 하는 거예요. 아버지는 당신의 수치와 모멸 때문에 그리고 잃어버린 부귀를 되찾기 위해 이 일을 벌이지만 정 수찬이 언제 일신의 안위와 영달만을 위하던가요. 속을 들여다보지 못해서 참인지 거짓인지 몰라도 좋은 말씀만 하잖아요. 대동계만 봐도 온전히 거짓은 아니지요? 천한 놈이라고 해서 활을 못 쏘게, 말을 못 타게 한 적이 있던가요? 각금목,

백석이 같은 천한 무지렁이한테 함부로 매질을 하는 일도 없잖아요. 아버지는 이 일이 우리 집안의 일만이 아니고 나라를 위한 일이라 하셨지요. 나라요? 아버지며 송강, 우계 어른이 정승이 되고 판서가 되면 나라가 환하게 바뀌는 건가요? 그분들이 천한 것들을 풀어주고 중놈을 사람으로 대접할까요? 어림없지요……. 어느 날부터 부처님이 저를 뚫어지게 보고 있다는 느낌이 들대요. 그래서 저도 부처님을 올려다봤는데……형, 알아요? 나도 모르게 눈물이 쏟아지고……그동안의 제 짓거리, 마음 씀이 한없이 원망스럽고……제 입에서 저절로 염불이 나왔어요. 손바닥을 비비며 빌고 있는 제 모습도 봤어요.”

눈물이 뺨을 타고 흘러 내렸다.

“스님이 되셨구나…….”

취대가 정각의 손등을 어루만지며 말했다.

“네가 이렇게 말하니 왠지 나도 앞이 환해지는 느낌이다.”

“어떡하죠, 형님?”

“기다려 보자. 설사 고변이 이루어진다고 해도 정 수찬한테 무슨 큰 변고야 있겠니. 역적질을 하려면 먼저 군병이 있고 창검이 쌓아져 있어야 할 게 아니냐. 헌데 여기에 뭐가 있니? 아무리 뒤져봐도 활 몇 개, 목검 몇 자루밖에 나올 게 없다. 대동계? 붙잡아다 죄 문초를 해보라지. 활 쏘고 말 달리고 추렴해서 나눠 먹은 죄밖에 없다. 운 사나우면 한두 사람 곤장 맞고 귀양 가는 걸로 그칠게다. 지함두, 변범 같은 자들이 쓸데없는 소릴 지껄일까 봐 걱정되지만 떼죽음 같은 건 없다. 걱정 말아라.”

“그럴까요? 그뿐이라면 아버지가 얻는 건 뭐예요?”

“내 짐작이지만, 아버지는 사단(事端)만 마련하시는 것일 게다. 나머지는 조정 대신들이 치고 박고 할 일이지……. 역모도 안 꾸민 자를 역적이라고 잡아들여 봐. 서슬 퍼런 동인들이 가만히 있을 것 같은가? 아까 이길도 봤지? 얼마나 위세가 당당해. 저 자들이 조정을 쥐고 있는데 그렇게 당할 까닭이 없어. 그러니까 정 수찬도 저 자를 칙사 대접하는 것이지."

"형님 말씀대로라면 우린 여전히 종놈 신세를 못 벗네요?"

정각이 쓴웃음을 지었다.

"그건 아니야. 아버지가 어떤 분이시니. 동인 서인 싸움을 붙여놓고 나면 저절로 생기는 게 있는 법이야. 지금과는 많이 달라질 게야. 나도 잘은 모르겠어……. 아무튼 지금은 아버지의 조치만 보도록 하자. 정 수찬한테도 아무 소리 않는 게 좋을 것 같다."

"답답할 뿐입니다."

"우리 둘 너무 오래 자릴 비웠다. 내가 먼저 갈까?"

"같이 가요."

두 사람이 토굴을 나왔다.

안팎으로 무수히 등을 달아놓은 산 아래 별장이 잔칫집처럼 환했다.

이튿날.

아침부터 집 안팎이 몹시 술렁댔다. 손님으로 왔던 이길이 아침밥도 먹지 않고 이른 시각에 집을 떠났기 때문이다. 주인과 작별 인사조차 나누지 않았다는 사실이 더욱 괴이했다. 정여립과 말다툼이라도 하고 마음이 상해 그렇게 행차를 서둔 것은 아닐까……. 여기저기서 아래 것들이 수군거렸다.

간밤 술에 잔뜩 취했던 여립은 해가 중천에 뜬 때야 자리에서 일어났다. 지함두로부터 이길의 얘기를 들은 여립이 크게 놀라고 당황했다. 무슨 까닭에 이길이 그랬단 말인가? 혼자 간밤 일을 골똘히 생각해 보았지만 마땅히 떠오르는 게 없었다. 다툰 일도 없었다. 나중에는 너무 취해서 무슨 얘기를 나누었는가도 잘 기억되지 않았다.

"한양에 급한 일이 있어서 그런 모양이지요. 너무 괘념치 마십시오."

지함두의 말이 맞을 수 있었다. 정신을 차리겠다고 찬물로 세수를 할 때였다. 불현듯 한 생각이 떠올랐다. 맞아, 그 때문일 수 있어. 여립이 세수를 하다 말고 급히 방으로 뛰어들었다. 함두가 방 안에 있었다.

"큰일이네! 이제 생각이 났어. 간밤에 남계(이길)가 벌컥 화를 낸 일이 있어. 뭐고 하니…… 그가 세간의 소문이 어떻다 하며 자꾸 날 힐문하기에 술김에 내가 큰 소리 한 번 쳤지. 올 겨울을 넘기지 않겠다고 말이야. 강과 나루에 얼음이 얼어 변방의 군대가 움직이기 어려운 때를 기다렸다가 훈련된 대동계 병졸들을 이끌고 곧바로 서울로 쳐들어간다고……. 무기고를 불태우고 강창(江倉)을 빼앗은 다음 도성 안에 배치해 놓은 심복들의 내응을 받아 사대문을 활짝 열어버린다고도 했지. 그뿐 아니야. 자객을 보내어 정승 판서를 죽이고 곧장 궁성을 범해 버린다고도 했어. 이것도 의연 화상이 자주 하던 말이지 않은가. 이를 어쩌지?"

"아무리 취중이라도 어찌 그런 말씀을……."

지함두가 얼굴이 하얗게 변했다.

"그 양반은 뭐라고 했어요?"

"몰라. 남계가 무슨 말을 했는지는……. 아무튼 화가 잔뜩 나긴 했던 것 같아. 허지만 나도 그가 나처럼 취한 줄만 알았지. 억병으로 취하면 사내들이 무슨 말인들 못해? 그러다간 또 언제 그랬냐 하며 껄껄 웃는 게 예사 아니던가.”

“이건 예삿일이 아닙니다.”

함두가 손을 내저었다.

“그 양반이 어른의 말을 곧이듣고 관아에 고하기라도 하면 어쩝니까?”

“그럴 리가 있나. 나와 한두 해 만난 처지도 아닌데.”

“모릅니다. 형제끼리도 서로 죄를 만들어 고하는 세상인데 누구를 믿습니까?”

“그럼 어떡해? 남계는 벌써 떠났는데…….”

“사람을 보내 쫓도록 해야지요.”

“쫓아간 뒤에는?”

“없애 버려야죠. 도적이 그런 양 하고…….”

“무슨 말을 그렇게 하는가.”

“생각해 보십시오. 그렇지 않아도 임금의 미움을 얻고 계시는 판에, 만에 하나 방금 하신 말씀이 임금의 귀에 들어간다 해 보십시오. 어찌 멸문지화(滅門之禍)를 피하겠습니까.”

“허, 어떡한담.”

말을 달렸다.

송취대가 맨 앞을 달렸고 심우정(沈禹晶), 최지원(崔志源)이 그 뒤를 따랐다. 두 사람 다 대동계원 중에서도 말 타기, 칼 쓰기에 능한 자들이었다.

이길의 행차를 뒤쫓으란 정여립의 엄명이었다.

시간의 간격은 두 시진 반(5시간)이었다. 행차가 평소대로 움직였다 해도 벌써 금구며 여산 을 지났을 것이 분명했다. 은진을 향해 가고 있을 행차를 금구에서 뒤쫓기 시작하는 것이다. 행차가 느리기만 하다면 그들이 공주에 닿기 전에 따라 잡을 수도 있었다. 해는 그들이 공주에 이르기 전에 떨어질 테고, 그들도 공주에서 하룻밤을 묵을 수밖에 없었다. 사세 부득이 하여 그들이 공주에 이를 때가지 손을 쓰지 못한다면 이튿날 공주에서 천안으로 가는 길목을 노릴 수밖에 없었다. 허지만 그것은 훨씬 더 위험한 일이었다.

지함두가 일러줘서 취대도 대강의 사정은 알았다. 이길이 독한 마음을 먹었다 하더라도 여산, 은진 같은 손바닥만 한 고을의 수령한테는 별 소리를 않을 것이 뻔했다. 허나 공주는 다르다. 마음만 먹으면 공주 목사를 시켜 한양으로 먼저 급보를 띄울 수도 있다. 그래서 아무리 늦더라도 공주에 이르기 전에 이길을 따라잡아야 했다. 벅찬 일임을 알면서도 박차를 가해 말을 내몰 수밖에 없었다.

바람이 화살 소리를 내며 귓전을 스쳤고 말발굽 소리가 지축을 흔들었다. 극한에 이르는 질주. 뛰는 말과 더불어 가쁜 숨을 내쉬면서도 취대는 전신으로 희열을 느꼈다. 속도에서 가지는 자유감이기도 했다. 빠른 속도로 달리면 달릴수록 제 몸을 얽매고 있던 온갖 굴레들이 깃털처럼 가볍게 떨어져 나가는 느낌.

여산에서 한 시진 전 행차가 통과했음을 확인했다. 지체하지 않고 은진을 향해 말을 달렸다. 이윽고 은진 고을에 들어섰다. 심우정을 앞서 보내 동태를 살피게 했는데 예상대로 이길은 은진 관청에 들었다고 했다. 늦은 점심 요기라도 할 모양이었다. 전에 없이 관아 안팎에 경비가 삼엄하다는 얘기도 전해왔다.

송취대는 객사에서 멀찍이 떨어진, 관촉사 아랫마을 공터에 말을 맸다. 허기를 느꼈지만 뭐든 먹고 싶은 마음이 아니었다. 초조하게 기다렸지만 좀체 행차가 나오질 않았다. 뭔가 일이 잘못돼 간다는 불길한 예감을 떨칠 수 없었다. 아버지 송익필에 앞서 이길이 먼저 고변을 한다면? 죽 쒀서 개 주는 꼴이나 다름없다. 4년 넘게 아버지와 삼촌이 꾸민 공사가 한 순간에 물거품이 되고 마는 것이다. 상상조차 할 수 없는 일이었다.

다시 최지원을 보내 관아의 동향을 살피게 하였다. 반 시진이 지나서야 그가 헐레벌떡 뛰어와서 청천벽력 같은 소식을 전했다.

좀 전에 이길의 행차가 아문을 빠져나왔는데, 무장을 한 군관 복장의 장정 넷이 이길의 앞뒤를 호위한다는 전갈이었다. 전립에 전복을 갖춰 입은 자들인데 저마다 활과 검을 지니고 있다고 했다.

"낌새를 챈 모양이네. 은진현감한테 호위 군사를 붙여달라고 한 것이 틀림없어. 이제 어떡하지? 우리는 저 자들을 감당 못 해."

상대와 맞서 보지도 않고 지원이 벌써 질린 표정을 지었다.

은진현감 임순(林恂). 취대도 여립한테서 그의 얘기를 들은 바 있었다. 나주임씨 붕(鵬)의 손자다. 백호 임제와는 6촌간. 나주에서는 이발, 이길의 집안과 함께 소문난 명문가 출신이다. 이발 형제와는 진즉에 내왕이 잦았다는 얘기도 들었다. 그런 관계를 떠나서도 정4품 의정부(議政府) 사인(舍人)에 제수되어 도성으로 불려가는 관원이 신변에 위협을 느껴 도움을 요청하는데 이를 마다할 지방 수령은 없었다.

나락에 떨어지는 심정이었지만 취대는 제 눈으로 직접 봐야 직성이
풀릴 것 같았다.

멀찍이 떨어져서 행차를 뒤따랐다. 지원이 전한 것이 헛말이 아니었
다. 말 앞에 둘, 말꽁무니에 둘, 전복 차림의 사내 넷이 마상의 이길을
호위하며 길을 가고 있었다. 저들이 있는 한 행차를 막을 길은 없었다.
위급한 순간에는 이길을 베어도 좋다고 함두가 일러주었지만 그럴 계
제가 되질 못했다.

"고을을 벗어날 때까지만 따라가 보자. 저러다가 떠날 지도 모르
니……."

일말의 희망을 가지고 뒤를 좇았지만 그 기대도 쉽게 무너졌다. 초
포의 냇물을 건너면 이산(현 논산 노성면) 땅인데 행차가 온전히 내를
건널 때까지도 뒤처지는 장정이 없었다.

말머리를 돌렸다.

이길은 벌써 시위를 떠난 화살이었다. 나머지는 운수소관에 맡기거
나 여립이 알아서 할 일이었다. 막중대사니 만큼 어쩌면 이길도 혼자서
처리하지 못하고 제 형과 상의할지도 모를 일이었다. 이발에게 달려가
서 살려달라고 청을 놓고 말고도 이제 다 정여립의 몫이었다.

그새 무슨 자신감을 얻은 것일까. 이길을 그냥 보내주고 왔다는 말
을 듣고도 정여립은 별달리 낙심한 빛을 보이지 않았다.

"무슨 짓이든 하라지 뭐. 술 취해 실언한 것뿐인데 저들이 날 어쩌겠
어. 그딴 일로 이 여립이 눈 하나 까딱 않는다."

주위도 들으란 듯이 짐짓 언성을 높였다.

남언경이 고양 정철의 집을 찾았다. 조카 발(撥)을 대동했다.

바깥채 담 안팎에 황국(黃菊)이 흐드러지게 폈다. 대낮인데도 정철은 술상을 가운데 두고 운담과 수작을 나누고 있었다.

"시보(時甫. 남언경) 형이 어인 일로 이 누지를 찾아 주셨는가? 게다가 수재 조카까지 거느리셨구먼. 뜰에는 황국이 만발하고 기러기 떼 북으로 날아가니 이 아니 좋은가. 어서 와서 이 술을 함께 마시세."

취흥에 젖어 있던 정철이 크게 반겼다. 남발이 문 밖에서 큰 절을 올렸다. 남발은 장례원 사평을 지낸 남언진(南彦鎭)의 아들. 어려서부터 재기가 넘쳐 숙부인 남언경이 직접 성혼의 문하에 맡겼다. 우계의 문생이면 정철의 문생과 다를 바 없었다. 지난해 생원시에 합격했다. 올해 스물아홉, 자(字)가 공제(公濟)였다.

정철이 남언경에게 권하는 술을 그가 대신 받아 마셨다.

언경이 자리를 당겨 앉으며 정철에게 물었다.

"계함(정철), 물어볼 것이 있네. 근래 구봉이 어디 있는가? 세상 사람이 다 몰라도 계함은 알지 않겠는가?"

"구봉? 난데없이 그 사람은 왜 찾으시는가? 정처 없이 숨어 다닌다는 이를 난들 어찌 안다고……."

운담이 자리를 피하려는 걸 정철이 손을 저어 말렸다.

"너도 괜찮다."

남언경이 조카에게 말했다.

"구봉을 본다면 내가 꼭 할 말이 있다네."

"무슨?"

정철이 심드렁하게 대꾸했다.

"아무리 맺힌 게 많다고 해도 엉뚱한 사람을 엮어 환란을 일으키지 말라고 말일세."

"그런 말은 직접 구봉에게 하셔야지."

"암, 허나 만날 수가 있어야지. 부인이 세상을 떠났다는 말은 사실인가?"

"한 달 전에 그런 일이 있었다고 나도 풍문에 들었지."

"누가 장례를 하고?"

"몰라."

"딱하이……."

끊었던 술이지만 한 모금 마셔본다고 술잔을 들었던 남언경이 도로 잔을 놓았다. 남언경은 정철보다 8년, 익필보다 6년이 연상이었지만 일찌감치 나이를 따지지 않는 벗으로 지냈다. 8년 전, 사헌부 집의로 있던 남언경은 율곡과 더불어 당쟁에 휘말린 정철을 구하려고 갖은 애를 썼다. 그러다가 오히려 자신이 화를 입고 파주목사로 쫓겨났지만 그때가 곧 세 사람이 가장 가까이 지낸 시기였다. 율곡이 벼슬을 버리고 내려오는 때면, 성혼까지 다섯이서 임진강가 화석정에 올라 시를 읊고 술을 마시며 노는 일이 한두 번 아니었다. 남언경과 율곡 두 사람은 친구간이면서도 리(理)와 기(氣)의 이야기만 나오면 한 치의 양보 없이 다툼을 벌이기도 했다. 특히 율곡은 남언경이 양명학에 경도돼 있음을 심히 못마땅하게 여겨 거친 논박마저 서슴지 않았는데 그런 때도 언경은 언성 한 번 높이는 법 없이 조목조목 반박을 하곤 했다. 돌이켜 봐도 그립기만 한 시절이 아닐 수 없었다.

"안악군수 이축이 전해 주더군."

고양까지 찾아온 연유를 말해야 되겠다는 듯 남언경이 상체를 고추세우며 입을 뗐다.

"계함도 들어서 알지 몰라. 내 9촌 조카 되는 절(南截)이란 자가 거기 안악에 살고 있네. 원체 못난 위인이어서 제 외종형이 군수로 있다고 거기 얹혀 있다네. 글줄이나 읽었다고 거기서도 향교는 들락거리고 하나 봐. 그리곤 교생 몇몇이 저희끼리 수군거리는 얘기도 주워듣곤 했겠지. 조구(趙球)라고 했던가……? 교생 중에서도 입심이 좋은 자인가 봐. 제 친구들 가운데 변범, 김세겸 같은 자들이 자주 전주를 내왕하는데 그 자들이 전주에 가는 까닭이 정여립을 만나기 위해서였다네. 그리곤 여립이 개세진인(改世眞人)으로서 머잖아 세상을 바꾸려고 하는데 황해도에서도 부응을 하면 어떨까, 이런 소리를 떠들고 다닌다더군. 하릴없는 촌 선비들이 재미삼아 이런 말은 할 수가 있지. 헌데 그게 아닐세. 남절 이 자가 이 얘길 그대로 제 외종형한테 옮긴 게 탈이었어. 군수 이축이 내게 묻더군. 정여립이 진실로 그러한 위인이냐고. 관장으로서 흉험한 소문을 들었는데 모른 척 할 수만은 없다는 게야. 조구 같은 교생들부터 먼저 잡아들여 문초를 해볼 것이라고 했어. 이게 뭔 말인가? 계함."

"조카가 응당 할 말을 했는데 그게 뭔 문젠가?"

정철이 빈 잔을 운담에게 내밀며 중얼거렸다. 안악군수 이축이 남언경한테 9촌뻘이다. 이축의 어머니 의령남씨가 남세준(南世準)의 딸, 남세준과 남언경의 아버지 남치욱(南致勖)이 그 증조부 남지(南智)한테서 갈라져 나왔으니 6촌 형제간이다. 촌수와 무관하게 이축이 어려서부터 남언경을 친 숙부처럼 따랐음은 정철이 알고 있었다.

"단지 그 일만은 아닐세,"

남언경이 바튼 기침을 했다.

"남절 이 자가 구월산에서 도학이 깊은 어떤 귀인을 만났다고 했는데 이 사람이 수상해. 그 자가 남절더러 머잖아 크게 현달할 것이라고 부추겼다나, 그게 무슨 속셈을 갖지 않고서 할 수 있는 말인가? 누구보다 남절은 내가 잘 아네. 공부는 하기 싫고 머리에 든 것이 없으면서도 출세는 하고 싶어서 안달이 나 있는 위인이란 말일세. 이런 자를 꾀어먹기는 식은 죽 먹기보다 쉽지. 남절이 이축한테 옮겼다는 말 자체가 믿을 수 없단 말일세. 얼마나 보태고 꾸몄는지는 안 봐도 알아."

"그러면 이축한테 직접 말하면 되지 뭘 그러시는가?"

"했지, 당연히. 남절의 말을 믿어서 안 된다 그리고 시골 선비라고 해서 함부로 잡아다가 매를 치면 안 된다……다 전했다네. 헌데 계함, 곰곰 생각해도 이게 단지 그렇게 그칠 일이 아닌 듯싶어. 이축 혼자서 요량하고 처리할 일도 아닌 것 같아, 왠지 알겠는가? 소문의 중심에 정여립이 있기 때문일세. 왜 정 수찬인가? 정 수찬은 전주에 있는데 소문은 왜 황해도에서 횡행하는가? 전라감사, 전주부윤은 아무 소리 않는데 뭘 안다고 천리 밖의 안악군수, 재령군수가 호들갑을 떠는가, 이 말일세."

"재령군수는 또 왜?"

"숙정 박충간이 거기 있지 않던가. 칠십도 훨씬 넘긴 노인네가 고을 원님 자리 안 놓치려고 기를 쓰고 있지 않는가. 그 고을에도 이수(李綏)라는 교생이 있는데 안악의 조구와 친하면서 같은 소릴 지껄이고 다닌다고 박충간이 잡아들였다더군. 죽으라고 곤장을 치고 주리를 틀면 그

자들 입에서 무슨 소리가 나올까?"

"혹세무민하는 자들은 응당 그렇게 해야지."

"계함, 정여립은 내가 겪어봐서 아네. 내가 전주에 있질 않았던가. 예전에 율곡이 지적했듯이 우쭐대는 성미가 있어서 남들 앞에 나서기를 좋아하지만 심지가 곧은 자야. 정 씨 성 탓에 자주 소문을 달고 다니기는 하지만 못된 마을을 품을 만큼 앞뒤가 없지는 않아. 그 자가 율곡을 배척했다고 그러는가? 정언신과 친척이 되고 이발, 백유양과 가깝다고 그러는가? 남절이 구월산에서 만났다는 이는 누군가? 성명은 말하지 않았지만 구봉이 아닌가? 이축과 남절이 벌써 구봉임을 알고서도 모른 척하는 건 아닌가? 계함, 나 대신 구봉에게 전해 주게. 그 통한 이야 누가 모르겠는가. 허나 그렇다고 해서 사림을 다쳐서는 안 된다고 말일세. 사원(私怨)에서 정쟁의 회오리가 와서는 아니 된다네."

"시보, 형은 마치 구봉이 없는 이야기를 만들어서 정여립을 역적으로 몰아가는 것처럼 말씀하시는구려."

정철이 미간을 찌푸렸다. 한 순간 짙은 그의 눈썹이 벌레처럼 꿈틀거렸다. 남언경도 태세를 누그러뜨리지 않았다.

"황해도에서 고변이라도 올라오면 나는 그것은 구봉이 시켜서 한 것이다, 이렇게밖에 말할 수 없다는 뜻일세. 그렇게 해서라도 정여립, 이발, 백유양을 죽이겠다면 난들 어찌 하겠는가. 기묘년 사화를 겪은 지 이제 70년이요, 을사년 그 참혹한 일을 겪은 지 겨우 40년 됐어. 또다시 일을 만들어 남명(조식)의 문도들 씨를 말리고 나면 우리가 어찌 후손들 앞에 떳떳이 이름을 내놓을 수 있겠는가 그 말일세."

"형의 말씀이 지나치군. 사화를 운운하시다니, 그렇다면 나와 구봉이 남곤, 심정이 되고, 윤원형, 이기라도 된단 말씀인가? 정여립, 이발이 조광조, 윤임의 꼴은 된다는 말씀이고?"

정철이 술잔을 드세게 놓는 바람에 술 방울이 튕겼다.

남언경이 흔들림 없이 말을 이었다.

"그래서 내가 마지막으로 계함한테 청하는 거라네. 이 일을 막을 자라곤 계함과 우계밖에 없다는 건 세상이 다 아네. 왜 황해도인가? 알지 않는가? 이축, 박충간, 한응인, 한준……방백 수령이 모두 율곡과 우계의 사람들이네. 그 자들이 구봉에게 휩쓸려 일을 키우기 전에 손을 써 달라는 것이네."

"시보 형이 왜 정여립, 이발을 두둔하고 나서는가? 혹여 전주에 있으면서 무슨 책잡힐 일이라도 하셨던가? 전주부 야장을 금구에 보내 무기를 다듬어주고, 왜적을 칠 때 대동계를 동원하여 공을 세웠다고 여립을 칭찬했다는 소문이 있던데 그 때문은 아니신가?"

"계함, 이제 나까지 겁박하는 건가?"

"왜 그러시느냐 묻는 거라네."

"그렇다네, 그가 하는 일이 옳다 여겨서 관원을 보내 도와주었고, 그가 전장에 나와 나를 도왔기에 고맙다고 시도 써 주었네. 그게 죄 된다면 달게 받음세. 나도 이미 사직서를 두고 궐에서 나왔다네. 지평(砥平) 영천(靈川)에 가서 엎드려 있을 테니 그럴 일 있거든 금부도사를 그쪽으로 보내시게."

남언경이 도포자락을 거두어 쥐고 일어났다. 조카 남발이 사색이 된 얼굴로 제 작은아버지를 부축했다. 방문을 열고 나가는 그를 보고도 정철은 만류의 말 한 마디 던지지 않았다. 저렇게 가시게 하면 어떡해요,

대감이 붙잡으셔야죠? 운담이 정철의 팔을 당겼지만 그는 더 깊게 보료에 몸을 기대며 손을 저었다.

"갈 사람은 가고, 남을 사람은 남는 게란다. 운담아, 기분도 그렇지 않으니 노래나 한 곡 해 보거라. 떠나는 사람도 들을 수 있게 큰소리로 말이다."

이런 때에 무슨 노래냐고 고개를 젓던 운담이 정철의 거듭된 청을 이기지 못하고 자세를 바로 하고 앉았다. 스스로 한 잔 술을 마신 그녀가 젓가락으로 가만가만 술상을 두드리며 노래를 불렀다.

"벽산(碧山) 천공(天空)에 백운(白雲) 비(飛)요,
북향(北向) 안진(雁陣)이 점점(點點) 멸(滅)혼대……."

청아한 그녀의 목소리가 방 안을 채우고 이내 마당으로 퍼져나갔다.

19. 고변(告變)

방금 퇴궐하여 관대(冠帶)를 벗던 참이었다.

때 아니게 밖에서 나는 왁자한 소리에 유성룡이 하던 짓을 멈췄다.

"대감, 패초(牌招)가 내렸습니다. 속히 입궐하셔야 되겠습니다."

큰직한 목소리가 밖에서 울렸다. 한순간 머릿속이 하얘지는 느낌이었다. 패초라니? 요대(腰帶)를 든 채 유성룡이 마루로 나섰다. 네댓 명의 집안 종들이 둘러싼 가운데 승정원 액례(掖隷)로 보이는 사내 둘이 서 있었다. 한 사내가 성룡을 보곤 댓돌께로 올라와서 목패(木牌)를 바쳤다. '명(命)' 자가 선명하게 적혀 있었다. 분명 패초였다. 궐에서 수시로 왕을 배알할 수 있는 신하는 2품 이상의 당상관에 국한되어 있었다. 그 밖의 관원들은 임금이 명을 내려 부르기 전에는 알현조차 청할 수 없는 것이 궁궐 법도다. 용무가 있어서 임금이 신하를 찾는 경우, 낮에는 승정원에 명을 내려 관원의 입시를 명하지만 다급한 일이 있거나 밤중에 급히 대면할 일이 있을 때는 패초로 불러들였다. 패초를 받은 신하는 여하한 어려움과 장애가 있어도 지정된 시간까지 입시하지 않으면 중벌을 받게 돼 있었다.

초헌을 타고 궐로 달렸다.

술시(戌時)는 지났을까. 도성거리에 어둠이 내려앉고 있었다. 얼굴에 와 닿는 밤공기가 선뜩했다. 곰곰 생각해봐도 성룡은 영문을 알 수 없었다. 오랜 기간 궁궐을 드나들었지만 패초로 불려가는 일은 극히 드물었다. 북쪽의 야인들이 변방의 군진을 쳐들어왔을 때, 왜적들이 남녘 바닷가를 노략질할 때를 빼곤 이런 일이 없었다. 까닭을 알 수 없지만 자꾸 가슴이 뛰었다.

연추문(延秋門, 경복궁 서문) 앞에서 좌의정 이산해의 행차와 마주쳤다.

"이현(유성룡)은 아시는가?"

좌상은 뭔가 알겠다 싶었는데 되레 그가 이쪽에 물어왔다. 유성룡이 손을 내저었다. 좌상의 행차가 먼저 들어가게 주춤하는 사이, 형조판서 윤탁연(尹卓然)의 가마가 옆에 와서 붙었다. 전임 정탁에 이어 형조를 맡은 지 한 달이 되지 않았다.

"상중(尙中, 운탁연의 자)은 좀 아시는 게 있는가?"

이산해가 그랬듯이, 성룡이 그에게 물어보았다. 그도 퇴계의 문인. 이산해와 동갑으로 성룡보다 네 살이 위였다.

"모르겠어."

고개를 저어면서도 그가 한 마디 덧붙였다.

"금부당상(禁府堂上)까지 패초하신 걸 보면 심상치가 않아……."

"금부당상을!?"

성룡도 크게 놀라지 않을 수 없었다. 이는 전란 같은 문제가 아니라 조정 안팎에 긴급한 일이 생겼음을 뜻했기 때문이다. 의금부의 당상관이라고 해야 네 사람 밖에 없다. 우두머리인 종1품 판사(判事)는 의당 우의정 정언신이 겸하며, 그 아래의 정2품 지사(知事)는 형조판서가 겸한다. 윤탁연이 금부당상인 것이다. 그 다음 종2품 동지사(同知事) 두 사람이 있다.

탁연도 더 이상 입을 열지 않았다.

편전(便殿. 사정전) 안팎에 등이 환히 켜져 있었다. 삼정승, 육조판서는 물론 육승지를 비롯하여 입직 도총관, 홍문관 상하 번(番), 좌우 사관(史官)들이 죄 입시해 있었다. 중신들 뒤편에 홀로 우두커니 서 있는 정경세의 모습도 보였다. 홍문관 관원으로서 전경(典經)으로 입직하고 있음은 유성룡도 알았다. 논의에 따라 전적(典籍)들을 참고할 일이 있으면 그것을 찾아 갖다 바치는 일을 하는 것이 전경이었다. 정승 판서들이 서로 귀엣말을 나누며 임금이 패초를 한 사정을 알아보려 했다. 성룡은 문득, 예문관 검열 이진길(李震吉)이 보이지 않는다는 것을 알았다. 낮에 잠깐 승정원에서 마주쳤을 때만 해도 환한 얼굴로 인사를 하던 그였다. 묻지도 않았는데 자기가 오늘 입직 사관(史官)이란 말도 했다. 헌데 지금 좌우 뒤편에서 지필묵을 대령해 놓고 앉은 두 사관은 전혀 다른 자들이었다.

눈짓으로 정경세를 불렀다.

"어째 이진길이 보이지 않는가? 분명 오늘 입직이라 했는데……."

왠지 그도 겁에 질려 있는 것 같았다. 주위를 두리번거리다가 낮은 소리로 대답했다.

"모르겠습니다. 진길이 준비를 마치고 막 나오려 하는데 갑자기 내관이 뛰어와서는……그대를 **빼**라는 어명이 따로 있었다고 하였습니다."

"그게 사실인가!?"

성룡이 또 한 번 충격을 받았다. 드문 일이었다. 임금이 특정 사관을 들어오라 나가라 하는 경우는 거의 없었기 때문이었다.

"스승님도 무슨 일인지 모르시지요? 왜 그랬을까요?"

떨리는 음성으로 정경세가 물었다. 사사로이 해야 할 '스승님'이란 호칭이 엉겁결에 나온 것도 무리는 아닌 것 같았다. 정경세도 어릴 때부터 유성룡 앞에서 무릎 꿇고 책을 읽었다. 올해 스물일곱. 이진길보다 두 살이 적었지만 과거 급제가 앞섰기에 정9품 검열도 진길보다 앞서 거쳤다. 예문관 검열은 춘추관 기사관을 겸한다. 실록 편찬의 기초 자료가 되는 사초(史草)를 작성하는 임무를 담당하였기에 흔히 사관 혹은 사신(史臣)으로 불렀다. 품계는 낮지만 항시 왕의 측근에서 사실을 기록하고 왕명을 대필하기에 벼슬길에 들어선 이는 누구나 탐을 내는 청직(淸職)이었다.

비로소 유성룡은 정여립을 떠올렸다. 기어코 일이 났다! 다른 생각은 할 수 없었다. 이진길이 정여립의 생질, 즉 누이의 아들이다. 정여립과 관련시키지 않고는 임금이 이진길만 배척한 이유를 찾을 수 없었다. 임금이 중신들을 급히 불러들인 것이 저녁 무렵 해주에서 올라온 황해감사의 장계 때문이란 이야기는 좀 전에 들었다. 송익필이 황해도 구월산에 숨어서 일을 꾸민다는 말은 이전부터 파다하지 않았던가. 마침내 그가 일을 저질렀다는 생각이 빛살처럼 뇌리를 스쳤다.

"별 일 있겠는가. 잠자코 맡은 바 일이나 하게."

그를 자리로 돌려보냈다. 기둥 한쪽에서 우의정 정언신이 이산해와 이야기를 나누고 있는 모습이 보였다.

마침내 임금이 어탑에 좌정했다.

예를 받은 후에도 임금은 좀체 입을 열지 않았다. 매서운 눈길로 신하들을 훑어보다간 문득 천정을 가만히 응시하기도 했다. 전에 없던 무거운 분위기에 신하들은 기침소리 하나 내지 못했다. 이윽고 임금의 한 마디가 떨어졌다.

"정여립이 어떤 자냐?"

유성룡은 숨이 턱 막히는 느낌을 가졌다. 예감이 빗나가길 바랐는데 그렇지 못했다. 미소 짓는 송익필의 모습이 보이고 껄껄껄, 정철의 웃음소리가 귓전에 들리는 듯했다. 임금이 물었으니 누군가 답을 해야 마땅했다.

영의정 유전이 꺼져드는 목소리로 말했다.

"어떤 위인인지 잘 모릅니다."

병환이 깊다는 얘기는 진즉부터 있었다. 좀 전에 봤을 때도 영 안색이 좋지 않던 영상(領相)이었다. 좌의정 이산해가 이어 한 마디 보탰다.

"소신 또한 어떤 위인인지 잘 모르겠나이다."

우의정이라고 해서 가만히 있을 수는 없었다. 정언신이 아뢰었다.

"소신은 글 읽은 사람이란 이야기만 들었습니다. 그밖에 아는 것이 없습니다."

유성룡이 저도 모르게 꿀꺽 침을 삼켰다. 우상(右相)의 말이 참 공허하게 들렸다. 정언신과 여립이 성이 같은 겨레붙이임은 알 만한 이들이 다 아는데 아는 것이 없다니. 두 사람은 9촌 삼종질(三從姪)간으로 여립이 조카뻘이다. 임금인들 그 사실을 모를까 싶었다.

"글 읽는 자의 소행이 이렇단 말이냐?!"

임금이 소리치며 계장(啓狀)을 상 아래로 내던졌다.

신하들이 기겁을 해서 몸을 움츠렸다. 급히 계장을 주워 든 승지가 그것을 소리 내어 읽기 시작했다. 황해감사 한준이 올린 장계였다. 안악군수 이축, 재령군수 박충간, 신천군수 한응인이 연명으로 서명한 장계인데 이에는 안악 유생 조구가 고변한 내용을 근거로 한다는 내용이 맨 앞에 있었다.

"……전주에 사는 전 수찬 정여립이 재령, 안악 등 황해도의 여러 고을에 사는 흉험한 자들과 손을 잡고 오래 전부터 경성(京城)을 범할 흉측한 꾀를 모아왔습니다. 어느덧 장졸을 모으고 병기까지 갖춘 이들은 강에 얼음이 얼어 변방을 지키는 군병들이 달려와 도울 수 없는 올 겨울을 기다렸다가 때를 지어 도성을 범한다고 하였습니다. 먼저 무기고를 불태우고 세곡 창고를 점거한 다음 성 안에 심어놓은 자들의 내응을 받기로 돼 있습니다. 뒤이어 자객을 나눠보내 대장 신립과 병조판서를 앞서 제거하고 왕명을 빌려 각 도의 병마절도사와 감사들을 처치한다고도 하였습니다. 또한 대관(臺官)들에게 청탁하여 전라감사와 전주부윤을 논핵해 파면하고 그 틈에 전주의 무리들이 한성으로 진격할 것이라고 하였습니다. ……."

황해감사의 장계를 다 읽고 난 승지가 또 다른 두루마리 하나를 펴들었다. 감사의 장계보다 한 시진 앞서 당도한 재령군수 박충간의 것이라고 했다. 사안이 다급해서 제령군수가 따로 올린 것이란 설명이었는데 여기에는 역모를 알렸다고 하는 재령 유생 이수(李綏)의 이름이 맨 앞에 언급되고 있었다.

"……요승(妖僧) 의연, 도사 지함두 등과 오랜 기간 역모를 진행해오던 정여립은 저도 모르게 조금씩 기밀이 밖으로 새어나가자 음모가 무산될까 두려워서 역변을 서둘게 되었습니다. 그리하여 따르는 자들로 하여금 일을 분담시키고, 늦어도 올 겨울이 끝나기 전에 전라도

와 황해도에서 한꺼번에 군병을 일으키기로 작정을 하였습니다. 금강
을 건너면서부터 곳곳의 봉수와 역졸을 차단하고 천안을 통해 한강으
로 진격한다는 것이 그들의 못된 계략이었습니다. 그리하여 북쪽 홍제
원에 모여 진을 치되 오랫동안 싸우지 않고 기다리기로 하였는데 성 밖
에서 들어오는 양곡과 물품을 모두 중간에서 가로채기 위해서입니다.
성 안 백성과 말이 굶게 되면 저절로 성문이 열리게 되고 그때 무리들
이 성 안으로 진입한다는 말도 서슴지 않았다고 합니다. 경성에 들어
서는 종루 앞에 진을 치고 병조의 화약고부터 불 지른다고 하였습니다.
……."

참람한 역모에 대한 고변이었다.

또 한바탕 피바람을 몰고 올 사건이 터지고 만 것이다. 임금 앞에 엎
드린 모든 신료들이 등골에 식은땀을 흘리지 않을 수 없었다. 차분히
생각을 가다듬어야 한다고 유성룡은 마음을 가다듬었다. 무슨 일이 일
어났는지, 지금 당장 무슨 일을 해야 하는지, 앞으로 무슨 일이 벌어질
지에 대해서 차근차근 생각을 해보아야만 했다.

정여립의 얼굴이 스쳐 지나갔다. 쌍꺼풀진 눈, 검고 붉은 안면, 상대
의 폐부를 꿰뚫어볼 듯한 시선도 기억났다. 허나 곧 그는 아무 것도 아
니란 생각이 들었다. 그가 진실로 역모를 꾸몄든 아니든 송익필과 정철
에게 얽혀들었다면 더 이상 살아날 길이 없었다. 정여립 하나에서 끝날
일이 아니었다. 불길은 곧바로 조정으로 번질 테고 그러면 가장 먼저
이발, 이길 형제, 백유양, 김우옹 등이 당할 것이요 나아가 남명의 문도
전체에 파급될 것이 불을 보듯이 뻔했다. 결국 송익필, 정철이 노리는
바도 그것일 터였다.

그렇다면 퇴계의 문도들은 탈이 없을 것인가? 괜찮다고 자신할 수 없는 일이었다. 송응개, 허봉, 김첨 등 율곡의 탄핵에 앞장섰던 이들 대부분이 세상을 떠났다고 해도 음양으로 그들을 도왔던 이들이 그대로 조정에 남아 있었다. 송익필의 환천 판결에 힘을 썼던 이들도 대개 퇴계의 문하들이었다. 역모를 들춰내어 왕에게 아뢴 세력들이 구원(舊怨)을 갚겠다고 기를 쓴다면 퇴계 쪽도 성치 못할 것이 분명했다.

"나도 정여립 이 자를 기억하지. 율곡을 따라다니다가 결국 율곡을 배반했던 자가 아니더냐? 못된 심성은 그때도 알아봤다만 끝내 역적질을 할 줄이야!"

임금의 음성이 들렸다.

"망극합니다. 장계가 들어왔으니 속히 그 자를 잡아와 실상을 알아봐야 할 것입니다."

좌의정 이산해가 말했다. 뒤이어 우의정 정언신의 목소리가 들렸다.

"그러하옵니다. 지금이라도 금부도사와 선전관을 내려 보내 정여립을 압송해 와야 마땅할 것입니다."

영의정 유전도 거들었다.

"보아하니 사안이 실로 중한 듯싶습니다. 적들이 흩어져 깊이 숨기 전에 각 도에 토포사(討捕使)를 보내어 천망(天網)이 물샐 틈 없음을 보여야 할 것입니다."

잠시 정적이 흐른 뒤, 병조판서 윤탁연이 아뢰었다.

"신이 보기에는, 지금 승지가 읽은 글만으로는 실상을 헤아리기 소홀한 바가 적지 않습니다. 이렇듯 중차대한 일을 장계 하나로 고하는 황해 감사의 처사도 옳다고만 할 수는 없는 것 같습니다. 방금 정승들이 말씀

올린 바처럼 속히 금부도사를 전주로 보내 정여립과 그 무리들을 잡아 올리는 한편 한준, 이축, 박충간 등 장계에 연명한 방백 수령들을 불러와서 죄목에 맞는 증거들을 낱낱이 내놓도록 하심이 옳을 듯합니다."

"여기 적힌 글자만 봐도 그놈의 죄상이 역력히 드러나거늘 무엇을 더 따지고 알아볼 것이 있다고 그런 소릴 하느냐!"

임금의 노기서린 한 마디에 윤탁연은 더 이상 말을 보태지 못했다. 날이 밝는 대로 금부도사와 선전관을 전주로 내려 보내 정여립을 잡아 오고 3도에 토포사를 파견하여 여립과 통했던 자들을 하나 남김 없이 체포하라는 명을 내린 뒤 임금이 자리를 떴다.

10월 2일 밤이었다.

편전을 나올 때였다. 정언신이 팔을 붙잡았다.

"이현(유성룡)이 보기에는 어떠신가? 대보(정여립)가 정녕 그런 짓을 할 위인이 되는가 말일세."

믿을 수 없다는 듯이 그가 절레절레 고개를 저었다.

"저보다야 좌상께서 그를 더 잘 알지 않습니까."

성룡이 대답을 아끼자 그가 혼잣말처럼 중얼거렸다.

"그럴 리가 없어. 뭔가 잘못 돼도 크게 잘못 됐어……."

고변이 생겼으면 속히 금부(禁府)를 통솔하여 죄인을 잡아오는 것은 물론 국청(鞫廳)을 마련하고 스스로 위관(委官)이 되어서 죄수들을 다스려야 할 우의정이 뭐부터 해야 할지 정신이 없는 것 같았다.

궐을 빠져나온 유성룡은 광화문 앞의 예조부터 들렀다. 광화문에서 남쪽으로 뻗은 큰길이 주작대로다. 대로를 가운데 두고 왼편 동쪽에는 의정부, 이조, 한성부, 호조의 건물들이 차례로 서 있고 서쪽에는 예조, 사헌부, 병조, 형조, 공조, 사역원이 자리하고 있었다.

입직하던 예조 관원들이 황급히 나와 성룡을 맞아주었는데 뜻밖에 정랑 이항복(李恒福)의 모습이 눈에 띄었다. 참판, 참의는 보이지 않았다.

"자네도 나왔는가? 소식은 어찌 듣고?"

"성 안이 벌써 진동을 하는데 어떻게 집안에 앉아 있겠습니까. 어서 안으로 드시지요. 여러 사람이 와 있습니다."

그의 말마따나 홍문관 부제학 김수, 이조정랑 이덕형, 의정부 검상 홍적. 홍문관 정자 김성립 그리고 성균관 유학 백진민과 이경전 등이 안에서 기다리고 있었다.

"대감, 그 말이 사실인가요? 정여립이 역란을 꾀했다고 하는 말이……."

김수가 먼저 물었다. 경상도관찰사로 있다가 홍문관으로 온 지 두 달밖에 되지 않았다. 그동안의 친교를 생각하면 다섯의 나이 차쯤은 쉬 무시하고 서로 허교할 수도 있지만 유성룡이 제 형 김첨과 동갑내기 벗이다 보니 항시 어렵게 대해 오던 김수였다. 형과는 어머니가 달랐지만 김성립의 숙부임은 틀림이 없었다.

성룡은 그에게 고개만 끄덕여주곤 시선을 돌렸다. 눈으로 이덕형을 짚었다.

"이조정랑이 여기 예조에는 웬일인가?"

"잠깐 이항복를 만나러 왔던 길인데 대감께 인사만 드리고 가려던 참입니다."

"그래? 인사는 받았으니 가시게."

유성룡의 말에 그가 금세 얼굴을 붉히며 머리를 긁적였다. 이덕형은 이산해의 사위다. 이산해의 아들 이경전이 죽은 김첨의 사위이니 김첨의 아들 김성립은 이덕형과도 가깝다. 유성룡한테는 모두 아들이나 다를 바 없었다.

"그럼 이제 어떻게 되지요?"

홍적이 걱정스레 물었지만 성룡은 대답을 않고 백진민을 불렀다. 홍진, 홍적 형제는 다 같이 남언경의 처조카가 된다.

"어른은 어디 계시는가?"

"집에 계십니다."

금세 울음이라도 터뜨릴 것 같은, 풀 죽은 음성이었다. 그럴 만도 했다. 그의 아비 백유양이 이발과 마찬가지로 정여립과 가깝다는 사실은 세상이 다 알았다. 여립이 역적으로 몰린다면 그 또한 성치 못할 것임은 뻔했다. 그뿐인가. 백진민의 아우가 곧 여립의 조카사위다. 백진민인들 온전할 수 있겠는가.

"아시는가?"

백유양이 해주에서 올라온 장계 내용을 알고 있느냐는 물음이었다.

"예, 정 수찬의 일이란 것은 아십니다."

"자네가 곁에 있어야지 여긴 어인 일로?"

"하도 끔찍해서……어디 알아볼 데도 없고 해서 대감을 뵈러 왔습니다."

보아하니 또 오지랖 넓은 김성립이 중간에서 다리가 돼 준 모양이었다. 그래도 김성립은 제 할 말이 많다는 기색이 역력했다.

"내가 이 처지에서 무슨 말을 할 수 있겠는가. 들은 소문밖에 나도 달리 아는 것이 없다네. 머잖아 금부에서 전주로 사람을 보낼 터, 정 수찬이 한양에 올라올 때까지 기다려 보는 수밖에 달리 방도가 있겠는가. 글하는 선비답게 다른 죄상이 없다면 자네 집안에서도 근심할 일은 없을 것이네. 이목도 있고 하니 자넨 어서 집으로 돌아가서 어른을 모시게.”

성룡의 간곡한 말에는 백진민도 곧 사의를 표하고 물러날 줄 알았다. 별실에 있던 이항복이 급히 다가와 아뢰었다. 정경세가 이진길을 데리고 와서 함께 뵙기를 청한다는 것이었다.

“어떡할까요? 대감.”

이항복이 성룡을 쳐다보았다.

“제가 나가볼까요?”

이덕형이 거들었다. 문 쪽에 서 있던 김수가 성룡을 향해 고개를 저었다. 딱한 젊은이들 같으니라고. 성룡은 가슴이 답답하기만 했다. 아무리 사로에 나선 지 얼마 되잖은 젊은 관원들이라고 하지만 이렇듯 물정이 없을까 싶었다. 역란의 터졌다고 세상이 진동하는 터에 버젓이 역적으로 지목된 이의 조카를 달고 관부를 찾아오는 이나 또 생각도 없이 그 자를 받아들이려는 관원들의 소행이 못내 미덥지 못했다.

“여기 올 일이 없다고 전하게.”

성룡이 단호히 거절했다. 이항복이 나간 지 얼마 되지 않아서였다. 밖에서 소 울음 같은 절규가 들려왔다.

“서애 대감, 대감밖에 없나이다. 소인을 살려 주십시오. 소인은 아무런 죄가 없나이다.”

이진길의 외침이었다. 그 소리를 듣지 않으려는 듯 성룡이 지그시 눈을 감았다. 김성립과 이경전은 멍하니 천정을 쳐다보고 있었다. 관노들이 그를 끌고 가는 것일까. 소리가 점점 멀어졌다.

"앞으로 저런 비명을 얼마나 들어야 할지……."

김수가 중얼거렸다.

이진길, 이덕형과는 스물아홉 동갑이고 김성립보다는 한 살이 더 많다. 앞날이 구만 리 같은 젊은 선비가 형장(刑杖) 아래 목숨을 놓을 걸 생각하면 절로 가슴이 미어지지 않을 수 없었다. 3년 전 별시문과 을과에 급제했다. 금산군수를 지낸 군례(君禮) 이의신(李義臣)의 아들이다. 전주에 살았던 이의신은 생전에 고봉 기대승과도 친교가 있었다. 성룡도 언젠가 기대승이 금산에 부임해 가는 이의신을 위해 쓴 시 한 편을 읽은 기억이 있었다. 제목이 '금산에 부임하는 이군례를 보내며[送李君禮赴錦山]'였다.

이진길은 홍문관 검열이 된 뒤에도 맡은 바 일을 꼼꼼히 잘한다는 소문이 있었다. 유성룡 제 힘으로 도울 길이 있다면 도와줄 수 있지만 지금은 그럴 형편이 아니었다. 뒤늦게 정경세가 혼자 돌아와서 죄송하다고 허리를 숙였지만 성룡은 그에게 눈길을 주지 않았다.

성룡이 좌중에게 말했다.

"늦은 시각에 이렇게 모여 있는 것이 아니라오. 나라에 큰 변이 생겼으니 다들 언행을 각별 조심해야 할 것이오. 필요한 것이 있다면 내가 기별을 할 터이니 다들 흩어져 돌아가시오."

성룡의 말이 엄중했는데도 홍적이 기어코 제 하고 싶은 얘기를 꺼냈다.

"대감, 이 또한 송익필이 꾸민 짓거리가 아닐까요? 그 자가 황해도에 있었다는 소문이 무성했는데 장계가 하필 해주에서 올라왔어요. 송강, 우계와 짜고서 해서(海西)의 수령들을 동원한 것은 아닐까요? 이참에 동인들 씨를 말리겠다면 어쩌지요?"

유성룡이 그 말은 귀 담아 듣지 않고 퇴청을 서둘렀다. 이항복이 가마를 준비시킨다며 밖으로 나갔다.

"제가 대감을 뫼시겠습니다."

김성립이 곁을 지키겠다고 나섰는데 성룡이 말리지 않았다. 뒤따르던 김수, 홍적, 이덕형, 정경세, 이경전을 차례로 떠나보내고 말을 탄 김성립 혼자 유성룡의 초헌을 따랐다. 가마꾼과 마부의 숨소리가 어둔 밤공기를 흔들었다. 그렇게 느껴서일까. 어둠에서도 살기가 느껴졌다.

"여견(汝見)아."

초헌 위에서 성룡이 불렀다. 제자나 친구의 자제한테는 자(字)나 호를 부르지 않고 실명을 쓰는 것이 예사이지만 다른 사람이 있는 자리에서는 더러 성립의 자를 불러주던 성룡이었다.

"예, 대감."

"날 원망하는가?"

"아니옵니다."

"송익필을 잡아들이자는 걸 내가……그래서 이 지경이 된 건가?"

"대감의 원모심려(遠謀心慮)는 저희들이 헤아리지 못합니다."

"원모심려라? 허."

유성룡이 짧게 웃은 듯싶었다.

"대감, 어제는 제가 광흥창(廣興倉)엘 다녀왔습니다."

다시 이어진 정적을 깨려는 듯이 성립이 말했다.

"광흥창을? 홍문관 정자 나리가 직접 녹을 받으러 갔단 말이지? 그래."

"예, 생전 처음 받아보는 국록인지라……감개가 컸습니다."

"그럴 테지……허허, 그래 얼마나 되던가?"

"부끄럽습니다. 쌀 열 말과 콩 다섯 말이었습니다."

"부끄럽긴, 고마운 일이지."

"예……."

서강(西江) 와우산 기슭에 자리 잡은 광흥창은 정승에서 참봉까지 도성 관원들의 녹봉을 지급하는 곳이었다. 전국 각지에서 올라오는 조선(漕船)들이 이곳에 집결하였으며 여기서 내린 세곡을 보관 저장하는 곳이 광흥창이었다. 녹봉은 해마다 1월, 4월, 7월, 10월 네 차례 지급하였다. 문관은 이조, 무관은 병조에서 발급한 지급증서인 녹패(祿牌)를 가지고 관원이 직접 창고에서 받아가는 것으로 돼 있었다.

"대감, 거기서 뜻밖에 홍봉상을 만났습니다."

"홍봉상?"

"송학(권응시) 어른의 큰사위 있지 않습니까."

"옳지! 맞아. 그가 거기에?"

"광흥창 봉사(奉事)가 돼 있었습니다. 저 또한 어찌나 반갑던지……."

"그랬군, 그런 고마운 일이 없네."

권응시의 큰딸 혼인 때는 유성룡도 김첨과 함께 잔치에 참석했다. 사위를 얻는다고 좋아하던 응시의 모습이 눈에 선했다. 성룡이 응시를 만나러 김산 장암마을에 갔을 적에 때마침 그가 처가에 와 있었다. 그 덕에 권응시가 전주와 진안을 갈 때는 그가 장인을 모시고 다니는 수고를 아끼지 않았다. 세상 떠나기 이태 전이었던가. 사위가 식년문과에 급제를 했다고 응시가 한껏 자랑을 늘어놓기도 했다. 3년 세월 시골에 있은 탓도 있었지만 성룡은 응시가 죽은 후로 그 사위의 얼굴을 본 바 없었다. 아들 권사성(權思性)의 소식도 마찬가지였다.

"홍봉상한테서 사성의 소식도 처음 들었습니다. 서울 집은 아예 누나한테 넘겨주고 고향 장암에만 있다더군요. 과거에는 여전히 뜻이 없다 하고……."

"그 아비에 그 아들이 아니랄까 봐……."

정여립이 역적으로 지목된 날, 오래 잊고 있던 권응시의 자녀들 소식을 듣는 것도 기이한 연분인 듯싶었다. 동인들 사이에 송익필의 환천 문제가 부각될 때부터 왜 정여립이 떠올랐던 것일까. 송익필이 가지는 음험한 계략의 시발점에 정여립이 있을지도 모른다는 생각에 권응시를 시켜 그의 동향을 살피게 했던 일이 엊그제 같았다. 그때만 해도 오늘의 이런 일이 있으리라곤 상상치 못했다. 아무리 송익필의 흉계가 담대하다고 해도 역변까지 만들어낼 줄은 몰랐던 것이다. 단지, 여립이 율곡을 배척한 일을 괘씸히 여겨 그를 충동질한 이발, 백유양 등 몇 사람을 도려낼 줄 알았다. 송 씨에 대한 추노가 이루어질 때도 마찬가지였다. 원한에 사무치는 송익필이라 해도 사림의 전체에 화를 미치는 음모는 차마 꾸미지 못할 것이라고 여겼는데 그게 아니었다.

역모(逆謀)다. 정여립이 역적으로 내몰린 것이다. 가깝고 먼 것이 상관없다. 여립과 통하고 여립을 도운 자는 모조리 죽임을 당할 일만 남아 있었다. 사지(死地)로 가는 자의 절규가 천지를 진동하고 흐르는 피가 강을 이룰 것이 뻔했다. 대문 앞에 이르러서 김성립이 작별 인사를 고했다. 떠나려는 그를 유성룡이 불러 세웠다.

"성립아, 너는 이 길로 추연(秋淵. 우성전의 호) 어른을 찾도록 해라.

내일 성균관에 가시기 전에 예조에 먼저 들르시라고, 내 말을 전하게."

"그리 하겠습니다."

골목 끝으로 가는 성립을 보고서야 성룡이 대문을 들어섰다.

이튿날 10월 3일.

금부도사 유담(柳湛), 선전관(宣傳官) 이용준(李用濬), 대전승전색(大殿承傳色) 김양보(金良輔)가 어명에 따라 전주로 출동했다. 금부도사가 옥사(獄事)를 다스리는 특별기관인 의금부의 정5품 벼슬아치라면, 선전관은 가장 가까운 거리에서 임금을 지키는 무관들이다. 승전환관, 승전내시라고도 부르는 승전색은 왕과 왕비의 명을 전달하는 내관이다. 정4품 대전승전색이 역적으로 지목된 이를 체포하는 길에 따라나선 것은 전주 경기전(慶基殿)에 모셔져 있는 태조의 영정을 지키기 위해서였다.

궁성을 떠나기 직전, 유담과 이용준은 따로 삼정승을 찾아 인사를 올렸다. 특히 우의정 정언신은 형식으로나마 의금부의 수장인 도제조(都提調)를 겸하고 있었다. 이 자리서 정언신은 두 사람에게 쉬 헤아리기 어려운 말 한 마디를 던졌다. 적괴(賊魁)의 집에서 혹여 자신의 서찰이 발견되더라도 주저 없이 수거 상부에 보고하라는 것이었다. 보거든 그 자리서 없애달라는 청이 아니어서 두 사람은 순간 뜨악했지만 이내 숨긴 뜻을 알아차렸다.

"심려 마십시오. 저희가 알아서 하겠습니다."

이용준의 말에 정언신이 거푸 고개를 끄덕였다. 정언신이 여립과 같은 전주 사람인 데다 촌수를 따질 수 있는 친척임은 두 사람도 알고 있었다. 이용준은, 올 정월 비변사에서 유망한 무인을 불차채용(不次採用, 품계와 차례에 상관없이 채용)한다고 했을 적에 좌참찬 유홍(兪泓), 병조판서 심수경의 추천으로 선전관이 되었다.

금부도사와 선전관이 스무 명이 넘는 나장, 나졸들을 이끌고 성문을 빠져나갈 때까지도 성안 백성들은 무슨 일이 일어났는가를 알지 못했다.

10월 5일.

황해도 신천의 객사 화산관(華山館). 신천의 옛 이름이 화산이었다. 군수 한응인이 문밖까지 나와서 송익필을 맞이했다. 동생 송한필과 패엽사 주지 의엄이 익필을 보좌했으며 승려 무업(無業)과 익필의 몸종 둘이 그 뒤를 따랐다. 익필이 객관에 좌정하자 응인이 문밖에서 큰절을 올렸으며 익필은 앉은 채로 절을 받았다. 담 너머로 동헌의 용마루가 내다보였다.

"빠른 걸음으로 찾아뵙고 인사드리지 못했었음을 크게 나무라주십시오."

군수임에도 응인은 아전 하나 곁에 붙이지 않았다.

"허, 그게 왜 자네 불찰인가. 모두 이 못난이가 그리 만든 것인데……어서 앉게. 이번에 참 고생이 많았네."

응인이 자리에 앉자 주안상이 들어왔다.

"한양에서도 기별이 왔다지?"

익필이 물었다.

"예, 초이튿날 밤에 중신들이 패초를 당하였고 그 다음날 금부도사와 선전관이 전주로 떠났다고 하였습니다."

"그럴 테지. 고생한 자네도 내 술 한 잔을 받게."

응인이 올린 술을 단숨에 마신 송익필이 빈 잔을 내밀고 손수 술을 따랐다.

"우리 의엄 화상도 고생이 참 많았지. 오래 잊지 않을 것이외다."

"소승은 마땅히 해야 할 일을 했을 뿐입니다."

송한필도 의엄에게 술을 권했고 의엄이 마다 않고 잔을 받았다. 한응인이 한필을 보며 말했다.

"선생님보다 계응(송한필) 어른이 더 원망스럽습니다. 그리 긴 날을 산에 계시면서 지척에 있는 저한테도 귀띔조차 주지 않으셨습니다."

"절집에 기대 사는 일개 생원이 어찌 감히 사또 나으리께……."

한필의 우스갯소리에 좌중이 웃음을 터뜨렸다. 그랬다. 송한필은 이 태를 넘게 구월산 월명암을 지키고 있었으며 송익필은 세 차례 구월산을 오갔다. 그럼에도 불구하고 인근 고을의 어느 누구도 그들 형제를 알아보지 못했다. 오직 의엄만이 알아서 챙기고 싫은 기색 없이 좋았다. 무사히 고변이 이루어진 뒤 오늘 처음 한응인한테만 본색을 드러내는 것이었다.

안악군수 이축에게는 이틀 전 주지 의엄을 통해 정철의 뜻이라며 전갈을 보낸 바 있었다. 한응인은 김장생, 심충겸과 절친했다. 동서 분당의 단초를 제공한 이가 심충겸이었다. 죽은 심의겸의 동생. 일찍이 형에 의해서 이조전랑에 천거되었지만 김효원의 반대로 낙마한 아픈 경력이 있었다. 조야가 동과 서로 나뉜 것도 결국 이 일에서 비롯됐다. 한응인은 벼슬길에 들어서기 전부터 서인으로서 당색을 분명히 하며 심충겸을 편들었다. 충겸 또한 응인에 대한 고마움을 늘 지녔다. 이런 인연과 관계도 모두 중간에 율곡이 있었기에 가능했다.

십여 년 전 한응인이 알성문과에 급제하던 무렵, 율곡은 반년 간의 황해감사 시절에 봐둔 해주 고산(高山)의 아름다운 석담에다 은병정사(隱屛精舍)를 짓고 후학들을 가르쳤다. 이 시기 한응인이 자주 이곳을 찾아와 율곡의 가르침을 받았다. 율곡과 익필의 관계를 보나 또 익필과 김장생의 관계를 보더라도 한응인은 송익필의 문인이나 다를 바 없었다. 올해 서른다섯 나이. 김장생보다 일곱 살이 어렸다. 지난 달, 안악군수 이축과 재령군수 박충간이 조구와 이수의 말을 듣고 고변을 서두를 때만 해도 한응인은 쉽게 두 사람과 뜻을 같이 하지 않고 머뭇거리기만 했다. 구체적인 증거가 없다는 이유에서였다. 한두 고을에서 올린 장계만으로는 조정을 움직이기 어려웠다. 가장 좋은 방법은 서너 고을의 수령들이 연명을 하고 여기다 황해감사의 서명을 보태는 것이었다. 다급해진 이축과 박충간이 한응인을 설득하였지만 쉽지가 않았다. 한응인 때문에 때를 늦출 수는 없었다. 안정란 일가들이 이길의 도움을 받아 구월산으로 달려온다는 얘기가 심심치 않게 들여오던 때였다.

하는 수 없이 송익필이 직접 나서는 수밖에 없었다. 의엄에게 편지를 쥐어줘서 신천으로 가게 했다. 패엽사의 허진사가 송익필이고 월명암의 조생원이 송한필임을 알게 된 한응인은 금세 태도를 바꾸어 황해감사 한준에게 보낼 계장에다 제 이름을 얹었다. 그날로 스승을 뵈러 산으로 달려오겠다는 것을 의엄이 말려 앉혔다. 황해감사와 조정의 대응을 본 뒤에 인사를 차려도 늦지 않다고 달랬던 것이다.

돌이켜 봐도, 고변이 이루어지기까지 곡절이 많았다. 안악, 신천, 재령, 해주의 여러 인사들로 하여금 조생원이라고 신분을 속인 송한필의 말을 듣고 번갈아가며 전주를 오가게 하는 데는 큰 문제가 없었다. 정여립이 또한 이들에 대해 의심을 품기는커녕 되레 호의로 접대하고 실로 자신이 소문의 진인이기라도 한 양 시세를 비판하며 큰소리를 쳐준 것도 고마운 일이었다. 어느 정도 분위기가 무르익었다 싶은 때에 안악 향교에서 거드름을 피우는 남절을 끌어들였다. 그가 군수 이축과 남언경의 인척임도 잘 알고 있었다. 안악 유생들 중에서도 술을 잘 마시고 나서기를 좋아하는 조구를 먹잇감으로 정했다. 조구의 벗이 김세겸이었으며 김세겸은 변범의 둘도 없는 친구였다. 공부는 싫고 작은 벼슬이라도 하고 싶어 안달이 난 남절은 쉬 송한필의 꾐에 들어왔다. 이에 조구의 종적을 군수에게 소상히 알렸으며 군수 이축은 행여나 해서 조구를 잡아들이고 그 집을 수색했다. 집에서는 정여립의 서간과 함께 동료들에게 나눠주라는 호초(胡椒, 후추)와 부채 등이 무더기로 나왔다.

이축이 이를 갖고 조구를 겁박하고 달래니 그도 여립의 불온한 행적이며 언사들을 죄 털어놓았다. 중간에 남절이 끼어들어 이번 일만 잘 되면 함께 부귀영화를 누릴 수 있다고 꼬드기자 없던 얘기까지 지어낼 줄도 알았다. 어느 정도 실상을 헤아린 이축은 고변의 계장을 쓸 적에는 조구를 고수(告首)로 삼는다는 약조도 했다. 이는 이축 스스로 여립과 맞서는 것을 꺼렸기 때문이다. 이후 이축은 재령군수 박충간을 불러 고변의 계획을 알렸으며 신천의 한응인을 끌어들이기 위해 조구를 직접 신천으로 보내기까지 했다. 그날로 재령에 돌아온 박충간은 혹여 제 공(功)이 이축보다 적을까 봐 조구와 통하는 읍내 거주인 이수를 잡아다가 어르고 달래 조구가 이축한테 토설했던 것과 같은 말을 받아냈다. 여기다 이전에 패엽사 주지 의엄한테 들었던 것까지 보태서 소장을 갖춘 뒤, 아들을 시켜 급히 한양으로 말을 달려가게 했다. 그렇잖아도 조정 대간들의 입방아에 올라 자리보전이 위태롭던 박충간에게는 절호의 기회가 아닐 수 없었다. 이 덕에 조구를 고수로 한 황해감사의 장계보다 이수를 고수로 한 재령의 장계가 한 걸음 앞서 대궐에 다다를 수 있었다. 그리고 세 고을의 수령들이 주고받은 논의들은 곧바로 구월산의 의엄에게 전해졌고 의엄이 이를 송익필, 한필 형제에게 옮겼기에 형제는 때맞춰 다음 일을 준비할 수 있었다.

"변범, 강득수 이런 자들은 아직 잡질 못했는가?"

한 잔 술에 금방 얼굴이 붉어진 송익필이 물었다.

"샅샅이 뒤졌지만 저희 고을에서는 형적을 찾질 못하고 있습니다. 이미 선천이며 안악을 벗어난 건 아닌지 모르겠습니다. 허나 이 조선 천지에 숨을 데가 어디 있겠습니까. 그 자들도 머잖아 다 잡혀 들고 말 것입니다."

당초 망설이기는 했지만 고변에 합류하기를 잘했다는 빛이 한응인에게 역력했다. 무고(誣告)가 되면 반좌율(反坐律)에 걸려 죽을 수도 있지만 역적이 역적으로 드러나기만 한다면 하루 아침에 공신이 되어서 품계가 서너 단계 뛰어오를 수도 있었다. 송익필이 말했다.

"나도 들었어. 변범 그 자가 역적한테 가장 가까이 붙어 있었다더군. 그런 자를 놓쳐서는 안 되지. 토포사가 내려와서 손쓰기 전에 잡아들이면 더 좋고……."

"잘 알겠습니다."

"변범 그 자는 벌써 전주로 달아났다는 얘기도 있습디다."

송한필이 의엄을 건너다보며 거들었다. 의엄이 혼자 고개를 끄덕였다.

"전주로 간들 거기는 숨을 데가 있을까……."

익필이 고개를 저었다.

"이제 한양으로 돌아가신다는 건 사실인지요?"

한응인이 화제를 고쳤다. 익필이 빙그레 웃음을 지었다.

"역변이 생겼는데 내가 한양에 가서 뭘 하겠나. 그렇다고 구경 다한 구월산에 더 있을 까닭도 없고……구름 가는 데로 가볼 참이네."

"이번 일로 스승님 일신도 구름처럼 가벼워지면 더 바랄 것이 없겠습니다."

"고맙네. 참, 혼담은 어찌 돼 가는가?"

"아닙니다. 그냥 술자리에서 웃자고 했던 소리인데……."

"아닐세. 내년이건 후년이건 치러야 할 대사인데 어찌 그래."

"혼담이라니요?"

두 사람이 무슨 얘기를 하는지 몰라 한필이 물었다.

"아직 모르던가?"

익필이 재미있다는 표정을 지었다.

"여기 한 군수와 김장생이 사돈이 된다는군. 얼마나 반가운 일인가."

"그래요? 이런 경사가 없군요!"

놀라면서도 한필이 크게 반겼다. 한응인의 아들 덕급(韓德及)이 열셋, 장생의 딸이 열다섯인데 둘을 맺어준다는 이야기는 작년여름부터 있었다.

"서둘 것은 없고, 두 사람의 우의가 이렇듯 혼인으로 결실을 가진다면 더 바랄 것이 있겠는가."

익필이 덕담을 했으며 한응인이 허리를 숙여 사례했다.

점심을 먹고 객사를 나섰다. 의엄과 무업도 이쯤에서 산으로 돌려보내야 했다. 송익필은 당초부터 한양으로 가는 이번 길에 그동안 오래 찾지 못했던 배천의 선영에 들러 참배를 하고자 했다. 산을 내려올 때 동생에게 그 뜻을 밝혔으며 한필도 산소까지 동행하겠다고 흔쾌히 답했다. 조상의 무덤이 있는 배천은 선천과 송도의 중간에 있으니 먼 길도 아니었다. 안 씨들이 무덤을 파헤치고 유해마저 처참히 훼손했다는 소식을 듣고도 달려가지 못했던 선영(先塋). 그 사이 친척을 시켜 흩어진 유골을 수습하고 새로 봉분을 세우긴 했지만 엎드려 빌지 못한 불효는 그대로 남아 있었다. 산모롱이를 도는 길에서 송익필이 새로 다짐하듯 동생에게 물었다.

"변범이란 그 자가 어김은 없겠지?"

주지 의엄이 한필을 대신해서 대답했다.

"염려 않으셔도 됩니다. 안악군수가 분명히 알아듣도록 말을 했고 그 또한 굳게 약조를 하고 떠났으니 다른 일은 없을 것입니다. 제가 그 옆에 있었습니다."

"나도 연산에서 한 번 봤는데 나름 눈치는 있어 보이더군."

"예, 조만간 좋은 소식이 올 것입니다."

"암……."

송익필이 잠깐 휘파람 같은 숨소리를 냈다.

금부도사 유담 일행이 전주성에 들어선 때는 10월 7일 한낮이었다. 도성을 떠난 지 닷새만이었다. 행차를 재촉했다면 하루 이틀을 당길 수 있었지만 그러질 않았다. 여산에서 곧장 삼례(參禮)를 거쳐도 쉬 하루

를 줄일 수 있는데 군이 익산으로 돌아가서 하루를 더 묵었다. 익산군
수 김영남(金穎男)을 대동한다는 이유에서였다. 김영남이 군졸 스무
명을 데리고 행차에 붙었다. 전주부윤 정사위(鄭士偉)가 이들을 맞았
다. 남언경의 후임이었다. 자가 홍원(弘遠), 호는 병은(病隱)이다. 사간
원 사간으로 있을 적에 삼사의 탄핵을 받은 율곡 이이를 적극 변호했던
서인 인사였다. 그 후 강원도관찰사로 나갔으며 그곳에서 백성의 토지
를 빼앗고 또 허락 없이 서울에 들어왔다는 죄로 삭직되기도 했지만 이
내 도승지로 복직했다. 지난 해 정월 전주부윤에 제수되었다.

　이태 가까이 부윤을 하면서도 정사위는 정여립에 대해서 아는 것이
거의 없었다. 그만큼 두 사람의 내왕이 없었다는 것을 뜻했지만 여립이
역적이라는 금부도사의 말을 듣고는 금세 얼굴이 하얗게 변했다.

　간단히 요기만 하고 정여립을 체포하러 길을 떠났다. 전주 관원 중
에는 여립의 집이 어디 있는지 소상히 아는 자가 있었다. 남문 밖 월암
마을이었다. 나각과 나발을 부는 군사를 앞세우고 급부도사와 선전관
이 월암으로 행진했다.

　월암은 산청, 진주, 임실, 구례, 남원 등지와 전주를 잇는 길목이다.
전주 관아에서 남쪽으로 20리 길. 길은 북으로 흐르는 냇물을 거스르
며 굽이굽이 이어졌다. 왼편으로 고덕산의 높고 가파른 벼랑이 병풍처
럼 이어지고 냇물 너머로는 묵방산(墨方山) 줄기들이 늘어섰다. 월암
이었다. 길잡이가 물길 너머 산 아래의 작은 동리를 가리켰다.

　큼직한 기와집 셋이 가운데 앉았고 그 양쪽으로 초가 예닐곱이 산기
슭에 엎드려 있었다.

　정여립은 익산군수, 청도군수를 지낸 정희증(鄭希曾)의 아들이다. 4

남 2년 중 셋째아들.

말 탄 자들이 먼저 내를 건넜고 보군(步軍)들이 그 뒤를 따랐다. 논밭을 가로질러 마을로 올라갔다. 때 아닌 나발, 나각 소리에 놀라 집을 뛰쳐나온 동민들이 이편을 바라보고 있었다. 김영남이 지휘하는 익산 군사들이 먼저 마을을 둘러쌌고 금부 나졸들이 일제히 집집의 대문을 차고 뛰어들었다.

군사들은 남녀노소 가릴 것 없이 포박하여 큰집 마당에 꿇어 앉혔으며 방마다 뒤져 문적(文蹟)과 서찰들을 찾아내 마루에 쌓았다.

고함소리, 비명소리, 물건이 깨지고 부서지는 소리가 산간 작은 동리를 진동시켰다. 사람들을 묶어 앉히고 문서들을 찾아내는 데 반 시진이 걸리지 않았다.

도사 유담이 포박된 자들의 신분을 가리는 일을 맡았고 선전관 이용준과 군수 김영남이 문서들을 분류했다. 응당 집안에 있을 줄 알았던 정여립이 없었다. 스무 명이 넘는 포박인들 대부분이 여립과 그 형 정여흥의 식솔들이거나 그에 딸린 종들이었다. 여립의 아낙을 족쳤지만 모른다는 대꾸뿐이었다. 한 달에 한 번 집에 들를까 말까 하는 이의 행방을 어찌 아느냐고 악을 쓰기까지 했다. 분명 두 아들이 있다고 들었거늘 옥남이란 맏이가 보이질 않았다. 열 살을 겨우 넘겼을 법한 둘째 소(紹)만 제 어미 앞에서 눈물을 짜고 있었다.

여립의 조카라는, 열서넛 살을 넘긴 정집(鄭緝)을 닦달하자 들을 만한 얘기가 나왔다. 옥남이 사흘 전 제 아비를 따라 금구로 갔다는 것이었다. 금구라니? 유담은 대동계란 말은 들었으나 금구 별장을 알지 못했다. 전주부에서 따라 온 군관마저 금구에 여립의 처가와 동생 집이 있다는 말밖에 지껄일 줄 몰랐다. 낭패가 아닐 수 없었다. 서둘러 전주로 돌아가기로 했다.

역적의 친족들을 모조리 전주로 끌어가고, 전주부 군관 셋을 마을에 남겼다. 그 사이 부윤 정사위가 전주 안팎의 길목마다 군사를 배치하여 행인들을 검문 검속했으며 토포 군졸들도 배로 늘여놓고 있었다.

금구 별장 이야기는 전주에서 비로소 들었다. 아전 하나가 내관 김양보에게 귀띔한 덕이었다. 벌써 날이 어두워지고 있었지만 지체할 수 없었다. 한양으로 소식을 띄운 뒤, 금부나졸 전원에게 마필을 주어 금구로 달려가게 했다. 전주와 익산의 군졸들이 그 뒤를 좇았다.

같은 날.

해가 서쪽 구성산 꼭대기에 걸렸을 무렵, 달포 전 황해도 안악에 갔던 변범이 헐레벌떡 제비산 별장에 뛰어들었다. 단신이었다. 의복마저 제대로 갈아입지 못한 듯 남루하기만 했다.

이날따라 별장 안팎은 산중 절간처럼 적적했다. 정여립은 낮부터 사랑채에 들어 서신을 쓰고 있었으며 선석달, 각금목 둘은 한가하니 장작을 패고 있었다. 글 읽기를 마친 옥남과 춘룡(朴春龍) 두 소년만이 칼싸움을 한다고 서로 목검을 휘두르며 깔깔댔다. 춘룡은 안악 유생 박연령의 아들로 여립의 아들 옥남과 동갑이었다. 여립한테 글을 배운다고 한 달 전에 연령이 데려왔다. 박연령은 의연과 함께 김제군수를 만나러 간다며 아침에 집을 떠난 뒤 아직 돌아오지 않았다. 지함두 또한 낮에 잠깐 얼굴을 보이곤 구성산 아래 제 거처로 돌아가고 없었다. 여립의 동생 여복이 내준 바깥채가 지함두와 은월의 살림집이었다. 때마침 별장에 내려와 있던 정각이 변범을 맞았다.

"별 일이 있는 건 아니시지요?"

정각이 물음에 변범의 눈빛이 흔들렸다.

"어른은 계시지?"

사랑으로 그를 안내했다. 붓을 놓은 정여립이 뜻밖이란 듯이 물끄러미 변범을 바라봤다.

"수찬 어른, 큰일 났습니다! 지금 여기서 이럴 겨를이 없는 것 같습니다."

대충 인사를 올린 그가 떨리는 소리로 말했다. 보아하니 바짓가랑이도 흙투성이였다.

"뭔 일이 있다는 거요?"

여립이 큰 눈을 껌벅이며 물었다. 정각이 내민 대접 물을 단숨에 마신 변범이 손등으로 입술을 닦았다.

"제가 나흘 밤낮을 달렸습니다. 여산에서 들었는데 어제 벌써 금부도사가 전주로 떠났다 하였습니다."

해주 감영에서 서울로 첩보가 올라갔다는 소식을 듣곤 집에도 들르지 않고 길을 내달렸다는 그의 말이었다. 안악 교생 조구가 군수 이축의 감언이설에 넘어가 터무니없이 말을 부풀려 밀고를 하였으며 이에 재령, 신천에 검거의 바람이 불고 황해감사가 고변의 장계를 대궐로 띄웠다는 말을 했다.

"조구 그놈이 그럴 줄 세상천지 몰랐습니다. 면목이 없습니다. 제가 죽을죄를 지었지요."

변범이 방바닥에 머리를 조아렸다.

"조구?"

안색이 달라지긴 했지만 여립이 크게 놀라는 기색이 아니었다. 한번 조구를 만난 기억이 있었다. 훗날 정 씨 세상이 되거든 황해감사를 시켜 달라고 넉살좋게 떠들던 위인이었다.

"그자들이 날 역적이라 지목했고 조정에서는 금부도사를 내려 보냈단 말인가?"

여립이 한숨처럼 내뱉은 말이었다.

고변의 얘기를 듣는 순간부터 정각은 심장이 딱 멎는 느낌이었다. 사위가 온통 흰 장막으로 덮이는 것 같았다. 마침내 때가 왔다는 생각은 그 뒤에 했다. 아버지, 삼촌의 얼굴이 떠오르고 송강 대감, 취대 형의 모습도 빛살처럼 스쳐 지나갔다.

다 끝났다. 예상보다 이르긴 했지만 달라질 건 없었다. 매질과 비명, 피범벅……그리곤 죽음밖에 남는 것이 없었다. 석가모니, 미륵님, 관세음보살도 관여치 못하는 아수라장이 눈앞에 그려졌다. 까닭모를 설움이 북받쳤다.

"어르신, 지금 당장 몸을 피하셔야 합니다. 머잖아 금부 나졸, 감영 군사들이 이곳을 덮칠 것입니다. 벌써 사방을 둘러쌌는지도 모릅니다, 어르신."

"역적질을 한 적이 없는 내가 역적이란 말이지?"

변범이 간곡히 말하는데도 여립은 꿈쩍을 않았다.

"몸을 피하라고? 피해서 어딜 가겠다고? 내가 도망치면, 실로 그때가 역적이 아니던가?"

"안 됩니다요 수찬 어른, 지금 놈들한테 잡히면 개죽음밖에 없습니다. 이 기회에 공을 세우겠다고 혈안이 된 놈들이 온전히 한양으로 모셔가기나 하겠습니까? 안 됩니다요. 잠시 몸을 피했다가 다른 기회를 보셔야 합니다. 어른이 계시야 궐 안 신료들도 움직일 수 있지 않겠습니까. 정 그것도 여의치 않으면 정말로 군병을 모아 천하를 뒤집어 버리는 겁니다. 이 지경으로 몰렸는데 거리낄 게 뭐 있겠습니까?"

"그래서 어디로 가잔 말인가?"

"죽도로 가셔야 합니다. 그곳은 만 명의 군사가 몰려와도 능히 막을 수 있는 요험지입니다. 거기서 대동계 사람들을 불러 모으면 삼 년은 버틸 수 있지요. 어른께서 죽도에서 싸우시면 삼남은 말할 것 없고 황해, 평안도의 만백성이 떨쳐 일어날 것입니다."

"끝내 그대가 나를 역적으로 몰아가는군."

정여립이 가늘게 웃음을 지었다. 그가 정각을 돌아보았다.

"우리 화상은 어찌 생각하는가?"

딴 생각에 젖어 있던 정각이 깜짝 놀랐다. 정신을 수습했다.

"우선은 숭복(번범) 어른의 말씀이 옳은 듯싶습니다. 수찬 어른께서 추호도 의심받을 일이 없음은 명명백백 저희들이 압니다. 헌데 이미 저들은 어른을 그물 속의 물고기로 만든 것 같습니다. 도마에 오르기 전에 달아나셔야 된다고 봅니다. 죽도든 지리산이든 일단 몸을 피하셔야 후일을 도모할 수 있을 것입니다."

"내가 그물 속의 물고기라? 허. 그러고 보면 미리 그물을 쳐놓은 작자들이 있겠군. 정철, 성혼 이런 위인들이겠지? 그자들이 볼 적에 나쯤은 피라미감도 되지 않을 텐데? 날 미끼로 해서 잉어도 잡고 메기도 잡겠다는 겐가?"

"어르신, 어서 말에 오르시지요."

"내가 몸을 피하면 더 많은 사람들이 죽을 텐데……?"

참을 수 없다는 듯이 변범이 자리를 차고 일어났다.

"어른, 밖에 있는 옥남이를 생각하셔야지요. 죽도에 간 아녀자들도요!"

애복이 죽도에 가 있었다. 모레 있을 심원사 불공을 준비한다고 여종 둘을 데리고 그제 먼저 죽도로 떠났다. 안악에서 왔다는 변범이 용케 그 일을 알고 있었다. 멍하니 그를 쳐다보던 정여립이 가볍게 손짓을 했다.

"앉으시게. 간다고 해도 밤중에 운신을 해야지 훤한 지금 나서서 십리를 가겠는가, 오십 리를 가겠는가?"

여립이 천천히 지필묵 놓인 상을 밀쳐냈다.

땅거미가 지고 있었다. 정각은 옥남, 춘룡 두 소년부터 불러들여 옷을 갈아입혔다. 가능한 한 여러 겹 껴입도록 했다. 그리곤 부엌에 들어가 먹을 것을 보이는 대로 바랑에 집어 담았다. 때마침 선석달이 부엌 안을 기웃거렸다. 그를 끌어들였다.

"지금부터 제가 시키는 대로 하세요. 어두워지는 대로 산을 타고 도망을 가세요. 부안이고 고창이고 멀리멀리 달아나셔야 합니다. 길목마다 포졸들이 지키고 있을 테니 절대 잡히면 안 됩니다. 그리고 정여립이고 뭐고 깡그리 잊으셔야 됩니다. 금구 제비산 근처에는 가본 적이 없다고 잡아떼야 합니다. 맞아 죽더라고 모르는 일이라고 해야 합니다. 그래야 삽니다. 어서 갖고 갈 걸 담으세요."

"뭔 일인데 그려?"

농인 양 여기는 그에게 간략히 사정을 설명하자 금세 그의 얼굴이 사색이 됐다. 그렇잖아도 좀 전에 말 탄 군졸 둘이 급히 산 아래를 달려 갔다고 그가 말했다. 함께 정 수찬을 따라 가겠다는 걸 극구 말렸다. 인원이 많으면 쉬 눈에 띄게 마련, 그러면 모두 한꺼번에 죽는다고 타일 렀다. 그가 각금목을 찾으러 뛰쳐나갔다.

금세 어둠이 산야를 덮었다. 이미 군병들이 포위망을 좁혀오고 있는 지도 모를 일이었다. 일부러 곳곳에다 횃불을 내걸고 말들을 두들겨서 소리를 지르게 했다. 모반의 군사들이 웅거하고 있는 양 보이면 관군들 도 쉬 근접치 못하리란 계산에서였다.

야음을 타 뒷산을 올랐다. 정여립과 정각이 앞장을 섰고 그 다음에 두 소년이, 그리고 변범이 맨 뒤에서 따랐다. 금산사 뒷산을 타넘어 대 덕골로 간다고 여립이 미리 행로를 일러주었다. 여립은 환도(環刀) 한 자루만 지녔고 정각과 변범은 노자로 쓸 무명필을 짊어졌다. 소년들은 먹을 것을 챙겼다.

금구 별장에서 진안으로 가는 길은 통상 세 개가 있었다. 가장 흔히 택하는 편한 길은 북녘의 귀신사(歸信寺)를 지나 전주성으로 들어가는 것이었다. 성을 가로지른 뒤, 소양천 냇물을 거슬러 동녘으로 계속 나 아가면 화심마을을 만나게 되고 거기서 남쪽으로 방향을 틀면 새말[新 村]이 나타난다. 새말에서 곰재[熊峙]를 타넘으면 진안 고을로 들어서 게 되는 것이다. 소우물[牛井]골, 장승마을, 널재[板峙]를 지나 용지(龍 池)마을을 거치면 곧 진안 읍 거리였다.

두 번째 방법은, 귀신사를 지나 중인리에서 산모롱이를 돌아 학전

(鶴田)마을로 방향을 고친 뒤 남쪽 덕천리를 통과하고 고덕산 남쪽의 왜목치를 넘어서 신리(新里)로 진행하는 것이다. 여기서 북쪽으로 길을 잡아 의암리를 지나면 소양천과 화심마을을 만나게 된다. 이후 새말과 곰재를 거치는 방법은 전주성을 관통해 오던 때와 같다.

나머지 한 길은 모악산과 치마산 남쪽으로 완전히 우회하는 것으로 거리는 다른 두 행로와 크게 차이 나지 않지만 더러 험한 고개가 있는데다 하도 호젓하여 평소에는 잘 택하지 않았다. 중도의 대덕골까지 가는 길도 두 개가 있었다. 하나는 금산사를 지나 오른편 골로 들어간 뒤 높은 고개를 넘는 것이요, 다른 하나는 금평마을로 내려가서 모악산 끝자락을 돌아 밤고개[栗峙]를 넘는 것이었다. 외량에서 신평으로 나아간 뒤 섬진강 상류 물줄기를 따라 가면 관촌이 나타난다. 이후도 계속 강줄기를 거슬러 가면 진안 마령촌을 만나게 되고 곧이어 읍 거리에 들어설 수 있었다.

금부도사가 전주에 들어온 지 하루밖에 되질 않았으니 관졸들이 곳곳의 길목을 막아섰다고 해도 아직은 이 외진 남쪽 길까지는 끊지 못했으리란 게 여립의 판단인 듯싶었다.

금산사 절집을 지난 뒤부터는 달빛이 길을 비춰 주었다. 모악산 높은 산줄기가 앞을 가로 막았지만 네 사람은 잠시도 걸음을 멈추지 않았다. 앞서 걷는 정여립은 시종 말이 없었다. 옥남이 소피를 본다고 잠시 일행에서 떨어지는 때도 마찬가지였다. 숲으로 들자 희미한 산길마저 눈앞에서 사라졌다.

10월 8일.

동이 트기 무섭게 금부 나졸들이 제비산 별장으로 쳐들어갔지만 여립은커녕 집 지키는 하복 하나 찾질 못했다. 집 주인은 잠깐 측간에라도 간 양 상 위에는 쓰다만 서신이 그대로 놓여 있었다.

　도사 유담이 나졸들을 이끌고 구성산 아랫마을로 달려갔다. 그때까지도 세상모르고 자고 있던 정여립의 동생 여복을 끌어냈으며 그 식솔들을 모조리 포박했다. 바깥채에서 은월과 자던 지함두가 뒤늦게 사태를 눈치 채고 담을 넘어 산으로 달아났지만 뒤쫓아온 나졸한테 붙잡혀 흠씬 몽둥이질을 당하고 끌려 내려왔다.

　동리의 집집을 다 뒤졌지만 여기서도 여립의 종적은 찾지 못했다.

20. 추국(推鞫)

10월 8일.

창덕궁 숙장문(肅章門) 앞. 정여립 역모사건에 관한 첫 번째 친국(親鞫)이 열렸다. 의정부의 삼정승과 금부당상, 대사헌과 대사간이 먼저 국청(鞫廳)에 좌정했다. 승지와 대관(臺官)들도 각각 정해진 자리에 위치했다. 대신들은 정면인 주벽(主壁)에 앉았고 하루 전 의금부를 총괄하는 판의금부사가 된 김귀영(金貴榮)이 동벽에 그리고 의금부의 두 번째 관원인 지의금부사를 겸한 형조판서 윤탁연이 서벽에 앉았다. 실무 관원으로 문사낭청(問事郎廳) 4인, 금부도사 4인이 배치됐다. 도사 중 둘은 별형방(別刑房), 다른 두 사람은 문서색(文書色)이었다. 문사랑과 도사들이 죄인에 대한 신문과 기록의 일을 담당하게 돼 있었다.

좌우 포도대장은 국청 밖에서 대기했다.

차비가 차려지자 인정문을 나온 임금이 단상에 올라 정면 가운데의 옥좌에 좌정했다. 금군들이 국청 안팎을 삼엄하게 둘러쌌다. 위관(委官)으로 뽑힌 판의금부사 김귀영이 국청이 열렸음을 왕에게 아뢰고 형리(刑吏)에게 명하여 나졸로 하여금 죄인들을 국청 마당에 들게 하였다. 단봉문(丹鳳門, 돈화문 옆)을 통해 궁 안에 끌려와 있던 죄인들이 나졸에게 이끌려 차례차례 마당으로 들어왔다. 모두 일곱이었다.

이들은 황해감사 한준이 잡아 보낸 자들로 양인과 천민들뿐 양반은 없었다. 이들 모두 안악 유생 조구의 입에서 거명된 자들로 안악, 선천에서 체포된 뒤 해주감영에 보내져 한두 차례 형신(刑訊)을 당한 바 있었다. 죄인들은 모두 몽두(蒙頭)를 덮어써 얼굴을 가리고 있었지만 다들 남루한 의복에 핏자국이 낭자했으며 몰골이 말이 아니었다. 제대로 걸음을 옮기는 이가 드물었다.

죄인들이 형틀에 묶인 뒤. 문사랑이 그들 하나하나의 성명과 나이를 물어 본인임을 확인하고 머리에 씌운 몽두를 벗겼다. 이날 국청에 든 문사랑에는 예조정랑 이항복이 포함돼 있었다. 임금이 직접 국문(鞫問)에 나서는 친국도 그 지엄함이 크다 뿐 추국(推鞫)의 하나임은 분명했다. 추(推)는 형추(刑推)로서, 즉 형장(刑杖)으로 치는 것을 뜻하며, 국(鞫)은 국문(鞫問)으로 철저하게 심문하는 것을 말한다.

통상 모반, 대역, 사학(邪學), 흉소(凶疏), 괘서, 가칭어사, 능상방화(陵上放火)와 같은 국사범은 그 죄질에 따라 친국(親鞫), 정국(庭鞫)을 국왕이 결정하였다. 문사랑 이항복이 죄인들 각각의 이름과 죄목을 왕에게 아뢴 뒤 심문에 들고자 하였는데 임금이 대뜸 이를 막고 직접 죄인에게 소리쳤다.

"네놈 둘은 수군(水軍)으로서 나라의 역(役)을 감당하던 자들인데 어찌하여 나랏일을 팽개치고 달아나 역적과 한 통속이 되었단 말이냐?"

임금이 황언륜(黃彦倫), 방의신(方義信) 둘을 가리켜 물었다. 둘 다 안악 아사진 도곳의 조창(漕倉)에 딸린 배꾼으로서 포악한 상관의 매질을 견디지 못해 구월산으로 달아났던 자들이었다.

"천한 놈이 죽을죄를 지었습니다."

형틀에 묶인 황언륜이 기어드는 목소리로 간신히 대답했다.

"네놈 둘이 전주로 달려가 역적을 만났다는 것이 사실이냐?"

"예……."

"역적의 심복이 되어 앞장서 한양을 범하려 했던 것도 사실이고?"

"아니옵니다. 결단코 그런 일은 없었습니다. 저희 같은 무지렁이 더러운 종자가 어찌 감히 그런 생각을 꿈엔들 할 수 있겠습니까."

"허면 역적의 집에는 무슨 일로 내왕하였단 말인가?"

"저희도 구월산에 퍼진 파다한 소문만 믿고 전주로 달려갔던 것뿐이옵니다. 전주 남문 밖에 출현한 진인을 모시기만 하면, 두 번 다시 노역에 끌려가지 않아도 되고 매 맞고 굶주리지 않아도 된다는 말만 믿었을 뿐입니다."

"가보니까 정여립이 진인이더란 말인가?"

"예, 천한 배꾼이라고 내치지 아니하고 먹을 것 입을 것을 주는 데다 양반 상놈을 가리지 않고 똑같이 취급해 주니 진실로 그리 믿을 수밖에 없었습니다."

"저놈이 지껄이는 언사를 보게."

임금이 미간을 찌푸리며 혀를 찼다.

"네놈들은 뭘 안다고 반역을 하였느냐?"

안악의 농사꾼이라는 박득순(朴得淳), 전용호(田龍昊) 둘을 가리키며 임금이 물었다. 저희 관아에서 또 얼마나 얻어맞았는지 둘 다 터진 입술에 딱지가 잔뜩 붙어 있었고 목 줄기에는 인두 자국이 그대로 남아 있었다.

"소인은 반역이 뭔지 모릅니다."

전용호가 꺼져가는 목소리로 대답했다.

"그렇다면 네놈은 무슨 일로 여기 끌려왔단 말이냐?"

임금이 더럭 역정을 냈다.

"해주에서 누군가 일러 주었습니다. 소인이 반국을 했다 해서 그런 줄만 알고 있습니다."

"반국이 뭐냐?"

"국에 밥 말아 먹는 것이 반국 아니옵니까?"

"뭐라고?"

임금이 말뜻을 알아차리지 못했다. 추관과 죄인이 주고받는 말을 받아쓰는 이항복도 어떻게 적을 줄을 몰라 붓을 쥔 채 임금을 쳐다보았다.

"저 자가 하는 말은 밥 '반(飯)'자에 국을 말하는 '갱(羹)'자가 아닐까 싶습니다."

영의정 유전이 의견이랍시고 한 마디를 했고 임금이 어이가 없다는 듯 피식 웃음을 흘렸다.

"영상은 귀도 밝으시구려. 반국을 반갱으로 고쳐 들을 줄 아시니……."

차려 놓은 국청의 위엄은 높고 분위기 또한 의당 엄중하였지만 벌여 놓은 죄수들의 몰골이 서리 맞은 호박잎 마냥 볼품이 없고 취초(取招)의 내용도 엉성하기 짝이 없다 보니 국정의 분위기는 금세 시들해졌다.

"먼저, 저놈들 입에서 허튼 소리가 나오지 못하도록 엄히 다스려야 할 것이야."

임금이 자리를 털고 일어나는 바람에 친국은 곧 끝이 났다. 지금도 몸을 가누기 힘든 자들에게 형추(刑推)를 더하란 말은 매를 더 쳐서 목숨을 끊어도 괜찮다는 명이나 다를 바 없었다.

임금이 떠난 뒤, 위관 김귀영은 지엄한 자리에서 죄인들이 헛소리를 늘어놓았다는 죄목으로 각각 서른 대씩 형장을 치도록 명하였다. 너비 9푼, 두께 4푼의 곤장이면 제 아무리 튼실한 장정이라고 해도 쉰 대를 넘지 않아 까무러치게 돼 있었다.

결국 이 매질에 안악 농사꾼 박득순과 선천의 바늘장사꾼 김언돌이 목숨을 놓았다. 두 시신이 거적때기에 둘둘 말린 채 끌려 나가는 걸 보고도 대신들은 딱한 눈길 한 번 주지 않았다.

추국이 끝난 뒤에도 위관 및 형방승지와 문사랑들은 국청에 남아 죄인에 관한 문서들을 모두 정서해야 했다. 추국의 진행 내용을 빠짐없이 기록한 추안(推案)의 작성이 완료되면 이를 위관 앞에서 추안궤(推案櫃)에 넣어 봉인하고 승전색으로 하여금 왕에게 입계(入啓) 해야 일이 끝났다. 우의정 정언신이, 김귀영과 함께 가겠다고 국청에 남은 이산해의 팔을 끌었다.

"좌상, 좌상도 황해도에서 끌려온 궁민(窮民)들을 봤지요? 저 자들이 역당(逆黨)이라니 말이 됩니까? 밀계(密啓)부터 보내놓고 뒤늦게 증거라면서 저 무지한 자들을 붙잡아 보낸 황해감사며 안악, 신천 군수들의 소행을 어찌 봐야 할까요?"

"말씀을 낮추세요. 누가 들으면 어쩌려고……?"

이산해가 주위를 살폈다.

"듣긴 누가 듣는다고요. 잘못돼 가는 일은 우리 정승들이 나서서 바로 잡아야 되지 않겠습니까? 좌상도 아시잖아요. 고변은 있지만 사실의 형체가 없어요. 황해감사든 재령군수든 모두 누구한테 이런 얘길 들었다는 말만 했지 명확한 내용이 없다고요. 이렇듯 소문만 갖고 나라가 흔들려서야 되겠습니까? 차라리 근거 없는 말을 한 자 몇 명만 골라 목을 벤다면 뜬소문이 가라앉을 것입니다."

"우상의 말씀에도 일리는 있어요."

이산해가 가볍게 고개를 끄덕였다. 정언신은 이산해보다 열두 살이 위였지만 과거 급제가 늦었던 만큼 환로에 나선 후에도 늘 이산해를 뒤좇을 수밖에 없었다.

사실 이산해가 보기에도 황해도에서 올라온 장계에는 미심쩍은 점이 적지 않았다. 정여립이 군사를 일으켜 도성을 범한다는 말은 있는데 그 군사가 어디에 얼마가 있다는 지적이 없었다. 또 군병을 일으킨다는 역적이 왕명을 사칭하여 대장 신립과 병조판서를 처치한다는 것도 말이 되질 않았다. 게다가 대간에게 부탁하여 지방관들을 파면한다는 것도 우스운 얘기다. 나아가 진실로 반역을 꾀한다면, 이씨왕조를 뒤엎고 새 왕조를 열겠다든가 하다못해 금상을 퇴위시키고 다른 누군가를 옹립하겠다는 뜻을 분명히 하게 마련인데 이 고변서에는 그런 말들이 다 빠져 있었다. 또 전주와 그 인근 지역이 역적의 본거지라면 계장(啓狀)도 응당 전라도에서 올라와야 마땅했다. 그런데 어찌해서 밀계는 역적의 소굴과 천 리 밖에 떨어져 있는 황해도에서 왔단 말인가. 그렇다면 안악, 신천, 재령의 관장들이 알아낸 일을 전주부윤이며 김제군수, 금구현감은 도통 모르고 있었단 말인가.

이산해도 정여립이란 인물을 어느 정도 알고 있었다. 노수신이 임금의 명을 받아 유망한 인사들을 추천할 때 그의 이름이 거론된 것에서부터 또 수찬에 제수되어 경연에 들었던 그가 율곡을 배반했다는 이유로 임금의 눈 밖에 나서 쫓겨난 일까지 다 기억할 수 있었다. 3년 전 정여립이 김제군수로 의망될 때는 이산해 자신이 이조판서로 있으면서 적합하다고 직접 서명을 한 일도 있었다. 꽤 격한 감정을 지녔고 쉬 그것을 다스리지 못한다는 인상은 가졌지만 목숨을 걸고 반역을 꾀할 만큼 흉포·담대하다고는 여기질 않았다. 하고자 하는 벼슬을 얻지 못해 그럴 수 있다고도 할 수 있지만 아직도 조정에서는 동인들이 득세를 하는 만큼 때를 기다리면 기회가 온다는 것을 여립이 모를 리 없었다.

이렇듯 고변 자체에 의심스러운 점이 많다 해도 이를 드러내 말하고 따질 처지는 아니었다. 사안이 역변이기 때문이었다. 자칫 잘못하면 손톱만한 일로도 헤어나지 못할 수렁에 빠질 수 있었다. 고변의 배경에 어떤 흉계가 끼어 있다면 더더욱 조심을 해야 마땅했다.

"좌상, 저 무지렁이 궁민들을 잡아 올린 황해감사부터 문초를 하면 어떨까요?"

이산해의 동조에 힘을 얻은 정언신이 말했다. 이산해가 크게 고개를 저었다.

"안 될 말이오. 주상의 진노가 저러한데 그런 청이 먹히기나 하겠소. 나도 마찬가지지만 우상도 각별 조심하는 일밖에 없을 듯싶소."

"무슨 말씀인지 알지만 가만있다간 쥐도 새도 모르게 당할 수 있으니 하는 소리라오. 이 일에도 송강과 우계의 그림자가 어른거리는 것 같아서 영……."

"황해도라서요? 그렇더라도 역변까지……그만둡시다."

"경함(이발)이 올라왔다던데?"

자리를 피하려는 이산해를 다시 붙잡았다. 정언신이 정여립과 9촌 족인으로 엮여 있다면 이산해는 이발 형제와 혼척으로 묶여 있었다. 이길의 딸이 김응남의 며느리이며 김응남은 이산해의 매제다. 다시 주위를 살핀 이산해가 낮은 음성으로 말했다.

"그렇잖아도 서울로 올라오던 길이었답니다. 삼례에서 남계(이길)의 급보를 받았다고 하더군요. 밤낮을 달려왔다지만 그가 할 일이 뭐 있겠소? 내가 남계한테 일렀어요. 경솔하게 움직이지 말고 기다려보자고요."

정여립이 역적으로 낙인찍히면 이발 또한 온전치 못할 것임은 이산해도 잘 알고 있었다. 온 나라가 임금 한 사람의 것이요, 만백성의 목숨을 임금 혼자서 쥐고 있는데 정승 판서가 무슨 소용 있으랴. 역란의 고변 앞에서는 정승 판서도 제 목숨 하나 보존하기 위해 몸을 움츠릴 수밖에 없었다.

"세상이 어찌 될지……."

등을 돌리고 가는 이산해를 보며 정언신이 고개를 숙였다. 야인들이 북변의 군진들을 쳐들어오던 때였다. 정언신이 도순찰사의 직책으로 여러 날에 걸쳐 함경도의 군영들을 살피고 감영으로 돌아왔을 때였다. 관찰사라고 하는 정철이 술에 취한 채 기생을 끼고 태평세월을 노래하고 있었다. 그 꼴을 보니 저도 모르게 화가 치밀었다. 언성을 높여 그를 꾸짖고 나무랐지만 정철은 뭔 일로 그러냐며 되레 히죽히죽 웃기만 하였다. 서울로 올라와서 임금에게 그 사실을 알리고 체직을 청했지만 임금도, 병조판서 율곡도 그를 감싸기만 할 뿐 벌하고 책망하질 않았다. 정언신이 정철과 사이가 크게 벌어진 게 그때부터였다.

고양 땅에 물러나 있으면서도 궐 안팎의 정사에 참견하기를 마다 않는 정철이 이번 일을 당해서는 어떻게 팔을 걷고 나설지 생각만 하여도 두렵고 혼란스러웠다. 불안한 징조는 벌써 다른 데서 나타났다. 추국이 열리면 응당 판의금부사를 겸한 우의정이 위관이 되는 것이 관례다. 그런데 국청이 열리기 하루 전, 갑자기 임금은 김귀영을 판의금부사로 명해 의금부를 장악하게 하고 위관까지 맡겼다. 우의정을 믿지 못한다는 뜻이 아니면 이런 일이 있을 수 없었다. 정언신은 홀로 절도(絶島)에 서 있는 기분을 갖지 않을 수 없었다.

"대감, 날이 찹니다. 안으로 드시지요."

돌아보니 의정부 검상 홍적이었다. 국청에 참석하지는 못하지만 삼정승을 도우면서 의정부의 실무를 맡는 직책이 검상이니 마땅히 밖에서라도 대기하고 있어야 할 홍적이었다.

"자네도 있었군."

사례를 하고 정언신이 그와 함께 숙장문을 넘어섰다.

해가 진 뒤, 경복궁 서쪽 순화방(順化坊)에 있는 백진민의 집 사랑에 다섯 젊은이가 모여 앉았다. 수년 전부터 접(接, 동아리)을 꾸려 함께 과거공부를 하던 이들이었다. 시국이 어수선할 때면 같이 운종가에 몰려가서 등등곡을 부르고 춤을 추기도 했다. 비슷한 연배에다 모두 동인 집안의 자제들이었기에 의기투합도 잘 되었다. 그 사이 김성립, 정협은 대과에 급제하여 벼슬길에 나섰지만 백진민, 정효성, 이경전은 여태 성균관을 벗어나지 못하고 있었다.

전주로 금부도사가 달려가고, 대궐에서 친국이 벌어지는 급박한 때에 동인의 젊은 벼슬아치와 유생들이 이목을 피해 회합을 가진 데는 까닭이 있었다. 접반(接伴)으로서 딱한 처지에 처한 백진민과 정협을 도울 방도를 찾기 위해서였다. 앞장서 모임을 주선한 이는 김성립이었다. 접반은 아니지만 동반이라 여기고 이덕형, 정경세한테도 사람을 보냈지만 참석치 못한다는 답을 받았다.

백진민은 정여립과 사돈을 맺고 있는 백유양의 아들이다. 올해 스물여덟. 을유년(1585년) 식년시에 생원 2등으로 급제하고 아직 성균관에 머물고 있었다. 여립이 역적으로 지목된 이상 그 아버지 백유양에게도 불똥이 튕길 것은 명약관화한 일이었다.

정협은 우의정 정언신의 아들이다. 진민, 성립보다 한 살 많은 스물아홉 나이다. 백진민과 같은 해 진사시에 장원급제하고 지난해 치른 식년문과에 을과로 급제했다. 현재 정9품 홍문관 정자로 있다. 먼 촌수라해도 정여립과 동족이고 친분이 있으니 정언신, 언지 형제도 안전을 장담할 수 없었다.

"누가 뭐래도 황해도에서 온 밀계는 서인들의 음모에서 비롯된 것이 분명해. 거기 관장들의 면면을 봐. 모두 율곡, 우계의 사람들이야. 뒤에 누가 있냐고? 뻔해. 송익필, 한필 형제, 그리고 송강이야. 우계도 다 알고 있을 걸……. 답답해. 내가 벌써 이 이야길 웃어른들한테 여러 번 했어. 그런데 송익필을 그냥 뒀어. 그래서 이 지경까지 됐어."

김성립이 얼굴을 붉히며 말했다.

"그런데도 우상(정언신) 대감이며 참지(병조참지 백유양) 어른이 아무 낌새를 못 챘단 말인가?"

정효성이 물었다. 그는 올 봄에 있은 진사시에 합격하고 현재 성균관에서 수학하고 있었다.

"아냐, 말씀은 하셨지. 안 씨들한테 추쇄를 당하지 않으려고 도망을 다니지만 송익필이 가만있지만은 않을 거라고……조헌의 상소 같은

걸 보면 뒤에 그가 있다는 걸 누구나 느꼈잖아. 허지만 이런 음모까지
는 상상을 못 했지.”

“응 생각할 수 없는 일이었어. 정 수찬을 엮을 줄은……. 기막힌 일
이야.”

백진민의 말에 정협이 동조했다.

“놀라워. 동인을 일망타진히려면 역적을 만들이낼 수밖에 없다! 송
익필이 아니고서 누가 그런 꾀를 내겠어? 누군가 진즉 그랬다지. 살아
있는 제갈공명을 보려거든 송익필을 보라고.”

가장 연하인 이경전이 혼자 말하고 혼자 감탄하다가 주위의 눈총을 받
았다. 제 아비 이산해는 절대 위험하지 않다는 자신이 있는 모양이었다.

“송강, 우계 거기다 김장생이 송익필을 숨기고 돕는다는 건 세상이
다 알았잖아. 무조건 거기를 덮쳐야 했는데, 어른들이 너무 소홀했어.
허나 지금 후회하고 원망하면 뭘 하나. 물대접이 엎어졌는데…….”

정효성이 한탄을 했다. 백진민이 좌중을 둘러보며 말했다.

“없는 것을 있다 하고 아니한 것을 했다 하면 이게 바로 무고 아닌
가. 사실 나도 정 수찬을 몇 번 봐서 그를 안다네. 율곡을 배척했다가
구설에 오르고 욕도 많이 먹었지만 결코 역심을 품을 분이 아니야. 금
부도사가 갔으니 머잖아 그분이 잡혀 오면 명명백백 모든 게 밝혀지리
라 믿어. 사리가 밝고 언변이 좋은 분이니 덮어 쓴 죄도 당신이 벗을 수
있을 거야. 그러면 송익필이건 누구건 되레 반좌율에 걸려 들 걸세.”

정협도 비슷한 말을 했다.

“나도 정 수찬을 알아. 급한 성격이지만 뒤가 없는 분이야. 나름의
식견도 있지. 애당초 율곡에게 배움을 청할 분도 아니야. 동암(이발)처

럼 남명(조식)에 가깝지. 그래서 구름 잡는 학문보다는 백성을 구하고 나라를 바로 세우는 데 뜻이 있었을 뿐이야. 그렇게 경(敬)을 좇는 분이 역적이라니! 이건 크게 잘못된 거야. 그분이 잡혀오면 모든 게 밝혀질 걸세. 나는 크게 걱정은 않는다네."

"나도 그렇게 되길 바라네."

김성립이 말을 받았다.

"허나. 일이 잘못될 경우도 생각해야 되지 않겠는가. 내가 송익필과 송강의 음모라고 말했지? 그들이 일을 꾸미면서 허투루 할 턱이 있는 가. 우리가 모르고 어른들이 모르는 얼개를 만들어 놓았을 거야. 그래서 두렵다는 게지. 일이 종잡을 수 없을 만큼 커지기 전에 우리라도 나서서 공세를 취해야 저들이 본색을 드러내고 또 어른들도 뒤를 받쳐줄 것이라고 믿네."

성립의 말에 정효성이 동조를 했다.

"여견(김성립)의 말이 맞아. 아직 우리는 저들의 속을 몰라. 정 수찬 혼자서 감당 못 할 뭐를 챙겨 놓았을 수도 있어. 정 수찬이 잡혀 오기 전이라도 우리가 선공을 취할 필요가 있지. 우리가 할 수 있는 게 뭔가? 여견이 말했듯이 유소(儒疏)밖에 없어. 9품 관원들보다야 성균관 유생들의 힘이 크지."

"그래, 오늘 여기서는 유소에 관한 논의만 하세."

이경전도 찬동했다.

성균관 유생들도 조정의 동향에는 언제든 민감한 반향을 보였다. 정사에 문제가 있을 때면 그들 또한 유소를 올려 과감하게 자신들의 의견을 피력하는 것도 그 때문이었다. 이들이 연명으로 작성한 유소는 조정에서도 공론(公論)으로 취급되어 적잖은 영향을 미치는 것이 상례였다. 조정이 동서로 나뉜 뒤부터는 성균관 유생들마저 두 파로 나뉘어 서로 다투기를 서슴지 않았는데 백진민과 정효성은 동인 유생들 중에서도 영향력이 컸다.

소(疏)의 내용을 어떻게 할 것인가를 정하기 전에, 연명할 소의 소두(疏頭)를 누구로 할 것인가를 먼저 논의했으며 죽비(竹扉) 유영근(柳影謹)으로 하자는 데 쉽게 의견을 모았다. 유영근은 이 자리의 접반들보다 열 살 넘게 나이가 많았다. 7년 전 생원시에 합격하고 아직까지 태학생에 머물러 있었다. 가납되지는 않았지만 지난 8월 유생들이 김굉필, 정여창, 조광조, 이언적, 이황 등의 선유(先儒)를 오현(五賢)으로 삼아 문묘에 배향하자는 연명소를 올릴 때도 소두가 됐던 인물이었다.

"무엇보다도 황해감사의 장계 가운데는 앞뒤가 맞지 않는 대목이 많다는 점을 지적해야 할 걸세."

소를 어떻게 쓸 것인가에 대해 김성립이 얘기하고 있던 때였다. 급한 일이 있어서 오지 못한다고 했던 이덕형이 방문을 열어젖혔다.

"자네들, 여기서 이러고 있을 때가 아니네!"

안으로 들지 않고 그가 말했다. 조금 전, 전주에서 의금부도사 유담의 서장이 올라와 입계하였고, 임금이 형조, 병조판서와 의금부 당상 및 포도대장을 불러들였다는 그의 말이었다.

"정 수찬이 달아났다네!"

그의 한 마디에 좌중은 얼어붙은 듯 조용해지고 말았다. 특히 백진민, 정협 둘은 금세 사색이 돼버렸다. 이덕형이 궐에서 있었던 일을 더 일러 주었지만 그들에게는 그 말이 귀에 들어오지 않았다. 달아난 정여립을 사로잡을 계책을 의논하는 자리에서 임금은 역적의 동향을 미리 감지하지 못한 전주부윤 정사위를 파면하고 새로 윤자신(尹自新)을 임명했으며 나정언(羅廷彦)을 판관으로 명했다고 하였다. 왕은 또 이들로 하여금 서경(署經, 사헌부에 의한 적부심사)을 생략한 채 내일 아침 군관들을 이끌고 전주로 떠나게 하였다는 소식도 전했다.

윤자신? 김성립이 기억을 더듬었다. 이조좌랑이던 아버지 김첨이 극력으로 그의 승진을 막고 나섰던 일이 있었다. 임금이 그를 호조참의로 올릴 때였다. 윤자신의 척박한 기국으로는 큰 임무를 감당할 수 없다는 이유에서였다. 순서를 뛰어넘는 승진도 공론을 격발시킨다고 아뢰었지만 왕이 귀담아 듣지 않았다. 이 시기 이산해가 대사헌에, 김우굉이 대사간, 이번에 쫓겨난 정사위가 홍문관 수찬이 되었다.

제 할 말을 다 한 이덕형이 손짓으로 처남인 이경전을 불렀다. 함께 집으로 돌아가자는 뜻이었는데 경전이 주저 않고 자리에서 일어났다.

"정 수찬이 달아나다니, 도무지 이해가 되질 않아. 달아나면 그대로 역적이 되고 만다는 사실을 모를 리 없지 않은가. 진정 죄가 없다면 죽는 한이 있더라고 국청에서 변명을 해야 되는 것 아닌가?"

종들을 앞세우고 골목길을 빠져나올 때였다. 정효성의 말에 김성립도 똑같은 생각을 하고 있었다.

"그러게 말일세. 나도 납득이 안 돼. 그가 달아난다는 것은 곧 제 죄를 인정한다는 꼴이지. 송익필, 정철이 바라는 바가 이것 아니던가? 아무튼 무고한 사람 여럿이 목숨을 놓게 돼 버렸어."

"우리 함께 서애(유성룡) 대감을 만나볼까?"

정효성이 걸음을 멈추며 물었다.

"뭘 하려고?"

"유소도 올리지 못하는 마당에 남은 거라곤 서애 대감밖에 없지 않은가. 주상 앞에서 이건 서인들의 음모이니 통촉해 달라고 아뢸 분이라곤……."

"허. 서애 대감이 그런다고?"

쿡쿡, 성립이 웃었다.

"그렇지 않고. 정신이 혼미한 영상(유전)이며 눈치 빠른 좌상(이산해)은 죽은 듯 가만있을 테고 우상(정언신)은 제 발등에 떨어진 불 때문에 정신이 없고……서애 대감뿐이지."

"자네는 아직 대감을 잘 몰라. 그런 말 말게."

"왜?"

"나도 서애 대감을 아버지처럼 모시지만 대감의 속은 온전히 우리와 다르다네. 한 마디만 할까? 대감한테는 임금이 첫째요, 퇴계가 두 번째고, 마지막이 당신의 일신이지. 하여 무엇보다 임금이 역정을 내거나 노여워하지 않게 하는 게 가장 중요하고, 둘째는 세상에 무슨 일이 벌어지든 퇴계와 그 문도들이 안전하면 돼. 셋째로 당신의 일신에 해가 없으면 다 괜찮다네. 알아듣겠는가?"

"자네가 이런 말을……? 그래서 서애 대감이 이 일엔 관여치 않는단 말인가?"

"나도 자네한테만 하는 말이라네. 정여립이 역적으로 몰려 죽고 그로 인해 이발, 백유양, 김우옹이 다친다 하더라도 우리 대감은 크게 개의치 않을 걸세. 역적이든 아니든 임금의 심기를 건드렸으면 마땅히 벌을 받아야 한다고 여기실지도 몰라. 그리고 그동안 우리 대감이 얼마나 집안 단속을 잘해 왔는지 아는가? 내가 봐도 정여립 쪽에는 퇴계의 문도가 한 사람도 끼어 있질 않아. 그러니 대감 당신의 안위를 걱정할 일도 없지. 그런 판에 뭐 잘 났다고 굳이 어탑에 나서서 임금의 화를 돋우시겠는가?"

"자네 말대로 서인이 동인을 몰아 죽이는 형국인데도?"

"대감은 나처럼 좁게 세상을 보지 않으셔. 동인이 다 같은 동인이던가? 명목만 같은 동인이지 나주(이발)와 안동(유성룡)이 얼마나 먼가? 정인홍 같은 남명 사람들과 한 지붕을 쓰느니 차라리 송강이 낫다는 게 우리 대감의 생각일지도 몰라."

"서애 대감이 그런 생각을?"

"내 생각이 그렇다네."

계미년(1583년), 어머니의 상을 당해 촌에 내려간 이후 아직도 벼슬길에 나서지 않은 정인홍이지만 기회 있을 때마다 그가 퇴계를 비방하고 다닌다는 소문은 영남 유림에서도 익히 듣고 있었다. 살아생전 퇴계가 남명 조식을 비판한 것이 그 문도들에게는 지울 수 없는 한이 돼 있었다. 생전의 퇴계가 남명에 대해 "남을 깔보고 세상을 가볍게 여긴다."고 했는가 하면 또 "뜻이 지나치게 높은 선비여서 중도를 맞추기가 어렵다."고 한 바가 있었다. 나아가 그는 "노자, 장자를 빌미로 하여 성운(成運)을 맑은 은사로 지목했다."고 비난하면서 남명이 "일개 자잘한 절개에 매여 있는 사람임을 알았다."고 단정하여 그 문인들로부터 큰 노여움을 샀다. 이에 대해 정인홍 또한 제 스승을 변명하면서 퇴계를 나무라길 서슴지 않았다. 하여 그는 문정왕후가 수렴청정을 하던 시기에 퇴계가 높은 벼슬을 한 것이 옳은 처사였던가를 따지는가 하면 만년에 임금이 여러 차례 불러도 오지 않을 일을 지적하면서 "이 또한 세상을 가볍게 보는 일이 아닌가." 하고 되물었다. 그가 흔히 한다는 말, "지금 사람들은 성현의 밝은 교훈은 믿지 않고 퇴계의 한 마디 말을 믿어서 그의 흠을 가린 채 완전한 구슬이라고 우겨대는 풍조가 만연하고 있다. 백세 뒤에 누가 이황의 흠을 알고 조식, 성운이 노장의 무리가 아님을 알겠는가."라는 말은 특히 퇴계의 문인들을 크게 자극했다. 유성룡부터 '상종 못할 자'로 정인홍을 지목하던 일은 김성립이 똑똑히 기억하고 있었다.

정효성이 고개를 떨구며 말했다.

"자네 말을 들으니 앞이 더 캄캄하군."

영추문이 바라보이는 데서 두 사람이 가는 방향을 달리 했다. 급박하게 돌아가는 정국 때문일까. 궁궐 문을 지키는 금군들 숫자가 여느 때보다 많았고 주위에도 삼엄한 기류가 흘렀다.

10월 9일.

인시(새벽 3시 반에서 4시 반 사이) 무렵, 치마산(馳馬山) 아래의 방길(方吉) 산간마을에 닿았다. 한 걸음 앞이 보이지 않을 정도로 사위는 짙은 어둠에 덮여 있었다. 먼 데서도 불빛 하나 비치는 곳이 없었다. 앞이 보이지 않았지만 정여립은 뚜벅뚜벅 잘도 산길을 잡아나갔다. 앞쪽 캄캄한 산 아래에 마을이 있다는 것도 여립이 일러줘서 알았다.

주먹밥 하나씩을 먹었지만 턱없이 부족한 양이었다. 허기진 배를 안고 그 높은 재를 타넘었다. 어둠 속에 길을 더듬어 재를 넘느라고 새터[新基]촌에서 방길까지 오는데 두 시진이 더 걸렸다. 자시(子時) 이전엔 달빛이라도 있었기에 전날 모악산을 타넘는 일도 이처럼 힘들지 않았다. 모악산 너머의 첫 번째 산마을 신암에 이른 것이 어림짐작 간시(艮時) 무렵이었다. 서너 채 화전민의 풀집이 있는 마을을 벗어나 미치(美峙)를 넘었다. 장파촌을 지나 계곡(桂谷) 마을에 이르기 전, 무슨 마음에서인지 정여립은 오른편 산골로 방향을 틀었다. 다시금 깊은 산속에 든다 싶었는데 멀리 호롱불빛이 보였다. 안덕골이었다. 막무가내로 여립이 불 켜진 집의 사립문을 젖히고 들어가 주인을 불렀고 놀라서 뛰어나온 이가 숯쟁이 이언동(李彦同)이었다. 대동계 계원으로 계회가 있는 날이면 더러 숯을 지고 산을 넘어오곤 했다.

그를 통해 이미 전주 포졸들이 대덕으로 가는 길목을 다 끊었다는 소식을 들었다. 그 포졸들이 잡으려 하는 이가 바로 정여립임은 이언동도 몰랐다. 그나저나 허기진 배를 채우고 고단한 발을 쉬게 해야 했기에 일행은 그 집에서 밥을 먹고 잠을 잤다.

해가 진 뒤 일행은 안덕골을 빠져나왔다. 고맙게도 이언동이 보리밥 덩이를 보자기에 싸서 쥐어 주었다. 대덕으로 돌아가는 좋은 길을 버리고 마주보이는 검산 줄기를 타넘었다. 산을 내려와 냇물을 건너면 새터마을이었다.

"정각만 날 따라오고 나머진 여기서 꼼짝 않고 기다린다."

밤길에도 아는 이가 있는데 앞서 가서 동향을 살펴보아야 한다는 정여립의 말이었다. 두 소년을 변범에게 맡기고 정각이 여립의 뒤를 따랐다. 어디가 밭이고 어디가 도랑인지 구분할 수 없었다. 돌밭 언덕바지를 한참 걸은 뒤에야 조가비만한 초가 한 채를 찾았다. 담도 문짝도 없는 집이었다. 마당 가운데 선 여립이 두세 번 크게 기침을 했다.

뒤늦게 방안 호롱불이 켜지고 한 사내가 방문을 열고 나왔다. 그가 불빛에 비친 여립을 보곤 크게 놀라워했다.

"월암 나으리 아니십니까!? 이 밤중에 어인 일로 예까지 오셨는지요?"

그가 땅바닥에 털썩 주저앉으며 절을 했다.

조당손(趙堂孫). 산짐승을 잡고 약초를 캐서 먹고사는 이였다. 정이 먹을 것이 없으면 90리 길을 걸어 월암의 정여립 본가에 와서 일손을 거들곤 곡식을 얻어가기도 했다. 여립 또한 드물게 이 길을 걸을 때면 어기지 않고 그를 찾아보곤 했단다. 그가 서둘러 잠든 어린아이 셋을 안방으로 모으고 옆방을 비워주었다. 또 낮 동안 신세질 거처를 얻은 셈이었다.

어제 관촌을 다녀왔다는 그가 전하는 바깥소식도 안덕골 이언동이 했던 거와 크게 다르지 않았다. 이곳 방길로 들어오는 길목인 외량 삼거리는 말할 것 없고 수천(水川) 큰 마을과 밤재, 오궁리, 슬치 등 곳곳에 관졸들이 지키고 있으면서 지나가는 사람을 검문하고 조금이라도 수상하면 가차 없이 관아로 끌어간다고 했다. 관졸들의 손이 미치지 못하는 곳은 향소(鄕所)의 풍헌(風憲)이나 약정(約正)들이 마을 사람들을 동원해 지키기도 한다고 했다. 어제도 자기가 집을 비운 사이 포졸들이 마을에 와서 산간 외딴집이며 뒷산 암자까지 뒤지고 갔다고 했다.

죽도로 가는 일조차 용이치 않음을 알고서도 여립은 별다른 반응을 보이지 않았다. 아침을 먹은 뒤에는 전에 없이 술을 찾았으며, 마침 제사 때 쓰려고 빚어놓은 것이 있다며 조당손이 호리병 하나를 들고 왔다.

다행히 당손의 집은 높은 지대에 외따로 있어서 툇마루에 서기만 해도 아랫마을로 통하는 산길이 훤히 내려다 보였다. 정각은 옥남과 춘룡 두 소년과 함께 교대로 망을 보기로 했다. 짊어지고 온 무명 중에서 반 필을 당손의 아낙에게 전했기에 하루 이틀 이 집에서 신세를 진다고 해도 눈총은 받지 않을 것 같았다.

잠깐이라도 눈을 붙이고 싶지만 여립이 그럴 틈을 주지 않았다. 술은 마시지 않더라도 앞에 앉아 있으라고 했다. 제법 취기를 가진 여립이 혼잣말처럼 중얼거렸다.

"언젠가 우리 정각도 말했지? 의연 화상이며 지 도사처럼⋯⋯뭘 그렇게 꾸물대느냐고, 이것저것 따지고 셈할 필요가 없다, 대동계 장졸들을 이끌고 우선 전주성부터 쳐들어가는 거다, 그러면 인근 고을의 백성들이 다 일어나고 다른 도에서도 군병들이 달려올 것이다⋯⋯그 말을 듣지 않아서 이 꼴이 됐다? 날 원망도 하겠지. 난들 생각이 없었을까? 나는 무슨 생각을 하고 있었는지 아는가?"

정각이 잠자코 그를 지켜보았다.

"내가 이 말을 하면 믿겠는가? 때를 기다렸다고⋯⋯. 만사는 때가 있는 법이야. 그런데 아직은 아니거든. 언제냐고? 왜적이 쳐들어오는 그때야. 풍신수길이 일본 천하를 한 손에 넣었는데 우리 조선을 가만 두고 보겠는가? 천만에, 전쟁으로 천하를 얻은 놈은 죽을 때까지 전쟁을 안 하고 못 배겨. 그동안 자기를 도왔던 장수들, 적으로 싸웠던 무사들이 시퍼렇게 살아있는데 잠을 잔다고 해서 잠이 오겠는가? 먼저 그놈의 장수, 무사들을 다 없애기 위해서도 전쟁을 일으킬 수밖에 없는게야. 전쟁을 하려면 상대가 있어야 되지? 일본의 상대라곤 조선밖에 더 있는가? 그래서 왜적이 꼭 쳐들어온다고 내가 누누이 말했던 게야.

그게 언제? 내년 아니면 후년이겠지. 바로 그때야……왜적이 쳐들어오면 한양이 한 달을 버틸까 두 달을 버틸까? 준비해 놓은 군사가 없고 신하들은 밤낮없이 저희끼리 쌈질만 하는 처지인데 어찌 적을 맞서 싸울 수 있을까. 도성이 무너지고 임금이 달아나는 일은 불을 보듯이 뻔한 일이지. 도성이 적에게 떨어졌을 때 그때 내가 일어나려 마음을 먹었던 게야. 정병 5천만 거느린다면 왜적을 무찌르는 일인들 뭣이 어려울까. 임금은 달아나 없고 백성들 스스로 군사가 되어 적과 싸운다는데 천하의 뜻있는 자들이 가만있겠는가. 그렇게 백성들이 적들을 내몰고 왕성을 차지하고 나면 달아난 임금인들 어찌 다시 얼굴을 내밀 수 있겠는가. 그렇게 순리를 좇아 백성들에 의한 새 왕조를 세워 보겠다는 내 원망이 그렇게 헛된 것일까? 헌데 이게 뭔가. 마땅한 때를 기다린 내가 잘못이란 말인가, 하늘이 내 뜻을 내쳤단 말인가?”

아닙니다. 당초부터 어른한테는 때도 기회도 없었고 하늘조차 비껴 있었지요. 있은 거라곤 내 아버지의 크고 질긴 투망뿐이었지요……. 한탄하는 그를 보며 정각이 속으로 뇌까렸다.

“수찬 어른, 아직 끝난 것은 아닙니다.”

정각이 마음을 다잡았다. 정여립이 정작 그런 뜻을 지니고 있었다면 아직 끝은 아닌 듯싶었다. 술잔을 쥔 채 여립이 물끄러미 정각을 건너보았다. 정각이 그를 마주 보았다.

“소승의 좁은 소견입니다만 두 가지 방도가 있는 듯싶습니다. 하나는 이 길로 지리산, 덕유산 같은 깊은 산속에 들어가시는 것입니다. 거기서 당장의 위해(危害)를 피하면서 훗날을 도모하시는 것입니다. 지금 몇몇이 다친다 해도 대동계는 살아 있습니다. 때를 봐서 조정의 요로와도 손을 잡을 수 있을 것입니다. 그래서 방금 말씀하신 것처럼 왜적이 쳐들어오는 때를 기다려 군병을 일으키고 시기를 맞춰 경성으로 치고 올라가시는 것입니다. 둘째는 지금이라도 전주로 돌아가시어 날 잡아가라 하시는 것입니다. 그리고 임금 앞에서 다 말씀하셔야 합니다. 나는 역적이 아니라고 하나하나 증명해 보이셔야 합니다. 수찬 어른이 떳떳하시면 누가 어떻게 엮었든 그 그물을 벗어날 길이 없겠습니까? 조정은 아직 동인 세상입니다. 그들이 손 놓고 앉아만 있겠습니까? 가장 안 좋은 길이 지금처럼 아무런 대책도 없이 죽도로 가시는 것입니다. 이미 험한 산길마저 다 끊어졌는데 관군들이 죽도를 그냥 뒀겠습니까? 어제 오늘 벌써 서실을 불태우고 사람들을 다 잡아갔을 것입니다. 굳이 그곳에 가서 무엇을 하실 요량이십니까? 어른께서 이렇듯 몸을 숨기시기만 하면 어른은 역적이 아니면서도 절로 역적이 되고 어른을 돕고자 했던 조정의 신료들도 위태로울 수밖에 없을 것입니다.”

“자네 말이 맞아.”

시선을 거두며 여립이 한숨처럼 말을 뱉었다.

“죽도는 가셔야 됩니다.”

곁에 있던 변범이 나섰다.

“정각의 말처럼 이미 죽도서실은 없어졌을지도 모릅니다. 그러나 천방산(천반산)이 있고 주줄산(운장산)은 그대로입니다. 그 산들은 정각이 말한 지리산 덕유산에 못잖게 험하고 깊습니다. 어른을 모시고 따르던 이들이 모두 그 가까운 거리에 있습니다. 때를 기다려도 거기서 기다려야 마땅합니다. 스스로 관아에 가신다는 것은 더욱 말이 되지 않습니다. 산골 포졸들까지 이참에 공을 세우겠다고 저마다 눈이 벌겋게 돼 있는데……어떤 모진 형문(刑問)이 가해질지 모르지요. 살아서 서울까지 간다는 보장조차 없습니다. 조정 신료가 돕는다고요? 모두 저한 몸 살겠다고 없는 죄까지 만들어 덮어씌울 것이 뻔합니다. 남의 산에서 나뭇가지 하나 꺾었다고 도둑으로 몰아 때려죽이는 세상에 역적으로 잡혀온 자를 어느 누가 도와주겠습니까? 그런 개죽음을 당하셔서는 안 됩니다. 무슨 일이 있든 죽도까지는 가셔야 됩니다."

"그대의 말도 맞아."

정여립이 또 고개를 끄덕였다. 다시 사발의 술을 비운 여립이 낮은 소리로 말했다.

"잿더미가 돼 있다 해도 죽도는 가볼 것이네. 그리고 진안현감 민인백 그 자한테 내 몸을 맡기겠네. 나랑 두 차례 술자리도 같이 한 위인인데 함부로 때려죽이진 않겠지. 허허."

지친다는 듯 여립이 포개져 있는 이불더미에 등을 기댔다.

햇살이 기울었다.

여립의 옆에서 눈을 붙였던 변범이 방에서 나오며 정각에게 손짓을 했다. 따라오라는 시늉이었다. 긴히 할 말이 있다는 듯 그가 빈 밭을 가로질러 먼저 솔숲으로 들었다. 여립은 아직 곤히 자고 있다고 그가 말했다. 마른 풀을 깔고 앉았다. 보자기만한 초가지붕이 빤히 내려다보이는 곳이었다.

"정각, 난 자네가 누군지를 알아."

대뜸 그가 말했다.

"네? 무슨 말씀이세요?"

불에 덴 듯 정각이 놀랐다. 한 순간 심장이 멎는 느낌이었다. 변범이 재미있다는 듯이 피식 웃음을 흘렸다.

"놀라는 척은……혼자 금구에 남아도 되고 선석달이처럼 도망질을 해도 되는데 여긴 뭐 하러 따라왔어? 뭐 빨 게 있다고 뒈질 고생을 하며 저 양반을 쫓아왔냐 말일세. 금부 나졸한테 붙잡혀도 금세 풀려날 귀하신 몸인데 뭔 걱정이 있어?"

"갑자기 무슨 말씀이세요?"

"왜? 내가 못할 말이라도 했나? 말해 봐. 율곡의 조카라도 되는 게야, 아니면 송강 대감 첩의 자식이라도 돼? 말하기 싫으면 하지 마. 나도 크게 궁금치는 않으니까. 애당초 금구에는 왜 왔어? 진짜 중은 맞아?"

그가 눈을 가늘게 뜨고 바라봤다. 섬뜩한 느낌이 들지 않을 수 없었다.

"어디서 무슨 말씀을 들었기에 이러세요?"

"저 양반을 잡겠다고 오래 전부터 머릴 굴렸던 건 맞지? 저 양반이 그렇게 대단해? 그렇지 않고서야 내로라하는 대감 나으리들까지 그럴 수 없잖아."

"무슨 말씀인지 모르겠습니다."

"그럴 테지……괜찮아. 허지만 지금부터 내가 하는 말은 명심하게. 그렇지 않으면 나도 죽고 자네도 죽어. 죽도에 가기 전에 튀어. 자네 혼자. 저 양반과 같이 있으면 안 돼. 다른 데 가지 말고 진안현감한테 가서 안아달라고 해. 민 사또도 자네가 누군지 안다더군. 고생했다면서 사탕도 주고 젖도 주시겠지. 알았어?"

"뉘세요?"

갑자기 변범의 정체가 궁금했다. 전신에 소름이 돋는 듯했다.

"나?"

"······."

"나도 자네 같은 못난 놈이지. 더 자세히 말해 줄까? 안악군수 이축이 내 어머니와 누이를 옥에 처넣었어. 자네를 살려놓으면 풀어준다고 겁박했어. 우리가 믿었던 패엽사 주지 놈이 거기 같이 있었어. 그 자가 다 말해줬어. 자네가 한양 권세가의 아들이란 것도······. 김세겸, 박문장, 이기 이런 친구들은 그 전날 이미 다 해주 감영으로 끌려갔지. 지금쯤은 아마 서울 의금부에서 가슴팍을 인두로 지지고 있을 게야. 내가 어떻게 살아서 여기 있는가를 알 만하지?"

"그럴 리 없어요. 저 때문이 아니에요, 저는 마음만 먹으면 얼마든지 달아날 수 있어요. 저 때문에 그 먼 데서 달려왔을 리 없어요. 뭐죠? 정수찬을 유인해 죽이라고 하던가요?"

"아니야!"

"그럼 왜 한사코 저 어른을 죽도로 모셔 가려고 하죠? 다른 데 말고 꼭 진안현감한테 넘겨야 된다고 하던가요?"

"아니래두!"

변범이 드세게 고개를 저었다. 그도 말 못 할 사연이 있는 듯싶었다. 정각은 이제 아무런 두려움이 없었다. 아버지와 삼촌이 황해도에서 무슨 일을 어떻게 꾸몄는지 다 알만 했다. 송강, 우계 두 어른은 또 무슨 일을 하고 있을지도 짐작이 갔다.

되레 정각이 음성에 날을 세우며 변범에게 따졌다.

"애당초 조생원이란 이의 말을 듣고 전주로 오실 때 정말 몰랐어요?

저 어른을 역적으로 몰려는 것을요. 조생원이 누군지 궁금치도 않았나요?"

"아냐. 몰랐어. 조생원이 누군지 지금도 몰라. 의엄 그 자가 소개시켰으니 믿을 수밖에."

"의엄 주지가 한 통속이란 건 이제 아셨군요. 사람들을 전주로 보내놓곤 가장 먼저 안악군수한테 못된 말을 전한 자가 바로 그 자인 걸요."

"몰랐어. 의엄이 그런 줄은……."

"더 말씀 드릴까요? 의연 스님도 똑같아요."

"의연이? 말도 안 돼!"

"송강 대감이 직접 보낸 사람인데요?"

"세상에! 도대체 뭔가? 정 수찬이 분명 개세진인이란 말인가? 자네가 말해 보게. 그렇지 않고서야 송강, 우계 같은 명사들이 저 양반을 잡으려 드는 까닭이 뭔가? 저 양반 하나를 엮어서 어쩌자는 건가?"

"저도 몰라요……."

"조생원은 누군가?"

"제 숙부셔요."

"자네 부친은?"

"그 분의 형이시고요."

"……?"

변범이 절망의 표정으로 허공을 쳐다봤다. 정여립이 방문을 열고 나오는 모습이 보였다. 이내 산 그림자가 골을 덮었지만 여립은 길 떠날 채비를 하지 않았다.

21. 독대(獨對)

10월 10일.

송취대와 말머리를 나란히 한 진안현감 민인백이 선두에서 행렬을
이끌었다.

햇살이 들판에 퍼진 지 얼마 되지 않은 시각이었다. 형방(刑房) 서민
선(徐玟善), 군관 김승해(金升海)가 말고삐를 쥐고 현감의 뒤를 바싹
좇았다. 뒤따르는 보군은 쉰여덟에 이르렀다. 관아 군졸이 스물다섯이
요 나머지는 읍 주민 가운데서 차출한 장정들이었다. 관병들은 각자 창
검과 같은 병장기를 갖추었지만 주민들은 몽둥이며 죽창을 지닌 게 고
작이었다.

죽도로 가는 길은 송취대가 잘 알고 있었다. 회사(檜社) 마을을 지나
야트막한 산 고개를 넘었다. 물줄기가 길을 막았지만 무릎에도 차지 않
는 수심이라 보군들도 쉬 강을 건널 수 있었다. 천방산을 돌아 흘러오
는 금강 최상류였다. 강 건너 외송마을에서 잠시 쉬기로 했다. 여기서
죽도 정여립의 서실까지는 5리길밖에 되질 않았다. 턱밑까지 다가온
셈이었다.

"동생은 아직 기별이 없고?"

평상에 엉덩이를 걸친 민인백이 취대를 돌아보며 물었다.

"예, 소식이 끊겼지만 별 일이야 있겠습니까. 오늘이라도 이쪽으로
오겠지요."

활대를 만지작거리며 취대가 대답했다.

송취대, 취실이 스승 송익필의 서자임은 민인백도 이틀 전에야 비로소 알았다. 경기도 고양에서 종자 하나만 붙이고 달려온 정종명이 직접 알려준 사실이었다. 종명은 또 다른 스승 정철의 아들. 여느 때와 달리 종명이 직접 먼 길을 온 데서부터 민인백은 사안의 위중함을 절감했다. 일의 성패는 그대의 손에 달려 있다고 짤막하게 적은 성혼의 서신을 정종명이 전해 주었다. 이전부터 이들 스승들이 정여립에 대해 각별한 관심을 갖고 있다는 것은 알고 있었지만 정여립이 역모를 꾀할 인물임을 어떻게 미리 알았는지 놀랍기만 했다. 그들은 달아난 정여립이 분명 죽도로 돌아온다는 예상까지 하고 있었다.

정여립의 죽도서실을 토벌하라는 전라감사의 관자(공문)는 이틀 전에 당도했다. 남원에 있다던 송취대가 제 발로 진안 관아를 찾아온 날이었다. 다음날로 죽도를 습격하고자 했으나 취대가 말렸다. 금구에서 도망친 여립이 죽도로 올 수 있는 날짜를 셈한 뒤에 하는 것이 좋겠다는 의견이었다. 전주, 임실, 장수로 통하는 길목마다 토포막을 설치하고 군사와 민병들을 배치했다. 지킬 곳은 많은데 병졸은 턱없이 부족했다. 향소의 약정(約正)이며 마을 유지들을 위장(衛將), 부장(部將)으로 임명하여 제 동리와 그 인근을 지키게 하였다.

중 행세를 하는 송취실이 여립과 함께 야간도주를 하였다는 사실은 어제 전주에서 온 감영 아전을 통해 알았다. 송취대 마냥 여립의 신변에 변고가 있으면 곧장 몸을 피하기로 돼 있는 취실이 어떻게 여립과 함께 달아났는지 이해가 되지 않았다. 송취대는 전부터 알던 전주의 아전을 통해 사정을 미리 알았으며 금부도사와 선전관이 전주에 당도했다는 전갈을 받고는 곧바로 짐을 꾸려 남원을 떴다.

그나저나 목전의 관심사는 죽도서실이었다. 과연 정여립이 거기에
와 있는가? 무예로 단련됐다는 대동계 장정들이 죽기로 맞서 싸우려
하면 어떻게 할 것인가? ……민인백은 여립을 추포하는 이 일이 제 인
생에서 두 번 다시없는 호기인 동시에 자칫 실수를 하면 헤어날 수 없
는 함정이 된다는 것도 잘 알고 있었다.

정탐꾼이 돌아왔다.

산 아래 서실은 별다른 동요 없이 평온하다는 말을 듣고 민인백이
안도의 숨을 내쉬었다. 무장한 장정들은 하나도 없고 중과 아녀자들만
한가하게 움직이고 있다 했다.

외송에서 죽도서실로 가는 지름길은 강줄기를 거슬러 오르는 것이
었다. 서너 차례 이편저편으로 강을 건너다니는 불편은 있지만 수량이
많지 않아 어려움은 없었다. 조롱박 모양의 죽도 끄트머리를 돌면 냇물
너머에 앉은 서실이 빤히 바라보였다.

"저곳이군!?"

민인백이 취대를 돌아보며 물었고 취대가 고개를 끄덕였다. 인백이
오른손을 높이 쳐들었다. 주저할 것이 없었다.

"쳐라! 한 놈도 놓치지 말고 포박하라."

명령이 떨어지자 서민선, 김승해가 말을 몰아 뛰쳐나갔고 보군들이
함성을 지르며 내달렸다. 서실 안팎이 한순간에 아수라장이 돼 버렸
다. 군병들이 서실 본체와 안채, 곳간과 측간까지 거침없이 뛰어들었
으며 보이는 족족 사람들을 몽둥이로 제압한 뒤 팔을 비틀어 끌고 나왔
다. 저항하는 자는 하나도 없었다.

"정여립이 여기서 나라를 엎을 계책을 세웠단 말인가?"

관군들 일방의 공세를 바라보며 민인백이 중얼거렸다.

"예……."

송취대가 활시위에 오늬를 먹이며 짧게 대꾸했다. 승복 차림의 한 사내가 물길로 뛰어들어 달아나는 모습을 보고 있었다. 말 등에 앉은 채 취대가 활을 쳐들었다. 천천히 시위를 당겼다가 살을 날렸다. 눈 깜짝할 순간, 화살이 그 자의 허벅지에 가서 꽂혔다.

"신출귀몰한다는 그의 군사들은 어디 있는가?"

냇물에 엎어지는 사내를 바라보며 민인백이 물었다. 역적의 소굴로 보기엔 너무도 허술하다는 생각을 떨치지 못했다. 뒤쫓아 간 보군들이 엎어진 사내를 끌어당기고 있었다.

"가보시지요."

취대가 앞서 냇물을 건넜다. 서실 토벌은 한 순간에 끝이 났다. 갓끈을 풀었다가 고쳐 매는 정도의 시간밖에 걸리지 않았다. 등 뒤로 손이 묶인 서실 사람들이 줄지어 마당에 꿇어앉아 있었다.

형방 서민선이 형리 백학천(白鶴天)을 대동하여 한 사람 한 사람의 신원을 확인했다. 머리 깎은 중 차림의 사내가 여섯, 아녀자가 넷, 사내종이 넷, 그리고 어린아이가 셋이었다.

취대가 말에서 내려 그들의 얼굴 하나하나를 확인했다. 정여립은 그렇다 치고 마땅히 있을 줄 알았던 의연의 모습이 보이지 않았다. 대부분 안면이 있는 자들이었다.

"남원아재 아녜요!?"

놀랍게도 아녀자 중에 여립의 첩 애복이 끼어 있었다. 나머지 여인네들도 모두 여립과 그 형제들의 여종들이었다. 중들 가운데는 심원사의 지영과 백공(白空), 그리고 구월산에서 왔다던 성희(性熙), 월천(月泉)이 있었다. 나머지 두 중은 처음 보는 자들이었다. 사내종들은 모두 금구에서 온 자들이었으며 아이들은 이들의 자식들이었다.

안면 있는 중들과 종들 모두 관군의 편에 서 있는 송취대를 보곤 놀라움을 금치 못했다.

"도대체 무슨 일이에요? 갑자기 이 사람들이 우리를 왜 이런대요? 나으리는 지금 어디 계세요?"

애복의 눈에서 금세 눈물이 흘러 내렸다.

"이 여자가 누군가? 정가의 애첩이라는……?"

민인백이 다가왔다.

"사또 나으리신가 봐요? 우릴 왜 이런대요? 우리가 무슨 죄 있다고……."

자기들을 풀어달라고 애복이 비라리를 했다. 군눈이라도 뜨려는 듯 인백이 그녀 앞에서 키를 낮추었다.

"애복이라 했던가? 나도 진즉에 이름을 들었지. 과시 정 수찬이 탐을 낼 만도 한 미색이구먼. 헌데 어쩌나. 수찬 나으리는 역적이 돼서 멧돼지 마냥 산속을 헤매고 있는 걸……."

손을 내밀어 그녀의 턱을 쳐들었다. 애복이 거칠게 고개를 돌렸다.

"허허, 고것이……."

그래도 귀엽다는 듯 인백이 너털웃음을 놓았다.

"남원아재. 도대체 무슨 말씀이세요? 나으리가 역적이라니요? 나으리는 어디 계세요?"

애복이 절규하듯 취대를 불렀지만 취대는 눈길을 주지 않았다. 중과 종들도 다투어 취대를 불렀다. 화살을 맞고 쓰러졌던 중은 성희, 월천처럼 구월산에서 온 자로서 취대가 처음 보는 사내였다. 상처를 잘 싸매 주라고 형리한테 말하곤 곳간으로 자리를 옮겼다.

놀랍게도 곳간에는 전에 없던 볏섬들이 천정까지 잔뜩 쌓여 있었다. 거창하게 산제를 올리고 그 뒤 인근의 궁민들에게 골고루 음식과 곡식을 돌리려 했다는 소문이 거짓은 아닌 듯싶었다. 이들 볏섬 중에는 민인백이 알아서 갖다 바친 것도 적잖이 있음을 취대가 알고 있었다. 밖으로 나왔을 땐 벌써 명태처럼 줄줄이 오라에 묶인 서실 사람들이 관졸들에 이끌려 내를 건너고 있었다.

10월 11일.

정철의 부름을 받고 김장생이 급히 고양으로 달려갔다.

출타라도 하려는지 정철은 벌써 의관을 정제하고 좌정해 있었으며 백유함, 이귀, 장운익(張雲翼, 후대 상유의 아버지), 신경진(辛慶晋), 이춘영 등이 배석해 있었다. 아들 종명도 자리에 있었다. 누가 봐도 최측근의 후배들은 다 모인 셈이었다. 가장 연상인 백유함은 이조좌랑, 정랑을 거치면서 항시 정철과 노선을 함께 해왔고, 그 다음으로 나이가 많은 신경진은 율곡이 아끼던 제자 중의 하나였다. 그의 아버지 신응시(辛應時)는 정철과 율곡의 벗이기도 했다. 서른셋의 이귀는 아직 벼슬길에 나서진 못했지만 스승인 율곡과 성혼을 위해 조헌 못잖은 격한 소(疏)를 올려 서인 쪽 신진의 대표주자로 부각돼 있었다. 서른이 못 된 장운익은 성혼을 외척으로 두고 항시 정철의 곁을 지킨 인물이었다. 한응인에 앞서 선천군수를 지낸 바 있다. 이춘영은 외할아버지(백인걸) 및 외삼촌(백유함)의 후광과 함께 자신의 저돌적인 성격으로 성균관 유생 가운데서도 목소리가 높았다. 백유함을 빼면 모두 김장생의 사제(師弟)이기도 하였다.

"장생이 왔으면 다 온 셈이군."

정철이 좌중의 한 사람 한 사람을 눈여겨보면서 입을 열었다. 아까부터 박제가 보이지 않아 이상하게 여겼는데 누군가 그가 병이 나 누워 있다고 일러주었다.

"오늘 내가 예궐하여 숙배를 하려고 해. 자네들 생각이 어떤지 들어보려네."

아침 반주도 하지 않은 듯, 여느 때와 달리 정철은 터럭만큼의 취기도 보이지 않았다. 뭔가 긴히 의논할 일이 있다는 것은 알았지만 장생으로서도 스승의 입결만큼은 전혀 뜻밖이었다. 임금이 부르지 않았음에도 불구하고 관직도 없는 신하가 스스로 궁에 들어가 왕을 배알코자 함은 예사의 일이 아니거니와 그 무모함만큼 위험을 감수하지 않으면 안 됐다. 예상치 못했다는 듯 좌중에서도 잠시 술렁임이 있었다.

백유함이 말했다.

"뜻밖이긴 하오나 대감이 나서지 않으면 안 될 듯싶습니다. 한때 나라의 녹을 먹은 사대부가 역적이 돼서 주상을 해하려고 하는 때에 시배(時輩, 권력을 쥔 무리. 동인)들한테 처사를 맡겨 놓았다간 크게 일을 그르칠 수 있지요."

김장생이 가만히 있을 수 없었다.

"상께서 판돈녕부사를 제수하시어도 대감께서는 나아가지 않으셨습니다. 전지(傳旨)라도 있어 받드는 것이라면 몰라도 아무런 말씀도 계시지 않은데 스스로 입결을 하신다면 혹여 다른 이의 우환을 틈 잡아 나의 이익을 도모한다는 오해를 입지 않을까 저어됩니다."

"다른 이의 우환이라니?"

정철이 눈을 가늘게 뜨고 바라보았다. 숨을 들이켠 뒤 장생이 말을 이었다.

"역적이 동인에서 나왔기에 드리는 말씀입니다. 하여 조정의 신료 중에도 당황하고 두려워하는 자가 적지 않을 것인바 감히 그를 가리켜 우환이라 하였습니다."

"사계(김장생)는 무슨 말을 그렇게 하십니까? 역적은 역률(逆律)로 다스려야 하고 그를 돕고 그를 쓴 자들 또한 엄히 처단해야 하거늘 그 것이 무슨 우환이며 여기서 동인 서인을 말할 까닭이 어디 있습니까."

장운익이었다. 쩌렁쩌렁한 목소리가 방안을 울렸다. 이귀가 장생을 도와 나섰다.

"만리(萬里, 장운익의 자)는 목청부터 낮추시게. 대감, 저도 사계처 럼 걱정되는 바가 적지 않습니다. 지금 드러난 역적은 하나지만 자칫하 면 이 일은 이내 동서 당인들의 싸움으로 번질 지도 모릅니다. 그러다 보면 또 죄 없이 죽고 귀양 가는 이들이 무수히 생겨나기 십상입니다. 이런 때에 대감이 굳이 싸움판 한가운데 뛰어들어 피와 흙탕물을 덮어 쓸 필요가 있겠습니까? 아직은 이렇듯 떨어져 계시면서 변전하는 사태 를 지켜보심이 어떨지요?"

"그렇게 손 놓고 있다가 역적을 역적이 아니라고 방면하고 되레 고 변한 자들을 잡아 죽이기라도 하면 어쩌려고? 이산해, 정언신은 백 번 그러고도 남지…….”

　어불성설이라고 백유함이 손을 내저었으며 이춘영이 제 외숙부를 거들었다.

　“정언신이 여립과 한 통속임은 세상이 다 아는 일입니다. 그런 정언신이 위관이 되고 이산해가 뒤를 민다면 하루아침에 여립이 충신으로 둔갑할 수도 있지요.”

　정언신이 우의정으로 있는 한 국청의 전개 과정에서 위관으로 복귀하는 건 문제가 아니었다. 관례가 법보다 중한 때가 많았으며 우의정이 위관이 되는 것도 오랜 관례의 하나였다.

　자리를 당겨 앉으며 장생이 다시 말했다.

　“말씀처럼, 지금 숙배하시면 추관(推官)을 맡게 되실지도 모릅니다. 드러난 역적이 정여립이고 보면 정언신, 정언지 형제는 말할 것 없고 이발, 이길, 백유양, 김우옹, 남언경이 온전할 수 있겠습니까? 대감이 그들을 살릴 수 있겠습니까? 혹여 대감이 추관이 돼서 그들이 화를 입게 된다면 어찌 사림이 고요할 수 있으며 대감의 존함이 오래 깨끗이 유지될 수 있겠습니까. 제가 두려워하고 걱정하는 바가 여기에 있을 따름입니다.”

　신경진과 이귀가 이어서 말했다.

　“사계의 말이 맞습니다. 대감과 이발, 이길 형제가 반목해 왔음은 세상이 다 아는 처지입니다. 만약에 대감이 추관이 되시고 이발 형제가 화를 당한다면 세상인심은 그들이 역적과 가까워서 그렇게 된 것이 아니고 대감과 사이가 좋지 않아서 그렇게 됐다고 할 것이 뻔합니다. 이것이 어찌 대감이 바라는 바가 되겠습니까? 율곡 선생이 살아 계신다

해도 결코 옳다고 하시지 않을 것입니다."

"큰 옥사에는 여러 사람이 억울함을 당하게 마련입니다. 대감께서 어찌 그 모든 것을 밝게 다스리는 가운데 작은 억울함이라도 없게 챙길 수 있겠습니까? 사람들의 한숨과 탄식, 노여움이 산처럼 쌓여서 뒷날 대감의 앞을 가로막을까 두렵습니다."

장운익이 참지 않았다.

"한가한 말씀들을 참고 듣기가 어렵습니다. 이미 역적은 임간(林間)으로 종적을 감추었습니다. 아직도 퍼렇게 살아 있는 그자가 조정의 무리들과 줄을 놓으면서 어떤 흉측한 꾀를 만들어낼지 모릅니다. 이런 위중한 때에 엉뚱한 일이나 걱정하고 있어야 말이 되겠습니까. 이 위란(危亂)을 다스릴 분은 대감밖에 없습니다. 대감이 가셔야 합니다. 하여 이발이든 정언신이든 죄가 있다면 가차 없이 처단해야 할 것입니다. 그리하여 율곡 선생의 억울함까지 깨끗이 씻어드리는 것이 도리라고 생각합니다."

"됐네."

들을 만큼 들었다는 듯이 정철이 크게 고개를 주억거렸다.

"아침에 파산에서 성문준(성혼의 아들)이 다녀갔네. 우계도 내게 전하더군. 변괴(變怪)가 벼슬아치한테서 일어나 그 위급함이 더하다고 했지. 시배들을 믿을 수 없다는 말은 우계도 했어. 국사가 이렇듯 위중한데 조정에서 잠시 발을 뺀 신료라고 해서 일신의 안녕만을 생각하고 이름이 더럽혀질까 걱정해서는 도리가 아니라고 말이야. 나도 백 번 동감한다네. 자네들의 말은 깊이 새겨둘 것이네. 앞으로 무슨 일이 일어나든 많이들 도와주게."

말을 마친 정철이 아들 종명에게 눈짓을 했다.

행차를 준비하라는 뜻 같았다.

김장생은 한 순간 허망감을 떨치지 못했다. 역시 송강답다는 생각도 잠깐 했다. 이미 제 마음은 굳건히 정해 놓고 다른 이의 의견을 구하는 형식도 그랬다. 후배와 제자를 모은 까닭은 다른 데 있지 않았다. 이제부터 너희들은 나와 한 배를 탔으니 나를 따라 움직여야한다는 것이었다.

정여립이 달아나 행방이 묘연하고 따라서 조정 여론이 내일을 가늠할 수 없는 때에 정철은 왜 굳이 임금을 만나려 하는가? 어떤 복안이 있기에 이런 자신감을 보이는 것일까?

김장생도 궁금하지 않을 수 없었다.

말머리를 나란히 해서 정철과 함께 서울로 향했다. 조금 뒤떨어져서 이귀, 신경진, 정종명이 따랐다. 이목을 생각해서 백유함 등은 한 시진쯤 뒤에 집을 나서기로 했다.

홍제원을 지날 때까지도 정철은 거의 말이 없었다. 그러나 무거운 마음은 아니란 듯이 가볍게 시 구절을 중얼거리기도 했다.

"구봉 선생님의 소식은 들으셨는지요?"

틈을 봐서 장생이 꼭 물어보고 싶던 바를 물었다.

정철의 답이 흔쾌했다.

"걱정 말아라. 소개울에서 잘 놀고 계신단다."

소개울이라면 한자로 우계(牛溪)다. 파산 소개울 물가에서 우계 선생과 잘 지내고 있다는 뜻으로 새겨도 무방하였다.

"그러시군요. ……여간 다행이 아닙니다."

보름 전만 해도 구월산에 있다는 소식이었다. 그 사이 파주로 거처를 옮겼다면 이번 고변의 내막도 송익필은 소상히 알고 있을 것만 같았다. 이틀이 멀다하고 파주와 고양 사이로 사람이 오갈 테니 정철의 입궐에 대해서도 세 사람의 논의가 진즉 있었음은 쉬 추단할 수 있었다.

"여립이 잡혀 오면 모든 게 백일하에 드러나겠지요?"

"그럴 일 없다."

"네!?"

화제를 바꿔본다고 별 뜻 없이 정여립의 얘길 꺼냈는데 정철의 즉답이 단호했다. 김장생은 순간 제 귀를 의심했다.

"유구무언(有口無言)이지."

더욱 뜻 모를 말을 뱉었다.

"하오면?"

"살아서 올 리가 없다는 뜻이네. 그런 줄만 알게."

머릿속이 복잡했지만 장생은 입을 다물 수밖에 없었다. 돈의문에서 일행이 헤어지기로 하였다. 정철의 뜻이었다.

작별 인사를 하기 전, 못다 한 말을 한다는 듯이 이귀가 말했다.

"대감도 아시다시피 정여립이 망사(亡師, 죽은 스승, 율곡)를 배반하고 시론에 아부하여 반복(反覆)한 정상에 대해서는 저희도 항상 분하게 여긴 것이 사실입니다. 하여 어제 오늘 그 자가 역적의 괴수가 되자 서인은 서로 하례(賀禮)하지 않는 사람이 없고 동인은 간담이 서늘하지 않은 사람이 없다고 합니다. 이러한 때에 율곡 선생이 이 일을 담당하더라도 오히려 진정시키기 어려울 텐데 하물며 대감이겠습니까. 설사 대감의 처사가 십분 결함이 없다 하더라도 동인에서 보면 반드시 뜻을 만족하지 못할 것입니다. 저희가 염려하는 바가 그것입니다. 혹 상께서 중책을 맡기시더라도 다시 한 번 헤아려 주시기 바랍니다."

끝까지 말려 보겠다는 이귀의 뜻이었다. 듣기에 따라 심히 불편할 수 있는 말이었지만 정철은 그런 내색을 하지 않았다. 그가 이귀를 빤히 보면서 대답했다.

"그대의 말이 내 의사와 부합된다. 내가 어찌 이것저것을 헤아리지 아니하고 감히 있는 힘을 다하지 않겠는가."

이귀와 신경진을 먼저 떠나보낸 뒤 김장생도 정철에게 하직 인사를 올렸다.

정철이 임금을 독대했다.

선정전(宣政殿)이었다. 통례원(通禮院)에 면대 단자를 넣은 지 얼마 되잖아 인견한다는 임금의 답이 내려왔다. 독대는 임금과 신하가 단 둘이 만나는 특별한 정치행위다.

정국의 반전을 도모할 때 임금이 은밀하게 신하를 찾거나 신하가 임금을 알현하여 현안을 의논하는 경우가 많았다. 그러나 독대는 엄청난 파장을 불어오기 십상이므로 신하에게는 목숨을 건 도박이나 다를 바 없었고 임금에게도 그만큼 부담이 되는 행위였다.

갑신년(1584년), 동인의 탄핵을 받아 조정에서 물러난 지 5년 만에 다시 임금을 만나는 정철의 감개는 컸다. 그는 하염없이 흐르는 눈물을 손등으로 닦으며 준비해 온 차자(箚子)를 왕에게 올렸다. 임금도 예전의 냉정한 그 임금이 아니었다. 친히 용상에서 내려와 정철의 손을 잡으며 반겼기 때문이다.

간단히 시사를 언급하던 중 정철이 말했다.

"조사(朝士, 조정 신하)들이 역적과 가까이 지낼 줄만 알았지, 그자의 흉악한 속내를 미처 몰랐을 따름입니다. 어찌 천하에 두 개의 정여립이 있겠습니까."

꼬집어 표현은 않았지만 조정에는 역적과 가까운 조신들이 상당히 있다는 뜻이었다. 정철의 차자는 하루 빨리 역적을 체포하고 역적의 숨겨 놓은 무리가 준동할지 모르니 서울의 안팎을 계엄하라는 내용이었다.

그를 훑어본 임금이 말했다.

"경의 충절이 더욱 가상하다. 마땅히 의논하여 처리하겠다."

10월 14일.

달아난 역적과 흩어진 그 잔적(殘賊)들을 체포하기 위해서 정윤우(丁允佑), 이대해(李大海), 정숙남(鄭叔男)을 독포어사(督捕御使)로 명해 각각 경상도, 전라도, 충청도로 내려 보냈다. 정윤우는, 송익필 일가를 환천시키는 데 가장 큰 역할을 한 전 장례원 판결사 정윤희의 동생이다. 강원도관찰사로 나갔다 돌아온 정윤희는 지난 달 29일 쉰아홉 나이로 세상을 떠났다. 형이 죽은 지 보름 만에 정윤우는 어명에 따라 성문 밖에서 잠을 자고 곧바로 남도로 달려가야 했다.

22. 죽도(竹島), 무너지다

　신시(오후 3시 반부터 4시 반) 무렵이었다.

　덕천(德川)마을에 거동이 수상한 자가 나타났다는 급보가 진안 관아로 왔다. 젊은 탁발승 하나가 밥을 얻으러 마을에 들어왔는데 행색이 그렇게 남루할 수 없었다고 했다. 집 주인이 밥을 주곤 몰래 뒤를 밟았다. 중은 마을 뒷산 상여집으로 갔고 그곳엔 여러 명의 인기척이 있었다. 주인이 마을 사람들을 불러 모아 다시 뒷산으로 갔을 때는 이미 그들은 종적을 감추고 없었다.

　뒤늦게 산 너머 널재[板峙]골에서도 그들을 봤다는 전갈이 있어서 두 마을 사람들이 함께 뒤쫓고 있다는 전언이었다.

　송취대는 정여립과 그 무리임을 직감했다. 탁발승은 다름 아닌 동생 정각임이 분명했다. 젊은이가 둘 있었다니 그 중 하나가 여립의 아들 옥남임도 알만 했다.

　취대는 형리 백학천을 시켜 즉각 관아 군병을 모으게 하고 통인에게도 말을 줘서 장계(長溪)로 달려가게 했다. 때마침 현감 민인백은 장계의 좌수 김응순(金應順)의 환갑잔치에 가서 관청을 비우고 없었다.

　지체할 틈이 없었다. 말을 탈 줄 아는 관병 둘만 거느리고 널재를 향해 달렸다. 나머지 군병들은 현감이 돌아오는 대로 이끌고 오도록 했다.

　일곱 날 넘게 종적이 없던 정여립이 덕천마을에 나타났다는 것은 뜻밖이었다. 굳이 진안으로 온다면 감시가 엄해도 응당 화심과 새말을 거처 곰재를 넘어올 줄 알았다. 덕천은 전주와 진안을 잇는 일반 통로에서 훨씬 남쪽으로 비켜나 있다. 짐작컨대, 사람들 눈에 잘 뜨이지 않기 위해 모악산이며 치마산 남쪽을 돌아 관촌을 거친 뒤 섬진강 상류를 거슬러 온 것 같았다.

정여립의 꼬리가 잡혔다는 널재는 흔히 안널재라고 부르는 산간마을이다. 여기서 산을 넘어가면 바깥널재가 있고 여기가 바로 전주에서 진안으로 들어오는 길목이다. 그 위쪽으로 올라가면 장승촌이 나타나고 또 곰재를 만나기 때문이었다.

다급히 말을 달리면서도 취대는 생각했다. 그 사이 회문산(回文山)이나 지리산으로 달아나 몸을 숨겼으리라 여겼던 정여립이 굳이 진안으로 온 까닭이 무엇인가? 죽도에 숨겨 놓은 다른 뭣이 있는가? 왜 그는 떳떳이 금부도사의 포승을 받지 아니 하는가?

일단 꼬리가 밟힌 이상 여립한테는 더 이상 숨을 곳도 달아날 곳도 없었다. 정여립의 뒤를 쫓는 주민들의 수가 서른이 넘는다고 했다. 저마다 괭이와 몽둥이를 지녔다고 했다. 네다섯 인원으로 그들과 맞서 싸울 수 없었다. 취대가 당도하기 전에 마을 주민들이 그들을 잡아 물고를 낼지도 모를 일이었다. 정각은 왜 거기 붙어 있는가? 아버지의 엄명보다 여립이 중하단 뜻인가? 동생이 개죽음을 당해서는 안 될 일이었다. 세상이 무너져도 취실만은 살려야 했다. 채찍을 휘두르고 박차를 가해 말을 몰았다. 뒤따르는 관졸과도 점점 거리가 멀어졌다.

말을 탄 토포위장(討捕衛將) 송취대가 가정(柯亭)골 언덕에 올라섰다. 푸른색 철릭을 입은 데다 전모까지 쓰고 있었기에 멀리서 보면 금부도사의 행색과 다를 바 없었다. 토포위장이란 임시 직함은 죽도 토벌 이후 민인백이 취대에게 붙여준 것이었다. 죽도서실에서도 정여립의 흔적을 찾지 못했지만 민인백은 크게 실망하지 않았다. 무슨 까닭에서인지 그는 며칠 내로 여립이 진안 경내로 꼭 들어온다는 확신을 갖고 있었다. 정여립과 친분이 있는 기존의 아전들이며 군관들을 믿을 수 없다면서 그는 여립을 잡는 권한과 책임을 취대에게 맡겨 주었다. 현감이 없을 때는 관병이며 민병들도 토포위장의 명을 따라야 했다. 경우에 따라선 정여립을 군이 생포할 필요가 없다는 밀령도 있었다. 차라리 죽여 버리는 것이 좋다는 투로 들렸는데 취대는 이것이 또한 아버지 송익필의 뜻임을 알 수 있었다.

죽도서실에서 붙잡힌 중들과 아녀자, 하복들은 진안 관아에서 한 차례 형신(刑訊)을 당한 뒤 다음날 전주 감영으로 압송됐다. 그러나 여립의 첩 애복만은 예외였다. 민인백은 관아로 돌아오자마자 애복의 포박을 풀어주었으며 따로 형신을 가하지도 않았다. 밤에는 아예 그녀를 단장시켜 제 처소에 들게 하였으며 애복도 순순히 그가 시키는 대로 했다. 다른 사람들을 다 감영으로 보낼 때도 애복만은 따로 뺐다. 그녀를 잡아두고 있어야 여립을 붙잡을 수 있다는 핑계가 좋았다.

정여립은 마른 억새가 우거진 풀밭 너머에 있었다.

가파른 산비탈 아래쪽이었다. 바위들이 층 지어 있는 비탈은 사람이 기어오르기 쉽지 않아 보였다. 개울이 억새밭 앞을 휘돌아 흘렀다. 가정골이었다. 안쪽으로 더 들어가 고개 하나를 넘으면 오룡(五龍)마을이다. 덕천과 널재에서부터 여립을 추격해온 주민들이 개울 이편 언덕에 늘어서서 소리를 지르며 기세를 올렸다. 그러나 마흔이 되지 않는 인원이었다. 그들의 말에 따르면, 널재를 넘은 여립의 무리는 바깥널재 갈림길에서 장승촌으로 가지 않고 곧장 가정골로 들었다고 했다. 토포막과 함께 기찰 군병들이 장승촌을 지키고 있음을 알은 듯했다. 개울을 따라 오룡 방향으로 달아나던 무리는 도중에 소년 하나가 넘어져 다리를 절게 되자 뜀질을 포기하고 왼편 풀밭 너머로 몸을 숨겼다고 했다. 무리 중 한 사내가 큰 칼을 휘두르는 등 위협을 해서 주민들이 개울 너머로 다가들지 못했다.

송취대는 천천히 말을 움직여 개울을 거슬러 올랐다. 억새밭을 가운데 두고 반달 모양으로 휘어 도는 냇물은 머잖아 산비탈과 달라붙었다. 날랜 주민들이 앞서 달려가 그쯤에서 여립의 진로를 끊었음을 알 수 있었다. 말을 돌렸다. 무성한 억새 탓에 마상에서도 절벽 아래쪽 정황을 제대로 살피기 어려웠다. 그러나 여립과 함께 변범, 정각이 있으며 정옥남, 박춘룡 두 소년이 그곳이 있음은 확실히 알았다.

이제 토포위장도 왔으니 저들을 저대로 놔둘 까닭이 없다며 무리를 덮치자고 수민들이 졸랐지만 취대가 단호히 고개를 서었다. 현감이 관군을 끌고 오기 전까지는 절대 가까이 가지 말라고 엄명했다.

여립이 칼을 갖고 있는 한 어떤 불상사가 생길지 몰랐다. 취대로서는 무엇보다 정각을 안전하게 무리에서 꺼내는 일이 긴요했다. 어느새 해가 많이 기울어졌다. 바람도 드셌다. 여립과 변범, 소년들은 다 앉아 있는데 정각 혼자 바위벽을 등지고 서 있었다. 시선이 이편을 향하고 있었지만 햇빛을 등진 취대를 알아보지 못했다. 전혀 엉뚱한 차림새 탓도 있었다. 바람이 불 때마다 마른 억새들이 기이한 소리를 냈다. 마음이 조급해졌다.

민인백은 언제 올지 알 수 없었다. 가정골에서 진안 관아까지가 30리다. 진안에서 장계까지가 또 70리. 걸음이 빠른 사내라도 좋이 세 시진(6시간)이 걸리는 거리다. 민인백이 일찍 길을 나섰다면 몰라도 그렇지 않다면 삼경이 돼서야 이를 수도 있었다. 그때까지 주민들이 추위를 견디며 지켜준다는 보장도 없었다. 어떤 이가 북을 짊어지고 왔을까. 둥둥둥. 갑자기 북소리가 등 뒤에서 울렸다.

정각은 아까부터 풀숲 너머에서 조용히 움직이는 마상의 군관 하나를 지켜보았다. 전립(戰笠)의 그림자 탓에 얼굴을 볼 수 없었지만 그의 꼿꼿한 자세와 느릿느릿한 말의 움직임은 왠지 눈에 익었다. 활을 둘러맨 모습에서 잠시 형 취대를 떠올리긴 했지만 그럴 리 없다고 여겼다. 고변 소식을 듣고 민인백에게 몸을 의탁할 수는 있지만 직접 군병을 이끌고 여립을 추격해올 형은 아니었다.

춘룡이 발목을 삐었다. 뛰기는커녕 제대로 걸을 수가 없었다. 포위망을 벗어날 기회가 있다면 그를 남겨두고 떠날 수밖에 없었다. 여립도 아직 모든 걸 체념하지는 않았다. 밤이 오길 기다리자고 했다. 다급한 순간에는 뒤편 산비탈을 기어오를 수도 있었다. 보아하니 정식의 관병은 다섯도 돼 보이지 않았다. 농기구를 쳐들고 위세를 부리고 있지만 다들 농사꾼에 지나지 않았다. 관군이 몰려오기를 기다리는 듯했다.

결국 시간 싸움이었다. 관병들이 오기 전에 어둠이 덮친다며 또 한번 기회를 얻을 수도 있을 것 같았다. 허나 앞날에 대한 희망은 깨알만큼도 없었다. 이미 지칠 대로 지쳤다. 당장에 못 견딜 것이 추위와 허기였다. 결국 죽도에는 다다르지 못했지만 금구 별장을 떠나 여립과 함께 도망 길에 나선 지난 8일간이 꿈속 일이듯 여겨졌다.

관졸과 민병들의 기찰을 피하려고 밤중 산길만 걸었다. 방길마을의 조당손 집에서 하룻밤을 묵고 다음날 달 뜬 뒤 길을 나섰다. 수천 리의 토포막을 피하려고 외량으로 조금 내려가다가 곧장 왼편 산으로 들었다. 집 두 채뿐이 황학골을 지나서 산 너머 사기터로 들어갔다. 여기서도 인적 없는 산길만을 골라 디뎠으며 산 고개 둘을 더 넘어 지장(智長)촌으로 나아갔다. 다시 밤이 오기를 기다려 시루봉을 넘었다. 오궁을 돌아 슬치(瑟峙)를 지났다. 여기서 남쪽으로 조금 내려가면 관촌이었다.

보통은 관촌에서 방향을 바꾸어 방수(芳水)를 통과하고 여기서 강줄기를 거슬러 올라 좌포(佐浦), 덕천을 거처 진안으로 들게 마련이었지만 사람들이 많이 다니는 이 길을 피했다. 하여 관촌을 통하지 않고 곧장 새밭[新田]으로 넘어갔으며 여기서 하회(下回, 현 회봉리)로 가고자 산으로 들었다. 달빛만으로 산길을 찾는 일이 쉽지 않았다. 결국 길을 잃고 산속을 헤매다가 낙엽을 덮어쓰고 잠을 잤다. 이튿날 밤이 돼서야 하회마을을 돌았으며 그 다음날은 대두산의 허물어진 절간에서 눈을 붙였다. 간밤에 소바위골[牛岩, 현 오암마을]을 통과했다. 여기서 산을 넘어 추동(楸洞) 장재(長才)마을로 갔으며 이어 덕천 뒷산에 돌아들었다.

허기를 참지 못하고 밥을 얻으러 마을로 내려갔던 게 탈이었다. 허나 이것도 운명인 듯싶었다. 둥둥둥. 목숨을 재촉하는 듯 북소리가 울렸다. 산 그림자가 내리고 있었다. 석양을 등진 채, 말 탄 자가 소리쳤다.

"정 수찬은 들으시오. 더 이상 달아날 데도 숨을 데도 없소이다. 어서 밖으로 나와 포승을 받으시오. 죄가 없고 억울하다면 한양에 가서 변명을 하면 될 것이오. 어서 나오시오!"

골 안을 쩡쩡 울리는 목청이었다. 소리가 메아리를 만들었다. 정여립이 천천히 몸을 세웠다. 한동안 전면을 응시하던 그가 중얼거렸다.

"저 자가 송취대 아닌가? 저 놈이 어찌 저기 있단 말인가?"

"그러게 말입니다. 아까부터 긴가민가했는데……분명 취대 그 자입니다."

변범도 크게 놀라워했다. 여립이 한 걸음 풀숲으로 나서며 소리를 질렀다.

"취대야! 네가 어찌 거기 있느냐? 속히 이리 와서 날 돕지 않고 뭘 하느냐?"

메아리인 듯이 취대의 목소리가 들려왔다.

"정 수찬, 옆에 있는 변범 그 자부터 죽이시오. 그 자도 나와 한 통속이라오. 오래 전부터 그대를 함정으로 끌어온 자요. 이 사지로 끌고 온 이도 바로 그 자외다."

"저게 무슨 소린가?"

여립이 변범을 노려봤다. 당황한 변범이 얼른 무릎을 꿇었다.

"수찬 어른, 저놈의 말을 믿지 마시오. 소인은 어른을 모시고 따른 죄밖에 없소이다."

"황해도에선 무슨 일이 있었던가?"

"말씀드린 그대로입니다. 배반한 놈은 조구 그놈입니다. 그리고……."

"그리고?"

"정각 저놈을 족치십시오. 애당초 어른을 역적으로 엮고자 왔던 자입니다. 뉘 집 아들인지 분명치 않으나 그 아비의 사주를 받아 온 것이 분명합니다."

"정각이?"

여립이 정각을 돌아봤다. 그 눈빛이 몹시 흔들렸다.

"정각아, 이 말이 사실이냐?"

여립이 칼집에서 환도를 뽑으며 물었다.

"그러하옵니다."

정각이 여립을 똑바로 바라봤다.

"그렇다고……? 저 자는? 송취대, 저 자 말이다."

한 순간 여립이 모든 걸 깨달은 듯싶었다. 허망과 체념이 담긴 음성이었다.

"제 형입니다."

"네 아비는?"

"말씀 못 드립니다. 저는 이미 제 아비를 잊었습니다."

"허긴, 네 아비가 무슨 상관있으랴."

허, 여립이 짧게 탄식했다.

"천하에 어리석은 정여립이거늘……."

그가 높이 칼을 쳐드는 걸 보고 정각은 눈을 감았다. 이대로 죽어도 괜찮다는 생각뿐이었다. 칼이 허공을 가르는 소리를 들었다. 뭔가 둔탁한 소리가 들렸지만 그 소리도 이내 북소리, 바람소리에 묻혀버렸다.

눈을 떴다. 서너 걸음 떨어진 자리에 변범이 엎어져 있었다. 목 줄기에서 선혈이 솟구쳤다.

"정각아."

등을 보인 채 여립이 불렀다. 그는 앞산을 응시하고 있었다.

"내가 앞서 뛰쳐나갈 테니 곧장 좇아 와야 한다. 관군이 닥치기 전에 취대 저 놈의 말을 뺏어 타고 내달려야 한다."

"예, 어른이 가시는 데라면 지옥까지 좇아가겠습니다."

정각이 대답했다. 정말 그 마음뿐이었다.

여립이 다시 칼을 높이 쳐들었다. 한 줄기 예리한 바람소리인가 했다. 툭, 절벽의 나뭇가지가 부러지는 소리인가도 했다. 뜻밖에, 여립이 무릎을 꿇으며 땅바닥에 주저앉았다. 그리곤 토담 무너지듯 앞으로 고꾸라졌다.

휘영청 달이 떴다.

마른 억새 잎들이 부산스럽게 달빛을 털어내고 있는 때였다. 바라, 나각 소리가 골을 울리는가 싶더니 이내 말발굽소리가 지축을 흔들었다. 사또 민인백의 행차였다. 거느린 군병만도 150인이나 됐다.

장계에서 돌아오던 민인백이 급보를 지닌 통인을 만난 곳은 진안 관아에서 20여 리 떨어진 새원[新院]마을이었다. 이미 날이 어두워진 뒤라 인백은 이곳에서 하룻밤을 묵을 요량이었지만 역적이 나타났다는 소식을 듣곤 그대로 말을 달렸다. 관아에 대기하고 있던 관졸과 민병들을 거느리고 곧바로 가정골로 달려온 것인데 현장은 이미 모든 상황이 끝나 있었다.

송취대가 쏜 화살을 맞고 숨진 정여립과 여립이 죽였다는 변범의 시신을 수습하고 생포한 두 소년을 압송하는 일밖에 없었다. 포위망을 구축했던 주민들도 대부분 흩어지고 없었다.

말머리를 나란히 해서 관아로 돌아오는 길에서도 민인백은 거푸 취대의 공을 치하했다.

살려 잡지 못한 데 대한 아쉬움 같은 것은 전혀 없었다.

"송강 대감도 무척 좋아하실 게야."

흥분한 가운데 그가 언뜻 비쳤듯이, 변범으로 하여금 여립을 진안으로 끌어들이고 관내로 들어온 그를 민인백이 죽이는 것, 이것이 정철과 아버지 송익필의 계획이었음은 취대도 짐작 못할 바 아니었다. 정여립이 죽어야만 그의 역적질이 기정사실이 될 수 있고 또 동인 전체를 거꾸러뜨릴 명분을 찾을 수 있기 때문이었다.

취대로서도 당초 그를 쏴 죽일 마음은 아니었다. 일거에 변범을 죽인 그가 다시 칼을 쳐드는 걸 보곤 정각의 차례라고 여겼다. 머뭇거릴 틈이 없었다. 혼신의 힘으로 화살을 날렸을 뿐이었다.

"동생은?"

음성을 낮추며 인백이 물었다. 궁금했을 텐데 오래 참았음을 알 수 있었다.

"송취실도 중 정각도 애당초 그 무리에 없었습니다."

"그래?"

잠시 의아해하던 민인백이 금세 말뜻을 알아챘다.

"맞아, 그랬지. 취대 자네가 거기 없었는데 취실이 거기 있었을 턱 있나. 허허."

"예, 사또."

인백이 흔쾌히 웃었고 취대가 고개를 끄덕였다.

정여립 최후의 자리에 송취대는 없었다. 포위망을 좁혀가며 역적에게 항복을 권유했던 이는 바로 현감 민인백이었다. 더 이상 달아날 곳이 없음을 안 역적은 변범을 먼저 칼로 쳐서 죽이고 뒤이어 자신의 목을 찔러 자진하고 말았다. 따라서 역적을 처단한 모든 공은 민인백의 것이었다. 두 사람이 굳이 입을 맞출 필요도 없었다.

"자네도 이제 한양으로 돌아가야지?"

"예……."

취대도 알았다. 더 이상 진안이건 남원이건 남아 있을 까닭이 없었다. 안 씨네 종으로 끌려갈까 봐 두려움에 떠는 일도 없을 듯싶었다. 아들 광유, 딸 성옥이 남의 집 종살이를 하지 않게 된 것만도 얼마나 고마운 일인가. 역적의 죽음이 이 모두를 가능케 하였다.

함께 남원으로 간 뒤 한양으로 돌아가자고 타일렀건만 취실은 한사코 마다했다. 아버지와 형을 용서할 수 없다고도 했다. 그는 여전히 중 정각이었다. 하는 수 없었다. 절망에 몸을 떠는 그를 산으로 떠나보냈다.

"어서 돌아가 실컷 마시고 쉬도록 하세. 나도 이제 이 지긋지긋한 산골은 끝이라네. 아는가? 여기가 얼마나 궁벽한 고을이면 여직 정승의 사위, 조카 하나 나오지 않았다 하겠는가."

민인백이 노래하듯 흥얼거렸다.

달빛이 길을 밝혔다.

10월 15일.

일찌감치 진안을 떠난 민인백이 정여립, 변범의 시신을 끌고 전주성에 들어섰다. 포박된 두 소년이 시체를 따랐다. 두 시신은 감영의 자운루 아래에 팽개쳐졌다. 전라감사 이광이 새로 도임한 전주부윤 윤자신과 자리를 같이 하고 있었다.

방백과 수령이 지켜보는 가운데 이전에 잡혀온 여립의 조카 정집이 시신과 소년들의 신원을 확인했다. 감사 이광은 같은 해에 여립과 과거에 입격한 동방으로서 여립을 잘 알고 있었지만 굳이 거적을 들춰 그의 얼굴을 보려고 하지 않았다.

10월 17일.
안악 수군 황언륜, 방의신이 황해도에서 끌려온 농사꾼들과 함께 처형당했다.

10월 19일.
임금이 전날 전주에서 압송돼 온 정옥남, 박춘룡을 친국했다. 창덕궁 선정전에서였다. 이미 전주에서 모진 형신(刑訊)을 겪은 데다 추위와 허기에 떨며 먼 길을 끌려온 터라 벌써 반 주검 상태가 돼 있었지만 옥남은 임금이 묻는 말에 또박또박 대답을 했다. 허나 아비가 역적이 아니라고 강변을 할 적마다 임금은 사정없이 매를 치게 하였다. 두 번을 까무러치는 걸 보고서야 임금은 혀를 차면서 자리를 털고 일어났다. 친국이 끝났다고 해서 형문(刑問)이 끝난 것은 아니었다. 둘은 다시 인정문 바깥 행각, 즉 숙장문 앞 국정으로 끌려갔다. 심문이 사헌부 소관으로 넘어간 것이다. 둘은 이곳에서 벌건 인두에 단근질되어 입술이 익어 터졌고 귀가 문드러졌다. 주리 틀기로 종아리뼈가 바스러졌다.
말하고 먹고 걸을 수 없게 된 둘은 의금부 옥에서 하룻밤을 보낸 뒤, 다음날 한낮 군기시(軍器寺, 현 서울 태평로) 앞에서 사지가 찢겼다.

12월 20일.

이진길을 비롯하여 지함두, 박연령, 한경, 송간 등을 친국하였다.

박연령은 춘룡의 아버지. 여립의 심부름으로 김제에 갔다가 금부도사가 왔다는 소식을 듣곤 중 의연과 헤어졌다.

나름 기찰 검문을 피하겠다는 셈으로 강원도로 돌아 안악으로 가고자 했다. 그리하여 무주, 상주, 제천, 원주를 용케 지났지만 끝내 횡성 산골에서 잡히고 말았다.

고부 사람 한경과 태인의 무인 송간은 여립한테서 배움을 입은 이들로 한동안 측근에 있었지만 지함두, 변범 등 황해도에서 온 이들과 의연이 여립을 진인으로 부추기는 걸 보곤 차츰 거리를 뒀다.

금구에서 첩 은월과 있다가 잡혀온 지함두는 혹독한 매질을 당하고서도 떳떳이 제 할 소리를 해서 임금의 진노를 샀다. 정여립이 개세진인임이 분명하다고 밝힌 그는 "패공(沛公)이 죽었으나 천하에 어찌 패공 될 사람이 없겠는가!" 하고 소리를 질렀다.

패공은 한 고조(漢高祖)가 제위에 오르기 전의 칭호다. 패(沛)에서 기병을 하였기에 이렇게 불렀다. 그의 말인즉, 여립이 죽었다 하더라도 또 거사할 사람이 왜 없겠는가, 하는 뜻이었다.

이진길은 역적의 생질이란 이유로 국정에 끌려 나왔다. 형문을 받게 된 최초의 벼슬아치였다. 그는 형장을 맞으면서도 역적과 무관하다고 항변하였지만 임금의 노여움만 더 키웠다. 임금이 서찰 하나를 승전색에게 내려 보냈는데, 진길이 여립에게 보낸 것으로 선전관이 전주 여립의 집에서 찾은 것이었다. 편지글 중에는 "임금이 날로 혼미해지고 있다."는 구절도 있었다.

국정에서 나온 죄인들은 모두 군기시 앞으로 이송됐다. 황토 둔덕에는 이미 이들의 목을 따고 사지를 찢을 다섯 마리의 황소가 우두커니 서 있었다. 금부당상이 마지막으로 그들의 신원을 확인했으며 곧이어 책형(磔刑)을 시행하라고 명했다. 책형에는 능지형(陵遲刑)과 거열형(車裂刑)이 포함돼 있었다. 사형수에게 최대한의 고통을 주기 위해 손발부터 시작해서 허벅지, 가슴살을 도려내고 나중에 내장과 혈관을 따고 뼈를 부수는 것이 능지형이며, 황소의 힘을 빌려 오체(五體)를 분신(分身)하는 것이 거열형이었다.

정여립의 아내와 둘째 아들 정소(鄭沼)), 여립의 형인 흥복, 아우인 여복, 조카들까지 모조리 형장에 끌고 와서 곤장을 쳐서 죽였다. 시집 간 딸은 관아의 노비로 보냈으며, 첩 애복과 그 종들은 진안현감 민인백에게 상으로 주었다.

10월 27일.
역적의 수괴(首魁)를 단죄했다.

이른 아침부터 군기시 앞거리에는 도성 인민들이 구름처럼 몰려들었다. 정승 판서에서부터 종9품 참봉, 부정자, 감역에 이르기까지 문무백관들이 품계 순으로 도열했다. 조정 대신과 각 관아의 관원들은 사시(巳時, 오전 9시 30분~10시 30분)까지 군기시로 나와 서립(序立)하라는 지엄한 왕명이 있었다. 역적의 최후가 어떠한지를 조정 관원과 만백성이 똑똑히 봐야 한다는 뜻에서였다.

대신들이 당도할 때마다 금부 나졸들이 북을 울리고 나각을 불었다. 시각이 되자, 의금부에 버려져 있던 정여립, 변범의 시신이 소달구지에 실려 왔다.

시신을 확인한 뒤 금부 당상이 죄상을 밝히고 처단을 선언했다.

시신의 목과 두 팔, 두 발목에 밧줄이 묶이자 다섯 소몰이꾼이 각각의 황소를 끌고 다가들었다. 멍에에 밧줄이 걸렸다. 북소리가 났다. 뒤이어 바라소리가 요란스럽게 울렸다. 시신이 헌 걸레 마냥 사방으로 찢겨나갔다. 둘러쌌던 사람들이 저도 모르게 신음을 뱉었다. 눈을 감거나 고개를 돌리는 이들이 많았다.

처단된 역적의 머리는 긴 장대에 매달아 사람들의 왕래가 빈번한 거리에 3일 동안 효시(梟示)하게 마련이었다. 운종가 종루에서 동대문으로 가다보면 통운교(通雲橋, 철물교라고도 함. 현 종로 2가)를 건너게 된다. 계동, 재동 방면의 물이 인사동을 거쳐 남쪽으로 흘러가는 그 중간에 걸쳐 있다. 항상 사람들이 북적이는 통운교 한가운데 정여립의 머리가 장대에 매달린 채 높이 세워졌다.

역적의 처단을 직접 눈으로 보고 궁으로 돌아온 백관들이 인정전 뜰에 도열하여 권정례(權停禮)로 역란(逆亂) 평정의 대업을 축하했다. 의례에 참석해야 할 왕이 몸이 불편하거나 다른 일로 참여키 어려울 때, 자리만 설치한 채 거행하는 예식이 권정례다.

이 자리에서 목청 좋은 통례원 인의(引儀)가 이조판서 이양원이 적은 교서를 창(唱)하였다.

"……내가 덕이 적고 어두운 자질로 어렵고 큰 왕업을 지켜 오기 20년 동안, 항상 깊은 소(沼)와 험한 골짜기에 다다른 듯 조심하여 만백성을 교화시키려 했는데 역적의 괴수가 진신(搢紳) 가운데서 나왔으니 어찌 뜻했으랴. 적신 정여립은 어미를 잡아먹는 올빼미보다 더 악하고 독사보다 더 독할 뿐더러 시서(詩書)를 밑천으로 하였으니 이는 왕망(王莽, 자신이 옹립한 황제를 독살하고 그 자리를 빼앗은 전한의 정치가)이 세상을 속였던 것과 같고, 참서를 만들어 남을 속여서 감히 한산동(韓山童, 원나라 말기의 홍건적 봉기를 이끈 백련교 지도자)의 음모를 꾀하였다. 알[卵]처럼 덮어 길러준 은혜를 생각하지 아니하고 오히려 도적을 불러 모으는 계교를 꾸몄으니 변범, 박문장. 박연령, 김세겸, 이광수, 이기, 박응봉, 방의신, 황언륜 등과 서로 어두운 밤에 모여서 음모한 것이 이미 해포나 됐다. 중과 결탁하여 요괴한 일을 하였으니 옥함(玉函)을 만들어 여러 사람들을 현혹하게 하였고, 도성에 흉한 무리들을 벌여 놓아 무기고를 불사르려 하였으며 술사(術士)를 산중에 보내어 단군의 옛터에 소굴을 만들려 하였다. 뿐만 아니라 임금의 명을 위조하여 감사와 병사·수사를 없애려 했고 병부(兵符)를 나누어서 서울을 치고 한강의 창고를 탈취하려 했으니 간악한 계책이 더욱 깊어가서 화란(禍亂)의 기틀이 거의 발동될 뻔하였다. 병조의 장을 죽이려 했으니 어떠한 일을 하려던 것이었으며, 창을 휘둘러 대궐을 범하려 했으니 일이 장차 어찌 될 것이었던가. 시종(侍從)하던 신으로서 뭇 역적의 우두머리가 되었으며 의관(衣冠)한 선비로서 미친개의 마음을 품었다. 난신과 역적이 일찍이 어찌 없었으랴마는 이보다 더 심한 적은 없었을 것이다. 이에 만백성이 다 미워하니 누구나 베어 죽일 수 있다. 비록 역적 범엽(范曄, 중국 남조시대 송나라 정치가. 반역사건에 연루되어 처형당함)에게 미처 형(刑)을 주지는 못하였으나 이미 역적 왕돈(王敦, 중국 동진시대의 권신)의 송장을 꿇어 앉혀 참형(斬刑)을 집행하였으니, 여립 등을 능지처참하노라. 아, 하늘의 그물[天綱]이 새지 아니하여 이미 용서할 수 없는 형을 시행하였으니 여러 사람의 마음이 다 같이 기뻐하리라."

이는 옥사(獄事)의 마무리가 아니라 새로운 시작을 알리는 것임을 모를 신료는 없었다.

11월 2일.

생원 양천회(梁千會)가 역적과 가까운 조정 권신들을 처벌해야 한다는 소(疏)를 올렸다. 양천회는 무등산의 소쇄원 주인 양자징의 아들로서 그 형 양천경(梁千頃)과 더불어 송익필, 정철한테서 공부를 하였으며, 지난해 생원시에 입격하고 성균관에 머물러 있었다.

"신의 집이 호남에 있으므로 역적의 정상을 소상히 알고 있습니다."라고 시작되는 소의 대략은 "이이가 죽자 정여립은 제일 먼저 그를 배반하고 이발 등과 더불어 충성 있고 어진 사람을 모함할 계책을 하였습니다."라면서 송익필 일가를 환천시킨 일을 먼저 예로 들었다. 이어 그는 "조정에 있는 신하들이 다 그 술책에 떨어져 그의 비위만 맞추다가 여립이 역적이라는 고변 소식을 듣고도 처음에는 역적을 옹호하고 구하려고만 하여 혹 말하기를 '이이의 제자들이 일을 내려고 무고한 것이다.' 하였으며 혹은 말하기를 '여립의 위인(爲人)은 충성이 해를 꿰뚫을 만하다.'고도 하며 오히려 고변한 감사 한준을 그르다고까지 하였습니다." 하였는데 여기서 말하는 조정의 신하가 정언신, 백유양, 이산해 등임은 누구나 알 만하였다. 이윽고 그는 직접 권신들의 이름을 드러내 이르기를, "위관(委官) 정언신은 자기와 관련된 단서가 드러날 것을 두려워하여 죄인들에게 빨리 혹독한 매질을 하게 하여 자세히 캐서 묻지도 아니하고 덮어 넘기려고만 하였습니다. 지금까지도 역적과 생사를 같이 하기로 맹세하였던 이발, 이길, 백유양과 종족(宗族) 간으로 친밀한 정언신, 정언지 같은 자들이 정부에 참례하여 경연에 출입하면서 평일과 같이 의기양양하고 있습니다. 이는 나라의 법이 소원(疏遠)하여 천한 자에게만 법이 시행되고 귀하고 가까운 자에게는 쓰이지 아니하는 것이라고 하겠습니다." 하였다. 이에 임금이 답하기를, "양천회의 상소가 너무 늦었구나." 하며 매우 가상히 여겼다.

11월 4일.

전 예조정랑 백유함(백유양이 사촌 아우)이 상소했다. 이르기를, "신이 죄가 쌓여 은혜를 저버렸으므로 시골에 물러와 있었으나 나라에 역변이 있다 하오니 감히 편히 있을 수 없어 흩어진 혼백을 수습하여 다시 서울로 돌아왔습니다." 하였다. 이어서 "추국하는 관원이 문초를 소홀히 하였고 대간은 그것을 보고도 말리지 않았습니다. 김우옹, 이발, 이길 무리는 역적과 서로 사귀어 편당이 되어 두호하였기에 인심이 해괴하고 분하게 여기고 있습니다. 전하의 형세가 외로워지고 사특한 의논이 횡행하면 비록 역적과 괴수는 죽었다 할지라도 남은 근심이 다 없어지지는 않을 것입니다." 하였다.

임금이 답하기를 "너는 참으로 백경(白卿, 백인걸)의 아들이라 할 만하고 백경은 과연 참다운 후사를 뒀다. 나라가 위태한 때를 당하였으니 지금부터는 가지 말라. 내가 장차 너를 쓸 터이다."라고 하였다.

11월 8일.

정철이 우의정에 임명됐으며 관례대로 국정(鞫庭)에서 죄인을 다루는 최고위 위관을 겸했다. 쫓겨난 이조참판 정언지 대신 우계 성혼이 그 자리에 올랐고 백유함이 정5품 사간원 헌납(獻納)이 되었다. 사흘 뒤 백유함이 동인들이 포진해 있던 사간원, 사헌부 양사를 탄핵하여 대간들 다수를 갈아치웠다.

11월 12일.
임금이 정여립의 조카 정집의 자백에서 거명된 정언신, 정언지, 김우옹, 이발, 이길, 백유양, 홍종록(洪宗錄), 정창연(鄭昌衍) 등을 친국하였다. 정집은 이미 죽었다. 죽기 전 그가 "대신들의 이름을 불면 살려주겠다고 하고선 왜 날 죽이려 하느냐?"고 발버둥 쳤지만 누구 하나 그 말을 귀담아 듣는 이 없었다.
정언신은 남해(南海)로, 정언지는 강계, 김우옹은 회령, 이발은 종성, 이길은 희천, 백유양은 부령, 홍종록은 구성으로 각각의 유배지가 정해졌다. 정창연은 죄가 없다고 풀어주었다.

기축년(1589년) 섣달이었다.
아침부터 진눈깨비가 흩날렸는데 밤 되자 눈발이 제법 굵어졌다. 기온도 뚝 떨어졌다. 건시(乾時, 오후 8시 반부터 9시 반 사이) 무렵, 남언경이 탄 사인교가 건천동 유성룡의 집안으로 들어왔다. 조카 발(撥)이 말을 타고 그를 배종했다. 어깨를 덮은 그의 털가죽 옷에도 흰 눈이 수북이 얹혀 있었다.
유성룡과 함께 사랑에 있던 젊은이들이 죄 마루를 내려가서 그를 맞아들였다. 유성룡의 사위 이문영, 성룡의 제자이며 조카사위인 김홍미, 남언경의 처조카 홍적 그리고 김성립과 그의 처남 허균 등이었다.

"뒤늦게 과거시험을 보고 온 늙은이가 손발이 저리지 않다면 말이 안 되겠지요."

거동이 불편치 않느냐는 유성룡의 인사에 남언경이 농으로 답을 해서 무거운 분위기에 있던 좌중을 웃게 만들었다. 그렇게 보아서 그런가, 그는 두 번이나 국정에 끌려가 매를 맞으며 심문을 당한 노인답지 않게 얼굴이 밝고 건강해 보였다.

국정에서, 추관의 우두머리 자리에 앉은 우의정 정철이 두 번째 끌려와 형틀에 묶인 남언경을 내려다보며 옆 사람에게 말했단다. "내 벗 시보(남언경)가 과거시험은 한 번도 입격을 못 했는데 여기서는 중시(重試, 과거에 급제하여 문무 당하관이 된 사람이 다시 보는 시험)까지 본다오."라고.

두 번 다 죄목은 같았다. 정해년(1587년) 왜적들이 남해를 쳐들어왔을 때, 전주부윤으로 있으면서 정여립에게 도움을 청했고, 여립의 대동계 군사들이 공을 세우고 흩어질 적에 여립을 치하하여 주사를 빗댄 시 한 편을 써준 것과 이후 전주부의 야장(冶匠)을 금구 별장으로 보내 기물을 만드는 데 도움을 줬다는 것 때문이었다. 섣달 초하룻날 처음 국정에 끌려가서 형문을 당했으며 그날 맞은 매만 해도 스무 대가 넘었다. 예순을 넘긴 노인네라고 형리들도 매질 만큼은 사납게 하질 않아서 볼기 살이 터지고 피가 흐르는 일은 없었다. 죄가 미미하다 해서 그날로 풀려났지만 닷새 뒤에 다시 국정으로 잡혀갔다. 그 죄를 용서할 수 없다는 사간원 헌납 백유함의 주장에 의해서였다. 두 번의 국정 때마다 단상에는 송강 정철이 좌정해 있었다. 결국 두 번의 추국 끝에 원지(遠

地) 유배의 결안(結案, 형의 확정)이 작성되었다.

귀양 갈 준비를 하고 있을 때 뜻밖에 구원의 손길이 뻗혔다. 역적을 돕고 그를 상찬한 일은 사실이지만 그때는 역적의 정상을 제대로 알 수 없는 때였다고 사헌부 지평 강찬(姜燦)이 적극 변호를 해준 덕이었다.

강찬은 율곡과 송익필의 문인이며 김은휘의 맏사위로서 김장생의 4촌 매제가 된다.

남언경의 말마따나 결국 백유함을 시켜 잡아들인 이도 정철이요, 이쯤해서 됐다고 강찬을 시켜 풀어준 이도 정철인 셈이었다.

"그래도 고맙지 뭔가. 다른 이들은 매를 맞다가 장하(杖下)에서 죽거나 귀양을 가더라고 그 장독(杖毒)에 죽기 십상인데 계함(정철)은 옛 정의를 생각해서 날 이렇게 돌아다니게 풀어 주었잖은가."

남언경이 콧물을 닦으며 말했다.

"송강 그 악독한 이가 언제 또 마음이 변할지 누가 알겠습니까?"

"아냐, 송강이 그럴 사람은 아니야. 그리고 굳이 날 죽인다면 죽어야지 어떡하나. 다른 사람은 다 매 맞아 죽고 귀양 가는데 내가 살아남았다고 해서 산 목숨일까? 송강이 살려준 목숨이라고 사림이 다 웃을 걸세. 이미 송강이 내 목숨을 걷어간 터에 또 다시 죽일 턱은 없지."

노여움을 참지 못해 하는 홍적의 말에도 남언경은 태연스레 웃음을 흘렸다. 의정부 검상 홍적 또한 홍진과 마찬가지로 홍인우의 아들이다. 남언경의 처가 홍인우의 누이이니 홍적은 언경의 처조카다.

"존형께서 다시 지평(현 양평)으로 가신다는 얘길 들었습니다. 실로 그러실 작정인지요?"

유성룡이 물었다.

"지평이 아니고 양근(楊根, 현 가평 남부)이랍니다. 진즉에 터를 봐 두고 쉬엄쉬엄 집을 지어 왔는데 내년 봄쯤이면 들앉아도 될 것 같아 요. 삭탈관직 되어 사판(仕版)에서 이름이 지워진 이가 왕부에 남아 있 어서 뭘 한답디까, 허허."

내일모레 당장 떠난다는 말이 아니어서 유성룡이 안도했다. 산촌으 로 돌아가기 전에 한 번 뵙자고 먼저 청을 넣은 이가 유성룡이었다. 성 룡이 직접 언경의 집으로 가려고 했는데 그럴 수 없다며 한사코 그가 말렸다. 현직의 판서가 죄인의 집을 찾아서는 안 된다는 이유에서였 다. 그러면서 아직 매 맞은 자취가 온전히 지워지지 않은 처지에 직접 건천동으로 가겠다는 기별을 보내왔다. 유성룡으로서는 고맙고 미안 한 일이 아닐 수 없었다.

"양근의 땅이라 하시면 영천(현 가평 이천리)이 아니던가요? 백년의 환란을 피할 수 있는 승지라 하셨던가요?"

이목을 가리지 않고 김성립이 물었다. 남언경은 한동안 물끄러미 그 를 바라보기만 했다.

"자네……자첨(김첨)의 아들 성립이겠구먼? 영천 얘기는 누가 하던 가? 이 자?"

남언경이 짐짓 조카 남발을 노려봤다. 아비는 물론 스승마저 당이 서로 달랐지만 성립과 남발은 동갑내기로서 성균관에서부터 친교가 있었다. 언경의 짐작대로, 성립이 영천 이야기를 전해들은 것은 남발한 테서였다. 이전부터 남언경이 친족들에게 말하길, 머잖아 전란이 터질 텐데 그 환란을 피할 곳으로 영천만한 곳이 없다고 했다. 지평현감을 지낼 때부터 그가 이 땅을 눈여겨 봐 왔다고 했다.

"동쪽 산이 남녘 산의 아들을 알아보시는군요."

유성룡이 우스갯말을 하며 화제를 고쳤다. 남언경의 호가 동강이고 죽은 김첨의 호가 남강이었다. 닷새가 지나지 않았다. 호남에 산다는 유생 정암수(丁巖壽)가 구언(求言, 임금이 여론을 듣는다는 뜻)에 응한 다면서 소를 올렸다. 거기서 그는 조정에 남아 있는 동인 인사 대개를 거론하면서 그 각각이 음으로 양으로 역적을 편들었기에 엄히 처단치 않으면 안 된다고 역설하였다. 그 일이 아니었다면 유성룡이 굳이 몸도 성치 않은 남언경을 청해 만날 일이 없었다. 이는 동인들끼리 머리를 맞대고 숙의해 봤자 헤쳐 나갈 방도를 찾기 어렵고 사태의 본질을 헤아리기도 곤란한 문제였다. 때를 만난 듯이, 들판 같은 그물을 펴고 호수의 바닥까지 훑으려 드는 정철, 성혼의 속셈을 헤아리는 데는 남언경 같은 이가 없었다. 그리고 남언경처럼 말이 통할 자도 없었다.

남언경도 알고 있었다. 유성룡이 자기를 찾은 까닭을. 그가 말했다.

"송강을 잘 모르는 이들은 이번 정암수의 그것을 보곤 송강이 지나 쳤다고 하면서 송강이 제 꾀에 당할 차례라고 말하기도 하는데 그렇지 않아요. 역시 송강이랍니다. 성상(聖上)의 속정까지 헤아려 보겠다는 저 깊고 먼 셈법이라니……."

"신들이 듣고 보았던 바를 죄다 말씀드리겠습니다."로 시작되는 정 암수의 글은 음휼(陰譎, 음흉하고 간사함)한 자질로 임금을 속여 왔다 면서 좌의정 이산해를 가장 먼저 언급하였고, 이어 시골에 있는 정인 홍을 가리켜 정여립과는 한 몸 같은 사이라고 단정하였다. 또 전 현감 정개청은 오랫동안 여립과 교우가 친밀하여 온갖 사설(邪說)에 호응한 자라고 하였으며, 정언신은 오래 전부터 내부에서 무사들과 결탁돼 있었다면서 "정언신의 관직이 삭탈되자 무사들이 듣고 저마다 한숨을 짓고 개탄하며 의뢰할 곳이라도 잃은 듯하였는데, 부도한 정언신이 그처럼 무사들의 인심을 얻었다면 어찌 큰 후환이 아니겠습니까." 하고 탄식하였다. 뒤이어 감사 유영립(柳永立), 추관 김우굉, 이조판서 이양원, 이발의 외숙 윤의중(尹毅中), 병조판서 윤탁연을 거론하였는데 정여립 사건과는 전혀 관계가 없는 과거사까지 들먹이거나 "높은 직위에 있으면서 날마다 이익을 추구하고 악행만을 좋아하여 청탁이 끊이지 않는다."는, 구름 잡는 식의 죄목들을 늘어놓았다.

그 다음은 새로 등용한 서인 인사들의 충성스러움을 내세우고 임금을 찬양하는 구절들이었다.

"이 세상을 둘러보면 모두가 서로 멸망의 길로 들어가는데, 성주(聖主)께서 배양하신 학맥이 아직도 심후(深厚)하기 때문에 양천회, 백유함 등이 이어서 충언을 올려 모두 가납되었고, 간녕(奸佞, 간사스럽고 아첨이 많음)을 통찰하고 충현(忠賢)을 불러들여 직언을 구하시는 교지의 뜻이 간절하기 때문에 사기가 다시 진작되고 국세가 점차 신장되어 온 나라가 함께 유신을 갈망하니, 어찌 전하께서 성찰하고 근면하여 앞으로 큰 사업을 이룩할 시기가 아니겠습니까."

글의 핵심이 되는 대목은 그 다음에 있었다.

바로 유성룡에 관한 것이었다.

"유성룡은 소위 사류(士類)로 일신에 큰 명망을 차지하고 시론을 주관하면서도 남의 말을 교묘히 피합니다. 이전의 일은 추구할 필요가 없으나, 요즘 국사가 날로 위태로워지는 것을 보고도 사당(邪黨)을 배치시킬 뿐, 충현을 끌어들여 지난번의 과오를 고치는 계책으로 삼겠다는 말 한 마디가 없습니다. 유성룡은 진실로 역모에 가담한 사람은 아니지만 지금 만약 반성해 본다면 태양 아래서 어떻게 낯을 들고 살 수 있겠습니까?"

그 아래로는 역적과의 심계(心契)가 가장 친밀한 자들이라면서 여러 사람들을 나열해 놓았다. 부교리 송언신은 역적에게 심중을 숨기지 않은 이로, 참봉 윤기신은 앞장서서 아첨을 부린 자로 지적했으며, 김제 군수 이언길은 여립에게 목재를 수송해서 집을 지어 주었고, 전라도도사 조대중은 역적이 죽었다는 소식을 듣고 눈물을 흘렸으며, 이조좌랑 김홍미는 호남과 한양을 오갈 때 반드시 이진길의 집에서 유숙하였다고 죄목을 들었다. 남언경에 대한 언급도 있었다. 역적에게 선물을 주고 찬양을 곁들였다는 것인데 이전의 죄목과 다를 바가 없었다. 전 직제학 이순인이며 전 남원부사 유몽정 같은 무리는 하찮아서 말할 나위도 없다고 한 정암수는 "이는 모두 신 등이 다 같이 알고 있는 사실로, 평소 침 뱉고 비루하게 여겨 온 바인데 전하께서도 들으셨는지 모르겠습니다." 하면서 글을 맺었다.

이 소에서 한 번이라도 이름이 언급된 자는 유성룡을 비롯하여 서른이 넘었다. 한두 사람을 빼곤 모두 명확히 동인으로 분류될 수 있는 인사들이었으며 이들은 또 퇴계와 남명 문인으로 나눌 수 있었다.

이발, 정인홍, 윤의중, 윤기신, 유종지, 이순인 등이 남명 조식의 문인이며 유성룡, 김우굉, 윤탁연, 이양원, 송언신, 조대중 등이 퇴계 이황의 문인이었다. 유성룡의 제자인 김홍미 그리고 남언경까지도 넓게는 퇴계의 문인에 속했다.

누가 먼저 말을 꺼내지 않았지만, 남언경이 정암수의 상소에 대해 정철부터 거명하는 것만 봐도 세간의 여론처럼 그도 이 상소가 정철과 무관치 않다는 심증을 갖고 있었다. 정암수를 소두(疏頭)로 한 이 소에는 열 명의 전라도 유생들 이름이 올라 있는데 정암수 본인이 곧 정철의 벗이었다. 화순(和順) 사람으로 명종 때 진사시에 합격한 그는 고경명(高敬命) 등과 함께 정철이 창평에 머물 때부터 소쇄원, 식영정 등에서 시회를 가지는 등 친밀하게 지냈다.

소에 함께 이름을 올리고 있는 양산룡(梁山龍)은 정철과 친한 양응정(梁應鼎)의 아들이며, 전주 태생의 생원 임윤성(任尹聖)은 율곡의 문하에 드나들면서 정철을 스승으로 모셨던 이였다. 그 임윤성은 유성룡도 기억했다. 성균관을 맡고 있을 적에 그가 태학생이었기 때문이다. 학문에 진보가 있다고 칭찬을 해준 일이 있었다.

"소문(疏文)도 송강이 직접 써서 그들에게 줬다는 말까지 공공연히 떠돌고 있지요. 송강이 왜 그런 짓을 할까요? 간단하지요. 다음은 누구누구 차례다, 하는 것을 만천하에 보이겠다는 것입니다. 양천회 상소때 목도하지 않았던가요. 양천회로 하여금 누구누구 이름을 적어 올리라 한 다음에는 백유함이 나서서 대간들을 움직이고……그러면 곧장 금부 나졸들이 달려오는 것 아닙디까?"

"허나 이번엔 그 일도 틀어지지 않았습니까?"

남언경의 말에 성룡이 반문했다.

정암수의 소를 접한 뒤 임금이 이전과 태도를 달리 했기 때문이다. 진노한 왕이 "진사 정암수, 박대붕, 임윤성, 양산룡 등이 국가의 역변을 이용하여 감히 무함하는 술책을 써서 근거 없는 말을 날조하고, 사흉(邪譎, 삿된 속임)의 소를 올려 현상명경(賢相名卿)들을 모조리 지적

(指斥)하여 온 나라가 텅 비게 하려 하니 그 흉참한 양상이 해괴하기 짝이 없다." 하면서 "이는 반드시 간인(奸人)의 사주를 받은 것이 틀림없을 터이니, 잡아들여 추국하고 율(律)에 따라 죄를 적용하라."는 전교를 내렸던 것이다. 나아가 임금은, 죄인으로 이름이 올랐음을 부끄러워하며 사퇴코자 하는 유성룡을 이조판서로 옮겼으며 또 권극례를 예조판서에 임명하였다.

물론 유성룡도 임금의 이런 대응이 곧바로 소에서 거론된 자들이 무사하게 되고 뒤에서 사주한 자들이 벌 받는 일과는 무관하다는 것을 알고 있었다. 시작과 끝이 다른 것이 옥사이며 겉 다르고 속 다른 것이 또 임금의 마음이기 때문이었다. 그 점은 남언경이 더 잘 알았다.

"틀어진 게 아니지요. 이제 비로소 뜸을 들이는 때라고 할까······."

들깨강정 하나를 집어든 그가 말했다.

"양천회의 상소 하나로 정언신, 김우옹, 이발, 백유양이 국문을 당하고 귀양을 갔습니다. 허나 그걸 두고 그나마 다행이라고 여길 사람이 있겠어요? 송강이 그들을 살려줄까요?"

"결국은 다 죽이고 만다는 말씀인가요?"

홍적이 되물었고 남언경이 고개를 끄덕였다.

"정언신, 언지 형제는 역적의 친척이란 사실만으로도 살아날 방도가 없고, 이발 형제며 백유양은 원체 정철, 백유함과 척을 졌던 사이니 마땅히 죽이려 들 겁니다. 어쩌면 김우옹 하나가 살아 돌아올지도 모르지요. 비록 남명의 문인이고 이발과 친하다지만 전라도가 아니고 성주 사람이니까요."

"퇴계 사람들은 송강도 크게 신경을 쓰지 않는단 말씀이신가요?"

김성립이 물었다.

"내 생각이 그렇다네. 왜 그런지 아는가? 그게 다 여기 서애 대감 덕이라네. 송익필의 환천 때부터 그렇게 사람을 궁지로 몰아서는 안 된다고 이발을 말리고 타이른 이가 바로 서애 대감 아니었던가. 송강도 그 사실을 누구보다 잘 알지."

"하오면 이번 정암수의 소에서 대거 퇴계 문인들을 엮어 넣은 연유는 무엇인지요?"

"겁을 주는 게지. 물고 들어가면 너희도 온전치 못하니까 까불지 말고 가만있으라고……다시 한 번 정암수의 소를 뜯어보지 않겠는가? 송강의 의중이 담겼다고 보고 말일세. 희한한 점이 뭔지 알겠나? 선홍복(宣弘福)의 초사(招辭)에도 나왔던 이발 형제며 백유양의 이름이 일절 없어. 그리고 엉뚱하니 곤재 정개청의 이름이 앞에 있어요. 이게 무슨 뜻이지? 나도 크게 놀라지 않을 수 없었다네. 새삼 봐도 송강이 참 무서운 사람이야. 이발, 백유양은 이미 죽은 거나 진 배 없다는 게야. 그래서 이름조차 쓰질 않았어. 정개청이 누군가? 나보다 한 살이 적은데 나도 안다네. 정인홍처럼 남명의 제자지. 벼슬은 크게 하지 않았지만 호남에서는 신망 받는 지조 있는 선비라네. 예전부터 그는 송강 같은 이를 아예 선비 취급조차 하질 않았지. 궁실에 여자를 들여보내 권세를 얻은 집안의 송강이 어찌 사류에 들 수 있느냐고 했거든. 게다가 이발과 친하게 지냈으니 송강이 그냥 둘 리가 없지. 전 남원부사 청계 유몽정의 이름은 왜 나왔겠는가? 정여립한테 곡식과 목수를 보내 도왔다고? 나도 그 죄목이었지. 헌데 그게 아니야. 유몽정도 나주 사람이야. 정개청처럼 일찌감치 정철과 사귐을 끊었을 뿐만 아니라 배척하고 비난하기를 서슴지 않았거든. 언관(言官)으로 있을 적에는 정인홍과 더불어 정철을 논핵한 적도 여러 번이었어. 나주목사로 있을 적에는 정개청을 천거하여 훈도로 쓰기까지 했던 이가 유몽정이야. 송강으로선 그런 그를 놔둘 수 없는 게야. 내가 송강이 무섭다는 것도 이 때문이거든. 나라에 역변이 생겨서 국청이 열리고 거기에 자기가 서슬 퍼런 추관이 되었다고 해서 죄의 실상은 따지지 않고 사사로이 원한 갚을 생각을 앞세우고 있으니 말일세. 쯧쯧, 억울하게 죽는 이가 한둘로 그치겠는가 말이야. 참, 자네가 퇴계 문인들 얘기를 했지? 그것도 중요한 얘기네. 누구누구가 있던가? 여기 서애를 위시해 이양원, 김우굉, 조대중…… 그렇지?"

"저도 과분하게 말석에 이름을 올렸습니다. 전주 이진길의 집에서 하룻밤 잔 일이 있다고 해서……."

김홍미가 낮은 목소리로 말했다. 금세 얼굴을 붉히는 그를 보고 몇 사람이 웃음을 터뜨렸다. 경상도 상주에서 태어나고 자란 그는 소년 시절 상주목사로 온 유성룡한테서 글공부를 했다. 마침내 유운룡의 사위가 되었으니 유성룡은 학동을 키워 조카사위로 삼은 셈이었다.

"그렇군, 자네도 이제 거물이 됐다는 뜻일세."

남언경이 빙그레 웃음을 지었다.

"허나 굳이 자네 이름을 집어넣은 걸 보면 딴 속셈도 있을 게야. 이덕형이 이조정랑인데 자네가 좌랑이 되었으니 전랑(銓郎)을 퇴계 사람들이 다 차지한 셈 아닌가. 게다가 서애까지 판서가 되었으니 이조가 다 넘어갔다고 볼 수 있을 게야. 그러니까 어느 누구든 자리를 내놓으란 뜻이지 다른 건 아닐 게야."

문반(文班) 당하관의 인사를 주도하는 이가 이조전랑인지라 이는 요직 중에서도 요직이 아닐 수 없었다. 역변으로 조정의 권력구조가 바뀌는 터에 저쪽에서 전랑 자리부터 탐을 내는 것은 당연하다는 남언경의 분석이었다.

"퇴계 문인들의 죄목을 보게. 역적과 직접 관련된 건 하나도 없어요. 억지로 끼워 넣었다고 볼 수밖에……. 왜 그랬을까? 형평을 맞추기 위해서 그런 것이지 다른 뜻은 없는 것 같아. 호남 사람들, 특히 남명의 문인들만 걸고 들어가면 속셈이 너무 빤히 드러나고 모양새가 이상해 보였던 게야. 그래서 여기 서애부터 집어넣고 이산해, 윤탁연, 이양원 등등을 넣은 게지. 그러면서 상감의 의중을 떠보고 아울러 퇴계 쪽에 경계를 주려는 셈법이야. 미리 순서를 정해놓은 듯이 차례차례 꺼내고 터뜨리는 방법도 기가 막혀. 맨 먼저 양천회의 소가 있었고 그 다음에 선홍복의 입을 빌리고 이어서 정암수를 내세우고 마침내 귀양 갔던 조헌까지 나왔어. 마치 큰 그림을 그려놓고 순서대로 하나씩 꺼내는 것 같아. 허허."

"저도 그 생각은 진즉에 했습니다. 이는 송강 한 사람이 하는 것이 아니다……."

"아무렴요. 내가 송강을 아는데 그는 이렇게 치밀한 사람이 못 돼요. 욱 하는 성미가 있어서 앞뒤 없이 일을 저지르기는 하지만 세밀한 셈은 할 줄 모르지요. 송익필과 성혼이 뒤에서 거들지 않으면 이런 작품이 나오질 못해요."

유성룡의 말에 남언경이 찬동했다.

이발 형제, 정언신 형제 그리고 백유양을 국청에 끌어내고 이어 귀양을 보내는 데 결정적 계기가 됐던 양천회의 상소가 있은 지 보름 만에 선홍복의 공초(供招)라는 것이 세상에 밝혀졌다. 전라도 낙안(樂安) 유생 선홍복이 평소 정여립과 밀통했다는 이웃의 신고를 받고 금부도사가 그의 집을 급습했다. 집안에서 여립과 주고받은 서찰이 나왔지만 크게 흠 잡을 내용은 없었다. 감영으로 끌려가 모진 형신을 당했지만 그의 입에서도 별다른 얘기는 나오질 않았다. 그래서 방면되어 집으로 돌아왔는데 닷새가 지나지 않아 의금부로 압송되어 국청에서 추국을 당했다. 두 차례 형신을 당하고 결국 자복(自服)을 하였는데 이때 그의 입에서 이발, 이길, 백유양의 이름이 나왔다. 자신이 여립의 집을 내왕할 때 그들을 본 적 있으며 그들이 여립과 더불어 역적질을 꾀했다는 말을 거침없이 내뱉었다. 선홍복은 그 자리서 형장을 맞고 죽었다. 그런데 심상치 않은 여론은 그 뒤에 일었다. 숨이 끊어지기 전까지도 선홍복은 "내가 그들의 이름을 대면 살려준다고 했던 약조는 어디 갔느냐?"고 소리를 지르는가 하면 "내가 속았다."고 거푸 한탄했다는 얘기가 국청 밖으로 새어나왔기 때문이다.

이에 보태진 소문도 많았다. 선홍복이 일차 풀려나 낙안에 머물고 있을 때, 금부도사 이식(李軾) 등이 미리 찾아가, 며칠 사이에 한양으로 끌려갈 것을 일러주면서 이번엔 자기가 불러주는 신료들의 이름만 대면 쉽게 풀려날 수 있다고 회유했는가 하면 의금부 옥에 갇혀 있을 때는 의원 조영선(趙永宣)이 그를 만나 꼬드겼다는 말도 심심찮게 나돌았다. 이식과 조영선은 모두 정철이 부리는 자들이었다. 그래서 그런 것일까. 선홍복이 관련자들의 이름을 댈 적에는 자신의 버선을 까뒤집어 거기에 적힌 이름을 보고 그대로 읊었다는 얘기가 파다하였다.

그 버선 안쪽에는 사헌부 장령(掌令) 유덕수의 이름도 적혀 있었다. 여립의 생질 이진길이 유덕수의 집에서 참서를 얻어 읽었다는 내용이었다.

유성룡이 사태의 급박함을 체감한 것은 선홍복의 초사에 유덕수의 이름이 올랐다는 사실을 알고부터였다. 송익필, 정철이 쳐놓은 울타리에서 퇴계의 문인들만 온전히 빠져나갈 수 없다는 점은 인정하고 있었지만 그 첫 번째 사냥감이 유덕수가 될 줄은 상상치 못했다. 유덕수는 지난해 세상을 떠난 전 장례원 판결사 배삼익과 동갑내기 친구로 유성룡보다 열 살이 위였다. 병조참판을 지낸 구봉령과도 친했다. 유성룡의 형 운룡과 각별하였기에 예천군수, 선산부사를 지낼 적에는 종종 안동 물돌이마을(하회)에도 찾아오곤 했다. 갑신년 겨울, 선산부사로 있던 그가 성룡 어머니의 칠순을 하례한다고 추위를 무릅쓰고 풍산까지 찾아왔던 일은 아직도 생생하게 기억할 수 있었다.

권응시가 정여립을 만나러 진안에 갈 적에는 그 또한 남언경과 함께 동행을 하였다는 얘기도 들은 바 있었다. 예천을 다스릴 적에는 야은 길재의 덕을 추앙키 위해 고을에 정산서원을 세웠으며, 몇 해 뒤에는 인동현감으로 있던 유운룡이 길재의 묘를 이장하고 사당을 세우는 일에도 헌신으로 도운 바 있었다.

국청에 끌려간 유덕수는 뼈가 부러지는 형문을 당하면서도 역적과의 관계를 부인했다. 지금은 잠시 그쳐 있지만 머잖아 다시 국문을 받아야 하는 그, 내일모레가 환갑인 그도 결국 형장 아래서 숨을 놓을 것임은 다들 알고 있었다.

"그를 죽여서 어디다 쓴단 말인가? 진정 그를 살릴 길이 없단 말인가?"

형 운룡이 안동에서 애끓는 글월을 보내왔지만 유성룡은 미어지는 가슴을 쓰다듬는 길밖에 없었다.

선홍복의 공초에 의해, 이전에 귀양 간 이발, 이길, 백유양을 다시 데려오란 왕명이 떨어졌다. 그 먼 데서 끌고 와 다시 추국을 한다는 것은 아예 이번에 목숨을 끊겠다고 작정을 한 것과 다를 바 없었다. 불똥은 유성룡의 제자인 신진 정경세한테도 튕겼다. 이진길을 사관(史官)으로 끌었다는 죄로 파직 당했다. 그 사이 귀양을 갔던 조헌이 풀려났다. 상소에 이력이 붙은 그는 서울로 돌아오는 길에 이미 한 편의 소를 지어 먼저 도성으로 띄워 보냈다. 그 내용 또한 이산해, 유성룡 등 동인들의 실정과 인사를 비난하고 정철, 성혼의 충심을 칭찬하는 것이었다. 이에 발맞춘 듯이 호남의 유생 양산도(梁山璹), 김광운(金光運) 등도 소를 올렸으며 그 내용은 다 엇비슷했다.

임금이 이를 보고 전교하였다.

"인심의 패역(悖逆)함이 이 지경에 이르렀다. 그들의 소장(疏章)을 내가 아직 다 보지 못하였지마는 이를 따질 나위가 있겠는가. 이런 정황에서 조신(朝臣)들의 마음이 어찌 편안할 수 있겠는가. 그들 몇 사람이 소를 올려 조신들이 다 잘못이 있다고 탓하고 우상(右相) 정철 이하 몇 사람만을 찬양하면서 스스로 '직언'이라 하여 도리어 그 정상을 환히 드러냈으니 웃을 일이다. 조헌은 하나의 간귀(奸鬼)다. 아직도 두려워할 줄 모르고 조정을 경멸하여 더욱 거리낌 없이 날뛰니 그 사람은 앞으로 다시 마천령(磨天嶺)을 넘게 될 것이다. 그 마음이 몹시 흉참한

데도 아직까지 현륙(顯戮, 죄인을 거리에서 처단하여 그 시체를 군중에게 보이는 것)을 모면한 것이 다행이다."

임금이 이렇듯 노여움을 보인 데는 까닭이 있었다. 조헌의 상소가 당도한 다음날 유성룡이 좌의정 이산해, 형조판서 윤탁연과 더불어 임금을 알현하고 완강히 사직의 뜻을 밝혔기 때문이다. 이 자리에서 윤탁연이 조헌의 이번 상소도 송익필 형제의 사주에 의한 것이란 공론이 있음을 아뢰었고, 임금은 정승, 판서들을 달래어 사직을 말린 뒤 송익필 형제를 잡아들이란 별도의 전교를 내렸다.

"사노(私奴) 송익필, 한필 형제가 조정에 대한 원망이 쌓였으니 반드시 일을 내고야 말 것이다. 간귀 조헌의 진소(陳疏)가 모두 그의 사주였다 하니 극히 통분할 일이다. 더욱이 노복으로서 주인을 배반하고 도망해 숨어 그 죄가 강상(綱常)에 관계되니 더욱 해괴하다. 체포 추고할 것으로 형조에서 승전을 받들라."

그리곤 정암수의 소가 이르렀다. 여기에 노소 관계없이 퇴계의 문인들이 대거 거명되고 있으니 유성룡으로서도 절체절명의 위기감을 느끼지 않을 수 없었다.

"조대중이 지적된 걸 보면 송강의 의도가 분명합니다. 이발 형제 다음으로 정철을 미워한 이가 조대중 아니겠습니까. 죄목이라니……여립이 죽었다는 소식을 듣곤 그가 눈물을 흘렸다는 게 이유이더군요. 세상에, 부모형제도 아닌데 어떤 이가 그 자리에서 눈물을 흘리겠습니까. 아무튼, 네놈도 이제 내가 죽여주마……이런 뜻이겠지요."

유성룡의 안색을 살피며 홍적이 말했다.

"그동안 자기를 무시했던 호남 인사들은 죄 죽이기로 작정을 한 모양이지요?"

김성립이 거들었다.

기대승처럼 조대중도 호남인이면서 퇴계의 문인에 속했다. 정철의 집이 있는 창평과 가까운 화순사람이었다.

"그런 일로 사람을 죽이기야 하겠는가."

그럴 리 없다는 투로 유성룡이 말하자 남언경이 고개를 흔들었다.

"아니요, 송강이 다른 사람은 놔두더라도 조대중은 죽일 거요. 죄목이야 어떻게 걸든 상관이 없지요. 유몽정도 마찬가지고요. 먼 데서 자기를 욕한 이는 그렇다 치더라도 가까운 데서 자기를 욕한 자는 용서하지 않을 거외다. 이발, 이길이 죽어야 하는 까닭도 그 때문이지요. 나주와 화순이 창평에서 한 나절 거리밖에 더 됩니까. 그렇게 지척에 있는 이들이 저를 선비로 여기지 않고 본 척을 하지 않는데 오냐, 하고 참아넘길 송강입니까. 퇴계 문인으로 맨 먼저 유덕수가 선홍복의 초사에 들었던 이유도 그 때문이지요. 유덕수가 전주 사람이 아니고 안동 사람이었다면 그렇게까지 집어넣지는 않았을 겁니다. 이제 칼자루는 송강이 쥐었으니 그들 목숨은 파리 목숨에 지나지 않을 겁니다."

"그럴 수는 없어요……."

유성룡이 탄식했다. 일찍이 조대중이 퇴계를 좇아 안자(顔子)의 극기복례(克己復禮)와 주렴계(周濂溪)의 태극도설을 논하였는데 따짐과 새김에 막힘이 없었다는 이야기는 성룡이 퇴계한테서 직접 들은 바 있었다. 그는 평소 이발, 이길, 유몽정 등과 친히 어울리면서 당초부터 정철의 됨됨이를 비루하게 여겨 우연히 만날 때도 자리를 피하기 일쑤요, 창평 그의 집 앞을 지날 때도 들어가서 인사를 하지 않았다는 얘기가 진즉부터 있었다.

조대중이 정여립의 죽음 소식에 눈물을 흘렸다는 데 대해서는 여러 반론들이 떠돌았다. 실은 그때 사촌 누이동생이 죽었다는 소식을 듣고 그랬다는 얘기가 있는가 하면 때마침 데리고 있던 부안 관기와 헤어지면서 그랬다는 말도 있었다. 아무튼 눈물 하나가 역적을 애도하는 것으로 쉬 바뀔 수 있는 엄혹한 세태임은 틀림이 없었다.

"그나저나 앞으로 또 무슨 일이 벌어지질 그게 걱정입니다."

유성룡의 걱정에 남언경이 말했다.

"근래 송강을 보면서 다시 느낍니다. 옛 사람이 경계로 한 말에 사람의 세 가지 불행에 관한 것이 있지요. 남들은 다 그것이 행운이라고 여기지만 실은 불행의 근본에 지나지 않는다고 조심하라는 뜻이 아니던가요. 소년등과(少年登科)가 그 첫 번째요, 석부모지세미관(席父母之勢美官)이 두 번째요, 고재능문장(高才能文章)이 세 번째 아닙디까. 송강이 그에 합당하지요. 젊은 나이에 장원급제하여 20대에 벌써 좌랑, 현감, 도사를 지냈고 집안 덕에 어릴 적부터 궁실을 내왕하였고 재주와 문장이 뛰어나서 어느덧 정승의 반열에 올랐으니 말입니다. 도오악자시오사(道吾惡者是吾師)라고, 나를 나쁘다고 욕하는 사람이 바로 내 스승이다 하고 받아들일 줄 알면 누가 그를 나무라고 누가 그의 처사에 원한을 품겠습니까. 사람 하나하나에게 목숨보다 중한 것이 어디 있습니까. 그런데 옥사를 만들고 키우는 이들은 대의니 충효니 하는 것을 앞세워 이들 목숨을 아이들이 공깃돌 놀리듯이 가벼이 여기고 있습니다. 참으로 안타까운 일이지요. 지금껏 그랬지만 서애 대감이 더 많이 힘을 써 주셔야 할 것입니다."

"이런 말씀을 올려도 될지 모르겠습니다."

그동안 말석에서 잠자코 있던 허균이 입을 열었다. 말하시게, 김성립이 눈짓으로 그를 부추겼다.

"금부 옥리(獄吏) 중에 저희랑 잘 어울려 노는 이가 있습니다. 그 자가 들려준 얘기입니다."

좌중의 시선이 허균에게 쏠렸다.

"전라도 김제에서 잡혀온 죄수 중에 의연이라는 늙은 중이 있었다고 합니다. 정여립의 일당인데 김제 대숲에 숨어 있다가 잡혔다고 하더군요. 옥에 든 날부터 그 자가 송강 대감을 만나게 해달라고 수차 얘기를 하더랍니다. 두 차례인가 형문을 당하고 와서는 아예 대놓고 자기는 송강 대감이 시켜서 한 일일 뿐 역적의 패거리가 아니라고 강변을 하곤 했답니다. 큰상을 주겠다고 굳게 약조를 하고선 이제 와선 죽을 자리로 내몰고 있다며 송강 대감을 욕하곤 했다지요. 마침내 송강 대감이 추관으로 앉은 국정에도 나갔는데 거기서도 '왜 나를 모른 척 하느냐?'며 고래고래 소리를 질렀다고 합니다. 그 소리를 듣고 대감은 실성한 놈이라며 웃기만 했고 중은 결국 더 호된 형장을 맞곤 그 자리서 숨졌다고 하였습니다."

"국문을 하다 보면 별별 죄수가 다 있게 마련이지……."

홍적이 별 거 아니란 투로 말했지만 허균이 거기서 물러나지 않았다.

"더 희한한 얘기도 있었습니다. 정여립을 역적으로 만들기 위해 수년 전부터 송익필이 자기의 서자 둘을 여립의 곁에 붙여 놓았다는 말도 옥리한테 전했다고 했습니다. 이런 얘기마저 그 중이 다 지어낸 것일까요?"

"송익필의 서자?"

남언경이 눈을 가늘게 뜨고 허균을 바라봤다.

허균이 좀 더 음성을 높였다.

"예, 그 중이 서자들 이름까지 전해 주었다고 했습니다. 취대, 취실이라고 하였지요. 취대는 활을 잘 쏘고 취실은 중 행세를 했다고 했습니다. 혹시나 해서 저도 알아봤는데 기실 송익필한테 그런 이름의 두 서자가 있었던 게 분명합니다. 이걸 보더라도 그 중의 말이 일면 사실이 아닐까요?"

"송취대?"

남언경이 놀란 빛을 보였지만 그것도 순간이었다.

"자네가 허균이라 했지, 초당(허엽)의 막내?"

입가에 미소를 머금은 언경이 물었다. 허균이 새삼 자세를 고치며 허리를 숙였다.

"그 아비에 그 아들이 아니랄까봐, **빼닮았어**……."

그리곤 말을 이었다.

"자네 형제들 성미는 알지만 아직 자넨 이런 일에 무심해도 된다네. 옥졸, 역관들과 어울려 노는 것도 좋고……세상 고치는 일은 여기 서애 대감이며 홍적 같은 국록 먹는 이들이 해야 되지 않겠나. 송익필의 서자까지 알아봤다고? 그래, 중의 말이 사실이라 해서 뭣이 달라지는가? 그 중도 벌써 저승에 가고 없다면서? 알아 두게. 이런 정국에서는 뭐가 사실이고 뭐가 거짓인가 하는 것도 소용이 없다네. 누가 의도하고 안 하고 관계없이 절로 굴러가는 게 이런 옥사야. 물을 받아 도는 물레방아와 같아. 물길을 돌리기 전에는 멈출 수가 없다네. 이 판에 너도나도 출세하겠다고 이놈을 고발하고 저놈을 끌어들이는 행태를 매일같이 보지 않는가. 허니 자네도 여기저기 허튼말 흘리고 다니지 말고 자나 깨나 입조심 몸조심이나 하게. 알겠는가?"

"예, 잘 알겠습니다."

허균이 순순히 그 말을 받아들였다. 남언경이 허균의 아버지 허엽과는 같은 화담 문인으로 사형사제 됨을 좌중이 알고 있었다.

밤이 깊었다. 그 사이 눈은 그쳤다. 방을 나서려던 남언경이 문득 생각난 것이 있다는 듯이 유성룡의 팔을 끌었다. 두 사람이 따로 얘기를 나눌 수 있게끔 아랫사람들이 먼저 마루를 내려섰다. 꽤 오래 두 사람이 사랑에 남아 있었지만 밖으로 새어나오는 말소리가 없었다.

23. 빈 숲

해가 바뀌었다.

경인년(1590년) 2월.

고변을 한 자들에게 임금이 상을 내렸다. 재령군수 박충간이 형조참 판에, 안악군수 이축이 공조참판에, 신천군수 한응인이 호조참판에 제 수되었다. 다들 종4품에서 종2품으로 품계가 네 단계 훌쩍 뛰어올랐 다. 진안현감 민인백은 중훈대부에서 세 계급을 뛰어 통정대부 예조참 의에 제수되었다. 최초의 밀고자인 안악 유생 조구는 정직(正職)을 받 고, 재령 유생 이수는 당상관이 되었다.

옥사(獄事)가 이어지는 가운데 봄여름이 지나가고 가을이 왔다. 정 릉(현 서울 정동) 골목길에도 노란 은행잎들이 떨어지고 있었다.

월산대군의 옛집(현 덕수궁) 담장을 돌다가 경희궁 쪽에서 언덕을 넘어오는 이귀와 송이창을 마주쳤다. 길에 선 채로, 셋과 둘이 반갑게 인사를 나눴다. 특히 정협은 이귀의 손을 부여잡고 곡진하게 고마움을 나타냈다. 일개 포의(布衣)에 불과함에도 불구하고 이귀가 당색이 다 른 정언신을 구하기 위해 뛰어다닌 일은 성 안 사람들이 다 알았다. 여 러 차례 정철을 찾아가 정 정승(정언신)이 역적에 연좌된 것은 원통한 일이라고 항변을 하였으며, 격한 심정에 그를 풀어주고 자신을 잡아넣 으라는 말도 서슴지 않았다. 심지어는 걸어서 파산(坡山. 파주)까지 가서 성혼을 만나기도 했다. 상소를 하여 그를 구원하라고 강청을 하였지만 성혼이 고개를 저은 사정도 다들 알고 있었다. 물론 이전부터 정협(정언신의 아들)과 정의가 두터워서 그럴 수 있다 하겠으나 예사 사람이 할 수 있는 일이 아니었다.

"여기서 이럴 것이 아니네, 어서들 들어가세."

김성립이 젊은 갓쟁이들을 둘러보며 말했다. 언덕바지의 기와집들. 김은휘의 집 대문을 지나치면 곧 김장생의 집이었다. 삼촌 조카가 담 하나를 사이에 두고 나란히 붙어살고 있었다.

"이렇듯 동서 구분 없이 앉아 있으니 보기도 참 좋다네. 다들 늠름하고……."

다섯 젊은 후배가 예를 올리고 각자 자리에 앉는 걸 보고 김장생이 흐뭇한 표정을 지었다. 그러고 보니 이귀, 송이창이 서인의 자제요, 김성립, 김홍미, 정협이 동인의 부친을 두고 있었다. 함께 자리하기로 한 이춘영이 늦는 모양이었다.

"협이, 자네의 심정이 어떠한가! 나도 할 말이 없다네……."

김장생이 따로 정협을 불러 위로할 때는 정협이 금세 눈물을 글썽였다. 배소(配所)가 바뀌어 남해에서 북쪽 끄트머리 갑산(甲山)으로 옮겨진 아버지 정언신의 목숨이 경각에 달려 있음을 그가 잘 알고 있었다. 임금의 마음이 언제 어떻게 바뀔지 모를 일이었다. 이틀 전, 강계에서 달려온 집안 종의 말에 따르면 아버지는 벌써 미음조차 삼키지 못할 정도로 심신이 쇠약해져 있다고 했다. 둘째아들 율(慄)이 스스로 목숨을 끊었다는 소식까지 접한 터에 어찌 물 한 모금 넘길 기력이 있을 것인가. 혹독한 추위가 닥치기 전에 하루 빨리 아버지를 집으로 모셔오는 것, 정협의 소망은 그뿐이었다.

이귀가 먼저 얘기를 꺼냈다.

"내일이라도 저희가 함께 우상(右相, 정철) 대감을 찾아뵈려 합니다. 송강, 우계 두 어른이 간곡히 청을 올리면 주상께서도 마음을 돌리지 않겠습니까. 사형께서 저희를 도와주시기 바랄 따름입니다."

"나더러 함께 가자는 뜻인가?"

김장생이 물었고 이귀가 그렇다고 분명히 대답했다. 김장생처럼 이귀, 송이창도 율곡과 우계 문하에서 공부를 했다. 나중에 온다는 이춘영은 우계의 문인이다. 송이창은 송익필까지 스승으로 모셨으며 김장생의 제자가 되기도 한다. 김성립, 정협, 송이창이 서른 살 동갑이고 이귀와 김홍미가 동갑으로 이들보다 네 살이 더 많았다. 이춘영은 스물여덟. 올해 마흔셋 되는 김장생이 이귀, 김홍미보다 아홉 살 위였다.

"안정란은 만나 보았는가? 뭐라던가?"

즉답을 않은 채 김장생이 안정란의 일부터 물었다. 김성립과 이귀가 안정란을 찾아간 일은 그도 이미 알고 있었다. 이춘영이 들어왔다. 뛰어오기라도 한 듯 거친 숨을 내쉬며 송이창 옆에 앉았다. 정협과는 눈길조차 마주치지 않았다. 지난해 고변이 있은 이후부터 성균관 유생이면서도 여느 벼슬아치보다 몸이 바쁜 이춘영이었다. 백인걸의 외손자로서 백유함한테는 누이의 아들, 즉 생질이 됐다. 그는 외숙부 백유함을 하늘처럼 섬기면서도 외당숙 백유양은 남으로도 여기지 않았다. 백유양이 죽음 자리로 내몰릴 때도 사촌아우인 백유함이 그를 위한 변호의 말 한 마디 하지 않았으며 이춘영도 마찬가지였다. 되레 춘영은, 양천회의 상소가 있기 이전에 벌써 송이창 등 성균관의 서인 유생들을 규합하여 이발, 정언신, 백유양을 처단하라는 유소(儒疏)를 만들기까지 했다. 이귀가 나서서 애써 말린 탓에 유소가 대궐에까지 가지는 않았다. 끝없이 옥사가 이어지는 가운데 이발 형제를 비롯하여 조대중, 유몽정, 정개청, 백유양, 최영경 등 명사들이 차례로 죽어나가는 참혹한 현실을 보면서 특히 동인의 젊은 자제들이 절망과 분노에 몸을 떨었는데 그들은 이춘영을 가리켜 '구자(狗子)'라고 부르기를 서슴지 않았다. 찢어죽이건 때려죽이건 처단의 중심에는 늘 송강 정철이 있었으며 그 아래에는 시종처럼 그를 따르는 백유함이 있었다. 하여 동인 젊은이들은 백유함을 '정철의 개'라 불렀으며, 백유함을 쫓아다니는 이춘영을 그 '새끼'로 칭하는 데 이르렀던 것이다.

"안정란도 저희를 돕겠다고 약조하였습니다."

김성립이 대답했다. 아직도 북변 유배지에 있는 정언신, 언지 형제와 회령에 있는 김우옹을 살리려면 그에 합당한 뭔가를 먼저 서인 쪽에 내줘야 한다는 것이 김성립을 위시한 동인 자제들의 공통된 생각이었다. 같이 공부하고 놀았던 백진민, 흥민 형제가 그 아버지 백유양에 뒤이어 무참히 살해당하는 꼴을 이미 봤던 터였다. 정언신이 귀양지에서 사약을 받아 죽거나 다시 끌려와 형장에서 죽는다면 그 다음엔 정협의 차례임이 뻔했다. 그렇지 않아도 얼마 전에는 양천회가 또 상소를 하여 정언신의 죄목이란 것을 늘어놓았으며 대간 강신(姜紳)이 나서서 정언신을 다시 국문해야 한다는 주장을 펴고 있었다. 기어코 그를 죽이려는 정철의 의향이 아닐 수 없었다.

이런 때도 믿었던 어른들은 입조심, 말조심이나 당부할 뿐 스스로 나서서 싸우고 다툴 생각을 할 줄 몰랐다. 영의정 자리에 오른 이산해

뿐만 아니었다. 실제 동인을 이끌고 있는 유성룡도 똑같았다. 남명의 문인들이 죽어나가는 것은 좌시할 수밖에 없다고 해도 유덕수, 조대중 같은 퇴계의 문인들이 매 맞고 죽는 모습을 보고도 꿈쩍을 하지 않았다. 이해를 못 할 바는 아니었다.

해가 바뀐 뒤에도 유성룡과 이산해의 죄를 물어야 한다는 상소는 그치지 않았으며 서인들로 물갈이 된 삼사(三司)에서도 논의가 멈추질 않았다. 그런 터에 죄인을 감싸는 언행을 함부로 하다간 스스로 죄인이 되어 국정에 끌려가게 될 것임을 모를 바 아니었다.

지난 5월 우의정으로 마침내 정승의 반열에 오른 유성룡으로서는 더더욱 조심, 신중해야 할지도 몰랐다. 허나 젊은이들이 보기엔 어른들이 너무도 유약했다. 일신의 안위밖에 염려되는 게 없는 듯싶었다. 옳고 그름을 따지는 시비지심은 그렇다 치고 측은지심, 수오지심이 어디 있는지 묻고 싶을 지경이었다.

김성일, 우성전, 김수……다 마찬가지였다. 오히려 율곡의 제자인 젊은 이귀, 이항복이 송강한테 따지고 대들고 있었다.

하기야 동인 자제들이라고 해서 또 다 같은 마음은 아니었다. 시국을 걱정하여 운종가 한 가운데서 둥둥곡을 울리고 가면 쓰고 춤추던 그때와 역변으로 세상을 얼어붙은 지금은 상황이 달라도 너무나 달랐다. 누구보다 의기가 높았던 백진민이 죄인으로 묶여 이미 죽임을 당했으며 언제나 말없이 벗들을 챙기던 정협은 자신이 코가 석 자나 빠져 있는 처지였다. 명랑 쾌활하던 유극신은 훨씬 전에 세상을 떠났고 그렇지 않아도 속내를 가늠하기 어려운 이경전은 아버지 이산해가 영의정이 된 뒤에는 더더욱 코빼기를 내보이지 않았다.

김성립이 정협을 위해서 뭔가 일을 해보려 해도 마음 맞는 벗이라곤 정효성 등 한둘 밖에 없었다. 이조좌랑에서 쫓겨난 김홍미를 끌어들인 것도 그 때문이었다. 이귀를 만나서 속내를 밝혔다. 송익필 일가가 천인의 신분을 벗어나는 일에 적극 돕겠다는 뜻을 밝혔던 것이다.

고변 이후, 정세가 바뀌어 서인들이 조정의 요직들을 하나씩 차지하면서부터 송익필 일가의 속량(贖良) 혹은 면천(免賤)에 관한 얘기들이 퍼져 나오기 시작했다. 노비한테서 대가를 받고 신분을 풀어주어 양인(良人)이 되게 하는 속량이든, 나라에 공을 세우거나 곡식을 헌납했다고 해서 양인이 되게 하는 면천이든, 사노(私奴)인 경우 주인이 먼저 이 사실을 장례원에 알려 허락을 받아야 했다.

송익필도 사노인 이상 양인으로 되돌아가기 위해서는 마땅히 주인 안 씨의 승낙과 장례원의 새 판결을 얻어야 했다. 허나 아무리 정국이 바뀌었다고 해서 안 씨들이 쉽사리 송 씨를 속량시킬 리 없고 장례원에서도 쉽게 통과될 사안이 아니었다.

5월, 송 씨 일가를 환천시킨 지난 병술년(1586년)의 판결이 잘못 되었으니 다시 심사해 달라는 원청(願請)이 장례원에 접수되었다. 서인의 득세를 믿고 송 씨들이 직접 나서는 형상이었다. 그 사이 서너 차례 심의가 이루어졌다. 정3품 판결사 자리는 이미 서인인 최립(崔岦)이 맡고 있었다. 문장이 뛰어나 그의 글은 차천로(車天輅)의 시, 한호(韓濩)의 글씨와 더불어 일찌감치 '송도삼절(松都三絶)'로 일컬어졌다. 사신을 따라 여러 차례 중국을 다녀왔기에 역관 안정란과도 친분이 있었다. 병술년, 송익필 환천의 소(訴)가 안 씨 집에서 제기되었을 때, 스승의 구원에 발 벗고 나섰던 김장생이 직접 그를 찾아가 안정란을 설득시켜 달라고 부탁한 일도 있었다.

장례원에는 판결사 아래에 세 명의 사의(司議)와 네 명의 사평(司評)이 있었다. 환천 때와 마찬가지로 송익필이 양인으로 돌아오기 위해서는 여덟 관원 전원의 합의가 필요한데 사의 이지민(李智珉)과 사평 이경희(李景熙)가 확실한 동인이었다. 특히 양촌(陽村) 이지민은 퇴계의 문인으로 고집이 황소 같기로 소문이 나 있었다.

그동안 김성립은 안정란, 안응달(安應達)은 물론 이지민과 이경희를 직접 찾아다니면서 상황을 설명하고 도움을 청했으며 그들도 서인의 태도를 봐가면서 마음을 정하겠다는 뜻을 보였다. 특히 안정란의 사촌인 안응달은 안처겸의 장손으로 송익필의 주인이 되는 당사자인데 의외로 후덕한 인심을 보여 성립의 마음을 뜨겁게 했다. 그가 말했다.

"내가 결단코 원수를 갚겠다는 마음이었으면 송익필 그 자 하나를 여태 못 잡았을까요. 한사코 잡아와서 매를 치며 밭일 논일을 시키고 마당이라도 쓸게 했을 거외다. 허나 그것도 부질없는 일, 그도 수년을 도망 다녀봤으면 내 아버지 할아버지가 겪은 고통의 만분지일은 알았을 터, 진정 제 아비의 잘못을 깨닫고 스스로 뉘우치기만을 바랄 뿐이라오."

그러면서 그는 사람 목숨 구하는 일이라면 무엇인들 내놓지 못할까요, 하고 눈물을 글썽이기도 하였다.

그 과정에서 이귀를 몇 차례 더 만났다. 이귀 또한 이 일은 꼭 젊은이들끼리 성사시켜 보자면서 팔을 걷고 나서주었다. 일의 진척을 봐가면서 김장생을 만나야 한다는 것도 그의 생각이었다. 송강과 우계를 설득하는 데는 김장생만큼 통할 인사가 없다는 이유에서였다. 김성립도 동감했다. 먼 인척이긴 하지만, 할아버지 김홍도부터 장생의 아버지 김계휘와는 각별한 관계였음도 알고 있었다. 그 연분으로 아버지 김첨 또한 당이 다른 김계휘, 김장생과 의를 상하지 않았음을 아는 터였다. 셈할 필요는 없지만, 외할아버지 송기수의 증조부가 송순년(宋順年)이며 그의 처고모부가 김철산(金鐵山)인 바 철산이 김장생의 6대조가 됐다.

"어제 판결사 어른을 뵙고 말씀을 드렸는데 그 어른 또한 당신들이 못 하는 일을 저희가 한다면서 치하해 주셨습니다."

이귀가 최립을 만난 일을 말했다.

"알았네. 자네들이 수고 많았어. 특히 성립이 자네가 애 많이 썼어. 돌아가신 자첨(김첨) 어른도 그렇게 여기실 거네. 벗을 위해 그런다지만 그게 말처럼 쉬운 일인가. 그리고 그게 어디 벗만을 위한 일인가. 이렇듯 자네들이 서로 이해하고 도우다보면 앞으로는 동이다 서다 해서 다툴 일도 없지 않겠는가. 웬만하면 역적을 다스리는 일은 올해로 끝을 내야 한다는 게 내 생각이야. 됐네. 송강 대감을 뵈러 갈 때는 기꺼이 나도 갈 걸세."

김장생이 흔쾌히 답했다.

할 말이 있다는 듯 이춘영이 나서는 걸 보곤 장생이 곧바로 손을 저어 막았다.

"자네한테는 내가 따로 할 얘기가 있다네."

다른 이들은 다 일어나도 좋다는 뜻이었다. 같이 어울리지 못할 이춘영은 따로 떼놓겠다는 김장생의 배려이기도 했다.

문밖을 나서니 어느새 석양이었다. 정협을 먼저 떠나보내고 넷이서 천천히 대군 집 담장 길을 걸었다. 은행잎이 분분히 날렸다. 이귀가 노란 이파리 하나를 집어 들며 말했다.

"저어기 골목으로 들어가면 내가 아는 반치기 소줏집 하나가 있다 네. 한 잔씩 하고 가세. 술값은 홍문관 나으리가 내고."

다들 좋다고 했다. 새삼 둘러봐도 벼슬아치라곤 김성립 하나뿐이었다. 엄혹한 세상에 승진까지 해서 정8품 저작(著作)이었다. 나라의 역사를 수찬하는 직무로, 비록 품계는 낮지만 경연에 참석하여 때마다 임금을 볼 수 있기에 남들이 부러워하는 청현직이었다.

독한 소주를 마셨다. 물처럼 아무 색깔도 없는데 은은한 향이 코끝에 스며들어 후각을 자극했다. 입안에 넣으면 거칠고도 예리한 쓴맛이 강하게 느껴져 절로 얼굴을 찌푸리게 하지만 뒤늦게 미미한 단맛이 드러나 앞선 자극감을 완화시켜 주는 묘한 술이 바로 소주였다. 탁주를 증류하여 만든다는 얘기는 진즉에 들은 바 있었다. 중국에서 그 양조방법이 전해져 왔으며 개국 초부터 한양에 널리 퍼졌다. 값은 탁주보다 비싸지만 젊은 술꾼들이 즐겨 찾았다.

이귀와 송이창은 한 잔 술에 안색이 벌겋게 변했다.

"사계 사형이 오냐 하셨으니 천만 다행이고……실은 그보다 서애 대감이 나서 주시면 다 해결되는데 말이야."

젓가락으로 김치전을 찢던 이귀가 혼잣말처럼 중얼거렸다.

"여견(김성립), 자네도 알지?"

그가 성립의 허벅지를 툭 치며 의미심장하게 웃었다.

"뭘 말인가?"

"서애 대감이 쥐고 계신 것?"

"무슨 말인지 모르겠네."

"아냐, 자네도 알 걸세. 대감이 뭔가 큰 걸 쥐고 계셔……. 천하의 송 강이 서애한테만은 아무 소리 못하는 것을 봐, 알만 하잖은가."

"그런 게 있다면 여태 대감이 가만 계셨을까?"

김홍미가 거들었다. 단숨에 술잔을 비운 이귀가 머리를 흔들었다.

"아냐. 그건 일부러 그러시는 거고……나도 이제 저 어른들이 갖고 노는 바둑판을 어느 정도 들여다 볼 줄 안다네. 후후, 어느 때는 진짜 불구대천의 원수인 양 하다가 또 어느 때는 천하에 둘도 없는 벗인 양 하고……왜 그런지 알아? 다 당신들끼리 주고받는 게 있어서 그래. 저 분들한테는 원수도 친구도 없어. 공평하게 주고받으면 친구고 그렇지 못하면 적이야. 상점에서 물건 사고파는 것과 똑같아. 동인, 서인이 뭐 야? 그게 다 점포라고……."

"비유가 지나치지 않은가?"

송이창이 언짢은 표정을 지었다.

"자네들 알아듣기 쉬우라고 하는 말이야. 봐봐, 서애 대감이 왜 없 는 듯 계시냐고? 그래서 결국 우상이 됐잖아. 허허. 이발, 이길, 백유 양……... 죄인으로 죽었으니 나도 그냥 이름을 부를게. 조대중, 정개 청, 최영경 다 죽었지? 이들이 누구야? 한둘 빼고는 다 남명 사람들이 야. 남명당이라고 해도 돼. 그들이 다 죽었어. 그리고 그들 모두 안동, 풍기에서 천 리 밖에 떨어진 호남 사람들이야. 남명과 퇴계가 살아생전 우리처럼 술 한 잔 나눈 적 있었던가? 아니면 보고 싶다는 편지 한 번 주고받은 일이 있었어? 표현은 점잖았지만 서로 나무라고 무시한 게 사실이지 않은가. 그 제자들은 어떤가? 대놓고 저쪽 선생을 욕하는 것 도 비일비재 아닌가. 정인홍이 퇴계를 어떻게 평했고 서애가 남명을 뭐라고 했어? 그러다가 율곡 하나 끌어내리려고 생판 다른 두 집안이 손을 잡아 만든 점포가 동인이지 뭔가. 그런데 율곡도 없어졌어. 그런 판에 말도 안 통하는 두 집안이 한 집에 계속 있을 까닭이 있는가. 정여립이 나오기 전에 이미 두 집안이 갈라진 걸 우리가 알지 않는가. 말은 않았지만 안동 분들은 기실 서인보다 남명당을 더 두려워했을 걸? 그런 때에 정여립이 일을 저질렀고 송강 대감이 나서서 남명 사람들을 가차 없이 처단해버렸어. 퇴계 사람들이 송강이 미울까, 고울까?"

"술자리 얘기니까 그런 줄 아네만, 자네 말이 심하긴 심해."

김홍미가 침통한 낯빛을 했다. 이귀가 고개를 끄덕였다.

"창원(昌遠, 김홍미의 자)의 심정은 알아. 허나 내가 어느 쪽을 옳다 그르다 하는 것이 아니니까 오해는 말게. 나 또한 율곡 선생을 변명하는 소를 올렸다가 얼마나 많은 욕을 먹었는지 알지 않는가. 정치가 원래 그렇다는 게야. 주고받는 거라고. 다시 보자구. 퇴계 문인들도 몇 사람 당했지? 조대중, 유덕수 같은……또 전라도 사람들이야. 헌데 학봉 김성일이 왜 빠졌어? 우성전은? 두 사람의 이름은 벌써 호남 유생들의 상소에도 여러 번 나왔는데 말이야. 학봉이 나주목사를 지내면서 남평 이발의 집에도 몇 차례 가고 이발과 가까웠다는 것은 세상 사람이 다 알아. 동강 김우옹은? 다른 이들은 귀양지에 도착하기도 전에 다시 잡혀 와서 목숨을 잃었는데 이 분은 아직도 회령 땅에 건재하셔. 율곡을 옹호한 전력이 있기는 하지만 이 양반은 이발과 가까운 데다 남명의 외손녀 사위까지 되니 조대중, 유덕수보다 죄가 큰 거 아냐? 그런데 안 죽었어. 그래서 나는 이게 다 서애 대감의 힘이요, 서애와 송강의 주고받음 덕분이라 여긴다 이 말이야."

"조대중, 유덕수는 받아들이지만 학봉과 추연(우성전)은 안 된다?"

김성립이 물었다.

"그런 셈이지. 김성일, 우성전이 당하면 서애 대감 당신이 죽는 것과 같지. 더 이상 동인의 좌장이 될 수도 없어. 김우옹도 마찬가지, 비록 남명의 문인이지만 그도 성주 사람인 데다 그 형 김우굉이 있어. 서애가 목숨 걸고 지켜야 할 만하지 않은가? 당연히 송강 대감도 알았지. 거기까지 가면 안 된다는 걸. 영남 문중이 사생결단 하고 나서면 송강 당신이 위험하다는 걸 왜 모르겠어? 그래서 그쯤에서 멈췄고, 최영경이 죽어가는 걸 보면서도 서애 대감은 대감대로 썼던 소(疏)를 구겨 넣을 수밖에 없었던 게야."

"서애 대감이 손에 쥐었다는 건 무슨 뜻인가?"

김홍미가 궁금증을 드러냈다. 젊은 나이에 그는 벌써 술꾼으로 소문이 나 있었다. 스승 유성룡한테 꾸중을 들으면서도 술을 멀리 하질 못했다. 호리병 하나가 금세 바닥이 났다.

"맞아 그 얘길 못했어."

이귀가 반색을 했다.

"좀 전 내가 주고받는 것이 정치라고 했는데……봐봐, 내가 곰곰 따져봤는데 셈법이 안 맞아. 송강이 서애한테 준 건 많은데 서애가 송강한테 준 게 거의 없어요. 그런데도 송강은 서애를 내치지 못해. 그러기는커녕 감싸고 지키려고 해. 심지어 서애를 우의정에 앉혀야 된다고 천거까지 했어. 송익필을 환천시킬 때 서애가 이발을 말린 일이 고맙긴 하지만 그 때문에? 송강이 그럴 분 아니지. 그래서 두 분 사이에 우리가 모르는 뭔가가 있다고 말하는 게야. 여건(김성립)이, 자네가 말해 보게, 뭐가 있을까?"

"아파!"

저도 모르게 김성립이 몸을 움츠렸다. 이귀가 또 허벅지를 때렸는데 그 손맛이 여간 맵지 않았다. 송취대, 취실……한 순간 그 이름이 뇌리를 스쳤지만 입 밖에 낼 수는 없었다.

그날, 건천동에서 남언경이 유성룡과 밀담을 나누고 떠난 뒤, 유성룡은 허균을 따로 불러 앉혔다. 그리곤 옥리한테서 들었다는 얘기를 다시 되뇌게 하였다. 남언경한테서 뭔가 특별한 이야기를 들었음이 분명했다. 그 자리에서 유성룡이 허균에게 명했다. 떠돌이 중 의연이 죽기 전에 했다는 말의 실체를 알아보라는 것이었다. 송익필의 서자 둘이 정여립의 곁에 있었다는 것이 사실인가, 그들이 거기서 한 일이 무엇인가, 지금 그들은 어디에 있는가……이런 것들을 확인하라는 분부였다.

평소 허균이 어울려 노는 이는 양반 자제들보다 서출이 더 많았고 상민, 천인도 적지 않았다. 궁궐 문지기며 상여꾼들도 그의 술친구였다.

송취대, 취실이 송익필의 서자임은 금방 알아냈으나 그들의 행방을 찾는 일이 쉽지 않았다. 환천 판결 이후 도성 안에서 그들의 종적이 사라졌기 때문이다. 한 달 만에야 겨우 취대가 남원에 살았다는 사실을 알았다. 허균이 남원으로 달려갔지만 이미 자취를 감춘 뒤였다. 함께 살았다는 어머니와 딸, 아들도 마찬가지였다. 자주 전주에 내왕했다는 이야기는 들었지만 정여립과의 관계를 아는 이는 없었다.

그리고 두 달 뒤, 송취대가 사는 곳을 알아냈다. 고양 정철의 시골집이었다. 정철의 집에 자주 갔었다는 한 가마꾼을 통해서 이 사실을 알았다. 허균이 그곳을 찾아갔다. 과객으로서 정승댁 구경을 왔다면서 대문을 열고 들어가 보니 과연 송취대로 보이는 덩지 큰 사내가 네댓 종들을 거느리고 주인 없는 집을 지키고 있었다.

"어찌나 입을 잘 맞추어놨던지……딸애, 사내애와도 잠깐 얘기를 해보았지만 똑같았어. 지들은 이 집에서 태어나서 자랐다고 딱 부러지게 말하더군요."

그들을 추적하는 일에 대해서는 허균이 낱낱이 매부 김성립한테 일렀다.

혹시 유성룡이 이를 갖고 정철과 거래를 한다? 있을 수 없는 일이었다. 그가 틀림없는 송익필의 서자이며 남원에 살면서 정여립과 내왕을 했다고 해도 역적 음모에 개입되었다는 단서는 하나도 없었다. 송익필이 자식들까지 내세워 정여립을 역적으로 얽어 넣으려 했다는 주장을 하려면 물증이 있어야 하는데 그게 없었다. 증인이라도 있어야 하는데 그럴 만한 인사는 벌써 모두 세상을 등지고 없었다. 심증을 갖고 거래를 한다? 지나가던 소가 웃을 일이었다. 다른 뭔가가 있다면 그 단서는 남언경이 쥐었을 가능성이 있었다. 전주부윤을 지냈기에 정여립에 대해서는 누구보다 아는 것이 많을 수 있었다. 게다가 동서의 중간에 있으면서 정철, 송익필 그리고 유성룡을 잘 알고 있었다.

그렇지 않아도 지금까지의 옥사는 거의 남언경이 예측한 그대로 진행돼 온 게 사실이었다. 지난해 12월, 형문을 이기지 못하고 죄를 인정한 정여립의 조카 정집의 자복(自服)으로 친국을 당했던 이발은 뒤이은 양천회의 상소에 의해 귀양을 가던 도중에 도로 끌려와 옥에 갇혔으며 결국 형장(刑杖) 아래서 숨을 거두었다. 그의 동생 이길 또한 고문을 받다가 사망했으며 정읍현감으로 있던 형 이급(李汲)마저 연좌로 처형

됐다. 열한 살, 네 살 된 이급의 두 아들도 함께 죽임을 당했다.

한편, 이급의 연좌로 공석이 된 정읍현감에는 유성룡의 천거로 무장 이순신이 부임했다. 해가 바뀐 뒤에는 이발의 노모와 아내, 어린 아들까지 옥에 갇혔다. 당시 그 모친의 나이가 82세고 아들이 여덟 살이었다. 결국 이들 모두가 압슬형(壓膝刑)으로 처형됐다.

호남 제일의 부자 윤구(尹衢)의 딸인, 모친 해남윤씨는 죽음에 임하여 분연히 말하기를 "형법이 너무 과람하다."고 하였다. 압슬형은, 사금파리를 깔아놓은 곳에 죄인을 꿇어앉힌 뒤 무릎 위에 무거운 돌을 얹어 눌러 죽이는 형벌이었다.

백유양 또한 선홍복의 초사에 이름이 나온 뒤 회령 배소에서 잡혀와 극심한 형문을 당하다가 감옥에서 목숨을 놓았다.

역적을 위해 눈물을 흘렸다고 정암수의 소에 지척됐던 전라도도사 조대중은 올 2월 의금부에 수감된 후 수차례 엄혹한 고문을 당하다가 3월 13일 끝내 숨을 거두었다. 조대중이 눈물을 보였다고 한 그날 때마침 담양부사 김여물(金汝岉)이 의주목사 전보 발령을 받고 인사차 그를 만나고 있었기에 당시 정황을 잘 알고 있었다. 김여물이 국정에 나아가 대중의 원통함을 밝히려고 궐 밖에서 대명하였지만 정철의 무리들이 그 기회를 주지 않았다.

정여립의 생질인 이진길에게 참서를 전했다고 지목됐던 전 선산부사 유덕수도 형장을 맞고 숨을 거두었지만 죽을 때까지 죄인임을 인정하지 않았다.

전 남원부사 유몽정은 6월 23일 숨졌다. 그를 추국할 때 정철이 소리를 높여 말하기를 "유몽정이 전에 나를 심히 배척하였는데 오늘 도리어 나의 손에 국문을 당할 줄을 생각이나 했으랴!" 하고 껄껄 웃었다는 얘기도 있었다.

정여립과 동모했다고 정암수의 소에 지척되었던 전 나주훈도 정개청은 5월에 체포되어 형신을 당하고 평안도 위원에 유배되었다가 6월 함경도 경원 아산보로 이배(移配)되었으며, 7월 그곳에서 죽었다.

"그때 변범이라는 도사며 의연이라는 머리 기른 중이 정여립을 따라다니고 있었지. 계룡산 얘기는 그자들이 더 많이 하곤 그랬어. 그들도 작년에 다 처단 당했다는 건 알아. 허황된 자들이지 뭐야. 그때 또 다른 젊은 중도 하나 있었는데 그 잔 어찌 되었는지 모르겠어."

송이창이 계룡산 서기의 집에서 보았던 정여립에 대한 얘기를 하고 있었다. 그의 음성에도 취기가 묻어 있었다.

"자네도 분명 거기 있었단 말이지? 의연이란 중이 있었고 또 다른 젊은 중도? 그 중은 이름이 뭐라던가? 기억 나?"

짐작되는 바 있어 성립이 캐물었지만 송이창도 더 이상 기억하는 것이 없었다.

정여립이 역모를 꾸몄다는 고변이 있고 뒤이어 송강 정철이 선두에 나서서 동인 명사들을 처단해 가는 옥사를 보면서부터 송이창은 스승 송익필이 주줄산(운장산) 꼭대기에서 외치던 절규를 떠올렸고, 그 다짐이 현실에 나타나고 있음에 전율하였지만 죽을 때까지 비밀로 한다는 스스로의 맹세가 있었기에 그것은 터럭만큼도 내색할 수 없었다.

"역적을 쫓아다니다가 죽는 거야 뭐라겠어. 아까운 젊은 선비들이 정쟁에 휩쓸려 죽어나가는 게 안타깝지."

이귀가 끼어들었다.

"소쇄원 사람들이 왜 그렇게 앞장서 나서는지 도무지 이유를 모르겠어. 양천경, 양천회 형제들 말이야. 소쇄(瀟灑)가 무슨 뜻이야? 가진 기운을 맑고 깨끗하게 한다는 것이잖아. 한가하니 대숲에 앉아서 책이나 보고 있으면 좋으련만 형제가 다투어 소를 올려 세상을 더욱 흔들어대고 있단 말이야. 양산보가 그들 할아버지지? 기묘년에 정암(조광조) 선생이 그렇게 세상 떠나는 걸 보고선 더 이상 그런 꼴 보지 않겠다고 정자를 짓고 숲을 가꾸었다는 얘기를 들었어. 그런데 거기서 배우고 자란 이들이 살생을 더 부추기고 있단 말일세. 왜 그래? 얼마나 더 많은 사람들이 죽는 걸 봐야 그치려고 그래?"

"의로운 일을 한다고 여기니까 그렇지."

"의? 정언신, 최영경을 죽이는 게 의야?"

송이창의 말에 이귀가 발끈했다.

"우리가 나암(정언신) 대감을 살리겠다고 이렇게 모였잖아. 나암을 죽이지 못해서 안달인 저들이 의롭다고? 그럼 우린 뭐야? 우리가 불의야? 내가 송강 대감의 처사를 가장 못마땅하게 여기는 게 바로 이런 거야. 당신은 뒷전에 앉아 있으면서 젊은 제자들을 시켜서 불을 지르게 하는 것 말이야. 양천경, 천회인들 왜 그런 일을 하고 싶겠어, 선생이 시키니까 하는 수 없어 하는 것이지. 그럼 나중에 어떻게 돼? 정국이 또 뒤집혀 봐. 거물인 송강이야 살아남겠지만 피라미만도 못한 저들의 목숨이 온전하겠어? 개죽음을 당하고 말지. 좋은 이름인들 남기겠어? 벌써 그런 꼴을 수도 없이 봐 왔잖아. 그래서 다른 사람을 원한 맺히게 해서는 안 된다는 게야."

이귀의 말처럼, 우의정 정언신이 국문을 당하고 남해로 귀양 가게 된 계기가 지난해 11월에 있었던 양천회의 상소에 있었다면, 경상도 진주의 최영경이 역적 '길삼봉(吉三峯)'으로 몰려 죽임을 당한 것은 그의 형 양천경이 강해(姜海) 등과 연명으로 올린 소에 기인한다는 것이 세간의 평이었다. 지리산에 신군(神軍) 5만을 숨겨두었다는 길삼봉이 정여립의 뒤에 있다는 소문이 있었지만 그는 실체가 없는 인물이었다.

최영경은 자가 효원(孝元), 호가 수우당(守愚堂)으로 정인홍과 더불어 경상우도를 대표하는 남명 조식의 문인이었다. 학행으로 여러 차례 관직에 제수되었으나 모두 나가지 않았다. 정철과는 처음부터 사이가 좋지 않았다. 어느 날 안민학(安敏學)이 그에게 정철을 선사(善士)라고 칭하며 "이 사람은 나랏일에 마음을 다하고 있으니 만나보는 것도 괜찮다."고 권하자 최영경이 "나는 오랫동안 도성 안에서 살았는데, 그가 관직을 좋아한다는 말은 들었지만 밝은 정치를 일으킨다는 말은 듣지 못했네."라며 거절하였다. 안민학이 그 말을 고하자 정철이 깊이 원한을 품었다. 최영경은 정구(鄭逑), 김우옹 등과 깊이 교우하였으며, 덕천 서원을 창건하여 스승 조식을 배향하였다. 일찍이 우계 성혼이 율곡에게 이르길, "그를 보고 돌아오니 홀연히 맑은 바람이 소매에 가득함을 깨달았다." 하였으며, 경상도관찰사를 하던 때 유성룡 또한 남쪽 지방을 방문하고선 "오직 최효원(최영경) 한 사람만 만났는데, 키 큰 대나무 천 그루를 기르고 베옷을 입고 거문고와 책을 가지고 그 속에 생활하면서 그 논의가 격렬하고 기상이 늠름하니 실로 고사(高士)라고 할 만하다."고 하였다.

지난 5월, 그가 진주 옥에 갇혔을 때는 날마다 천 명이 넘는 선비들이 옥을 둘러쌌으며, 의금부로 끌려와서는 맨 먼저 "상추쌈을 먹고 싶다.”고 해서 주위를 놀라게 하였다. 몇 차례 추국이 이어지면서 문사랑 이항복도 그의 인품에 감복하였는데 유독 정철만은 “저러한 얼굴로 죽림 속에 드러누워 세상을 조롱하고 있으면 헛된 이름을 얻을 만도 하다.”고 비웃었다는 얘기가 밖으로 전해졌다. 어느 날 유성룡이 최영경의 옥사가 어찌 돼 가느냐고 정철에게 물었다. 이에 술에 취한 정철이 제 목을 가리키며 “그 자가 내 목을 이렇게 찍어 넘기려 했다.”고 하면서 엉뚱한 말을 보탰다. “사람들이 다 이현(유성룡)은 근신한 군자이고 계함(정철)은 허망한 군자라고 하는데 근신한 것과 허망한 것은 같지 아니하나 군자임에는 한 가지오.”라고 했던 것. 여기는 농담할 자리가 아니라면서 유성룡이 정색을 하고 말하자 정철이 곁에 있던 이산해를 보면서 의미심장한 말을 했다.

“나의 이 말은 농담이 아니오. 훗날 나더러 최영경을 얽어서 죽였다고 할 때 구실을 삼으려는 것이오.”

친국이 이루어질 때 최영경이 말했다.

“신에게 생긴 화(禍)의 실마리는 지나간 병인, 정묘년(1567년)간에 있습니다. 그때 이이 율곡이 출세를 하자 온 세상 사람들이 다 말하기를 ‘옛날의 어진 사람이 다시 나왔다.’ 하고 좋아하였으나 신은 홀로 ‘그렇지 않다.’고 웃었습니다. 그 뒤에 혹자가 신을 가리켜 선견(先見)의 밝음이 있다고 해서 이 때문에 신에 대한 이이의 분노가 극도에 이르렀습니다. 이제 그 동료들이나 문생들 중에 청류(淸類, 동인)에 용납되지 못하는 자들이 신을 원망하여 거짓 비방의 말을 만들어서 거리마다 방을 붙였고, 마침내는 서울과 지방에서 말을 합쳐서 역적의 일까지 꾸며내어 이 지경에 이르렀습니다.”

결국 드러난 죄상이 없었기에 임금도 그를 풀어줄 수밖에 없었다. 최영경이 감옥에서 나와 친족 집에 머물고 있을 때, 성혼이 아들 성문준을 시켜 쌀 한 말을 보냈다. "이 쌀이면 진주로 돌아가시는 노자로 삼을 수 있을 것입니다." 하고 아버지의 말을 전한 문준이 "무슨 이유로 남들에게 미움을 받아 이 지경에 이르셨습니까?"라고 물었다. 최영경이 대답하기를 "자네 아버지에게 미움을 받아서일세."라고 하였다.

정인홍 같은 이는 "겉으로는 구하는 척하고 안으로는 모함한 이가 성혼"이라면서 성혼에 대한 적개심을 감추지 않았다.

며칠 안 되어 최영경이 다시 옥에 갇혔다. 이번엔 사헌부에서 국문을 청했기 때문이다. 정철과 절친한 윤두수가 대사헌이었다. 전부터 신병이 있던 영경은 결국 옥에서 숨을 거두었다.

"국청이야말로 더할 나위 없이 엄중한 공사(公事) 아니던가."

이귀가 얘기를 이었다.

"무엇보다 사람의 목숨이 오가기 때문이야. 난들 왜 최영경 같은 이가 원망스럽지 않았겠는가. 그가 율곡을 알면 얼마나 안다고 말이야. 허나 사사로운 원망으로 그런 이들을 처단해서는 안 되지. 안타까워, 송강 대감이 나중 그 업보를 어떻게 감당할지……예전 당신의 여인네와 정을 통한 것까지 분풀이하겠다고 애꿎은 사내를 잡아다 때려죽이지 않나……."

"선복(善卜)의 기둥서방?"

김성립의 물음에 김홍미가 푸푸 웃음을 터뜨렸다.

선복은 내의원의 의녀(醫女)였다. 의술도 괜찮지만 자태가 곱기로 소문이 나 있었다. 갑술년(1574년) 인순왕후(명종 비. 심의겸의 누나)

가 병석에 누웠을 때 그녀가 대비전을 지키며 병간호를 했다. 끝내 왕후가 승하하자 그녀도 어의(御醫)들과 함께 탄핵을 받았다. 그러나 한 달 뒤, 순회세자(명종의 맏아들. 13세에 죽음)의 비 공희빈 윤 씨가 병환에 들자 다시 불려와 진맥을 하고 약탕을 다스렸다. 당시 정4품 의정부 사인이었던 정철은 어린 시절 명종과 궁에서 함께 놀았던 인연으로 대비전에도 수시로 드나들었다. 그때부터 정철이 선복한테 눈독을 들였으며 잠시 그녀가 궁에서 쫓겨나 있을 때 기어코 그녀를 범하고 말았다. 허나 그녀는 이전부터 충의위(忠義衛, 공신 자제들을 위한 특별 병영) 소속의 한 사내와 정을 통하고 있었기에 시중 한량들이 송강을 가리켜 '충의위 동서'라고 부르기를 서슴지 않았다. 최영경의 옥사가 한창 진행되던 때, 정철이 만든 밀계에 '여립이 해서(海西)와 호남의 관문을 끊고 나면 최영경이 영남에서 군사를 일으킨다.'는 말이 들어 있었다. 임금이 이 말의 출처를 알아내라고 엄명하자 정철은 충의위 출신의 능참봉 하나가 그 말을 흘리고 다녔다고 고했다. 임금이 그 자를 직접 심문하고자 했지만 그는 벌써 국청에서 매를 맞고 죽은 뒤였다. 이내 소문이 퍼지길, 죽은 능참봉이 바로 선복의 기둥서방이며 정철이 최영경을 빌미로 예전의 분풀이를 다했다고 했다.

"그 선복도 마흔을 넘겼을 테니 송강 대감도 더는 찾지 않을 테지?"

"헛소리 말게."

김성립이 농으로 한 마디 하자 이귀가 그 말을 끊었다.

최영경 다음은 다시 정언신이었다. 양천경이 양형(梁泂) 등과 다시 상소하여 "정 아무개가 위관으로 있을 때 고변한 사람 십여 명을 참수하려 했습니다."라며 정언신을 처단할 것을 청하였으며, 또 강해가 뒤

따라 소를 올려 "정 아무개가 남해에 찬배되어 있을 때 최영경의 문도들이 날마다 정 아무개의 처소로 찾아왔는데, 위로하지는 않고 축하하였으니 그 뜻은 헤아리기 어렵습니다."고 하였다.

며칠 후, 정철이 밀계(密啓)를 지은 뒤, 급히 아뢰는 것처럼 하기 위해 궐문이 닫힌 후 틈을 타서 올렸다. 거기에 이르기를 "역적과 결탁하여 임금을 기망하였으니 비단 종묘사직을 저버리고 군부를 능멸하는 데 그치지 않습니다. 최영경과 정언신은 실로 역적의 핵심입니다." 하였다. 이제 북녘 갑산 땅에 있는 정언신의 목숨이 경각에 처해 있음이 분명했다.

그 사이 그의 둘째아들이며 정협의 아우인 율(慄)이 스스로 목숨을 끊었다. 이전에 정언신이 스스로를 변명하는 소를 올렸으니, 그것은 율이 아비를 대신해서 지은 것이었다. 율은 아버지가 정여립과 전혀 교통이 없었음을 확신하고 글을 지었지만 임금은 이미 여립의 집에서 찾은 정언신의 서찰을 손에 쥐고 있었다. 이로써 정언신이 더 큰 죄를 입게 되자 율이 제 불효를 탄하며 자진하고 말았다. 스물일곱 나이였다.

백사 이항복이 만장(輓章)에 썼다.

<대저 사람은 이 세상에 잠깐 와서 살다 가는 것이니 오래고 빠른 것을 누가 논하랴. 세상에 오는 것은 곧 또 돌아감을 뜻함이니 이 이치를 나 이미 밝게 알아 자네를 위하여 슬퍼하노라. 나 아직 속됨을 면치 못하여 입이 있으나 말할 수 없고 눈물이 쏟아져도 소리 내어 울 수도 없네. 베개를 어루만지며 남이 엿볼까 두려워서 소리를 삼켜가며 가만히 운다. 어느 누가 잘 드는 칼날로 내 슬픈 마음을 도려내주랴.>

백유양이 처형된 뒤 백진민, 흥민 형제가 죽는 걸 봤으니 정언신이

사형을 당한다면 정협마저 온전하지 못할 것은 분명했다.

백진민은 아우 흥민과 함께 양주에 있는 아버지 백유양의 산소에서 시묘를 하다가 끌려왔다. 7월 12일이었다. 양천경의 상소에도 이름이 없던 그들이 국청에 잡혀온 것은 모두 정철 때문이란 것이 공공연한 여론이었다. 정철이 백유함과 공모하여 내시 이몽정(李夢鼎)을 끌어들였다는 것이다. 이몽정은 이춘영의 아버지 의령군 윤조(李胤祖)의 심복으로 알려져 있었다. 이몽정이 임금에게 비밀히 아뢰었다.

"외방 공론에 의하면 길삼봉의 거처를 백진민 형제가 소상히 안다고 합니다."

백진민이 국청에서 눈물을 쏟으며 말했다.

"아비가 모르는 일을 자식이 어찌 알 수 있습니까. 죄가 있고 없음은 저 푸른 하늘이 알 것입니다. 엎어진 새집에서 새알을 어찌 보전할 수 있으리까. 다시 국문할 것도 없이 빨리 죽여주기를 원합니다."

두 형제는 그렇게 곤장 아래서 숨을 거두었다.

잡혀간 지 열흘만이었다.

술집을 나섰다. 네 사람 다 취해 있었다.

헤어지기 전, 김성립은 이귀와 송이창을 각기 껴안으면서 새삼 고마운 마음을 전했다. 내 친구를 살려달라는 부탁도 잊지 않았다.

김홍미와 어깨를 나란히 해서 큰길을 건넜다. 집이 있는 남소문동(현 장충동 지역)으로 가려면 건천동을 지나야 했다. 김홍미의 집이 건천동으로 유성룡의 집과 멀지 않았다.

"이제는 도 닦는다는 산중 고승(高僧)까지 잡아다 족치고……이눔의 옥사가 어디까지 가야 끝장이 날지 모르겠어."

지나가는 승려를 보고서 김홍미가 중얼거렸다.

"그러게 말이야. 허나 두고 보라지. 결국은 송강도 제 목숨을 재촉하고 말 테니까."

절집 사람들이 서산대사라고 부르는 휴정(休靜)과 그 제자인 사명당 유정(惟政)이 의금부에 잡혀왔다는 이야기는 김성립도 듣고 있었다. 구월산의 중 무업(無業)이란 자가 그들을 역모에 가담했다고 고해바쳤다. 일흔 살 넘긴 산승이 뭐 더 바랄 것이 있다고 역모를 했단 말인가. 곧이들을 사람이 없을 법한데도 휴정이 묘향산에서 잡혀왔다.

사명당 유정은 김성립이 두 번인가 직접 본 적이 있었다. 처남인 허봉을 따라 다니던 때였다. 봉은사 시회에 갔을 때는 손곡 이달이며 백호 임제 등도 있었지만 머리 깎은 그가 유독 눈에 뜨였다.

그나저나 구월산에서 무슨 일이 있었는지 궁금하기 짝이 없었다. 첫고변이 엉뚱하니 전주가 아닌 그쪽에서 있었던 것이 그러하고 역모자라고 줄줄이 잡혀 오는 이들 대개가 그쪽 사람인 것도 그냥 지나칠 일이 아니었다. 마침내 산중 승려까지 끌어들이는 것도 구월산이었다. 오랫동안 송한필이 그곳에 숨어 있었고 송익필 또한 여러 차례 내왕했다는 얘기가 있는 걸 보면 시중에 나도는 말처럼 고변과 이들 형제가 전혀 무관해 보이지 않는 게 사실이었다. 서애 대감만큼은 뭔가를 알고 있을 법한데 털끝만치도 내색을 하지 않으니 더 답답할 수밖에 없었다.

"대감도 알고 계시지?"

김홍미가 물었다.

"자네랑 이귀가 판결사 어른을 찾아간 것 말일세."

"응, 말씀드렸지. 그걸 뭐 숨기겠나."

성립이 순순히 대답했다.

"뭐라 하셨어?"

"알았다, 그 말씀뿐이셨어."

"오늘 김장생을 만난 일도 말씀드려야겠지?"

"당연. 자네가 해도 좋고."

갑자기 김홍미가 클클클, 가래 끓는 듯한 웃음소리를 냈다.

"왜?"

성립이 그를 바라봤다.

"모르겠어. 갑자기 왜 그 말이 떠올랐는지."

그가 더 큰 소리로 클클 웃었다.

"무슨?"

"있잖아. '오리(梧里, 이원익)는 속일 수는 있지만 차마 속이지 못하겠고, 서애는 속이고 싶어도 속일 수가 없다.'는 말. 대감은 벌써 우리 넷이 소주 마신 것도 알고 계실 거야. 그지?"

클클클, 뒤늦게 김성립도 웃음을 터뜨렸다.

좀체 웃음을 멈출 수 없었다.

"그만 하자. 이러다가 우리 벌 받아."

김홍미가 성립의 팔을 흔들며 말렸다. 그새 그는 웃다 못해 눈물까지 글썽였다.

"그래, 오리 어른이 대사간이 된 것만도 천만다행이다."

성립이 웃음을 그쳤다.

"응, 화백(정협)은 죽지 않을 거야. 암, 안 죽어."

자신에게 다짐을 하듯 김홍미가 중얼거렸다.

그동안 양사(兩司)가 정철의 수족이 되어 옥사를 끌어온 게 사실이었다. 이틀 전 이원익이 대사간이 되었으니 이산해 사람이면서도 그동안 정철의 심복 역할을 해온 대사헌 홍여순을 견제할 수 있게 되었다.

잠시 휘청했던 김성립이 몸을 가누며 말했다.

"응. 정협인 백진민처럼 그렇게 안 보내. 우리가 꼭 살린다. 알잖아? 마지막은 이산해야. 이산해를 찍어내지 않고는 송강이 절대 손을 놓지 않아. 두고 보라고. 그리고 그 송강을 잡을 이가 바로 우리 서애 대감일 테고."

"그럴까?"

"암, 아까 이귀도 말했잖아. 참자, 참자……이게 서애 대감이야. 그래서 나도 참는다고."

"홍문관 저작께서 참지 않으시면?"

"세상 뒤집어지지."

또다시 클클 웃는 김홍미를 보고 성립이 언성을 높였다.

"삭탈관직 된 나으리는 웃지 말고 내 시 한 수를 들어보시게."

"웬 시?"

"판결사 어른한테 부탁하러 가면서 빈손으로 갈 수 있는가. 그래서 하나 찾아서 외우고 갔다네. 최립의 시. 과시 명불허전이야. 들어봐."

조래풍급우몽몽(朝來風急雨濛濛)하니
금수천림일반공(錦繡千林一半空)이라.
기작만산추색료(已作漫山秋色了)하고

잔홍여범벽계중(殘紅與泛碧溪中)터라.

드센 바람 부는 아침 부슬비 내리더니
수놓은 비단 같던 수풀 절반이 비었네.
이미 온 산은 가을빛을 거두고서
남은 붉은 잎을 푸른 물에 띄우네

취기 묻은 성립의 음성이 어둔 골목길에 퍼져 나갔다.

24. 묘향산의 봄

더디게 오는 봄 따라 꽃들이 다투어 피었다.

갈참나무, 딱총나무 우거진 산비탈마다 불붙듯 진달래꽃이 피었으며 띄엄띄엄 뿌리박고 선 정향나무, 함박꽃나무에도 붉고 하얀 꽃봉오리들이 달렸다. 햇살 드는 바위틈새에는 달개비꽃, 조록싸리꽃들이 수줍은 양 맑은 모습을 드러냈다.

부드럽고 삽상한 바람에는 어김없이 새소리가 실렸다. 잉잉, 벌떼소리도 들렸다. 바위틈에서 흘러나온 샘물이 항아리를 채우고 주둥이를 넘쳐흘렀지만 정각은 그것을 들어 옮길 생각을 하지 않았다. 천공을 가릴 듯이 서로 어깨를 걸고 우람히 선 남녘의 청청한 산봉들만 망연히 쳐다보고 있었다. 왼편이 칠성봉이요, 그 옆에 앞으로 튀어나온 것이 비로봉(毘盧峰)이었다. 그 오른편이 향로봉, 법왕봉(法王峰)이었다.

큰절은 산줄기 너머의 골 안에 있었다.

비로봉에서 금선대(金仙臺)로 이어지는 능마룻길. 진달래꽃이 흐드러지게 펴 있는 산길로 한 사내가 걸어오고 있었다. 멀리서 봐도 스님의 차림새가 아니었다. 갓 쓰고 도포를 입은 양반네 모습. 산 너머의 비로암(毘盧庵)을 거쳐 오는 모양이었다.

풍경이 울었다.

거리가 가까워지면서 사내의 모습이 사라졌다. 이편의 높은 축대 때문이었다. 108개의 돌층계를 디뎌 올라오고 있으리라……. 까닭을 알 수 없었다. 멀리서 사내를 지켜보고 있을 때는 그렇지 않았는데 막상 그의 모습이 시야에서 사라진 뒤부터는 심장 뛰는 소리가 들렸다.

물 항아리를 공양간에 옮겨놓고 좁은 뜰을 가로질렀다. 손을 맞아야 했다. 마당 끝에 서서 가파른 돌계단을 내려다봤다. 덩치는 큰데 한 발 한 발 계단을 디디는 남자의 발놀림이 의외로 경쾌했다. 지친 빛이 없었다. 펄럭이는 도포자락이 육신을 공중으로 밀어 올리는 형국 같았다.

층계 끝에 이르기 전, 사내가 고개를 들었고 정각이 그와 시선을 마주했다. 아, 저도 모르게 탄성을 냈다. 한 순간 숨이 턱 막히는 느낌이었다. 형 취대가 아닌가!

층계를 내려가 형의 손을 부여잡았다.

"취실아."

형이 환하게 웃었다.

"여기가 신선들이 사는 옥경(玉京)이라도 되느냐? 암자가 어디냐고 물었더니 사람마다 하늘만 가리키더구나."

꼭 2년 반만의 재회였다. 여립이 죽는 자리에 함께 있다가 헤어지곤 처음이었다.

"저를 찾아왔어요?"

승방 툇마루에 나란히 앉았다. 할 말이 참 많다고 여겼는데 막상 입을 떼려니 무슨 말부터 해야 할지 몰랐다.

"희천(熙川)은 어느 쪽이냐?"

크고 작은 산봉과 겹겹으로 이어지는 산줄기들을 둘러보며 취대가 물었다.

"뒤쪽입니다."

금선대 작은 절집이 앉은 데가 부용봉 벼랑 아래였다. 오른편 바위 봉우리를 돌아 응봉(鷹峰)을 거치면 묘향산에서도 가장 험한 데 있다는 견성암(見性庵)이 나온다. 왼편 바위벽을 내려서면 만수암이요, 그 다음 무자령(霧滋嶺)을 지나면 주타암(住陀庵)이었다. 희천으로 가려면 만수암 반대편 벼랑으로 내려가서 골짝 길을 타고 가야 했다. 고적대(高寂臺)까지가 시오리 산길이요, 거기서 원명사(圓明寺)까지가 이십 리였다. 원명사에서 청천강까지가 오 리다. 강을 따라 또 시오리를 북쪽으로 가면 희천 고을이었다.

"여기서도 한양 소식은 들을 테지?"

"들리면 듣고 그렇지 않으면 못 듣고 그렇지요."

재작년 가을, 한 달 가까이 한양에 있었다는 얘기는 차마 할 수 없었다. 도성에 있는 동안에도 찾아본 가족 친지가 없었으니 굳이 그 말을 해서 형을 더 서운케 할 필요가 없었다. 큰스님(서산대사)이 의금부로 잡혀갈 때, 큰절(보현사)의 도반(道伴) 지정(持靜)과 둘이서 스님을 따라갔다. 큰스님이 옥에 갇혀 있는 동안, 서울 물정을 잘 안다고 해서 정각이 옥바라지를 다 했다. 옥리에게 뇌물을 줘서 음식을 들여보내는 방법까지 깨쳤다.

다행히 스님은 두 번의 국문을 당하고 무죄 방면되었다. 금강산에서 잡혀왔던 사명당 유정도 마찬가지였다. 역적 정여립과는 상면한 적이 없고 구월산의 역도들과도 전혀 교통이 없었다는 큰스님의 말을 임금이 그대로 받아들였다. 굳이 송강 대감의 도움을 받을 필요도 없었다. 늙은 중이 고생이 많았다며 임금은 노자까지 챙겨주었는데, 묘향산으로 돌아왔을 때는 벌써 겨울이었다.

"아버지가 희천에 계신다."

문득 형이 놀라운 말을 했지만 정각은 놀라지 않았다. 아버지가 돌아가셨다, 아마 이런 말을 들었더라도 놀라움은 없을 듯싶었다.

살아 있는 사람은 다 죽게 마련이고 그것이 한 달 전의 일 혹은 어제 일이라고 해서 달리 놀랄 까닭이 있는가. 다리 달린 사람이 서울에 있다가 어느 날 제주 섬으로 자리를 옮겼다 해서 놀랄 턱이 있는가, 그런 생각이기도 했다.

"귀양 오신 건가요?"

정각이 물었다. 비로봉 위에 뜬 흰 구름을 보고 있었다.

"그래. 두 달쯤 된단다. 정월에 길을 떠나셨으니까……."

취대가 대답했다. 왜요? 묻지를 않았지만 형은 그 사연을 일러주었다.

"작년 섣달 초였지. 숙부랑 두 분이 함께 충청도 홍산(鴻山)에서 현신(現身)하신 것을 보면 아마 사계(김장생) 형님이며 그 집안 어른들과도 사전에 의논이 있었던 모양이더라. 차꼬에 채워져 곧장 형조로 오셨어. 의금부에서 형추(刑推)를 당하지 않은 것만도 천만다행이란다. 형추를 하면 죽을지도 모른다 해서 상감께서 외방(外方)으로 유배할 것을 명하신 것도 그렇고……당초 아버지는 남해에, 숙부는 제주로 가기로 돼 있었지만 임금이 또 이를 바꾸셨지. 왜적이 출몰하는 때에 이들을 외딴 섬에 유배하는 것은 깊은 생각이 못 된다고 하셨거든. 그래서 오신 데가 희천이다. 숙부는 함경도 이성(利城, 현 이원군)으로 가셨고……."

이성보다는 희천이 훨씬 좋은 곳이다. 한양을 가더라도 이틀을 더 빨리 갈 수 있으며 물산도 더 많다. 회령, 종성, 삼수, 갑산 같은 극변과는 더더욱 비할 바가 못 된다. 희천에서 평양까지가 2백 리이며 함경도 마냥 길이 크게 험하지도 않다. 건장한 사내라면 이틀에 다다를 수 있다. 강계만 하더라도 희천에서 북쪽으로 백 리를 더 가야 했다. 영변이 아래쪽 30리였다.

6년을 잘 숨어 다니셨는데 왜 자수를 하셨대요? 말이 입안에서 구르는 것을 억지로 삼켰다. 형은 또 그를 헤아린 듯싶었다.

"너는 아직 모르겠구나. 작년 여름에 우리 집안이 속량(贖良)을 했다. 장례원에서도 새 판결이 있었고……여러 사람이 애를 많이 썼단다. 이제 너도 나도 안 씨 집으로 끌려갈 일이 없으니 이보다 다행한 일이 있겠니. 그래서 아버지도 떳떳이 몸을 드러내시기로 작정을 하셨던 모양이더라. 죄가 있다면 죄 값을 치르시겠다고……."

"송강 대감이 실각하신 것 때문은 아니고요?"

비로소 정각이 반문했다.

"대감 일은 알고 있구나. 물론 무관하다곤 할 수 없지. 그래, 더 이상 숨어 다녀서 뭐 하시겠니. 차라리 떳떳이 벌을 받고 나서는 게 낫지."

취대가 한숨을 내쉬었다.

좌의정 정철이 파직을 당하고 강계로 귀양 온다는 이야기는 대감이 유배지에 당도하기 전에 들었다. 작년 7월의 일이었다. 정여립의 역옥(逆獄)으로 득세한 서인들의 세상도 일 년이 고작이었다. 무수한 인사들이 억울하게 처형을 당하는 것을 보면서도 숨을 죽이고 있던 동인들이 지난 신묘년(1591년)에 들면서부터 반전의 칼을 뽑았으며 그 첫 번째 표적이 바로 정철이었다.

"결국 이산해, 유성룡 두 대감한테 보기 좋게 당했지 뭐냐."

취대는 정철의 추락 또한 동인의 두 정승 때문이라고 여기고 있었다.

2월에 안덕인(安德仁) 등 유생 다섯이 연명으로, 주색에 빠져 국정을 그르친 정철의 죄를 물어야 한다는 소를 올렸다. 이에 정철이 사직서를 올리자 노여움이 풀리지 않은 임금이 그를 갈아치웠다.

3월, 정철이 용산촌사로 물러나 임금의 명을 기다렸으며 윤3월, 양사가 정철이 붕당을 지어 멋대로 조정을 움직이고 반노로 지목된 송익필, 한필 형제와 어울려 주색에 빠져 명분과 체통을 잃었고, 조정의 인사를 마음대로 휘둘렀다는 혐의로 논핵을 하였으며 왕은 마치 기다렸다는 듯이 그를 파직했다.

호조판서 윤두수, 좌찬성 윤근수도 함께 쫓겨났다.

임금의 마음이 벌써 정철한테서 떠났음이 분명했다. 우의정 유성룡에게 이조판서를 겸하게 하고 정철의 사람인 호군 이해수(李海壽)를 여주목사로 내보낸 것만 봐도 그랬다.

2월에 있었던, 왕세자를 세우자는 건저(建儲) 논의가 몰락의 시작이었다. 임금의 입장에서도 세자 책봉 논의를 사전에 막는 한편, 정여립 사건으로 지나치게 세력이 커진 서인들의 기세를 꺾을 필요가 있었다. 그 사이 역변을 빌미로 하여 1천 명이 넘는 인사들을 처단하면서 동인 세력을 제거한 임금이었다. 지나치게 엄혹한 형벌로 민심이 크게 술렁이고 있다는 사실도 왕은 알고 있었다.

그 원성을 잠재우기 위해서는 또 다른 제물이 필요했다. 동인을 처단하는 동안에는 정철 같은 이가 소용이 됐지만 일이 마무리된 뒤에는 더 이상 그가 필요치 않았다. 토사구팽이었다.

정비(正妃) 의인왕후에게는 소생이 없었다. 공빈(恭嬪) 김 씨의 소생인 임해군이 맏이, 광해군은 둘째였다. 난폭하고 방탕한 임해군은 일찌감치 세자 물망에서 빠졌다. 이전부터 임금은 총애하는 인빈(仁嬪) 김 씨가 낳은 신성군(信城君)을 염두에 두고 있었다. 그러나 정비 의인왕후는 생모가 살아 있는 신성군보다는 광해군이 세자에 책봉되는 편이 자신에게 유리하다고 여겼으며 대신들 사이에서도 암암리에 광해군 세자론이 힘을 얻고 있었다.

먼저 유성룡이 정철을 찾아갔다.

아직 국가의 근본을 정하지 못하고 있으니 세자 세울 계책을 정부에서 해야 하는데 우리가 이 일에 힘써야 하지 않겠느냐고 성룡이 말했다. 이에 정철이 적극 찬동을 하며 영상 이산해가 응할 것인가를 걱정했다.

"우리 두 사람이 하자고 하면 영상이 어찌 듣지 않을 수 있겠소."

유성룡의 말에 정철이 그리하자고 승낙을 하였다. 두 사람의 요청을 받고 이산해는 대사헌 이해수, 부제학 이성중을 의정부로 불러 광해군을 후사로 정한다는 데 의견을 모았다. 유성룡, 정철 두 사람은 이산해와 함께 경연에서 건저를 주청하기로 기약하였지만 약속한 날 이산해는 병을 핑계로 나오지 않았다. 두 번째 약속한 날도 마찬가지였다.

이전부터 이산해는 서인들을 몰아내고 정권을 탈취하기 위해 절치부심 기회를 노리고 있었다. 이 시기, 총애하던 인빈 김 씨가 신성군을 낳자 임금의 마음은 더욱 그녀에게 기울어졌다. 이산해는 인빈의 오빠인 김공량(金公諒)과 가까웠으므로 그런 사실을 누구보다 잘 알았다. 하여 신성군을 사위로 맞아들인 한성부판윤 신립(申砬)한테도 평소 몸을 낮추던 이산해였다. 세 정승이 함께 건저를 주청하기로 약조한 전날, 이산해는 따로 김공량과 술을 마시기로 약속하고 아들 이경전을 먼저 공량의 집으로 보냈다. 조금 뒤, 이산해 집의 종이 급히 달려와서 경전에게 고하였다.

"대감께서 막 나오시다가 별안간 어떤 소문을 들으시곤 문을 닫고서 눈물만 흘리고 계십니다."

경전이 놀라서 급히 제 집으로 뛰어갔다가 곧 돌아와서 공량에게 말했다.

"부친께서 누군가한테서 정 정승이 장차 세자 세우기를 청하고 이어서 신성군 모자를 없애려 한다는 말을 들으시곤 어찌할 바를 모르고 계십니다."

이 말을 듣고 김공량이 즉각 인빈에게 달려가서 전했으며, 인빈은 울면서 이를 임금에게 고했다.

경연에서 임금이 물었다.

"경들이 후사를 의논했다고 하는데 누가 적합하다고 뜻을 모았는가?"

저간의 사정도 모른 채, 좌의정 정철이 나서서 영명한 광해군이 적합하다고 답했다. 이성중, 이해수 또한 "이 일은 정철 홀로 하는 말이 아니라 신 등도 같이 의논한 것입니다." 하며 동의를 했지만 유성룡과 이산해는 굳게 입을 다물었다.

노기를 띤 임금이 정철을 꾸짖었다.

"내가 아직 이렇듯 살아있거늘 네가 세자 세우기를 청하니 어쩌자는 것이냐!"

"실로 무서운 이는 서애 대감이야."

취대의 말이었다.

"송강 대감도 애당초 이산해는 믿지 않았지만 서애는 믿었지. 아직도 혈기 넘치는 임금 앞에서 세자 책봉 얘길 꺼낸다는 게 짐단을 지고 불길에 뛰어드는 일인 줄 송강 대감인들 왜 몰랐을까. 그런데 서애 대감이 먼저 그 얘길 하니 귀가 솔깃할 밖에. 서애와 같이 가면 불길은 피하겠다고 여기셨지, 그게 화근이었어."

재미있는 이야기를 아우한테 들려준다는 듯이 취대가 조용조용 말을 이어나갔다.

"서애 대감이 미리 이산해와 입을 맞추었는지 그건 모르겠어. 아무튼 서애는 이산해며 송강 대감의 속을 훤히 들여다보고 있었던 게 분명해. 이렇게 미끼를 던지면 송강이 어떻게 물고 이산해가 어떻게 나올지를 다 알고 있었던 게야. 그리곤 막상 임금 앞에서는 '나는 아무 것도 모릅니다.' 하고 입을 꽉 닫아버리니 누가 죽어? 성미 급한 송강 대감만 당할 수밖에. 대감의 세상도 그렇게 하루아침에 무너지고 말았어."

5월에는 대사헌 홍여순, 대사간 이원익 등이 합계하여 "정철, 백유함, 유공신, 이춘영 등이 서로 붕당을 지어 조정을 어지럽히면서 자기들과 뜻이 다른 사람들을 없애고자 하였습니다. 이에 유생들에게 상소하도록 꾀어 이름 있는 재상과 사류들을 역당(逆黨)으로 몰아 모두 죽이려 하였으니 아울러 먼 곳으로 찬축(竄逐, 귀양 보냄)시키소서." 하였고 임금이 이를 따랐다.

정철은 강계로, 백유함은 경흥으로, 유공신은 경원으로, 이춘영은 삼수로 배소가 정해졌다.

6월이 되자, 정철의 사주를 받아 재상과 죄 없는 선비를 역당으로 얽어 들이는 상소를 했다는 죄로 양천경, 천회 형제와 정암수 등 호남 출신의 유생들이 대거 의금부로 잡혀와 문초를 받았다. 몇 차례 형신 끝에 양천회, 양천경, 강견(강해) 등이 정철의 사주를 받아서 최영경이 길삼봉이라고 모함하는 소를 올렸다고 승복하였다. 특히 양천경은 제 처의 종형이 되는 기효증(奇孝曾)의 말을 따랐다. 그가 천경에게 말했다.

"살인죄에 대한 법률은 마땅히 수범과 종범을 가리는 것이다. 수범만 죽고 종범은 죽음을 면하게 될 테니 그대는 반드시 수범인 정철을 끌어넣어야만 살 수 있을 것이다."

마침내 천경이 정철이 시켜서 하였다고 자복했다. 그렇게 사형은 면하였지만 천경은 끝내 곤장을 맞다가 죽었다. 양천회, 강견 등도 매를 맞다가 혹은 장독(杖毒)으로 죽었다.

이 무렵 정철의 문객 심희수(沈喜壽)도 무고죄로 잡혔다. 그도 정철의 집에 출입하면서 정암수의 무함하는 소가 정철에 의해 작성되는 것을 보았다고 증언하였다. 이로써 정암수 등도 독한 형문을 당했다.

7월 20일, 정철을 강계 석소(謫所)로 압송해 가던 금부도사 이태수가 평안도 순안(順安)에 이르러 서계를 올렸다. 정철이 병이 들어 더 이상 압송하기 불가하다는 내용이었다. 아무리 늦어도 일곱 날이면 순안을 갈 수 있는데 벌써 스무 날이 더 걸렸다. 진노한 임금이 이태수를 잡아가두고 다른 도사에게 임무를 맡겼다. 그리곤 성품이 교활하고 간독(奸毒)한 정철이 적소에서도 무슨 일을 저지를지 모르니 엄히 위리안치(圍籬安置)하라고 명했다.

같은 달, 대간의 아룀에 따라 홍성민은 부령으로, 이해수는 종성으로, 장운익은 온성으로 귀양 갔다.

9월 16일, 사헌부가 의주목사 김여물, 금산군수 임예신, 이산(尼山)현감 김공휘, 재령군수 박제를 탄핵하였다. 이들 모두는 정철을 종처럼 섬겼다는 이유에서였다. 또한 석성(石城)현감 양자징은 아들 양천회가 잡혀든 뒤부터 옥바라지를 핑계하고 관고(官庫)의 물품을 공공연하게 실어 날랐다면서 파직을 청했다.

김공휘는 김은휘의 아우이면서 김장생의 삼촌이다. 금부도사로 있으면서 정여립 옥사 때 선홍복의 자백을 받아내는 데 공을 세웠다. 이로써 현감에 오를 수 있었으며 임지인 이산(현 논산 노성면)은 집안의 세거지 연산과 붙어 있는 고을이었다. 소쇄원 주인 양자징도 그 사이 두 아들의 공으로 다시 현감이 되었으며 그의 고을 석성(현 논산 성동지역)은 김공휘의 고을과 맞닿아 있었다. 오랜 기간 정철을 쫓아다니던 박제도 군수 자리를 차지하고 있었다.

이 무렵, 사계 김장생은 정산(定山, 현 청양 정산면)현감이 되었다.

"충청도 홍산에서 몸을 드러내셨다면 그 이후도 주욱 연산에 계셨던 모양이군요?"

취실은, 그동안 정국이 어떻게 바뀌었느냐보다 아버지 송익필의 거취가 어떠했느냐에 더 관심이 있었다. 홍산은 양자징이 다스리던 석성과 접경하며 연산, 이산과도 가까웠다.

취대가 다시 바가지의 물을 마셨다. 동생의 입에서 나온 '그 이후'란 말이 자꾸 제 입안에서 다시 돌았다. '여립이 죽은 이후'란 말을 그렇게 한 것임을 모를 수 없었다.

"그러셨던 모양이더라. 인근 고을 수령 자리에 모두 가까운 이들을 앉혀 놓으신 것을 봐도 그렇고……. 파주건 고양이건 그쪽으론 도통 걸음이 없으셨다."

"그 시절이 참 좋으셨겠네요."

취실이 먼저 몸을 일으켰다. 형을 위해서 따로 발우를 챙겼다. 보리밥에 찬이라고 해야 산나물 두세 가지가 전부였다.

'아버지를 뵈러 가자.'

하마나 형이 그 말을 할 줄 알았는데 밥술을 뜰 때까지도 그러질 않아서 고마웠다. 산중생활은 어떠냐고 한 마디 물어보지 않는 것도 그랬다. 어머니는 어떠신가? 조카 성옥이며 광유는? 정각도 쉬운 안부 인사조차 하질 못했다.

"산 너머 큰절에서 노스님 한 분을 뵈었지 뭐냐."

곰취 이파리로 쌈을 싸서 한 입 가득 밥을 씹은 형이 말했다.

"긴 빗자루를 쥐고 직접 마당을 쓸고 계시기에 처음엔 절 머슴인가 했지만 아니었어."

"뭐라 하시던가요?"

"정각이라는 중이 있느냐 물었더니 대뜸 손가락으로 하늘을 가리키더라고. 처음엔 죽었다는 줄 알고 깜짝 놀랐지."

"다음에는요?"

"나를 빤히 보시더니, 산에 오른다고 물을 많이 마시면 안 된다고 하시더라. 숨만 차게 마련이라고……. 그분이 서산대사란 분 아니냐? 공중에다 계란을 층층이 세운다고 하시는……."

"계란뿐인가요. 눈 깜짝할 사이에 이 산에서 저 산으로 훌쩍 건너시기도 하는데요."

"정말?"

정말이라고 하면 형이 믿을 것만 같았다.

재작년 동짓달이었다. 옥에서 풀려나 산으로 돌아온 지 한 달이 채 안 되었을 때인데 큰스님이 명부전에서 따로 제를 올렸다. 그날 비로소 정각도 귀양살이하던 전 우의정 정언신 대감이 갑산의 적소에서 숨을 거두었다는 사실을 알았다. 향년 64세. 머잖아 방면되어 한양으로 돌아간다는 소문이 파다했는데 끝내 신병을 떨치지 못하고 외진 유형지에서 눈을 감았다. 이조참판을 지낸 일흔한 살의 형 정언지는 아직 강계에서 귀양을 살고 있었다.

제를 마친 뒤, 전부터 아시던 대감이냐고 정각이 물어보았는데 스님은 장난스러운 표정으로 절레절레 고개를 저었다.

"곶감이고 대감이고 내가 알 턱이 있는가. 예전 야인들이 난동을 피울 적에 함경도 구석구석을 다니며 좋은 일을 많이 했다는 얘기만 들었지. 특히 변방의 군인들이 그렇게 칭찬을 했으니 좋은 양반이겠지. 그런 이를 위해 향불 하나 피운다고 해서 나쁠 건 없을 게야."

다음날 정각은 형 취대를 따라 산을 내려갔다.

가까이 와 있다는 아버지의 얼굴은 봐야 할 것 같았다. 아버지의 배소(配所)가 삼수갑산도 아니요 강계도 아닌 지척의 희천인 것도 별난 인연 때문인 것 같았다.

간밤, 형제만의 잠자리에서 형은 정여립에 대해서만큼은 일언반구 언급이 없었다. 아예 죽도와 금구에 대한 얘기는 꺼내지를 않았다. 그러면서도 급변하는 시국이며 부침하는 인사들에 대해서는 적잖은 관심을 보였다.

"허균이란 이름을 들어 봤던가?"

고적대에서 원명사로 내려가는 산길에서였다. 형 취대가 물었다.

"죽은 허봉의 아우가 아니던가요? 그 자는 왜요?"

정각이 반문했다. 풍문으로 이름만 들어봤을 뿐 먼 데서도 본 적이 없는 인사였다.

"그 자가 고양의 대감댁으로도 몇 차례 찾아오곤 했다. 너와 내가 금구 별장이며 진안 죽도에 내왕했다는 사실을 알고 있더구나. 어디서 무슨 소리를 들었던 모양이더라. ……혹여 여기 묘향산까지 찾아오지 않을까 염려돼서 하는 말이다. 스님들은 정해진 거처가 따로 없다고 하니 세상 조용해질 때까지 너도 이 산을 벗어나 있으면 어떨까 하고……."

"왜요? 그 자가 우리 형제를 잡아다 옥에 처넣기라도 한대요?"

"만사불여튼튼이란 말도 있지 않던가. ……허균이 누군가. 서애 유성룡 대감 사람이다. 송강 대감이 저렇게 귀양지에 나앉으면서 기세 좋던 서인들 세상도 한순간에 무너지고 말았지. 다시 동인 세상이 됐는데 기축년의 그 일을 그냥 덮어둘 것 같은가? 그래서 뭔가 작은 꼬투리라도 찾으려 기를 쓸 게 빤하지 않는가 말이다."

"끌고 가서 캐물으면 이실직고해야지요."

"취실아, 그런 게 아니다. 죽고 죽이는 일도 이쯤에서 끝이 나야 하지 않겠느냐. 언제까지나 서로들 원한만 갚고 살아서 되겠는가 말이다."

"죄 없는 이들이 그렇게 무참히 죽어 나갔는데도요?"

"그래서 송강 대감도 저렇게 극변에서 귀양살이를 하는 게 아니겠느냐. 애당초 아버지의 뜻도 그 지경까지 가는 게 아니었음을 내가 안다. 아버지는 아버지대로 송강 대감의 처사가 못마땅해서 여러 차례 사람을 보내서 말리기도 했지만 일이 제대로 되지 않았다는 얘기도 내가 들었다. 어떡하겠느냐, 다 지나간 일인데…….."

"그래서 의연스님까지 그렇게 때려 죽였다지요?"

"송강 대감도 어쩔 수 없었을 게다. 잡아들인 죄인들마다 의연스님을 주동이라고 지목하는 판에 대감인들 어찌 소리 소문 없이 그를 구해낼 방도가 있었겠느냐."

"저와 형님 얘기는 그 스님 입에서 나왔겠지요?"

"그런 모양이더라."

산길을 걷는 동안에도 정각은 제 죄업만을 생각했다. 억만년을 부처님 앞에 꿇어앉아 빌어도 씻을 수 없는 죄였다. 땅바닥에 기어가는 벌레 한 마리를 죽여서도 안 된다는 부처님의 가르침을 받은 자가 한때나마 무수한 목숨을 앗아가는 일에 앞장을 섰던 것을 생각하면 절로 온몸에 식은땀이 흘렀다. 잠을 자다가 비명을 지르며 깨어나기도 한두 번이 아니었다. 아버지며 송강 탓이 아니었다. 모두 제 죄였다.

금구 구성산 아랫마을에 살던 반벙어리 백석은 정각도 잘 알았다. 여립의 아우 여복의 종이었다. 말은 잘 못해도 마음씨가 티 없이 맑고 환했다. 그 자가 옥에 갇힌 제 주인에게 먹을 것을 전하겠다고 한양까지 올라가서 전옥서(典獄署) 골목을 서성이다가 나졸에게 붙잡혔다. 생전 들어본 적 없는 길삼봉을 보지 않았느냐고 문초를 당하다가 형틀에서 숨졌다. 백석뿐이랴. 지함두와 몸을 섞었다고 은월이 매를 맞고 죽었으며 그 옆집의 봉하 노인은 잠깐 은월을 숨겨주었다가 죽임을 당했다. 죽도서실에 있다가 민인백한테 붙잡힌 중들도 죄다 형장을 맞고 죽었는데 그 중에는 심원사의 중 지영도 포함돼 있었다. 의연을 따라 단풍 든 지리산 골짝을 올랐던 젊은 중 설청과 도잠도 그렇게 죽었다. 정각에게는 이발, 최영경, 정언신 같은 명사들의 죽음보다 이렇듯 못나고 천한 이들의 죽음이 더 안타깝고 원통하기만 했다.

원혼들이 구천을 떠돌고 있는데 봄이 왔다고 풀과 나무들은 꽃을 피우고 새잎을 터뜨렸다.

아버지 송익필의 귀양살이 집은 희천 관아에서도 시오 리 떨어진 능봉산 기슭에 외따로 있었다. 방 두 칸에 부엌 하나가 딸린 오두막집, 새 이엉도 올리지 못한 지붕에는 풀들이 무성히 자라 있었다.

소반 하나를 책상 삼아 아버지는 단정한 자세로 책을 읽고 있었다. 3년 만에 정각을 대하고서도 반가운 기색 하나 보이지 않았다.

"여태 그놈의 중 옷을 벗지 않았더냐?"

절을 받고 나서 대뜸 힐문부터 던졌다. 노기가 느껴졌다. 음성이 예전처럼 카랑한 데다 안색과 눈빛도 이전과 다를 바 없었다.

"소인 출가 수행승입니다."

정각이 또렷이 대답하자 어이가 없다는 듯 아버지 송익필이 눈을 동그랗게 떴다.

"살기 위한 방편으로 잠시 산중 절간에 의탁은 했다만 네가 어찌 본색이 중이더냐? 형한테 들었을 터이니 너도 속히 서울 집으로 와서 못다 한 글공부를 해야 할 게다. 장가도 가야하고……."

한결 말투가 부드러워졌다. 정각이 염주를 굴리며 말했다.

"외람된 말씀입니다만 소인은 이미 부처님께 귀의한 몸입니다."

"안팎으로 중이 됐단 말이냐?"

아버지의 언성이 다시 높아졌다.

"그러려고 수행을 하고 있습니다."

"석씨(釋氏)에 귀의했다면 내 자식이 아닌 게로군. 헌데 여기는 어찌 왔는가?"

"문안 인사만 올리고 떠나겠습니다."

일어나 합장을 하려고 하자 형 취대가 거칠게 끌어 앉혔다.

쯧쯧, 아버지가 혀를 차며 돌아앉았다. 문득 왜소해 보이는 아버지의 뒷모습. 정각은 문득 까닭 모를 비애를 느꼈다. 언제나 인왕산 큰 바위처럼 엄중하게만 여겼던 아버지였다. 일찍 토정 이지함이 아버지를 일러 말했다지 않던가. "천지를 가슴에 간직하였으니 진실로 공맹의 도가 멀지 않다."고. 아버지가 항상 제자들에게 하던 말은 "사람이 가진 착함[善]을 찾아 행하는 공부보다 큰 공부는 없다. 그를 위해서 예를 익히고 거짓됨이 없어야 한다."는 것이었다. 누누이 직심(直心), 직언(直言), 직행(直行)에 힘쓸 것을 강조한 것도 그 때문이었다. 내 아버지는 과연 말씀처럼 그렇게 살아온 것이 맞는가? 오래 전부터 품었던 의문의 하나였다.

질끈 눈을 감고 있는데 아버지의 목소리가 들렸다.

"자고로 석씨의 공부란 모두 공(空)에 관한 것이다. 있는 것을 없다 하고 없는 것을 또 없다 하는 것이 다 그 이치다. 이치가 있고 기운이 있어서 너와 내가 있고, 구름이 날고 꽃이 피는 법인데 이를 모두 공이라 하면서 어찌 사람의 도리를 찾고 만상의 섭리를 깨치겠는가. 그게 바로 미혹이거늘 사람들이 그를 모른다……."

하늘의 이치와 사람의 도리를 죄다 배웠다는 유학자들이 만든 세상이 고작 이 지경인가요? 정각이 속으로 되물었다. 위로 상감에서부터 아래로 산골 훈장까지 밤낮으로 운위하는 것이 공맹이요 주자, 정자(程子)이거늘, 어찌 사람 죽이는 것을 파리, 모기 죽이듯 할 수 있던가요? 메뚜기 한 마리를 잡더라도 그렇게 참혹하게 죽이지는 않지요. 허망하다 하시지만 부처님 공부에는 사람 죽이는 공부가 없지요. 부처님 도량에는 천하디천한 이들만 모여 있기에 양반 상놈이 없고, 본처 자식 첩의 자식도 없답니다……

문득 정각은 잠시 떠나온 금선대가 모질게 그리웠다.

25. 북변(北邊)에서

조원수졸수(調元手拙手)하나,
파주즉진인(把酒卽眞人)이라네.
부귀금유재(富貴今猶在)하니
강천만류춘(江天萬柳春)일세.

나라 살림에는 졸렬하지만
술잔을 쥐면 곧 신선이라네.
부귀야 아직도 남아 있나니
산하는 버들 가득한 봄이로세.

진옥(眞玉)의 노래가 끝난 뒤, 시 한 수를 읊어보았지만 울적한 심사는 가시질 않았다. 취흥이란 것도 마찬가지였다. 서러운 일도 없는데 취기가 오를수록 가슴만 먹먹해지니 딱하지 않을 수 없었다.

봄이었다.

삽상한 바람에도 꽃향기가 전해졌으며 연둣빛 버들가지가 아지랑이처럼 흔들렸다. 맞은편 자북산(子北山) 비탈에 타오르는 진달래꽃들은 그대로 남천(南川) 강물에 엎어져 물빛마저 붉게 만들었다. 누각 앞에서 남천의 물줄기를 받아들이는 독로강(禿顱江)이 봄볕 속에 한가롭게 누워 있다. 둘러싼 산들의 깎아지른 봉우리들만 없다면 한강 동호(東

湖)에 있다 하여도 틀린 말이 아닐 듯싶었다.

"대감, 한 잔 더 올릴까요?"

누각 난간에 등을 기댄 채 두 다리를 한껏 뻗어 편한 자세를 취하고 있는데 진옥이 또 술잔을 들고 다가들었다. 오냐, 네가 부어 보아라. ……입만 벌린 채 한 손으로 그녀의 가슴을 더듬었다. 꼭 젖 달라는 아기 같아. ……쿡쿡, 그녀가 웃음을 참으며 조심스럽게 술잔을 입술로 옮겨주었다. 일 배 일 배 재일배하시고 만수무강 하시어요. ……쿡쿡, 그녀가 술잔을 기울이며 자장가 부르듯이 종알거렸다.

상 앞에 앉은 무장(武將) 셋은 방금 정철이 읊은 시를 다시 새겨본다고 저희끼리 낮은 소리로 얘길 주고받고 있었다. '조'가 고를 조(調)라면 '원'이 무슨 잔가요? 으뜸 '원(元)'자지 뭐겠는가. 근본이요, 백성이요 그런 뜻을 다 가지지 않던가. 아항, 그렇군요……. 첨절제사를 겸하는 강계부사 조경(趙儆)과 종사관 김정웅(金正雄), 참군(參軍) 박심우(朴深宇) 셋이었다. 진옥 외에도 관기가 셋이요, 악공이 둘이었다.

부사 조경은 무과 출신이지만 사서를 두루 통하고 고사(古事)에 밝은 이였다. 자(字)가 사척(士惕)으로 우참찬 월정(月汀) 윤근수의 처남이었다. 영암군수, 제주목사를 거쳐 강계로 왔다. 쉰한 살로 정철보다 다섯 살 아래였다.

그가 없었다면 강계에서의 귀양살이가 말할 수 없이 고단했을 것은 뻔했다. 작년 8월, 지친 몸으로 강계에 왔을 때부터 그는 제 친형을 모시듯 정철을 받들었다. 배소로 정해진 오두막집을 새로 손보아 거처하기에 불편함이 없도록 했을 뿐 아니라 가시나무 울타리를 치고 바깥내왕은 물론 누구도 가까이 하지 못하게 하라는 지엄한 왕명이 있었음에도 불구하고 울타리는 시늉으로만 했을 뿐 들고남을 자유롭게 해주었다. 부사 스스로 이틀에 한 번 꼴로 배소를 찾아와 문안인사를 하곤 했다. 몸이 불편하다고 하면 의원을 대동했으며 아전을 보내 직접 약탕을 끓이게도 하였다.

고관대작이 귀양살이를 오면 뒷날을 생각해서라도 현지의 관원들이 으레 그렇게 한다지만 조경은 그 유(類)가 달랐다. 윤근수와의 남다른 교분이 없었다면 이런 대접이 가능할 까닭이 없었다. 영암을 다스릴 적엔 더러 창평 정철의 집에 찾아와 인사를 차린 일도 있었다.

무엇보다 고마운 것은 배소에 들앉은 지 한 달이 채 되지 않았을 때, 관기(官妓) 진옥을 따로 붙여준 일이었다. 곁에 그녀가 없었다면 지난 반년의 세월이 십 년이나 되듯 길고 답답하기만 했으리라.

"대감님이야말로 실로 천상적선인(天上謫仙人)이십니다."

종사관 김정웅이 찬사를 한답시고 나름 유식한 말을 한 마디 했고, 옆의 두 사람이 적절한 비유라면서 머리를 주억거렸다. 당 현종 시절, 당시 태자빈객이었던 하지장(賀知章)이 이백(李白)을 일러 했다는 말이 바로 '하늘에서 귀양 온 신선', 즉 '적선(謫仙)'이었다.

그들이 뭐라 하건 말건 정철은 진옥을 품고 그녀를 어루만졌다. 이윽고 품을 빠져나간 그녀가 다시 장구채를 집어 들었다.

우저서강야(牛渚西江夜)에
청천무편운(靑天無片雲)하고,
등주망추월(登舟望秋月)하니
공억사장군(空憶謝將軍)이라.

우저산 앞 장강의 밤

푸른 하늘엔 조각구름도 없네.

배에 올라 가을 달을 바라보니

공연히 사 장군이 그리웁다네.

　청랑한 그녀의 목소리가 장구 장단과 함께 사방이 탁 트인 인풍루(仁風樓) 난간 너머로 퍼져나갔다. 넋 놓은 양 정철이 그녀를 바라보면서 거푸 탄성을 냈다.

　소리가 고운 건 말할 것 없고 그녀가 늙은 이백이 선주(宣州, 현 강소성 선성시) 땅에서 읊었다는 시를 꿰고 있을 줄은 몰랐다.

　우저 서강은 금릉(金陵, 현 남경) 못미처의 장강(長江)을 일컫는 말이다. 늙고 병든 이백이 먼 친척 하나의 도움을 받으며 이 강가에 머물고 있었다. 어느 달빛 교교한 밤, 그는 남몰래 병석을 빠져 나와 뱃사공을 불렀다. 그리곤 강물과 달빛 따라 흘러가던 그가 문득 달을 잡겠다고 물속에 잠겨 들었다고 하던가. 그 강가에는 지금도 그의 의관총이 있어 강을 내려다보고 있다고 했다.

　사 장군은 동진(東晉) 때 진서장군 사상(謝尙)을 말한다. 사상이 이 지역의 사또로 있던 때였다. 어느 달밤 우저기(牛渚磯) 강에서 뱃놀이를 하고 있는데 어디선가 옛 역사를 시로 읊는 소리가 들려왔다. 사람을 시켜 시 읊는 이를 데려오고 보니 세곡을 나르는 뱃사공 원굉(袁宏)이었다. 그렇게 만난 두 사람은 날이 샐 때까지 놀았고 그 후 사 장군의 추천으로 원굉은 벼슬자리를 얻었으며 크게 문명을 날렸다.

　진옥이 읊은 시는 이백이 인생 말년에 시골 강에서 자신의 신세를 돌아보는 것이었다. 옛날에는 사 장군 같이 인재를 알아보는 사람이 있었지만 지금은 그렇지 못하다는 한탄도 있었다.

한양에서 쫓겨나 천 리 밖 변방에서 술타령이나 하고 있는 정철이 늙고 병든 이백처럼 보이기라도 한 것인가. 산골 장수들이 사 장군처럼 여겨지기라도 하더란 말인가. '천재일우'란 말을 처음 쓴 이가 원굉이었다. '천재일우현지지가회(千載一遇賢智之嘉會)'라고, 현군(賢君)과 명신이 만나기가 참으로 어렵다고 했다. 모를 일이었다. ……처연한 심정으로 정철이 술병을 집어 드는데 촌의 무장들은 또 어른 기생이 부른 노래가 누구의 시냐고 다투고 있었다.

"보시게들."

정철이 아예 술상을 난간 쪽으로 끌어당겼다. 세 무장이 주르르 상과 함께 딸려왔다.

"진옥이 이 아이가 뭐란 줄 아는가? 천하의 이백은 한두 해 한림학사밖에 하질 못했지만 송강 대감은 정승 판서를 다 해보지 않았냐고……그래서 내가 이백보다 낫다는 겐가?"

"아무렴요. 대감이야말로 천하 풍류에 고관대작을 다 겪었으니 실로 부귀공명을 다 누리신 분이지요."

종사관이 얼른 찬양의 말을 늘어놓았다.

"부귀공명이라? 내일이라도 문득 사약이 오면?"

"무슨 그런 해괴한 말씀을!"

"천부당만부당하십니다."

조경까지 기겁을 해서 손사래를 쳤다. 한바탕 껄껄 웃고 난 정철이 손짓으로 조경을 가까이 불렀다.

"아시는가? 나암(정언신) 대감이 처음 남해로 귀양 갔을 적이지. 저 놈이 죽는 꼴을 내가 꼭 봐야 한다며 성상께서 약을 내리려 하시는 걸 내가 말린 일 말일세."

"예, 저희도 들었습니다."

조경이 대답했다.

"내가 그를 살려놨건만 저들이 그걸 몰라요. 아직도 이산해는 날 죽이지 못해서 저 난리가 아닌가. 허, 마음대로 하라지. 이 송강이 허투루 죽지는 않을 테니."

"아무렴요. 저들인들 얼마나 오래 가겠습니까."

"그지? 나암 얘길 하다 보니 문득 동곡(정언지)이 생각나는군. 그 노인은 어떻게 지낸다던가? 이렇듯 날 좋은 날 그 영감도 오라고 해서 술 한 잔 주면 어떤가?"

"진심이신지요?"

뜻밖이란 듯이 조경이 정철이 눈치를 살폈다.

"그럼 내가 헛말을 할까. 거기나 여기나 귀양살이 하는 것은 같은데 다른 감정을 가질 게 뭐 있겠나."

"하오나……달포 전인 듯합니다. 그렇지 않아도 어찌 지내시나 싶어 사람을 보내봤습니다. 주육(酒肉)도 조금 장만해 드렸는데 어찌나 노여워하시는지……결국 도로 가져올 수밖에 없었습니다. 그런 분께 술 자리에 오시라 한다면?"

"그랬어? 쯧쯧, 속 좁은 영감 같으니라고."

정철이 히잉, 소리 내어 코를 풀었다. 전 이조참판 동곡 정언지의 귀 양지도 같은 강계 땅이었다. 남천 너머 북자산 기슭에 그의 오두막이 있다는 얘기는 들었지만 가보지 않았다. 정철보다 일 년 먼저 와 있었다. 정언신의 친형으로 올해 일흔둘이다. 그새 동생은 배소에서 죽었지만 그는 아직도 정정하게 견디고 있다 하였다.

보름 전인가는 나름 시세를 잘 헤아린다는 평안감사 권징(權徵)이 상부에 치계(馳啓)를 올려 여쭈었다. 얼마 전 내린 사면령에 정언지가 포함되느냐고 묻는 것이었다. 제 딴에는 정철의 무리가 쫓겨났으니 그로써 추방됐던 정언지 등이 풀려나지 않겠느냐고 셈을 했던 모양이다.

치계를 보곤 임금이 노했다. "국가와 강상에 관계된 자는 예외로 한다고 하였으니 정언지 등은 사면이 안 된다는 것을 권징이 모를 리 없는데 이렇듯 아무 것도 모르는 양 취품(取稟, 윗사람에게 여쭘) 하였으니 그 정상을 헤아리기 어렵다. 매우 놀라우니 추고하라." 하였다.

소문을 듣고 정철이 껄껄 웃었던 기억이 있었다. 하루 다르게 변하는 정국에서 저마다 제 살 길을 찾느라고 혈안이 돼 있다고 하지만 차마 권징까지 이를 줄은 몰랐다. 권징은 오래 전부터 정철은 물론 율곡, 성혼과도 너나들이 하는 벗이었다. 정여립 역모 건이 터지자마자 동인 윤탁연을 내쫓고 함경도감사로 있던 그를 병조판서로 끌어올린 이가 정철이었다. 때문에 정철이 실각할 때는 그 당여(黨與)로 몰려 평안감사로 좌천되었다. 그도 이제 정철의 시대는 끝이 났다고 여긴 걸까. 강계로 사람을 보내 안부를 묻기는커녕 정언지가 언제 방면되는가에만 관심을 쏟고 있었다. 쓸쓸한 일이 아닐 수 없었다.

조경이 새로 술잔을 올리며 말했다.

"말씀하셨듯이 다음번엔 희천에 가서 구봉(송익필) 어른을 모셔 오겠습니다. 두 분이 여기서 만나 회포를 푸시면 얼마나 좋겠습니까. 대감께서는 여기 계시는 동안 만사를 다 잊고 편히 쉬시면 될 것입니다. 잠시 득세를 했다고 동인들이 저렇듯 또 저희끼리 남북으로 나뉘어 싸우는 걸 봐도 오래 가지는 못할 것입니다. 머잖아 성상께오서 노여움을 푸시고 다시금 대감을 부르실 것이니 그때를 위해서도 부디 강녕하셔야 합니다."

"고마우이. ……헌데 돌이켜봐도 그때 이산해를 잡지 못한 게 한이야."

술을 들이키며 정철이 탄식했다. 진옥이 제 몸을 정철에게 기대며 수염의 술 방울을 닦아냈다. 세자 책봉을 건의하던 때, 이산해한테 호되게 당한 걸 생각하면 자다가도 벌떡 일어날 수밖에 없었다. 괘씸하기론 유성룡도 마찬가지지만 그나마 그는 용서할 수 있었다. 유성룡은 이전부터 이발과 사이가 틀어져 있었고 특히 정인홍 같은 남명 문인들에 대해서는 서인들보다 더 거리를 두고 있었으므로 정여립과의 연관도 그만큼 덜했다. 따라서 정철로서도 정파가 다르다고 해서 굳이 퇴계 문중까지 헤집어 놓을 이유는 없었다. 죄인들의 초사에 김성일, 우성전의 이름이 여러 번 나왔음에도 불구하고 그들을 잡아들이지 않은 까닭도 거기에 있었다.

물론 유성룡이 쥐고 있다는 패(牌)가 부담스럽기도 했다. 어떻게 알았는지 유성룡은 송익필의 두 서자 취대와 취실이 정여립의 곁에 있었다는 사실까지 꿰고 있었던 것이다. 아무튼 이런저런 이유로 영남의 퇴계 문인들은 애써 건드리지 않았는데 그 고마움을 알 법한 유성룡이 세자 책봉 얘기를 먼저 꺼내 놓고 막상 대전(大殿)에서는 입을 다물 줄은 몰랐다. 사전에 이산해와 입을 맞춘 것 같지는 않았다. 씁쓸하지만 유성룡 나름의 지혜라고 볼 수밖에 없었다.

이산해는 달랐다. 그는 정철이 하지 않은 말까지 지어 내어 임금이 총애하는 인빈 김 씨의 오빠 김공량을 위협했다. 이건 생사람을 잡는 음모와 다를 바 없었다. 그의 음험함을 진즉에 알고 있었음에도 그에 대한 대처를 하지 못한 자신의 잘못이 컸다. 이전에 그를 백유양, 정언신처럼 잡아넣지 못한 게 두고두고 후회스러웠다. 기회는 양천회, 정암수의 상소 때 벌써 있었다.

서인이 장악한 양사에서 먼저 나섰다. 과거 이조에서 정여립을 외직으로 천거했던 일을 새로 따져서 벌 받을 자를 가려야 한다는 주장을 대간들이 폈다. 병술년(1586년), 여립을 김제군수로 보내려 했던 일과 기축년(1589년)에 황해도사에 추천했던 일을 들추자는 것이었다. 김제군수로 언급될 때의 이조판서가 이산해였으며 참의가 백유양이었다. 황해도사 때는 판서가 이양원, 참판이 정언지였다. 백유양과 정언지는 이미 처벌을 받았고 이양원은 나름 미미한 인사였기에 동인이 볼 적에는 결국 이산해 한 사람을 처단하기 위한 조치로 볼 수 있었다. 자주 의견을 주고받는 처지지만 이 문제에 대해서는 우계 성혼이 더 완강했다. 이산해를 제거해야 후환이 없다는 말도 그가 했다.

정철도 동인을 궤멸시키기 위해서는 결국 이산해, 유성룡을 제거할 수밖에 없다는 점을 알았지만 거기에는 그만한 위험이 따른다는 사실도 알았다. 우선 두 사람에 대한 임금의 신임이 여전한 데다 둘을 내쫓을 명분이 약했다. 고민 끝에 김장생과도 의견을 나누었지만 장생은 반대의 뜻을 분명히 했다.

"결코 그렇게 할 수 없습니다. 당시 인사를 담당하던 관리들이 어찌 정여립이 장차 모반할 것을 알았겠습니까. 이는 공무를 시행하다가 자기도 모르게 얻은 죄에 불과한데 이로써 관원을 처단하는 것은 옳은 일이 못됩니다.”

나아가 장생은 훗날을 걱정할 줄 알았다.

“근래 논란과 주청으로 혹 죽음에 이른 자까지 있는데 만일 임금께서 진노하여 하옥하고 중죄로 다스린다면 뒷날 죄 없음이 드러난다고 해서 대간들이 다시 그를 구할 수 있겠습니까? 또한 저들 가운데는 죽기로 원한을 품은 자가 적지 않을 것이니 이 일은 애당초 하지 않음이 옳습니다.”라고 했던 것이다.

정철이 이는 자신의 뜻이 아니고 성혼의 지론이라고 밝혔지만 장생은 전혀 동요되지 않았다.

“비록 우계의 말이라 하더라도 쫓을 수 없는 일입니다.”

결국 정철이 대간들을 타일러 이산해에 대한 탄핵을 멈추게 하였는데 여기엔 김장생의 영향이 컸다.

건저(建儲, 세자 책봉) 논의로 정철을 내쫓고 다시 권력을 잡은 동인들은 금세 둘로 나뉘어 한쪽은 남인(南人), 다른 한쪽은 북인(北人)으로 부르게 되었다. 갈라선 쟁점은 정철에 대한 처벌 수준이었다. 이산해, 홍여순, 유영경 등은 함부로 옥사를 일으켜 죄 없는 이까지 억울하게 죽게 만든 정철을 죽여야 마땅하다는 주장을 폈으며 이에 반해 유성룡, 우성전, 김성일 등 퇴계의 문인들은 사형은 과하다는 온건론을 폈다. 죽이자는 이들이 북인이요, 살리자는 이들이 남인이었다. 세간에서는 정인홍, 김우옹, 정구, 곽재우 등을 거론하면서 남명 조식의 문인들이 다 북인이라고 하지만 이 시기 정인홍과 곽재우는 고향 산촌에 은

둔해 있고 정구는 외진 통천(通川)의 현감으로, 김우옹은 아직 회령에서 귀양살이를 하고 있었기에 정쟁의 주류에서 활동할 처지가 아니었다.

깃이 동그란 단령을 입은 아전 하나가 누대에 올라와서 참군 박심우에게 뭐라고 귀엣말을 하자 심우가 황급히 그를 따라 누를 내려갔다.

화제를 바꾸려는 듯이, 조경이 말했다.

"저희는 북방을 지키는 무장입니다만 걱정스럽기는 남녘이 더한 것이 사실입니다. 지난해 통신사가 다녀오고부터 전란에 관한 소문은 이곳 변방까지 자자합니다. 아직은 그런 낌새가 없다 해도 만약을 위한 대비는 하여야 할 텐데 걱정스럽습니다."

정철이 그를 칭찬해주었다.

"충심도 대를 잇는다더니 헛말이 아니구려. 정사(正使), 부사(副使) 두 사람이 똑같은 사람을 만나보았고 똑같은 풍물을 보고 돌아와서는 한 사람은 머잖아 저들이 쳐들어올 테니 대비를 해야 한다 하고, 또 다른 사람은 전혀 그런 기미가 없으니 안심하여도 좋다 하니 상감은 누구의 말을 따라야 할까? 그 숱한 경비를 써가며 사신을 보낸 까닭이 뭔가? 달빛 속에 돌부처 하나 서 있는 걸 보고 한 사람은 사람이라고 하고 또 한 사람은 허수아비라고 한다면 누구의 말을 들어야 하는가? 나도 마찬가지지만 사람은 제 보고 싶은 것만 본다는 말이 있지. 조정이 동서로 나뉘어 싸우다 보니 결국 이런 폐단마저 생기는 게야. 아무튼 문사들은 입 놀리는 재주밖에 없으니 그대들이나 단단히 준비를 해서 만약을 대비해야 할 걸세."

을묘년(1555년)에 왜적들이 전라도를 쳐들어왔을 때, 전라병사겸방어사로서 순변사 남치근과 함께 나주 일대에서 적을 소탕한 무장이 바로 조경의 아버지 조안국(趙安國)이었음은 정철이 익히 알고 있었다. 남치근은 남언경의 숙부였다.

지난해 3월, 근 일 년 만에 일본에서 돌아온 통신사의 정사 황윤길(黃允吉)과 부사 김성일이 서로 정반대의 정탐 보고를 올려 조정이 또 한 번 어수선해졌다. 서인들은 황윤길의 편을 들어 전쟁에 대비해야 한다는 주장을 폈고, 동인들은 김성일의 편을 들어 민심을 동요하게 해서는 안 된다는 주장을 늘어놓았다.

그동안 역적을 다스리면서 사람 죽이는 일에 지쳐 있던 임금은 결국 동인의 주장에 힘을 실어주고 말았다. 외적보다 더 무서운 반대파 죽이기에 혈안이 돼 있던 신하들은 기실 바깥의 적에게 관심을 가질 여력이 없었으며 대비를 하라고 해도 그렇게 할 뭣도 없었다. 한 해가 지난 오늘까지도 남녘 바다가 조용한 것이 다행일 따름이었다.

분위기가 심상치 않았다.

자리를 비웠던 참군이 한참 만에 돌아와 부사에게 다시 귓속말을 했으며 그 말을 들은 조경의 안색이 금세 하얗게 변했다. 조경이 양해를 구하곤 급히 누대를 내려갔다. 기생과 악공들이 풍악을 멈췄다.

"뭔 일인가?"

정철이 종사관에게 물었다.

"대궐에서 선전관이 내려왔다고 하는데 저희도 잘 모르겠습니다. 곧 사또가 오셔서 말씀을 드릴 것입니다."

선전관? 한 순간 정철은 술기운이 싹 걷히는 느낌을 받았다. 기어코 사약이 왔단 말인가! 히죽이 웃는 이산해의 얼굴이 떠올랐다. 미안하다는 표정의 유성룡도 그려졌다. 술잔을 찾아 쥐는데 손이 떨렸다. 사색이 된 진옥이 간신히 술을 따랐다. 한 모금 술을 들이키는 일조차 몹시 힘이 들었다.

조경이 돌아왔다.

"소인, 오늘은 여기서 대감께 하직 인사를 올려야 하겠습니다."

어둔 안색의 그가 넙죽 절을 올리는 것을 보고 정철은 두 눈을 감았다. 올 것이 왔다! 천 길 벼랑으로 떨어지는 느낌, 그뿐이었다. 머릿속이 하얗게 빈 듯했다.

"소인을 왕부(王府)로 압송하라는 어명이 있었습니다."

조경의 음성이 귓전에서 잉잉댔는데 '소인'이란 말이 걸렸다. 소인? 눈을 뜨며 그를 바라봤다.

"내일 날이 밝는 대로 길을 떠나겠습니다."

조경이 또 말했다. 비장한 음성이었다. 내가 죽는 게 아니고 자네가 떠난다고? 비로소 앞에 엎드린 이의 얼굴이 또렷이 보이고 술상의 그릇들 윤곽까지 선명한 것이 참으로 기이했다. 웃음이 치밀어 올라오는 걸 삼켰다.

왕명이 있었다고 했다. 임지(任地)에 위리안치 된 죄인을 엄중히 감시해야 될 강계부사 조경이 죄인 정철에게 아부한다고 관물을 이용하여 과중히 접대하는가 하면 함부로 나다니게 한 죄가 크니 파직시키고 추고하라는 것이었다.

어떻게 무슨 소문을 들었는지 알 수 없지만 대간들의 논핵이 있었던 모양이었다. 어이가 없고 조경에게 대단히 미안한 일이지만 어쩔 방도가 없었다. 정철이 정승의 자리에 있을 때도 이런 일이 있었다. 갑산부사 신상절(申尙節)이 귀양 온 정언신을 깍듯이 모신다는 소문이었다.

백유함이 사실을 파악하고 신상절을 벌줄 것을 청했지만 임금이 허락하지 않았다. 신상절은 학봉 김성일의 문인이었다.

"모두 내가 못난 죄라오. 사척(조경)의 후의는 내가 두고두고 잊지 않으리다."

위로가 되지 않을 줄을 뻔히 알면서도 그의 손을 잡아 어루만졌다. 진옥이 눈물을 글썽이며 그에게 마지막 술잔을 올렸다.

진옥의 부축을 받으며 오두막집 문지방을 넘었다. 뒤따라 온 관노가 방안에 술상을 디밀어주곤 떠났다. 이부자리를 펴는 진옥의 뒷모습을 보곤 정철이 다가가 허리를 부둥켜안았다. 둘이 한 몸이 되어 넘어졌다. 그녀가 서둘러 몸을 뺏다.

"이따가요, 대감."

상머리로 다가간 여자가 술 한 잔을 따라 냉큼 제 입에 털어 넣었다. 두 볼을 봉긋이 키운 그녀가 눈웃음을 치며 정철에게 다가들었다. 엎어지듯 남자의 무르팍을 타고 앉은 그녀가 남자에게 제 입술을 들이밀었다. 마다않고 정철이 그녀의 입술에 제 것을 붙였는데 금세 그녀의 혀가 입술 사이를 파고들었으며 뒤이어 쪼르르 한 모금의 액체가 넘어왔다. 한층 감미로운 술이었다.

"됐어요. 잠깐 요렇게 앉아 계시면 돼요. 제가 얼른 술상을 다시 볼 테니까요."

여자가 몸을 빼며 종알거렸다.

"오냐. 우리한테는 긴긴 밤밖에 더 있더냐."

정철이 포개진 이불에 등을 기대고 다리를 뻗었다. 처음 진옥을 보던 날 밤의 일이 생생히 눈앞에 그려졌다.

사또 조경이 굳이 비 오는 날을 골랐던가. 추적추적 가을비가 내리는 밤이었는데 기척도 없이 방문이 열렸다. 홀로 술을 마시고 있던 정철로서도 흠칫 놀랄 수밖에 없었다. 지우산을 접은 앳된 여인네가 환한 웃음을 지으며 방안으로 고개를 들이밀었다. 물방울을 떨어뜨리며 방에 든 그녀가 큰절을 올릴 때까지도 정철은 멍하니 바라보기만 했다. 차림을 봐서 조경이 보낸 관기임을 직감했으나 이전의 몇 차례 연회에서도 본 적이 없던 아이였다. 열아홉 진옥이라고 했다. 크고 맑은 눈에 도탑고 붉은 입술을 지녔다. 사내를 홀리는 눈웃음과 버들가지 같은 몸놀림만 봐도 예전 남원의 자미며 운담에 못잖은 자태였다.

갖고 온 꿩고기산적, 버섯산적, 단술과 경단을 상에 차린 뒤 그녀가 오늘밤 대감님을 모시겠다며 술잔을 올렸다. 정철은 곧바로 아랫도리의 뜨거운 기운을 느끼지 않을 수 없었다. 네댓 잔을 주고받은 뒤 즉흥의 시 한 수를 읊었다.

옥이 옥이라커늘 번옥(燔玉)만 여겼더니,
이제야 보아하니 진옥(眞玉)일시 분명하다.
내게 살 송곳이 있더니 뚫어볼까 하노라.

매양 하던 식으로, 짐짓 오입쟁이 한량의 시늉을 내보았는데 예상대로 그녀의 수작 또한 녹녹치 않았다.

미리 지어 놓은 듯이 금세 화답이 왔다.

철(鐵)이 철(鐵)이라커늘 섭철(鑷鐵)만 여겼더니,

이제야 보아하니 정철(正鐵)일시 분명하다.

제게 골풀무가 있더니 녹여볼까 하노라.

담대하고 기지 넘치는 그녀의 응대에 정철은 입을 딱 벌리고 말았다. 대구(對句)부터 기가 막혔다. 돌가루를 구워서 만든 가짜 옥이 번옥이라면 잡것이 섞여 순수하지 못한 철이 섭철이다. 남근(男根)을 비유한 살 송곳에는 골풀무로 대응한다. 발로 밟아서 바람을 일으키는 골풀무는 여자의 그것과도 닮았다.

턱없는 육담(肉談)을 하면서도 그녀는 예쁜 눈만 말똥거렸을 뿐 낯빛 하나 달라지지 않았다. 취하고 말고 할 겨를이 없었다. 거칠 것 없이 그녀를 품어 안았다. 알몸의 어여쁨은 더 말할 것이 없었다. 다음날부터 아예 그녀를 적소에 들여놓고 첩실인 양 두고두고 즐겼다.

"아까 내 꼴을 봤지?"

정철이 여자를 바라보며 말했다. 무슨? 여자가 고개를 돌렸다. 여전히 천진하기만 한 눈빛이었다.

"사약이 내려온 줄 알고 사색이 됐던 내 꼴을 말이다. 그리곤 나 죽는 게 아니고 사또가 잡혀 가는 것임을 알고는 금방 화색이 돌던 모습을 말이다."

"소첩도 식겁을 했습지요."

"이러고도 뭇사람을 죽일 때는 눈 하나 깜빡 하지 않았으니 과연 흉포(凶暴) 송강일시 분명하다, 그지?"

"대감께서 사람을 많이 죽였어요?"

술상을 옮겨 오며 그녀가 물었다.

"아무렴, 때려죽이고 찢어죽이고 다 했지……."

"안 무서웠어요?"

"몰라……."

"죄 지은 사람들이지요?"

"그랬을 게다."

"죽는 건 싫어……."

정철의 입에 경단 하나를 넣어준 그녀의 손이 거침없이 남자의 바지춤 안으로 파고들었다.

"송강 대감, 저승에서 뵐 때는 손수 제게 술 한 잔을 주십시오."

백진민이었다. 백유양의 아들. 숨을 놓기 직전 그가 고개를 쳐들고 또렷이 말했다. 그 옆에는 이전에 숨이 끊어진 동생 흥민의 시신이 널브러져 있었다. 웬 파리들이 이렇게 많담, 손으로 파리를 쫓았던 기억이 있었다. 누구보다 그 자의 눈빛을 잊을 수 없었다. 분노, 원망, 참괴, 공포……. 이런 것과도 무관해 보였다. 슬픔 혹은 희열? 아무튼 그런 눈빛이었다. 하여 차마 그를 마주 보기 어려웠다. 고이얀……버릇처럼 중얼거렸지만 실은 낯짝에 달라붙는 파리들이 더 신경 쓰였다.

진옥의 몸이 더욱 밀착돼 왔다. 색색거리는 그녀의 숨소리가 들렸다. 그녀의 젖가슴 하나하나를 공들여 만지면서도 더러 늙은 손이 부끄럽다는 생각이 들었다. 밤마다 그녀를 품고 그리곤 이내 지쳐 떨어졌지만 깊은 잠을 이룬 적이 없었다. 잠깐잠깐 잠이 든 사이에도 악몽들이 이어졌다. 몸은 고단해도 머릿속은 늘 맑았다. 술도 여체도 그 맑은 기운을 쫓지 못했다. 오래 묵은 벗 송익필이 가까운 희천 땅에 와 있다는 걸 알면서도 쉬 찾아 나서지 못한 이유도 그런 데 있었다.

　여자의 손놀림에 또 성깔 있게 발기할 줄 아는 남근 하나가 아직은 참담한 위안이 됐다.　여자를 누이고 서둘러 옷가지를 헤쳤다.

　바다를 건너온 일본군이 삽시에 부산포, 동래성을 점령하고 파죽지세로 북으로 향한다는 소식이 전해진 것은 그로부터 나흘 뒤였다.

26. 벽산천공(碧山天空) 백운비(白雲飛)

"누가 왔는가?"

잠든 양 누워 있으면서도 바깥 기척은 살피는 듯싶었다.

"제가 나가 보겠습니다."

송익필의 물음에 김반(金槃, 김장생의 아들이며 송익필의 제자. 훗날 서포 김만중의 할아버지)이 대답하고 몸을 일으켰다. 아랫마을인가. 개 짖는 소리가 요란했다.

잠시 조용했던 매미소리가 다시 맹렬해졌다.

답답하다는 듯 발을 움직여 가슴께까지 덮은 이불을 끌어내리는 걸 보고 김집(金集, 김장생의 아들, 송익필의 제자)이 병자의 곁으로 다가가 도왔다.

"냉(冷)하면 안 되니까 너무 내리지는 마라."

김은휘(김계휘의 아들이며 김장생의 숙부)가 종손(從孫, 조카아들)에게 주의를 줬다. 방문을 다 열어두고 있었지만 바닥에 열기가 있었으므로 성한 사람들은 땀을 흘리지 않을 수 없었다.

송취대도 다시 바깥에 나와 바람을 쐬었다. 어느새 적삼 등짝이 흠뻑 젖어 있었다. 여전한 매미소리였지만 바람의 냄새는 확연히 달랐다. 무더운 여름도 속절없이 스러질 것이었다.

집 주인 김진려(金進礪)를 따라 젊은 남녀가 언덕길을 올라오는 모습이 낮은 담 너머로 보였다. 손을 맞으러 나갔던 김반은 읍내 강 의원과 함께 맨 뒤에 쳐져 있었다. 흰 저고리에 푸른 색 치마를 입은 차림만 보고도 성옥(成玉)임을 알았다. 옆의 사내는 허균이었다.

문밖에 나서서 그들을 맞았다. 먼 고장에서 오랜만에 딸아이를 보는 기쁨이 컸다. 성옥이 취대의 손을 꼭 잡고 눈물을 글썽였다. 고생 많았네, 눈으로만 허균의 인사를 받았다.

"들어가 뵙도록 해라. 절은 올리지 않느니라."

두 사람을 방안으로 들여보낸 뒤 취대는 처마 그늘에 서 있었다.

매일 한 번씩 들르는 의원이 먼저 병자를 진맥했다.

얼마나 시간이 지났을까.

"좀 어떤가?"

의원을 따라 나오며 김은휘가 물었다. 김집이 어두운 낯으로 제 종조부 뒤에 서 있었다. 의원의 말은 전날과 똑같았다. 더 나빠지지 않은 것만도 다행이란다. 음식은 좀 먹었는가, 약은? 확인을 한답시고 물어보는 것도 마찬가지였다. 의원은 곧 언덕길을 내려갔고 김은휘는 또 여느 때처럼 길게 한숨을 놓았다.

아버지 송익필이 병석이 누운 지 한 달이 돼 갔다. 음식을 잘 먹지 못하고 복통에 많이 시달린다는 소식은 진즉에 들었다. 그러다가 나아지겠지 여겼으나 그게 아니었다. 더위가 한창인 때, 운신을 못 하고 누웠다는 전갈이 왔다. 취대(송익필의 서자이며 허균의 첩 성옥의 아버지다. 뒷날 광해군 10년 허균의 역모에 연루되어 성옥과 함께 국문을 당하고 진도로 귀양 간다. 그의 아들 송광유(宋匡裕) 또한 인조 6년 허의(許懿) 등이 역모를 꾀하였다고 고했다가 무고죄로 처벌을 받았다.)가 급히 행장을 꾸려 면천(沔川, 현 당진)으로 내려왔다.

다시 한 해 만에 보는 아버지, 그 몰골이 말이 아니었다. 전신에 살점이란 살점은 다 빠져나가고 피골만 앙상히 남아 있었던 것. 거친 숨을 쉬면서도 의식은 맑았다. 의원의 말로는 위가 약해서 생긴 적취(積聚)라고 했다. 장부(臟腑)가 조화롭지 못하면 기혈이 뭉쳐서 적취를 이루게 되고 이렇게 되면 기가 통하지 못하여 가슴과 배가 더부룩하고 답답해지면서 숨이 가빠진다고 했다. 여기에 한사(寒邪)가 덮치게 되면 장부에서 싸움이 일어나서 음양이 서로 다투다가 결국 가슴과 배가 몹시 아프게 되며 심한 경우 목숨을 놓게 된다고 하였다.

궁궁(芎藭, 천궁)과 구워서 자른 경삼릉(京三稜, 매자기의 뿌리줄기)을 빻아서 낸 가루를 총백주(蔥白酒, 파뿌리로 담근 술)에 타서 마시게 하면 차도를 보일 것이라고 해서 지금껏 그렇게 해왔다.

"자네 사위던가?"

김은휘가 취대를 바라봤다. 방에 들어간 허균을 가리키는 말이었다. 예, 취대가 짧게 대답했다. 딸애를 첩으로 들였으니 사위임은 틀림이 없었다.

"허엽의 아들이라고 했지? 허봉의 동생이고…….."

"예."

"이름을 들었네만……."

"균이라고 하지요."

"맞아. 허균………."

고개를 끄덕였지만 썩 내켜하는 빛은 아니었다. 그럴 법했다. 김계휘, 김은휘, 김공휘 형제는 물론 김장생을 비롯한 그 아들 사위들이 모두 서인인데 허엽, 허봉은 다 골수 동인이 아니던가. 특히 허봉이야말로 율곡과 송강, 우계를 비난하고 공격하는 데 항상 앞장을 섰던 인물이었다. 비록 서출이라고는 하지만 율곡과 어깨를 나란히 하던 송익필의 손녀가 양천허씨와 인연을 맺었다는 것은 남 보기에 눈과 숯이 어우러진 것과 다를 바 없었다.

"재작년(1597년) 중시(重試)에 장원을 하였지요."

김집이 한 마디 했다. 당하관 이하의 문무관에게 10년에 한 번씩 보이는 과거시험이 중시였다. 영재 중에서도 영재를 뽑는 시험인지라 여기에 입격된 자는 한 순간 전국에 그 영예로운 이름을 날렸다. 갑오년(1594년) 정시(庭試) 문과에 합격하여 승문원 관리가 되었던 허균은 이 중시의 장원으로 4계급을 훌쩍 뛰어 정6품 예조정랑이 되었다. 올해 서른한 살.

"황해도에서 돌아왔다지?"

김은휘가 또 물었다. 허균의 파직을 알고 있다면 이미 그 소문도 들었을 법했다. 병조정랑으로 옮겼던 허균이 한 품계 승진하여 황해도도사가 된 것이 올 봄이었으며 사헌부의 탄핵으로 파직된 것이 한 달 전 일이었다. 간관(諫官)이 말했다.

"황해도사 허균은 경창(京娼)을 데리고 와 살면서 따로 관아를 자기 집에 설치하였고 또 중방(中房)이라는 무뢰배를 거느리고 왔는데 그가 첩과 함께 서로 안팎이 되어 거침없이 행동하면서 함부로 청탁을 하므로 많은 폐단을 끼치고 있습니다. 온 도내가 비웃고 경멸하니 파직시키소서."

"예, 파직을 당했습니다. 서울 기생을 해주에 끼고 갔다고 해서 대간의 입방아에 올랐지요. 그 기생이 다름 아닌 소인의 여식이었습니다.

중방 무뢰배가 바로 소인이었구요."

"저 아이가!?"

취대의 말에 놀랍다는 듯 은휘가 방안을 가리켰다.

"기적(妓籍)에 올랐단 말인가?"

"그렇지 않은데 세간에선 그렇게들 말을 하지요."

"허어!"

들어서 안 될 말이라도 들었다는 뜻일까. 김은휘가 낯빛을 바꾸며 방안으로 들어가 버렸다. 들어가세요, ……김집이 난감한 표정으로 취대를 바라봤다. 대를 이은 수재라고 이름이 나 있는 스물여섯의 청년 김집. 그 또한 아버지 익필의 제자인 김장생의 아들로서 제 아우 김반처럼 어려서부터 아버지한테 직접 배움을 입었지만 취대 자기를 부를 마땅한 호칭이 없음을 잘 알고 있었다. 엄연히 송익필의 아들로 태어났지만 취대는 태어날 때부터 저들과 신분이 달랐다. 김집도 벌써 정실부인이 병약하다고 해서 측실을 얻었으니 율곡 이이의 서녀였다.

벗이요 제자로서 응당 그럴 수 있다지만 이렇듯 고마운 이들이 없었다. 특히 김은휘는 아버지 송익필을 10년 넘게 뒷바라지해 주었다. 거처와 물자를 대주었을 뿐 아니라 마음으로 의지가 돼주었다. 임진년 전쟁 초기, 송강 정철이 임금의 부름을 받고 귀양지 강계에서 나와 체찰사에 제수되었을 때 가장 먼저 한 일이 청도군수에서 물러나 있던 김은휘를 종사관에 임명하는 것이었다. 이듬해 김은휘는 근왕군을 거느리고 수원의 독성(禿城)에 주둔하였지만 정철이 다시 대간의 탄핵을 받고 물러나는 바람에 함께 관복을 벗고 고향으로 돌아갔다. 그해 가을 귀양살이를 마치고 희천에서 돌아온 송익필을 주줄산으로 모셔가 전화(戰禍)를 피하게 해준 이도 김은휘였다. 김진려의 배려로 송익필이 면천 마양촌(현 당진 매곡리)에 거처를 마련한 뒤에는 한 달이 멀다 하고 입을 것 먹을 것을 말에 싣고 찾아와 주었다.

송익필이 병석에 누운 다음에는 김집, 김반 형제가 교대로 면천까지 와서 사나흘씩 병자의 곁을 지켰다. 그들의 아버지 사계 김장생은 지난 6월 안성군수로 부임하였기에 쉬 임지를 떠날 수 없는 처지였지만 수시로 약과 음식을 보내는 등 스승을 모시기에 한 치의 어긋남이 없었다. 전란을 겪는 동안 김장생도 지울 수 없는 아픔을 가졌다. 맏아들 은(金㶏)과 며느리 음성박씨 그리고 세 살 된 손자를 왜적의 손에 잃어야 했던 것이다.

김진려는 김장생의 벗이면서 사돈이었다. 장생의 삼남 반(金槃)이 곧 진려의 사위였다. 장예원 사평을 지낸 김이(金洏)가 진려의 아버지였으며 집안 대대로 면천에 넓은 땅을 지니고 있었다.

김장생한테서 송익필의 사정을 알게 된 그는 흔쾌히 마양촌 숨은골의 집안 재실을 거처로 내주었을 뿐만 아니라 노복을 붙여 지내기에 불편함이 없도록 해주었다.

자리를 교대하듯이, 김은휘가 안으로 들고 허균이 밖으로 나오는 때에 취대가 잠깐 방 안을 둘러보았다.

그새 잠이 든 듯 아버지는 눈을 감은 채 고른 숨을 내쉬고 있었다. 언제 할아버지의 정을 받아봤다고, 성옥이 익필의 여윈 손을 꼭 쥐고 곁에 앉아 있었다. 식구들이 뿔뿔이 흩어져 한양 삼청동 집을 떠나던 때 딸아이가 일곱 살이었다. 물론 이전에도 아버지 익필은 손녀가 예쁘다고 품에 안아본 적이 없었다. 남원에 살다가 고양으로 올라온 것이 그녀가 열한 살 때였다. 그 시기, 허균이 더러 고양 새원마을을 찾아와 남원에서의 행적을 캐묻곤 했는데 취대도 그 까닭을 알았다. 동인 집안의 자제인 데다 유성룡의 문인인 그가 어디선가 무슨 얘기를 듣고는 정여립과의 관련 여부를 확인하려는 것임도 알았다. 그렇잖아도 옥사가 확대돼 나갈 때부터 여립의 모반사건이 서인들이 꾸며 만든 것이란 말들이 떠돌았다. 뒤에서 일을 꾸민 이는 송익필, 한필 형제요, 앞에서 일을 저지른 이는 정철과 성혼이란 얘기가 파다했다. 하물며 정여립은 스스로 목에 칼을 꽂아 자살한 것이 아니요, 음모가 드러날 것을 두려워한 정철이 진안현감 민인백을 시켜 살해했다는 말까지 나돌았다.

전혀 정여립을 알지 못하며 송익필과도 무관하다고 취대가 말했지만 허균은 그 말을 믿지 않았다. 허균은 이미 많은 사실들을 알고 있었다. 정해년(1587년) 왜적이 손죽도를 침범하고 해안을 분탕질을 하던 무렵, 전주부윤 남언경의 요청으로 정여립의 대동계 장정들이 남해로 출동하던 때의 일까지 그는 세세히 꿰고 있었다. 그대가 궁수로 거기에 따라가지 않았던가? 낙안성에서 가진 활쏘기대회에서 으뜸 솜씨를 자랑한 자가 그대 아닌가? 금구 별장 혹은 죽도에서 계원들을 모아 놓고 활쏘기를 가르친 자 또한 그대 아니고 누군가? ……보름 뒤쯤 다시 찾아온 허균이 물었다. 예전 인왕산 활터에서 활솜씨를 자랑했다는 송익필의 서자 송취대의 행방을 모르는가? 그 아우 송취실이 묘향산에 들어가 머리를 깎았다고 하는데 정여립의 금구 별장에서 토굴을 만들고 수행했다는 정각 승이 바로 그 자 아닌가? ……모두 것을 알고 온 자한테는 굳이 거짓말을 늘어놓을 필요가 없었다. 굳게 입을 다물고 일절 대응을 하지 않는데 다행인 것은 허균이 제 궁금증을 털어놓기만 했을 뿐 한사코 그 답을 얻으려 하지 않았다는 점이었다. 내 할 말을 할 테니 듣기만 하라는 투였기에 별다른 두려움이며 불안을 가지지 않아도 됐다. 추측이 모두 사실로 드러난다고 해도, 이미 둑이 터져 흘러가는 격류를 되돌릴 수 없음은 허균 자신이 잘 알고 있었다.

그는 비밀을 캐러 온 자가 아닌 듯했다. 새원에 올 때마다 술과 음식을 갖고 왔으며 정치 얘기보다는 사람살이에 대한 이야기를 더 많이 했다. 그가 친히 사귄다는 벗들 가운데는 취대가 알 만한 이도 여럿 있었다. 그 벗이란 자들이 대부분 취대 저와 같은 서출이거나 상민이었으며 열 살, 스무 살 나이 차를 아랑곳하지 않는 관계들이었다. 서인이다, 동인이다 하는 당색에도 거의 관심이 없는 듯했다. 술에 취하면 더러 정여립 마냥 양반 상놈이 없는 세상을 만들어야 한다는 등 험한 말을 서슴지 않았는데 보면 볼수록 기이한 사내가 허균이었다.

언젠가 그가 말했다. 그의 누나 난설헌의 재주에 관한 얘기를 나누던 때 같았다.

"사람의 견식에 어찌 남녀의 구별이 있겠습니까. 남자의 견식은 모두 높고 훌륭하고 여자의 그것은 졸렬하다는 것은 못난 사내들이 만들어낸 말이지 결코 성현의 말이 아닙니다."

몸의 생김새에 의해 여자의 힘이 남자에 부치기는 하지만 머리를 쓰는 능력에 남녀의 차이가 있을 수 없다는 것이 그의 주장이었는데 취대로서도 난생 처음 들어보는 놀라운 발언이 아닐 수 없었다. 그뿐이 아니었다. 나아가 그는 "하늘이 부여한 재주는 모두 고르게 되어 있는데 양반과 과거로써 사람의 등용을 한정하니 인재가 부족한 병통이 생기는 것이 당연하다."고 하는가 하면 "고금에 걸쳐, 나는 서얼(庶孽)이라고 해서 어진 이를 버려둔다거나 어머니가 개가(改嫁)했다고 해서 인재로 등용되지 못했다는 말을 들어보지 못했습니다."면서 조선의 현실 제도를 신랄히 비판하기도 하였던 것이다. 남녀의 정욕(情慾)에 대해서도 그는 여느 유생이 들으면 기겁을 할 말을 아끼지 않았다.

"남녀의 정욕은 천성(天性)이며 성인(聖人)의 예교(禮敎)는 천성보다 높지 않으므로 어길 수 있다."고 하는가 하면 음란을 가르친다는 『서상기(西廂記)』라든가 도둑 이야기의 『수호전(水滸傳)』 같은 속문학(俗文學)이 고금의 좋은 글이며 사서삼경 같은 것은 위선자를 만드는 본원이라고까지 했던 것이다.

그러면서도 허균은 이것이 명나라의 양명학자 이지(李贄)의 주장을 옮겨 전하는 것임을 굳이 숨기지 아니하였다. 이지는 왕양명 다음 세대의 학자로서 아직 생존해 있다.

그 후로도 여러 차례 허균을 만나는 가운데 취대는 차츰 그에 대한 경계심을 풀어갔으며 그 과정에서 자신과 정여립과의 관계에 대해서도 인정할 바는 인정을 하곤 했다.

추노의 위협에 쫓겨 전라도 남원에 옮겨가 살 무렵 잠시 대동계에 몸을 의탁한 일이 있다고 밝힌 것도 그 중 하나였다. 그렇지만 아버지의 음모에 대해서는 추호도 내색치 아니했다.

딸 성옥이 허균을 따른 것도 그 무렵부터였다. 일본군 행렬이 벽제관 앞길에 끝없이 이어지던 때도 취대는 새원 송강의 집을 지켰다. 적들이 마을로 들어오면 성옥과 아들 광유를 데리고 뒷산 토굴에 숨었다.

적들이 남쪽으로 물러나고 명나라와 일본 사이에 화의가 한창 진행되던 병신년(1596년) 6월. 어떻게 수소문해서 알았는지 허균이 동대문

밖 마장촌(馬場村)의 국수집을 찾아왔다. 갑오년(1594년) 여름, 취대는 그 전 해에 세상을 떠난 송강 정철의 장례를 치른 뒤 고양을 떠나 도성 밖 마장촌으로 터전을 옮겼다. 목마장(牧馬場) 근처에서 아내와 함께 국수를 끓여 팔며 근근이 생계를 잇던 때였다. 3년 반만의 재회에서 허균은 대뜸 성옥을 제 첩으로 달라고 말했다. 당시 허균의 벼슬이 춘추관기사관이었다. 전란 중에 그가 겪은 얘기도 들었다. 왜적의 손에 왕성이 들어간 지 한 달 후, 뒤늦은 피난길을 나섰다던가. 어머니와 만삭이 된 아내가 있었는데 외가가 있는 강릉으로 가던 중 홍천 땅에서 아내가 아이를 낳다가 숨졌다고 했다.

그날 취대는 허균에게 성옥을 데려가라고 했다. 그때 성옥의 나이 열일곱. 얼굴이 반반한 데다 붙임성이 좋아 탐내는 사내들은 많았지만 모두 취대의 성에 차지 않았다. 무엇보다 잘 먹이고 잘 입혀줄 사내가 필요했다. 이왕 첩실에서 이어진 천한 몸이기에 새로 첩실이 된다 해서 무슨 허물이 될 것인가.

어느 놈한테 가든 그 피를 씻지 못할 바에야 차라리 땅 있고 권세 있는 집에 가서 너도 한 번 종년 부리면서 살아보라 하고 싶었다.

재작년 정유년(1597년) 가을, 허균이 정식의 둘째 부인을 맞아들였으니 그녀는 한 시절 세상에 이름을 날렸던 명사 김효원의 딸이었다. 또 다시 원군 요청을 하러 가는 사신의 일행으로 허균이 중국을 다녀온 다음이었다. 화의(和議)가 결렬됐다고 새로 대거 바다를 건너와 남도 전역을 전란의 소용돌이에 몰아넣었던 일본군이 직산(稷山)에서 조선, 명나라의 연합군에게 크게 패하고 울산과 순천으로 물러나 웅거하던 무렵이었다.

전쟁이 완전히 끝난 것은 그 이듬해, 즉 작년 11월이었다. 의병을 포함한 조선군과 명군(明軍)에 의해 진로가 막힌 데다 본국에서 오는 보급이 갈수록 어려워지고 악역(惡疫)까지 유행하여 이미 전의를 잃고 있던 일본군은 풍신수길의 사망을 계기로 조선에서 철수를 시작했다. 이에 조선군이 명군과 함께 왜군을 섬멸하기 위해 추격을 하였지만 뜻을 이루지 못했다. 한편 이순신이 이끄는 조선 수군은 명의 수군과 함께 일본군의 퇴로를 차단하고자 전라도 노량에서 일본의 전선(戰船) 3백여 척과 최후의 일전을 벌였다. 여기서 2백여 척을 격침시키는 승리를 거두었지만 이순신은 전사하고 말았다. 이 노량해전을 마지막으로 7년간의 기나긴 전쟁도 끝이 났다.

　"매형 분에 대해선 그 후 다른 소식이 없고?"

　허균이 팽나무 그늘의 평상에 혼자 우두커니 앉아 있는 걸 보고 취대가 가까이 다가갔다. 다른 한 쪽에 김집이 등을 돌린 채 앉아 있었다. 첫 상면일 듯싶은데 두 사람은 대화가 없었다.

　"전혀요."

　앉으라고 허균이 옆자리를 권했다. 또 한 차례 쩌렁쩌렁 매미들이 울어댔다.

　"딱하이……."

　도성으로 돌아온 직후부터 허균이 제 매형 되는 김성립(허난설헌의 남편)의 유해 한 조각이라도 찾으려 나름 크게 애쓰고 있는 사정은 취대도 잘 알고 있었다. 그 사이 선정릉(宣靖陵) 안팎을 샅샅이 훑은 것만도 두 차렌가 세 차례 됐다. 밉든 곱든 처남남매간의 정분이 있는데다 유성룡의 간곡한 부탁까지 있었으니 그 소임을 허투루 할 수가 없었다.

취대 또한 제 집안 식구들을 양인(良人)으로 되돌리는 일에 김성립이 큰 도움을 주었다는 사실을 알기에 그의 백골이라도 수습되어 가족의 품에 돌아가길 바랐던 것이다.

전쟁이 발발했던 임진년(1592년) 섣달이었다고 했다. 김성립이 용진강(龍津江, 현 북한강)가 사룡(沙龍)마을에서 고기잡이 배 세 척을 띄었다. 거느린 장정이 스물 둘이었는데 이들은 모두 남언경이 거느린 의병 중에서 자원한 자들이었다. 장정들은 저마다 칼과 활로 무장을 했다.

야음을 타서 강을 타내려갔다. 운길산을 끼고 두물머리(현 한강 양수리)로 내려온 뒤 독음리(禿音里, 현 구리시 덕소)를 지났다. 잠실 마을이 있는 모래섬을 오른편으로 끼고 삼전도(三田渡)로 흘러 들어갔다. (당시에는 현 잠실지역이 수중 섬이었으며 한강 본류는 지금의 석촌호수를 지나 삼전동으로 흘렀다.) 여기서 조금 더 아래로 흐른 뒤 맞은편 무동도(舞童島) 샛강으로 들어가 배를 맸다. 동녘 하늘이 훤히 트이는 시각, 무리가 논길을 가로질렀다. 오른편 산언덕에 봉은사(奉恩寺) 절집이 보였다. 코앞에 보이는 솔숲이 선정릉(宣靖陵)이었다.

김성립은 일본군이 도성으로 쳐들어오기 직전 어머니를 모시고 운길산 뒤의 골짜기에 있는 시우(時雨)골로 피난을 했다. 가을에 접어들 무렵, 머잖은 곳에 사는 남언경이 의병을 규합한다는 소식을 듣곤 곧장 양근 영천골로 달려갔다. 남언경과 함께 양근과 가평에서 왜적을 무찌르기도 했다. 섣달 스무날쯤이었다. 왜적들이 강 건너 양주에 있는 강릉(康陵)과 태릉(泰陵)을 파헤쳤다는 소식을 접했다. 곧이어 덕흥대원군의 묘소도 훼손됐다는 비보가 뒤따랐다. 강릉은 명종과 인순왕후가 묻힌 곳이요, 태릉은 문정왕후가 잠든 곳이었다. 덕흥대원군은 다름 아닌 금상(선조)의 아버지다. 능침 속에 금은(金銀)이 들어 있다는 사포서(司圃署)의 종 효인(孝仁)의 말을 듣고 이런 짓을 저질렀다. 기병, 보병 50여 인의 왜적들이 이 짓을 주관했는데 다행히 회(灰)가 단단히 능침을 덮고 있어서 곡괭이로도 뚫지를 못했다.

사나흘 뒤, 남언경이 탄식을 하며 김성립에게 말했다. 광주(廣州)목사 이기빈(李箕賓)한테서 전갈이 왔는데 도성 남쪽의 선정릉이 위험하다는 것이었다. 임진년 9월에 이미 한차례 적들의 침입이 있은 데다 지금은 능참봉까지 달아나고 없어서 다시 적이 온다면 손 쓸 방도가 없다고 했다. 선정릉에는 능침이 둘 있었다. 성종과 정현왕후가 묻힌 곳이 선릉이요, 중종을 모신 데가 정릉이었다.

의병을 이끌고 성립이 능에 들고 보니, 광주의 아전 하나가 관노 및 민가의 종 다섯을 데리고 추위에 떨며 두 능침을 지키고 있었다. 대오를 지어 밤낮으로 능을 지켰는데 나흘이 지나지 않아 적들을 만났다. 적은 조선인 인부들을 포함해 60인이 넘었다. 말 탄 자가 다섯이나 됐다. 훗날 밝혀졌지만 이때도 풍저창(豊儲倉)의 종 팽석(彭石)이란 자가 적의 앞잡이가 돼 있었다. 광주 관노들은 적이 쏘는 총소리만 듣고도 모두 도망을 쳤지만 성립의 대원들은 마지막 한 사람까지 화살을 날리고 칼을 휘두르며 저항을 하다가 모두 숨졌다. 서른을 겨우 넘긴 김성립의 생애도 거기서 끝이 났다.

시신이라도 수습하겠다고 남언경이 직접 현장에 가서 능침 안팎을 샅샅이 뒤졌지만 곳곳에 남은 잿더미 자취며 주인 모를 뼛조각들밖에 발견하지 못했다. 능침은 이미 재궁(梓宮)까지 적의 손을 탔고 유해들마저 사라지고 없는 터라 그 뼛조각들마저 함부로 수습할 수 없었다.

그 이듬해 남언경마저 세상을 떠남으로 해서 성립의 행적은 더욱 제대로 알려지지 못했다.

"마을에 남았던 어떤 이들이 몰래 그들의 시신을 수습해 묻었다는 얘기도 있습니다만 그 마을사람조차 행방을 찾지 못하고 있습니다."

허균의 말이었다.

"기다리다 보면 좋은 소식이 있을지도 모르지……."

취대도 길게 한숨을 놓았다.

"서애 대감도 풍산으로 내려가셨지요?"

뜻밖에 김집의 물음이었다. 허균에게 묻는 듯싶었다. 허균이 천천히 고개를 돌려 그의 뒷모습을 바라봤다. 바싹 마른 몸매였지만 앉음새가 꼿꼿했다.

"이이첨(李爾瞻)이는 또 얼마나 오래 갈까요?"

여전히 딴 곳을 바라보며 김집이 또 물었다. 혼잣말 같기도 했지만 취대가 저도 모르게 긴장했다. 허균에 대한 난데없는 도발처럼 느껴진 탓이었다. 어느 땐가부터 허균이 이이첨과 가까이 지낸다는 것이 세간 소문이었다. 제 살 길을 찾겠다고 스승을 탄핵하고 욕보인 자와 한 패 거리가 됐다는 비난의 소리도 적지 않았다.

"송강만큼이야 해먹겠습니까."

허균이 자조의 투로 대꾸를 하고 김집이 그에 대한 응대가 없음을 보고서야 취대는 남몰래 안도의 숨을 쉬었다.

대간들의 끈질긴 탄핵 끝에 영의정 유성룡이 파직된 게 지난해 겨울 이었다. 세상은 이제 북인(北人)들 차지였다. 기축년 정여립 옥사를 겪고 난 뒤, 정철 일당을 숙청하는 과정에서 동인들은 이미 남북으로 갈라섰다. 억울한 죽임을 가장 많이 당한 호남 및 경상 우도(右道)의 남명 문인들이 적극 정철을 죽여 후환을 없애야 한다고 주장한 반면에 퇴계 쪽 인사들은 정철을 죽여서는 안 된다고 막아섰다. 이 과정에서, 스스로 퇴계 문도임을 자처했던 이산해가 홀연 남명파의 우두머리가 되었다. 이때부터 이산해, 홍여순, 정인홍 등이 북인이 되었고 유성룡, 우성전, 김성일 등이 남인으로 분파됐다.

종묘사직이 사라질 위기에 처한 전쟁을 겪으면서도 당쟁이 멈춘 적은 없었다. 정철을 비롯하여 쫓겨났던 서인들이 전쟁 초기에 다 조정으로 돌아왔지만, 유성룡이 도체찰사에 이어 영의정이 되어 일본에 대한 항전을 이끌면서부터 조정은 남인의 것이 되었다. 전란의 책임을 물어 이산해는 진즉에 제거되었다.

마침내 일본군이 패퇴하고 의주에 몽진했던 임금이 서울로 돌아왔다. 명군(明軍)의 참전과 의병들의 분투가 없었다면 바랄 수 없었던 일이었다. 의병들 가운데서도 남명 문인들의 활약이 가장 눈부셨다. 전쟁 이듬해만 해도 전국 의병의 반 이상이 경상우도의 병력이었으며 이들이 다 남명 제자들이 이끈 군사들이었다. 곽재우, 정인홍, 김면(金沔) 등이 그 대표였으며 이들은 여러 실전에서도 크게 공을 세웠다. 안동, 예천 쪽이며 서인들의 텃밭인 충청, 경기도에서도 의병활동이 있기는 했지만 남명 쪽의 그것에 비해 훨씬 수효와 규모가 보잘 것 없고 실패로 끝난 것이 많았다.

조정으로부터 억울한 일을 훨씬 더 많이 당한 남명 사람들이 정작 사직이 위태로울 때 가장 먼저 제 몸을 던져 큰 공을 세운 일은 두고두고 새길 만했다. 이들 의병들의 공적으로 더욱 기반을 공고히 한 북인은 드디어 남인에게 그 칼을 겨눴다. 정유재란이 기폭제가 됐다.

명나라와의 강화가 결렬되자 일본은 재작년(1597, 선조 30년) 정월 14만 대군을 동원하여 재차 조선을 침략했다. 그해 12월, 경리(經理) 양호(楊鎬)가 이끄는 명군과 조선군이 울산성을 공격하여 일본군에 상당한 타격을 가했다. 이 과정에서 명나라 군도 큰 피해를 입었지만 양호가 이를 제대로 자기 나라에 보고하지 않았다. 이에 조선에 와 있던 명(明)의 병부주사(兵部主事) 정응태(丁應泰)가 명 조정에 양호를 탄핵하였다. 나아가 정응태는 조선이 중국을 속이고 왜적들과 공모했다는 말까지 서슴지 않았다. 사태의 심각성을 느낀 조선 조정에서는 쟁론 끝에 대신을 중국에 보내 무함(誣陷)임을 밝히기로 하였다.

문제는 대신 중에 누가 그 중책을 떠맡느냐는 것이었다. 영의정 유성룡은 모친이 병석이 있고 자신도 신병이 있어서 중국에 가지 못함을 간곡히 아뢰었는데 이때부터 서인, 북인 대간들이 벌떼처럼 일어나 성룡을 규탄하였다. 그중에서도 사헌부 지평 이이첨의 언론이 가장 혹독하고 끈질겼다. "유성룡이 스스로 중국에 가기를 청하지 않았는바 대신으로서 나라를 위하는 의리가 없다."는 것이 그 논핵의 중심이었다. 이이첨은 임진년만 해도 광릉 참봉이 지나지 않았다. 허나 전쟁 이듬해, 적진을 뚫고 봉선사(奉先寺)에 들어가 세조의 영정을 무사히 모셔 나온 일로 임금의 눈에 들었으며 이후 병조좌랑을 거쳐 사간원 정언, 사헌부 지평이 됨으로서 신진 세력이 핵심으로 부상했다.

남명의 으뜸 제자라는 정인홍 또한 임금이 여러 번 관작을 제수하여도 올라오지 않고 촌에 몸을 숨기고 있으면서 자신의 문인들을 시켜 거듭 유성룡을 탄핵하였다.

"유성룡은 본시 올바르지 못한 인물로서 교묘한 말과 아첨하는 얼굴을 가지고 온 세상을 크게 그르치고 조정의 기강을 멋대로 농락하면서 자신의 생각을 마음대로 행하였습니다. 우리나라가 왜적과는 한 하늘 아래에서 함께 살 수 없는 원수인데 화(和)란 한 글자로 국가의 큰일을 그르치고 있으니 송나라의 진회(秦檜)가 어찌 이보다 더하겠습니까. 백성의 힘을 약탈하여 백성의 힘은 고갈되었고, 함부로 토목공사를 일으켜 국가의 비용은 탕진되었으며, 청탁하는 무리들이 문에 가득하여 뇌물을 공공연히 주고받습니다. 예컨대, 조목(趙穆)이나 정인홍 같은 무리가 경륜을 품고도 시골에서 은거하며 세상에 나서지 못하는 것은 모두 이 간인(奸人)이 그들의 길을 막았기 때문입니다. 전하는 빨리 이 간인을 제거하소서. 그런 다음이라야 군부의 원통함을 씻을 것이며 국토를 회복하는 공을 거둘 수 있을 것입니다."

정유년 9월 소(疏)를 올린 생원 유호신(柳好信)도 정인홍의 문인이었다. 이때부터 유성룡을 진회에 비유하는 소들이 셀 수도 없이 올라왔다.

전장에 나가 있던 유성룡은 모든 욕은 다 참을 수 있어도 자신을 충신 악비(岳飛)를 죽인 송나라의 매국노 진회에 비교하는 것만큼은 견딜 수 없었다. 종사관으로 데리고 있던 정협(정언신의 아들)을 서울로 달려가게 하였다.

"……신이 한 번 죽는 것은 누의(螻蟻, 땅강아지와 개미)와 같습니다만 국가를 위하여 죽지 못하고 악명을 입고 죽는다면 눈을 감을 수가 없습니다. 그리고 신이 대신의 반열에 있으면서 악명을 입고 죽는다면 국사는 또 어떻게 되겠습니까. 삼가 빌건대 조정에서는 조속히 조처하시어 직분을 다하지 못한 무상(無狀)한 죄로 신을 파직시킴으로써 신으로 하여금 명백히 연하(輦下, 임금의 수레 밑)에서 죽게 하여 억울한 무함을 씻게 하여 주신다면, 실로 천지 부모의 은혜이자 국가의 다행이 겠습니다."

조정 신료 중에는 여전히 남인이 많았지만 제 몸을 던져 싸울 수 있는 중진들이 이미 없었다. 전쟁 이듬해인 계사년 4월 경상우도순찰사로 있던 학봉 김성일이 병으로 죽었고, 같은 해 7월에는 퇴각하는 적군을 쫓아가던 추연 우성전마저 과로로 병을 얻어 세상을 떠나고 말았다.

임금이 영의정 유성룡을 파직하고 관작을 삭탈한 것이 지난해(1598년) 11월이었다. 정권은 북인에게 넘어갔다. 이산해 일파와 경상우도의 사림이 북인의 중심세력을 이뤘다.

그러나 남명 쪽 사림은 중앙정계에 큰 기반이 없었다. 때문에 그들은 서인이나 남인 중에서 비교적 당색이 약한 이항복, 이덕형, 이원익을 정승으로 앞에 내세울 수밖에 없었다. 정권을 잡은 후, 북인도 곧 이합집산의 과정을 거쳤다.

경상우도 사림과 이산해, 홍여순, 이이첨 등이 한 덩어리가 되어 대북을 구성하였으며 남이공(南以恭), 김신국(金藎國), 유영경 등이 소북으로 떨어져 나왔다. 허균이 이이첨을 좇아 대북으로 넘어갔다는 말은 이 무렵부터 나왔다.

김집이 다시 방안으로 드는 걸 보고 취대와 허균도 그 뒤를 따랐다. 취대는 제 자리인 양 다시 문지방 앞에 앉았다. 이곳에서는 병자의 하나뿐인 아들이었지만 아버지 옆에 꿇어앉을 수 없었다. 있어도 없는 양할 수밖에 없는 것이 첩의 소생이었다. 이목 가리지 않고 할아버지에게

다가간 성옥이 대견하면서도 안쓰러워 보이는 것도 그 때문이었다.

방 가운데는 김은휘와 김진려가 좌정해 있고 그 뒤로 김집, 김반 형제가 배석했다. 객이나 다를 바 없는 허균은 혼자 벽을 등진 채 무표정하게 앉아 있었다. 송이창(김은휘의 사위이며 송익필의 제자)이 온다는 기별이 있었지만 아직 오지 않았다.

또 한 차례 맹렬한 매미소리가 들렸다.

아버지가 눈을 뜬 듯했다. 성옥이 허리를 굽혀 할아버지의 말을 들으려고 했다.

"괜찮으시겠어요?"

몸을 일으켜 달라고 하는 모양이었다. 성옥이 김은휘를 돌아봤고 은휘가 고개를 끄덕였다. 성옥이 익필의 상체를 안아 일으켰다. 뼈만 남은 몸이므로 힘을 쓸 것도 없었다. 쌓아 놓은 이불에 등을 기대게 하였다. 가쁜 숨을 쉬면서도 익필은 자세를 곧게 하려고 애를 썼다. 눈을 가늘게 뜨고 방안을 둘러보았는데 눈빛에 아무런 감정이 실려 있지 않았다. 잠깐 시선이 허균을 향하고도 이내 비켜났다. 낯선 사내를 보고도 누군가 묻지를 않았다.

"계함(정철)은 어디?"

엉뚱하게 병자가 자신의 옛 벗을 찾고 있었다. 정철이 하마 세상을 떠난 지 5년이 지났고 성혼도 작년에 죽었다. 병석에 눕기 전까지만 해도 그가 율곡을 포함한 벗들과 주고받은 서신들을 정리하여 책으로 묶는 일에 골몰했던 탓인지도 몰랐다.

"잘들 계시다 하네, 아무 걱정 마시게."

김은휘가 무심히 대답했다.

성옥이 탕약을 올렸고 익필이 그것을 한 모금 들이켰다. 총백주는 약이면서도 술인지라 기력이 떨어진 병자가 잠깐이라도 심신을 추스르는 데 효험이 있었다.

"할 말이 있어……계함한테."

익필이 중얼거렸다. 한때 나는 새도 떨어뜨릴 권세를 지녔던 송강 정철은 전쟁 이듬해 겨울 강화도 송정촌에서 쓸쓸하게 세상을 떠났다. 전쟁 초기, 임금이 개성, 평양을 거쳐 의주로 몽진하던 때 강계 적소에서 풀려나 임금이 있는 행재소로 나아간 그는 곧 충청, 호남 도체찰사에 제수되었지만 제대로 전장에는 나서지 못했다. 계사년(1593년) 봄, 사은사로 중국을 다녀왔지만 이 일도 그에게 화가 되기만 했다. 사신으로 간 그가 전쟁의 정황을 잘못 전달하여 명나라 조정으로 하여금 왜가 물러난 것으로 오인케 하였던 것이다. 양사에서는 곧 도체찰사로 있을 때 기생과 술에 빠져서 민심을 살피지 못한 일까지 지적하면서 그의 파직을 청하였으며 정철은 강화도에 물러나 벌을 기다릴 수밖에 없었다. 채 두 달이 안 되는 강화도 생활이었지만 이 시기 정철은 끼니조차 잇기 어려웠다는 말이 전했다. 숨을 거둔 날이 12월 21일이었으며 누린 나이가 58세였다.

깜박거리는 목숨 앞에서 아버지가 송강한테 하고픈 말이 무엇인가? 취대는 눈을 감은 채 그 말을 새겼다. 묘향산에서 정각 취실이 했던 말이 떠올랐다. 그 많은 사람들을 죽여 놓고도 아버지는 아버지대로 송강 탓이라 하고, 송강은 송익필과 우계 때문이라 하고, 우계는 송강한테 다 미루는데 이는 촌 머슴이 들어도 우스운 짓거리라고 했다.

송강한테 할 말이 있다고 하는데도 그걸 대신 전하겠다고 나서는 이가 없었다. 어르신이 가셔서 직접 말씀하시는 게 낫습니다. ……취대가 속으로 중얼거렸다. 생애의 마지막 자리에서 친구와 제자를 찾으면서도 끝내 아들 이름 하나를 부를 줄 모르는 아버지의 비정함이 새삼 놀랍고 무서웠다. 취실이다. 차라리 정각이라고 부름이 나을 성싶었다. 깊은 산중에서 하늘과 숲만 보고 벌 나비, 새소리만 가까이 할 줄 알던 그도 끝내 전장에서 숨을 놓고 말았다. 평양성 전투에서였다. 서산대사가 이끄는 승병들이 명나라 군사들을 도와 평양성 공격에 앞장을 섰다. 끝내 왜적을 무찌르고 성을 되찾긴 했지만 피아 숱한 인명이 희생되었으며 그 중에는 수백의 승려들도 있었다. 특히 묘향산 승려들이 많았는데 정각이 거기에 포함돼 있었다.

아버지가 종종 읊던 시 <우음(偶吟)>이란 게 있었다. 삼촌 한필이 지었다 했는데 비바람 속에 지나가는 봄 한 계절 같은 것이 바로 우리네 인생임을 노래하는 것이었다. 동생 취실의 짧은 생애를 돌이켜보면, 마치 어제 피고 오늘 지는 한 송이 이름 없는 꽃인 듯싶었다.

어제 비에 꽃이 피어나더니 (花開作日雨)
이 아침바람에 꽃이 지는구나. (花落今朝風)
애닯다, 봄 한 계절이 (可憐一春事)
비바람 속에 오고간다네. (往來風雨中)

떠날 때가 됐음을 아버지가 아는 듯싶었다.

성옥에게 말했다. 얼굴을 닦고 머리를 빗어달라고. 성옥이 아버지의 머리칼을 빗고 있을 때였다. 잠시 맑은 정신이 든 모양이었다. 누군가?

하고 허균을 바라봤다. 허균이 허리를 숙이며 제 이름이 뭐고 뉘 집 아
들인가를 말했다.

"자네가 허균?"

언뜻 입가에 미소가 스친 듯했다.

"이귀가 그랬나, 장생이 그랬나? ……들었네. 큰일 저지를 인물이랬
지, 아마……."

뜸을 둬서 뒷말을 이었다.

"천하에 불쌍한 년이라네. 이 아일 잘 거둬주게."

그리곤 성옥을 쳐다봤는데, 취대로서도 생전 처음 보는 할아버지의
눈빛이었다. 금세 성옥의 두 눈에서 굵은 눈물방울이 흘러내렸다.

그게 아버지의 마지막 말이었다.

방안 가득 울리는 곡소리를 뒤로 하고 밖으로 나왔을 때도 쟁쟁한
매미소리는 그치지 않았다. (完)

『고변』에 부치는 글

문학적 진실과 플롯의 힘

이남호/ 문학평론가·고려대 교수

『고변』은, 1589년에 있었던 정여립의 역모사건과 그로 인한 기축옥사(己丑獄事)를 소재로 한 장편역사소설이다. 정여립은 홍문관(弘文館) 수찬(修撰)을 지냈으며, 강한 성격의 인물이었다. 그는 벼슬을 그만둔 후, 전라도 진안의 죽도라는 곳에 서실을 짓고 사람들을 모아 대동계(大同契)를 조직하고 만인이 평등하다는 급진적 주장을 펴기도 했다. 그러나 황해감사를 비롯한 몇몇 서인들이 정여립의 역모를 임금에게 고변(告變)하였고, 정여립은 관군에 쫓기던 중에 죽음을 당하였다. 이후 약 2년간 서인인 정철(鄭澈)의 주도 아래 1,000여 명의 동인 측 선비들이 죽거나 유배당하거나 파직되는 참사가 이어지면서 조정과 사림에 피바람이 몰아쳤다.

기축옥사는 조선의 사림을 뒤흔들고 역사를 바꾼 대사건이지만, 이 사건의 진실은 확실치 않다. 정여립이 역모를 꾸몄다는 고변의 주장이 허술하고 당시 여러 정황도 그 주장과 어긋난다. 역모와 직접 관련이 없는 사람들도 너무 많이 죽었다.

그래서 송익필, 정철 등의 서인이 이발 등의 동인들을 제거하기 위해서 정여립의 역모를 조작했다는 설이 널리 알려져 있다.

　작가는 송익필, 정철의 역모 조작설을 소설의 줄거리로 삼는다. 그리고 작가는 이 줄거리와 관련이 있는 수많은 역사적 기록과 일화들을 수집하고 정리하고 재구성해서 거대한 소설공간을 만들어낸다. 이 거대한 소설공간에는 16세기 후반 조선의 인물과 사상과 관직과 지리 등이 상세하게 묘사되어 있다. 그런가 하면 당시 선비들의 인맥과 학맥과 파당을 환하게 그려서 보여준다. 여기에는 비록 야사(野史)의 일화가 섞여 있을 순 있어도 작가가 함부로 꾸며낸 부분은 아주 적다. 소설공간을 채우는 거의 모든 인물과 일화들 그리고 큰 줄거리와 작은 디테일들은 역사적 사실이나 기록에 근거를 두고 있다. 작가의 소설적 상상력은 다만 흩어져 있는 역사적 사실과 기록들을 모아서 논리와 개연성이 있도록 꿰고 엮는 데에만 주로 사용된다.

　그러나 『고변』이 역사적 진실을 파헤치고 주장하는 것은 아니다. 역사적 사실과 기록들의 벽돌로 건축된 놀라운 소설공간을 보여준다고 해서 곧 이 소설이 역사적 진실이 되는 것은 아니다. 이 소설은 역사적 진실을 주장하지 않고 그럴 필요도 없다. 그보다 우리가 『고변』에서 만나는 것은, 세상과 사실들에 대한 수많은 공부를 바탕으로 한 문학적 진실이다. 역사적 진실이 과거에 실제로 있었던 인물과 사건을 말하는 것이라면, 문학적 진실은 특정 상황에서 인물은 어떻게 움직이고 사건은 어떻게 전개되는가 보여주는 것이다.

　아리스토텔레스 식으로 말하면, 역사적 진실은 실제로 있었던 일이고, 문학적 진실은 실제로 있을 법한 일이다.

　16세기 조선 역사에 대한 작가의 공부와 소설적 상상력은 기축옥사라는 역사적 소재에 놀라운 문학적 진실을 부여했다. 이 문학적 진실 덕분에 우리는 『고변』이라는 역사장편소설을 통해서 16세기 후반의 조선에 대해서 알게 되는 데 그치지 않고 인간들의 속 모습과 세상사의 숨은 질서에 대한 보편적 이해를 만나게 된다.

그리고 이 이해는, 나의 삶과 우리 시대를 들여다볼 수 있는 좋은 창문이 되기도 한다. 지금까지 우리 주변의 역사소설이 역사적 진실에 대한 헛된 욕심과 닫힌 신념 속에서 쓰인 것이 대부분이라면, 『고변』이야말로 이러한 한계를 넘어서서 한 시대를 정치하게 보여주면서도 문학적 진실을 확보한 역사소설이라고 하겠다.

『고변』에는 수많은 인물이 등장한다. 『고변』을 읽으면서 조선의 유명한 선비는 거의 16세기 인물임을 새삼 알게 된다. 간단히 살펴봐도, 이황과 이이, 조식, 기대승, 성혼, 유성룡, 김장생, 남언경, 김성일, 조헌, 이지함, 허균, 허난설헌, 한석봉, 이항복, 정철, 이귀, 서산대사, 이순신 등등을 언급할 수 있다. 그래서 『고변』은 16세기 조선 시대 선비들의 종합 인맥도(人脈圖)이며 교유록(交遊錄)으로 읽어도 흥미롭다. 작가는 전국의 많은 선비들에게 소설 속의 자리를 찾아주어, 혈연이나 혼인 그리고 학연에 의해서 어떻게 연결되고 어떻게 교류하는지 실감나게 보여준다. 실존 인물들의 배치와 관계망으로 16세기 사회를 잘 이해시켜 주는 소설이기도 하다.

소설 속의 많은 주요 인물들은 대개 훌륭한 지식인이요 양반들이다. 좋은 스승과 벗을 찾아다니며 학문을 깨치고 인의예지를 실천하고자 하는 그들의 삶은 고상하다. 그러나 이런 훌륭한 인물이 아무리 많아도 현실은 참혹하다. 영민한 군주와 뛰어난 학자들의 시대였던 16세기지만 그 시대는 지독한 당파싸움과 피바람 몰아치는 사화의 시대였고, 온 나라와 백성이 임진왜란과 같은 전쟁의 참화를 겪어야만 했던 시대였다.

무엇이 잘못된 것일까? 지식과 인품은 현실과 상관없는 것일까? 성리학이라는 학문의 고답적 성격 때문일까? 겉으론 고상해도 속으론 치사하게 권력을 탐하고 남을 질시하는 지식인의 이중성 때문일까? 정치체제의 문제일까 아니면 시대의 운명이 그러했던 것일까? 소설『고변』의 바탕에는 이러한 문제의식이 깔려 있는 것으로 볼 수 있다.

소설은 이러한 문제를 무겁게 던지지만 그러나 섣불리 답을 주지는 않는다. 오히려 독자들로 하여금 답답한 마음으로 서성거리게 만들고, 독자들은 그 서성거림 속에서 소설 속의 시대와 자신이 사는 현재의 시대를 겹쳐서 생각해 보게 된다. 즉 16세기나 21세기 한국사회가 크게 다를 게 없다면, 작가는『고변』이라는 역사소설 속에서 결국 오늘의 우리 정치사회를 암시하고 있는 것인지도 모른다. 가령 소설 속에 언급된 다음과 같은 상소문의 내용은 오늘 신문의 사설에서 만나도 어색하지 않을 듯하다.

<화평과 배척을 함께 할 수 없음은 웃음과 울음을 함께 낼 수 없는 것과 같다. 내 논의는 화평을 주로 삼았고, 헌부(憲府)의 상소는 배척을 주로 삼았으니, 이것이 옳으면 저것이 그른 것이어야 한다. 지금 그대들의 소견은 이미 배척을 공론으로 삼고 있으면서도 또 화평을 하고자 하니 올바른 모양을 이루지 못한다. 무슨 까닭으로 입으로는 화평을 말하면서 마음으로는 배척을 주장한단 말인가. 이는 목을 조르고 뺨을 때리면서, 서로 좋게 지내자고 말하는 것과 같다. 경함(이발), 그대는 평

소 글을 읽고 이치를 궁구하면서 어떤 일을 하고자 뜻했던가? 그런데 오늘날 조정에 벼슬하면서 기관을 다 동원하여 동인은 옹호하고 서인을 억제하는 일만을 한단 말인가? 유자(儒者)가 도를 행함이 과연 이뿐이란 말인가? 그대와 유성룡으로 말하면 이미 일처리가 한편으로 기울어 있어서 범과 무소가 우리를 뛰쳐나가게 한 책임을 면할 수 없다고 하겠다.>

　　서인 이귀가 올린 상소문의 일부인데, 그 내용은 율곡이 이발에게 한 말을 옮긴 것이다. 구체적 사안의 옳고 그름을 따지는 것이 아니라 주장과 태도의 논리를 따지는 것이지만, 이러한 따짐이 필요한 상황이라면 이미 그 따짐의 효용성은 없어 보인다. 오늘날 우리 시대가 처한 상황의 일면도 이와 다르지 않을 듯하다. 과거나 지금이나 현실을 움직이는 힘은 지식인들의 고상한 철학이 아니라 인간의 욕망과 생존본능, 원한과 복수, 어리석음, 운명 같은 것들이다. 『고변』은 이러한 점을 흥미롭게 보여준다.

　　장편역사소설 『고변』의 소설적 흥미는 여러 면에서 찾을 수 있다. 앞서 언급한 대로 당시 선비들의 교유록으로서도 흥미롭고, 그와 관련하여 16세기 후반 조선의 사상적 논의를 들여다보는 재미도 있고, 그들이 남긴 시와 소(疏) 같은 문장들을 읽는 재미도 있다. 도와 대의를 쫓는 선비들이 현실에서는 쉽게 자신과 파벌의 이익을 합리화하는 모습을 보는 것도 씁쓸하지만 흥미롭다.

　　그 중에서도 특히 흥미로운 것은, 동인 세력을 몰아내기 위한 송익필의 계략이다. 송익필은 서인들의 공격을 받아 비참한 신세로 전락한 후, 숨어서 동인들에게 복수할 계략을 꾸미고 실천에 옮긴다. 정여립이란 인물을 눈여겨보고 치밀하게 작전을 짜서 정여립을 모반의 주동자로 만들어간다. 자식을 포함한 여러 인물들을 적재적소에 배치하고 기발한 아이템을 마련하여 일을 꾸미는 송익필의 계략은 놀랍고 잔인하다. 복수심에 불타는 천재 송익필의 상상력은 정교한 플롯을 꾸미고, 그 플롯대로 인물들이 움직이고 세상이 전개되어 복수에 성공하는 이야기가 『고변』이다. 『고변』은 송익필의 복수극으로 읽을 때 가장 재미있는 소설이 된다.

그러나 생각해보면 송익필의 기발한 플롯도 작가가 꾸민 플롯의 일부가 되는 셈이다. 전해 오는 이야기를 소재로 하긴 했지만 작가의 상상력은 허술한 이야기를 치밀하고 복잡한 플롯으로 재탄생시켰다. 복수극과 관련하여 작가는 송익필을 내세워 플롯을 짜게 만들었지만, 그 플롯의 외곽을 감싸는 플롯까지 만들어서 이야기의 흥미를 더한다.

가령 중 의연을 시켜서 정여립이 지리산 유람을 하게 하고 거기서 참언이 적힌 석판을 찾게 하여 정여립의 망상을 부추기는 것은 송익필의 플롯이다. 그렇지만 작가는 정여립을 지리산 중에서도 굳이 뱀사골이란 데로 데려가서 뱀사골과 반선에 얽힌 설화를 들려준다. 그 설화는 신선이 되려다가 뱀에 잡아먹힌 이야기, 그래서 신선이 못 되고 반선(半仙)이 되는 이야기다. 이것은 참언이 적힌 석판과는 반대로 정여립이 결국 헛된 죽음을 당하게 될 것을 암시하는 셈이다. 이런 식으로 작가의 치밀한 상상력은 복수극의 플롯을 더욱 치밀하고 풍요롭게 만들고 흥미진진한 분위기를 강화한다.

『고변』 속의 세상은 놀랍고 참혹하다. 그 세상은 고상한 학덕이나 인품과는 무관하게 흘러가는 잔인한 싸움터다. 그러면서도 거기에는 고뇌와 번민도 있고 의리와 충절도 있고 인간적 아름다움도 있다. 소설 속에서 그러한 세상을 만나는 일은 지금 우리가 사는 세상의 어둠과 인간의 어리석음을 좀 더 밝고 냉정한 눈으로 보는 데 도움이 된다. 그런가 하면 『고변』의 스토리는 복잡하면서도 치밀한 플롯을 가지고 있다. 이 플롯의 힘이 장편소설 읽기의 어려움을 가볍게 만들어준다. 『고변』은 의미와 재미를 다함께 누릴 수 있는 역사소설이다.*

최학 장편소설
고변(告變)
1589 기축년(己丑年)

초판 1쇄 **인쇄** 2019년 3월 13일
초판 1쇄 **발행** 2019년 3월 18일

지은이 최 학
펴낸이 이재욱
펴낸곳 (주)새로운사람들
표지디자인 서용기
디자인 김명선
마케팅 관리 김종림

ⓒ최 학, 2019

등록일 1994년 10월 27일
등록번호 제2-1825호
주소 서울 도봉구 덕릉로 54가길 25(우 01473)
전화 02)2237-3301
팩스 02)2237-3389
이메일 ssbooks@chol.com
홈페이지 http://www.ssbooks.biz

ISBN 978-89-8120-577-5(03810)

*책값은 뒤표지에 표시되어 있습니다.